KB030867

동백

전진우
장편역사소설
'전봉준'

나남
nanam

전진우 全津雨

1976년 겨울,《동아방송》기자가 되었다가 1980년 여름 신군부에 의해 강제해직되었다.
해직기자 시절, 대학(고려대 국문과) 때 써보았던 소설을 다시 쓰기 시작해 1985년《실천
문학》의 신인 추천, 1987년《한국일보》신춘문예 당선으로 등단하였다. 1988년 봄 복직
되어《신동아》편집장,《동아일보》논설위원, 논설실장, 대기자(大記者)를 거쳐 퇴직하
였다. 퇴직 이후 여러 대학에서 언론과 역사에 대해 강의하였다.《하얀 행렬》,《서울의
땀》두 권의 소설집을 내었고, 칼럼으로《역사에 대한 예의》가 있다.

전진우 장편역사소설 '전봉준'

동백 冬栢

2014년 1월 15일 발행
2014년 1월 15일 1쇄

지은이 • 전진우
발행자 • 趙相浩
발행처 • (주) 나남
주소 • 413-120 경기도 파주시 회동길 193
전화 • (031) 955-4601(代)
FAX • (031) 955-4555
등록 • 제 1-71호(1979.5.12)
홈페이지 • http://www.nanam.net
전자우편 • post@nanam.net

ISBN 978-89-300-0614-9
ISBN 978-89-300-0572-2(세트)

나남
창작선
114

동백

전진우
장편역사소설
'전봉준'

나남
nanam

주요 등장인물

전봉준   고부의 동학 접주로 동학농민운동의 지도자.
　　　　　불굴의 의지력과 탁월한 영도력을 갖춘 인물.

손화중   정읍 출신 대접주. 전봉준과 함께 동학농민운동의 주력이 되는 인물.

최경선   주산 대접주. 전봉준과 각별한 사이.

김개남   태안 대접주. 전봉준과 시국에 대한 견해가 다른 인물.

김덕명   금구 대접주.

최제우   종교사상가로 동학을 창시한 인물.

최시형   동학의 2대 교주.

손병희   최시형의 가장 높은 신임을 받는 인물.

서장옥   동학 남접의 대부.

차치구   정읍 접주. 성격이 불같으나 옳은 일에는 늘 앞장선다.

윤덕술   윤상오라고 불리기도 함. 텁석부리 포수.

김유환   유생 출신 동학민.

막치   정읍 최참봉 집의 종으로 동학에 입도해 새로운 삶을 살게 된 인물.
　　　　　박일구로 개명.

서광범   법무아문 대신.

조병갑   고부군수. 고부 농민들의 난의 원인이 된 탐관오리.

이용태   안핵사. 농민군을 역적죄로 탄압함.

민종렬   나주목사. 전봉준의 협조요청을 끝까지 거부함.

김학진   농민군의 편에 선 전라 감사.

박제순   충청 감사.

무츠 미네미츠   외무대신.

스기무라 후카시   조선 주재 대리공사.

이노우에 가오루   일본의 신임 공사.

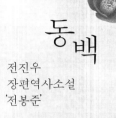

동백

전진우
장편역사소설
'전봉준'

차
례

까치 날다

　북악을 넘어온 아침 햇살이 조선왕조의 정궐(正闕), 경복궁으로 내리달렸다. 북문인 신무문을 건너뛰어 남향한 햇살은 경회루 청록색 연못에 잠깐 발목을 적시는가 싶더니 왼편으로 날개 꺾어 교태전, 강녕전 비추고 근정전 가지런한 기왓골 스치듯 미끄러져 흥례문, 광화문으로 치닫는다.

　500년 왕조의 흥망성쇠(興亡盛衰)가 빛의 속도로 스쳐 지나간다. 300년 세월 저편, 임진년 왜란 때 불에 타 숯덩이가 되었던 궁궐은 30년 전 흥선대원군의 중건(重建)으로 그 위용을 되찾았으나 어찌하랴, 대궐의 용마루가 제아무리 높고 웅장한들 늙고 병든 왕조를 지탱할 수는 없으니.

　을미년(乙未年·1895년 고종 32년) 2월(이하 음력)이다. 갑오년(甲午年·1894년)에 이어 경장(更張)의 해라고 한다. 부패하고 탐학한 민(閔) 씨 척족세력 몰아내고 쓰러져가는 왕조의 기틀 바로 세우려 한다고 한다. 백성의 고혈 짜온 탐관오리 수탈 금하고, 껍데기만 남은 신분제 폐습 타파하는 등 오만가지 제도 바꿔 안민(安民)하고 안업(安業)하게 한다고 한다. 안민에 안업은 언감생심, 백성이야 배곯지 않고 매 맞지 않고 살 수만 있다면 성은(聖恩)에 감읍할 따름이거늘. 경장의 뱃속에 조선을 집어삼키려는 일본의 야욕이 구렁이 똬리 틀 듯 은거(隱居)하고 있으니 그것이 어찌 조선을 위한 경장이라 할 것인가. 척사(斥邪)의 쇄국(鎖國)으로 한 시대 호령했던 흥선대원군(이하 대원군)은 수족 잘린 늙은 허수아비요, 혼군(昏君)인지 암군(暗君)인지 역부족에 우유부단한 고종 임금은 일본의 위협에 눌려 숨소리조차 제대로 못내는 지경이니 그것이 진정 백성을 위한 개혁이라 할 것인가.

까치 한 마리, 광화문 귀마루에 부리를 닦는다. 검은 날개 밑으로 회백색 가슴털이 함함하다. 엄동(嚴冬)에 딱딱했던 기왓장은 초춘(初春)의 햇살을 받아 따습고 눅눅하다. 새벽녘 내려앉았던 이슬이 녹아 맞춤하게 부드러운 기왓장에 부리를 정성스레 닦은 까치가 목을 움츠려 부르르, 진저릴 치더니 훌쩍 날아오른다. 까치는 광화문 앞 육조거리를 지나 개천(開川) 쪽으로 날아간다.

까치가 개천 첫 모서리 모전다리 옆, 키 높은 버드나무 우듬지에 내려앉았다. 둥치가 장정 한 아름은 되는 버드나무지만 맨 윗가지인 우듬지는 어린애 손가락 굵기여서 까치의 내려앉는 무게에도 낭창낭창하다.

모전(毛廛)은 텅 비어 있다. 장이 서기에는 아직 이른 진시(辰時·오전 7시~9시)이다. 오시(午時·오전 11시~오후 1시)가 가까워지면 겨우내 갈무리해놓았던 사과와 배, 곶감과 대추 등 묵은 과물들이 좌판에 오를 것이다. 두릅이나 더덕, 우엉을 소쿠리에 담은 아낙들도 모전 건너편 메마른 천변에 하나 둘 자리를 잡을 터이다. 햇과일이 나오기 전에는 쑥, 달래, 냉이, 씀바귀 등 봄나물이 과물전에 비집고 드는 일도 낯설지 않다.

미풍(微風)에 몸뚱이를 맡긴 듯 흔들리는 버드나무 우듬지에서 한 뜸 들인 까치가 꽁지를 잔뜩 치켜 올리더니 날아올랐다. 그 기척에 버드나무의 여린 잎들이 오소소, 연초록 빛살을 쏟아낸다. 까치는 광교 쪽으로 나는가 하더니 급히 왼편으로 방향을 꺾어 종로 피맛골 쪽으로 날아간다.

좁다란 길목에 국밥집, 빈대떡집, 선술집이 길 양편으로 이마를 맞대듯 늘어선 피맛골에도 아직 음식 냄새가 피어오르기엔 이른 시각이다. 두어 식경 지나면 돼지 뼈 우린 국물에 콩나물 잔뜩 쏟아 넣은 해장국에, 핏물 뚝뚝 듣는 선지에 얼갈이배추 담뿍 우겨 넣은 선짓국, 쌀뜨물에 멸치, 시금치 넣고 된장 진하게 풀어낸 토장국이 큰 솥 하나 가득 설설 끓을 것이고, 빈대떡에 이런저런 부침개들이 콩기름 두른 철판 위에서 노릇노릇하게 익어갈 터이다. 요즈음은 마포나루에서 짝으로 떼어온 연평 조기에 고추, 마늘, 대파, 고추장 진하게 넣어 얼큰하게 끓여낸 매운탕이 제철이다.

피맛골 국밥집 초가지붕에서 봄볕에 기어 나온 구더기 몇 마리를 쪼아 먹은 까치가 다시 비행했다. 까치가 내려앉은 곳은 법무아문 권설재판소가 차려진 의금사(義禁司 · 전 의금부) 서쪽 담장 꼭대기. 오래된 감나무 가지가 바깥으로 비쭉 팔을 내민 담장은 족히 구척 높이는 되어보였으니 제아무리 훤칠한 장한(壯漢)이라한들 그 정수리가 담장 꼭대기에 덧씌운 기왓장에는 미치지 못할 터였다. 그 의금부 담장 모서리마다 벙거지를 쓴 포졸들이 사방을 불문하고 키 재기 하듯 엇비슷한 높이로 넷씩 줄지어 붙어서 있다.

갑오년 여름 좌포청과 우포청이 경무청(警務廳)으로 통합되면서 포졸 또한 순검(巡檢)으로 명칭이 바뀌었지만 포졸의 지위까지 달라진 것은 아니었다. 포졸들이 쥔 창의 끝이 담장 기와에 맞닿을 듯하다. 창날의 기세에 소스라친 까치가 폴짝, 감나무 가지 위로 옮겨 앉는다.

까치를 뒤쫓아 온 아침햇살이 의금사 마당을 가로질렀다. 마당 왼편 일자(一字) 사옥(舍屋) 앞에 검정색 군복에 가죽신을 신은 일병(日兵)들이 좌우에 둘씩 집총자세로 서 있다. 총구 아래 비죽 매달린 칼날이 번쩍 한다. 서슬에 햇살이 멈칫한다. 멈칫했던 햇살이 사옥의 처마 아래로 난 유리창을 통해 안으로 들어간다.

법무아문은 옛 형조(刑曹)이고, 권설재판소는 반역죄나 강상죄(綱常罪) 등 무거운 죄를 다루던 의금부 추국청(推鞫廳)을 개편한 기구이다. 갑오경장에서 추진된 사법개혁의 골자는 사법을 행정기구에서 분리시켜 지방관의 사법권을 박탈하고 이심제(二審制)를 채택하는 것이었다. 죄인을 형틀에 올려 추국하던 이전의 야만적 사법에서, 심문(審問)하고 재판하는 개화문명의 사법으로 개혁하기 위해서는 근대식 재판소도 있어야 했다. 그러니까 법무아문 권설재판소는 이름 그대로 갑오 사법개혁의 형식이나마 취하기 위해 서둘러 마련된 임시재판소였다.

옥사(獄舍) 한 동을 헐어 상단(上壇)을 만들고 마루를 깔았다. 상단 중앙에는 옅은 층을 두어 상석과 하석을 구분하였고, 하석의 좌우로 긴 탁자와 의자를 배치하였다. 단하(壇下)에는 맨땅 위에 멍석을 깔고 형틀 대신 죄인이 앉을 등받이 없는 장의자를 바닥에 고정했다. 재판 일정에 맞추려 부랴부랴 서두른 탓인지 상단에서는 송진과 옻 냄새가 났고, 단하에서는 마른 먼지와 흙내가 풍겼다. 원래는 단하에도 마루를 깔 계획이었지만 탁지아문(度支衙門)에서 내려온 송판으로는 상단을 채우기에도 빠듯했다. 하지만 바람벽 위에 개구멍만하게 뚫려있던 통풍창을 넓혀 길게 달아낸 유리창만으로도 실내는 대번에 옥사에서 재판정으로 탈바꿈한 듯했다.

유리창으로 기어든 햇살이 단상의 중앙 맨 윗자리에 자리한 재판장, 법무아문 대신 서광범의 얼굴에 어른거렸다. 그 아래 좌우로 협판 이재정과 참의 장박이 자리했고, 중앙에서 오른편에는 주사 김기조와 오용묵이, 왼편에는 회심(會審)으로 경성주재 일본영사 우치다 사다즈치가 자리하고 있다.

햇살이 어른거리자 서광범은 미간을 찌푸렸다. 눈매는 날카롭지만 안광은 맑다. 곧게 내리뻗은 콧날 아래 입술은 가는 편이어서 한눈에 선비풍이다. 서광범이 미간을 펴고 단하의 사내를 내려 보았다. 사내는 짚둥우리에 실려 있다. 두 달 전 체포될 때 부러진 오른쪽 발목이 채 아물지 않아 앉고 서지를 못한다고 했다. 부러진 발목만 아니라면 사내의 외관은 말끔했다. 동곳 없이 말아놓은 주먹상투이긴 하지만 이전 죄수의 봉두난발(蓬頭亂髮)에 비할 바 없이 단정했고, 홑겹 솜을 두어 지은 무명 바지저고리는 죄수의 복장이라 할 것 없이 깨끗했다.

서광범의 입가에 쓴웃음이 스쳤다. 죄수 상투 풀어 머리 헤치고 저고리 고름 뜯어 맨 가슴 드러내 무릎 꿇리는 것은 조선의 야만이었던가. 사내에게 솜바지 저고리 입히고, 상투 매만지게 한 것은 일본 영사관의 요구였다. 우치다 영사는 개혁이란 모름지기 작은 것에서부터 시작되는 것이라고 했다. 일본 신문에서 재판현장을 취재하러 온다고 하니 개화문명의 모습을 보여주어야 한다고 했다.

짚둥우리에 앉은 사내가 고개를 들어 단상을 올려보았다. 돌올한 광대뼈 사이로 형형한 눈빛이 차갑다. 그러나 저 차가움은 맹렬한 불길이 내는 푸른빛이려니. 서광범은 짐짓 사내의 눈길을 피하며 한숨을 토했다.

옛 역적이 오늘의 역적을 심판하는가!

일본의 배신으로 '3일 천하'로 끝나야 했던 갑신년(甲申年·1884년) 거사에서 개화당이 이루려던 왕조 질서의 변경은 무엇이었나. 구라파식 입헌군주제였던가, 미국식 민주주의였던가. 그것이 무엇이었든 젊은 혈기와 이상만으로는 이룰 수 없는 꿈이었다. 하물며 청국의 속박에서 벗어날 수 있는 절호의 기회를 놓치지 말라며 거사를 부추겼던 일본공사 다카조에 신이치로의 세 치 혀에 놀아난 꼴이었으니. 민 씨 일파의 구원요청을 받은 원세개가 청병(淸兵)을 이끌고 나타나자 일본군은 당초 약속과는 달리 재빨리 철수했고 그것으로 정변은 끝장이었다. 임금을 청군으로 모셔가겠다던 홍영식은 별초군에 붙잡혀 맞아죽었고, 그와 박영효, 김옥균, 서재필은 다카조에를 따라 일본으로 도망쳐 목숨을 부지했다.

서광범의 뇌리에 가도 가도 끝이 없던 미국의 광활한 국토가 떠올랐다. 조선에서 일본으로 달아난 이듬해인 1885년 5월, 서광범은 미국행 기선에 몸을 실었다. 1883년 6월, 보빙사(報聘使) 민영익의 종사관으로 미국을 여행한 지 2년 만이었다. 미국 연방정부 교육국에서 번역관으로 일하던 날들. 누구도 그를 역적이라 하지 않았다. 그러나 아! 내 나라는 아니었다. 비록 역적으로 목이 베이는 악몽에 시달렸다고는 하나 서광범의 가슴에는 언제나 조선이 들어 있었다. 서광범은 외로웠다. 막막한 세월이 느리게 흘러갔다. 마음의 병이 육신으로 옮겨왔다. 점차 식욕을 잃었다. 그렇잖아도 근근이 연명하는 궁핍한 생활이었다. 영양실조가 폐병으로 이어졌다. 그러나 이국땅에서 속절없이 죽을 수는 없었다. 힘겹게 병마를 이겨냈다. 그러던 갑오년 6월 말, 뜻밖에도 일본 외무성에서 귀국 의사를 타진해왔다. 형식은 조선정부의 귀국명령이라고 하였다. 서광범은 일본군의 경복궁 점령과 친일 내각의 등장을 알지 못했으나 앞뒤를 잴 겨를은 없었다. 서광범은 주저 없이 짐을 쌌다.

김옥균은 그가 귀국하기 7개월 전 중국 상해에서 수구파 정객 홍종우에 살해된 뒤 그 시신이 조선으로 옮겨져 양화진에서 능지처참을 당했다고 했다. '갑신 오적'(五賊)의 생사 또한 운명이 아니라고 뉘 말할 수 있으랴. 이렇게 살아남아 10년 만에 개화내각의 대신이 되었으니.

허나 김옥균은 그 시신마저 갈가리 찢긴 터에 살아남은 일당의 구명(求命)이 가당키나 하였겠는가.

8월 초하루 박영효가 의금사에 사면을 청하는 원정(原情·진정서)을 제출하였다. 의금사에서 임금에 아뢰었다.

"죄명이 엄중한 만큼 감히 받아들일 수 없습니다."

임금이 전교(傳敎)하였다.

"받아들일 것이다."

"신이 이미 임금에게 죄를 짓고 부모에게 화를 끼쳤으니 그저 천지간에 있는 하나의 곤궁한 사람일 뿐입니다. 일본에서 나그네살이 하는 11년 동안 잠을 자도 편치 않고 음식을 먹어도 달지 않았습니다. 처자를 두지도 않았고 음악을 즐기는 데 참여하지도 않은 채 밤낮으

16

로 근심과 황송함에 싸여 오직 우리 성상께서 해량(海量)하여 주시기를 바랄 뿐이었습니다.”

임금이 박영효의 원정을 읽은 뒤 형적(刑籍) 말소의 명(命)을 내렸다. 승선원(承宣院)에 이어 전직과 현직 대신인 시원임(時原任) 대신들이 연명으로 부당한 명을 취소할 것을 임금에 청하였으나 임금은 받아들이지 않았다.

“이번 처분은 사실 생명을 귀중히 여기는 일이니 노성(老成)한 사람으로서는 응당 해량하여야 할 것이다.”

박영효가 비록 철종 임금의 사위로 정1품(正一品) 금릉위(金陵尉)에 봉해졌던 황실 인척이라고는 하나 고종이 조정 대소 신료들의 반대를 무릅쓰면서까지 ‘갑신 역적’을 용서하는 이유가 진정 생명을 귀히 여기는 해량에서 비롯되었으랴. 일본공사 오토리 게이스케가 박영효의 뒷배를 보아주고 있다는 사실을 어지간히 눈 밝은 이들이라면 모를 리 없을 터였다.

주범(主犯)이 사면되는데 종범(從犯)이 풀려나지 않겠는가. 하지만 언제까지 박영효에 편승할 수는 없었다. 하여 작년 11월, 임금이 박영효를 내무대신, 자신을 법무대신으로 임명했을 때 서광범은 사직상소를 올려야 했다.

“신이 지은 죄를 어찌 감히 남들과 비교하면서 다시 의기양양하게 벼슬길에 끼어들겠습니까. 아무리 생각하여도 명에 응할 길이 없으므로 이에 감히 괴로운 심정을 외람되게 진술하오니, 삼가 바라건대 속히 신의 벼슬을 교체하시고 이어서 신의 죄를 다스리도록 하소서.”

서광범의 상소에 임금이 비답을 내리었다.

“지나간 일에는 다른 의도가 없었다는 것을 이미 알고 있으니, 경은 지나치게 혐의를 피하지 말고 즉시 사은숙배(謝恩肅拜) 하도록 하라."

그 또한 임금의 진심이었나? 편전에 나아가 임금 앞에 엎드려 흘렸던 나의 눈물은 진정 감읍(感泣)이었던가?

서광범은 일시에 몰려든 상념을 털어내느라 밭은 한숨을 토하고 단하로 눈길을 내렸다. 저자의 꿈은 무엇이었나. 척왜양(斥倭洋)과 보국안민(輔國安民)의 깃발을 치켜 올렸다지만 저자의 꿈 역시 궁극에는 낡은 왕조를 무너뜨리는 데 있었을 터. 저자는 과연 백성의 힘으로 그 꿈을 이루려 했던가. 죽창을 든 무지렁이 농민들의 힘으로 왕조를 뒤엎으려 했던가. 10년 전 개화당의 정변보다도 무모한 짓이거늘 무엇이 저자를 저토록 당당하게 하는가. 무엇이 저자의 눈빛을 저토록 형형하게 하는가. 민 씨 정권은 저자가 일으킨 농민군의 기세에 놀라 청병을 불러들였고, 그를 빌미로 일병이 들어와 청일전쟁이 벌어졌고, 일본의 승리로 다시 친일 개화정권이 들어섰으니 나의 복권(復權)과 출사(出仕) 또한 저자에 빚지고 있지 않은가.

참의(參議) 장박이 피고 전봉준에 물었다

"너의 이름은 무엇인가?"
"전봉준이외다."

"나이는 몇 살인가?"
"41세이오이다."

장박은 전봉준의 거주지를 묻고 직업을 물었다. 일일이 바로 고하
라, 숨기지 말고 고하라 하였다. 단상 왼편에 자리한 일본영사 우치
다가 흘긋 장박을 쳐다보았다. 은색 단추가 여럿 달린 진청색 양복을
턱밑까지 받쳐 입은 우치다는 못마땅한 기색이다. 하나마나한 질문
에 같은 소리 아닌가.

장박이 이어 물었다.

"작년 3월에 고부 등지에서 민중을 모았는데 무슨 사연이 있어서
그러했는가?"

"그때 고부군수는 액외(額外)의 가렴(苛斂)이 수만 냥이었던 고로
민심의 원한으로 거사가 있었니이다".

"비록 탐관오리라 하여도 반드시 명색이 있었을 것이니 상세하게 말하라."

"지금 그 세목을 다 말하지 못하겠으나 그 대략을 고하리라. 첫째, 민보(民洑)가 이미 있었는데 그 밑에 보를 다시 쌓고 늑정(勒定·강제로 정함)으로 민간에 고시하여 좋은 논 한 마지기에는 쌀 두 말을, 나쁜 논 한 마지기에는 쌀 한 말을 거두어 모두 7백 석을 착복하였고, 백성들에게 황무지를 개간하여 경작하도록 하고 관가에서 땅문서를 주어 징세하지 않겠다고 하고는 추수기가 되자 강제로 세금을 거두어들였고, 둘째, 부민(富民)에게서 2만 냥을 늑탈(勒奪·강탈)하였고, 셋째, 그의 부(父)가 일찍이 태인 군수를 지낸 바 있어 그 부의 비각을 세운다고 천여 냥을 수탈했으며, 넷째, 대동미(大同米)를 민간에서는 정백미 열여섯 말을 기준가로 징수하고서도 조정에는 나쁜 쌀로 바꾸어 상납함으로써 이득을 취한 것이요, 이외 허다한 조목들은 기록하기가 힘드오이다."

"지금 고한 가운데 2만 냥을 늑탈하였다고 하는데 어떠한 명목으로 행하였는가?"

"부모에게 불효하고, 동기간에 화목치 못하고, 음행(淫行)을 저지르고, 잡기(雜技)를 즐긴 것 등을 죄목으로 씌워 행하였나이다."

"이외에 고부군수가 어떠한 일을 행하였는가?"

"지금 말한 것이 모두 백성을 탐학(貪虐)한 일이나 보를 쌓을 때 남의 산에 있는 수백 년 묵은 거목을 베어 썼고, 보를 쌓는 데 동원된 백성들에게는 한 푼의 품삯도 주지 않았나이다."

"고부군수의 이름은 무엇인가?"

"조병갑이외다."

재판장 서광범의 낯빛이 붉어졌다. 저것이 어찌 고부군수 하나의 일이겠는가. 온 고을 수령 열의 아홉은 대개 같을지이니. 갑신년의 경거망동이 부패와 탐학의 골만 깊게 했구나. 안으로 썩을 대로 썩었거늘 개화 개혁 한들 사직(社稷)을 보존할 수 있으리오.

심문하고 있는 장박의 어깨가 잔뜩 굳어 있다. 관복으로 감추었다 해도 곧추선 등뼈 위로 뭉쳐 있는 어깨 근육이 서광범의 눈에 생생하게 느껴진다. 참의 장박과 주사 오용묵은 1883년 박영효가 주도했던 〈한성순보〉(漢城旬報) 창간에 참여했던 개화파 관료이다. 이듬해 12월 갑신정변 때 신문을 발간하던 박문국이 불타면서 〈한성순보〉는 1년 만에 없어졌다. 아무튼 박영효의 복권이 없었다면 저들 역시 이 자리에 있지 못했을 터이니 그 숙연(宿緣) 또한 질기다 하지 않겠는가.

장박의 심문은 계속되고 있었다.

"너는 태인에서 살았는데 고부에서 난을 일으킨 이유는 무엇인가?"

"태인에서 살았지만 고부로 이사한 지 몇 년 되오이다."

"그렇다면 고부에는 너의 집이 있는가?"

"불타 잿더미가 되고 말았나이다."

"너는 그 무렵에 수탈의 피해를 본 일이 있는가?"

"없었나이다."

"그 일대 백성들이 모두 수탈의 피해를 입었는데 어찌 너만 홀로 피해가 없었는가?"

"선비의 몸으로 전답이라고는 세 마지기에 불과하기 때문이오이다."

"일대의 백성들이 모두 수탈의 해를 입었는데 너만 홀로 없다 하니 심히 의혹이 간다."

"이 몸은 아침에는 밥, 저녁에는 죽을 먹을 정도이니 어찌 수탈당할 것이 있겠니이까."

"너는 피해가 없으면서 어찌하여 난을 일으켰는가?"

"일신의 피해를 모면하려고 난을 일으키는 것을 어찌 남아의 할 일이라 하겠니이까. 백성들의 원한이 맺혀 있었기에 백성들을 위하여 학정을 없애고자 했을 뿐이외다."

"기포(起包) 시에는 무엇 때문에 주모(主謀)하였는가?"

"중민(衆民)이 모두 나를 추대하여 주모로 삼은 고로 그들의 말을 따랐을 뿐이외다."

"고부에서 거병할 당시 동학교도가 많았는가? 원민(寃民)이 많았는가?"

"거병할 당시에 동학교도와 원민이 함께 어울렸다고는 하나 동학교도는 적었고 원민이 많았니이다."

22

"거병한 후에 어떤 일을 하였는가?"

"황무지 개간 때 늑징(勒徵·강제로 징수함) 한 세금을 백성들에게 되돌려주고 관에서 쌓은 보를 헐어버렸니이다."

"그때가 언제인가?"

"작년 3월 초이오이다."

"그 후 어떤 일을 하였는가?"

"그 후 흩어졌니이다."

경계를 허물어야 한다

갑오년(1894년) 3월 10일.

이내의 푸르스름한 빛이 멀리 선운산 골짜기에 피어올랐다. 한낮
땡볕 아래 어질 머리를 풀던 아지랑이가 석양 뒤켠으로 스러지면 골
골마다 누워 있던 푸른 기운이 스멀스멀 기어오르는가 싶었다. 선운
산 골짜기에는 춘백(春栢)이 한창이리라. 겨울에 피는 동백(冬栢)이
핏빛이라면 봄에 피는 춘백은 연분홍빛이다. 핏빛 동백이 처절하다
면 연분홍 춘백은 애잔하다. 전봉준은 핏빛 동백이 좋다. 고창으로
빠지는 큰길을 피해 산길로 돌아간다 해도 밤새 부지런히 걷는다면
내일 오시에 못 미쳐 무장 도소에 닿을 것이다. 아직 부안 땅이다.

"잠시 쉬었다 가시지요."

묵묵히 걸음을 옮기던 김도삼과 정익서가 전봉준 곁으로 다가왔다.
둘은 두 달 전 고부 관아를 들이칠 때부터 그림자처럼 전봉준을 수행
한 도인(道人·동학도)이자 오랜 동지이다. 김도삼은 고부 토반(土
班)으로 일컫는 의성(義城) 김 씨 후예로 학식과 덕망을 갖춘 선비였
다. 김도삼은 전봉준이 거주하던 조소리 이웃마을 산매리에 살았다.
조소리와 산매리는 10리 상간이어서 둘 사이는 왕래가 잦았다.

전봉준보다 여섯 살, 김도삼보다는 다섯 살 아래인 정익서는 고부

연지평에서 한약방을 경영했는데, 종종 조소리 전봉준의 집으로 약재를 챙겨오곤 하였다. 전봉준이 조소리에서 5리쯤 떨어진 말목장터에 서당을 겸한 약방을 차리는 데에도 정익서의 부조가 컸다. 김도삼이 깊고 서늘한 눈매에 언설(言舌)이 진중한 선비라면, 정익서는 세모눈에 꾀 많고 언거번거한 한량 같았지만 그만큼 사교성 남다르고 붙임성 좋아 제 몫의 연비(聯臂)가 조기 한 두름 숫자는 될 거라고 하였다. 연비란 제가 포덕(布德)하여 입도(入道)시킨 동학도를 말한다.

"예까지는 이용태의 역졸이 미치지 못했을 겁니다. 잠시 쉬면서 미숫가루로 요기라도 … ."

김도삼이 채 말을 맺기도 전에 목 하나가 훌쩍 큰 정익서가 히쭉, 웃으며 끼어든다.

"놈들은 지금쯤 줄포 색주가나 기웃거리고 있겠지요."

전봉준이 고개를 끄덕였다.

"그러십시다. 모두들 쉬었다 갑시다."

닷새 전 저녁 고부를 빠져나와 태인으로 갔다가 돌아서 정읍, 홍덕을 거쳐 내려오는 길이다. 태인에서 최경선이 부하 열둘을 데리고 김개남에게 갔고, 정읍에서 손여옥이 제 접의 수하 여덟과 빠졌다. 최경선은 김개남과 금구 대접주 김덕명에 기포(起包) 계획을 알리고, 손여옥은 무장의 손화중에게 발 빠른 보발(步撥)을 보내 전봉준 일행이 무장 도소에 도착하기 전에 기별하기로 하였다.

남은 수는 서른두 명이었다. 모두가 1년 전 금구취회 이래 전봉준을 따르는 이들로 봉준의 심복이요, 수하였다. 그중 한 사람, 김판돌은 예외이다. 전봉준보다 네 살이 많은 마흔 넷의 김판돌은 고부 말목장터에서 민군을 해산할 때 집으로 돌아가라고 해도 한사코 손사래를 치며 전봉준을 쫓아온 소작인이다.

"집으로 돌아가 봐야 맨날 자고 새먼 또 그 노무 징그런 농삿일일 텐데, 쎄빠지게 해봐야 지주 아가리에 들어가고 나라에서 왼갖 부세로 훌쳐가고 나면 손에 남는 거야 빈 나락뿐이오. 하이고, 지도 인자 이런 시상 신물 나서 못 살겄소. 그러고 이대로 기양 끝낼 수는 없지 않겄습니까. 이놈으 시상 어쩌능가 보게 갈 데까지는 가 보아야제."

김판돌은 목덜미까지 벌게져서 말을 쏟아내고는 황소같이 큰 두 눈에 눈물까지 그렁거렸었는데,

"이대로 기양 끝낼 수는 없지 않겄습니까."

김판돌의 말 한마디가 전봉준의 심중에 뜨거운 쇠가 되어 박혔다.

판돌은 대열의 후미에서 걸어오고 있었다. 동저고리에 소매 없는 등거리 걸치고, 짚신에 감발하고, 이마에는 황토색 띠를 질끈 동여맸다. 어깨에 담발낭(擔鉢囊·무명으로 만든 물건을 담는 도구) 메고 허리에는 짚신 두 켤레와 바가지를 줄레줄레 찼다. 손에는 죽창이 들려 있다. 몇몇은 먹빛 배자 밑 허리춤에 단도를 지르기도 했지만 거개는 맨 손에 죽창이다. 다만 대열의 앞뒤 젊은이들은 화승총을 어깨에 메고 있다. 만일에 대비한 호위용이었는데, 어차피 몸을 피하는 길이어서 앞뒤로 대여섯 명씩을 제외하고는 거추장스러운 무기를 길가 점막이나 민가에 숨기고 후일을 기약한 터였다.

김도삼이 "쉬어가자" 소리치자 모두들 입술을 한일자로 굳게 다물고 땅만 보고 걷던 무리가 멈춰서며 한숨들을 토해냈다. 정익서가 물에 갠 미숫가루가 든 표주박과 쑥떡이 담긴 종구라기를 들고 왔다. 전봉준은 미숫가루가 든 표주박을 받고 떡은 정익서에게 건넸다.

"나는 이거면 됐네."

26

"밤새 걸으셔야 할 텐데 미숫가루 한 모금으로 되겠습니까?"

곁에 있던 김도삼이 떡 그릇을 대신 받아 내려놓으며 걱정스레 말했다.

"왠지 속이 더부룩해서 그러니 난 개의치 마시고 어서들 드시오."

전봉준은 표주박을 들어 천천히 미숫가루 갠 물을 마셨다. 텁텁한 미숫가루가 꿀꺽, 목울대를 넘어갔다.

고부는 고부였을 뿐이다. 고부민의 힘만으로는 고부를 넘을 수 없었다. 그들은 민요(民擾)가 월경(越境)하면 반역(叛逆)이라고 했다. 제 고을의 경계를 넘으면 임금에 반역하는 역적이 된다는 두려움이 그들의 발목을 붙들고 있었다. 그간 수없이 거듭된 민란이 대개 한 고을의 경계를 넘지 못하였던 것도 저 충효(忠孝)의 질긴 오라가 난민을 옭아매었기 때문이었을 터. 하여 탐관오리의 수탈에 견디지 못한 군민들이 마침내 들고 일어서면 그 지방 관찰사가 나서 한편으로 고을 수령과 아전들을 징계하고, 다른 한편으로 난민을 효유(曉諭·알아듣게 일러줌)하고 겁박한다. 그렇게 난민들을 해산시킨 후 민란의 주동자를 색출해 효수(梟首·목을 베어 높이 달아 맴)한다. 대개의 민란은 그렇게 진압되었다. 민요에서 진압까지 짧으면 사나흘, 길어도 열흘을 넘지 않았다.

고부는 달랐다. 전봉준, 김도삼, 정익서, 최경선, 손여옥의 지도부는 고부 관아를 점령한 뒤 말목장터에 이어 백산으로 진을 옮겨 장기전에 대비하였다. 그러나 달아난 조병갑의 후임으로 부임한 신임 군수 박원명이 관아 동헌 마당에 음식상을 차려놓고 해산을 설득하자 봉기에 가담했던 각 마을의 토호와 양반들은 재빨리 발을 뺐다. 심지어 몇몇은 전봉준을 사로잡아 박원명에 바치려는 모의까지 하지 않았던가. 전봉준과 그 수하들이 전라 감사가 보낸 장교를 죽이고, 줄포의 전운소 세고(稅庫)에서 세미(稅米)를 탈취한 것은 본디 고부 민의 뜻과는 어긋난다는 이유였다.

전라 감사 김문현은 고부의 민요가 장기화할 태세를 보이자 애가 달았다. 사달이 조병갑의 탐묵(貪墨·더러운 욕심)에서 비롯된 것이 거늘, 조정에 익산군수로 전임되었던 조병갑을 고부군수에 잉임(仍任·재임)시켜줄 것을 건의하는 장계를 보낸 것은 자신이었다. 민요가 커져서 조정이 놀라게 되면 "포흠(逋欠·조세 등 관물에 축이 난 것)을 정리하는 중에 군수를 바꾸면 차질이 빚어질까 두렵다"고 했던 장계의 거짓이 백일하에 드러날 것이고, 그간 조병갑에게서 상납 받아온 수만 냥의 뇌물도 숨기지 못할 거였다.

김문현은 군위(軍尉) 정석진을 불렀다.

"네가 날랜 군졸 여럿을 장사치로 변장시켜 고부 말목장터로 가거라. 너는 전봉준이를 만나 즉시 해산하라는 나의 뜻을 알아듣게 전하되, 여의치 않으면 사정을 보아 데리고 간 군졸들을 일으켜 놈의 목을 베도록 하여라. 실수 없이 하여야 한다."

그러나 병장기를 수레에 숨겨 말목장터 어귀로 들어서던 군졸들은 단박에 농민군에 발각되었다. 농민군들은 하얀 노끈을 손목에 매 동패임을 표시하였는데, 변장한 군졸들의 손목에는 아무것도 매어있지 않았다. 도망가던 정석진은 뒤쫓은 민군의 죽창에 찔려 죽임을 당했다.

사정이 그러했으나 고부의 양반과 토호들에게 전주 감사가 보낸 장교가 민군에 살해된 것은 관아 아전들을 장(杖) 치고 주리 트는 것과는 전혀 다른 성격이었다. 임금이 내려 보낸 관찰사의 장교를 참살

28

하다니. 그에 더해 조정에 보낼 세미까지 탈취했으니 어찌 역심(逆心)의 발로가 아니겠는가!

전봉준을 잡아 신임군수에게 바쳐 역적의 죄를 면하자는 논의는 그런 연유에서 비롯된 것이었다.

지도부와 군민을 이어주던 동장, 집강 등 고을의 중간지도층이 등을 돌리자 하부조직은 맥없이 무너졌다. 조병갑을 놓친 것은 분하지만 조병갑이 밑에서 악행을 저지르던 아전들을 혼쭐내고, 만석보 아래 새로 쌓은 보를 허물어버린 데다 수세(水稅)로 빼앗겼던 양곡을 되찾았으니, 그만 되었다. 거기다 인품이 어지간해 뵈는 신임사또가 그동안 지은 죄를 묻지 않고 군민과 의논하여 읍폐(邑弊)를 시정하겠다고 하니, 이만 해산하자. 봉기 후 두 달 만의 해산이었다.

그렇게 흩어지기를 기다려 찾아온 것은 안핵사 이용태의 만행이었다. 이용태는 역졸 8백 명을 이끌고 뒤늦게 고부에 들어와 온 고을을 휩쓸었다. 민란의 주모자를 색출한다며 민가에 불 지르고, 재물을 약탈하고, 부녀자를 욕보이고, 군민들을 닥치는 대로 살육하였다.

고부는 지옥이 되었다. 그리고 그 지옥은 새로운 봉기의 불씨가 되었다. 이제 그 불씨를 살려야 한다.

전봉준이 자리에서 일어섰다. 삼삼오오 앉아 있던 무리가 미투리를 들메고 일어났다. 무리는 선운산 쪽으로 재게 발걸음을 옮겼다. 땅거미가 지고 빠르게 어둠이 내려앉았다. 무리가 점점이 어둠 속으로 모습을 감추었다.

달이 떴다

마른 개울바닥의 돌들이 달빛을 받아 하얗게 빛났다. 이팝나무 꽃들이 밤바람을 맞아 허옇게 흔들렸다. 철쭉의 꽃무더기는 달빛 아래 거무죽죽했고, 춘백의 연분홍 꽃은 암자색을 띠었다. 능선에서 빗겨 내려온 달빛이 골짜기의 구석구석을 비추었다. 거칠고 급한 발자국이 산중의 정적을 깨트렸다. 땅 밑에서 올라온 기운을 받아 눅눅해진 흙들이 거센 발길에 눌려 밀려나고, 새 움이 돋아난 오리나무 가지들이 억센 팔꿈치에 부딪혀 휘어졌다. 기척에 잠들었던 산새들이 푸드득, 날갯짓을 했다. 무리는 다시 입을 굳게 다물고 밤길을 재촉하고 있었다. 선운산 중턱이었다.

산중턱을 넘어 반비알진 오솔길 곁에 달빛을 훤하게 받은 너럭바위가 펼쳐져 있었다. 아직 보름이 되려면 며칠 더 남았지만 달은 귀퉁이 한 조각을 제하고는 온전히 제 낯을 드러냈다.

"제서 다시 쉬었다 가지요. 월광이 무르익었습니다그려."

전봉준이 김도삼에게 말했다. 전봉준은 김도삼에게 좀처럼 하대를 하지 않았다. 한 살의 나이 차가 오히려 스스럼없이 대하기에 거북하기도 하였지만 매사에 진중하고 신실한 그를 내심 존중해서였다. 김도삼은 김도삼대로 전봉준에 깍듯했다. 봉준이 비록 한미한 평민 출신이라고는 하나 고부의 동학 접주요, 그의 웅지(雄志)를 누구보다 깊이 들여다보아서였다. 김도삼이 뒤돌아보며 쉬었다 가자, 하였다.

대오라 할 것 없이 줄지어 걷던 무리가 달빛이 내려앉은 너럭바위로 모여들며 한마디씩 했다.

"오매, 바위가 춘향이 낯빤대기맹이로 반지르르하네잉."

"아니, 거개가 참말로 춘향이 낯빤대기를 보았는가. 반지르르한지 어쩐지 워째 안당가?"

"아따, 열여덟 새 애기 속살을 꼭 봐야 복숭앗빛인지 살굿빛인지 안다요?"

"우리 마누래 속은 원체 깜깜하던디 … ."

"깜깜혀? 딜다 봤능감."

고부에서 빠져나온 이래 활시위처럼 팽팽했던 긴장감이 월광(月光)에 확 풀어진 듯싶었다. 웃음소리가 월하(月下)에 출렁였다.

"저 사람들 이제야 입이 터진 모양입니다. 허허허 … ."

김도삼이 건넨 표주박의 물을 달게 마신 전봉준이 한결 풀어진 목소리로 운을 뗐다.

"손화중 씨가 임진년(壬辰年 · 1892년)에 이곳 선운사(禪雲寺) 도솔암 마애불상에서 비결을 꺼냈다 하였는데 접장도 보셨소이까?"

"비결은 없다 하지 않았습니까?"

"그렇소이까?"

"청죽(靑竹) 수백 개와 새끼 수천 발로 사다리를 엮어 절벽으로 올라가 석불 배꼽을 도끼로 부쉈지만 그 속에는 아무것도 없었다고 했지요."

"하지만 남도 사람들은 거개가 비결을 손 접주가 가져갔다고 믿고 있지 않소이까?"

"비결이 실제 있고 없고 보다는 비결을 손 접주가 꺼내갔다는 풍문이 더 중요한 게 아니겠습니까?"

"실제보다는 풍문이 중요하다 … ?"

"때로는 풍문이 믿음이 되어 사실보다 더 큰 힘을 발휘할 수 있겠지요."

전봉준이 머리를 끄덕였다. 삼베 두건의 거친 올 새로 달빛이 잠깐, 반짝였다.

전라도 무장현 선운사 도솔암 남쪽 수십 보 떨어진 곳에 50여 장(丈)이나 되는 층암절벽이 있는데, 그 절벽 바위 전면에 큰 불상이 조각되어 있었다. 전설에 따르면 그 석불은 수천 년 전 선운사를 창건한 검단선사(黔丹禪師)의 불상으로, 그 석불 배꼽 속에 비결이 들어 있는데, 그 비결이 나오는 날에는 한양이 멸망한다는 것이었다. 칠십여 년 전 전라 감사로 내려온 이서구라는 사람이 석불의 배꼽을 떼고 그 속의 비결을 꺼냈는데, 그 순간 뇌성벽력이 몰아쳐 꺼낸 책을 도로 넣고 배꼽을 봉해버렸다고 하는데, 그때 이서구가 본 것이 '전라 감사 이서구 개탁(開坼)'이라는 글자였다고 한다. 한양이 멸망한다는 것은 조선이 망한다는 것일진대, '전라 감사 이서구가 열었다'는 글자가 책장 첫머리에 쓰여 있었다고 하니 종2품(從二品) 관찰사가 혼비백산할 수밖에.

그런데 무장의 동학 접주 손화중이 그 비결을 꺼내갔다고 했다. 풍문은 날개를 달고 사방으로 퍼져나갔고, 손화중은 썩은 세상을 다시 태어나게 할 진인(眞人)으로 백성들 입에 오르내렸다. 후천개벽(後

天開闢)을 이루어낼 동학당 두목이라 하였다. 손화중은 지금 무장, 고창, 영광, 장성, 흥덕, 고부, 부안, 정읍 등 전라도 서남부 일대를 아우르는 대접주이다.

그 손화중의 힘을 빌리기 위해 밤길을 재촉하고 있는 것이다.

이제 시작이야

달빛이 깊었다.

전봉준의 뇌리에 지난 몇 달이 주마등처럼 스쳐갔다.

고부 죽산리 송두호가(家) 너른 사랑채였다. 죽산 마을은 송 씨들의 집성촌이었고, 송두호는 주변 30리는 남의 땅을 밟지 않고 다닌다는 부호였지만 일찍이 입도한 신실한 동학도였다. 지난해 세밑이었으니 불과 두 달 보름 전의 일인데 봉준에게는 2년 반 전의 일인 듯 멀게 느껴진다.

눈길에 발이 젖었다며 마른 버선을 내어 주던 송두호 선생의 자상한 손길은 손등에 와 닿는 듯 생생한데 송 선생 댁 사랑채에 모여 있던 면면들은 흐릿하다. 김도삼, 정익서, 최경선, 손여옥, 송 선생의 장남인 대화, 정읍의 차치구, 그 외에 서넛이 더 있었던 것 같은데 얼굴과 이름이 엇갈려 가물가물하다.

그날 9척 장신에 기골이 장대한 송대화는 당장 고부 관아로 쳐들어가 조병갑을 요절내야 한다고 했다.

"조병갑이 익산군수로 간다더니 움쩍도 않고 눌러앉아 있고, 김문현이 한사코 조병갑이를 두둔하는 걸 보면 두 작자 간에 꿍꿍이속이 있는 게 분명합니다. 그러니 다시 진정을 해봐야 더는 소용이 없을 것이고, 조병갑이부터 요절내야 합니다. 그래야 지난 달 이 자리에서 돌린 사발통문의 면이 서지 않겠습니까?"

조병갑이 재작년 가을, 삯 한 푼 안 주고 주민들을 부역시켜 새 보(洑)를 쌓았지만 작년 여름 가뭄으로 보에는 대어 쓸 물 자체가 없었다. 그런데도 조병갑은 수세를 징수했고, 군민은 사족(士族) 부민(富民)에서부터 소작농에 이르기까지 원성이 목에 차 있었다. 불씨만 대면 활활 타오를 섶이었다. 하여 전라 감사에 직접 정소(呈訴·소장을 제출함)해 수세 감면을 요청할 것이며 이번 진정마저 받아들여지지 않는다면 군민 모두가 좌시하지 말아야 할 것이라 하고, 사발을 가운데로 전봉준과 송두호, 김도삼, 최경선, 손여옥, 송대화, 송주옥 등 스무 명이 빙 둘러 기명한 다음 각 마을 이장과 집강에게 배포하였으니 곧 사발통문이었다.

"맞소이다. 이번에도 김도삼, 정익서 두 접장께서 수고를 했습니다만 함께한 군민들과 곤욕만 치르고 말았습니다. 이제 더 이상 등소(等訴·백성들이 관아에 사정을 호소하는 일)를 하는 것은 의미가 없다고 봅니다."

전봉준이 입을 떼자 송대화가 좀 전에 제가 한 말의 아퀴를 짓듯 목청을 높였다.

"당장 거사를 하여 조병갑이를 요절냅시다. 듣기로는 그동안 조정에서 고부군수로 대여섯 명이나 새로 임명했다는데 어느 한 작자 내려오지 못하고 조병갑이가 저토록 버티고 있는 데는 다 무슨 야로가 있지 않겠습니까? 고래심줄처럼 질긴 조병갑이의 목을 베어 우리의 뜻을 세워야 합니다."

대화의 부(父) 송두호가 고개를 저었다.

"늙은이의 소견이오만 제 자식 놈의 혈기로는 일을 그르칠까 싶소이다. 고부군민이 우리의 뜻에 동조한다고는 하나 막상 거사에 참여할지는 의문이오. 또 참여한다 한들 그들 오합지졸로 관아를 점령할 수 있겠소이까?"

저녁상을 물리고 시작한 논의가 이경(二更·밤 10시)이 지나도록 분분했다. 분위기는 점차 달아올라 거사하자는 쪽으로 의견이 모아졌다. 정읍사람 차치구가 우람한 몸피에 어울리는 걸진 목소리로,

"매양 헌 소리를 허고 또 헐 필요가 있겠습니까? 접주께서 결심하는 대로 기양 따르기로 허지요."
하자 모두들 고개를 끄덕이는데 그동안 말을 아끼던 최경선이 입을 열었다.

"제 생각으로는 길게 보아야 할 것 같습니다만⋯."

말에 꽁무니를 단 채 최경선은 전봉준을 쳐다보았다. 최경선은 그렇게 전봉준에 말을 넘겼는데, 봉준은 최경선이 무슨 말을 하라는 것인지 알 수 있었다. 전봉준이 미간을 세우며 좌중을 돌아보았다.

"조병갑의 머리를 베어야지요. 하나 거기서 그친다면 우리의 거사는 그 뜻을 이루지 못하는 것입니다. 고부군민의 원성을 듣는 자가 어찌 조병갑이 하나뿐이겠소이까? 탐학과 늑탈의 도를 따지자면 전운사(轉運使) 조필영, 균전사(均田使) 김창석이 더하면 더했지 덜하지 않지요."

전운사는 지방의 세미를 서울로 실어 올리는 전운소의 으뜸 벼슬인데, 조필영은 조세로 거둔 곡식을 호남의 각 항구로부터 서울로 실어 나를 때 온갖 가외 세금을 징수하였다. 이를테면 말질을 하고 나서 다시 해보면 부족한 경우가 있어 그럴 때 벌충해야 한다고 가승미

(加升米)요, 덕석에다 쌀을 쏟아놓고 말질을 할 때 덕석 밖으로 흩어져 축나는 것을 벌충해야 한다고 낙정미(落庭米)요, 쥐가 먹어 축난 것을 벌충해야 한다고 곡상미(斛上米)요, 선창에서 바다에 떠 있는 세곡선까지 싣고 가는 종선 뱃삯이라 기선요미(騎船料米)요, 창고에 재워두는 창고세라 민고미(民庫米)요, 일꾼들을 먹여야 하니 인정미(人情米)라 하였다.

이렇듯 제멋대로 갖다 붙인 세목(稅目)이 열댓 가지나 되었다. 농민들로서는 하고 많은 세목에 이게 저것 같고, 저게 이것 같아 눈알이 헷갈리고 가슴이 떨려 말문이 막힐 지경인데, 조필영은 세금을 못 내겠다며 버티는 농민들을 붙잡아다가 수염을 뽑거나 들보에 상투를 매다는 악형을 서슴지 않았다.

균전사는 토지의 등급을 사정(査定)하여 농민들의 부담을 공평하게 해주라고 조정에서 내려 보낸 관리인데, 김창석은 농민들에게 면세해 주겠다고 약속하여 묵은 땅을 개간하게 하고는 추수 때가 되면 득달같이 세미를 거두어들였다. 이를 분하게 여긴 농민들이 이듬해 땅을 묵혀 농사를 짓지 않았는데도 전년처럼 세금을 받아 챙겼으니 멀쩡한 백지징세(白地徵稅)였다.

전봉준이 말을 이었다.

"이번 거사는 단지 고부만의 일이 아닙니다. 보국안민의 대의를 펼치자면 고부 관아를 친 다음 전주 감영을 점령하고 여세를 몰아 서울로 쳐올라간다는 우리의 뜻을 확고히 해야 합니다. 그런즉 길게 내다보아야 한다는 최 접장의 말은 옳습니다."

"고부에 이어 전주 감영을 치고 서울로 올라간다? 과연 그 일이 우리네 힘으로 가능하겠소이까?"

좌장인 예순 넷 송두호의 흰 수염이 좌우로 흔들렸다.

"당장 우리들 힘만으로는 불가능하지요. 다만 우리 뜻이 고부에 한해서는 안 되기에 오늘의 결의만이라도 멀리 보고 크게 잡자는 것입니다."

송두호가 고개를 크게 끄덕였다.

"멀리 보고 크게 잡자? 옳은 말씀이오. 그러시다면 접장께서 결의 사항을 정리하시지요."

전봉준이 윗목의 서안(書案)을 당겨 앉아 붓을 들었다.

一. 고부성을 격파하고 군수 조병갑의 머리를 벨 것.
一. 군기창과 화약고를 점령할 것.
一. 군수에 아부하여 인민을 갈취한 탐관오리를 쳐서 징계할 것.
一. 전주 감영을 점령하고 경사(京師)로 직향(直向)할 것.

그렇게 정리된 네 개 항의 결의였다.

그러나 전주 감영을 점령하고 서울로 짓쳐 올라가려면 최소한 호남과 호서의 동학조직부터 결합하여야 한다. 그러자면 무력 봉기에 대해 교주 최시형의 허락을 얻어야 한다. 하지만 무망(無望)한 일이었다. 계사년(癸巳年·1893년) 3월 보은취회 이후 해월(海月·최시형의 호)은 손화중, 김개남, 전봉준 등 남접(南接)의 접주들을 잔뜩 의심하고 경계하고 있었다. 북접과 남접을 옥(玉)과 석(石)으로 구분하고 있었다.

"최제우(崔濟愚) 선생이 상제(上帝)의 명을 받아 유불선(儒佛仙)

38

삼도를 합해 하나로 만들어 한울님을 지성으로 섬기며 유(儒)로서는 오륜(五倫)을 지키며 불(佛)로서는 심성을 다스리고 선도(仙道)로는 질병을 제거케 하였습니다. 대선생(大先生)이 무고한 죄명으로 처형된 지 30년이 지나도록 그 원억(冤抑)을 풀어 대도(大道)를 떳떳이 세상에 창명(彰明)할 수 없으니 이 어찌 한스런 일이 아니겠습니까."

임진년(1892년) 10월에 시작된 교조신원(敎祖伸冤) 운동은 공주·삼례 취회에 이어 이듬해인 계사년 2월, 광화문 앞에 사흘 동안 엎드려 청하는 복합상소(伏閤上疏)로 이어졌으나 그 성과는 미미했다. 충청·전라 감사로부터 "동학도인에 대한 관리의 탐학을 금한다"는 감결(甘結·상급 관청에서 하급 관청에 내리는 공문)을 얻어냈으나 정작 조정에서는 "집으로 돌아가 생업에 안주하면 원하는 바를 따라 해주겠다"는 겉치레 약속일 뿐이었다. 오히려 임금은 "정학(正學)을 높이고 이단을 배척하는 것은 열성조(列聖朝)에서 전해온 법이거늘 이단을 내세워 야료를 부리는 자들은 선비로 대우할 수 없으며 나라 법에 따라 죽임이 내려질 것"이라는 전교를 내렸다.

교조의 억울함을 풀기는커녕 동학과 도인에 대한 탄압만 더 심해질 노릇이었다. 교주 최시형은 동요하는 교도들을 방관할 수 없었다. 최시형은 팔도의 도인들에게 보은 장내리로 모일 것을 명했다. 보은취회였다.

충청도 보은에 2만여 명이 운집하였을 때 전라도 금구 원평장터에서는 1만여 명이 모인 별도의 취회가 열리고 있었다. 북접의 서장옥이 남접의 김덕명, 김개남, 전봉준, 손화중 등과 주도한 금구취회였다. 보은취회에서는 그전의 교조신원 집회에서보다 척왜양 구호가 대회장을 압도하였는데, 최시형을 비롯한 북접교단 지도부는 그 같은 구호의 배후에 금구취당이 있는 것으로 의심했다. 아울러 광화문 복합상소 직후 서울의 외국공관과 교회당 곳곳에 나붙었던 괘서(掛書·이름을 숨기고 게시하는 글)들도 금구취당의 소행으로 여겨졌다.

교주를 비롯한 교단지도부가 이렇듯 남접을 경계하고 배척하는 마당에 남·북접의 결합은 요원한 게 아닌가. 그러니 전주 감영을 점령하고 서울로 짓쳐 올라간다는 결의는 말마따나 너무 크고 길게 잡은 것이었으리라.

그런데 해가 바뀌어 기회가 찾아왔다. 고부를 점령하고 전주를 거쳐 서울로 직향하기에는 너무 일찍 찾아온 기회였다. 북접과의 결합은커녕 남접 간의 협력체제도 갖추어지지 못했으니 일러도 너무 일렀다. 허나 이르다고 미룰 수도 없는 기회였다.

갑오년 1월 9일, 조병갑이 고부군수에 잉임되었다. 익산군수로 전임된 조병갑이 한 달 넘게 고부 관아에 눌러앉아 있을 때에도 군민들은 조병갑이 머잖아 떠날 것이라고 믿었다. 그래서 거듭된 수세감면 진정이 매타작으로 돌아왔음에도 해가 바뀌면 새 군수가 올 거라는 기대에 울분을 억누르고 있던 차였다. 그런데 조병갑이 버젓이 재부임하다니! 고부군민의 분노가 하늘을 찔렀다.

전봉준은 태인 대접주 김개남에 급히 도움을 청했다. 최경선이 화승총으로 무장한 태인 농민군 서른 명을 데리고 고부 말목장터로 왔다. 때맞춰 김도삼과 정익서가 걸군(풍물패)을 앞세워 동원한 군민 500여 명이 말목장터로 모여들었다. 말목장터는 북으로 백산, 서남쪽으로 고부 관아, 남쪽으로 정읍, 동쪽으로 태인으로 이어지는 마름모꼴의 중앙이어서 일시에 군중이 모여들기에 딱 맞는 지점이었다.

최경선이 데려온 태인 농민군이 화승총을 높이 들고 함성을 질러

댔다. 농민군이 전봉준을 호명(呼名)했고 군민이 연호했다. 고부의 열다섯 마을에서 1천여 명의 군민들이 모여들었다. 농민과 상인에서 양반과 종에 이르기까지 모두가 대밭에 들어가 대나무를 깎았다.

다음날 새벽 전봉준이 이끄는 민란군민이 고부 관아를 들이쳤다. 조병갑은 달아나고 없었다. 민란군민은 군기창과 화약고를 점령했다. 감옥을 헐어 죄인들을 풀어주고, 악질 아전과 구실아치들을 붙잡아 매질하였다. 만석보 아래 새 보를 허물고, 조병갑이 온갖 명목으로 거두어들였던 세곡을 풀어 주민들에게 돌려주었다.

그러나 거기까지였다. 전주 감영을 함락하고 서울로 진격하는 것은 호서와 호남의 경계를 허물고, 영남과 경기, 강원의 경계를 넘어야 비로소 가능할 터였다. 그러자면 동학의 조직이 필요하다. 조직을 얻으려면 무장의 손화중을 만나야 한다.

산마루 너머로 어둠이 밀려나고 있었다. 희붐한 새벽빛이 소나무 숲으로 스며들었다. 전봉준은 깊은 들숨으로 새벽을 맞았다.

이제 시작이야.

손화중의 길

손화중은 밤늦도록 사랑에 앉아 있었다. 전라도 무장면 덕림리 양실마을의 와가(瓦家)이다. 열두 칸 기와집을 사들인 것은 3년 전 봄이었다. 해월교주를 뵙고 얼마 지나지 않아서였는데 그 후 동편 담장을 헐고 행랑채와 잇대어 초가로 객사 두 동을 들였다. 객사 뒤편으로는 대나무 숲이 빽빽했다.

달빛이 사랑채 격자창호에 희번했다. 삼경(三更·밤 11시~새벽 1시)이었다. 손화중은 전봉준의 창의격문(倡義檄文)을 떠올린다. 문구가 머릿속에 살아 있다.

"여러 군자들은 한목소리로 의를 떨쳐 일어나…."

손화중은 다탁(茶卓) 위 《동경대전》(東經大全) 갈피에 끼워두었던 전봉준의 격문을 꺼낸다. 촛불이 노르무레한 갱지에 필사(筆寫)된 검은 글자들을 한 자 한 자 뽑아 올린다.

"백성을 지키고 길러야 할 지방관은 치민(治民)의 도(道)를 모르고 돈벌이를 본원(本源)으로 삼는다. 여기에 더하여 전운영(轉運營)이 창설됨으로써 폐단이 번극(煩劇·몹시 번거로움)하여 민인들이 도탄에 빠졌고 나라가 위태롭다. 우리는 비록 초야(草野)의 유민(遺民)이지만 차마 나라의 위기를 좌시할 수 없다. 원컨대 각 읍의 여러 군자들은 한목소리로 의(義)를 떨쳐 일어나 나라를 해치는 적을 제거하여 위로는 종사(宗社)를 보전하고 아래로는 백성들을 편안케 하자."

전봉준은 호남의 거의(擧義)를 선동하고 있었다. 동학도들의 봉기(蜂起)를 호소하고 있었다. 전봉준은 고부에 갇혀 있었다. 백산에 진을 쳤으나 더 나아갈 곳이 없었다. 전봉준은 출구를 찾고 있었다. 격문은 출구를 찾는 몸부림이었고, 백성들은 그에 호응하고 있었다.

"낫네 낫서. 난리가 낫서. 에이 잘 되얏지. 기양 이대로 지내서야 백성이 한 사람이나 남아 있겠나."

출구의 문고리를 내가 잡고 있는가? 손화중은 무장에 날아든 전봉준의 격문을 읽고 문득 그런 생각을 했었다.

첫 느낌, 첫 생각은 때로 걸어야 할 길을 열어준다. 걸어야 할 길이라! 그 길을 찾아 집을 떠났던 때가 5년 전 늦은 봄이었다. 손위 처남 유용수와 함께 삿갓 쓰고, 바랑 이고 발길 닿는 대로 유랑(流浪)하였다. 고창, 영광을 거쳐 강진, 장흥까지 남행하였다가 보성, 순천, 광양, 하동을 거쳐 지리산으로 들어갔을 때는 어느새 계절이 바뀌어 있었다. 딱히 목적지를 향해 떠난 발걸음이 아니었기에 강진에서 해남과 완도를 둘러보고 장흥에 이르는 데 열흘이 걸렸고, 순천에서는 조계산 송광사를 찾아 닷새를 묵었다. 섬진강변 따라 하동에서 구례로 오르면서는 녹색 물빛에 취해 발걸음이 한없이 더디었다. 해 저물면 주막 봉로에서 감자전에 산나물 안주 삼아 농주 마시고, 날 밝으면 재첩국물로 해장하고 길 나섰으니 유랑 아닌 유람(遊覽)이라 하여도 족할 거였다.

길은 어디든 열려 있었다. 허나 그가 찾는 길은 보이지 않았다. 산천의 풍광은 수려하고 고즈넉하여 평화로웠으나 땅위에 사는 백성들의 삶은 고단하고 궁핍하고 불안하였다. 대대로 지주행세를 하던 밀양(密陽) 손 씨 집안의 장남으로 태어나 요족(饒足)한 환경에서 살아온 그였으나 마음속은 늘 허했다. 열일곱에 여섯 살 연상의 고흥(高興) 유 씨를 아내로 맞아 아들 둘을 두었으나 필부(匹夫)로 살기에는 그의 피가 뜨거웠다. 그렇다고 출세를 꾀하랴. 돈으로 양반 되고, 뇌물로 벼슬 사는 세상이었다.

"더러운 시상일세, 이노므 시상이 대그빡을 땅바닥에 처박을 날도 멀지 않았네. 이보게, 매부. 우리 바람이나 쐬러 가세. 둘이 기양 훌쩍 떠나보세."

처남 유용수의 뜬금없는 제의에 손화중은 선선히 고개를 끄덕였다. 그렇게 떠나온 길이었다. 봄날의 바람은 부드럽고 달콤했으나 가뭄으로 갈라진 논배미와 마른 흙 날리는 고샅길에 부는 바람은 백성의 골진 주름에 드리운 그늘을 짙게 할 뿐이었다. 사물은 눈에 보이는 게 아니라 마음에 읽히는 것이거늘. 그는 미풍에도, 훈풍에도 매양 흔감할 수 없었다.

준령유곡(峻嶺幽谷). 지리산은 높고 깊었다. 장중한 산세는 범접할 수 없는 위엄으로 우뚝했고, 속진(俗塵)을 거부한 골짜기의 물은 차고 맑았다.

"이곳은 승지(勝地·피난지)일세."

아득한 봉우리에 둘러싸인 울울창창(鬱鬱蒼蒼)한 계곡 사이 우묵한 분지에 나지막하게 들어선 청학동 마을에 도착했을 때 유용수는 말했다.

"반드시 난을 면하고자 숨어드는 피난지이겠는가. 이길 승자(字) 승지이니 새 세상, 새 땅이기도 허지. 사람이 곧 하늘이거늘, 하늘 아래 이곳은 곧 사람 사는 새 세상이라."

처남의 말투가 달라져 있었다. 말본새가 음전했다. 평소 술 좋아
하고 놀기 좋아하던 유용수의 면모에 저런 모습이 숨어 있었던가 싶
게 표정도 엄숙했다. 유용수는 동학도였다. 그리고 보면 유용수는
애초부터 목적지를 청학동에 두고 있었던 듯싶었지만 손화중은 구태
여 묻지 않았다.

　사람은 곧 하늘이요(人是天),
　모든 사람은 제 몸 안에 한울을 모신 평등하고 거룩한 존재일 것이니
　사람 섬기기를 한울님 같이 하라(事人如天).

말(言)은 곧 길이었다. 손화중은 그렇게 길을 찾았다. 그는 동학
에 입도했다. 입도 절차는 간략했다. 청수일기(清水一器), 맑은 물
한 대접을 제상에 진설하고 하늘에 재배(再拜)하였을 뿐이다. 경상
도 순흥에서 온 김창규라는 백발노인이 '북도중주인'(北道中主人)이
란 글씨가 쓰인 붉은 천 조각을 손화중에게 건넸다.

"내가 15년 전 충청도 단양에서 입도할 때 해월 대선생(大先生)에
게서 받았던 게요. 당시는 영해의 난 뒤끝으로 관의 지목이 삼엄했던
지라 소백산 기슭 산마을 한갓진 모정(茅亭)에서 황황히 입도식을 가
졌는데 그때 해월이 품안에서 이 천 조각을 꺼내어 내게 주었소이다.
첩지(牒紙)인 셈이지요. 내 나이 칠순에 선생의 첩지를 공에게 전하
게 되니 감개가 무량하오이다."

노인은 칠순이란 나이가 믿기지 않을 만큼 목소리가 우렁우렁했는
데 후에 들으니 처남 유용수 또한 그와의 인연으로 2년 전 입도했다

고 하였다. 유용수는 상주와 김천 등 경상도 서북부 지방의 상인들과 거래해온 미상(米商)이었는데 수 년간 계속된 흉년과 관의 수탈에, 왜상(倭商)들의 밀무역까지 성행하면서 쌀알 구경조차 힘들게 되자 업을 작파한 지 한참이었다. 아무튼 유용수는 상주의 상인에게서 동학을 소개받고 김창규 노인을 만나 입도했으며, 김 노인의 청학동행 역시 그가 미리 사람을 보내 주선한 것이라고 털어놓았다.

아무려면 어떠한가. 손화중은 매일 새벽 지리산 차고 맑은 물에 몸을 씻고 스물한 자 주문을 독송(讀誦)하였다.

시천주조화정 영세불망만사지(侍天主造化定 永世不忘萬事知).
지기지금 원위대강(至氣至今 願爲大降).
한울님을 모시며 자연의 조화를 따르며 영원토록 잊지 않으면
세상의 이치를 알 수 있나니.
지극한 기운이 마침내 오늘에 이르렀으니 원컨대 크게 내려주십시오.

시(侍)는 안으로 신령이 있고 밖으로 기화(氣化)가 있어서 온 세상 사람들이 각기 알아서 옮기지 않는 것이요, 주(主)란 그 존경함을 이르니 어버이와 한가지로 섬기는 것이고, 조화(造化)란 작위가 없이 저절로 화육(化育)함이요, 정(定)이란 그 덕에 합치하여 마음을 바르게 정함이라. 영세(永世)란 사람의 평생이요, 불망(不忘)은 잊지 않고 티 없이 곧게 생각한다는 뜻이며, 만사(萬事)란 수의 많음이요, 지(知)란 도를 알아서 슬기를 얻음이라 하였다.

지(至)는 극(極)을 말함이요, 기(氣)는 미묘하고 아득하여 모든 사물에 내재하며 지배하나 형체가 있는 듯하지만 형용하기 어렵고,

들리는 듯하지만 보기는 어려우니 만물이 생성하는 영기(靈氣)이라. 지금(至今)이란 입도(入道)하여 기를 접하게 됨을 안다는 뜻이요, 원위(願爲)는 축원하는 것, 대강(大降)은 기에 융합되기를 바라는 것이라 하였다.

주문 수련으로 누구든 한울님과 일체화하고, 제 안에 모셔진 한울님을 체험할 수 있다고 하였으나 손화중은 굳이 제 몸 안의 한울님을 만나려 한 것은 아니었다. 주문 수련으로 질병을 치유하고 병화(兵禍)를 면할 수 있다고 하였으나, 오로지 그것을 바란 것은 아니었다. 그의 가슴을 뛰게 한 것은 후천개벽, 제 몸에 한울님을 모신 평등한 사람들이 열어갈 새로운 세상이었다. 수심정기(修心正氣)로 다가올 새 세상을 맞는 것이었다.

스물한 자 주문은 영감(靈感)이었고 기도(祈禱)였다.

청학동에 해를 넘겨 머문 손화중은 이듬해 봄 수운(水雲) 최제우 선생이 득도(得道)하였다는 경주 용담(龍潭)을 찾았다. 경상도 월성군 견곡면 가정리 남쪽 구미산 계곡의 작은 정자인 용담정은 풀숲에 누워있는 주춧돌만 그 흔적을 남기고 있었다. 갑자년(甲子年·1864년) 3월, 대구 장대(將臺)에서 참수당한 선생의 시신을 제자들이 염습하여 용담정 아래 모시었다고 했다. 허나 '좌도난정지율'(左道亂政之律)로 처형된 역적의 묘에 성분(成墳)이 가당키나 하였겠는가. 20여 년 지난 세월 평토(平土)에 흔적이나 남았으랴.

손화중과 유용수는 주춧돌 아래 양지 바른 곳에 준비해간 북어포와 조기, 곶감, 약과에 청주 한 잔을 올린 다음 두 번 절하였다. 유용수는 기왕에 한 발걸음이니 2대 교주인 해월 선생도 찾아뵙자고 하였다. 해월은 관의 지목을 피해 강원도에서 은신 중이라 하였다. 둘이

인제와 양구까지 찾아갔으나 허탕이었다. 해월은 은신 중에도 잠행(潛行)을 멈추지 않았고, 관의 첩자를 의심하는 도인들은 선생의 행적을 모르쇠 했다. 강원도 인제에서 홍천, 원주를 거쳐 충청도 충주, 음성, 괴산, 보은, 영동을 둘러보고 전라도 무주, 장수, 남원으로 내려갔다가 다시 전주, 태인을 거쳐 고향 정읍으로 돌아온 때는 집 떠난 지 만 2년이 지나서였다.

해월 교주를 배알(拜謁)한 것은 신묘년(辛卯年·1891년) 3월, 윤상오의 공주 본가에서였다. 본래 충청도 공주 출신인 윤상오는 전라도 부안에 소실을 둔 연고로 동학의 호남 포교에 힘썼고, 해월에게서 그 공을 인정받아 전라우도 편의장(便義長)의 직을 받은 거두(巨頭)였다. 손화중이 엎드려 절하고 고개를 들었을 때 자그마한 체구의 깡마른 노인이 눈빛을 반짝이며 물었다.

"연전에 강원도에까지 나를 찾아왔었다고 하더이다만. 그래, 원행(遠行)에서 무엇을 얻으셨는고?"

손화중이 차마 뭐라 답하지 못하고 얼굴을 붉히자 해월은 눈가에 잔주름을 잡으며 미소 지었다. 연녹색 홑겹 두루마기에 갓을 쓴 단아한 선비 차림이었는데 한 줌밖에 안 되어 보이는 왜소한 몸피에도 불구하고 범상치 않은 위의(威儀)가 실려 있었다.

"헌헌장부로세. 그대의 용모가 참으로 수려하구려. 20년 전 영해의 인사가 생각나는구먼. 그 인사도 그대처럼 인물이 준수하였지. 허나 욕망에 조급하여 공부를 소홀히 한 탓에 명을 재촉하고 말았네. 실로 아까운 인사였지. 그대는 그런 전철을 밟아서는 아니 되네. 그러자면 더욱 닦고 익히는 데에 열심을 다하여야겠지."

손화중은 해월이 말하는 영해의 인사가 누구인지 알 수 없었다. 전

철을 밟지 말라는 말씀의 의미도 헤아리기 어려웠다.

"허허, 내가 공연한 얘기를 했구면그래. 차차 알게 될 것이네. 차차 알게 될 것이야. 내 말이 무슨 뜻인지."

그러면서 해월은 수운 대선생의 《동경대전》 필사본 한 권을 손화중에 내주었다. 지금 다탁 위에 놓여 있는 바로 그 책이다.

바람이 부는가. 객사 뒤편 대나무 숲에서 수와, 쓸려 내려온 바람의 손이 장지문을 부르르, 흔든다. 달이 구름에 가렸는지 희번하던 창호에 어둠이 고여 있다. 손화중의 눈길이 다탁 위 《동경대전》으로 옮겨갔다.

수운은 '다시 개벽'의 새로운 시대가 열리고 있다고 말씀하였다. 개벽 후 5만 년 동안 지속되어온 기존의 낡은 세상이 해체되고 다시 5만 년 동안 지속될 새로운 문명세상이 열릴 것이라 하였다. 사람들이 서로 딴 마음을 먹는 각자위심(各自爲心)의 낡은 시대를 종식시키고, 모두 소박한 인간의 본바탕으로 돌아오는 동귀일체(同歸一體)의 새 시대를 맞을 것이라 하였다.

"허황된 소리."

일해(一海) 서장옥은 이를 드러내며 싱긋, 웃었다.

"아니 그러한가. 개벽이 무엇인가? 세상이 뒤집히는 것이지. 세상은 무엇이 뒤집는가? 저절로 뒤집히는가? 백성의 힘으로 뒤집는가? 세상이 동학도로 가득하면 세상이 뒤집힐 것인가? 흐음….."

서장옥이 짧은 숨을 뱉어냈다. 좁은 이마는 굵은 주름으로 덮여 있고, 작은 두 눈은 잠긴 듯했고, 목소리에는 가래가 낀 듯했다. 서장옥은 흠흠, 목을 가다듬더니 말을 이었다.

"수운 대선생의 대도(大道)를 폄하하자는 건 아닐세. 개벽의 꿈은 아름다운 것이지. 하나 꿈으로만 이룰 수 있다면 그것이 허황됨이 아니고 무엇이겠나? 내가 교조신원운동에 나선 것도 바로 그 허황됨에서 벗어나고자 함이었네. 동학도들은 계속해 죽임을 당하고 재물을 빼앗기고 쫓겨 다니고 있네. 그 세월이 30년이야. 서학(西學)이 공인받고 곳곳에 예배당이 들어서는 마당에 우리끼리 숨어서 주문만 외고 있어서야 개벽의 꿈이 이루어지겠는가."

지난해 늦은 봄, 조정에서 내려 보낸 선무사(宣撫使) 어윤중의 회유와 겁박으로 보은취회가 급격히 무너지고 있다는 소식이 전해진 날, 원평장터의 임시 도소에서였다.

보은취회에 참가하려던 손화중을 붙잡은 것도 일해였다. 보은으로 올라가는 길에 인사차 금구 거야마을 김덕명가에 들렀는데 사랑채에는 마치 기다리고 있었다는 듯이 김개남과 전봉준이 몇몇 낯선 얼굴들과 모여 있었다. 신을 벗고 방안으로 들어서자마자 김개남이 벌쭉, 웃으며 말했다.

"호랑이도 제 말하면 온다더니 손화중 씨가 바로 그 호랑이인 모양일세. 지금 막 손 접장 올 때가 됐다고 하던 참이니. 자아, 우선 일해 선생님에게 인사부터 드리시오."

사랑채 아랫목에 장년의 사내가 앉아 있었다. 맨 상투 아래 밤색 띠를 동여맨 사내의 얼굴은 좁고 기름했는데 잿빛 눈썹 아래 안광이 날카로웠다. 전설의 인물인 일해 서장옥이었다. 손화중이 엎드려 절하였다.

"선생님의 존명은 익히 들었습니다. 이제야 인사 올리는 결례를 용서하십시오."

맞절로 절을 받은 서장옥이 껄껄, 웃었다.

50

"존명은 무슨? 절 떠난 중처럼 이곳저곳을 떠도는 신세이거늘. 나 또한 손 접장 이름은 이미 들어 잘 알고 있소이다. 선운사 미륵불 배꼽에서 비결을 꺼낸 진인으로 소문이 호남에 짜하던데 내 어찌 모르겠소."

"진 … 진인이라니요. 당치 않으신 말씀입니다. 말 만들기 좋아하는 사람들이 지어낸 소리일 뿐이지요."

"사람들이 지어냈다고 해도 지어낼 만한 인물이니 지어내는 것이오. 접장의 그릇이 그만하니까 말이오. 아니 그렇소이까?"

서장옥이 빙그레, 웃으며 주위를 둘러보았다. 모두가 웃는 얼굴로 고개를 끄덕였다. 손화중은 순간 목덜미가 서장옥의 손아귀에 잡힌 듯한 느낌을 받았다. 느닷없고 묘한 느낌이었다. 부드러우면서도 섬직한 손길. 시퍼런 칼날이 목덜미를 스쳐 지나는 듯한 서늘함과 뜨거움. 까닭 모를 기쁨과 슬픔. 그 모든 형용할 수 없는 상반된 감각이 느닷없고 묘한 느낌 속에 버무려져 있는 것 같았다.

아, 손화중은 하마터면 입 밖으로 신음을 토할 뻔하였다.

서장옥이 날카로운 눈매를 좁히며 말했다.

"손 접장, 보은에는 가실 필요가 없소이다. 용계(龍溪 · 김덕명의 호) 선생께서 원평장터에 도소를 차리기로 했으니까 우리는 이곳 원평에서 벌입시다. 보은에서 어쩌는지 지켜보십시다."

그랬던 서장옥이 원평을 떠나면서 말했었다.

"때가 되면 다시 힘을 모아야 하네."

이제 그때가 온 것인가. 전봉준은 내일 오전이면 이곳에 도착할 것이다. 그는 내게 출구를 요구할 것이다. 무어라 응답할 것인가. 이제 어떤 길을 선택해야 할 것인가. 다탁 위 촛불이 방안을 점령한 어둠

속에서 주황빛을 띠고 있었다. 수와와아, 대나무 숲을 쓸어내리는
바람소리가 이명(耳鳴)처럼 귓속에 그득했다.

무장 기포

　전봉준 일행이 무장 도소에 도착한 때는 날이 훤하게 밝은 묘시(卯時·오전 5시~7시) 말이었다. 탱자나무 울타리가 쳐진 장독대가 한 구석을 차지하고 있는 마당으로 들어서자 키가 훤칠한 손화중이 큰 걸음으로 다가왔다. 무명 바지저고리에 녹색 도포를 덧입고 머리에 복건(幞巾)을 쓴 손화중은 옷매무새와 어울리는 온화한 웃음으로 일행을 맞았다. 너른 이마 아래 우뚝한 콧날이 고집스레 보였지만 맑은 눈과 둥그런 턱으로 전체적으로는 부드러운 인상이다.

　"어서들 오십시오. 오시나 되어야 당도하실 거라고 하더니만 일찍들 오셨습니다."

　"당초 어림했던 것보단 시간이 적게 먹혔습니다."

　"제가 진작 말목장터로 찾아뵈었어야 했는데 소소한 일들에 발목이 잡혀 꼼짝을 못했습니다."

　"소소한 일이라니요? 최경선 씨와 손여옥 씨로부터 접주 소식은 종종 들었소이다. 활발한 포덕(布德)으로 대접주의 성명(聲名)이 호남 우도 전역에 미치고 있거늘 그에 따른 일들을 어찌 소소하다 하겠소이까?"

　"아이고, 별 말씀을 다 하십니다. 자아, 밤새 오시느라 곤하실 테니 우선 안으로 드셔서 좀 쉬시지요."

손화중이 전봉준과 김도삼, 정익서를 사랑채로 안내하려는데 김도삼이 정익서에게 눈짓을 하며 말했다.

"저희는 일행과 함께하도록 하겠습니다."

"객사 두 동으로는 안 될 것 같아 뒤뜰에 차일을 치고 멍석을 깔았습니다만 아무래도 불편하실 텐데요."

"비바람만 피할 수 있으면 족하지요. 염려 마십시오."

전봉준이 눈으로 웃으며 고개를 끄덕였다.

"그리 하시구려. 두 분 두령께서 저 사람들과 함께하는 게 좋을 듯합니다. 나도 곧 함께하지요."

뜨거운 토장국에 조를 둔 쌀밥을 말아 빈속을 채우기가 무섭게 곯아 떨어졌던 전봉준이 눈을 뜬 것은 미시(未時·오후 1시~3시)가 다 되어서였다. 전봉준이 기척을 하자 장지문이 열리고 열댓 살쯤 되어 보이는 동그마한 얼굴의 계집아이가 대접을 쟁반에 받쳐 들고 사랑으로 들어섰다. 전봉준이 기침하기를 기다렸던 모양이다.

"어허, 문밖에 서 있었던 게냐?"

계집아이는 낯을 붉힐 뿐이다. 전봉준은 대접을 들어 찬물을 벌컥벌컥 들이켰다. 전봉준이 대접을 내려놓자 계집아이는 윗목 벽장에서 말끔하게 마름질한 속옷과 겉옷 한 벌씩을 꺼내 보료 옆에 내려놓았다.

"바깥에 시치실 물을 준비해 놓았구먼요. 세수 하신 후에 갈아입으셔요."

전봉준은 새삼스레 손화중의 자상한 마음씀씀이를 느꼈다. 기침하기를 기다려 들인 냉수며 갈아입을 새 옷과 씻을 물까지, 별것 아닌 듯해도 무심하면 놓치기 쉬운 일이다. 미리 통지를 했다고는 하지만 하루도 안 되는 새에 서른 명도 넘는 일행을 차질 없이 맞도록 구획하고 준비하는 것도 생각처럼 쉬운 일은 아닐 거였다. 광에서 인심 나더라고 워낙에 지주집안 출신으로 재물이 넉넉한 덕이 아니겠느냐 말하는 이들도 있겠지만, 인색하기로는 부자가 가난한 자들보다 더하면 더한 것이 세속의 인정이려니 마음이 없으면 안 될 일이었다. 그런 덕망이 있기에 서른 초반의 젊은 나이에 정읍에서 무장·고창·흥덕·영광·장성·나주·광주에 이르기까지 영향력을 미치는 포를 운영할 수 있을 터였다.

전봉준이 안핵사 이용태를 피해 손화중을 찾아온 것도 손화중 포의 영향력과 그 조직의 힘을 얻기 위해서였다.

최경선이 태인의 김개남과 금구의 김덕명을 찾아 기포의 뜻을 전달하고 거병을 준비할 것이며, 고부에서는 기포가 통지되는 대로 송대화가 1천여 명을 이끌고 합세할 거였다. 그러나 손화중이 나서지 않는다면 고을의 경계를 허물 수 없다. 호남의 동학조직을 통합할 수 없다.

고부 민군의 해산을 앞둔 어느 날 저녁, 백산을 찾았던 일해는 말했었다.

"손화중을 잡으시게."

그 손화중을 잡으러 이곳 무장에 내려온 것이다.

된장을 묽게 푼 냉이국에 홍어무침을 곁들인 점심상을 물리고 났을 즈음 손화중이 사랑에 들어섰다.

"여독은 좀 풀리셨습니까?"

"풀리다마다요. 대접주의 자상하신 배려로 말끔히 가셨습니다."

"아이고, 자꾸 왜 이러십니까? 연배도 한참 위신데 이러시면 제가 무안합니다."

"나이가 무슨 상관이겠소이까? 엄연히 도(道)의 율(律)이 있는 법. 과분한 대접에 민망할 지경이오이다."

"민망하다니요? 김도삼 씨와 정익서 씨를 객사에 들게 해 도리어 제가 결례를 하였지요."

"결례라니요? 그렇지 않습니다. 그 사람이 부러 자리를 비켜준 거예요. 내가 대접주에게 긴히 상의할 일이 있다는 걸 알고요."

전봉준의 미간이 좁혀졌다. 눈에 힘이 들어가면서 눈빛이 강해졌다. 손화중이 짐짓 미소를 지으며 전봉준의 시선을 눅였다.

"압니다. 접주님께서 이곳 무장에 쉬러 오셨겠습니까? 지난달에 백산에서 띄운 창의격문도 받아보았고요."

상대의 의중을 알고 있다는 얘기다. 전봉준도 에둘러 말하지 않았다.

"그렇소이다. 대접주의 도움을 얻고자 왔지요. 고부에서 일어난 저간의 사정과 이용태의 만행에 대해서는 이미 잘 알고 계실 겁니다. 이용태는 도인들을 학살한 것은 물론 고부와 인근 지역의 양민들까지 동학도로 몰아 핍박하고 살인과 방화, 약탈과 부녀자 강간을 서슴지 않는 천인공노할 만행을 저질렀소이다. 이대로 두고 볼 수는 없지 않겠소이까. 그러나 내 힘으로는 안 됩니다. 김덕명, 김개남 접주의 협력만으로도 안 됩니다. 손 접주의 협력이 있어야 마침내 고을의 경계를 넘을 수 있소이다. 그래야 비로소 광제창생(廣濟蒼生), 보국안민(輔國安民)의 대의를 펼 수 있습니다."

손화중의 얼굴이 굳어졌다. 입가에 매달렸던 미소도 사라졌다.

"말씀은 잘 알겠습니다만 동학도의 대부분은 농민입니다. 기포를 하면 필시 관군과 접전을 해야 할 텐데 고작 죽창으로 무장한 농민군이 그들에 대적할 수 있겠습니까? 결기에 우르르 일어난다고 해도 수만 불린 오합지졸로는 필패(必敗)입니다. 더구나 한 달 후면 농사철이 시작되는데 농민들이 농사일 제쳐놓고 나서겠습니까? 설사 나선다고 해도 모내기가 시작되면 들었던 병장기를 내던지고 논으로 달려가는 것이 농심(農心)입니다. 봉기를 하더라도 좀더 사태의 추이를 살펴가며 준비를 하면서 후일을 도모하는 것이 ….”

전봉준의 짙은 눈썹이 꿈틀하며 손화중의 말을 잘랐다.

“아니지요. 모든 일에는 때가 있소이다. 지금 고부와 인근 고을의 민심은 이용태에 대한 적개심으로 끓어오르고 있지요. 불씨만 있으면 단번에 폭발할 화약고와 같아요. 그것이야말로 화승총 수천 정보다 강력한 무기가 될 것입니다. 말씀처럼 한 달 후면 농사철이지요. 그래서 더 봉기를 지체할 수 없다는 겁니다. 어차피 우리는 속전속결로 승부를 보아야 합니다. 그러려면 백성들을 끌어들여야 합니다. 허나 강제로 끌어들일 수는 없는 일이지요. 그들이 자발적으로 참여해야 합니다. 해서 민심이 중요하다는 것이오. 민심을 놓치면 때를 놓치는 것과 같아요. 김개남 포와 김덕명 포도 대접주가 나선다면 기꺼이 힘을 합할 것입니다. 고부에서 나와 함께했던 이들도 적지 않고요. 일해 선생께서도 돕겠다고 하셨습니다.”

“일해 선생께서도 돕겠다니요? 선생을 언제 뵈었습니까?”

“월전에 백산에 홀연히 나타나셨지요. 선생께서 말씀하시길 경계를 허물어야 한다, 그러자면 손 접주의 협력을 구해야 한다고 하십디다. 당신은 금구취회에 함께했던 다른 이들에게 얘기를 해놓겠다고 하시면서요. 선생의 말씀인즉 김덕명, 김개남 포는 내가 맡을 터이니 손화중 포는 네가 맡아라, 그런 뜻이 아니었겠소이까? 나는 그리 믿고 이곳 무장으로 내려왔소이다."

손화중이 얼결에 오른손 바닥으로 목덜미를 쓸었다. 억세면서도 부드러운 손길의 감촉, 서늘하면서도 뜨거운 기운이 목덜미를 스쳤다. 1년 전 서장옥과의 첫 대면에서 받았던 느낌이 생생하게 살아나 손화중은 어깨를 움찔했다. 첫 느낌은 때로 걸어야 할 길을 열어준다. 내가 걸어야 할 길은 그때 이미 예정되었던가. 내가 진정 출구의 문고리를 쥐고 있는가.

사랑에 침묵이 흘렀다. 아랫목, 매화와 대나무가 엇갈려 그려진 여섯 폭 병풍에 창호로 들어온 오후의 햇살이 어룽거렸다. 그 앞, 보료에 앉은 전봉준이나 그 옆, 안석(案席)을 끌어다 앉은 손화중이나 입술을 일자(一字)로 붙이고 있다. 기(氣)를 다투는 것은 아니다, 라고 전봉준은 느끼고 있었다. 손화중이 주저하는 것은 거절할 명분이 없다는 것을 확인하는 것이라고, 전봉준은 생각하고 있었다.

시간의 흐름은 일정하지 않다. 촌각(寸刻)이라도 영원처럼 느껴질 때가 있다. 사랑에 고인 침묵은 심중(深重)하여 그 무게를 가늠키 어려웠다.

마침내, 손화중이 가슴을 부풀려 크게 숨을 들이마셨다가 길게 뱉어냈다. "아아, 하아 ⋯." 그리고 말했다.

"우선 접주들에게 통지부터 해야겠지요."

전봉준이 환하게 웃었다. 사랑 밖에는 봄빛이 완연했다.

저녁에 전봉준은 객사로 옮겨갔다. 손화중이 거듭 만류했으나 여러 날을 주인의 사랑방에서 묵새길 수는 없는 노릇이었다. 손화중이 객사 윗동으로 와서 저녁상을 함께했다. 큼직큼직하게 자른 돼지고 기와 새우젓, 무근지와 소주가 상에 올랐다. 술잔이 한 순배 돌았을 때 손화중이 운을 떼었다.

"듣기에 조정에서 조병갑이를 잡아들이라 했다던데 안핵사 이용태와 함께 다시 고부에 나타났다고 하니 그게 무슨 해괴한 일입니까?"

"해괴한 일이라면 진즉부터 있었지요. 조병갑이 작년 11월, 익산 군수로 전임 발령을 받고 올 1월에 재부임하기까지 두 달 사이에 무려 여섯 명이나 고부군수에 임명되었는데 그중 한 작자도 부임하지 않았다고 합니다. 이게 대체 있을 수 있는 일입니까? 임금이 임명한 자리에 신하가 부임을 하지 않다니요. 그것도 여섯 명이 줄줄이 말입니다. 이야말로 해괴한 일이 아니겠습니까?"

"고을 사또 자리도 2만 냥이면 살 수 있는 썩은 세상이라지만 정말 기가 막히는군요."

손화중과 정익서의 수작을 듣고 있던 김도삼이 입을 열었다.

"지금 이 나라 조정은 민 씨 척족들이 휘두르고 있지요. 조병갑이가 저토록 질기게 살아남는 것도 작자의 배후에 민 씨들이 있지 않고는 불가능한 일입니다. 풍문에는 조병갑이 7만 냥을 주고 고부군수 자리를 샀다고 합니다. 그러니 뇌물 먹은 자들이 조병갑이 뒷배를 봐주는 것은 정한 이치요, 전라 감사 김문현이 조정에 조병갑의 잉임을 청하고, 전임발령 받은 조병갑이 꿈쩍 않고 고부 관아에 눌러앉아 있는 판에 그 뒷사정을 꿰고 있을 눈치 빠른 벼슬아치들이 모른 척, 옳다구나 하고 고부에 내려오겠습니까?"

정익서가 그르렁거렸다.

"진령군이라나 뭐라나, 민비가 총애하는 무당이 조정 대신들을 쥐락펴락한다고 하더이다. 서슬 퍼런 세도가 민영준이도 진령군의 눈치를 본다고 하니 이 또한 해괴한 일이 아닙니까?"

임오년(壬午年·1882년) 군란 당시 군인들에 쫓겨 충주 장호원에 피신한 민비는 인근에 살고 있던 용하다는 무당을 불러 점을 보았다. 무당은 팔월 보름날 궁에서 중전마마를 모시러 사람이 올 거라고 하였다. 점은 적중했다. 감탄해 마지않은 민비는 무당을 데리고 환궁(還宮)했다. 그리고 혜화문 근처에 사당을 지어 무당을 그곳에서 살도록 했다. 사당 이름을 북묘(北廟)라 하고 무당에게는 진령군(眞靈君)이란 봉작을 내렸다. 민비가 언니라 부르면서 가까이 하자 진령군은 오래지 않아 권력 실세가 되었다. 대소 신료들은 기가 차 하면서도 무당의 눈치를 살폈고, 민비에게 줄을 대려는 자들은 뻔질나게 북묘를 들락거렸다.

"그렇다면, 이건 추측입니다만…."

손화중이 고개를 갸웃하더니 말을 이었다.

"조병갑이의 뇌물이 진령군인가 뭔가 하는 무당에게까지 연결되는 것입니까?"

정익서가 멋쩍게 웃으며,

"그거야 제 눈으로 보지 않았으니 잘 모르지요."

하는데 김도삼이 말을 받았다.

"그렇습니다. 조정의 인사는 곧 임금의 인사이거늘 그것을 뒤집는 데는 중전의 입김이 즉효일 것이고, 중전을 설득하는 데는 진령군이 제격일 테니 조병갑이의 뇌물은 결국 진령군을 거쳐 중전 민 씨에게까지 연결되겠지요."

손화중의 두 눈이 커졌다. 중전 민 씨라니! 손화중은 매사 진중하던 김도삼의 단호한 말투에 적이 놀란 눈치였다. 그런 손화중의 안색을 흘깃 쳐다본 전봉준이 소주잔을 소반에 내려놓았다. 낯빛은 불콰했으나 이어진 말소리는 또렷했다.

"중요한 것은 조병갑이의 뇌물 수만 냥이 전라 감사 김문현의 손에 들어갔는지, 세도가 민영준의 입에 들어갔는지, 무당 진령군의 치마폭에 들어갔는지, 아니면 중전의 금고 안으로 들어갔는지가 아니라 탐학의 구조가 권력의 정점에까지 이어져 있다는 것이지요. 우리가 이제 보국안민, 광제창생의 기치로 봉기하는 것 또한 바로 그에 연유하는 것이외다. 고질이 된 부패의 고리를 끊어내지 않고서야 어찌 나라를 지키고 백성을 편안케 하겠소이까. 안이 썩을 대로 썩었거늘 척왜척양 한들 나라가 바로 서겠소이까?"

전봉준의 돌올한 광대뼈가 등잔 불빛을 완강하게 밀어내고 있었다. 그러나 두 눈은 오히려 활활 타오르고 있었으니, 얼핏 귀기(鬼氣)가 어린 듯했다. 손화중은 그런 전봉준의 눈빛에서 언뜻 일해 서장옥의 눈빛을 본 것 같았다. 전봉준의 눈빛이 뜨겁다면 서장옥의 그것은 차갑다. 손화중은 서장옥의 차가운 눈빛에 압도되었고, 전봉준의 뜨거운 눈빛에 전율했다. 처남 유용수와 떠났던 유랑에서 동학의 길을 찾았고, 그 길에서 서장옥과 전봉준을 만났다. 그리고 이제 그들과 동행한다. 정해진 운명이었던가.

손화중이 가만가만 고개를 흔드는데 전봉준은 이미 김도삼과 정익서에게 지시를 내리고 있었다.

"고부와 태인에 사람을 보내야 하겠소이다. 모두 고단들 하겠지만 한시가 급한 일들이어서 서둘러야 합니다. 내가 서찰을 줄 테니 고부의 옹택규 선생과 태인의 최경선 접주에게 전하라 하시오. 내일 새벽에 수하 중 날래고 영리한 젊은이들을 둘씩 짝지어 보내시오. 만일의 경우에도 서찰은 반드시 전달되도록 둘씩 보내는 것이니 알아서들 하라고 단단히 이르시오."

어느새 주객(主客)이 바뀌어 있었다. 주인은 전봉준이었고, 객사에 든 손님은 자신이었다. 손화중은 취기 오른 눈으로 전봉준을 쳐다보았다. 등 뒤 바람벽에 그의 그림자가 둥긋하게 떠 있었다. 손화중은 문득 전봉준이 왜소한 체신에도 불구하고 작아 보이지 않는, 작아 보이기는커녕 바람벽의 그림자처럼 거대해 보이는, 작은 거인이라고 생각했다.

이틀 후 저녁, 전봉준은 손화중이 내어준 사랑에서 옹택규와 자리를 함께했다. 고부 조소리에서 전봉준과 이웃해 살던 옹택규는 삼남 일대에서 '옹문장'(邕文章)으로 불리던 유학자였다. 사람들은 지난날 오위(五衛)의 정6품 군직(軍職)인 사과(司果)를 지낸 그를 '옹 사과'라고 불렀다. 옹택규는 일찍이 해월을 찾아가 동학에 입도하였다는 소문이 있었으나 두드러진 활동을 보인 적은 없었다.

옹택규는 전봉준이 보낸 서찰을 받고 이날 새벽 고부를 떠나 오후 늦게 무장에 도착했다. 줄포에서 배를 타고 부안으로 건너왔는데 나루에서 벙거지들의 기찰이 삼엄했으나 '옹 사과'로 이름이 난 덕에 무탈할 수 있었다고 하였다.

"옹 사과님, 이렇게 한달음에 와주셔서 고맙습니다."

전봉준이 세 살 연상인 옹택규에게 고개 숙여 인사했다.

"접장께서 부르신다면 천 리 길인들 마다하겠습니까? 하하하…."

옹택규가 살집이라고는 하나 없는 상체를 구부리며 웃었다.

"우리는 이제 이곳 당산에 도소를 세우고 보국안민, 광제창생의 대의로 봉기하고자 합니다. 그 대의를 팔도에 밝힐 포고문을 짓기 위해 옹 사과님을 급히 모셨습니다. 부디 빛나는 문장의 힘을 보여주시기 바랍니다."

전봉준이 말하자 옹택규가 손사래를 쳤다. 가늘고 긴 손가락이 나붓했다.

"문장의 힘이라니요. 본래 미사여구(美辭麗句)에는 힘이 없는 법이지요. 더욱이 유생의 굳은 머리로 어찌 혁명을 논하겠습니까? 다만 현금에 이르러 무엇을 말해야 하고, 무엇을 삼가야 할지, 좁은 소견을 보탤 수 있다면 다행이겠소이다."

전봉준이 재우쳐 물었다.

"무엇을 삼가야 합니까?"

옹택규의 갸름한 콧날에 자글자글한 주름이 잡혔다.

"유림과 양반이 등을 돌리게 하여서는 안 되지요. 비록 그들이 거사에 동참하지는 않더라도 보국안민, 광제창생의 대의에 공감할 수 있는 여지를 두어야 합니다."

옹택규가 이어 말했다.

"물이 있어야 고기도 있지요. 거사일수록 백성의 지지가 있어야 성사되는 법입니다. 조선은 엄연히 임금의 나라요, 유림과 양반의 뜻이 백성의 생각을 좌우합니다. 이번 봉기의 성패는 결국 그들이 동조하느냐 마느냐에 달려 있다 해도 과언이 아닐 것입니다. 그러니 그들을 격앙케 할 표현은 피해야 합니다. 적(敵)은 적을수록 좋지요."

전봉준이 천천히 고개를 끄덕였다.

"옳으신 말씀입니다. 우리의 적은 탐학한 관리이고 무도한 왜양(倭洋)이지요. 당장은 힘들겠지만 유림과 양반 또한 보국안민의 대의에 따른다면 우리와 뜻을 같이할 수 있을 것입니다. 무단히 적을 만들 필요는 없겠지요. 옹 사과님께서 포고문의 초를 잡아주시지요. 초안이 되는 대로 손 접주와 송희옥, 정백현과 다시 논의하기로 하지요. 손 접주는 오늘 아침에 고창과 흥덕, 정읍의 두령들을 만나러 떠났는데 내일 저녁이면 돌아올 것이고, 송희옥은 통지를 했으니 내일 아침 이곳에 도착할 것입니다."

"송희옥 씨는 두어 차례 뵌 적이 있습니다. 접주님의 인척으로 알고 있습니다만⋯."

"예, 처족 7촌이지요."

옹택규는 전봉준의 하세(下世)한 전처 송 씨 쪽이려니 싶어 말을 돌렸다.

"정백현 씨는 처음 듣는 이름입니다."

"아, 예. 손 접주가 천거한 젊은이입니다. 나이 여덟에 죽사(竹史) 정학원에게서 수학한 청년 문사로 글재주가 뛰어나다고 합니다. 올해 스물다섯이라 하니 옹 사과님에 비한다면 구상유취(口尙乳臭)라 하겠습니다만."

"죽사 정학원이라면 일찍이 도정(都正)으로 당상관 벼슬을 한 호남의 대문사가 아닙니까? 그에게서 여덟 살 어린 나이에 수학했다면 그 문재(文才)가 비범하였을 터. 청출어람(靑出於藍)에 늙은 옹이 어찌 당하리까. 허허허⋯."

"늙은 옹이라? 옹(邕)이 졸지에 옹(翁)이 된 격이오이다. 하하하⋯."

정읍, 장성으로 이어지는 노령산맥을 넘어서면 서쪽으로 너른 들판이 펼쳐진다. 평야는 서남쪽으로 내리달리다가 고창군 무장현에 이르러 콧잔등만 한 봉우리를 넘는다. 여시뫼봉이다. 말이 봉(峯)이지 야트막한 구릉(丘陵)에 지나지 않지만 그래도 들판에 우뚝하니 명색은 봉우리이다. 여시뫼봉을 지나 남쪽으로 한 식경가량 내려가면 이팝나무 흰 꽃이 밥풀처럼 달라붙은 마을과 만난다. 동음치면 구암리 구수마을이다. 아홉 골에서 물이 나오는 구암 저수지가 있어 구수(九水) 마을이라 하였고, 마을 입구에 당산인 아름드리 팽나무가 있어 당산(堂山) 마을이라고도 하였다. 서해에서 흘러든 바닷물이 마을의 발밑을 적시며 개펄을 이루었는데, 개펄 위쪽으로는 잡초가 무성한 벌판이었다. 몇몇 주민들이 가장자리 자투리땅을 갈아 콩이나 마늘, 참깨, 부추, 고추 등속을 두어먹기도 했으나 토지에 염도가 높아 벼농사를 지을 수 없으니 대개는 벌판으로 버려둘밖에 없었다.

그곳 벌판에 동학농민군이 집결하기 시작하였다. 손화중이 수하의 접들을 순행하고 돌아온 다음날부터였다. 무장의 천여 명을 필두로 고창, 흥덕, 정읍에서 수백 명씩 몰려왔고, 이틀 사이에 금구, 부안, 김제, 영광, 순천, 광주의 농민군이 합세해 그 수가 4천 명에 이르렀다. 그들은 대개 1년 전 금구취회에 참가했던 동학도들로서 대접주 손화중의 통문에 따른 것이었지만, 전 달에 백산에서 전봉준이 띄운 창의격문을 보고 무리지어 있다가 달려온 빈농, 난민들도 적지 않았다.

당산마을 벌판에는 보국안민, 광제창생의 큰 깃발 외에 소속 접의 지명이 쓰인 색색의 기들이 빼곡히 들어차 장관을 이루었다. 농민군은 군데군데 차일을 치고 얕은 토담을 쌓아올렸다. 여기저기 큰 솥을 걸어놓고 밥을 짓고 국을 끓였다. 농민군은 주로 임술년(壬戌年 · 1862년) 이래 거듭된 민란 때 관아의 무기고에서 탈취했던 화승총과 창, 칼, 활로 무장하였다. 민가에 남아 있는 조총과 철퇴, 도끼 등도 거둬들였으나 그 수가 변변치 않아 열에 일고여덟은 청죽을 잘라 만든 죽창을 들고 있었다.

농민군은 구암리와 이웃한 석교리 세창(稅倉)을 헐어 군량을 충당하였고, 인근에 사는 요호부민(饒戶富民)들을 겁박해 군량과 군용전(軍用錢), 우마와 수레, 짚신을 징발하였다. 고창, 무장, 홍덕, 부안, 김제, 정읍 등지의 관아에는 속속 급보가 전해졌으나 수천 농민군의 기세에 놀라 망연자실할 뿐이었다.

"불과 사나흘 만에 4천 명을 모을 수 있다니 대접주의 역량에 실로 놀랐소이다."

당산 벌판을 둘러본 전봉준이 감탄하자 손화중이 고개를 저었다.

"아닙니다. 접주님의 말씀대로 민심이 응한 것이지요. 월전에 접주님께서 백산에서 띄운 창의격문을 보고 이미 많은 접에서 자체 봉기 움직임이 있었다고 합니다. 민간에서도 난리가 나기를 고대하였다고 하구요. 그런 민심이 저들을 이리로 오게 한 것입니다. 동학의 조직을 동원하는 것만으로는 불가능한 일이지요. 그리고 사실 4천 명은 미흡한 숫자입니다. 금구 원평에 모였던 1만의 절반에도 미치지 못하지 않습니까?"

이번에는 전봉준이 고개를 저었다.

"우리가 북진하면 태인과 고부에서 천 명 이상이 합세할 것이고 민간의 호응도 따를 것이오. 문제는 오합지졸이면 숫자란 허수(虛數)에 지나지 않는다는 거지요. 그러니 동학두령들이 중심이 되어서 군사를 결집시켜야 합니다. 자, 이제 내일 아침 창의문을 포고하고 출진합시다."

그때 손화중이 말했다. 뜬금없는 말이었다.

"창의문은 무장읍성에서 선포하면 어떻겠습니까? 아무래도 이곳 당산 벌판보다는 그곳이 내외에 우리의 뜻을 알리는 데 적합하지 않겠습니까?"

전봉준의 두 눈이 휘둥그레 커졌다.

"무장읍성에서 창의문을 선포한다? 그러려면 먼저 성을 점령해야 할 터인데, 반드시 그리해야 한다면 못할 것도 없겠지만 굳이 사단을 벌여 시간을 허비할 필요는 없지 않겠소이까?"

손화중이 눈으로 웃었다.

"사단을 벌일 일은 없지요. 무장 관아 이서(吏胥·아전) 중에 우리와 내통하는 도인들이 여럿 있는데 현감은 그제 몸을 피했고, 좌수(座首)와 포졸들도 거의가 달아나 관아는 텅 비어 있다고 합니다. 그들은 우리가 마땅히 가까운 읍성부터 공격하리라 생각했겠지요. 도인인 구실아치가 전하기를 동헌만 지키게 해주면 입성(入城)은 막지 않을 것이라고 합니다. 동헌 대신 객사에서 창의문을 포고하는 것이 어떠냐면서 말입니다."

"사또는 달아나고 없는 동헌을 지키는 조건으로 성을 열어준다? 그리고 읍성 객사에서 창의문을 포고한다? 허허허 …, 모양이 꽤 좋겠습니다."

대오의 앞에서는 흰색 고깔에 노랑, 진홍, 남색의 꽃술을 달은 풍악패들이 징과 꽹과리, 북과 나팔을 치고 불었으며, 바로 뒤로는 온갖 깃발들이 아침녘 싱싱한 죽순처럼 삐죽삐죽 솟아 하늘을 찌르고 있었다. 그 뒤로 화승총과 조총을 어깨에 멘 사수들이 따랐고, 후미에는 말을 탄 두령들, 죽창을 든 농민군 순이었다.

당산 마을 벌판을 떠난 대오가 5리쯤 떨어진 무장읍성에 이르자 읍성 정문 진무루(鎭茂樓) 앞에 도열해 있던 무장 관아 이서들이 돌층계를 우줄우줄 내려왔다. 그중 마른 몸피에 염소수염을 한 자가 전봉준과 손화중이 탄 말 앞으로 다가와 읍(揖)하였다.

"무장 관아의 이방이옵니다. 사또께서 전라 감사 각하의 명을 받고 수부(首府·전주)로 행하셨는지라 소생이 접장들을 대하옵니다. 본래 저희는 동도와는 원한이 없습니다. 다만 나라에서 금하는지라 그간 섭섭한 일들이 있었던 줄로 아옵니다. 부디 헤아리시고 큰소리가 나지 않기를 바랍니다."

전봉준이 말 잔등에 앉은 채 답하였다.

"이방의 뜻은 전해 들었소이다. 우리 또한 그대들에게는 별다른 원한이 없소. 성을 취할 생각도 없소이다. 다만 무장읍성에서 보국안민의 대의를 만천하에 고하고자 할 뿐이니 그리 알고 길을 여시오. 간략한 의식을 위해 두령들과 일백 군사만 입성할 터이니 경계하여 두려워 마시오."

손화중과 무장 관아 이방간에 약조했던 대로였다.

석축 위 원형기둥에 도리를 얹고 그 위에 서까래와 기와지붕을 얹힌 진무루를 지나 성안으로 들어가니 오른편이 객사였다. 무장 객사는 300여 년 전 선조 임금 대에 건립된 일자(一字) 목조건물로, 궐패(闕牌)를 모셔두고 현의 수령이 매달 초하루와 보름에 배례(拜禮)하는 정청(正廳)과 왕명으로 지방에 내려오는 벼슬아치들의 숙소인 좌, 우 헌(軒)으로 나뉘었다.

전봉준이 정청에 이르러 배례한 후 창의문을 읽었다. 백색 도포에 백립(白笠)을 쓴 전봉준의 모습은 그가 아홉 달 전 부상(父喪)을 당한 상주(喪主)임을 상기시켰다. 오는 6월이 소상(小祥)이었다. 백의 백립의 하얀빛은 객사 지붕의 그늘에 묻혀 푸른빛을 띠었다. 그 빛은 삼베 굴건의 누런빛보다 처연했다. 처연함을 뚫고 나온 전봉준의 목소리가 저렁저렁 객사를 울렸다.

"세상에서 사람을 가장 귀하다 하는 것은 인륜(人倫)이 있기 때문이다. 군신(君臣)과 부자(父子)는 인륜 중에서 가장 큰 것이다. 임금이 어질고 신하가 곧으며 아버지가 자식을 사랑하고 자식이 효도한 뒤에야 비로소 집과 나라를 이루어 능히 끝이 없는 복을 누리게 되는 것이다. 지금 우리 성상(聖上)께서는 어질고 효성스럽고 자상하고 사랑하시며 정신이 밝고 총명하고 지혜가 있으시니 만일 현량(賢良)하고 정직한 신하가 있어 보좌하여 정치를 돕는다면 요순(堯舜)의 교화(敎化)와 문경(文景)의 선치(善治)를 바랄 수 있을 것이다.

그러나 지금의 신하된 자들은 나라에 보답할 것은 생각지 않고 한갓 봉록과 지위만을 도둑질하여 성상의 총명을 가리고 아부와 아첨을 일삼아 충성되게 간하는 선비를 가리켜 요망한 말이라 하고 정직한 사람을 비도(匪徒)라 하여, 안으로는 보국(輔國)의 인재가 없고 밖으로는 학민(虐民)의 관리만이 많도. 인민의 마음은 날로 흐트러져 집에 들어가서는 삶을 즐길 만한 생업이 없고, 나아가서는 몸뚱이를 보호할 방책이 없다. 사나운 정치가 날로 번져서 원망하는 소리가 그치지 아니하니 군신의 의리와 부자의 윤리와 상하의 분별이 다 무너지고 하나도 남지 않았다.

관자(管子)가 말하기를 "사유(四維), 즉 예의염치(禮義廉恥)가 펴지지 못하면 나라가 멸망하고 만다"고 했는데 지금의 형세는 옛날보다 더 심하도. 공경(公卿) 이하로 방백(方伯) 수령(守令)에 이르기까지 국가의 위태로운 것을 생각지 않고 한갓 제 몸을 살찌우고 제 집을 윤택하게 하는 데에만 급급하여, 사람을 뽑아 쓰는 곳을 재물이 생기는 길로 여기고, 과거 보는 곳을 돈 주고 바꾸는 저자로 만들고 있다. 허다하게 생기는 뇌물은 나라의 창고로 들어가지 않고 도리어 사삿집에 가득 채워진다. 나라에 쌓이고 쌓인 채무가 있는데도 이것을 갚을 생각은 하지 않고 교만하고 사치하고 음란하게 놀아 하나도 두려워하거나 꺼려하지 않으니 온 나라가 어육(魚肉)이 되고 만민은 도탄에 빠졌도다.

수재(守宰)의 탐학에 어찌 백성이 곤하고 또 곤하지 않을 수 있겠는가? 백성은 나라의 근본인데 근본이 쇠잔하면 나라는 반드시 없어지는 것이다. 그런데 나라를 보존하고 백성을 편안케 할 방책은 생각하지 않고 밖으로 시골집을 건축하여 오직 혼자만 온전해지려는 방책에 힘쓰면서 한갓 녹봉과 지위만 도둑질하고 있으니 어찌 이것이 옳은 이치이겠는가.

우리들은 비록 초야에 버려진 백성이지만, 임금의 토지에서 나는 곡식을 먹고, 임금의 옷을 입고 살고 있으니, 어찌 국가의 위망(危亡)을 앉아서 보기만 하겠는가. 온 나라가 마음을 같이하고 억조창생(億兆蒼生)이 의논을 모아 이제 의기(義氣)를 들어, 나라를 보존하고 백성을 편안히 하는 것으로 죽고 사는 맹세를 하는 바이니, 오늘의 광경은 비록 놀라운 일이나 경동(驚動)하지 말고 각각 그 생업을 편안히 하여 승평일월(昇平日月)을 함께 빌고, 성상의 덕화(德化)를 함께 입게 되기를 바라노라."

백산 결진

발가벗긴 계집의 몸은 풍성했다. 젖통은 주발을 엎어놓은 듯 탱탱했으며, 잘록한 허리에서 이어지는 엉덩이는 백자 항아리를 붙여놓은 듯 매끈하고 푸짐했다. 허연 비역살은 주황색 등잔불을 받아 연분홍빛을 띠었으며 흐벅진 허벅지 사이에는 검은 음모가 다보록했다.

흠흠, 이용태는 콧김을 뿜으며 계집의 벌거벗은 몸뚱이를 자반 뒤집듯 돌려보았다. 나이가 서른 줄에 들어 보이는 데다, 코끝이 들리고 입술이 두툼한 것이 흠이었으나 난리 통에 촌구석에서 이만한 계집을 찾기도 쉽지는 않을 터였다.

고부 관아 수교가 주막 골방에 숨어 있던 것을 잡아왔다며 술상과 함께 들여보낸 관기(官妓)였다. 이용태는 왜상(倭商)에게서 구입했다는 정종을 홀짝거리며 계집에게 옷을 하나하나 벗도록 했다. 계집은 온 고을을 쑥대밭으로 만든 안핵사의 서슬에 넋이 빠진 듯 선선히 옷을 벗었다. 저고리, 치마, 단속곳, 고쟁이 ….

"관기란 년이 무슨 양반집 규수라고 속옷을 그리 쳐입었는고."

이용태가 눈알을 번들거리며 입맛을 다셨다. 어린 계집이 상큼하기는 하겠지만 이만하게 농익지는 못할 거였다. 코끝이 들린 계집일수록 그 맛이 일품이라고 하지 않던가.

이용태는 등잔불을 끄고 천천히 바지춤을 내렸다. 양물은 이미 지게작대기처럼 뻗쳐있었다. 이용태가 불끈 솟은 양물을 계집의 다리 사이로 밀어 넣자 계집의 입에서 대번에 비명이 터져 나왔다.

"아이고오 … ."

"허어, 이년. 벙어리는 아닌 게로구나."

이용태가 계집의 두 다리를 들어 올리며 양물을 힘껏 쑤셔 넣었다. 계집의 하문에서 새우젓국 냄새가 났지만 이용태는 이미 제정신이 아니었다.

"헉, 허억 … ."

계집이 손바닥으로 입을 막아 터져 나오는 비명을 막았다.

"괜찮다. 내 침소에는 쥐새끼 한 마리 얼씬거리지 못하느니라. 감창이 없어서야 어찌 제맛이 나겠느냐."

이용태가 계집의 입에서 손을 떼어내고 성급히 방아질을 해대자 계집이 고양이 앓는 소리를 내기 시작했다.

"아으, 아응, 아흐으응 … ."

"이런 고얀 년, 네년이 사내 맛에 어지간히 주렸던 모양이로구나."

이용태가 계집의 엉덩이를 손바닥으로 철썩 때리며 양물을 끄집어냈다. 계집이 머리를 흔들며 엉덩이를 들썩였다.

"허어, 요망한 계집이로고."

이용태가 헐떡거리며 양물을 다시 밀어 넣고 방아질에 힘을 가했다. 계집이 요분질로 방아질을 맞았다. 이용태의 손바닥이 마치 말 엉덩이에 가편(加鞭)하듯 계집의 볼기를 철썩철썩 두드렸다.

"아으, 아응, 아으응, 아흐흐흐 … ."

계집의 감창소리가 침소에 가득했다.

"지금 듣건대 민란이 다시 일어났다는 소문이 자자합니다. 이른바 난민이라고 하는 것이 어찌 다 자기 본성을 잃어서 그런 것이겠습니까? 단지 위협하는 것에 겁을 먹고 때를 틈타 불평을 풀려는 데 불과할 따름이니, 이것은 철저히 조사하여 법으로 처리하지 않을 수 없습니다. 장흥부사 이용태를 고부군 안핵사로 차하하여 그로 하여금 밤을 새워 달려가 엄격히 조사하여 등급을 나누고 구별하여 등문(登聞)하게 하소서. 삼현령(三懸鈴)으로 행회하는 것이 어떻겠습니까?"

달포 전의 일이었다. 전라 감사 김문현은 고부의 민란군민이 백산에 진을 치고 장기전에 돌입하자 더는 민란의 실상을 감추지 못하고 조정에 장계를 올렸다. 고부 백성들이 소장에 올린 폐단을 열거하고 군수 조병갑을 논죄(論罪)하여 파직하고 잡아 올려야 한다고 하였다. 의정부에서 이를 보고 처음에는 조병갑의 잉임을 청원하더니 나중에는 파직하고 잡아 올리라 하여 그 앞뒤가 판이함을 개탄하여 전라 감사 김문현에게 월봉삼등(越俸三等)의 형전(刑典)을 시행하고, 고부군수 조병갑은 나문정죄(拿問定罪)할 것이며, 용안현감 박원명을 후임 군수로 내려 보내는 한편 장흥부사 이용태를 안핵사로 급파할 것을 임금에 아뢰었다.

그러나 역마가 방울 3개를 울리며 황급히 장흥으로 달려 내려가 어명을 전하였으나 이용태는 서두르지 않았다. 이용태는 병을 핑계로 시일을 끌며 고부의 동향을 살피다가 3월 들어 농민군의 주력이 해산한 뒤에야 역졸 800여 명을 이끌고 고부에 들어섰다. 이용태는 온건한 무마책으로 농민군을 해산시킨 군수 박원명을 질책하고, 온 고을에 역졸을 풀어 민란의 주동자와 가담자를 색출하였다. 역졸들은 동학도들을 학살하고 재물을 약탈하고 그 집에 불을 질렀다. 부녀자들을 겁탈하고 백성들을 구타하고 조기꿰미 엮듯이 포승줄로 묶어 관아로 끌고 갔다. 고부는 생지옥이 되었다.

이용태는 1873년(고종 10년) 열아홉 살에 소과(小科)에 합격하여 진사(進士)가 되고, 갑신정변 이듬해인 1885년 별시(別試)인 증광시(增廣試) 병과(丙科)로 급제하여 규장각(奎章閣) 직각(直閣·종6품)이 되었다. 1887년 영국·독일·러시아·이탈리아·프랑스 공사관 참찬관(參贊官)을 지내고 1891년 당상관인 참의내무부사(參議內務府事·정3품)에 임용돼 장흥부사로 있던 그는 고부 안핵사에 임명되자 탐리(貪利)에 눈을 돌렸다. 고부는 호남에서도 가장 물산이 풍부하고 번성한 고을이 아니던가. 그가 역졸을 풀어 고부 일대를 아수라장으로 만든 것도 요호 부민들의 재물을 거둬들이려는 흑심에서였다.

이용태는 고부군민 대다수가 초기 민란에 가담했던 것을 꼬투리 삼아 향반(鄕班)과 토호를 압박했다. 역졸들이 힘없는 동도(東徒)와 농민들을 타격하는 사이 이용태는 고부 관아 동헌에 앉아 제 발로 찾아들어온 양반 지주들로부터 재물을 받아 챙겼다. 민란 가담자들을 잡아 족치면 그 가족이나 인척들이 돈꿰미를 가져와 바치며 목숨을 구걸했다. 며칠 새에 곡물이 관아 헛간에 가득했고, 금붙이에 비단이며 엽전 꾸러미가 나무상자에 그득했다. 이용태는 상자들을 무명으로 감싸고 수레에 실어 장흥의 관저로 보냈다.

안찰핵실(按察覈實), 자세히 살펴 실상을 조사하고 난민을 보살피는 안핵사의 임무는 뒷전이었으니, 안핵은커녕 난을 키웠을 뿐이다.

이용태는 널브러진 채 바튼 숨을 쉬고 있는 계집을 내려다보며 흐뭇했다. 장흥을 떠난 지 근 한 달 만에 맛보는 계집이었다. 계집이고, 백성이고 조지면 그만이다. 어리석은 백성이라고 하지만 무지할수록 그 성정은 교활하고 음흉하지 않던가. 면종복배(面從腹背)가 저들의 생리이거늘 하물며 난을 일으킨 자들을 효유로 그친다면 또 다른 난을 부추기는 것이나 진배없다. 이용태는 허우대만 멀쑥한 박원명을 떠올리며 쯧쯧, 혀를 찼다. 한심한 위인 같으니라고. 그렇게 물러 터져서야 어찌 고을 원 노릇을 제대로 할꼬. 며칠 내에 사태를 마무리 짓는 대로 조정에 장계를 올려 엄중한 문책을 청할 터였다.

널브러져 있던 계집이 끄응, 신음을 하며 모로 돌아누웠다. 달덩이 같은 엉덩이와 허연 비역살이 이용태의 양물을 다시 곧추세웠다. 이용태가 입맛을 다시며 앉은걸음으로 계집에게 다가가는데 창호에 불빛이 어른대는가 싶더니 인기척이 있었다. 침소 근처로는 아무도 얼씬거리지 말라고 일러두었건만. 이용태가 도끼눈을 하며 소리를 질렀다.

"밖에 누구냐?"

누구라는 대답 대신 숨넘어가듯 다급한 소리가 들렸다.

"안핵사 영감, 큰일 났습니다. 동비(東匪)들이 지금 이곳으로 오고 있다고 합니다."

"무엇이?"

이용태의 곧추섰던 양물이 제풀에 시르죽었다. 서슬에 깨어난 계집이 이불을 뒤집어쓰고 있었다. 이용태는 서둘러 다리에 바지를 꿰고 저고리를 걸친 다음 장지문을 열고 대청마루로 나섰다. 진청색 어둠 속에 횃불이 끄름을 길게 매달고 있었다.

"비적들이 오고 있다니? 지금 어디쯤 왔다고 하더냐?"

"유시(酉時·오후 5시~7시)에 줄포를 떠났다고 하니 한 시진쯤 지나면 이리로 몰려들 것입니다."

"뭣이라? 한 시진쯤 지나면 이리로 온다고? 그런데 왜 이제야 보고를 하는 것이냐?"

이용태가 댓돌 아래 병방(兵房)을 잡아먹을 듯 노려보았다.

"송구하옵니다."

"송구고 뭣이고, 당장 관졸들을 모아라. 관아 밖에 있는 역졸들도 불러들이고."

이용태가 발뒤꿈치로 마루를 오금지게 박아 누르며 으르렁거렸다.

"그런데, 그것이 … ."

"그것이, 뭐란 말이냐?"

"비적의 수가 어림잡아 5천 명이 넘는다 하옵니다."

"무엇이, 5천 명?"

이용태가 잇새로 신음을 토했다. 관아 포졸에 남아 있는 역졸을 다 끌어 모은다고 해도 500명이 안 될 판에 5천 명이라니.

"그럼 어찌해야 하겠느냐?"

"아무래도 일단은 몸을 피하심이 … ."

이용태의 작은 눈알이 빠르게 움직였다. 중과부적(衆寡不敵)이다. 진퇴의 결정은 빠를수록 좋다. 이용태가 악물었던 입을 풀며 말했다.

"알겠다. 바로 전주 감영으로 갈 것이니 즉시 말을 대령하여라. 내가 무남영(武南營·전주에 주둔한 군대) 군사들을 이끌고 올 때까지 공형들은 관아를 지키도록 하라. 알겠느냐?"

이용태가 안간힘을 쓰며 위엄을 살리려 했으나 병방은 저부터 달아날 궁리를 하느라 안핵사의 명 따위는 귀에도 담지 않았다. 어두운 방안에서는 계집이 주섬주섬 옷을 찾아 입는 기척이었다.

3월 20일, 무장을 출발한 동학농민군은 고창, 흥덕을 거쳐 23일정오께 부안 줄포에 도착하였다. 흥덕에서 천여 명이 정읍으로 빠져 그 숫자는 3천 명이었다. 정읍으로 빠진 농민군은 곧장 고부로 향했다. 농민군을 두 대로 나눈 것은 전라 감영의 군사들이 기동할 경우에 대비하여 병력을 분산시킬 필요가 있는 데다, 이동 경로마다 기포 소식을 알려 농민군의 세를 불리기 위해서였다.

초저녁에 줄포를 떠난 농민군 본대는 두 시진쯤 지나 고부로 진입하였다. 오는 길에 태인 접주 최경선이 300여 명의 농민군을 이끌고 왔고, 고부 말목장터에서 대기하고 있던 천여 명에, 정읍으로 빠졌던 천여 명이 합세하면서 농민군의 수는 5천 명을 넘어섰다. 농민군은 말목장터 부근 민가에 숨겨두었던 총창 수백 개를 거두어 무장을 강화하였다. 고부군 북성으로 들어선 농민군은 총을 쏘고 함성을 지르며 고부 관아로 치달았다.

관아는 텅 비어 있었다. 좌수와 몇몇 구실아치들이 횃불을 들고 농민군을 맞았을 뿐이다. 안핵사 이용태는 역졸을 데리고 전주로 도망쳤으며, 군수 박원명과 눈치 빠른 관속들도 이미 줄행랑을 친 뒤였다. 농민군은 옥문을 부숴 역졸들에게 붙잡혀왔던 사람들을 풀어주고, 군기고를 열어 무기를 탈취했다. 미처 달아나지 못한 관속들 가운데 이용태에 뇌동하여 악행을 저지른 자들을 색출하여 곤장을 치고, 창고에서 곡식을 꺼내 난리 통에 굶주리던 빈민을 구휼하였다.

이날 수백 명의 농민군이 태인에서 점심을 먹고, 원평으로 진군해 숙영하였다. 김개남이 이끄는 태인 농민군이었다.

오른편 옆구리에 정읍천, 왼편 어깨로 고부천이 맞닿아 고부 땅 너른 들판에 젖줄이 되는 동진강 줄기가 부안 땅에 이르기에 못 미처 그 발치에 야트막한 야산 하나를 부려놓았으니 이름 하여 백산(白山)이

었다. 너무 낮아 높이로만 보면 산이라고 부르기에 민망할 지경이었
으나 막상 오르면 사방으로 툭 트인 평야가 한눈에 들어오는데다 부
안, 정읍, 태인으로 통하는 교통의 요지요, 건너편으로는 동진강이
병풍을 이루고 있으니 가히 군사 요충지라 할 만하였다. 고부민군이
한 달 넘게 이곳에서 진을 쳤던 것도 그런 연유에서였다.

무장 기포 후 1주가 지나 백산에 농민군들이 다시 집결하기 시작하
였다. 고부 관아를 점령했던 전봉준, 손화중, 최경선을 필두로 태인
의 김개남, 금구의 김덕명, 정읍의 손여옥, 흥덕의 고영숙, 고창의
오시영, 김제의 김봉년, 장흥의 이방언 등 호남의 동학 접주들이 이
끄는 농민군이 백산을 뒤덮었다.

사람들은 고부민란 때 백산에 진을 쳤던 농민군의 모습을 보고 '앉
으면 백산, 일어서면 죽산'이라 하였다. 흰옷 입은 농민군이 모여 앉
으면 산 전체가 하얗고, 그들이 죽창을 들고 일어서면 산 전체가 삐
죽삐죽 솟은 죽창으로 마치 빽빽한 대나무 산 같아 보인다고 한 말이
었다. 그러니 5천여 농민군들이 들어찬 광경은 어떠하였겠는가.

김개남은 정읍 접주 손여옥이 알려온 농민군 일정에 맞추어 이날
낮 원평을 출발해 백산에 도착하였다. 전봉준은 흥덕에서 정읍으로
빠져나간 농민군 편에 대강의 일정을 적은 서찰을 손여옥에게 전달
하였고, 그 내용을 태인의 김개남에게 통지할 것을 부탁했었다. 그
밖에 접주들은 대개 무장포고문을 보고 고부로 모여들었던 것인데,
백산 결진에는 별 차질이 없었다.

"허어, 탐학한 아전과 악질 형리 두엇을 징치하였다지만 악귀 같은
이용태의 목을 베지 못하였으니 낭패가 아니겠소? 저번에 조병갑이
도 그렇고 말이오. 그거 참."

두령들이 모인 장막에서 김개남이 끌끌, 혀를 찼다. 눈꼬리는 가늘게 치켜 올라갔고 일자로 내리 뻗은 콧날 아래 입술은 두툼하다. 기골이 장대한 데다 걸걸한 목소리가 우렁우렁해 그 형용만으로도 상대를 위압할 만하였다.

"그러게 말입니다. 내 그놈의 간을 꺼내 씹으려 했습니다."

최경선이 김개남의 말을 받았다.

"조병갑이고, 이용태고 어디 산목숨이겠습니까?"

고창 접주 오시영이 한마디 하자, 최경선이 마뜩찮은 얼굴로 불퉁거렸다.

"살았으면 산목숨이지, 어디 죽은 목숨이겠습니까?"

"관아를 내놓고 달아난 자들이니 조정에선들 가만두기야 하겠는가 싶어 해본 말이외다."

오시영이 눈 밑을 붉혔다.

"저마다 조정에 끈을 대고 있는 자들이 제 살길 못 찾겠소이까? 놈들의 목을 베었어야 했는데 … ."

최경선이 투덜거리자 전봉준이 입을 열었다.

"조병갑이와 이용태는 누구보다 내가 죽였어야 할 자들입니다만, 우리가 고작 그자들 목을 베자고 일어난 것은 아니지 않소이까? 앞으로의 일을 의논하십시다. 우선 지휘부를 새로 짜고 부대를 재편성해야 합니다. 이는 저의 소견입니다만 …"

잠시 뜸을 들인 전봉준이 이어 말했다.

"김개남 대접주께서 새 지휘부의 대장을 맡아주시는 것이 어떨까 합니다."

일순 뜨거운 국물을 마신 것처럼 좌중이 조용했는데, 이내 김개남이 벙싯, 웃음을 머금은 얼굴로 손사래를 쳤다.

"이보시오. 전 접주, 이 싸움의 시작은 고부에서 비롯된 것이고, 고부의 대장은 전 접주이었소이다. 앞으로의 싸움 또한 고부 싸움의 연장이라면 그 대장을 중도에 바꾸는 것은 합당치 않지요. 그렇지 않습니까?"

김개남이 좌장인 김덕명에게 눈길을 돌렸다. 무명 저고리에 검정색 도포를 걸친 김덕명이 잠시 머뭇거리더니 고개를 끄덕였다.

"듣고 보니 맞는 말씀이오. 손 접주의 생각은 어떠신지 … ?"

김덕명이 손화중의 의견을 물은 것은 그의 협력이 없었다면 무장기포 자체가 성사되기 어려웠을 것이란 점에서 지극히 당연하였는데, 손화중은 당황한 듯 짧고 모호하게 답하였다.

"그렇습니다."

김개남이 껄껄, 웃었다. 그리고 목청을 높여 말했다.

"이게 무슨 벼슬자리라도 얻는 것이오? 더 묻고 답할 것 없이 대장은 전봉준 장군으로 결정합시다."

김개남이 시원시원하게 말하자 모두가 박수를 쳤다. 김개남의 한마디로 매듭을 지은 셈이었다. 봉준이 개남을 보며 눈인사를 하였다.

개남은 뜻을 함께할 수는 있어도 행동을 같이하기에는 거북한 인물이다. 워낙에 성정이 불같고 직선적이어서 맞닿기 힘들다. 그것은 어쩌면 개남도 마찬가지일지 모른다고 봉준은 생각했다. 젊은 날 태인 지금실에서 만나 곧바로 의기가 투합했지만 개남이 봉준을 무람없이 대한 기억은 없다. 개남이 두 살 위이니 호형호제(呼兄呼弟)를 해서 어색할 리 없었지만, 개남은 늘 봉준을 어렵게 대했다. 그러니 맞닿기 힘들기는 개남이라고 다를 리 있겠는가. 이 미묘한 관계가 늘

봉준의 마음에 걸렸다. 태인에 두 번 세 번 사람을 보내 무장에서의 기포상황과 농민군의 추후일정을 전달한 것도 그런 마음쓰임과 무관치 않았다. 그러나 개남의 도움 없이 봉기의 대의를 이뤄낼 수는 없을 것이기에 지금 봉준은 개남이 고맙다.

대장이 정해지자 새 지휘부 인선은 일사천리로 진행되었다. 전봉준이 총대장에 추대되었고, 김개남과 손화중은 총관령, 총참모에는 김덕명과 오시영, 영솔장에 최경선, 그리고 비서에는 송희옥과 정백현이 임명되었다. 총관령은 총대장의 명을 받아 군사를 지휘하는 부사령관이고, 총참모는 자문을 구하는 고문의 역할이다. 영솔장은 군사를 거느리고 선봉장의 역할을 하는 임무요, 비서는 각종 선언문과 통문을 작성하는 임무였다.

전봉준은 회의가 파하자 송희옥과 정백현을 불러 격문의 작성을 지시했다.

"짧게, 봉기의 대의를 명확하게 해야 할 것이네."

전봉준은 이제 봉기의 명분보다는 의지를 밝힐 때가 되었다고 생각하였고, 그것은 김개남의 뜻이기도 했다. 격문을 새로 쓰기로 하고, 일주일 전의 무장 포고문을 다시 돌려본 후 각자 의견을 말하기로 하였다. 문장이라는 것이 가감첨삭(加減添削)은 쉬운 듯하면서도 정해(正解)는 어려워 모두가 따로따로 한마디씩 할 뿐이었는데, 전봉준은 김개남이 혼잣말처럼 중얼거리는 것을 놓치지 않았다.

"역시 유생의 문장일세."

초안을 작성했다는 옹택규를 두고 하는 말 같았으나 그것은 전봉준에 대한 불만이기도 했다. 창의를 한다면서 임금에 대한 충정을 장황하게 늘어놓은 글이 영 마뜩찮은 눈치였다. 그래서 전봉준은 회의가 파한 직후 김개남에게 넌지시 운을 떼었었다.

"일전의 창의문은 너무 장황하였지요?"

김개남이 금세 얼굴을 펴며 말했다.

"내 생각으로는 단도직입적으로 ….."

다음날 아침, 송희옥과 정백현이 지어온 글에서 군신의 의리 부분을 빼자 문장은 말 그대로 단도직입적이 되었다.

"우리가 의를 들어 여기에 이름은 그 본의가 결단코 다른 데에 있지 아니하고 창생(蒼生)을 도탄(塗炭) 속에서 건지고 나라를 반석(盤石) 위에 두고자 함이다. 안으로는 탐학한 관리의 머리를 베고 밖으로는 횡포한 강적의 무리를 몰아내고자 함이다. 양반과 부호의 앞에서 고통을 받는 민중들과 방백(方伯)과 수령(守令)의 밑에서 굴욕을 받는 소리(小吏)들은 우리와 같이 원한이 깊은 자라. 조금도 주저치 말고 이 시각부터 일어서라. 만일 기회를 잃으면 후회하여도 미치지 못하리라."

갑오년 삼월 이십팔일

호남창의대장소(湖南倡義大將所) 재백산(在白山)

백산에 대장소를 설치하고 격문을 사방에 발송하자 금구 원평, 태인, 정읍, 김제, 정읍, 남원, 구례, 순천, 장흥, 여수 등 호남 전 지역에서 백성들이 모여들어 농민군의 수는 8천여 명을 헤아리게 되었다. 모여든 백성들은 대개가 소작농, 빈농이거나 노비 천인 출신으로 관의 탐학과 지주의 착취, 양반과 토호의 학대에 못 이겨 농민군을 찾아온 사람들이었다. 무뢰배나 관의 지목을 받고 도망 중인 죄인들도 이마에 황토색 수건을 질끈 동여매고 죽창을 들고 오면 그 신분을 가릴 수 없었다.

손화중이 전봉준에 말했다.

"저들은 대개 원(怨)을 풀고자 하는 자들입니다. 기율을 엄격히 하지 않으면 그 폐해가 실로 클 것입니다. 이미 부안, 원평 등지에서 제멋대로 관아를 습격하고 민가를 침탈하는 무리들이 있었다는데 이후로는 작폐를 엄금해야 합니다. 그렇잖아도 오합지졸인데 기율마저 문란하다면 싸움을 해보기도 전에 자멸할 터, 엄격한 군율을 조목조목 정해 공표하고 준수하도록 해야 합니다."

손화중은 역시 나이에 비해 사려가 깊은 인물이었다. 김개남이 불이라면 손화중은 물이라고, 전봉준은 문득 생각했다. 농민군 지도부는 즉시 농민군의 4대 명의와 농민군이 지켜야 할 12개 조(條) 기율을 제정, 공포하였다.

4대 명의(名義)

一. 불살인 불살물(不殺人 不殺物)
　　사람을 함부로 죽이지 말고 가축을 멋대로 잡아먹지 않는다
一. 충효쌍전 제세안민(忠孝雙全 濟世安民)
　　충효의 마음을 다하여 세상을 구제하고 백성을 편안하게 한다
一. 축멸왜이 징청성도(逐滅倭夷 澄淸聖道)
　　왜와 오랑캐를 섬멸하고 왕의 정치를 깨끗이 한다
一. 구병입경 진멸권귀(驅兵入京 盡滅權貴)
　　군사를 몰아 서울로 들어가 권세가와 귀족을 모두 없앤다

12조(條) 계군호령(戒軍號令)

一. 항자애대(降者愛待 · 항복하는 자는 사랑으로 대한다)

一. 곤자구제(困者救濟 · 곤궁한 자는 구제한다)

一. 탐자축지(貪者逐之 · 탐학한 자는 추방한다)

一. 순자경복(順者敬服 · 순종하는 자에게는 경복한다)

一. 주자물축(走者勿追 · 도주하는 자는 쫓지 않는다)

一. 기자궤지(飢者饋之 · 굶주린 자는 먹인다)

一. 간활식지(奸猾息之 · 간사하고 교활한 자는 그치게 한다)

一. 빈자진휼(貧者賑恤 · 빈한한 자는 진휼한다)

一. 불충제지(不忠除之 · 불충한 자는 제거한다)

一. 역자효유(逆者曉諭 · 거역하는 자는 효유한다)

一. 병자급약(病者給藥 · 병든 자에게는 약을 준다)

一. 불효형지(不孝刑之 · 불효한 자에게는 형벌을 가한다)

전봉준은 특히 "적을 대할 때는 매양 칼날에 피를 묻히지 않고 이기는 것을 큰 공으로 삼으며, 부득이 싸우더라도 인명을 상하지 않는 것을 귀하게 여기며, 행군하여 마을을 지날 때에는 사람이나 가축을 해쳐서는 안 되며, 효제충신한 사람이 사는 마을에는 10리 안으로 들어가서 머물지 말 것"을 당부하였다.

백산대회를 마친 농민군은 다음날 저녁 태인읍으로 들어가 동헌과 내아(內衙)를 공격하여 군기(軍器)를 탈취하고 공형들을 결박하였다. 4월 초하루 농민군의 주력부대는 금구 원평으로 나아갔고 500여명은 부안으로 진출했다. 부안으로 간 농민군은 관아를 점령하고 전라 감영으로 보내기 위해 차출되었던 포군들을 해산시켜 각자 집으로 돌려보냈다.

총대장 전봉준은 백의(白衣), 백립(白笠)에 백마(白馬)를 타고, 손에는 염주를 들고 입으로는 동학의 삼칠(三七·스물한 자) 주문을 외웠다. 백마 앞에는 '보국안민'의 큰 글자가 쓰인 대장기가 펄럭였다. 농민군은 청·홍·백·황색의 깃발을 상하로 흔들고 좌우로 받치거나 혹은 급하게 혹은 느리게 흔들어 대오를 갖추었으며, 나팔을 불고 북을 치며 행군하였다. 포사(砲士)의 어깨에는 '궁을'(弓乙) 두 자를, 등에는 '동심의맹'(同心義盟) 네 자를 붙였다.

동학을 창시한 수운 최제우는 그의 저작 《용담유사》(龍潭遺詞)에서 '이재궁궁'(利在弓弓)이라 하였으니 궁궁은 궁궁을을(弓弓乙乙)의 준말이며, 궁궁을을을 약(弱)의 파자(破字)로 보면 이재궁궁(利在弓弓)은 여린 마음에 이로움이 있다는 뜻이 되었다. 이는 곧 한울은 약자인 백성을 돕는다는 의미로 해석되었으니, 동학농민군은 '궁을' 두 자를 몸에 붙여 부적으로 삼고 있었다.

7~8천 명에 이르는 대군이 거동하자 고을 수령들은 거개가 달아났고, 아전과 군졸들도 흩어져 농민군은 가는 곳마다 무혈입성을 하는 격이었다. 농민군은 관아의 옥문을 열어 죄수를 방면하고, 무기고에서 군기를 탈취했다. 탐학한 이서나 악행을 서슴지 않았던 구실아치들을 붙잡아 볼기 치고 주리를 틀기도 했으나, 살생은 하지 않았다.

농민군은 엄격한 기율에 따라 밭에 보리가 쓰러지면 일으켜 세우고 행군하였으며, 마을에 들어가서는 밥은 얻어먹을지언정 소, 돼지, 닭, 개 등 가축에는 손을 대지 않았다. 행군을 할 때면 으레 연도에서 노략질과 행패를 일삼던 관군의 행태와는 정반대여서 지나는

고을마다 백성들은 앞다투어 광주리에 먹을 것을 담아내오며 농민군
을 환영했다.

황토재

"놈들은 지금 어디에 있는가?"

김문현이 전주성 안 감사 집무실인 선화당(宣化堂)에서 쇳소리를 냈다. 말총 망건에 옥관자가 종2품 당상관의 위세에 걸맞았으나 둥그렇고 기름진 얼굴에는 당혹감과 초조함이 배어 있었다.

"여러 패로 나뉘어 고부, 무장, 금구, 원평, 정읍, 부안 등지를 횡행하고 있어 어디에 있다고 특정하기 어려우나 조만간 합세하여 이곳 수부 감영으로 향할 것이라 하옵니다."

전라 감영 우영관(右領官) 이경호가 메마른 소리로 답하였다.

"안핵사란 자나 고을 수령이란 자들이 하나같이 제 몸 하나 보전하자고 이곳으로 도망쳐와 만날 기생 끼고 술이나 처먹고 있으니 어찌한 고을인들 온전하겠는가. 내 저들을 엄히 탄핵하여 벌을 줘야 할 것이나 당장은 발등의 불부터 꺼야 하니 원⋯."

김문현이 고부 안핵사 이용태와 고을 수령들을 싸잡아 욕했다. 하지만 저들 또한 조정 안팎으로 연줄 한둘씩은 달고 있을 것이니 대놓고 박대하기도 어려울 터. 더구나 고부 일로 사직상소를 올렸던 것이 채 한 달도 안 된 처지에 저들을 벌하라는 탄핵 장계를 올릴 수는 없는 노릇이었다.

나이 스물에 급제한 이후 이조 참의, 공조 참판, 대사헌, 형조판서, 예조판서, 광주(廣州) 유수를 역임하며 뜨르르한 당상관의 자리를 지켜왔거늘 이제 불혹의 나이가 머지않은 터에 이 무슨 망신이란 말인가.

"으으~음."

김문현이 오만상을 찌푸리며 신음을 토했다.

"순상 각하. 속히 감영군을 소집해야 하지 않겠습니까."

이경호는 말끝을 올리지 않았다. 관찰사가 자신을 선화당으로 급히 부른 것도 바로 그 일 때문일 터이니.

"그렇고말고. 그대가 총지휘관으로 당장 감영군을 소집하게. 무남영 병력에 각 고을에서 향병(鄕兵)을 차출하고 보부상배도 불러들여. 그 수가 많으면 많을수록 좋겠으나 사태가 급박하니 되는 대로 빨리 군사를 일으켜야 할 것이야. 이번 일을 잘해낸다면 내 직접 그대의 공훈을 조정에 상신할 것이네. 아시겠는가?"

김문현이 눈매를 좁혀 이경호를 바라보았다.

"각하, 기필코 비적의 무리를 토멸할 것이오니 너무 심려하지 마십시오."

이경호가 납신 머리를 조아렸다.

전라 감영이 급하게 돌아갔다. 각 고을 수령과 공형들에게 열흘 전부터 징발하도록 독려한 향병을 즉시 감영으로 보내라는 통문을 보내고, 도내 보부상단의 우두머리들을 불러들였다.

김문현은 특히 보부상배에 기대를 걸었다. 엊그제 금산 행수(行首) 김치홍과 임한석이 이끄는 보부상배들이 금산과 진산 일대의 농민군을 들이쳐 도륙했다고 하지 않던가. 금산군수 민영숙이 올린 보장(報狀)에 의하면 참살된 동학도만 114명이라고 하였다. 비록 비도를 토벌하였다고는 하나 보부상배의 참월(僭越·제 분수를 지나쳐 방자함)에 눈감을 수는 없어 조정에 급전으로 보고했던 김문현이다.

조정에서는 사건의 전말을 자세히 조사하여 보고하라고 하였다. 민영숙은 참사의 근원은 동학도와 보부상배 간의 숙원(宿怨)에 있다고 발뺌하였으나 관의 사주나 비호 없이 보부상배들이 저토록 분수에 넘치는 짓을 저지를 수는 없다. 월전에 금산·진산 동학군의 습격에 관아를 비우고 인근 고을 진잠으로 달아났던 민영숙이 보부상배를 사주하여 일으킨 사단이었다는 것쯤은 보지 않았어도 능히 알 만한 일이거늘. 그렇다고 민 씨 척족인 민영숙을 물고 들어갈 수도 없는 일이어서 조사는 하는 둥 마는 둥 시늉에 그치고 있었다.

그러나 보부상배를 정식으로 감영군에 편입시키면 아무 문제될 게 없지 않은가. 감영군은 그렇게 영병 700여 명, 향병 500여 명, 보부상 1천여 명 등 총 2천 2백여 명으로 편성되었다.

"혼비백산이라 하였느냐?"

감영군의 출동 소식을 들은 비적들이 혼비백산하여 달아났다는 수교(首校)의 보고를 들은 김문현이 고개를 외로 꼬았다. 관찰사의 낯빛이 의외로 새파란 데 놀란 수교가 우물쭈물하자, 김문현이 오른손에 들고 있던 장죽을 백동(白銅) 재떨이에 내리치며 버럭 소리를 질렀다.

"그 따위 허튼 수작을 어디에서 감히 하는 게야? 네놈은 지금 동비들이 호남 땅 전역을 분탕질하고 있는 것도 모르고 있느냐? 이경호에게 일러라. 놈들을 추격하여 토멸하라고. 무얼 꾸물거리고 있는 게야. 당장 달려가서 이르지 않고."

김문현은 이경호의 감영군을 믿지 않았다. 훈련조차 받지 못한 향병에다, 본시 나라에 대한 충성심보다는 저들의 계에 충실한 보부상에 의존하는 관군으로 어찌 개미떼 같은 저들 동비의 무리를 멸한단 말인가. 경군이 하루 속히 내려와야 하건만, 도대체 조정에서는 무얼 이리 꾸물대고 있는고. 김문현은 불씨가 사윈 장죽을 뻑뻑, 빨다가 백동 재떨이를 깡깡깡, 부셔져라 내리쳤다.

4월 6일, 아침부터 빗발이 들었다. 농민군의 주력부대는 부안을 떠나 고부로 진군하였다. 태인에 남아 있던 김개남 부대도 고부로 향했다. 그들이 합류하기로 한 지점은 도계마을 옆 도교산이었다. 감영군은 원평을 지나 고부 백산 쪽으로 접근하였다.

이날 신시(오후 3시~5시)에 농민군과 감영군이 황토재에서 맞닥뜨렸다. 황토재는 도교산에 인접한 황토색 구릉이었다. 첫 접전에서 농민군은 짐짓 패한 척 황토재 위 시루봉 자락으로 달아났다. 이곳 지형을 손금 보듯 읽고 있는 전봉준의 위계(僞計)에 따른 것이었다. 날이 어두워지자 감영군은 황토재 아래에 진을 쳤다.

"영관 나리, 저까짓 농투성이들이야 저희 보부상 패의 물미장만으로도 제압할 수 있으니 염려 놓으십시오. 며칠 전 금산에서 동비들이 물미장에 작살이 났다는 소식은 들으셨겠지요. 그러니 저희만 믿으시고 제 술 한 잔 받으시지요."

태인 보부상 반수(班首) 유병식이 우영관 이경호의 잔에 청주를 따라 올리며 엉너리를 쳤다. 새우 눈을 가늘게 좁히고 매부리코를 벌름거렸다. 유병식은 이참에 보부상의 위력을 과시할 생각이었다. 무남영 군사라 한들 그동안 전투 한번 제대로 치러보지 못한 신출내기임이 분명해 보였고, 고을마다 백정이고 무부(巫夫)고 가리지 않고 징

90

발해 올린 향병이야 두말할 나위가 없었다. 그들에 비한다면 엄격한 규율로 스스로를 단련해온 보부상 패가 두어 수는 윗길일 터였다. 더구나 그 수도 월등하지 않은가.

"허허, 그렇소이까. 유 두령 말씀만으로도 적이 마음이 놓입니다그려."

"아이고, 나리. 미천한 놈에게 어찌 이리 공대를 하십니까? 소인 몸 둘 바를 모르겠습니다요."

유병식이 간실간실한다고 그 속내를 모를 이경호는 아니었다. 승리하면 필히 전공의 대가를 얻으려 할 것이고, 패하면 지휘관인 자신에게 책임을 돌릴 것이다. 보부상 패는 비록 장사치라고는 하나 전국적인 조직망에다 막강한 자금력을 갖추고 있어 조정의 관리들도 함부로 대하지 못하는 상대였다. 오랜 세월 조정의 비호를 받아온 보부상단이 그동안 중앙정계에 대온 뒷돈만도 엄청날 거였다. 수틀리면 지방의 장교 하나 손보는 것쯤은 손바닥 뒤집듯 쉬운 일일 터였다.

쓴 입으로 청주를 홀짝거린 이경호가 무남영 대관 이재섭을 돌아보았다.

"적의 동태는 어떠한가?"

이재섭이 어느새 불콰해진 낯에 웃음을 띠며 답하였다.

"저까짓 오합지졸 비적이 감히 무남영 정예군에 대적하겠습니까? 그동안 시골의 나졸 따위를 상대하다가 관군과 맞닥뜨려 혼이 나갔는지 쥐죽은 듯 조용합니다. 하하하 … ."

이재섭이 입 꼬리를 찢으며 웃자 둘러앉은 대관 유수근, 교장 백경찬·진영교, 집사 정창권, 서기 이은승도 따라 웃었다.

"좋소이다. 비적은 내일 새벽 날이 밝는 대로 추격해 섬멸하기로 하고, 오늘 밤은 군사들을 잘 먹이고 푹 쉬도록 하시오."

　오후 내 질척거리던 비는 그쳤지만 안개가 자욱했다. 감영군은 소나무를 잘라 횃불을 밝히고 군영 한복판에 장작불을 피워 한기를 녹였다. 안개에 장작불 연기가 뒤덮여 사방을 분간하지 못할 정도였다. 잘 먹이고 푹 쉬게 하라는 이경호의 명이 떨어지자 감영군은 민가에서 끌어온 소를 잡고 농주를 마시며 푸지게 늦은 저녁밥을 먹었다. 횃불을 밝힌 군영 안은 대낮같이 밝았다.

　먹장구름이 달을 지우고 있었다. 안개가 빗물에 젖어 질척이는 황토재에 장막처럼 펼쳐져 있었다. 멀리 감영군 진영의 불빛이 비쳤다. 관군의 군영은 안개 속에 둥둥, 떠 있는 듯했다. 막치는 죽창을 꼬나 쥔 오른손에 힘을 주었다.

　막치는 오늘 아침 부안에서 농민군을 따라잡았다. 정읍 최 참봉 집에서 도망쳐 나온 지 사흘 만이었다. 동학농민군이 진군하는 동안 곳곳에서 많은 이들이 대열에 끼어든 터여서 막치 또한 더벅머리 위로 황토색 물들인 수건 질끈 동여매고 죽창 하나 든 것으로 그만이었다. 농민군이 부안에서 고부로 출발하기 전, 한 농민군 두령이 부대를 뒤따르던 행렬을 점검하였고, 그때 막치는 선봉군 후미에 배속되었다. 막치의 실팍한 어깨가 두령의 눈에 띄었을 거였다.

　"어디서 왔는고?"

　턱수염이 희끗한 두령은 그렇게 물었을 뿐 대답은 들으려 하지도 않았다. 한눈에 도망쳐온 노비임을 알아챈 듯했다.

　막치는 죽창을 왼손에 옮겨 쥐고 땀이 밴 오른손 바닥을 바지말기에 닦았다. 삼베 잠방이 안주머니에 챙겨 넣은 엽전 꾸러미가 왼 가슴에 묵직하게 느껴졌다. 최 참봉 집 큰사랑 벽장에서 훔친 엽전이었다. 불과 나흘 전이었지만 최 참봉 집을 떠나온 것이 아주 오래 전 일 같았다. 문득 한 번도 보지 못한 아비가 떠올랐다. 보지 못했으니 떠올리지도 못해야 하겠거늘 형체는 흐릿해도 아비는 분명하였다. 막치가 세 살 때 우물에 빠져 죽었다는 어미의 얼굴은 오히려 우물 속처럼 깜깜했다.

아비는 갓바치였다고 했다. 어미는 정읍현의 관비(官婢)였다고 했다. 어미의 할아비가 헌종인가 누군가, 전전 대의 임금 시절에 역적질을 해 그 족척(族戚)이 관노로 떨어졌다고 했고, 어미의 어미가 관비여서 씨를 물린 관비였다고도 했다. 어느 쪽이 맞는지, 아무도 말해주지 않았다. 막치는 알려 해도 알 수 없는 일인지라 알려 하지 않았다.

어미는 소가죽으로 가죽신을 만들던 아비와 눈이 맞았다고 했다. 어쩌다가 눈이 맞았는지는 아무도 얘기해주지 않아 막치는 그 곡절을 알지 못했다. 아비는 어미를 데리고 전주로 달아났고, 어미는 그곳에서 막치를 낳았다고 했다.

그러나 도망한 관비가 언제까지 무사할 수는 없었다. 나졸들이 전주 남강 기슭, 움막을 덮쳤을 때 아비는 소가죽을 자르던 작두를 휘두르다 나졸들의 창에 찔리고 칼에 베여 직사하였다고 했다. 어미는 젖먹이 막치를 등에 업은 채 정읍 관아로 끌려갔고, 얼마 후 관내 토호인 최 참봉 집으로 옮겨왔다고 했다. 달아났던 관비는 매를 쳐 죽이는 것이 마땅했으나 지아비가 눈앞에서 참살당해 실성하다시피 한데다 젖먹이까지 딸린 어미의 사정을 딱하게 여긴 고을 수령의 어진 품성 덕분이었다고 했고, 어미의 미색에 혹한 최 참봉이 관아 아전에게 백미 열 섬을 주고 빼낸 덕이었다고도 했다.

막치가 세 살이 되던 해 어미가 죽었다. 어미는 우물에 빠져 죽었다고 했다. 어린 막치는 우물에서 건져낸 어미를 볼 수 없었다. 왜, 어쩌다가 우물에 빠졌는지도 알 수 없었다. 막치는 아무것도 모르고 최 참봉 댁 씨종이라는 순덕의 젖을 빨며 자랐다. 일고여덟 살이 되면서 잔심부름을 하였고, 열댓 살 힘이 붙으면서부터는 나무 하고 밭 갈고 농사지었다.

순덕은 한 해 전에 죽었다. 장독대에서 미끄러져 머리를 다친 뒤 시름시름 앓다가 숨을 거뒀는데, 자신의 명줄이 다한 것을 알았던지 순덕은 숨지기 얼마 전 막치에게 그가 모르고 자랐던 사실들을 말해주었다.

"막치야. 네 어머이는 화용월태(花容月態), 긍게 꽃맹이로 이쁘고 초승달맹이로 자태가 곱다는 뜻이다. 네 나이도 이자 내가 먼 얘기를 하는가 알아먹을 만큼 묵었으니께 하는 야그다만, 아무래도 나가 이자 오래는 몬살 거 같기도 하고. 하이고 …, 너는 내를 어찌 생각하는지 모르지만 나는 너를 내 새끼맹이로, 아니 더 귀앤 애기로 생각했다. 너는 모를 거이지만 나는 어린 새끼 둘을 한꺼번에 보냈다. 괴질이 돌았는데 약 한 첩 밴밴이 써보덜 못하고 저세상으로 보냈다. 그란데 네 어머이가 널 내게 남겼구마. 네 어머이 월례, 성은 모르겠고 이름은 월례라 하였다. 월궁항아(月宮姮娥), 긍게 이 또한 절세미인이라는 뜻이여. 하이고 …, 아무튼 네 어머이는 그 이름맹이로 곱고 이뻤다. 허지만 노비가 절세미인이면 무얼 하냐. 외레 박명(薄命)할 팔자였던 게지. 하이고 …."

순덕은 바튼 숨을 몰아쉬며, 주인어른인 최 참봉이 월례를 탐하자

94

이를 시샘한 안방마님이 월례를 우물에 빠뜨려 죽게 만들었다는 것과 어쩌면 제 남편 기봉이 악행에 관여한 대가로 천금을 받고 집을 떠났을 것이며, 내가 너를 친어미처럼 키웠으니 행여 네 어머니를 우물에 던진 자가 제 남편 기봉이라고 하더라도 부디 용서해주기 바란다는 것까지, 눈물을 줄줄 흘리며, 가끔 어려운 문자를 섞어가며, 졸가리 없이 길게 얘기했다.

사나흘 뒤 순덕이 눈을 감았을 때 막치는 울지 않았다. 남의 새끼 길러줘 봐야 다 헛것이라고, 주위에서 혀를 차고, 눈총을 주어도 눈물이 나지 않았다. 네 어머니가 월궁항아, 절세미인이었다던 순덕의 얘기만 귀속을 잉잉거렸을 뿐이다.

막치는 아무것도 할 수가 없었다. 순덕의 얘기, 어디서부터 어디까지가 사실인지, 안방마님이 어미를 우물에 빠뜨려 죽게 했다면 어떻게 지금까지 저토록 아무렇지도 않은지, 어미가 죽은 후 자취를 감추었다는 기봉의 소식은 누구에게 물어봐야 할 건지, 어느 것 하나 갈피를 잡을 수 없었다. 다만 날이 갈수록 머릿속에 뚜렷이 떠오르는 것은 더는 이 집에 머물 수 없다는 생각, 더는 종으로 살아갈 수 없다는 생각이었다.

그러나 생각뿐, 당장 어찌할지 몰라 얼이 빠진 듯 멍한 채 일하고 먹고 자고 싸는 동안 한 해가 다시 훌쩍 지났고, 농민군이 무장에서 군사를 일으켰으며, 고부 관아를 들이쳤다는 소식을 들은 것은 닷새 전이었다.

얼이 빠져 있던 막치의 정신이 퍼뜩 들었다. 이제 떠나야 한다. 그것은 낮에 손가락을 베었을 때보다 선명한 느낌이어서 두 번 다시 생각할 여지가 없는 일이었다. 막치는 대낮에 정 참봉이 자리를 비운

틈을 노려 사랑채 벽장에서 엽전 꾸러미를 훔치고, 한밤중에 정주간에 들어가 미숫가루와 찐 쌀 두 되, 말린 민어도 챙겼다. 식칼 하나와 짚신 세 켤레, 버선, 수건, 삼베 잠방이를 발낭에 숨겨두었다.

다음날 어둑새벽에 막치는 어미가 빠져죽었다는 우물이 있던 자리, 행랑채 뒤곁으로 갔다. 순덕이 일러준 살구나무 아래에는 우물의 흔적조차 남아 있지 않았다. 막치는 살구나무에 엎드려 절했다.

"어머이, 저 갑니다. 이제 더는 종으론 안 살랍니다. 여그 다시 올 때는 저 살구낭구는 베어버리고 어머이 비석을 세울 것이요. 그러니 그때까정 쪼깨 더 기다리시오. 어머이."

막치는 터져 나오려는 비명을 목구멍 속에 가두며 울었다. 그러나 화용월태, 절세미인이라던 어미의 얼굴은 떠오르지 않았다. 떠오른 것은 젖어미 순덕의 수더분한 얼굴이었다. 순덕의 뜨거운 눈물이 제 볼에 옮겨져 흘러내리는 것 같았다.

막치가 잠깐 정신을 놓고 있던 그때였다. 두령이 어둠 속에서 낮게 소리쳤다.

"자, 모두들 입에다 대나무 잎을 물어라. 감영군 군영에 포탄이 떨어질 때에 맞춰 적을 덮친다. 그 전까지는 절대 소리를 내지 말아야 한다. 5리도 안 될 거리이니 한달음에 달려갈 수 있을 것이나 너희들은 후미에서 간격을 두고 따라가기만 하면 된다. 경거망동하여 앞서는 자가 있으면 군율로 다스릴 것이니 그리 알아라."

막치는 대나무 잎을 입에 물었다. 그리고 초저녁에 흙을 쌓아 만들었던 얕은 토성을 기어 넘어 반걸음으로 내달렸다. 삼면의 앞뒤로 포를 끄는 포사와 화승총과 조총을 든 사수들, 칼과 활, 창 등 병장기를 지닌 군사가 줄을 이었고 그 뒤로 죽창을 든 패들이 뒤따랐다.

칠흑 같은 어둠이었지만 팽팽하게 조여든 두 눈은 살쾡이의 눈알처럼 번뜩이며 미세한 움직임도 놓치지 않았다. 숨이 턱에 차오를 즈음 감영군 군영에 포탄이 떨어지고 콩 볶듯 총탄이 빗발쳤다. 잔뜩 배 불리고 술까지 마셔 골아 떨어졌던 감영군은 앉아서 칼을 맞고 누워서 창에 찔리는 형국이었다. 일단의 무남영 군사와 보부상 패가 농민군의 본진을 역공하려 했으나 매복했던 농민군의 반격에 쓰러지거나 달아나기에 급급하였다.

동이 트고 새벽이 밝았다. 안개도 걷혔다. 농민군은 흰 옷 입은 향병은 쫓지 않고 검정 옷 입은 영병과 등에 붉은 도장을 찍은 보부상 패들을 악착같이 쫓아 칼로 베고 창으로 찔렀다. 영병과 보부상 패들은 봄갈이를 끝내고 물을 받아놓은 논으로 뛰어들었지만 논물이 깊지 않은 데다 바닥은 질은 진흙이어서 허우적거리다 칼과 창을 맞았다. 논물이 붉게 물들었다.

막치는 정신없이 죽창을 휘둘렀지만 한 명의 감영군도 제대로 찌르지 못한 것 같았다. 앞서 베인 자와 찔린 자에게 건성 창질을 하는 격이었다. 막치가 한동안 우왕좌왕하는데 쓰러진 감영군 막사 뒤편에서 여자들의 울음소리가 들려왔다. 막치는 저도 모르게 울음소리가 들려오는 곳으로 달려갔다. 여자 둘이 오들오들 떨며 울고 있었다. 감영군이 끌고 온 여자들이었다. 치마를 뒤집어써서 속곳이 드러난 여자 곁에 열대여섯 쯤 되어 보이는 어린 처자가 홑저고리 바람으로 옹송그리고 있었다. 어린 관비 같아 보였다. 막치는 마치 그러기로 작정이라도 했었던 듯이 죽창을 내던지고 달려들어 처자를 등에 들쳐 업었다. 막치는 기진한 듯 늘어진 처자의 두 팔을 제 목에 두르게 한 다음 소리쳤다.

"단단히 잡어야. 아니믄 기양 내뿌리고 갈 것잉게."

막치는 제 아비가 제 어미를 업고 달아났듯이 그렇게 어린 처자를 들쳐 업고 소나무 숲 쪽으로 뛰었다. 무작정이었다.

4월 7일, 안개 걷힌 아침하늘은 청옥으로 맑았다. 그 하늘 꼭대기로 동학농민군의 함성이 솟구쳐 올랐다. 소나무 숲이 흔들리고 논 두덩의 찰랑찰랑한 물이 자잘한 주름으로 퍼져나갔다. 관군이 칼에 베이고 창에 찔려 쑤셔 박히었던 논배미에는 핏물이 벌겋게 번져 있었다. 한구석에 구덩이 서넛을 파고 여기저기 늘어져 있는 시신을 가지런히 눕히고, 부상이 심해 달아나지 못한 영병들은 사로잡힌 자들로 하여금 들것에 실어 인근마을로 옮기게 하였다. 각 고을에서 징발당해 온 향병들은 항복한 자나 사로잡힌 자를 가리지 않고 제 고향으로 돌아가도록 하였다. 그중 열댓 명은 농민군을 따르겠다며 남았다. 황토에 버려진 병장기를 수습하고 젖은 짚신을 갈아 신고 허리춤 쌈지에서 담배 한 닢을 꺼내 물 즈음이 되어서야 농민군들은 작은 바위나 마른 곳에 엉덩이를 붙이고 봉했던 입들을 열었다.

"관군이라캐서 대단할 줄 알았더만 별거이 아니구먼. 전에는 벙거지만 보아도 오금이 저렸는디 말이여."

"지는 보부상 패들만 골라 찔렀어야. 작자들이 그동안 얼매나 위세를 떨었소? 무슨 큰 벼슬이나 한 것맹이로."

"나는 거시기한 놈들 대여섯은 벤 것 같구먼. 하도 거시기해서 죽자 사자 칼을 휘둘렀지만 막상 베고 나니 어째 좀 거시기하구먼."

"아따, 먼 거시기가 거시기하게 많다요?"

우하하하 ….

웃음소리는 황토 위를 달려 호남의 각 고을을 넘어 팔도에 전해질 거였다.

관군을 상대로 한 동학농민군의 첫 승리였다. 우영관 이경호와 서기 이은승, 태인 보부상 반수 유병식이 죽었고, 대관 이재섭, 유수근, 정창권, 백경찬 등은 달아났다. 무남영군 30여 명이 죽었고, 보부상과 향병을 합쳐 백여 명이 죽거나 다쳤다. 농민군은 대포 1문과 소총 600자루, 그밖에 많은 칼과 창을 수습했다. 감영군 막사에 남아 있던 군량미 400여 석을 풀어 인근의 굶주린 백성들을 구휼하였다.

"점심은 정읍으로 진을 옮긴 뒤 먹기로 합시다."

전봉준이 두령들에게 말했다. 지휘부 논의가 끝난 뒤였다.

지휘부 논의는 전주성으로 직행하는 것은 상책이 아니라는 것으로 결론이 났다. 이경호의 감영군을 대파하였다지만, 그것은 보부상 패와 향병이 주축을 이룬 군대였다. 또한 그들이 농민군을 너무 얕잡아보았다가 패배를 자초한 거나 다름없었다.

"경군이 어제 오후 군산에 도착했다고 합니다. 청국 배에 대포도 여러 문 싣고 왔다고 합니다. 저들은 양총과 회선포로 무장한 정예군으로 지방 관군과는 비교가 안 되지요. 그러니 당장 전주로 직행하는 것은 무리입니다. 일단 부대를 나누어 합종연횡(合縱連橫) 하면서 남하하는 것이 득책일 듯합니다. 그렇게 순행(巡行) 하면서 세를 키우고, 한편으로는 우리가 북상할 때에 대비하여 미리 후방의 적들을 제압해 놓아야 합니다."

여러 얘기들이 오간 뒤에 전봉준이 내린 결론이었다. 김덕명이 고개를 끄덕끄덕하고는 입을 열었다.

"총대장의 말씀이 정확한 것 같소이다. 다만 김개남 총관령이 지적

했듯이 전주성 공격을 너무 늦추다가 자칫 실기(失機)할 우려가 있다
는 점은 유의해야 할 것이외다."

전봉준이 답했다.

"경군의 규모와 대응에 따라 유동적이기는 하겠으나 아무리 늦어
도 4월 중에는 전주성을 취하여야겠지요."

홍계훈

멀리 고창읍성인 모양성(牟陽城) 성곽이 희끄무레하게 보이는 읍내 삼거리 주막 골방에 사내 셋이 모여 있었다. 텁석부리에 어깨가 다부진 중씰한 사내와 키가 크고 마른 체격에 눈매가 날카로운 젊은이, 그리고 나이가 그 중간쯤 들어 뵈는 뚱뚱한 몸피에 작달막한 사내였다. 텁석부리가 부들자리에 엉덩이를 붙이기가 무섭게 젊은이에게 물었다.

"알아보았는가? 이쪽으로 온다던가?"

"예. 낼 저녁에 온다는디요. 틀림없어라우. 정읍에서 머슴 살다가 동학군에 들어간 지 동무가 그랬다요."

"어허, 네 동무 말만 믿고 움직일 수 있겠냐? 좀더 확실하게 알아봐야제."

"아녀라. 틀림없지라. 지 동무 영배가 정읍 접주 하던 손여옥 두령 밑에 있는디, 낼 술시 경에 고창 관아를 치는 게 틀림없다고 했다니께요."

젊은이가 손사래까지 쳐가며 제 말에 못을 박자 앉은키로는 높이가 기울지 않는 뚱뚱한 사내가 젊은이를 거들었다.

"아따, 성님. 야, 강수가 허투루 말할 애는 아니오. 눈썰미 밝기로는 웬만한 고을 아전 저리가라지요. 안 그냐? 강수야.”

젊은이가 낯을 붉히는데 텁석부리가 쯧, 혀를 찼다.

“못 미더워서가 아니라, 일이 어긋나면 낭패니 허는 말이제.”

“낭패 볼 일이 머 있겠소. 동학군이 낼 술시에 고창 관아를 친다 허
면 해시 말경이나 되어서야 나올 게 아니겠소. 동학군 후미가 모양성
맞은 짝 대로로 접어들 시에 나와 강수가 은대정이 집에 불을 놓으면
되지요. 사방이 깜깜해 뉘가 넌지 모를 거이고, 그라면 동학군도 십
중팔구는 은대정이 집으로 몰려들 것이오. 은대정이 하면 원근에서
모르는 사램이 없는 악질 토호인데 동학군에도 그자에게 우리맹이로
포한 진 사람이 없겠소? 우리가 불을 지르고 냅다 내달리면 필경 같
은 동학패거니 하여 따를 것이오. 그라면 은대정이가 어디로 튀겠
소? 솟을 대문이겠소? 드난살이들 담짝에 붙어사는 후문이겠소? 성
님은 후문 쪽에 수하들과 잠복혀 있다가 은대정이한테 빵, 총질을 하
면 그만이요. 은대정이가 죽는다한들 동학군 총에 맞았다 하지 않겠
소?”

뚱뚱한 사내가 몸피와는 달리 가늘고 새된 목소리로 빠르게 설명
하자, “동학도들이 악질 토호 은대정이를 징치헌다? 그려, 그러면 되
겠군.”

텁석부리가 고개를 끄덕였다.

“뭣이? 달아났다고? 그 수가 얼마나 되는가?”

양호초토사 홍계훈이 버럭 소리를 질렀다.

“200여에 달합니다.”

“뭐야? 200여. 정확하게 몇 명인가? 그 숫자 하나 제대로 파악을

못해? 그러고도 네놈이 경군의 장교란 말인가?"

홍계훈의 얼굴이 벌겋게 달아올랐다.

"초토사 영감, 그것이 … ."

군관이 머리를 숙이며 죽는 소리를 했다.

"그것이라니? 그것이 뭐야?"

"잘 파악이 안 됩니다. 슬금슬금 빠져나가고 있어서 … ."

"허어, 슬금슬금 빠져나가고 있다? 그걸 지금 말이라고 하는 게야? 이 부대는 장위영이야. 경사(京師)를 지키는 군대란 말이야. 그런데 뭐가 어쩌고 어째, 슬금슬금 빠져나가? 당장 각 군관에게 하달하여 달아나는 놈들은 붙잡아 군율에 따라 목을 베라고 해. 또 도망친 놈들은 그 가족을 잡아들여 대신 죄를 물을 것이라고 병사들에게 단단히 이르라고 해. 향후에도 금치 못하면 군관 네놈들부터 목을 벨 것이야."

홍계훈이 눈을 세모지게 뜨며 으름장을 놓았으나 이미 엎질러진 물이었다. 홍계훈이 끄응, 신음을 토했다.

임오군란(1882년) 당시, 임금을 호종(護從)하고 대궐문을 수직(守直)하던 무예별감의 하급 무관이던 홍계훈은 난군에게 쫓기던 민비를 자신의 누이인 상궁이라고 속여 탈출시킨 공로로 승승장구하여 수도방위 군대인 장위영의 정령관(正領官)이 되었다. 조정에서는 한 해 전 충청도 보은에 동학도 수만 명이 운집하여 일으킨 소요를 적절히 진압하고, 회중(會衆)을 해산시키는 데 공을 세운 홍계훈이 동비를 토벌하는 초토사에 적임이라고 보았지만, 홍계훈으로서는 뜨거운 감자를 입에 문 꼴이었다. 보은에서는 그런 대로 경륜과 덕망을 갖춘 선무사(宣撫使) 어윤중이 있어 직접 나설 필요는 없었다. 어윤중은 노련하게 상대를 회유했다. 당시 충청 병사(兵使)였던 홍계훈은 진남영(鎭南營·청주에 주둔한 군대) 군사의 무력을 시위함으로써 저들을 겁박만 하면 되었다.

그러나 지금은 사정이 다르다. 보은취회가 교주의 신원을 요구하는 동학도들의 집회였다면, 이번은 민요를 넘어서는 반란이다. 무지렁이 오합지졸로 알았던 농민군에게 무남영군이 참패를 당하였고, 그 소식을 들은 병사들은 농민군이 두려워 도망질을 치고 있다.

4월 4일, 세 척의 배에 나누어 타고 인천항을 출발한 장위영 병사 800명이 군산포에 닿은 것이 6일 신시(오후 3시~5시). 군산을 떠나 임피에서 숙영하고 전주에 도착한 것이 다음날 사시(巳時·오전 9시~11시)였는데, 하필 완영(完營·전라 감영)에 들자마자 들려온 소식이 이날 새벽 황토재에서 감영군이 농민군에게 참패를 당했다는 거였다. 그렇지 않아도 군수(軍需)가 부실해 사기가 떨어졌던 병사들은 급격히 동요했다. 하루 반을 항해한 데다 군산포 가까운 바다에 안개가 자욱해 다 와서도 입항하지 못한 채 반 나절을 배 안에 묶여 있었고, 군량이 턱없이 부족해 병사들은 아침밥 대신 멀건 죽사발을 핥고 행군하여야 했다. 더욱이 동학군은 몸에 부적을 달고 있어 총에 맞아도 죽지 않는다는 괴설(怪說)이 돌면서 이틀 새 200명이 넘는 병사들이 달아나버린 것이다.

서방걸(徐邦傑)이 비아냥거렸다.

"조선의 군대가 이 정도일 줄은 정말 몰랐습니다. 초토사께서 실로 어려움이 크겠소이다."

서방걸은 원세개가 동학군의 정황을 염탐하여 보고하도록 홍계훈의 장위영 부대에 딸려 보낸 참모였는데, 그 위세가 초토사에 버금갔

104

다. 홍계훈은 쓸개 씹은 맛이었으나 억지웃음으로 서방걸을 대할 수밖에 없었다. 서방걸은 제가 보고 들은 것을 모조리 원세개에게 보고할 것이다. 원세개는 지난 10년 동안 조선 조정을 쥐락펴락해온 인물이다. 오죽하면 조선 조정을 '원세개의 조정'이라고 하였겠는가.

"대인께는 일단 함구하여 주시지요. 그동안 조선에 평화가 오래되어 병사들이 싸움에 겁을 먹고 있는가 합니다만, 군율을 엄히 하여 바로잡으면 조속히 안정을 찾을 수 있을 겁니다. 또 조정에 원병(援兵)을 요청하였으니 조만간 충원이 될 터이고요."

서방걸이 빙긋 웃었다.

"염려 마시오. 나야 어디까지나 초토사를 도우려는 사람이 아닙니까? 허나 원병이 온다고 하여 해결이 되겠소이까? 내 생각으로는 하루빨리 차병(借兵)을 청하는 것이 어떨까 합니다만."

홍계훈이 눈을 크게 떴다. 출병하기 전 민영준으로부터 귀띔을 받은 것이 있어 기실 홍계훈에게 청병 차병은 처음 듣는 소리는 아니었다. 민영준은 동비의 세를 살펴 여의치 않으면 우선 조정에 원병을 요청하고, 그것으로도 토멸이 어려울 성싶으면 청나라 군사를 빌려오는 문제를 서방걸에게 운을 뗀 뒤 그 반응을 친전(親展)으로 급보(急報)하라 하였다. 그런데 서방걸이 입에서 먼저, 그것도 너무 이르게 차병 얘기가 나와 그것이 더 놀라웠던 것이다. 홍계훈이 짐짓 눈을 동그랗게 뜨며 물었다.

"차병이라면? 상국(上國)의 군대를 빌리라는 말씀이시오?"

서방걸이 얼굴에서 웃음기를 지웠다.

"그렇지요. 청국과 조선은 형제지간이 아닙니까? 동생이 어려운 처지이면 형님에게 도움을 청하는 것이 당연하지요. 저 임오년 군란

때나 갑신년 정변 때에도 아국의 군대가 출병하여 진정시킨 것으로 압니다만."

홍계훈의 뇌리로 임오년 6월, 중전을 등에 업고 뛰던 정경이 스쳐 갔다.

"군사(軍師)의 말씀, 잘 알겠소이다."

차병 같이 중대한 문제를 서방걸이 사사로이 입에 올렸을 리는 만무하였다. 서방걸의 입은 원세개의 뜻을 대변하고 있을 거였다. 홍계훈은 날랜 역마를 골라 민영준에게 파발을 띄웠다. 청국의 출병 의향이 분명하다면 이미 민영준과 원세개 간에 모종의 협의가 이루어지고 있을지도 모를 일이었다.

그러나 명색이 초토사이거늘 출정하자마자 원병 요청도 모자라 청병 차병 요청까지 한대서야 체면이 말이 아니지 않은가. 민 대감에게 파발을 띄웠으니 청병 차병 문제와 관해서는 새로 무슨 말이 있을 거였다. 그 전에 먼저 군기를 바로 세워 초토사의 위엄을 높여야 한다.

그날 밤, 홍계훈이 선화당에서 전라 감사 김문현과 독대하였다.

"무슨 긴히 하실 말씀이라도 있으시오?"

주안상도 마다하는 홍계훈에게 김문현이 목소리를 깔아 물었다.

"순상께서는 김시풍이란 자를 어찌 보시는지요?"

"김시풍이는 왜요? 지난해 관직에서 물러나 제 집에서 소일하고 있는 걸로 알고 있소이다. 이제 환갑이 다 된 노인인데 어찌 그러시오?"

김문현이 대수롭잖은 듯 대꾸하자 홍계훈이 얼굴을 붉혔다.

"환갑이 다 된 노인이 초토사를 하겠다고 조정에 힘을 씁니까?"

김문현의 얼굴에도 슬며시 불쾌한 빛이 내비쳤다.

"아니, 그게 무슨 소리요? 초토사를 하겠다고 조정에 힘을 쓰다니,

감사인 나도 모르는 일을. 대관절 누가 그런 허튼 소릴 하더이까?"

"허튼 소리가 아닙니다. 이미 성중에 본관 대신 김시풍이를 초토사로 삼았으면 벌써 동비들을 초멸했을 거란 소리가 떠돈다고 하더이다. 순상께서는 모르십니까?"

"허허, 금시초문이올시다. 김시풍이 지난날 지리산 화적떼를 소탕한 무공이 있는지라 그런 헛소문이 나도는 게지요. 괘념치 마시오."

홍계훈의 얼굴이 일그러졌다.

"이 몸이 헛소문에 휘둘려 순상께 여쭙겠소이까?"

김문현이 자리를 고쳐 앉았다. 비록 본 데 없는 무관 출신이라고는 하나 지난날 중전을 구출했다 하여 민 씨들의 비호가 남다르다 하지 않던가.

"아니오. 그럴 리가 있겠소이까? 더 말씀하시오."

"김시풍이가 동비들과 내통한 기미도 있습니다."

김문현의 낯빛이 하얘졌다. 홍계훈이, 이자가 나까지 옭아매려는 수작이구나. 영장(營將)을 지낸 김시풍이 동비와 내통한 게 사실이라면 그 불똥이 어디까지 튈지 모를 일이 아닌가. 김문현이 마른 침을 삼켰다.

"그것이 사실이오? 증좌가 있소이까?"

"증좌야 없지만 심증은 뚜렷하지요. 첫째, 김시풍이는 도강(道康) 김 씨로 동비의 수괴 김개남의 종친입니다. 김시풍과 김개남의 교류가 제법 깊었다고 하더이다. 최근에 김시풍이 어느 도강 김 씨네 상가(喪家)에 갔다가 김개남이와 상면한 적도 있다고 하고요. 그 정도면 내통의 혐의가 짙지 않습니까? 둘째, 김시풍은 대원위 대감의 사람입니다. 제 집 안방에 대원위 대감이 하사한 난초 서화를 가보로 모시고 있다고 하더이다."

김문현의 가슴이 덜컥 내려앉았다. 홍계훈이, 이자가 대원군까지 끌어들이는 것으로 보아서는 단단히 맺힌 데가 있는 모양이로구나. 김시풍이 대원군의 사람이라면 털끝만치라도 그자를 비호할 일이 아니다.

"그렇소이까? 그러면 김시풍이를 잡아다가 문초를 해보시지요."

은근히 위세를 보이던 김문현이 말꼬리를 낮추자 홍계훈이 입시울을 씰룩였다.

"김시풍이뿐이 아닙니다. 이곳 이속(吏屬)들 가운데도 동비와 내통한 자들이 한둘이 아니라고 하더이다. 내 철저히 색출할 것이니 순상께서는 그리 아십시오."

아예, 해라 하는 격이었다. 김문현은 속이 뒤틀렸으나 억지웃음으로 뒤틀린 속을 감추었다.

"초토사가 하시는 일에 내가 관여할 일이 무에 있겠소이까. 그리하시오."

"순상께서 허락하시니 본관이 반드시 놈들의 목을 베어 내외에 경계할 것이오."

홍계훈이 어금니를 사려 물었다.

고창에서 무장으로 내려와 사흘을 보낸 농민군은 4월 12일 이른 아침, 영광으로 출발하였다. 농민군에는 고창 부호 은대정 가에 불을 지른 텁석부리 패가 끼어 있었다. 농민군 일대가 모양성에서 물러나오던 시각에 맞추어 텁석부리 패는 은대정의 집에 불을 지르고 그의 목숨을 노렸으나 은대정이 이미 그날 아침에 전주로 피신했던 터여서 허탕을 칠 수밖에 없었다. 도리어 몰려온 농민군에 쫓길 판이었다. 텁석부리 패는 읍내 삼거리 주막으로 몸을 피했다. 전날 밤 주막 골방에서 만났던 셋에 더벅머리 둘이었다.

"이보게, 수택이. 은대정이는 아침에 전주로 갔다등만, 그것도 모르고 일을 벌였는가. 먼 일을 그리 소홀히 하는가."

텁석부리가 뚱뚱한 사내를 핍박하였다.

"은대정이 그 작자가 그리 쥐새끼맹이로 빠져나갈 줄은 몰랐소. 사흘 전부터 동정을 살핀다고 혔는데, 그만 그리 되었소. 허나 약조한 비용은 다 드릴 것이니 너무 노여워마시우."

"뭐여? 내가 고작 엽전 꾸러미 받자고 자네와 동모(同謀) 헌 줄 아는가. 시방 무신 말을 허는 거여."

낯빛이 붉어진 텁석부리가 언성을 높이자 수택이 얼른 꼬리를 내렸다.

"아이고, 형님. 은대정이를 놓친 거시 화가 나서 지가 그만 막말을 혔습니다. 용서하시오. 야. 강수야, 머 허냐. 형님께 술 따라 올리지 않고."

강수라는 젊은이가 냉큼 무릎을 꿇고 텁석부리 앞에 놓인 주발에 탁주를 따랐다. 벌컥벌컥, 탁주를 들이마신 텁석부리가 손등으로 입술을 닦았다.

"그나저나 이자 어쩔 거여. 전주로 은대정이를 뒤쫓을 수도 없는 일이고."

그러자 수택이 농민군에 들자고 했다.

"강수, 야 동무가 농민군에 있다 하지 않았소? 지도 정읍서 동학 접주 하던 손여옥 씨와 안면이 좀 있지요. 이 난리 통에 뿔뿔이 길을 나섰다가 먼 일을 당헐 줄도 모르고, 그러니 농민군을 따라가다가 형편을 보아 빠지면 되지 않겠소. 농민군이 고부에서 관군을 물리친 뒤로 요즘 그 위세가 떠르르하다고 하더이다. 감사 덕분에 비장 나으리 호사하더라고, 그 위세 덕도 좀 보면 어떻겠습니까."

텁석부리 윤덕술은 어이가 없어 허허, 웃었다.

내 비록 사악한 모함에 걸려 파직이 되었다한들 한때는 어엿한 관아의 장교였거늘, 지리산 산골에서 짐승 사냥하고, 화전 일궈먹고 산다고 한들 돌아갈 곳이 있거늘. 애당초 김수택의 청을 받아들인 것부터가 잘못이었다.

윤덕술은 어린 시절, 수택의 집에서 살았다. 수택의 집안은 고창에서 시골양반 시늉을 하는 토호였고, 덕술의 아버지는 그 집에 더부살이하는 집사였다. 아버지가 수택 형제의 글을 가르치는 훈장이기도 하여 종살이는 면하였지만 중문 밖 초가에 엎드려 드난살이 하는 호제에 진배없었다. 홀아비이던 아버지가 병사(病死) 한 후 덕술은 고창 관아의 포교로 들어갔다. 그 또한 수택의 집안에서 힘써준 결과였으니 이래저래 수택은 은인 집안의 자제였다. 수택 또한 어려서부터 덕술을 친형처럼 따랐다. 그러나 고창 관아를 떠나 정읍과 부안, 담양을 거쳐 김제 관아의 장교로 승진했던 덕술이 아전을 베고 달아나 지리산 골짜기에 몸을 부리기까지 십수 년이 지나면서 수택과의 왕래도 자연 끊기었다.

그랬던 수택이 지리산 덕골로 윤덕술을 찾아온 것이 보름 전이었다. 그리고 대뜸 하는 말이 고창 부호 은대정이를 도모하려 하는데 손이 되어달라는 것이었다.

"벌써 5~6년 된 일입니다. 지는 본래 농사에는 재미가 없어 장사나

해볼까 하고 강경에서 군산, 줄포, 영산포로 돌아댕기느라 1년이면 열 달 이상을 밖으로 내돌았지요. 미곡 무역에 손대다가 왜상(倭商)에게 밀려 큰 손해를 보는 통에 집안 재산을 어지간히 축내었고요. 부자도 망하려면 3년이 못 간다드니 그 말이 당최 틀린 말은 아닙디다. 그 많던 전답 날려먹고 고작 논 열 두락쯤 남았는데 그나마 대흉(大凶)이 겹쳐 소출이 형편없던 차에 아우 영택이 은대정가(家)에서 돈을 빌린 모양이오. 그런데 알고 보니 집사 일을 보던 송 가(宋 可)가 은대정이 쪽과 짜고 남은 논 열 두락을 담보로 고리채를 끌어온 것이었어요. 어수룩한 영택은 그자들의 농간에 감쪽같이 넘어갔고요. 그동안 지는 뭘 했느냐고요. 미곡 무역에 데고 난 뒤 서양 물목을 직접 거래해보려고 왜국에 건너갔었지요. 해를 넘겨 돌아와 보니 집안은 풍비박산이었습니다. 몇 년째 병석에 누워 있던 아버지는 화증으로 돌아가시고, 어머니는 놀라 어진혼이 나가버리고, 식솔들은 다 흩어지고. 가산 탕진하고 부친 임종조차 지키지 못한 장자가 할 일이 무에 있었겠습니까? 은대정이를 찾아가 빌었지요. 빚으로 넘어간 논 열 두락 중 절반이라도 돌려달라고 애걸복걸했습니다. 허나 돌아온 거시 무엇이었겠소? 관아에 넘겨져 치도곤을 당했을 뿐이지요."

긴 사연 끝에 수택은 동학군 얘기를 했다. 호남 각 고을마다 동학군이 일어나 난을 짓고 있다 하였다. 고창에도 머잖아 동학군이 들어올 거라고 했다. 그 틈을 노려 은대정이를 도모하려 수소문 끝에 형님을 찾아왔으니 도와 달라 하였다.

"은대정이 본명은 수룡이요. 제주 대정현감(大靜縣監)을 지냈다 하여 아예 은대정이 되어부렀지요. 은대정이는 사오월 보릿고개에 장리 벼를 놓고 가을에 거두어들이면서 제때 갚지 못하는 농민의 땅을 빼앗거나 심지어 그 식솔을 가노(家奴)로 삼는 자요. 제 땅을 빼앗긴 사람은 울며 겨자 먹기로 은대정이 땅에서 소작을 하는디 서너 마지기 농사지으면 소출의 칠팔 할을 빼앗아간다고 합니다. 소작료에다가 전에 진 빚의 이자를 더해 거둬간다는 거지요. 그런 흉악무도한 짓을 하면서도 관아 수령과 아전들은 뇌물로 다스려 마치 제 수하맹이로 부리고 있습니다. 이런 자으 탐학으로 얼매나 많은 이들이 피눈물을 흘려야 헙니까? 지는 단지 사원(私怨)으로 은대정이를 죽이려는 거시 아니오. 피눈물 흘리는 사람들을 대신해 처형하려는 거시지요."

김제 관아 호방(戶房) 최치곤은 윤덕술에게 한양으로 올려보낼 진상품을 강경포까지 호송하는 일을 맡겼다. 그 관물이 강경포에서 송파나 마포나루의 객잔으로 빼돌려지는 것을 덕술은 알지 못하였다. 그런데 누군가의 발쇠로 포흠이 발각되면서 덕술이 주모자로 지목되었다. 덕술이 아무리 무고함을 고해도 사또는 들은 척도 하지 않았다. 외려 덕술을 형틀에 매달아 장을 쳤다. 엉덩이가 헤지고 피 곤죽이 된 덕술이 옥에 갇혔을 때, 최치곤이 슬며시 찾아와 소곤거렸다. 은화 100냥을 주고 풀어줄 터이니 산골 깊숙이 들어가 숨어 살라고 하였다. 이는 사또가 베푸는 은전(恩典)이라고 하였다. 얼마 후 풀려나 몸을 추스른 덕술은 한밤중에 최치곤의 집 담장을 넘었다. 최치곤은 모든 일이 사또의 지시에 의한 것이라고 발뺌하였다. 덕술은 최치곤의 말이 거짓은 아닐 거라고 생각했다. 하여 목을 베는 대신 왼팔을 베었다.

그런데 수택은 피눈물 흘리는 사람들을 대신해 은대정이를 죽이겠다고 하였다.

그 말이 마음을 흔들었던가. 아니면 수택의 단호한 눈빛을 외면하지 못해서던가. 그러나 어차피 세상을 등지고 살 작정이었다면 나서지 말아야 할 일이었다.

"난 동학군 덕 볼 생각일랑은 없네."

덕술이 한참 만에 낮게 말하자 수택이 자리를 털고 일어섰다.

"알겠습니다, 형님. 정 내키지 않으시면 벨 수 없지요. 허나 산골에 숨어 산다고 이 썩은 시상에서 벗어나 살 수는 없을 것이요. 가시더라도 오늘밤은 예서 주무시고 가시우. 낼 아침에 다시 오겠소."

"매급시 오긴 뭘 하러 다시 와."

"아앗따아, 형님도. 그라면 오밤중에 잘 가시오, 인사한단 말씀이오?"

그랬던 것이었는데, 다음날 아침 군말 없이 수택을 따라나섰으니 수택은 덕술이 그러려니 거니채고 있었던 모양이었다.

손여옥은 덕술이 산포수라는 말에 반색하였다. 수택은 언죽번죽 둘러대기를, 동학군의 대의를 따르기 위해 멀리 지리산에 계시던 의형을 모셔왔다고 하였다.

"잘 오셨소이다. 그렇잖아도 군사들에게 총질을 가르칠 사람이 궁하던 차에 윤 포사 같은 분이 이리 오시니 큰 도움이 될 것입니다."

허허, 참. 덕술은 입안이 썼으나 내색할 수는 없는 노릇이었다.

황룡촌

이날 낮, 농민군이 영광읍을 점령할 때 군수 민영수는 세미(稅米)를 거두느라 법성포에 나가 있었는데, 농민군이 읍내에 들어왔다는 소리를 듣고는 배를 타고 도망쳤다. 법성 구수포로 몰려간 50~60명의 농민군들은 정박해 있던 전운선(轉運船) 한양호를 공격해 일본인 선장과 전운국(轉運局) 사람, 선원들을 구타하여 쫓아냈다. 전운사(轉運使) 조필영의 횡포에 이를 갈아오던 농민들은 배를 아예 포구 밖으로 밀어내 세곡 수송을 두절시켰다.

나흘 동안 영광에 머무른 농민군은 4월 16일, 부대를 둘로 나누어 본대 6천여 명은 함평으로 내려가고, 나머지 3천여 명은 영광에 남았다.

함평에 주둔한 농민군이 4월 18일, 인근 나주의 공형(公兄)에게 통문을 보냈다.

"우리들이 오늘 일어선 뜻은 위로는 나라의 은혜에 보답하고 아래로는 도탄에 빠진 백성을 구하기 위한 것이다. 우리가 지나가는 고을의 부패한 탐관오리는 징벌하고, 청렴한 관리는 포상하여 관리들의 작폐와 백성들의 고통을 바로잡고 개혁할 것이며, 세금으로 거둔 쌀을 서울로 운반하는 데 따른 폐단은 영영 혁파할 것이다. 전하께 아뢰어 국태공(國太公)을 모시고 국정을 돌보게끔 하여 나라를 어지럽히고 불충불효하며 아첨이나 일삼는 자들은 모조리 파면시켜 축출하고자 한다.

우리의 뜻은 이와 같을 뿐인데, 어찌하여 너희 관원들은 나라의 처지와 백성들의 실정은 도외시하고, 각 고을의 군사를 동원하여 공격을 위주로 살육을 일삼고 있으니, 이것은 진실로 무슨 마음인가. 하는 짓거리를 따져보면 의당 맞서야 되겠으나 죄 없는 관리와 백성들을 함께 죽이는 것은 안타까운 일이며, 옛 비결에 광주와 나주 사이에 피가 내를 이루며 흐른다고 하였고, 도선(道詵)은 광주와 나주 지방의 인적이 영원히 끊긴다고 하였으니 두렵고 무서운 일이다.

이러한 뜻을 너희 관사(官司)에 보고하여, 각 고을에서 모집한 군사는 농사일을 할 수 있도록 돌려보내고, 감옥에 갇힌 동학도들을 바로 석방하여 풀어준다면, 우리는 너희들의 관할지역에 들어가지 않을 것이다. 우리는 모두 한 임금의 백성들인데, 어찌 서로 공격할 생각을 갖겠는가. 이러한 뜻을 수용할 것인지 아닌지 속히 회답하기 바란다."

4월 20일, 나주목사(牧使) 민종렬이 함평의 농민군에 통보하였다.

"명분 없는 거사는 참륙(斬戮)하도록 법으로 정해져 있고, 이치에 맞지 않는 말은 듣고 싶지 않다."

이틀 전 농민군이 나주 공형에 보낸 통문에 대한 답신이었다. 일고(一考)의 가치조차 없다는 듯 짧은 문장에는 민종렬의 결연함이 배어 있는 듯했다.

"나주성을 쳐야 합니다. 아니면 두고두고 화근이 될 것입니다."

영솔장 최경선이 입을 떼었다. 대장소에 모인 농민군 지휘부가 나주목사의 답신을 둘러보고 난 뒤의 첫 발언이었다.

"나도 마찬가지 생각이오. 민종렬이는 언제든 우리 배후를 칠 수 있는 자요. 그러니 나주를 쳐 뒤를 정리한 다음 북상하는 게 순서일 것 같소이다."

관령 김개남이 최경선의 말을 받았다.

"순서로 보면 맞는 말씀이오만 나주성을 단번에 함락할 수 있을지 그게 걱정이오. 이 답신에 미루어 나주목사 민종렬은 여느 고을 원처럼 호락호락한 인물이 아닐 거란 생각이 듭니다. 민종렬이도 호남우도가 다 무너진 지금 나주가 고립무원이라는 걸 알 터인데 이렇듯 단호한 결기를 보이는 것을 보면 나주성을 치는 일은 아무래도 쉽지 않을 것 같다는 말이외다. 초토사 홍계훈의 경군이 고창에 이르렀다는데 우리가 나주성을 단번에 점령하지 못한다면 앞뒤로 적을 맞는 형국이 되지 않겠소이까?"

총참모 김덕명이었다.

"오늘 밤에 들이치면 내일 새벽에는 끝이지요."

최경선이 불퉁거리자, 손화중이 고개를 저었다.

"제가 나주 오권선 접주에게서 듣기로는 나주목사 민종렬도 민종렬이지만 그 밑에 영장하는 이원우라는 자가 만만치 않다고 하더이다. 밤에 들이쳐 새벽에 끝날 일은 아닐 듯합니다."

그제 뒤늦게 농민군 본대에 합류한 장흥 접주 이방언이 입을 열었다.

"나도 총참모의 말씀이 맞다고 봅니다. 내가 듣기로 애초 나주를 치기로 했던 것은 초토사 홍계훈을 전주성에서 끌어내리던 계책이었던 걸로 압니다만, 홍계훈은 이미 전주성에서 나와 이곳으로 향하고 있습니다. 제물포에서 내려오는 증원군을 맞으려는 것일 거외다. 그런데 우리가 나주를 치면 홍계훈이 보고만 있겠소이까? 증원군까지 이끌고 나주로 내려올 것입니다. 그리되면 그야말로 앞뒤에서 적을 맞는 셈이지요. 그럴 바에는 부대를 둘로 나누어 한 대는 나주성을 공격하고, 한 대는 경군이 내려올 길목에 잠복하여 있다가 기습하는 것은 어떻겠소이까?"

모두 이방언을 쳐다보았다. 장흥의 토반(土班) 출신으로 이름난 유생인 이방언은 나이 쉰여섯으로 김덕명보다도 일곱 살이나 연상이었다.

"과연 선비님께서는 듣던 대로이십니다. 어떻게 이틀 전에 오셨으면서도 앞뒤 정황을 훤히 꿰뚫고 계십니까?"

김덕명이 찬탄하자 모두들 고개를 끄덕였다.

"꿰뚫고 있다니요? 그저 들은 이야기에 내 생각을 보탠 것일 뿐이지요."

이방언은 영광에 도착한 날, 손화중으로부터 그간의 경과를 들었던 것이다.

전봉준이 입을 열었다.

"우리가 굳이 나주성을 깨뜨리자면 못할 일은 없겠으나 지금은 그럴 필요가 없다고 봅니다. 급한 것은 전주성입니다. 전라도 수부인 전주를 점령하고 경사로 짓쳐 올라간다면 그까짓 나주가 위협이 되겠습니까? 홍계훈이 전주성에서 나와 우리를 뒤쫓아 왔습니다. 선비님 계략대로 나주성도 치고 경군도 칠 수 있으면 얼마나 좋겠습니까만 지금 우리 형편으로는 무리입니다. 보리타작에 모내기 할 때가 겹치면서 1만이 넘던 군사들 중 2천 명이 집으로 돌아갔습니다. 우리는 병기의 열세를 군사의 수로 극복해야 하는데 지금의 군사들을 둘로 나누어서는 곤란하지요. 홍계훈이 되돌아가기 전에 우리가 앞서 가서 전주성을 점령해야 합니다. 홍계훈은 지금쯤 우리가 나주를 칠 것으로 생각하고 있을 게 틀림없습니다. 나주 관아 공형에 통문을 보낸 것은 민종렬이 어찌 나오나 보려는 의도였는데 결과적으로 홍계훈을 그쪽으로 묶어놓게 되었으니 잘되었습니다. 우리는 나주로 가는 척하다가 장성으로 올라갑니다."

4월 21일 아침, 농민군은 함평과 나주 사이 길로 빠져 장성으로 북상하였다.

영광에 도착해서야 농민군이 함평에서 장성으로 빠진 것을 알아차린 홍계훈은 장위영 대관 이학승, 원세록, 오건영을 불렀다.

"놈들이 나주로 가는 줄 알았더니 장성으로 올라갔다. 우리 눈을 속인 게지. 귀관들에게 경군 300에 향병 400을 줄 테니 내일 아침 장성으로 가거라. 가서 놈들의 정황을 살피고 놈들이 어디로 향하는지를 그때그때 내게 알려야 한다. 부득이한 경우가 아니라면 접전은 피하여라. 내 말이 무슨 말인지 알겠는가?"

"예. 내일 아침 일찍 출발하겠습니다."

이학승이 나가고 대기하고 있던 관아 이방이 동헌으로 불려 들어갔다.

"사또는 어디에 있는가?"

홍계훈이 두 눈을 부릅뜨자 체수가 빈약한 이방이 몸을 떨며 답했다.

"사또께서는 열흘 전 동비들이 본 읍을 침범하였을 시 마침 세미를 거두러 법성포에 나가 계셨다가 배를 타고 ⋯."

"도망갔다는 것이냐?"

"⋯⋯."

"어찌 말이 없어. 도망갔다는 것이냐?"

"아, 예. 초토사 영감."

이방의 낯빛은 거의 사색이었다.

"그래. 알았다. 나가 보거라."

"초토사 영감. 저녁 진지 드시기 전에 주안상이라도 …."

이방이 납신거렸다.

"주안상? 되었다. 저녁은 법성포에 가서 할 것이야. 제물포에서 떠난 군대가 언제쯤 법성포에 도착하는지 그것이나 다시 알아보아라."

이방이 뒷걸음질 쳐 나갔다.

어느 고을이라고 크게 다를 게 없었다. 고을 수령은 대개 달아나고 늙은 아전 서넛이 관아를 지키고 있었다. 고을 수령이 남아 있다고 해서 형편이 나을 것도 없었다. 무기고는 헐리고 창고는 텅 비어 있었다. 그러니 전주성에 앉아 동학도를 잡아들이고, 동비를 방어할 대책을 세우라고 수없이 감결을 보내고, 전령을 보내고, 지시를 했어도 허사일 수밖에.

서방걸이 먼저 운을 뗀 것으로 보아 청국의 파병 의도가 틀림없는 것 같다는 파발을 띄우자 민영준은 곧바로 밀지를 보내왔다. 즉시 외병차용(外兵借用)에 관한 장계를 올리고, 상황을 보아가며 거듭 차병(借兵)을 요청하라는 것이었다. 홍계훈이 조정에 장계를 올렸다.

"지금의 사세를 보면 우리는 병정이 적고 저들은 많기 때문에 군대를 나눠 추적할 수 없습니다. 엎드려 바라건대 외병을 청하여 우리를 돕도록 하면 도당으로 하여금 수미(首尾)가 만나지 못하게 하고 음모(音耗·소식)가 통하지 못하도록 만들 수 있은즉, 그들의 세력이 고립되어 흩어지고 힘이 다하여 자연 해산될 터이므로 일거에 만전을 기할 수 있는 방법은 이 길밖에 없습니다."

그러나 조정의 결정은 장위영병과 심영병(沁營兵)을 합쳐 450명의 증원군을 내려 보낸다는 것이었다.

홍계훈이 전주를 출발해 영광으로 향한 것은 전주성에 들어온 지 열흘 만인 4월 18일이었다. 장위영병 460여 명, 무남영병 300여 명의 군사에 쿠르프 야포와 회선포 등 신식 무기를 앞세우고 드디어 출동한 것이다. 전라 감사 김문현은 초토사가 성안에 틀어박혀 있는 것이 못내 마땅치 않은 기색이었으나, 전 영장 김시풍을 효수하고, 감영 수교 정석희를 잡아들이는 홍계훈의 서슬에 눌려 입을 다물고 있었다. 감영 수교인 정석희가 동비 수괴 전봉준과 내통하였다면 그 또한 감사인 자신의 허물이 아닌가. 그렇지 않아도 고부 사건으로 사직 상소를 해야 했던 김문현은 이래저래 좌불안석이었다.

정읍에서 1박을 하며 홍계훈은 날짜를 어림하였다. 농민군 본대와 맞닥뜨리는 것을 피해 영광으로 가면 법성포로 내려온다는 증원군의 도착일시와 얼추 맞을 거였다. 민영준은 그 사이에 다시 밀지를 보내, 증원군이 도착하더라도 외병 차병 요청을 중지해서는 안 될 거라 하였다. 그것은 원세개와 차병 논의가 계속되고 있다는 얘기였다. 그렇다면 농민군 본대와 마주치지 않는 게 상책이다. 마주쳐 패하면 초토사인 내게 책임이 돌아올 것이고, 깨뜨리면 민 대감이 추진하는 차병 계획이 물거품이 된다. 증원군 수백이 내려온다고 저들 수만의 무리를 어찌 감당한단 말인가. 청나라 군대가 온다고 하면 그 소문만으로도 동비의 무리들은 흩어질 것이다. 안의 적을 없애지 못한다면 장차 밖의 적인들 막을 수 있겠는가. 정읍, 고창을 거쳐 영광으로 오는 동안 홍계훈은 그렇게 차병의 명분을 구하고 있었다.

"대원군으로 하여금 감국(監國)하게 하자."

이틀 전, 동비의 수괴들은 자신에게 올린 글에서 그런 말을 하였다. 그렇다면 저들의 배후에 대원군이 있다는 것인가. 중전이 들으면 낯빛이 새파래질 소리였다. 아니라면 저들이 난데없이 대원군을 끌어들인 의도가 대체 무엇이란 말인가? 대원군을 권좌에 올리려는 것만으로도 저들을 반드시 토벌해야 하며, 그러려면 청병 차용은 미룰 수 없는 일이다. 민영준 대감의 생각도 그러할 것이다.

4월 23일, 미시(오후 1시~3시). 농민군은 장성 월평리 황룡강 가에서 늦은 점심을 먹고 있었다. 강가 모래밭에 수십 개의 가마솥이 걸렸다. 강 건너편에서 포탄이 날아들었다. 이학승의 장위영군이 쏜 대환포(大丸砲)였다. 점심을 먹던 농민군 수십 명이 날아가고 쓰러졌다.

"뒷산으로 올라가라 어서 … ."

삼봉 아래에 설치한 장막에서 두령들이 뛰쳐나오며 소리쳤고, 농민군들은 들고 있던 밥그릇을 내던지고 후다닥, 황룡강 뒷산인 삼봉으로 뛰어올랐다.

"학진(鶴陣)을 편다."

영솔장 최경선이 소리치자 농민군은 삽시간에 학의 날개 모양으로 대오를 지었다.

산 밑으로 경군이 달라붙고 있었다.

"장태를 굴려라."

최경선의 명을 받은 두령들이 복창하자 농민군들이 준비했던 장태를 산비탈로 내리굴렸다. 장태는 닭둥우리와 비슷한 모양이었는데 높이가 5척, 길이는 15척이나 되었다. 장태의 바깥쪽에는 칼을 꽂아서 고슴도치와 같고, 안에는 짚을 넣어 불을 붙였으며, 아래에는 바퀴를 달아 미끄러지듯 굴러 내려갔다. 경군이 총을 쏘고 화살을 날렸으나 거의가 장태에 맞고 튕겨나갔다. 농민군은 장태 뒤에 바짝 붙어 총을 쏘며 내려오다가 경군에 달려들어 칼로 베고 창으로 찔렀다. 경군은 쿠르프식 야포, 회전식 기관총, 모제르식 소총 등 최신 병기로 무장하고 있었으나, 듣도 보도 못한 장태를 앞세운 농민군의 맹렬한 공격에 혼비백산하였다. 농민군은 끝없이 밀려 내려왔다.

"퇴각하라."

이학승이 목이 찢어져라 고함을 질렀다.

장위영 선임대관 이학승은 하루 반나절 동안 뒤쫓은 농민군이 장터에서 허랑하게 밥을 먹고 있는 것을 보고는 생각이 달라졌다. 초토사는 되도록 접전을 피하고 적정을 살피라고 하였지만 저따위 오합지졸이 두려워 전전긍긍하였단 말인가 생각하니 도저히 지켜만 보고 있을 수가 없었다.

"오냐, 네놈들이 그간 임자를 만나지 못하여 기고만장하였던가 보다마는 내가 혼쭐을 내주마."

대환포 몇 방이면 저깟 무지렁이들은 단번에 제압될 것이었다. 그런 다음 회선포와 모제르식 소총으로 공격하면 기껏 화승총이나 죽창뿐인 놈들을 궤멸시키는 것은 손바닥 뒤집는 것처럼 쉬울 듯싶었다. 대관 원세록과 오건영도 맞장구쳤다.

"놈들을 박멸하면 초토사 영감도 달리 무슨 말이 있겠는가?"

그렇게 공격명령을 내렸던 것인데, 농민군은 마치 기다리고 있었다는 듯이 신속하고 조직적으로 반격을 해온 것이었다. 더구나 닭둥우리 같은 것을 내리굴리며 쏟아져 내려오는 농민군에 경군은 신식무기를 제대로 써볼 새도 없이 무너졌다. 그나마 총질이라도 하는 축은 장위영군이었고, 여기저기서 끌어 모은 향병들은 산봉우리에서 능선까지 허옇게 깔린 농민군을 보고는 대경실색, 달아나기에 바빴다.

측면을 공격했던 원세록, 오건영 부대도 사정은 마찬가지였다. 영광 쪽으로 퇴각하던 이학승 부대는 신촌리 까치골 능선에서 추격해 온 농민군에 포위되었다. 이미 전의를 상실한 병사들은 도망치기에 급급했다. 뒷걸음치던 이학승이 제자리에 우뚝 서 소리쳤다.

"나는 장위영 대관 이학승이다. 의리에 구차하게 살 수가 없구나. 역적들은 어찌 나를 죽이지 않느냐?"

"뭣이여? 역적? 오냐, 역적 총알 맛이나 보거라."

이학승이 총탄을 맞고 쓰러지자 농민군들이 달려들어 목을 베었다.

"놈들은 어디로 향하였는가?"

농민군을 추적했던 경군이 장성에서 참패하고 선임대관 이학승이 전사하였다는 보고를 들은 홍계훈이 다그쳐 물었다.

"갈재 쪽으로 북상하였다고 합니다."

"원세록, 오건영은 어디 있는가?"

"남은 군사를 데리고 영광으로 퇴각했습니다."

"어쩌다가 그 모양이 되었느냐?"

"황룡강 가에서 점심을 먹고 있는 적들에게 포를 쏘고 공격을 하였는데, 적들이 뒷산에서 닭둥우리 같이 생긴 것을 굴리며 쏟아져 내려와 그만 … ."

"닭둥우리? 닭둥우리라니? 그것이 무엇이냐?"

병사가 두 팔을 벌려 그 모양을 그려 보이는데, 홍계훈이 꽥 소리를 질렀다.

"되었다. 너는 이 길로 영광으로 달려가서 남은 군사를 모두 데리고 이리 오라고 일러라. 어서."

제물포를 떠난 증원군이 이제야 도착하여 영관 황헌주와 장교들을 환영하는 술자리를 하던 참이었다. 황헌주가 홍계훈에게 술잔을 올렸다.

"승패는 병가지상사라 하지 않습니까? 너무 심려하지 마시지요. 초토사 영감."

"면목이 없소이다. 공격하지 말고 정탐만 하라고 그리 일렀거늘. 에이, 그거 참."

"무슨 말씀이온지요?"

"놈들은 함평에서 나주로 가는 것처럼 하다가 장성으로 북상했소이다. 전주로 올라가려는 게지요."

"전주로 올라간다면 빨리 쫓아가서 막아야 하지 않겠습니까?"

황헌주가 두 눈을 둥그렇게 뜨자 홍계훈이 불쾌해진 낯빛에 웃음을 띠었다.

"그렇지가 않소이다. 나의 전략은 놈들을 전주성으로 몰아넣는 것이요. 놈들은 그 수가 많고 여러 패로 나뉘어 있어 우리 군대로는 일거에 제압하기가 쉽지 않아요. 더구나 저들은 흩어지면 양민이요, 모이면 비적이 되는 형상이니 그 구분이 어렵소이다. 그동안 완영이나 고을 수령들이 한 일이라는 게 고작 기찰을 해서 동학도 몇 놈씩 잡아들이는 것이었소. 그래서야 저들을 초멸할 수 있겠소이까? 한 구덩이로 몰아넣고 대포로 우겨대야지요. 그래서 놈들을 추격하는 척하며 앞서 전주성으로 올라가도록 한 것이요."

"하아, 내어주고 친다. 초토사 영감의 전략이 가히 제갈량에 못지 않으십니다."

"그렇소이까? 하하하. 자, 술이나 드십시다. 우리는 놈들이 전주성 안으로 들어가 성문을 처닫을 때쯤 전주에 도착하면 됩니다."

애초부터 세웠던 전략은 아니었다. 농민군과 접전을 피하다보니 계속 농민군 뒤꽁무니를 쫓은 격이 되었고, 민영준 대감이 추진하는 청병 차병의 구실을 위해서도 시간을 벌어야 했으나, 결과적으로 전주성을 빼앗기게 된 상황에서 달리 어쩔 수 없는 궁여지책이었다. 홍계훈은 그러나, 황헌주가 제갈량의 전략 운운하며 치켜세우자 마치 처음부터 그렇게 하기로 전략을 세워놓았던 것처럼 우쭐하였다.

그래, 이놈들. 이학승의 복수는 전주에서 천 배, 만 배로 갚아주마.

홍계훈은 느긋하게 술잔을 비웠다.

왕사(王使)

경군을 무찌른 농민군은 정읍, 태인을 거쳐 원평에 도착하였다. 4월 25일 오후였다.

"이제 주상(主上)의 명을 받고 내려온 군사를 쳤으니 우리는 모두 역적이 된 것이외다. 아니 그렇소이까?"

임시 도소로 잡은 저막(邸幕)에서 김개남이 두령들을 둘러보며 껄껄, 웃었다. 함평에서 경군이 내려온다는 소식을 접한 농민군 진영에서 주상이 보낸 군대에는 저항할 수 없으며, 만일 싸움을 벌이면 역적의 죄를 면할 수 없을 거라는 소리들이 적잖이 나왔던 것에 빗댄 말이었다. 모두들 웃었지만 뒷맛은 씁쓸했다. 송희옥이 운을 떼었다.

"보은 도소에서는 어찌 생각할지 모르겠습니다."

김개남이 퉁명스레 말을 받았다.

"큰일 났다고 야단법석이지 않겠소이까?"

오시영이 조심스레 말했다.

"우리 쪽에서 사람을 보내 법헌(法憲 · 최시형)께 저간의 사정을 말씀드려야 하지 않겠습니까?"

김덕명은 고개를 끄덕였으나, 손화중은 고개를 저었다.

"지금은 그럴 때가 아니라고 봅니다. 우선 전주성 점령에 집중해야지요. 법헌의 말씀을 듣고자 한다면 시기를 놓칠 위험이 큽니다."

매사에 신중하고 좀처럼 강한 언사를 삼가는 손화중으로서는 의외의 발언이었다. 김개남이 손화중의 수려한 얼굴을 쳐다보며 싱긋, 웃었다.

"맞소이다. 지금 법헌을 찾았다가는 죽도 밥도 안 될 것이오. 그 어른이야 지난해 취회 때에도 늘 무슨 사단이 나지나 않을까 전전긍긍하시지 않았소이까? 공연한 긁어 부스럼이요."

전봉준이 기다렸다는 듯 입을 열었다.

"그렇습니다. 지금은 법헌을 찾아뵐 때가 아닌 듯합니다. 당장은 우리의 힘으로 호남의 수부인 전주를 손에 넣는 것입니다. 보은 도소의 협력을 구하는 일은 그 다음 일이겠지요. 법헌의 승낙을 받아 남접과 북접이 손을 잡는다면 얼마나 좋겠습니까. 반드시 그리되어야 할 날이 머지않았습니다. 듣기에 호서의 분위기도 심상찮다고 하더이다. 월초에는 청주에서 수천 명이 위세를 보였다지요. 아마도 일해 선생께서 주도하는 움직임일 겁니다. 호서가 저토록 시끄럽다면 보은 도소에서도 언제까지 귀 막고 있지는 못하겠지요."

김덕명이 턱수염을 쓸어내리고는 활짝 웃어 보였다.

"그나저나 이번 싸움에서 장태의 힘이 컸습니다. 이곳 장성 이춘영 접주가 기발한 착상을 한 덕에 경군을 뜻밖에 쉽게 물리쳤지요. 함평에서 미리 장태를 틀어 온 것은 참말로 잘한 일이었어요. 이 접주께서 이 자리에서 안 계십니다만 마땅히 치하할 일이라고 생각합니다. 아무튼 대밭은 여기저기 널린 것이니 앞으로도 틈틈이 대를 베어 장태를 만들도록 합시다. 자아, 한 잔씩들 드십시다."

술잔이 두어 순배 돌고 모처럼 환한 얼굴들인데, 최경선이 가라앉은 소리를 내었다.

"1주 전에 홍계훈이 전주성에서 출동하면서 완영 수교 정석희 씨를 원평장터에서 참수하였다고 합니다. 나흘 전 장성에서 들었는데 경황 중이라 깜빡 잊고 있었습니다."

전봉준의 얼굴이 일그러졌다.

"무엇이? 정 수교가 참수되었다?"

"우리와 내통하였다는 죄로 홍계훈이 그리했다고 합니다."

김개남의 눈매가 가늘게 찢어지며 안광에 살기가 번득였다.

"홍계훈 그자가 김시풍 씨를 죽이더니 아주 목을 베는 데 맛을 들였군. 내 이놈을 잡으면 반드시 목을 베어 전주성 북문 꼭대기에 매달을 것이오."

열흘 전 김시풍이 효수되었다는 소식에, 김덕명이

"사람이 죽었다는데 할 말은 아니오만 그 사람이 홍계훈이와 손을 잡은 것에 비한다면 우리에겐 차라리 잘된 일인지도 모르지요."

하였을 때, 김개남은 떨떠름해 하면서도 별 내색을 하지는 않았다. 김시풍이 도강 김 씨 종친으로 어린 시절 아저씨같이 따랐던 분이라고 애써 두둔할 게제도 아니었다. 그랬던 김개남이 끝내 불편했던 속내를 드러낸 것이었다.

속이 불편하기로는 전봉준이라고 다르지 않았다.

정석희는 두 달 전 고부 민군이 백산에 진을 치고 있을 때 전봉준을 몇 차례 찾아왔다. 정석희는 전라 감사 김문현의 지시에 따라 전봉준을 효유하려 찾아왔던 것이었는데, 전봉준이 봉기의 전말과 폐정개혁의 대의를 설명하자 오히려 민군을 섣불리 해산하지 말고 감영이 어쩌는지 지켜보라며, 감영의 동향은 제가 알려주겠다고 하였다. 신임군수 박원명의 회유에 넘어간 토반과 지주, 고을 집강들이 정석희에게 전봉준을 체포하라고 사주하였을 때는 전봉준에게 그런 사실을 귀띔해주기도 했다.

전봉준은 그런 정석희가 고마웠다. 은자 스무 닢을 준 것은 뇌물이라기보다는 감사의 표시였지만, 일이 잘못되어서는 빼도 박도 못할 뇌물일 거였다. 정석희는 그렇게 민란의 수괴와 내통하였고, 그 죄로 목이 잘린 것이다.

결국 나로 인하여 죽음을 당한 것이 아닌가.

자책을 할 것까지야 있겠느냐고 생각하면서도, 정석희의 선한 눈빛이 떠올라 전봉준의 마음은 못내 무거웠다.

경군과의 첫 접전에서 생각지도 않던 대승을 거두어 모처럼 술잔을 나누던 자리였는데 김개남이 살기등등한 얼굴을 하고, 전봉준이 무르춤해하자 대번에 분위기가 머쓱해졌다.

그때, 정백현이 방안으로 들어섰다.

"조복(朝服)을 입은 관리 두 사람이 이리로 오고 있다고 합니다. 초토영 종사관이라며 임금님의 윤음(綸音)을 받을 차비를 하라고 한답니다."

"윤음을 받을 차비를 하라고? 지금 어디쯤 왔다고 하던가?"

"곧 도착할 모양입니다."

"임금의 윤음을 가지고 왔다니 일단은 나가 봅시다."

전봉준이 자리에서 일어서 쪽마루로 나갔다. 손화중과 최경선이 따라 일어섰다.

사모관대에 화려한 관복을 입은 이효응과 배은환이 삽짝문을 밀고 저막 앞마당으로 들어섰다. 둘은 초토영 종사관으로 홍계훈을 따라 영광으로 갔다가 함평, 장성을 거쳐 원평의 농민군 도소를 찾아온 것이었다.

이효응이 나섰다.

"우리 두 사람은 상감께서 내리신 윤음을 봉행하고 온 초토영 종사관이오. 어서 석고를 깔고 북향(北向) 사은숙배(謝恩肅拜) 한 후 윤음을 배수하시오."

전봉준이 당황한 눈빛으로 멈칫하는데 방안에 앉아있던 김개남이 벌떡 일어나 마루로 나서며 벽력같이 소리를 질렀다.

"야, 이놈들아. 지금 무슨 헛소리를 지껄이는 것이냐? 우리는 지금 그 윤음이란 걸 보낸 조정의 군대와 대적하고 있는 중이다. 네놈들은 엊그제 장성에서 조정군이 우리에게 박살이 났다는 소식도 못 들었느냐? 같잖은 위세 부리지 말고 그 보자기나 내려놓고 썩 물러가거라."

이효응이 파랗게 질려 온몸을 부들부들 떨었다.

"네 이놈, 상감의 윤음을 봉행한 조관(朝官)에게 놈이라니. 너는 대체 어느 나라 백성이냐? 네가 그러고도 살아남기를 바라느냐?"

"뭣이여? 살아남기를 바라느냐고? 네놈들이야말로 살아남기를 바란다면 당장 물러가거라."

김개남이 허리에 찬 칼집에 손을 대며 소리를 질렀다. 방금 전 김시풍을 효수한 홍계훈의 목을 베어 전주성 북문 꼭대기에 달아매겠다고 할 때처럼 두 눈에 살기가 번뜩했다.

"예(禮)가 아니면 상감마마의 옥음(玉音)은 기침소리 하나도 전할수가 없는 법. 우리는 그냥 돌아가겠다. 그러나 똑똑히 들어라. 너희들은 상감마마를 능멸하고 조관을 욕보였다. 이는 너희들 목이 열 개라도 살아남지 못할 중죄이다. 알겠느냐?"

이효응이 고개를 빳빳이 치켜들고 소리쳤다. 그 위엄이 자못 서늘하였다.

"뭣이라고? 목이 열 개라도 살아남지를 못해?"

김개남이 마루에서 마당으로 성큼 내려서며 칼을 뽑아들었다.

"어디 네놈 목들은 몇 개인지 세어보자꾸나."

급작스러운 상황에 마루 위의 두령들이나 주막 울타리 밖에 몰려든 농민군들도 어리둥절하여 어어, 얕은 신음들을 토할 뿐이었다.

김개남의 장도(長刀)가 늦은 오후의 더운 공기를 가르는가 싶었는데, 검붉은 피가 금세 마당을 적셨다.

모두가 경악하여 멍하고 있는 판에 사립문 안으로 세 명의 사내가 붙들려 들어왔다.

"이자들은 또 뭐냐?"

사내를 붙잡아온 별동대원 중 젊은 축이 김개남의 서슬에 놀라 빠르게 답하였다.

"원평장서 기찰을 허는디 수상한 자들이 있어 붙잡았더니 품 안에 큰돈을 지니고 있어라. 그래서 끌고 왔지라."

"큰돈?"

"예. 1만 냥이라고 헙니다."

"1만 냥?"

김개남이 흰색 도포에 갓을 쓴 중 늙은 사내에게 눈길을 돌렸다. 사내는 이미 마당에 널브러진 두 구의 시신을 보고 제정신이 아닌 듯했다.

"네놈은 뭣 하는 놈이기에 그리 큰돈을 갖고 다니느냐? 바른대로 고해야 할 것이야."

김개남이 피 묻은 장도의 끝을 들어 올리자 사내가 제자리에 풀썩 주저앉았다.

"예, 예. 소인은 선전관 이주호라 하온데 상감마마 내탕금을 초토사께 전하러 … ."

"뭣이? 임금이 홍계훈이에게 우리를 치라고 1만 냥이나 내려 보냈단 말이냐?"

"아, 예예. 소인은 그저 심부름을 하는 것일 뿐이옵니다."

김개남이 뒤에 꿇어 앉아 벌벌 떨고 있는 둘을 쳐다보자,

"아이고, 저희 둘은 선전관 나리를 수행한 죄밖에 없구먼요. 살려 주시오."

합창하듯 하였다.

"너희들이나 나나 일진이 좋지 않구나. 임금의 윤음을 가져온 자들을 베었으니 내탕금을 전하는 너희들도 살려줄 수가 없다. 너무 원망 말거라."

"김 두령. 잠깐만 … ."

놀란 전봉준이 맨 버선 바람으로 마당으로 내려서며 소리쳤으나 김개남의 칼날은 촌각의 여유도 없이 허공을 갈랐다. 아직 훤한 대낮이었으나 칼날에는 새파란 인광이 소름처럼 돋아 있었다.

"이번 일은 너무 경솔한 것 같소이다. 임금의 사자(使者)들을 모두 죽였으니 조정이야 말할 것도 없고 유림의 반발이 만만치 않을 것이오. 그 뒷감당을 어찌해야 할지 … ."

김덕명이 잔뜩 찌푸린 얼굴로 혀를 찼다.

방안에 둘러앉은 두령들은 모두 눈길을 방바닥에 내리깔고 있었다. 무거운 침묵이 그 위에 얹혔다. 김개남이 충혈된 두 눈을 끔벅거리고는 입을 열었다.

"책망을 하신다면 받겠습니다. 허나 유림의 눈치를 보아서야 이 싸움을 어찌하겠소이까? 기왕에 전주를 공격하고 서울로 올라가기로 했으면 우리의 뜻을 분명히 해야 한다는 것이 나의 생각이오이다."

송희옥이 눈살에 힘을 주며 카랑카랑한 목소리를 내었다.

"우리가 왜 그동안 유림의 비위를 거스르지 않도록 조심하였습니까? 일전에 나주 공형에 보낸 통문이나 초토사에게 보낸 글에서 대원군의 감국을 주장한 데에도 은연중 대원군을 내세워 유림과 양반의 적대를 무마하고자 하는 의도가 있었던 게 아닙니까? 그런데 왕사(王使)들을 죽였으니 이제 다 헛수고가 되었습니다. 두고두고 큰 부담이 될 것입니다."

김개남이 눈꼬리를 치켜 올렸다.

"무엇이요? 나는 원체 대원군의 감국 운운은 반대했소이다. 임시방편이라 해서 그러면 뭐, 아무려면 어쩌겠나 싶어 더는 말하지 않았지만, 나는 솔직히 그런 소리는 마땅치 않소이다. 죽 쒀서 뭣 준다고, 우리가 목숨 내놓고 싸워 이기면 나라일은 대원군께서 알아서 하시라고 맡긴다는 게 말이 되오? 또 유림이 우리가 대원군을 내세운다고 잘 한다, 하겠소이까? 저들을 우리 편 만드느니 우물에 가서 숭늉 찾는 것이 낫지. 허허허."

이방언은 이마에 주름 골을 만든 채 입을 굳게 다물고 있었고, 손화중은 두건을 매만지고 있었으며, 김덕명도 더는 입을 열 기색이 아니었다. 최경선과 손여옥, 고영숙 등 다른 두령들도 머쓱한 눈빛을 할 뿐이었다.

자축(自祝)으로 시작되었던 자리가 피 칠갑으로 파장이 된 꼴이었다. 술방구리에는 잘 익은 농주가 절반 넘게 남았으나 누구도 술잔을 비울 분위기는 아니었다. 주위를 둘러본 전봉준이 입을 열었다.

"어차피 쏟아진 물이고 지난 일입니다. 되 담을 수 없고, 돌이킬 수 없는 일을 놓고 시비를 논한들 무슨 소용이겠소이까? 기왕에 벌어진 일이니 저들을 효수하여 김 장군 말씀대로 우리의 의지를 내외에 확고히 하는 것이 좋을 듯합니다. 내일 아침 일찍 저들을 원평장터에 효수하고 전주로 직행합니다. 두령들께서는 모두 진으로 돌아가셔서 내일 아침 출발에 차질이 없도록 하여주시오. 영광의 홍계훈이 증원군과 함께 움직였다고 하니 서둘러야 할 것이오."

두령들은 군사들이 있는 진영으로 돌아가고, 지휘부는 인근 와가에 숙소를 잡았는데 모두 제 접의 수하들이 마련한 잠자리가 편할 거라며 사양해 전봉준만 사랑채에 남았다. 정익서의 수하들이 대문 옆 행랑채에 들어 호위를 하기로 하였는데, 고부에서 따라온 소작인 김판돌도 끼어 있었다.

밤이 이슥하여 전봉준이 잠자리에 들려는데 밖에서 기척이 났다.

"대장님, 두령님 두 분이 오셨는디요."

전봉준이 장지문을 열자 횃불 아래 송희옥과 최경선의 얼굴이 드러났다. 횃불을 든 이를 보고 전봉준이 반색하였다.

"아니, 김판돌 씨 아니오? 젊은이들은 어디 가고 야밤에 수직을 서시오?"

"아이고, 대장님. 지가 대장님을 지켜드리고 자파 허는 일잉게 암시랑 마시오. 그라고 씨라니요? 듣기 민망허니 편케 말씸해주시오."

판돌이 고개를 숙이고 물러났다.

방안으로 들어온 송희옥이 물었다.

"저 사람, 누굽니까?"

"아, 고부에서 무장으로 내려올 때 함께한 소작인인데 나이가 마흔 셋인가 넷인가? 집으로 돌아가라 해도 한사코 따라왔는데, 그간 안 보이기에 돌아갔나 했는데 여기까지 왔구먼. 허허, 그것 참."

"그렇습니까? 모두가 저 사람 같으면 오죽 좋겠습니까?"

"그게 무슨 소린가?"

전봉준이 눈살을 찌푸리자, 송희옥이 목소리를 깔아 답했다.

"아무래도 지휘부의 체계를 이대로 두어서는 안 될 것 같습니다."

"지휘부의 체계를 이대로 둘 수 없다니? 왜 무슨 일이라도 있었나?"

전봉준이 짐짓 딴청을 하자 최경선이 볼멘소리를 했다.

"무슨 일이 있었는지 진정 모르고 하시는 말씀입니까?"

"개남장을 두고 하는 얘기인가?"

개남장(開南丈)은 본명이 기범이었던 김개남이 '남조선을 개벽한다'는 뜻으로 이름을 개남(開南)으로 고친 후 그를 아는 사람들이 흔히 부르던 칭호였다.

"허어, 그 얘기를 하려고 이 야심한 시각에 왔는가? 공연히 군사들 눈에 파당(派黨)을 짓는 것으로 비칠지 모르겠구먼."

전봉준이 마뜩찮은 눈빛을 하자 최경선이 한 무릎 다가앉았다.

"지금 군사들 눈이 걱정입니까? 군사들 마음이 걱정이지요."

"군사들 마음이 걱정이라니 그건 또 무슨 소리인가?"

"아까 오후에 왕사의 목을 벤 것을 두고 군사들이 뭐라는지 아십니까? 김개남 장군이 농민군 대장에 더 잘 맞는다는 거예요. 두세 두세 모여 수군대는 소리가 온통 개남장 이야기입니다. 임금님 사자를 한 칼에 목을 베었다며 야단들이지요."

"허허허. 그게 무슨 걱정거리인가? 군사의 사기가 높아졌으면 그나마 좋은 일이지."

송희옥이 고개를 저었다.

"그렇지가 않습니다. 김 장군이 왕사를 벤 것이 잘못이라는 말은 더하지 않겠습니다. 내일 아침 원평장터에 효수하는 일도 결정된 대로 해야겠지요. 허나 이번 일처럼 김 장군의 독판이 계속되면 우리 군사들 전체가 흔들릴 수 있습니다. 그렇지 않아도 연원 모를 난민들이 몰려와서 군기가 염려되는데 김 장군이 계속 독판을 친다면 어찌 되겠습니까? 어렵게 세운 기율이 삽시간에 무너질 수도 있습니다. 그리된다면 우리가 전주성을 점령하고도 잃는 게 더 많을 수 있습니다. 절대 가벼이 볼 문제가 아닙니다."

잠시 입을 꾹 다물고 있던 전봉준이 무겁게 입을 열었다.

"두 사람이 무슨 염려를 하는지는 알겠지만 개남장에 관해서라면 더는 이야기하지 마시게. 개남장이 어떤 사람인지는 내가 잘 아네. 성정(性情)이 불같아 그렇지 사심(私心)이 있는 사람은 아니야. 행여 다른 사람 귀에 이런 얘기가 들어가지 않도록 말조심들 하게. 그만 돌아들 가시게."

전봉준이 고개를 돌리자 송희옥과 최경선이 마지못해 일어섰다.

송희옥과 최경선을 돌려보낸 전봉준은 등잔불을 끄고 자리에 누웠다. 길게 찢어진 김개남의 눈매가 떠올랐다. 개남은 진정 개벽을 꿈꾸는가?

수운 선사는 선천(先天) 시대 5만 년은 이제 그 운을 다하였고, 바

136

야호로 후천 개벽(後天 開闢)의 시대가 열린다고 하였다. 개남이 꿈꾸는 개벽은 무엇인가? 왕조를 무너뜨리는 혁명인가? 개남은 무장창의문을 유생의 글이라 하였다. 대원군의 감국을 마뜩치 않아 하였다. 개남이 왕사의 목을 한칼에 벤 것은, 비록 충동적이었다고 할지라도 왕조를 부정한 것이며, 또한 나를 부정한 것이다. 언제까지 개남과 함께할 수 있을 것인가?

전봉준은 길게 한숨을 토해냈다. 잠은 저만치 달아나고 머릿속은 맑아지는데 가슴은 납덩이에 눌린 듯 무겁고 답답하였다.

다음날 아침 원평장터에 이효응, 배은환, 이주호의 목이 내걸렸다. 효수한 장목 아래로 구경꾼들이 몰려들었다.

"오매, 임금님께서 내려 보낸 관리들 목을 뎅겅뎅겅 베었응게 이자 난리가 나도 제대로 나부렀네."

"왜 하필이면 여그다 매단다요. 원평 사람들 또 무슨 징헌 꼴을 보라고."

"이자 동학군 시상인디 누가 먼 해꼬지를 하겠어?"

"동학군 시상? 시상이 어디 그리 쉽게 뒤집히겄어? 손바닥 뒤집기 매이로."

"안 뒤집히믄 자개는 조은개비여?"

"좋고 말고가 워딨어? 상놈 팔자 거기서 거기제."

"젠장, 이판에도 상놈 타령이여. 동학군 따라가지 못했시믄 군소리나 말어."

"뭣이여? 그러는 자개는 왜 이러구 있는감."

"내가 농민군 따라나서면 자개가 내 농사 대신 해줄라나? 우리 어머니와 새끼들 풀죽이라도 먹여줄라나? 하필 왜 지금이여? 가을 추수 끝내고 일어나면 나도 만사 제허고 죽창부터 들 거인디."

"이런 젠장, 내가 할 야그가 바로 그것이여."

전주 입성(入城)

그 시각 농민군 본대는 모악산 연봉 사이로 뚫린 독배재를 넘고 있었다. 원평에서 금구를 거치지 않고 전주 앞 삼천(三川·세내)에 이르는 지름길이다. 1만에 이르는 농민군의 행렬이 길게 이어져 독배재의 마른 길을 가득 메웠다. 날라리를 불고 꽹과리를 치는 풍물패의 가락과 오색 깃발이 모악산을 가득 채운 신록에 어우러졌다.

"뭣이라? 놈들이 삼천에 이르렀다고? 삼천이면 바로 코앞이 아닌가? 도대체 초토사는 어디서 무얼 하고 있다고 하는가? 뭐, 정읍에서 올라오고 있다고? 하이고, 성이 다 떨어진 뒤에 오겠구먼. 홍계훈이 이자가 정신이 있는 게야, 없는 게야? 토벌은 하지 않고 성안에서 묵새기더니 이제는 비적들 뒤꽁무니만 따라오고 있으니. 조정에 전보를 다시 보내. 비적은 10리 밖에 왔는데 초토사 군대는 코빼기도 안 보이고 연락두절이라고. 그리고 비적들이 몰려들 때에 맞춰 서문 밖 민가에 모조리 불을 질러. 아니면 놈들이 지붕을 타고 성으로 들어올 게야. 뭣이? 민가에 불을 지르면 주민들은 어떡하느냐고? 지금 성을 빼앗기게 생겼는데 무슨 한가한 소리를 하고 있는 게야. 풍남문, 패서문, 공북문, 완동문 할 것 없이 성문은 모조리 단단히 닫아걸고 성채에 병사들을 배치해. 정찰병을 보내 적의 정황을 수시로 보고하

139

고. 알겠지? 어서들 나가봐. 어서 어서."

전라 감사 김문현은 전주 감영 이속과 장교들을 닦달하느라 제정신이 아니었다. 이미 열흘 전에 간삭(刊削)의 형전(刑典), 즉 관리의 명부에서 이름을 지우는 것으로 파직되었으나 후임인 김학진이 부임하여 인부(印符)를 넘기기 전에는 선화당을 떠날 수도 없는 노릇이었다.

'이자는 또 어디서 꾸물거리고 있는 게야?'

이래저래 심기가 뒤틀린 김문현은 장죽으로 애꿎은 백동 재떨이를 깡깡, 내리쳤다.

김문현의 후임으로 전라관찰사에 임명된 독판교섭통상사무(督辦交涉通商事務) 김학진이 임명된 지 일주일 만에 사폐(辭陛·임금에게 하직을 여쭘)하였다. 홍계훈의 경군이 장성에서 농민군에게 참패한 다음 날이었다. 김학진은 세도가인 안동 김 씨의 일원이기는 하였으나, 병자호란 당시 척화파(斥和派)의 거두였던 김상헌의 11대 손으로 청렴하고 성품이 곧아 조정 내외에서 평판이 좋은 인물이었다. 엎드려 절하여 하직 인사를 올린 김학진에게 임금이 하교(下敎)하였다.

"근래 백성들이 소란을 일으켜 곳곳에서 깜짝 놀라고 있는데 이것은 무슨 까닭인가. 설령 고을에서 하는 일에 잘못이 있더라도 어찌 억울한 사정을 호소하여 바로잡으려 하지 않고 걸핏하면 무리를 지어 고약한 행동을 많이 하는가. 더 없이 통탄할 일이로다. 조정에서 호남에 대하여 특별히 보살펴 주는데도 어리석은 백성들이 임금을 대하는 의리를 생각하지 않고 스스로 분의(分義·정당한 도리)를 범하는 죄를 저지르고 있으니 그것이 과연 법을 전혀 두려워하지 않아서 그러는 것이겠는가. 처음에는 시달림과 고통 때문에 소란을 일으키고 나중에는 겁이 나서 무리를 이루었다가 마침내는 창궐하는 데까지 이른 것이니 그 실상을 따지면 탐오(貪汚)하는 관리들이 빚어낸 것이다. 마땅히 철저히 안렴(按廉·살피고 조사함)하여 엄격히 징계하여야 할 것이다. 혹 난민 중에 거짓말로 속이는 일이 있으면 이것은 법으로 처단하고 용서하지 말아야 할 것이다. 일전에 은혜와 위엄을 같이 보이는 것에 대하여 칙유(勅諭·임금이 몸소 타이름)한 것이 있으니 경은 모름지기 부임한 후에 한편으로는 무마하고 한편으로는 없애버려야 할 것이다.”

김학진이 아뢰었다.

“백성들의 고통이 오늘과 같은 때가 없는 것은 실로 수령들이 명을 받들어 집행하는 책임을 다하지 못한 것으로 말미암아 오늘의 소란이 순치(馴致·어떤 상태에 이름)된 것이옵니다. 그러나 지난번에 은교(恩敎)를 내려서 진심으로 가슴 아파하였으니 비록 목석같이 어리석고 짐승같이 우둔한 무리일지라도 마땅히 감화될 것인데 이제 또 성교(聖敎)가 이와 같이 간곡하니, 신은 부임한 후에 삼가 전하의 뜻을 받들어 끝까지 효유하여 기어이 귀화하게 하겠나이다.”

임금이 하교하기를,

“백성들이 스스로 들고 일어나 농사도 철을 놓친 것이 가장 걱정스러운 일이다. 그 교화에 순종하지 않는 무리는 원래 말할 필요도 없거니와 혹 위협에 못 이겨 억지로 따라나섰다가 곧장 뉘우치고 귀화한 사람은 그것이 애당초 본심이 아니었다는 것을 단연 알 수 있으니 모름지기 잘 보살펴서 생업에 안착하도록 하라. 이른바 명목 없는 잡세를 무턱대고 강제로 받아내는 일이 요즘 많이 있다고 한다. 유정지공(惟正之貢·해마다 나라에 바치는 물품)도 미처 내지 못하는데 하물며 과외로 더 거두고 있으니 백성들이 어떻게 살아가겠는가. 일일이 조사하여 철저히 없애야 할 것이다."

하니, 김학진이 아뢰기를,

"백성들에게 해를 주는 일체의 명목 없는 잡세는 큰 것은 장문(狀聞·장계를 올려 아룀) 하고 작은 것은 신의 감영에서 적당히 폐단을 없애겠습니다."

하였다. 임금이 하교하기를,

"혹시 각 고을에서 소란을 구실로 일체의 공납(公納)을 감독하고 신칙하지 못하여 지체시킨다면 분우(分憂)의 뜻이 어디에 있겠는가. 낱낱이 엄격히 조사하고 논계해야 할 것이다."

하니, 김학진이 아뢰기를,

"소란을 겪은 고을에는 비록 추궁할 수 없다고 하더라도 소란이 없었던 고을에서야 어찌 이것을 핑계로 공납을 지체할 수 있겠습니까. 이것은 각별히 신칙하여 기어이 제 기일에 준납(準納) 하겠습니다."

하였다. 임금이 하교하기를,

"이런 때에 이 직임을 맡기는 것은 공연한 것이 아니니 경은 반드시 내가 백성을 위하여 고심하는 뜻을 체득하고 척려(惕厲·두렵게 받아들임) 하여 명을 받들어라."

하니, 김학진이 아뢰기를,

"삼가 변변치 못한 힘이나마 다하여 신임하는 뜻에 만분의 일이라도 보답하겠나이다."

하였다.

임금이 자리에서 일어섰으나 김학진은 바닥에 엎드린 채 일어나지 않았다. 임금이 물었다.

"더 하고 싶은 말이 있소?"

김학진이 아뢰었다.

"황송하오나 신, 전하께 진정할 말씀이 있사옵니다."

"말씀해보시오."

"신에게 편의종사(便宜從事)의 조처를 내려주소서."

편의종사란 수령이나 장수가 현지 사정에 따라 임금의 결재를 받지 않고 우선 일을 처리할 수 있는 권한을 갖는 것이다. 임금이 머뭇거렸다.

"신이 형편에 따라 일을 처리할 수 있도록 허락하여주셔야 신은 임지에 부임하겠나이다. 신의 뜻을 부디 통촉하여주십시오."

잠시 찌푸려졌던 용안(龍顏)이 이내 펴졌다.

"허허, 경의 뜻에 맡길 터이니 그만 일어나시오."

김학진이 머리를 조아렸다.

"전하, 성은이 망극하옵니다."

4월 27일, 날이 밝았다. 전주성의 코앞인 삼천에서 하룻밤을 묵은 농민군은 아침부터 전주성 공략에 나섰다. 이날은 마침 서문 밖에 장이 서는 날이었다. 수백 명의 농민군이 장사꾼으로 위장해 시장으로 숨어들었다. 농민군 본대는 용머리고개 좌우로 일자진(一字陣)을 펴고 공격 명령을 기다리고 있었다.

"저들이 성에서 빠져나갈 시간을 줍시다. 홍계훈이 감영군까지 끌고 내려갔으니 지금 성안에는 병정들 몇이 성문을 지키고 있을 것이오. 우리와 통하는 관속들이 움직여 안에서 성문을 열 것이니 잠시 지켜보기로 하지요."

전봉준은 성안의 이속이나 부민들이 미리 성을 빠져나가도록 하여 불필요한 사상자가 생기는 것을 피하려는 생각이었다. 공격을 할 때에도 동문은 제외시켜 달아날 구멍을 열어주기로 했다. 이는 전주 접주 서영두가 어젯밤 삼천으로 찾아와 신신당부한 것이기도 하였다.

"전주성을 점령하는 것 못잖게 전주 민심을 얻는 것이 중요합니다."

전봉준은 기왕에 정해놓은 농민군의 명의나 약속에 따르는 것이니 반드시 그리 할 것이라고 하였고, 서영두는 전주 감영 관속들을 이미 여러 명 회유해놓았으니 성문이 저절로 열릴 것이라고 장담하고 그 밤에 전주로 되돌아갔던 것이다.

어느덧 오시에 이르렀는데 갑자기 전주성 서문 쪽에서 검은 연기가 피어올랐다.

"저거, 불이 난 거 아니요."

김개남이 소리치는데, 서문 밖 시장에 잠입했던 별동대원 둘이 숨이 턱에 차 달려왔다.

"서문 바깥 민가에 불이 났습니다. 불을 지르던 병정 몇 놈이 시장 상인들에게 붙잡혔는데 농민군이 민가 지붕을 타고 성안으로 들어오는 것을 막아야 한다면서 감사 김문현이 불을 지르라고 했답니다."

"무엇이라? 농민군 막자고 민가에 불을 질러? 이보시오. 전 대장. 뭘 더 지켜보자는 것이오?"

김개남이 전봉준에게 소리쳤고, 전봉준이 공격명령을 내렸다. 대포가 터졌고 1만이 넘는 농민군이 총을 쏘며 전주성으로 내달았다. 수천방의 총소리가 장판을 뒤덮었다. 난데없는 불길에다 총소리가 쏟아지자 장꾼과 난민들이 뒤죽박죽이 되어 서문과 남문으로 물밀 듯이 밀려들었다. 농민군들이 그들에 섞여 성문 안으로 들어서며 총질을 했다. 성첩에서 파수를 보던 병정들은 도망하기에 바빴다. 순식간에 성 안에도 농민군의 소리요, 성 밖에도 농민군의 소리였다. 곧 성문이 열렸고 농민군 대군은 유유히 입성하였다. 사실상의 무혈 입성이었다. 농민군 지휘부는 전라 감사의 집무실인 선화당을 접수했다.

전주성은 무방비 상태나 마찬가지였다. 전라 감사 김문현은 이미 4월 18일자로 파직된 데다 후임인 김학진은 아직 부임하지 못하고 있었다. 무남영 군사들은 홍계훈 군에 배속돼 성을 비우고 있었다.

전라 감사 김문현은 체통도 잊은 채 가마를 버리고 떨어진 옷과 짚신으로 변복한 뒤 동문을 빠져나가 공주로 달아났다. 전주 영장 임태두는 적의 종적을 살핀다며 먼저 성 밖으로 나갔다가 그대로 달아났으며, 무남영의 중군(中軍) 김달관은 포 소리를 듣고 먼저 도망했다. 신영(新營) 대관 이재한, 유재풍, 유판근도 성을 지키지 않고 달아났다.

조경묘 참봉 장효원은 경황 중에도 경기전(慶基殿)에 모셔져 있는 태조의 어용(御容)을 둘둘 말아 허리에 꽂고, 전주 이 씨 시조(始祖)인 이한(李翰)의 위패를 끌어안고 위봉산성으로 내달렸다. 이때 홀로 달아나던 판관 민영승이 장 참봉을 발견하고는 어용을 빼앗듯이 넘겨받아 위봉산성 행궁(行宮)에 봉안(奉安)하였다. 민영승으로서는 훗날 성을 버린 죄를 면제받을 수 있는 공을 세운 셈이었다.

"서문 쪽 불은 잡혔다 하나 부민의 동요가 적잖을 것입니다. 군사의 기율을 엄정히 하여 일체의 살인, 폭력, 방화, 약탈 행위를 엄금하시오. 위반하는 자는 붙잡아 목을 벨 것이라고 단단히 이르시오."

선화당에 자리한 전봉준이 두령들에게 명하였다. 그리고 전주성 남문에 방(榜)을 내걸었다.

"우리 농민군은 보국안민의 깃발을 들고 일어선 의군(義軍)들이다. 우리는 오로지 백성과 나라를 위해 진력할 뿐이요, 결코 다른 뜻이 없으니 백성들은 모두 안심하라. 관리들도 죄가 없는 자는 논하지 않을 것이요, 설사 죄가 있더라도 전과를 뉘우치고 우리 의거에 합종하는 자들은 특별히 용서할 것이다. 그렇지 않고 대적하는 자는 목을 벨 것이다."

농민군 지휘부가 모인 선화당에서 김개남이 남쪽을 가리켰다.

"저기 완산에 군사를 배치해야 하지 않겠소이까? 저곳을 홍계훈 군이 차지하면 우리에게 타격이 클 것이오."

최경선이 고개를 들어 밖을 내다보고는 대수롭지 않다는 듯이 말했다.

"산이라고 해봐야 야트막한데 별 위험이 되겠습니까?"

"높지는 않지만 그래도 성안이 내려다보일 정도면 요소가 되지 않겠는가? 더구나 저기 봉우리에서 대포를 쏘면 포탄이 바로 성안에 떨어지지 않겠나?"

김개남이 말하자 김덕명이 고개를 끄덕였다.

"김 장군 말씀에 유념할 필요가 있을 듯하오. 군사를 배치하도록 합시다."

손화중이 마른 손을 부비고 입을 열었다.

"성 밖에 군사를 배치하려면 진영을 새로 짜야 합니다. 무기와 군수도 그렇고. 군사들이 많이 지쳤습니다. 무장에서 기포한 이래 두 번의 전투를 치렀고, 남쪽 고을을 순행하면서 강행군을 거듭하였지요. 오늘 당장 군사를 배치하는 것은 무리입니다. 일단은 초병을 내보내 경계하게 하는 게 어떻겠습니까?"

146

이방언이 희끗한 귀밑머리를 손가락으로 매만지며

"경군은 지금 어디에 있소이까?"

묻자, 최경선이 답했다.

"아직 금구에 머물고 있는데 내일이면 전주로 들어올 것 같습니다."

김개남이 고개를 흔들었다.

"그렇다면 초병이나 세워서 되겠는가? 내가 나갈 테니 군사 3천 명을 주시오."

김개남이 당장이라도 일어설 듯 엉덩이를 들썩였다. 전봉준이 눈으로 웃으며 말하였다.

"아이고, 번갯불에 콩 구워 드시겠습니다그려. 군사를 배치하더라도 내일 하십시다. 설사 홍계훈 군이 저곳에 진을 친다 하더라도 우리가 대응하지 못하겠습니까? 장성에서 혼쭐이 난지라 저들도 섣불리 우리를 공격하지는 못할 것입니다. 내일 아침 초병을 세우고 오후에 군사를 내보내도 늦지 않을 것입니다."

김개남은 뭔가 더 말하려다가 입을 닫는 눈치였다. 원평에서 왕사를 독단으로 처치한 일은 성미 괄한 김개남으로서도 부담인 듯하였다.

"완산이 비어 있다고?"

4월 28일 진시. 금구를 출발해 전주로 들어오던 초토사 홍계훈이 두 눈을 번쩍 떴다. 제 나름의 전략으로 농민군을 전주성 안으로 몰아넣고 박멸하겠다고 흰 소리를 치긴 하였지만, 막상 저들을 성안으로 몰아넣을 수 있을지는 장담할 수 없는 일이었다. 더구나 조정에서는 바로 어제, 출병한 지 수십 일이 지나도록 비적을 토벌하지 못한 책임을 물어 홍계훈으로 하여금 행군대죄(行軍待罪) 하도록 하고, 대호군(大護軍) 이원회를 양호순변사(兩湖巡邊使)로 차하하여 증원군을 거느려 내려가도록 하되 기왕에 파견한 경군과 심영의 군사도 함께 지휘하도록 하지 않았던가.

죄를 진 채 행군하여 공을 세워 충성하라는 행군대죄의 견책에다가, 군사의 지휘권마저 빼앗기게 돼 마음이 다급했던 홍계훈으로서는 적이 전략적 요충지인 완산을 선점하지 않은 것이 천만다행이었다. 전주성이 훤히 내려다보이는 완산을 차지할 수 있다면 당초 전략대로 농민군을 성안에 묶어놓을 수 있을 거였다.

홍계훈은 서둘러 완산에 진(陣)을 치게 하고 전주성 북문 서쪽 황학대와 그곳에서 남쪽으로 5리쯤 떨어진 다가산에 병력을 분산 배치해 전주성을 빙 둘러 포위하였다. 졸지에 농민군과 관군 간에 공성(攻城)과 수성(守成)이 뒤바뀐 격이었으니 홍계훈으로서는 요행이었고, 전봉준으로서는 뼈아픈 실책이었다.

경군은 완산에 진을 치자마자 전주성을 향해 대포 공격을 퍼부었다. 포탄이 날아들면서 성 안팎의 민가 수천 호가 불에 탔다. 전날 가까스로 불길이 잡혔던 서문 밖 민가들은 잿더미로 변했다. 포탄은 태조 이성계의 영정을 모신 경기전 처마를 부수고, 이성계의 조상을 모시고 제사를 지내는 조경단(肇慶壇)을 파괴하였다.

"이런 젠장, 이러다가 성안에서 개죽음 당하는 거 아닙니까?"

고창에서 농민군에 들었던 윤덕술은 전주성 북문 쪽에 배치되어 있었는데 김수택이 점심참에 찾아온 것이었다.

"누가 아니라요. 은대정이 죽이려 왔다가 전주성까지 와부렀는디 까딱허다가 참말로 그리 되는지 모르겠습니다. 이제 그만 돌아가십시다. 동문 저짝에 개구멍을 보아둔 것이 있소."

더벅머리 장쇠가 말하며 윤덕술을 흘깃거렸다. 은자 열 냥 받고 보

름 넘게 군말 없이 지내오다가 그예 심기가 뒤틀린 모양이었다. 장쇠
는 윤덕술이 은대정을 도모하는 일에 끌어들인 젊은이로 산청 포수
오도수의 졸개였다. 윤덕술의 얼굴이 일그러졌다.

"뭣이여? 개구멍? 가면 번듯이 걸어 나가지. 왜 개구멍으로 빠져나
가? 그리 갈 생각이면 큰돌이 데불고 당장 가거라. 내 진즉 말하지 않
았더냐. 가고 싶으면 언제든 말허라고."

장쇠가 얼굴을 붉히며 머리를 긁적였다.

"가면 함께 가야제, 어찌 따로 가라 하시능교."

수택이 얼른 뒤를 받았다.

"아이고. 개죽음이라니? 내 그저 해본 말일세. 지금 농민군 두령들
이 관군을 칠 전략을 짜고 있다고 들었네. 장성에서 장쇠 자네도 보
지 않았는가. 장탠가 뭔가로 관군을 박살낸 것을. 그러니 가더라도
저놈들을 물리친 뒤에 가는 것이 좋을 것이야. 지금 섣불리 성을 나
갔다가는 어느 총에 맞을지도 모르고. 그라고 갈 때는 내가 엽전 꾸
러미라도 더 마련해줄 것이니 너무 섭섭해 말게."

엽전 꾸러미라는 말에 장쇠가 불퉁거렸다.

"지가 어디 엽전 받자고 전주까정 따라왔는가요. 포수님 뫼시러 왔
지요."

그 말에 윤덕술이 머쓱하니 웃어보였다.

"그려. 여기 싸움 끝나면 함께 가세. 며칠 걸리겠나? 그동안만 참
어라. 총 맞지 않게 조심허고."

그제야 장쇠도 벌쭉, 웃었다.

"아이고. 포수님, 그런 말씀 더는 하지 마시오. 말이 씨가 된다 카
더만은."

그때 소피를 보러 간다고 자리를 비웠던 강수와 큰돌이 허겁지겁 달려왔다.

　"지금 농민군들 수백 명과 상인들이 성 밖으로 몰려나갔습니다. 경군을 치러 간다 하던디요."

　"어느 두령이 나섰나?"

　김수택이 물었다.

　"전주 두령이 나섰다고 하등만 누군지는 모르겠소."

　전주 두령은 서영두였다. 그러나 첫 싸움은 싸움이랄 것도 없었다. 전주 농민군과 상인들 200여 명이 장태를 앞세워 완산으로 오르려 했으나 잠복했던 경군이 쏘는 회선포에 수십 명의 사상자만 내었을 뿐이었다. 산비탈을 오르는 데 장태는 오히려 짐이 되었고, 한 번에 수십 발이 날아오는 회선포에 놀란 농민군과 상인들은 총질 한번 제대로 못하고 성안으로 도망쳐왔다.

　"아니, 무턱대고 공격하다니 제정신인가?"

　최경선에게서 보고를 받은 전봉준이 두 눈을 부릅떴다.

　"서 두령도 어쩔 수 없었다고 합니다. 서문과 남문 쪽 상인들이 떼지어 몰려가는 통에 보고만 있을 수 없어 농민군들을 데리고 뒤쫓아갔다가 그만 … ."

　며칠 새 영병의 방화와 경군의 포격으로 집과 점포를 잃은 상인들이 낫과 쇠스랑, 죽창을 들고 완산으로 돌진해, 그 사람들을 보호하려 어쩔 수 없이 출병했다는 소리였다.

　"추후에는 제멋대로 움직이는 자는 누구를 막론하고 군령에 따라 엄히 벌할 것이라고 모두에게 알리시게."

　전봉준이 엄명하였으나 성중의 분위기는 급속도로 악화되었다.

성안으로 떨어지는 포탄에 놀란 부민들은 성 밖으로 나가겠다고 동
문으로 몰려들었다.

"농민군 땜에 전주 사람들 다 죽게 생겼소. 이러려면 밖에서 싸우
지 뭣 하자고 성안으로 들어왔소?"

"당장 나가서 싸우지 않고 뭘 하는 건지 전봉준 대장이 나와서 설명
을 쪼깨 해보라 허시요."

"농민군은 얼른 성에서 나가시오."

성안 부민들은 하루 만에 안면을 바꾸고 있었다.

민영준

4월 29일. 전주성이 농민군에 함락되었다는 소식이 조정에 전해졌다. 공주로 달아난 김문현이 올린 장계를 통해서였다. 조정은 경악했다.

민영준은 황급히 청관(淸館)에 머물고 있는 원세개를 찾아갔다. 민영준은 세상이 다 아는 민 씨 세도의 거두(巨頭)이고, 원세개는 조선 조정을 쥐락펴락하는 주조선청국총리(駐朝鮮淸國總理)였다.

임오년 군란을 진압하고, 대원군을 청나라로 압송했던 원세개는 3년 후 연금에서 풀려난 대원군과 함께 다시 조선으로 건너왔고, 북양대신(北洋大臣) 이홍장(李鴻章·리홍장)의 명을 받아 사실상의 조선총독이 되었다. 원세개는 1885년 이후 10년 동안 조선의 내정과 외교를 일일이 간섭하고 조정하였다. '감국(監國) 대신' 원세개의 위세는 하늘을 찔렀다.

서른다섯 살, 혈기 방장한 원세개가 굳이 위세를 감추지 않으며 민영준을 맞았다.

"어서 오시오, 대감. 참 좋은 날씨입니다."

"원 대인께서는 그간 별고 없으신지요."

"아, 별고가 있을 게 있겠습니까, 귀국에 별고만 없다면야."

원세개가 말린 국화꽃을 우려낸 차를 찻잔에 따르며 빙긋, 웃었다. 본론으로 바로 들어가자는 수작이다. 민영준이 서둘러 말하였다.

"전주성이 동학비도들에게 함락되었다고 합니다. 상국(上國)의 지원이 절실합니다. 원 대인께서 나서주셔야겠습니다."

상국의 지원이란 청국군의 파병으로 이미 보름여 전 민영준이 원세개에게 타진했던 문제였다.

"조선이 위험에 처하였는데 내 어찌 온 마음을 기울여 보호하지 않겠습니까? 처리하기 어려운 일이 있으면 본관이 당연히 떠맡을 터이니 대감께서는 너무 심려치 마시지요. 하하하 …."

원세개가 고개를 젖히며 짐짓 호방한 웃음을 터뜨렸다.

민영준이 보름여 전 청군의 차병을 타진하기 위해 원세개를 찾았던 것은 홍계훈이 외병 차병을 상주(上奏)한 다음 날이었다. 원세개는 대뜸 홍계훈의 무능을 질타했다. 초토사란 자가 비적의 무리를 겁내어 온종일 성중에 머물 뿐 아니라, 진군을 하다가도 10리 밖에 적도가 있다고 하면 두려워 진군을 멈추니 그래서야 어찌 적을 토멸할 수 있겠느냐며, 혀를 찼다. 원세개는 홍계훈 부대에 딸려 보낸 서방걸로부터 현지의 정황을 샅샅이 보고받고 있던 터였다.

"내가 군대를 쓴다면 닷새 안에 비적들을 섬멸할 것이오."

원세개가 턱을 쳐들며 거만하게 말했다. 민영준은 원세개의 방약무인(傍若無人)함에 속이 뒤틀렸으나 그의 심중은 간파할 수 있었다. 청국도 조선에 파병하기를 원하고 있다!

민영준은 다음 날, 임금에게 주청(奏請)하였다.

"전하, 적세가 갈수록 창궐하여 초멸할 수가 없습니다. 초토사의 전문(電文) 보고에서 청병의 내조(來助)를 요청하고 있는데 타당하다고 생각하옵니다."

용안은 어두웠다.

"청병(請兵) 문제는 가벼이 결정할 수 없는 일인즉 여러 대신들에게 자세히 논의케 한 뒤 결정함이 옳을 것이오."

민영준은 답답했다.

"신이 이미 원세개와 밀약이 되어 있으니 번다하게 알리지 마시고 비밀히 대신들을 불러 하순(下詢·임금이 신하에게 물음) 하심이 어떠하오리까?"

대신들은 청병을 반대했다. 외병을 불러들이면 민심이 크게 불안해 할 것이며, 차병(借兵)에 따른 비용을 조달하는 일도 난감하다고 하였다. 또 한 나라의 군대를 불러들이면 서울에 주재하는 각국 외교관들이 제 나라 군대도 불러들일 우려가 크다고 하였다. 임금은 대신들의 반대가 우세하자 청병의 건을 일단 보류하기로 하였다.

민영준은 농민군의 무장봉기 이래 전라 감사 김문현과 초토사 홍계훈으로부터 개별적인 보고를 받고 있었다. 또 밀정을 풀어 농민군의 동향을 탐지하고 있었다. 민영준이 촉각을 곤두세운 것은 농민군이 노골적으로 대원군의 섭정을 요구하고 있다는 점이었다. 이빨 빠진 호랑이라고는 하나 대원군이 재집권하는 날이면 민 씨 세도는 하루아침에 된서리를 맞을 거였다. 임오년의 치욕을 잊을 리 없는 중궁전에서는 외세를 끌어들이는 한이 있더라도 대원군의 재기를 원치 않을 것이고, 임금의 흉중 또한 크게 다르지는 않을 거였다.

조선의 조정을 손금 들여다보듯 하던 원세개가 그런 흐름을 모를 리 없었다. 하여 조선에 청군을 끌어들여 종주국의 위상을 강화하려는 원세개와 민 씨 세도의 기득권을 지키려는 민영준의 야합은 자연스레 이뤄질 수 있었다.

원세개가 북양대신 이홍장에게 전문을 보냈다.

"각하, 조선의 종주국으로서 아국의 위상을 강화하고 실질적 이익을 도모할 수 있는 현실적이고도 강력한 방안으로서 아국 군대의 조선 파병이 요구된다 함은 이미 여러 차례 보고 드린 바와 같습니다. 상국의 체면을 위해서라도 파병은 불가피합니다. 이제 곧 조선정부의 공식요청이 있을 것입니다. 즉시 출병할 수 있도록 준비에 차질이 없기 바랍니다."

이렇듯 차병의 건이 물밑에서 구체화하고 있던 차에 농민군의 전주성 점령 소식이 날아든 것이다.

이날 밤, 임금의 주재하에 긴급 어전회의가 열렸다. 임금이 대신들에게 외병 차병의 의견을 묻고 기탄없이 말하라 하였다.

민영준이 아뢰었다.

"적세가 대단하여 우리 군사만으로는 초멸이 불가능하지만 청병을 차용하면 일전(一戰)으로 격파할 수 있을 것입니다."

전 영의정 판중추부사(判中樞府使) 심순택이 고하였다.

"전하, 지금의 사세로는 외병을 불러들일 필요가 없습니다. 초토사 홍계훈이 전주성을 포위하였다는 소식이고, 엊그제 순변사 이원회가 심영의 군사들을 이끌고 내려갔으니 당분간 동정을 살피다가 이 계책을 사용해도 늦지 않을 것입니다. 더구나 일전에도 말씀드렸듯이 외병을 차용할 경우 군량 등 소요되는 비용은 모두 우리가 지불하여야 할 것인즉 그 부담을 감당하는 것도 벅찬 일입니다."

좌의정 조병세가 심순택을 거들었다.

"신 또한 그리 생각합니다. 외병을 들이면 민심이 크게 동요할 것입니다. 또한 그들에 토벌을 의탁하면 수만의 백성들이 희생될 것입니다. 차병의 문제는 좀더 숙고해야 할 것입니다."

판중추부사 정범조, 김홍집도 이구동성으로 고하였다.

"숙고함이 옳을 듯합니다."

임금이 말하였다.

"과인도 외병을 불러들이지 않는 것이 좋다고는 생각하오. 허나 우리 조신(朝臣)들 중에 발호시령(發號施令)할 인재가 없으니 원세개가 한 번의 수고로움을 괘념치 아니하고 전주로 내려가 순변초토병(巡邊招討兵)을 지휘해준다면 얼마나 다행이겠소?"

민영준이 아뢰었다.

"이 일은 이미 원 총리와 약속한 바 있으니 내일 특별히 주상의 뜻을 전하여 그가 내려가도록 하겠습니다."

민영준은 자신이 군대를 쓴다면 닷새 안에 동학비적을 섬멸할 것이란 원세개의 호언장담을 떠올리며 한 말이었으나, 다음날 아침 찾아간 원세개는 어이없다는 반응이었다.

"아니, 말이 그렇다는 것이지, 내 어찌 이러한 엄중한 시기에 가볍게 몸을 움직인단 말이오."

원세개가 오금을 박았다.

"조선정부가 청병의 파견을 정식으로 요청하시오. 그러면 내가 반드시 성사되도록 할 것이외다."

"아국 성상께서는 청병이 입조(入朝)하면 일병 또한 구약(舊約·천진조약)에 의거하여 출병하지 않을까 염려가 크시어 ⋯."

민영준이 운을 떼었다. 내놓고 말하지는 않았지만 임금이나 시원임 대신들도 청병을 빌미로 일본이 군대를 보내지 않을까 우려하고 있었다. 원세개가 흥, 가볍게 콧소리를 냈다.

"이보시오. 민 대감. 아무려면 내가 그만한 대비도 없이 일을 추진하겠습니까. 만국공법(萬國公法)에 의하면 이웃나라의 도성 20리 안에서 적변(賊變)이 있어야 조약을 맺은 나라가 군대를 거느리고 와서 보호하도록 되어 있습니다. 지금 조선의 내란은 500리 밖인데 일병이 어떻게 경성에 들어온다는 말이오. 우리 청국 군대는 조선정부의 청원에 따라 내란을 진압하기 위해 일시적으로 오는 것이고, 또한 도성에는 발을 들이지 않을 것이오. 그러니 일본이 구약을 내세운다 한들 출병은 어려울 것이오. 귀국 성상께 그리 말씀드리면 될 것입니다."

만·국·공·법이라. 민영준은 입속으로 또박또박 되뇌었다. 자신이 군대를 쓰면 닷새 안에 적을 섬멸할 거라는 원세개의 객담을 믿고 임금에게 흰소리를 친 꼴이었던 민영준은 만국공법에서 해결의 실마리를 찾은 느낌이었다. 청국의 파병 의도는 보다 뚜렷해졌다. 그렇지 않고서야 원세개가 만국공법을 들먹이면서까지 열의를 보일 리가 없지 않은가.

대궐로 돌아온 민영준은 좌의정과 우의정을 역임한 영돈령부사(領敦寧府事) 김병시에게 사람을 보내 전날 밤 대신회의 내용을 알리고 자문을 구하였다. 청병 차병에 대한 긍정적 반응을 기대한 것이었지만, 김병시 역시 부정적이었다.

"비도들의 죄가 용서할 수 없는 것이라 하여도 모두 우리 백성인데 어찌 우리 군사로 초토하지 않는단 말이오. 만약 다른 나라 군사를 빌려 그들을 주토(誅討·토벌)한다면 우리 백성들의 마음이 어떠하겠습니까. 민심은 쉽게 환산(渙散·흩어져 퍼짐)하는 것인즉 그래서 조심, 신중해야 하는 것입니다. 일본의 일 또한 걱정하지 않을 수 없으니 그 하회(下回)를 기다려봄이 좋을 것입니다."

답답한 늙은이들 같으니라고. 대책은 없이 불가하다는 소리뿐이니, 사직(社稷)이 무너지면 백성이 무슨 소용이란 말인가. 민영준은 쯧쯧쯧, 혀를 찼다.

스물다섯(1877년)에 급제하여 마흔둘이 된 이제 민 씨 척당(戚黨)의 중심이 되었거늘. 갑신년 역적들을 진압한 이후 형조·예조·공조·이조 판서에 강화유수(江華留守), 한성판윤(漢城判尹), 평양 감사, 내무부 독판(督辦), 통영사(統營使), 선혜청당상(宣惠廳堂上), 친군경리사(親軍經理使) 등 조정 안팎의 요직을 두루 거쳤으니 가히 '민영준의 세상'이라 할 만하지 않았던가. 거두어들이고(뇌물) 내어주는 일(벼슬자리)을 전횡(專橫)하며 쌓은 재산이 수만금에 이르렀으니 세상 사람들이 '동양 삼국의 갑부 중 갑부'라 손가락질한들 어떠랴. 중궁전의 신임과 비호가 흔들리지 않는 한 민 씨 세도와 부귀영화는 영원할 것이거늘.

김병시는 비도들도 모두 우리 백성이라 하였으나, 민영준에게 나라는 오로지 민 씨 척족의 세도권력이었으니 그를 위협하는 비도는 청병을 불러들여서라도 토멸하여야 할 화근일 뿐이었다.

혀를 찬 민영준은 내무독판 신정희를 불러 원세개가 말한 만국공법상의 근거를 임금께 품신하도록 하였다. 시간을 끌 일이 아니었다.

임금이 하문하였다.

"만국공법에 대해서는 과인도 아는 바이요. 허나 일본이 과연 원세개 씨의 말처럼 구경만 하고 있겠습니까?"

민영준이 아뢰었다.

"전하, 원 총리가 반드시 이리저리 변통하는 대책을 가지고 있을 것입니다. 심려하지 않으셔도 될 것이옵니다."

"청군이 입조하더라도 경성으로 들어오지는 않는다고 했지요?"

"예, 그러하옵니다. 그 또한 만국공법에 어긋나는 일이니까요."

"만국공법이라 하나 과연 강대국들이 공법을 잘 지키더이까? 허나 대감이 원세개 씨로부터 확약을 받았다고 하니, 과연 믿어도 되겠소이까?"

"전하, 어찌 신이 국가대사를 허투루 하겠나이까. 원 총리에게 병권(兵權)을 통째로 내어주느니 일시 차병이 가할 것이옵니다."

임금이 고심 끝에 외무독판 조병직을 불렀다.

"진정 내키는 일은 아니나 현금의 형편으로 보아 부득이 하여 과인이 결정을 내렸소이다. 경이 좌의정 명의로 원 총리에게 조회문을 전하여 청군의 차병을 요청하시오."

1년 전 동학교도들의 보은취회 때에도 청국에 원병을 청하려 했던 임금의 두려움은 그때나 지금이나 비적들이 경성까지 밀고 올라오지 않을까 하는 것이었다. 하물며 저들은 대원군과 밀통하고 있다고 하지 않는가. 지금의 사세에 비추어 청병을 빌려 씀은 불가피한 일이로다. 그것이 임금의 생각이었다.

4월 30일 밤, 내무참의 성기운이 원세개에게 전달한 조회문은 대강 이러하였다.

"저희 나라 전라도 관할에 있는 태인 고부 등의 고을에 사는 백성들은 습성이 사납고 성질이 교활해서 평소에 다스리기 어렵다고 일컬었습니다. 근래에 동학 교비(敎匪)들이 무리 1만여 명을 모아 십여 고을을 공략하고, 또 북쪽으로 전주성을 함락했습니다. 하물며 지금 비도들은 한성과 겨우 400여 리 떨어져 있을 뿐 아니라 그들이 다시 북쪽으로 숨어드는 것을 방임한다면 경사(京師)가 소란스러워질까 걱정되며, 그 손실 또한 적지 않을 것입니다. 저희 나라는 임오군란, 갑신정변 두 차례의 내란을 모두 중조(中朝) 병사의 힘을 빌려 평정하였습니다. 이에 청원안을 작성하여 보내니 청컨대 귀 총리께서는 번거로우시겠지만 곧바로 북양대신께 전보로 간청하여 몇몇 부대를 가려 파견하여 속히 비도들을 대신 초멸하여 주시고, 아울러 우리 각 병정들로 하여금 청병을 따라다니며 군무를 익혀 장래 방위의 방책으로 삼도록 해주십시오. 사나운 비도들이 좌진(挫殄·꺾이어 멸함)하면 철군하십시오. 감히 계속 체류하면서 방위를 담당하도록 하여 천병(天兵)을 외지에서 오래도록 수고롭게 만들지는 않으리다."

5월 2일, 원세개가 북양대신 이홍장에게 조선의 조회문을 타전하였다. 이홍장은 즉시 수사제독(水師提督) 정여창(딩루창)에게 군함 제원(濟遠)·양위(揚威) 호를 이끌고 인천으로 출동하도록 명하고, 직예제독(直隷提督) 섭지초(예지초)와 태원진 총병(太原鎭 總兵) 섭사성(녜시성)에게 각각 군사 1천5백 명과 1천명을 이끌고 출병토록 하였다.

소년장수 이복룡

"성안의 민심이 흉흉합니다. 동학군 때문에 다 죽게 생겼다는 게지요. 이대로 가다가는 성을 지켜내기가 어려울 듯합니다."

남문 쪽 관사로 옮긴 농민군 도소에서 손화중이 침울한 어조로 말했다. 전주성을 점령한 지 이틀 만에 도소를 옮긴 것은 감사 집무실인 선화당이 경군의 포격 목표가 될 위험이 큰 탓이기도 하였지만, 선화당에서는 시도 때도 없이 몰려드는 성중부민들을 통제하기가 만만치 않아서였다.

"완산을 내어준 것이….."

김개남이 혼잣말처럼 웅얼거리다가 금세 말을 바꾸었다.

"그 얘기야 더 해봐야 부질없는 짓이고, 내일은 총공격으로 결판을 냅시다. 시일을 끌어보았자 불리한 쪽은 우리니까."

"그야 그렇소만 우리의 화력이 저들에게 미치지 못하니 큰일이외다….."

김덕명이 말하자, 김개남이 탁자 위의 지형도를 가리켰다.

"내일은 이곳 다가산을 먼저 점령한 뒤 완산을 공격합시다. 우리 군사의 대오를 한 줄로 세워 일거에 짓쳐 올라가야 할 것이오. 화력이야 저들이 우세하다지만 병력은 아직 우리가 압도적이니 그 수로 밀고 올라갑시다."

"그러다가 다시 어제 꼴이 나는 게 아니겠습니까?"

최경선이었다.

"어제는 대오를 횡(橫)으로 넓혔다면 내일은 선봉의 대오를 종(縱)
으로 세우자는 것이오."

손화중이 고개를 저었다.

"그러다가 어제보다 더 희생이 커지지 않겠습니까?"

최경선과 같은 소리였다. 김개남의 낯빛이 붉어졌다.

"방금 성안의 민심이 흉흉하다고 하지 않았소이까? 이대로 가다가
는 성을 지켜내기 어렵다고 하지 않았소? 그렇다면 지금 우리가 희생
이 더 커질 염려를 하고 있을 형편이 아니질 않소?"

도소의 분위기는 가라앉아 있었다. 전주성 점령 이후의 상황 전개
에 두령들 모두가 당혹한 기색이 역력했다.

성 밖 상인들과 전주 농민군이 섣불리 완산으로 올라붙었다가 경
군의 회선포에 혼쭐이 난 다음날, 최경선이 농민군 500여 명을 이끌
고 북문을 나와 황학대를 공격하였으나, 역시 경군의 회선포에 밀려
났다. 다음날에는 서문을 나와 경군의 본영이 있는 용머리고개로 진
격했으나 경군의 대포 공격을 받고는 후퇴했다. 두 차례 접전에서 수
십 명의 사상자만 냈을 뿐이었다.

5월 1일 사시(오전 9시~11시), 농민군은 남문을 나왔다. 3천 명이
넘는 농민군은 남북 두 대로 나뉘어 경군을 향해 돌진했다. 남쪽으로
향한 한 대는 순창으로 통하는 길로 나아가 남고천을 건너 건지산 서
쪽 계곡을 타고 북진하고, 나머지 한 대는 전주천 좌측을 따라 완산동
에 들어가 건지산 북쪽 계곡으로부터 완산주봉 쪽으로 공격했다.

162

농민군은 황색바탕에 붉은 글씨로 쓴 주문을 등에 붙였다. '궁궁을을'(弓弓乙乙). 농민군은 이 부적이 총탄을 물리친다고 믿었다. 농민군은 수십 명씩 조를 짜 수백 개의 대오를 만들었다. 농민군은 비 오듯 쏟아지는 탄환 속을 함성을 지르며 돌진했다. 동료의 시체를 넘으며 멈추지 않고 계속 진격하는 농민군의 기세에 눌린 경군이 달아나려 할 즈음 증원군이 가세했다. 황헌주가 데려온 심영병 500여 명이었다. 증원군의 대포 지원을 받은 경군이 반격에 나서자 전세는 역전되었다. 사시에 시작되어 신시(오후 3시~5시) 무렵까지 반나절 넘게 계속된 대접전에서 농민군은 수백 명의 사상자를 내고 후퇴했다.

농민군이 동요하기 시작했다. 고부 황토재와 장성 황룡촌 전투에서 연이어 승리하며 충천했던 사기도 눈에 띄게 떨어졌다. 농민군은 특히 경군이 쏘아대는 대포와 회선포의 위력에 충격을 받았다. 농민군이 장성에서 경군을 물리쳤다는 소문을 듣고 몰려들었던 농민들은 하나둘 성벽 얕은 곳을 넘거나 개구멍으로 빠져나갔다. 차마 달아나지 못한 농민들도 모내기 걱정에 발을 붙이지 못하고 있었다.

농민군의 동요는 그렇지 않아도 불안해하던 성안 부민들의 불만과 원성을 부채질했다. 성 밖으로 빠져나가는 축도 적지 않았지만 대다수는 갈 곳도 없이 피난만 할 수는 없는 처지여서 도소로 몰려들어 빨리 경군을 쳐부수라고 성화를 하고, 아닐 거면 농민군이 성 밖으로 나가라고 악다구니를 썼다.

수성(守城)은 잘못된 전략이었다. 완산을 비워둔 것은 치명적인 실수였다. 타개책은 두 가지였다. 경군과 싸워 이기느냐, 아니면 항복하고 귀화하느냐. 전봉준은 후자에 대해 생각은 했으나, 그 생각 자체를 받아들일 수 없었다.

"내일 총공격을 합시다. 성에는 호위병과 부상자를 돌볼 인력만 남기고 총출동합니다. 다가산을 친 다음 완산주봉을 점령합니다. 완산을 공격할 때 선봉을 종으로 세우자는 김 장군 말씀에도 일리가 있다고 봅니다. 다만 선봉에 누구를 세울지 그것이 걱정입니다."

일열 종대로 기어오르자면 그 선봉은 죽음을 각오해야 할 것이었다. 그렇다고 아무나 세워서는 농민군이 사즉생(死卽生)의 각오로 따를 리 있겠는가. 언제까지 등에 부적을 붙여 몰아세울 수도 없는 일이었다.

"이복룡을 세우면 어떨는지요. 어제도 선봉에 서게 해달라고 이만저만 조른 게 아니었습니다."

영솔장 최경선의 말에 전봉준이 고개를 갸웃했다.

"이복룡이는 아직 어린아이가 아니오?"

"나이야 열넷에 불과하지만 그 힘이나 기백은 여느 젊은이에 못지않습니다. 소년장수지요."

"아무리 소년장수라고 하지만 아직 수염도 나지 않은 어린아이를 선봉에 세울 수는 없지 않겠소. 김순명이는 어떻소?"

김순명은 총질이 뛰어날 뿐 아니라 그 담력과 용맹성이 대단해 농민군 사이에서 지휘부 두령에 못지않은 신망을 얻고 있었는데, 누구는 김순명이 정주 관아 관노로 있다가 도망해 임실에서 화적질을 했다고도 하였고, 누구는 강원도 포수 출신으로 되잖은 고을 한량을 때려죽이고 전라도로 도망 온 인사라고도 하였지만, 정작 본인은 누가 뭐라 물어도 묵묵부답이어서 그 출신은 분명치 않았다. 나이는 서른쯤 되어 보였는데 제 입으로 몇 살이라고 하지 않았으니 그 또한 어림짐작이었다. 분명한 것은 그가 쏘는 화승총은 한 번도 과녁을 빗겨나지 않았고, 접전이 벌어져 드잡이를 할 때면 혼자서 네다섯은 어린애 손목 비틀 듯 하는 괴력을 지니고 있다는 것이었다.

여럿이 고개를 끄덕이는데, 손화중이 나섰다.

"제 소견으로는 이복룡을 선봉에 세우는 편이 낫다고 봅니다. 나이가 어리다고는 하지만 이미 모든 군사들이 장수로 인정하고 있지요. 그런 이복룡이 선봉에 선다면 군사들의 사기가 충천할 것입니다."

전봉준이 매듭을 지었다.

"그렇게 하도록 하지요. 이복룡을 선봉으로 합시다. 전쟁터에서 누구라 한들 생사를 예단할 수 있겠소이까."

5월 3일 아침. 농민군이 서문과 북문으로 쏟아져 나왔다. 농민군은 유연대에 진을 치고 있던 경군을 공격하였다. 5~6천 명에 달하는 대군이 몰려들자 그 위세에 놀란 경군은 남쪽으로 달아났고, 이를 추격한 농민군은 일거에 다가산을 점령하였다. 김개남의 전술이 맞아떨어진 것이었다. 농민군은 다가산에서 곧장 완산의 경군 본영으로 치고 올라갔다.

이복룡이 커다란 깃발을 들고 선봉에 섰고, 그 뒤를 김순명이 이끄는 포수부대가 따랐다. 포수들이 산비탈에 달라붙어 엄호를 하고 농민군은 종대로 늘어서 진격하였다. 농민군은 앞사람이 꼬꾸라지면 그 위를 넘어갔다. 그들은 동학의 스물한 자 주문을 외거나 함성을 지르며 맹렬하게 공격했다. 열네 살 소년장수 이복룡이 흔드는 깃발을 좇아 그들은 마치 한 줄에 꿰인 굴비 두름처럼 산비탈을 기어올랐다.

그러나 경군의 대포와 회선포가 수백 개의 종대를 무너뜨렸다. 이복룡이 총탄에 맞아 쓰러졌다. 청색 깃발이 이복룡의 몸을 덮었다. 경군들이 칼을 들고 이복룡에게 달려들었다. 김순명이 뛰쳐나가 달려든 자들을 깃대로 후려쳤다.

윤덕술은 선봉의 후미에서 경군을 사격하였다. 장쇠도 총구에 불이 나게 총질을 했다. 뻥, 꾕음이 울리며 포탄이 떨어졌다. 파편이 사방으로 날아갔다. 흙먼지와 아우성이 범벅이 되었다.

"어이쿠."

윤덕술 옆에 바짝 엎드려 있던 장쇠의 정수리에 파편이 박혔다. 덕술이 장쇠의 머리를 감싸 안고 비탈을 굴러 내렸다. 소나무 밑동에 걸린 덕술이 장쇠의 머리를 감싸 안았던 팔을 풀었다. 검붉은 피가 오른쪽 어깨 죽지에서 손끝까지 흘러내렸다. 장쇠의 눈은 뒤집혀 있었다. 저만치 흙구덩이에서 강수와 큰돌이 기어 나와 달려왔다.

드드드드 ….

경군이 쏘는 회선포 소리가 완산의 얕은 골짜기를 휘감았다. 경군 병사가 이복룡의 목을 베었다. 김순명의 몸뚱이는 회선포에 벌집이 되었다.

"아니 되겠습니다. 회선포와 양총 때문에 아군의 피해가 너무 큽니다. 아군은 총탄도 거의 떨어졌습니다."

최경선이 헐떡거리며 달려와 고했다. 전봉준이 소리쳤다.

"퇴각하라. 퇴각 신호를 보내라."

징징 깽깽, 징징 깽깽 ….

꽹과리 소리가 산하에 자지러지게 울려 퍼졌다.

농민군의 참패였다. 사상자만 500명이 넘었다. 농민군들이 부상자를 들쳐 업고 끌고 하면서 서문 안으로 들어섰다. 경군이 쏘는 대포가 그 너머 성안으로 떨어졌다. 달아나는 농민군을 포격한다는 것이 조금 멀리 나간 모양이었다.

"뻐엉…, 꽈앙….."

고막을 찌르는 폭발음과 함께 파편이 날았다. 농민군들이 비명을 지르며 흩어졌다. 그때 누군가 소리쳤다.

"아이고, 대장님. 대장님이 쓰러지셨소."

전봉준이 막 말에서 내린 순간 포탄이 터졌고 파편이 왼쪽 다리를 때린 것이었다.

"아, 괜찮소. 괜찮아. 다리를 조금 다친 것뿐이오."

최경선과 송희옥이 달려와 전봉준을 부축하였다. 김개남이 주위에 명했다.

"빨리 의원을 찾아오게. 어서."

"괜찮소이다. 걸을 수 있습니다."

그날 밤 도소에서 회의가 열렸다. 전봉준은 왼쪽 허벅지를 무명천으로 처매고 있었으나 큰 부상은 아니었다. 전봉준이 입을 열었다.

"이복룡과 김순명이 죽고 군사들 수백 명도 죽거나 다쳤습니다. 경군이 추격을 하지 못한 것을 보면 저들도 상당한 타격을 입은 것 같소이다만, 아무튼 우리가 패한 싸움입니다. 김개남 장군께서 진즉에 말씀하신 것처럼 완산을 내어준 것이 두고두고 짐이 되고 말았습니다. 이제, 어찌해야 할지 여러 두령들께서 기탄없이 말씀들을 해주십시오."

김개남이 나섰다.

"우리가 완산을 선점하였다고 하더라도 저들의 회선포와 양총을 견뎌냈을지 모르겠소이다. 그러니 그 얘기는 더 할 필요가 없다는 것이지요. 문제는 화력인데 아침저녁으로 성안에 쏘아대던 대포가 뜸한 걸보면 저들도 탄약이 거의 떨어져가는 게 분명합니다. 군량도 바닥이 났을 것이고. 며칠 간 성안에 웅크려 있으면서 저들의 동향을 살펴봅시다. 우리 원군이 지금 태인과 금구 등지에서 올라오고 있다는 헛소문을 퍼뜨리는 것도 좋을 것이오. 그리고 각 두령들은 군사들이 달아나는 걸 엄하게 막아야 합니다. 그제와 오늘 싸움은 승부를 내지 못한 것이지 패한 게 아니오. 그 점을 군사들에게 주지시켜 동요하지 못하게 하시오. 그래도 도망하는 자는 군율에 따라 목을 베시오. 그렇지 않으면 홍계훈이 물러나기 전에 우리가 먼저 무너질 것이오. 그리고 앞으로 도소로 몰려와 시끄럽게 하는 자들도 엄히 다스려야 할 것이오. 언제는 농민군 만세를 외치던 자들이 성안에 포탄 몇 발 떨어졌다고 전주 사람 다 죽는다고 아우성을 치다니, 그런 짓거리를 하는 자들은 보나마나 양반 위세하던 놈들이 분명하오. 그런 자들은 홍계훈 군이 성으로 들어오면 그날로 창끝을 우리에게 돌릴 것이오. 성안 민심 따위는 평화 시에나 살필 일이오. 아시겠소이까?"

김개남의 두 눈에 불꽃이 이는 듯했다.

김덕명이 조금은 뜨악해진 분위기를 깨고 입을 열었다.

"우리도 군량이 넉넉지 않다고 들었소이다. 언제까지 지구전을 펼 수는 없지 않겠소이까? 그렇다면 이쯤해서 우리도 홍계훈이에게 그쪽 생각을 물을 때가 되었다고 봅니다."

"홍계훈은 이미 우리에게 귀화를 요구하지 않았습니까? 그쪽 생각이 달리 있겠습니까?"

좀처럼 말이 없던 오시영이었다.

"내 얘기는 우리의 뜻을 전달해 홍계훈의 속내를 떠보자는 것이오. 또한 차제에 우리의 요구사항을 구체적으로 밝힐 필요가 있습니다. 추후의 명분을 위해서라도 말입니다."

168

"추후의 명분이라? 그것이 무슨 뜻이오니까?"

김개남이 얼굴을 찌푸리며 물었다.

"무슨 뜻이라기보다는 우리가 저들의 요구를 거부했을 때든 받아들일 때든 나름의 이유가 있어야 하지 않겠나 해서 해본 말이외다."

"좋은 생각이십니다. 홍계훈에게 먼저 어느 쪽이 잘못인지를 따져보자고 하십시다. 그와 함께 폐정개혁의 조목도 정리해 전하기로 합시다."

전봉준이 매듭을 지었다.

송희옥과 정백현이 작성한 피도소지(彼徒所志)는 이러하였다.

"우리들도 선왕(先王)의 유민(遺民)이라 어찌 부정하게 임금에게 반역하려는 마음으로 천지간에서 살 수 있겠습니까? 우리들의 이번 거사가 비록 놀랍게 하였다 할지라도 거병하여 생민(生民)을 도륙(屠戮)하기를 누가 먼저 하였습니까? 전 관찰사가 양민을 허다하게 살육한 것은 생각지 아니하고 우리들의 죄라 하니 백성을 선화(宣化)해야 할 목민지관(牧民之官)이 양민을 많이 죽인 것이 죄가 아니고 무엇입니까?

국태공을 받들어 나라를 맡기자는 것은 당연한 이치이거늘 어찌하여 불궤죄(不軌罪)로 몰아 죽이려 합니까? 선유종사관(宣諭從事官)은 죽음을 자초한 것입니다. 전쟁판에 나온 사람이 글은 보여 주지도 않고 우리를 협박만 하였으니 스스로 죽음을 부른 것이 아니고 무엇입니까? 전주성에 무차별 포격을 하여 중민(衆民)을 수없이 죽이고 경기전을 파괴한 것은 옳은 일입니까? 마땅히 징치(懲治)해야 할 탐관오리를 조정에서 징치를 않으니 백성이 살기 위해서 징치하자는 것인데 그것이 무슨 죄란 말입니까?"

아울러 27개 조목의 폐정개혁안을 제시하였으니, 그중 절반에 가까운 13개 조목이 3정(三政)에 관한 것이었다. 19세기 중엽 이후 조선의 백성들, 특히 기층민인 농민들은 가혹한 조세 납부에 시달리고 있었다. 전세(田稅)와 군역(軍役), 환곡(還穀)의 3정이 그것인데, 중앙정부에서는 이러한 세금을 각 지방 군현에 총액 단위로 납부케 하고 징수는 군현 및 향촌의 지배세력에 일임함으로써 그들에 의한 무제한적인 수탈을 가능케 하였다. 더구나 양반 및 돈으로 신분상승을 이룬 지주 토호 등 신향(新鄉)들까지 세금 납부에서 면제되었으므로 그 부담은 고스란히 빈농층에 전가되었다. 거의 소작농인 농민들은 지주에게 수확물의 절반 이상을 바치고 나머지의 대부분도 세금으로 뜯겨 봄부터 가을까지 논밭에 머리를 박고 살아도 손에 쥐는 것은 쭉정이뿐이었다. 농사짓지 않은 땅에도 지세를 물리는 백지징세가 공공연했으며, 죽은 사람도 군포(軍布)를 바쳐야 하는 백골징포(白骨徵布), 어린아이에게도 군역을 물리는 황구첨정(黃口簽丁)도 다반사였다.

하여 농민군은 국가는 멋대로 결세장부에 등록된 논밭의 수를 더하지 말 것이며, 진결(陳結·농사짓지 않은 묵은 땅)에 징세를 하지 말 것을 요구하였다. 또 군역세인 동포전(洞布錢)은 매호 봄가을로 두 냥씩 거둘 것이며, 창고에 저장한 구휼미가 고리대금업에 쓰이는 일이 없도록 진고 제도를 혁파하라 하였다. 전운소와 균전어사의 고질적 폐해 또한 거듭 지적하였다. 지방관리, 즉 고을 수령과 아전들의 불법과 협잡, 탐학이야말로 농민 대중이 현실생활에서 부딪히는 뼈저린 악폐였으며, 중앙정부의 권귀(權貴)들은 그들 탐관오리들과 먹이사슬로 이어져 있었다. 농민군은 그들 모두를 내쫓을 것을 요구한 것이다.

폐정개혁안은 이밖에 상인과 어민, 하급 관리들의 불만과 이해를 적시한 조목들도 포함하였다. 보부상들의 작폐와 매점매석을 금하고, 관아 아전 자리를 돈 받고 임명하지 말라는 것 등이 그 예다. 이처럼 농민군의 폐정개혁안은 동학도와 농민은 물론 모든 피지배계층의 생활상의 요구를 총체적으로 대변하였다.

무츠 미네미츠

1894년 봄, 일본의 이토 히로부미 내각은 정치적 국면 전환을 필요로 하고 있었다. 1853년 미국 페리 제독의 내항(來港) 이후 유럽 열강들과 맺은 불평등조약을 개정하는 일, 즉 조약 개정은 1888년 이토가 주도했던 헌법 제정 못지않게 중요한 과제였다. 그러나 조약 개정 노력은 국내의 강력한 반외(反外) 운동에 부딪혀 이토 내각의 발목을 잡고 있었다. 예컨대 영사재판권 철폐 대신 외국인 판사 채용조항을 넣기로 하면 국가주권 침해라는 비난 여론이 들끓어 의회가 해산해야 할 지경이었다.

이러한 가운데 외무대신 무츠 미네미츠는 1893년 7월부터 영국과의 조약 개정을 비밀리에 추진하고 있었다. 청과의 전쟁을 염두에 두고 영국의 지지를 끌어내기 위한 사전포석이었다. 영국 또한 러시아의 남진(南進)을 경계하고 있던 터여서 조약개정에 능동적이었다. 하지만 외국인의 국내 거주에 반대하는 대외 강경파가 의회를 주도하고, 비판 여론도 누그러지지 않아 협상은 열 달이 지나도록 난항을 거듭하고 있었다.

4월 29일, 무츠는 조선 주재 대리공사 스기무라 후카시로부터 날아온 전보를 보고 무릎을 쳤다. 조선정부가 청에 정식으로 원병을 요

172

청하기로 하였다는 내용이었다. 일거에 교착상태에 빠진 정국을 반전시킬 수 있는 호재였다.

이야말로 하늘의 도움이 아닌가!

그렇지 않아도 사흘 전 중의원(衆議院)은 행정정리와 경비절감 문제를 들어 내각탄핵안을 천황에 상주(上奏)하기로 의결했고, 내각은 그에 맞서 중의원 해산을 추진하는 일촉즉발의 상황이었다. 그런데 청군의 조선 파병이 분명하다면 내각 탄핵을 무력화하고 의회를 해산시킬 좋은 빌미가 될 거였다.

오오토리 케이스케 공사의 청원휴가로 대리공사를 맡은 스기무라 이등서기관은 조선에 주재한 지 만 10년이 지나 조선 정국의 흐름을 정확하게 짚고 있었다. 하여 무츠도 조선 정국에 관한 한 오오토리보다는 스기무라의 보고를 신뢰하고 있었다.

스기무라는 이미 열흘 전, 동학농민군 봉기에 대해 조선정부가 취할 만한 대응책을 정확하게 예상하고 있었다. 스기무라는 전문에서 제 1책은 내정개혁으로 농민군을 회유하는 것이고, 제 2책은 군사를 청국에서 빌려 난당(亂黨)을 무력으로 평정하는 것이라고 전제한 뒤, 전자는 민 씨 정권에 타격이 되기 때문에 조선정부는 결국 후자의 방법을 취할 것이라고 하였다. 열흘 만에 스기무라의 예상이 현실이 된 것이었다.

"합하, 낭보(朗報)입니다."

무츠의 보고를 받은 이토의 만면에 희색이 감돌았다.

"그렇구려. 조선 농민군이 우리를 살리는구먼. 하하하 … ."

이토는 즉시 참모본부 차장 가와카미 소오로쿠 육군 중장을 각의에 참석시켜 중의원 해산과 조선 파병을 결정하였다. 조선 조정이 원세개에게 정식으로 차병을 요청하기 하루 전이었다.

"파병의 명목은 조선에 있는 우리 공사관과 국민을 보호하는 데 있지만 그 목적은 청군을 제압하는 것이오. 이제 임오년과 갑신년의 조선 사변에서 청국에 승기를 제압당해 실패를 자초한 두 차례의 치욕을 되풀이하지 않으려면 청군을 압도할 병력을 동원해 신속히 경성에 진입하여 청군의 입경을 저지해야 할 것이오. 우선 오오토리 공사에게 해군 육전대 병력을 인솔하여 경성으로 들어가도록 합시다."

육군의 경우, 출병에 시간이 걸려 자칫 청군보다 뒤질 것을 염려한 조처였다.

"하오나 합하, 이번 사태에 대처하는 데 있어 우리는 어디까지나 피동자의 위치를 지키는 전략이 필요하다고 생각합니다."

무츠가 말하자 이토가 물었다.

"청국이 능동자이고 우리는 피동자란 말씀이오?"

"그렇습니다. 저들이 조선에 출병하면 텐진조약에 따라 우리도 출병할 수 있습니다. 그러나 이는 어디까지나 청군의 파병이란 능동적 사태에 대한 피동적 대응이란 측면을 부각시켜야 합니다. 그것이 영국과 러시아 등 열강의 간섭을 피하는 데 효과적일 것입니다."

이토가 턱수염을 매만지며 고개를 끄덕였다.

"역시 외상의 지혜가 높소이다. 다만 외양은 피동자라 할지라도 그 속은 능동자로서 부족함이 없어야 할 것이오. 이번 기회에 조선에서 청을 밀어내지 못한다면 영원한 피동자의 처지가 될 것이라는 점에 유의해야 할 것입니다."

이토가 낮은 목소리로 느릿느릿 말하였으나 새치가 난 듯 희끗한 눈썹 아래 작은 두 눈은 차가웠다. 상대를 위압하는 눈빛이자 나이와 관계없는 총명한 눈이라고, 무츠는 고개를 숙이며 생각했다.

1885년 내각 제도를 만들어 초대 총리대신이 되었던 이토는 3년 전인 1892년부터 제2차 이토내각을 이끌고 있었다. 그는 명실상부한 실세 권력이었으나. 1868년 메이지 유신 이후 급속한 근대화로 고양된 국민의식과 그것을 등에 업은 의회의 견제로 정치적 위기를 맞고 있었다. 그러한 때에 조선에서 날아든 청군의 조선 파병소식은 외사(外事)로 내정(內政)의 위기를 돌파하는 고전적인 정략에 자리를 깔아준 격이었다.

이토는 이제 극동의 신흥세력인 일본제국이 낡은 세력인 청을 대체할 때가 되었다고 생각하고 있었다. 조선은 너무 약하고 무능하여 보잘 것 없는 존재이지만 청을 꺾을 고리가 조선에 걸려 있다면 그것을 벗겨내는 수고를 회피할 수는 없는 일이었다. 그 수고란 가깝게는 1882년(임오군란)과 1884년(갑신정변)의 조선 사변(事變)에서 청에 밀릴 수밖에 없었던 수모를 갚는 일이며, 멀게는 수천 년간 종속되었던 중화의 질서에서 벗어나 근대제국주의 국가로 발돋움하는 새로운 기원(紀元)이었다.

무츠는 그런 이토의 생각을 잘 읽고 있었다. 아니, 읽고 있다기보다 이토의 생각이 곧 자신의 생각이었다. 1867년, 막부(幕府) 체제를 무너뜨려 근대 일본의 길을 연 사카모토 료마를 따랐던 무츠는 1878년, 사쓰마-조슈 번벌(藩閥)정부에 대한 반대운동을 벌이다 4년간 옥고를 치러야 했다. 1882년 특사로 출옥한 무츠는 이듬해 이토의 권유로 영국 런던으로 유학하여 유럽 근대사와 영국의 내각제를 연구하였다. 3년 후 귀국해 일본 외무성에 출사하고, 1888년 주미(駐美) 공사가 되었던 무츠가 제2차 이토내각에 외무대신으로 참여한 것은 지극히 자연스러운 일이었다. 두 사람은 서로를 인정하고 존중하였다. 이토(1841년 생)와 무츠(1844년 생)는 고작 세 살 차이였으나, 무츠는 이토를 정치적 스승으로 섬기고 있었다.

이토의 내밀한 지령을 받은 무츠는 신속하게 움직였다. 본국으로 휴가를 와 있던 주(駐) 조선 공사 오오토리를 특명전권공사(特命全權公使)로 임명하고, 군함 야에야마호에 승선하여 조선에 귀임하도록 하였다. 이 군함에는 이토의 지시대로 해군 육전대 488명과 순사 20명이 동승하였다. 또 참모본부로 하여금 제5사단장 오오시마 소장(少將)에게 훈령하여 군대를 조선에 신속히 파견할 수 있게 준비하도록 했으며, 우선공사(郵船公社)에 운수 및 군수품의 징발을 내면으로 명령하였다.

5월 2일, 오오토리와 육전대, 순사를 태운 야에야마호가 요코스카 항을 출발, 인천으로 향했다. 일본정부가 대본영(大本營)을 설치하고 제5사단에 동원령을 내린 날이었다.

무츠는 이번 사변 전개에 있어서 일본이 피동자의 모습을 보여야 한다고 하였으나, 피동자와 능동자의 역할 변경은 언제 어떻게 찾아올지 모를 일이었다. 그리고 역할을 변경하여야 할 때 찾아올 파국을 해결할 방법은 무력뿐이었다. 청에 뒤지지 않는 시간에 파병을 하는 것이 피동의 외양이라면, 혼성여단의 출병은 파국에 대비한 능동적 무력이었다. 청과의 전쟁은 필연이라고, 무츠는 생각하였다. 그것은 또한 이토의 생각이기도 했다.

변수는 조선에 외교관을 파견하고 있는 열강들의 반응이었다. 특히 영국과 러시아가 조선에 군대를 파견한 청국과 일본의 명분과 힘의 우열을 어떻게 보느냐에 따라 능동과 피동의 역할 변경은 물론 파국의 전개 양상도 사뭇 달라질 거였다.

무츠는 그간 일본과 조선 간에 맺어진 3개의 조약을 적절하게 혼용(混用)하면 열강들의 간섭을 배제하거나 최소화하는 데 유효한 수단이 될 수 있을 것으로 계산하고 있었다.

3개의 조약이란 1876년의 조일수호조규(朝日修好條規, 강화도조약), 1882년의 제물포조약, 그리고 1885년의 톈진조약이었는데, 무츠가 주목한 것은 각 조약의 1개 조항씩 총 3개 항목이었다. 즉 강화도조약 제1조 '조선은 자주의 나라로 일본과 평등한 권리를 가진다'와 제물포조약 제5조 '일본 공사관에 병사 약간 명을 두어 경비하게 하며 …', 그리고 톈진조약의 제3조 '장래 조선에 변란이나 중요한 사건이 일어나 청나라나 일본 어느 한쪽이 파병할 경우 그 사실을 상대방에게 알리고 …'가 그것이었다.

강화도조약 제1조는 여전히 조선을 제 속방으로 여기는 청을 공박할 수 있는 무기가 될 것이었다. 제물포조약 제5조는 조선에 거류하는 일본인의 생명과 재산을 보호한다는 구례의 명분하에 파병의 명목으로 삼을 수 있을 거였다. 비록 '약간 명'의 숫자를 두고 시비가 있을 수 있겠지만, 최후의 수단으로 무력을 행사하는 데 주저하지 않으려면 그런 정도의 논란은 개의치 말아야 한다. 톈진조약은 청·일 간 조약으로 각 조항은 기실 조선이 구속되어야 할 내용은 아니었다. 그러나 어떤 이유에서든 청군이 조선 땅에 들어온 이상 일본군의 파병은 조선에서의 청·일 간 세력 균형을 위해 당연하다는 것이 무츠의 논리였다.

무츠는 이 3개 조약, 3개 조항을 사태의 진전에 따라 섞고, 버무리면서 임기응변으로 피동에서 능동으로의 전환을 모색할 작정이었다.

그러나 사태의 진전이 어떠하든 변할 수 없는 원칙, 그것은 조선에서 청의 지배를 종식시킨다는 것이었다. 그리고 목표를 위해서라면 전쟁도 불사한다는 것이었다. 그것이야말로 대일본제국과 천황 폐하, 그리고 이토 총리를 위하여 자신이 할 수 있는 마지막 과업이라는 것을, 무츠는 잘 알고 있었다. 쉰의 나이, 제 몸 안으로 들어온 결핵균이 자신의 수명을 단축시키리라는 것을 잘 알고 있듯이.

5월 4일 밤, 임금이 3정승과 병조판서를 편전에 불렀다.

임금이 하문하였다.

"대체 이 일은 어찌 한단 말이오?"

물음이라기보다는 한탄에 가까웠다. 임금의 살집 있는 두 볼이 가늘게 떨렸다.

재위 31년에 보령 마흔둘이나, 열한 살 어린 나이에 즉위하여 10년은 아버지의 섭정 아래 있었고, 20년은 왕비와 외척의 전횡에 휘둘렸으니 치세(治世)의 경륜을 쌓기에는 오히려 부족한 세월이었다. 임금은 선하고 여리고 겁이 많았다. 그것은 무능과는 다른 성격이었다. 우유부단하다고 단정할 것도 아니었다. 다만 임금이 감당하기에는 버거운 시대였고 세상이었다. 임금은 백성을 사랑하였고, 나라의 부강을 원하였으나 할 수 있는 일은 없었다. 권력은 왕비와 외척의 손에 넘어갔고, 재정은 벼슬자리를 팔아야 궁궐의 곳간을 채울 만큼 쇠약하였다. 거기에 쇄국의 제방을 무너뜨린 외세는 사직의 뿌리를 흔들고 있었으니 성상(聖上)은 허울에 지나지 않았다.

좌의정 조병세가 아뢰었다.

"전하, 일본국의 출병은 결단코 막아야 합니다. 저들은 제물포조

178

약에 따라 제 나라 공사관과 거류민을 보호하기 위해 출병한다고 강변하나 지금 한양은 평안하여 다른 주재국 외교관들은 조금도 치안을 염려치 않고 있습니다. 그러니 저들의 주장은 일고의 가치조차 없는 거짓임이 분명합니다. 우선 외무아문에서 출병을 통고한 대리공사 스기무라에 강력 항의하고, 일본국 주재 조선공사 김사철로 하여금 일본정부에 철병을 요구하도록 해야 합니다. 아울러 청국에도 파병을 중단하여줄 것을 요청하여, 일본이 출병하는 구실을 없애야 합니다. 초토사 홍계훈이 보내온 전보에 따르면 어제 관군이 동비의 무리에 큰 타격을 가하여 곧 진압이 가능하다고 합니다. 이로써 청국이 파병할 필요가 없어진 만큼 원세개 총리를 설득하여 조치를 취하도록 하여야 할 것입니다. 비록 앞에서 파병을 청원하고 뒤돌아 철병을 요청하는 꼴이 민망하다 하겠으나, 일본의 출병을 막기 위해 불가피한 조치임을 설명하면 상국에서도 이해할 수 있을 것입니다."

"아니, 청국에서는 이미 군대가 출발하지 않았소? 그런데 군함을 되돌리라고 한단 말이오?"

"입항을 하더라도 군사를 하선시키지 않으면 같은 효과를 볼 수 있을 것입니다."

"민 대감은 어찌 생각하시오. 원세개 씨를 설득할 수 있겠소?"

민영준이 아뢰었다.

"전하, 일본의 출병이 비록 놀라운 일이기는 하오나 너무 황망할 필요는 없다고 생각하옵니다. 먼저 소신이 원 총리를 만나 일본의 출병을 강력히 반대하도록 하고, 그 회회를 보아가며 대책을 마련하여도 크게 늦지는 않을 것입니다."

"이보시오. 일본국 대리공사 스기무라가 오늘 오후에 출병을 공식

통고해왔어요. 그것은 곧 일본정부의 방침이라는 것인데, 원세개 씨가 반대한다고 저들이 말을 듣겠소?"

"원 총리의 반대는 곧 청국 정부의 반대일 것이니 일본이 가벼이 대하지는 못할 것입니다."

조병세가 민영준에 눈길을 돌렸다.

"민 대감 말씀대로 된다면 좋겠소이다만, 그리 쉽게 풀릴 것 같지 않아 걱정입니다. 하여튼 원 총리는 민 대감과 막역한 사이이니, 민 대감께서 설득해주셔야겠습니다."

막역한 사이라! 말 속에 뼈가 있으니, 조병세는 대신들의 반대에도 불구하고 청병 차병으로 몰아간 민영준을 에둘러 문책하는 것이었다. 민영준인들 조병세의 힐난을 모를 리 없었으나 상황이 급박하니 어찌하랴.

"예, 소신이 곧 원 총리를 만나 좌의정 대감께서 하신 말씀도 타진하겠습니다."

우의정 정범조가 아뢰었다.

"전하, 상국의 출병을 보류시키고자 하면 전주성 수복이 급선무일 것입니다. 전주성을 비적들이 점령하고 있어서야 적도 토벌을 위해 요청했던 청병을 그냥 되돌아가라 하기는 어렵지 않겠나이까? 하온데 동비의 세가 약화되었다고는 하나 그들을 당장 전주성에서 몰아낼 수 있을지는 의문입니다. 그렇다고 오래 기다릴 시간도 없으니 어찌하겠습니까? 저들의 휴전 제의를 받아들여 방면하는 한이 있더라도 한시 빨리 전주성을 수복해야 합니다. 순변사와 관찰사, 초토사에게 조정의 뜻을 전하는 게 어떻겠습니까?"

임금이 고개를 끄덕였다.

"우의정 말씀을 듣고 보니 전주성 수복이 급선무임을 알겠소이다. 의정부에서 즉시 전문을 보내라 하시오."

전주화약

　임금에게서 편의종사의 직을 허락받은 김학진은 나흘이 지난 4월 28일에야 한성을 떠날 수 있었다. 순변사 이원회가 이끄는 심영병의 출발을 기다려야 했기 때문이었다. 이틀 후 공주 감영에 도착하였을 때 전주성이 농민군에 떨어졌으며, 초토사 홍계훈 군이 전주성 안으로 대포를 쏘아 태조의 영정이 모셔진 경기전이 파괴되었다는 소식을 들었다.

　무지한 자 같으니라고. 국태조 영정을 모시는 묘당에 대포를 쏘다니. 성 내외의 민가가 포에 맞아 전소하였다고 하니 무고한 백성은 또 얼마나 희생되었을 것인가.

　성문을 지키던 일개 무예별감이던 자가 중전과 민 씨들의 비호로 장위영 영관에 오르더니 이제 초토사가 되어 그 위세를 오로지 무력에 의존함이 아닌가.

　김학진은 내심 분노했으나 내색을 할 수는 없었다. 비록 어명으로 편의종사의 직을 얻었다고는 하나 난군 토벌은 엄연히 초토사의 권한인 데다, 홍계훈이 민영준의 수하임에 틀림없는 한 관찰사의 말에 호락호락 넘어갈 리도 만무했다.

　공주에서 노성을 거쳐 전주로 향하던 일행은 여산에서 갈라졌다.

이원회는 심영병을 인솔하여 전주 완산 쪽으로 내려가고, 김학진은 전주 북동쪽 위봉산성 행궁으로 갔다. 그리고 그곳에 임시로 모신 태조 영정에 위안제와 단오제를 겸한 제사를 지냈다.

종사관 김성규가 아뢰었다.

"순상께서 국태조의 영정에 제사를 지내심은 완백으로서 신하의 도리를 다 하심이나 또한 초토사 홍계훈의 기를 꺾는 일이기도 하지요."

김성규는 1887년, 스물셋의 나이에 광무국(鑛務局) 주사(主事)로 관직을 시작하였는데 그해 영국, 독일, 러시아, 벨기에, 프랑스 전권공사의 서기관으로 유럽 지역으로 나가 일찍이 서양문물에 접할 수 있었다. 1889년 귀국한 김성규는 2년 뒤 식년문과에 급제, 출사하여 승정원급분(承政院給分), 상의원주부(尚衣院主簿)를 지냈다. 이조참판일 때부터 김성규를 눈여겨보았던 김학진은 전라관찰사에 임명된 직후 그를 종사관으로 발탁하였다.

"그리 보았는가?"

김학진은 허허, 웃었으나 그런 내심이 전혀 없었던 것은 아니었다. 홍계훈이 국태조의 영정을 모시는 묘당을 포격한 것은 대죄이니, 경황 중에 피난한 영정을 위로함은 곧 묘당을 파괴한 죄를 묻는 것이기도 하였다. 홍계훈이 그 뜻을 제대로 읽을지는 모르겠어도 김학진은 그렇게 생각하고 있었고, 그 속내를 김성규가 읽어낸 것이었다.

그러나 홍계훈은 이문(移文)하기를 전일(5월 3일) 적과의 접전에서 괴수 김순명과 이복룡을 붙잡아 참수하는 등 적도(賊徒) 수백 명을 죽이고 군기를 빼앗는 대승을 거두었다고 하였다. 적들은 그 세력이 급격히 약화되어 성안에 웅크리고 있는데 순변사의 원병이 도착하는 대로 토멸할 수 있을 것이라 하였다.

"… 순상합하께서는 임금의 덕을 널리 펴시고 백성을 즐겁게 하는 것을 어찌 조금이라도 머물러 지체되게 하겠습니까? 저희들은 비록 죽을 지경에 있더라도 원컨대 덕화(德化)가 가득하기를 바랍니다. 빨리 성으로 들어가셔서 만민들을 맞아주시기를 바랍니다. 본영에 모인 여러 유생들이 삼가 인사를 하고 글을 올립니다."

순상합하행소고급문장(巡相閤下行所告急文狀·순상합하가 행한 곳에 급히 올리는 보고). 5월 5일, 농민군이 삼례역에 여장을 푼 신임 전라 감사 김학진에 보내온 문장이었다.

김학진은 농민군의 문장을 다시 찬찬히 읽었다. 빨리 성안으로 들어와 만민을 맞으시기 바란다? 이는 명백히 귀화(歸化)의 뜻을 밝힌 것이 아닌가. 그러나 이미 행군대죄의 견책을 받은 데다 묘당을 파괴한 죄까지 겹친 홍계훈으로서는 전주성 탈환에 사활을 걸 터였다. 더구나 전일의 접전에서 적도에게 큰 타격을 입혔다고 하니 선선히 귀화를 받아들일 턱이 있으랴.

김학진은 임금에게 하직인사를 드리던 날, 적도들을 효유하여 기필코 귀화시키겠다고 하였다. 어심(御心) 또한 괴수들은 엄벌하더라도 난민은 살리라는 것이었다.

무릇 임금은 모든 백성의 어버이이거늘 어찌 살리려 하지 않겠는가. 저들이 귀화의 뜻을 밝힌 이상 홍계훈의 공격을 막아야 한다. 그리 하지 못한다면 편의종사란 한낱 허울에 지나지 않을 것임을.

역사(驛舍)는 비좁고 누추했다. 하지만 전신과 파발마를 이용하려면 역에 견줄 데가 없었고, 어차피 오래 묵을 것도 아니어서 김학진이 머물기를 고집한 곳이었다. 아직 점심참이 되려면 두 시진은 더 지나야 할 시각이었다.

김학진이 격자로 된 역사 안 내방의 문을 열어 젖혔다. 호위비장이 대령하였다.

"종사관을 오라 하라."

"예."

홀쭉하니 키가 큰 호위비장이 짧게 답하고 철릭을 펄럭이며 돌아서는데 바로 그 뒤로 김성규가 허둥지둥 들어서고 있었다.

"순상 각하, 의정부에서 급전이 왔습니다. 서둘러 필사를 해오느라 난필(亂筆)이옵니다."

방안으로 들어선 김성규가 하얘진 낯빛으로 누런 갱지를 들어올렸다.

"급전? 무슨 내용인가? 필사를 했다면 내가 읽기 전에 자네가 먼저 고하면 되지 않는가?"

김학진이 갱지를 손에 든 채 김성규에 채근하였다.

"조정에서 4월 말에 청국에 원병을 요청하였는데 그에 맞서 일본도 어제 출병을 통고하여 왔다고 합니다. 하여 이를 막으려면 전주성의 수복이 시급히 이루어져야 할 것인즉 성안의 난도(亂徒)들과 협상을 하여서라도 즉시 해결하라는 급보입니다."

"무엇이라? 청국에 원병을 요청했는데 일본도 군대를 보낸다고? 전주성의 동도들이 오늘 아침 내게 귀화의 뜻을 전해온 터에 이 무슨 엉뚱한 소리인가?"

"전주성이 동도에게 떨어지자 화급히 청국에 원병을 요청하지 않았겠습니까? 그를 빌미로 일본 또한 출병을 하겠다는 것이고요."

4월 중에 민영준이 청병 차병을 임금에게 주청하였지만 대신들의 반대로 무산된 것으로 알고 있었는데, 한성을 떠난 일 주 사이에 사태가 급변한 것이었다. 결국 집안의 승냥이를 잡겠다고 하다가 바깥의 이리들을 불러들인 꼴이 아닌가.

"저들이 언제 도착한다고 하던가?"

"청국에 요청한 것이 지난 월말이고, 일본이 우리 조정에 출병을 통고한 것이 어제라면 늦어도 일 주 안에는 오지 않겠습니까? 빠르면 삼사일 내에도 도착할 것이옵니다."

"그렇게 빨리? 허어, 이거 큰일이로고. 저들이 오기 전에 난군을 해산시켜야 할 터인데. 그래야 출병의 구실을 없앨 것 아닌가 말이야. 으음, 우선 순변사와 초토사에게 사람을 보내게. 난군의 해산이 시급한즉 공격을 중지하고 화약(和約)을 추진하라고 문서를 만들어 전하게."

"의정부의 전신이 왕명에 의한 것이라면 순변사와 초토사에게도 전해지지 않았겠습니까?"

"그러하더라도 신임 전라관찰사로서 나의 뜻을 전하게."

김학진이 서늘한 눈빛을 하자 김성규가 얼른 낯빛을 고쳤다.

"예, 순상 각하. 명 받들겠습니다."

김성규가 절하고 물러서는데 김학진이 손짓으로 불러 세웠다.

"잠깐, 이리 좀 가까이 오게. 가까이 오라니까."

김성규가 다가오자 김학진이 목소리를 낮추었다.

"전주성 안의 동도 수령에게도 현 상황을 알려야 하지 않겠나? 청병에 왜병까지 출병하는 것을 알면 저들도 귀화를 미루기 어려울 것이야. 그렇지 않은가? 그런데 저들에게 문서로 통보할 수는 없는 일이니, 누구 은밀히 보낼 만한 사람이 없는지 알아보게. 시간이 촉박하니 서둘러야 할 게야."

186

"본관이 다녀오면 어떻겠습니까?"

"자네가 직접? 괜찮겠는가?"

"전주성 밖에 동학두령과 통할 만한 지인이 있습니다. 그 사람을 만나면 방법을 찾을 수 있을 것입니다."

"전주로 들어갈 수 있겠는가? 길이 막혔다고 하는데."

"길이 막혔다고 하나 사람 몇이 지날 길까지야 막혔겠습니까? 방도를 찾을 것이니 심려하지 마십시오."

"오, 그래. 그러면 다녀오게. 종사관이 간다면 내가 걱정할 것이 없지. 걱정할 것이 없어."

김학진이 흡족한 얼굴을 하자 김성규가 머리를 숙였다.

"시간을 지체하지 않고 다녀오겠습니다."

그날 미시, 전주성 농민군 도소에 초토사 홍계훈의 제사(題辭)가 전달되었다.

전날 농민군이 보낸 피도소지에 대한 답장이었다.

"… 그간 여러 차례 효유하였는데도 귀화하지 않았을 뿐 아니라 윤음을 선유(宣諭)하러 온 관원을 살해하였으니 어떠한 형벌로 다스려야 할 것인가. 그런데 괴수 전명숙(全明叔·전봉준의 자)이 이미 죽었다고 하니 특별히 관대한 처분으로 너희들의 생명은 보존하여줄 것이다. 각 고을의 폐정(弊政)에 대하여는 가히 두어도 할 것은 그대로 두고, 가히 개혁해야 할 것은 개혁하겠다. … 너희들이 가지고 있는 군기(軍器)를 모두 가져다 바치고 성문을 열어 관군을 맞아들여 정부의 호생지덕(好生之德)을 받도록 하여주기 바란다."

도소의 두령들이 초토사의 제사에 눈을 모으고 있는데, 별동대원들이 성 밖 곳곳에 내걸렸다는 방문(榜文)을 거두어왔다.

　"전후해서 효유했는데도 너희들은 끝내 의심을 풀지 않고 있다. 아무런 의심이 없는 것을 의심하고 머뭇거리면서 좇지 않으니 어찌 그렇게 미혹(迷惑)하며, 어찌 그렇게 어리석은가? 너희들이 목숨을 구하려거든 곧 성문을 열고 나가라. 결코 좇아 잡지 않을 것이며 또 각 고을에 말하여 저해함이 없게 하리라. 이제 왕명을 받들었으니 내 어찌 너희들에게 거짓말을 할 수 있겠는가."

　초토사의 제사와 방문을 읽은 두령들의 눈이 휘둥그레졌다.

　"홍계훈은 총대장이 전사한 걸로 알고 있는 모양입니다그려."

　김덕명이 어이없어 하는 얼굴을 하자 전봉준이 빙긋, 웃었다.

　"그런 모양입니다."

　그러나 모두 따라 웃을 분위기는 아니었다.

　"이거, 좀 이상하지 않습니까? 엊그제만 해도 투항하지 않으면 모조리 죽이겠다며 기세등등하던 자가 딴소리를 하고 있으니 말입니다."

　김개남이 미심쩍은 얼굴을 했고, 김덕명이 말을 이었다.

　"왕명을 받들었다고 하는 걸로 보아 속임수는 아닌 것 같소이다."

　"청병이 온다는 소문이 들리던데, 그와 관련이 있지 않겠습니까?"

　손화중이었는데, 이방언은 고개를 저었다.

　"청병이 온다는 소문은 초토사 진영에 서방걸이라는 청국 참모가 있어 난 소문이지 않소이까? 또 소문이 아니라 청병이 실제 내려온다고 하면 왜 느닷없이 우리를 방면한다 하겠습니까? 홍계훈의 진의를 좀더 살펴야 할 것 같소이다."

　"조정에서 홍계훈에게 무슨 명이 떨어진 것은 틀림없는 것 같습니다. 그렇지 않고서야 제사에, 방문에 호들갑을 떨 이유가 없습니다."

송희옥이었는데, 김개남이 말꼬리를 이었다.

"우리 또한 호들갑을 떨 이유는 없다는 게 내 생각이오. 왜냐? 지금 형세가 너무 분명하기 때문이오. 우리는 전주성에 들어온 이후 연전연패를 했소이다. 저들이 지금의 형세를 모를 리 없소. 다만 저들도 타격을 입어 관군이든 청병이든 원병이 올 때까지 시간을 벌어 보자는 수작일 게 빤하오. 성문을 열고 나가면 쫓아 잡지 않겠다고? 그 말을 믿소이까? 우리가 무기를 버리고 성문을 나서는 순간 놈들의 총알에 섶산적이 될 것이오. 이제 우리 군사에게 남은 탄환이 몇 발이오? 사즉생의 각오로 최후의 일전을 준비해야 합니다. 청병이 오는 게 사실이라면 그 전에 홍계훈 군을 치고 전주성을 나가야 합니다. 그런 다음 원평이나 태인으로 내려가 전열을 재정비해야 할 것이오."

납덩이같이 무거운 공기가 다섯 칸 마루방을 짓누르는 것 같았다. 잠시 후 전봉준이 입을 열었다.

"초토사의 제사나 방문에 흔들려서는 안 됩니다. 군사들이 동요하지 않도록 두령들께서 단속을 해야 할 것입니다. 군사들에게 한 사흘만 더 견디면 무슨 수가 나도 날 것이라고 하십시오. 무슨 근거로 여러분께 이런 말씀을 드리느냐 하면, 이렇습니다. 홍계훈이 왕명까지 내세우고, 우리가 요구한 폐정개혁도 받아들일 것은 받아들이겠다고 하는 것을 보면 무언가 상황이 급변하고 있는 것만은 틀림없는 것 같습니다. 지금 성안에 갇힌 처지여서 난감하기는 하나 신임 관찰사가 머물고 있는 삼례와 노성, 군산, 줄포 등지에 사람을 풀어 정보를 모아봅시다. 하루 이틀이면 홍계훈의 진의가 드러나지 않겠습니까? 저들이 시간을 벌 작정이라면 우리 또한 시간을 버는 것이지요. 그

시한이 사흘이라는 것입니다."

그러나 홍계훈의 진의를 파악하는 데 사흘의 시한은 필요치 않았다.

다음날 진시, 아침참이 지나기를 기다려 전봉준이 두령들을 소집하였다.

"어젯밤 늦게 삼례에서 사람이 왔습니다. 신임 전라관찰사 종사관이라 하더이다. 그가 전하기를 조정에서 전월 말에 청국에 파병을 요청하였고, 일본 또한 그제 조정에 출병을 통고해 양국 군대가 수삼일이면 우리나라에 들어올 것이다. 청군을 부른 것은 동학군을 진압하기 위함이었는데, 이제 일본군까지 출병한다 하니 우선 그들을 막아야 한다. 그러자면 동학군이 전주성을 내어주어 난이 종식되었음을 청·일 양군에 보여주어야 한다. 그러니 관군과 화약을 맺고 하루속히 성에서 물러나기 바란다. 이는 조정의 뜻이라는 말이었습니다. 그리고 보면 홍계훈이 갑자기 왕명을 거론하며 타협의 뜻을 밝힌 것 또한 청·일 양군이 조선에 들어오는 사태를 막으려는 조정의 명에 따른 것이 분명합니다. 놀라운 정세의 변화입니다. 이제 우리가 어찌할지 결정을 내려야 합니다."

전봉준이 말을 마치자 모두가 얼떨떨한 듯 서로의 얼굴을 쳐다보았다.

"신임 전라관찰사 종사관이 틀림없소이까?"

김덕명이 물었다. 송희옥이 답했다.

"저와 친교가 있는 유생의 안내로 찾아왔는데 김성규라고, 전라관찰사 종사관이 틀림없습니다. 종사관이 변복을 하고 찾아온 것은 명색이 관찰사인데 드러내놓고 우리에게 상황을 설명하기가 거북하지 않았겠습니까? 또 종사관을 보내 직접 말하게 할 만큼 중요하고 시급한 사안이라고 생각하였겠지요."

손화중이 나섰다.

"지금 그런 얘기가 중요한 게 아니지요. 청·일 양국 군대가 조선
땅에 들어오는 것이 사실이고, 그 빌미가 우리에게 있다고 한다면,
우리는 과연 어찌해야 하는지, 그것을 논의해야 하지 않겠습니까?"

그러자 김개남이 얼굴을 붉히며 언성을 높였다.

"이보시오. 손 장군. 빌미가 우리에게 있다니, 그게 무슨 말이오?
우리가 청병과 왜병을 불러들였단 말이오? 썩은 조정과 정신 나간 임
금이 제 나라 민군을 토벌하겠다고 청병을 불렀다가 왜병까지 들이
닥치려 하자 허둥지둥 우리에게 화약을 청하는 얄은 수를 쓰는 것이
거늘 무슨 엉뚱한 소리요?"

손화중의 낯빛도 붉어졌다.

"제 말이 그렇다는 것이 아니라 저들이 그렇게 …."

김개남이 주먹으로 탁자를 치며 손화중의 말을 잘랐다.

"어허, 저들의 말은 듣고 싶지 않소. 제 나라 생민을 죽이겠다고
외병을 불러들이는 조정이외다. 그런 자들의 말을 듣고 우리가 물러
나야 한다면 애초 거병을 하지 말아야 했소."

이방언이 입을 열었다.

"김 장군의 노여움을 여기 계신 모든 분이 어찌 모르겠소이까? 허
나 청병과 왜병이 함께 들어온다면 사직이 위태롭지 않겠습니까? 조
선 땅이 청·일의 전쟁터가 된다면 수십만 무고한 백성이 생명을 잃
을 것입니다. 그렇다고 당장 우리 힘으로 청병과 왜병을 몰아낼 수도
없는 것이니 특단의 대책이 필요하다는 것이지요."

손화중이 말을 이었다.

"그렇습니다. 우리가 보국안민의 기치로 거병하였거늘, 결과적으로 우리의 거병이 사단이 되어 청국과 일본의 군대가 조선에 출병한다면 보국도 안민도 지켜내기 어렵지 않겠습니까? 그 점을 우려하는 것입니다."

김덕명이 말했다.

"우리가 전주성을 비워준다고 해서 청병과 왜병이 선선히 출병을 취소할는지는 모르겠소만, 우리가 여기에 계속 있을 형편도 못되니 일단은 모양 좋게 물러나서 사태의 진전을 지켜보고 후일에 대비하는 것이 좋을 듯합니다."

송희옥이 나섰다.

"먼저 폐정개혁의 안을 다시 보내 확약을 받고 무사 귀환을 보장받는 조건을 제시해 그에 대한 반응부터 보는 것이 순서일 듯합니다."

전봉준이 고개를 끄덕였다.

"그게 좋겠습니다. 이 자리에서 단번에 결정을 내리기에는 너무 중대한 문제입니다. 우리의 요구사항을 초토사와 관찰사에 다시 전하고 어쩌는지 본 뒤에 다시 논의하기로 하지요."

5월 6일, 청원휴가로 본국에 돌아갔던 조선 주재 일본공사 오오토리가 군함 야에야마호에 해군 육전대 488명과 순사 20명을 대동하고 인천에 상륙하였다. 태원진 총병 섭사성이 이끄는 청군 선발대가 배편으로 아산만에 상륙한 지 하루 만이었다. 조선에 파병할 혼성여단을 지휘할 제5사단장 오오시마 소장이 병력을 인솔했다. 대리공사 스기무라는 이날 조선정부에 오오토리 공사를 수행, 호위할 병력은 수병(水兵) 300명이라고 통고하였으니, 거짓말이었다.

5월 7일, 오오토리는 육전대 병력과 함께 경성으로 직진하였다. 일본군이 인천을 출발하였다는 소식에 조선 조정이 발칵 뒤집혔다. 긴급히 열린 중신회의에서 임금이 민영준을 질책하였다.

"이보시오. 경은 그제 만국공법을 들어 일본군이 도성에 진입하지 못할 것이라 장담하였소. 또 원세개 씨가 이리저리 변통할 수단이 있다고도 하였소. 대체 그것이 무엇이오? 고작 스기무라에게 항의하는 것이었단 말이오? 청군의 출병을 보류하여줄 것을 설득하기로 하였는데, 이제 일본군이 입경한다면 그 또한 어긋난 처사가 아니요? 한 치 앞을 못 본다더니 바로 그 꼴이 되고 말았소."

그러나 민영준의 주청을 받아들여 청병 차병을 결정한 것은 결국 자신이 아니었나. 자책과 분노로 임금의 목소리가 심히 떨렸다.

영의정 심순택이 아뢰었다.

"전하, 고정하시옵소서. 이미 엎질러진 물을 다시 그릇에 담을 수는 없는 일이오니 우선은 대책을 마련하고 책임은 그 뒤에 물어도 늦지 않을 것입니다."

"대책이라? 무슨 대책이 있는지 말들을 해보오."

좌의정 조병세가 아뢰었다.

"스기무라에게 일본군의 진경(進京)은 불가하다는 조회(照會)를 보냈습니다만, 인천으로 사람을 보내 직접 오오토리 공사에게 조정의 뜻을 전달하는 게 어떠하겠습니까?"

"사람을 보낸다? 누굴 보내면 좋겠소? 누굴 보낸들 저들이 말을 듣겠소?"

"외무고문 이선득(미국명 Charles W. Le Gendre) 씨를 보내는 것이 좋을 듯합니다. 비록 우리 외무아문의 고문이라 할지라도 미국인이

가면 소홀히 맞지는 못할 것입니다. 저들 또한 열강의 반응을 무시하지는 못할 테니까요."

외무독판 조병직이 좌의정의 말을 받았다.

"전하, 좌의정 대감의 의견대로 하심이 옳을 것이옵니다. 신이 바로 조처함이 어떻겠습니까?"

"그리하오. 다만 크게 기대하기는 어려울 것 같으니 경은 오오토리와 스기무라와 직접 담판을 지을 준비를 해야 할 것이오. 으으 … 음."

임금이 길게 신음을 토했다. 비로소 사태의 심각함을 냉정하게 인식한 것이었다.

그러나 뒤늦은 인식이 무엇에 소용이랴. 이미 일본의 총리 이토와 외상 무츠는 청과의 전쟁까지 겨냥하고 있었으니, 조선의 임금에게 도성으로 진입하는 일본군을 되돌려 세울 힘과 방도는 없었다. 한 가지 남은 방책은 전주성을 수복해 철병을 요구할 구실을 마련하는 것이었으니 당장 동도가 성에서 물러나는 일이 급했다. 임금이 기진한 목소리로 하문하였다.

"전주성은 어찌 되었소? 순변사와 관찰사, 초토사는 무얼 꾸물거리고 있는가? 다시 급전을 보내 재촉하도록 하오. 저들의 웬만한 요구는 다 들어주더라도 금일 중에 해결하라고, 왕명으로 전하시오."

이날 오후 외무참판 민상호와 미국인 외무고문 이선득이 인천으로 향했으나 두 사람은 모두 길이 엇갈려 오오토리를 만나지 못했다. 대신 외무협판 이용식이 영등포로 나아가 오오토리의 앞길을 가로막았다.

"군사를 이끌고 입경하는 것은 불가하니 공사께서는 행군을 멈추시오."

이용식에게는 호위군사 열 명뿐이었다.

오오토리가 코웃음을 쳤다.

"본 공사와 대일본제국의 군사는 오로지 아국의 천황 폐하와 총리 대신 각하의 명을 받을 뿐이오. 두 분께서는 내게 군사를 데리고 경성으로 가 적도의 난으로 위험에 빠진 아국 거류민의 생명과 재산을 보호하라고 명하셨소이다. 이는 양국이 맺은 제물포조약에 의거한 것인즉 귀하는 마땅히 길을 여셔야 할 것이오. 공연히 무력을 쓰게 하지 마시오."

단추가 달린 누런 제복에 가죽신을 신고 착검을 한 소총을 어깨에 멘 일본 육전대의 칼날 같은 대오에 기가 질린 이용식은 군말 없이 길을 내어줄 수밖에 없었다. 일본군 대열의 뒤로 대포 네 문이 따르고 있었다. 육전대 병력은 술시에 입경하였다.

이날 사시, 직예제독 섭지초가 거느리는 청군 1천5백 명이 충청도 아산만에 상륙하였다. 이틀 전 도착한 섭사성 부대 1천 명을 합해 아산에 주둔하는 청군의 병력은 2천5백 명에 이르렀다.

같은 날 미시, 농민군 도소에 초토사 홍계훈의 권유문이 전달되었다.

"너희들이 귀화할 뜻이 있으나 집으로 돌아가는 길에 어떠한 저해가 있을까 염려한다면 곧 물침표(勿侵標)를 만들어 줄 터이니 지금 해산 코자 하는 자는 무기를 거꾸로 하여 관군 쪽으로 오면 될 것이다."

"재촉이 성화같으니 저들의 사정이 급하기는 급한 모양입니다."

최경선이 이죽거렸다. 제사와 방문에 이어 어제 하루에도 귀화하면 방면하여 벌하지 않겠다는 효유문을 두 차례나 보내왔으니 재촉이 성화같다는 최경선의 말도 과장은 아닌 셈이었다.

"왜 아니겠소이까? 청병을 불러들였다가 왜병까지 코밑으로 들이 닥치게 되었으니."

김덕명이 말하자, 송희옥이 받았다.

"그렇습니다. 일전에 관찰사 종사관의 말을 들으니 여간 심각한 게 아니었습니다. 조정이 발칵 뒤집힌 모양입니다."

김개남이 마땅찮은 얼굴로 송희옥을 쳐다보고는 뱉듯이 말했다.

"까짓 썩은 조정이야 뒤집히든 말든 무슨 상관인가. 말들을 돌릴 것 없이 곧바로 합시다. 우리가 귀화를 할 것인지, 말 것인지."

손화중의 눈자위가 일순 붉어졌다.

"귀화는 아니지요. 저들이야 귀화라 말할지라도 우리로서는 화약이 지요. 홍계훈이 우리 군사들이 돌아갈 때 아무도 침해하지 못하도록 물침표까지 만들어준다는데 그것이 어찌 항복을 뜻하는 귀화이리까?"

김개남이 쯧, 혀를 찼다.

"거참, 손 장군은 아직도 저들 말을 믿소이까? 물침표 같은 종이쪼 가리에 무슨 힘이 있겠소? 찢어버리면 그만일 것을. 나 또한 우리 사 정이 어렵다는 것을 모르진 않소이다. 허나 섣불리 저들의 말을 믿었 다가는 큰 후회를 할 것 같아 하는 말이니 고깝게 듣지는 마시오."

순간 손화중이 당황한 듯 고개를 숙였다.

"고깝게 듣다니요. 제가 어찌 장군의 말씀을 그리 듣겠습니까?"

이방언이 큼큼, 목을 가다듬고 입을 열었다.

"김 장군의 말씀에 일리가 있습니다. 우리가 믿을 것은 물침표가 아니라 군기(軍器)올시다. 홍계훈은 군물(軍物)을 반납하라 하지만 그에 따라서는 안 될 것이오. 일부는 모양새로 내놓더라도 나머지는 각 부대가 가지고 가야 합니다. 그래야 후일을 기약할 수 있습니다."

오시영이 물었다.

"전라관찰사에게서는 별 소식이 없습니까? 우리가 보낸 폐정개혁안은 초토사보다는 관찰사나 순변사가 조정에 보고하는 것이 좋지 않겠습니까?"

송희옥이 답했다.

"그렇지 않아도 말씀을 드리려는 참이었습니다만, 전라관찰사는 우리의 폐정개혁안 중 대원군의 국정 간여 요구를 제외하면 다른 모든 사항은 고려할 수 있다고 알려왔습니다."

김개남이 껄껄, 웃었다.

"그야말로 역린(逆鱗)을 건드리는 것일 터이니 신하된 자들이 어찌 임금에게 대원군의 감국을 얘기할 수 있겠소. 더구나 그 부자(父子)가 소원하다는 것, 특히 중전 민 씨가 제 시아버지를 사갈(蛇蝎) 보듯이 한다는 것은 천하가 다 아는 일 아니오."

김덕명이 손을 들어 주의를 환기시켰다.

"잠깐, 방금 오시영 관령께서 중요한 지적을 하셨소이다. 바로 우리의 폐정개혁 요구를 관찰사나 초토사가 과연 임금에게 보고를 할 것이냐는 점이외다. 그냥 우리의 요구를 고려하겠다는 것만으로는 안 됩니다. 임금에게 보고한다는 확약을 받아야 합니다. 그 또한 하겠다고 해놓고 하지 않으면 그만 아니냐고 할지 몰라도 그렇지 않아요. 반드시 그렇게 압박을 해야 할 것입니다."

전봉준이 고개를 끄덕였다.

"좋은 말씀입니다. 어쨌든 급한 것은 저들 쪽인 것 같으니 그렇게 요구하도록 하지요. 그리고 우리가 귀화하는 것은 아닙니다. 형식이야 귀화라 하여도 내용은 휴전이고 화약입니다. 마침 조정에서도 화약을 재촉하니 일단 물러나 사태의 진전을 지켜보고 후일을 기약하자는 것입니다. 또한 우리의 거병이 아무런 성과를 이뤄내지 못한 것은 아니지요. 신임 전라관찰사는 종사관을 보내 우리가 제출한 폐정개혁안이 제대로 실행될 수 있도록 각 면, 리 집강 자리를 우리에게 내줄 수 있다고 하였소이다. 약속을 지킬지 여부는 모르겠으나 우리가 일정한 무력을 유지한다면 주도권을 쥘 수 있을 겁니다. 전주성을 내주는 대신 호남의 각 고을을 우리가 장악하고 우리 손으로 폐정을 개혁해낸다면 이는 결코 귀화가 아닙니다. 우리의 승리입니다."

다음날 아침, 초토사 홍계훈은 격문을 성중에 투입하여 농민군 측의 폐정개혁 요구를 임금에게 보고할 것이니 도당들은 속히 성 밖으로 나가 해산하라고 하였다. 홍계훈은 동비에 대한 유화책이 내심 못마땅하였지만 그것이 왕명이요, 조정의 뜻이라는 데야 어쩔 수가 없었다.

농민군이 전주성 동문과 북문으로 쏟아져 나왔다.

농민군이 전주성을 비우자 홍계훈은 성곽에 수백 개의 사다리를 걸쳐놓고 군사들이 일제히 성을 넘어가 남문을 열도록 하였다. 홍계훈은 그렇게 해서라도 성을 수복한 모양새를 갖추고자 했다. 궁지로 몰았던 비적을 왕명에 의해 순순히 내어줄 수밖에 없는 울분을 홍계훈은 그렇게라도 풀려 한 것인지 몰랐다. 5월 8일 한낮이었다.

도성은 평온하건만

용안이 한결 밝았다.

"동비들이 귀화하여 전주성을 나갔다 하니 더는 청병이 머물 필요는 없을 것이오. 또한 일병이 거류민 보호를 한다며 수백 명씩 도성에 주둔할 이유도 없어졌소. 이는 저들도 부인하지 못할 것이오. 묘당에서는 속히 양국에 철병을 요구하여 나라의 우환을 없애 백성이 안심할 수 있도록 하시오."

임금의 말은 맞았다. 일본공사 오오토리 역시 조선정부의 철병 요구를 거부할 명분이 옹색함을 부정할 수 없었다. 도성 안은 평온하였고, 경성에서 200리나 떨어진 아산의 청군은 그 기척조차 느낄 수 없었다. 일병이 경성으로 진입하면 임오·갑신년의 변란 때처럼 기세 등등하여 달려올 줄 알았는데 청군은 아산에 주둔한 채 움쩍도 하지 않았다. 청군이 아산만에 상륙한 뒤 한 일이라고는 전주성과 공주 감영에 직예제독 섭지초 명의로 동학군을 효유하는 방문을 붙인 것뿐이었다.

정황이 이러한데도 이미 히로시마 우지나항에서는 일본 육군보병 1,024명을 태운 군함이 출항하여 인천으로 오고 있었다. 조선에 파견되는 혼성여단의 1차 병력인 이치노헤 부대였다. 조선정부에는 해군 육전대와 교대한다는 구실로 둘러대기는 하였으나, 후속 병력의 잇따른 파병으로 5~6천 명의 군대가 도성으로 들어온다면 무엇보다 경성에 주재하는 열강의 외교관들이 그냥 보아 넘길 리가 있겠는가? 영국이나 미국이야 크게 장애가 되지는 않겠지만 러시아와 독일, 특히 러시아가 반발하면 예상치 못한 결과가 빚어질 수도 있는 일이었다.

오오토리는 외상 무츠에게 급전을 보냈다.

"경성은 평온하며 폭도에 관한 사정 또한 이상이 없습니다. 추후 전보가 있을 때까지는 나머지 대대의 파견을 보류하여 주기 바랍니다."

5월 9일, 오오토리가 청관으로 원세개를 방문하였다. 귀임인사차라고 하였지만 피차 인사를 나눌 계제는 아니었다.

원세개가 뱉듯이 말하였다.

"귀국의 무리한 처사에 대해서는 더 말하지 않겠습니다. 허나 호남의 난군이 진압되었으니 이제는 텐진조약에 의거하여 양국이 철병을 논의할 때가 아닌가 싶소이다."

오오토리는 젊은 원세개의 방자한 낯을 쳐다보며 짐짓 미소를 지어보였다.

"전주성이 수복되었다고는 하나 난군이 완전히 진압된 것인지는 의문이오. 그러나 귀국에 철병 의사가 있다면 구약(舊約)에 따라 마땅히 공동철병을 논의하여야겠지요."

이틀간의 회담에서 오오토리와 원세개는 일단 현재의 상태를 유지하는 데 합의했다. 즉, 일본은 육전대를 대신하여 육군 1대대 800명에 한해 경성에 주둔시키고, 이미 일본을 출발한 후속부대는 인천에 입항하여도 상륙시키지 않고 되돌려 보내며, 청국은 증원군 2천 명의 파병을 중지시킨다는 내용이었다. 하지만 오오토리의 철병 합의는 일본정부의 공식 정책은 아니었고 외상 무츠로부터 사전양해를 얻은 것도 아니었다.

'일청 동맹론'

구미 열강들을 동아시아에서 몰아내는 최선의 방도는 일본과 청나라가 동맹을 맺는 것이라는 게 오오토리의 지론이었다. 오오토리는 자신의 평소 지론과 현지 외교관으로서의 판단에 따라 청과의 공동철병이 최선이라고 믿고 행동한 것이었다. 더구나 이토 총리는 오오토리가 귀임인사를 하러 갔을 때 원세개와 협의하여 될 수 있는 대로 평화롭게 일을 매듭지을 것을 당부하지 않았던가.

그러나 무츠의 생각은 달랐고, 이토 또한 오오토리에게 한 말은 수사(修辭)에 지나지 않았다. 오오토리는 이토의 본심을 읽지 못하였고, 이토가 자신보다는 이등서기관 스기무라의 판단에 의존하고 있다는 것도 알지 못하였다.

5월 10일, 무츠가 오오토리에게 전보를 보내 공동철병 합의를 힐난하였다.

"… 일청 공동철군안에 대한 각하의 청구는 일면 지당한 것으로 생각되지만, 아국의 대부대가 아무 일도 하지 않고 또는 아무 곳에도 가지 않은 채 끝내 인천으로부터 헛되이 귀국하면 매우 볼썽사나울 뿐 아니라 득책도 아니니 지체하지 말고 인천에 도착한 군대를 경성에 진입시키기 바랍니다."

무츠의 훈령을 받은 오오토리의 안색이 붉어졌다. 무츠가 아직 풋내기 서생이었을 때 오오토리는 막부의 장수였다. 오오토리는 대정봉환(大政奉還·1867년 에도막부가 천황에게 국가통치권을 돌려준 사건)에 반대하고 주전론을 주창한 기개 높은 무사였다. 같은 무사 집안 출신이면서도 근황운동(勤皇運動)에 참여했던 무츠와는 정반대의 길을 걸었다. 메이지(明治) 유신 이후 27년이 흐른 이제 무츠는 쉰, 오오토리는 예순한 살이 되었다. 나이로는 오오토리가 무츠에 열한 살이나 위였으나, 무츠는 외무대신이고 오오토리는 공사였으니 상하관계는 나이와 역순이었다.

그러나 오오토리는 자신의 판단이 일본제국의 이익에 더 부합할 것이란 확신을 버릴 수 없었다. 오오토리의 예상대로 러시아와 독일 측이 일본군대의 대거 침입에 강력 항의해왔고, 오오토리는 원세개와 2단계 공동철병안을 논의하였다. 일본은 이미 상륙한 병력의 사분의 일에 해당하는 250여 명만 인천에 주둔시키고, 청국은 상륙병력의 오 분의 일 수준인 400여 명만 아산에 남기고 나머지는 함께 철병시킨다는 내용이었다.

하지만 이 계획은 실행될 수 없었다. 청국과는 달리 일본정부는 애초 철병할 생각이 추호도 없었기 때문이었다.

스기무라가 오오토리를 독대하였다.

"각하, 본국에서 계속 대부대를 파견하는 뜻이 무엇이겠습니까? 이치노헤 소좌를 비롯해 인천에 도착한 부대의 지휘관들은 모두가 철병에 반대하고 있습니다. 외람된 말씀이옵니다만 그들은 각하께서 대본영의 기본방침을 모르고 계시지 않은가라고 제게 물었습니다. 저들 군인들이 외교의 중요성을 모르고 하는 말일 수도 있습니다만, 전일 외상께서 보내신 전보에 비추어 본국 정부의 뜻은 확고하지 않은가 생각됩니다. 각하, 이쯤에서 일청 동시철병의 협의를 깨고 이 기회를 포착하여 설령 청국과 전단(戰端)을 여는 한이 있더라도 조선의 독립 문제를 결정하셔야 합니다."

오오토리가 스기무라의 좁은 이마를 쏘아보며 물었다.

"그대의 생각인가? … 무츠 경의 뜻인가?"

"…… ."

스기무라는 대답하지 않았다.

오오토리는 순간, 이토 총리의 뜻이냐고 묻지 않은 것은 잘 하였다고 생각했다.

스기무라의 부답(不答)은 강한 긍정을 뜻하는 것이었으니까.

그렇다면, 오오토리의 머릿속으로 한 생각이 빠르게 떠올랐다. 이제 강경책을 써야 한다. 강경책이 청과의 개전(開戰)을 부를지언정 그것이 이토와 무츠의 뜻이라면 피할 수는 없지 않겠는가. 오오토리가 가만히 윗입술을 깨물었다.

생강 세 쪽, 대추 두 알

장지문 안으로 새벽의 푸르스름한 빛이 스며들었다. 아낙은 살그머니 이부자리에서 빠져나왔다. 이불이 들썩이는 기척에서인가 사내가 모로 돌아누웠다. 사내가 돌아누우면서 베개의 빈자리가 새벽빛 속에 희끄무레하게 드러났다. 베개를 함께하고 잠들었던가. 얼마만인가. 함께 살아온 세월이야 아홉 해가 다 되건만 한이불 속에서 머리를 나란히 하고 잠들었던 기억은 아득하다. 과부의 몸으로 변변히 혼례조차 올리지 못하고 살아온 세월이었다. 아들 둘을 낳아 일곱 살, 다섯 살이 되도록 키웠지만 사내는 전처소생인 두 딸이 더 애틋한 듯했다. 젖먹이 어린 나이에 어미를 잃은 딸자식이어서 그러려니, 아낙은 서운한 생각이 들 때마다 그렇게 마음을 다독였다.

좁아터진 소갈머리하고는. 아낙은 저고리와 치마에 손발을 꿰며 가볍게 혀를 찼다. 어차피 몸이든 마음이든 붙잡아 놓을 수 없는 사람이었다. 한번 집을 떠나면 열흘이고 보름이고 기별조차 없다가 불쑥 돌아와 사나흘 쉬고는 출타하기를 반복하였다. 한동안은 약방을 열기도 하고, 학동을 모아 훈장을 하기도 하였으나 그런 때에도 해가 지면 낯선 이들이 두세 두세 모여들어 3경이 지나도록 회합을 하곤 하였다. 누군가 찾아오지 않으면 찾아나서는 날들이 계속되면서 세 두락 논농

204

사는 아낙이 이웃의 도움을 받아 근근이 소출을 올릴 수밖에.

그러던 정월 초열흘, 고부의 고샅길이 온통 횃불로 일렁이던 밤에 사내는 말에 올라 읍내로 사라졌고, 달포쯤 지나 사람을 보내 불문곡직 이사를 하여야 하니 준비하라고 하였다. 그러고 이틀 만에 이곳 태인 동곡리의 3칸 초가로 옮겨왔으니 언 땅이 녹아 질척이던 초봄의 일이었다. 그리고 다시 세 달이 지나 사내는 다치고 지친 몸으로 돌아왔다. 아낙은 알고 있었다. 그녀가 남편으로 섬기는 사내가 결코 한 식솔을 지키는 가장이 될 수 없다는 것을. 한 여인의 지아비나 아들딸 자식의 아버지에 머물 수 없다는 것을.

아낙은 정주간 시렁에서 약재를 담은 보퉁이를 내렸다. 약탕관에 물을 붓고 부엌 아궁이에 불을 붙인 아낙은 그제야 찬찬히 보퉁이를 풀었다. 사내가 고부 말목장터에서 약국을 하다가 남긴 약재를 모아 놓은 것이었다. 원래는 약장에 하나하나 이름을 써놓았던 것인데 서둘러 이사를 하는 통에 서너 봉지에 쓸어 담아왔다.

인삼, 백출, 복령, 감초를 모아 끓인 것은 사군자탕(四君子湯)이라 기(氣)를 보(補)한다 하였고, 숙지황, 당귀, 천궁, 작약을 조합한 것은 사물탕(四物湯)이라 혈(血)을 보한다 하였으며, 이에 황기와 육계를 더하면 십전대보탕(十全大補湯)이라 하였다. 아낙은 어깨너머 배운 깜냥으로 약재를 구분하였다. 사군자에서 인삼과 복령이 빠졌고, 사물탕에서는 숙지황이 없다. 강삼조이(薑三棗二)라, 생강 세 쪽에 대추 두 알이라 하였으니 그것으로 대신할 밖에. 아낙은 말라 쪼그라진 생강과 대추를 골라내 약탕관에 집어넣었다.

아낙은 아궁이 앞에 엎드려 후후, 바람을 불어넣었다. 불땀이 일어나는가 하더니 시초(柴草·땔나무로 쓰는 마른 풀)에서 솟은 매운 연기가 왈칵, 아낙의 얼굴로 달려들었다. 아낙이 쿨럭쿨럭, 기침을 하며 손등으로 눈물을 찍어내는데 등 뒤에서 사내의 목소리가 들렸다.

"새벽부터 웬 약탕관이요?"

아낙이 화들짝 놀라 뒤를 돌아보고는 얼른 일어서 한 걸음 비켜났다.

"약재가 이것저것 쬐끔씩 남은 거시 있어서 끓여볼라 허는데 지대로 될 거인지 모르겄네요."

사내가 싱긋, 웃었다.

"제대로 될지 모르겠다니, 그게 무슨 말이오? 약탕관이야 예전에도 임자 몫이지 않았소? 아궁이는 내가 볼 테니 얼른 냉수라도 한 대접 드시오. 매운 연기를 마시면 기도를 상하오."

아낙의 눈자위가 붉어졌다. 연기 탓만은 아닌 듯했다.

"선비님이 남세스럽게 웬 부엌 출입이시오. 아이들 일어나기 전에 얼른 나가시오."

"허어, 아이들이 본다한들 우세스러울 게 뭐 있소?"

"몸도 편치 않으신 어른이 왜 이러신대요. 참말로?"

아낙이 머리에 매었던 수건으로 붉어진 눈을 닦아내는데, 사내는 어느새 아궁이 앞에 쭈그려 앉아 입바람을 불고 있었다.

과부였던 남평 이 씨가 홀아비 전봉준의 재취로 들어온 것은 9년 전 봄이었으니, 전처인 여산 송 씨가 스물일곱 나이에 죽고 8년이 지나서였다. 전봉준보다 네 살 연상이었던 송 씨는 혼인한 지 4년 만에 젖먹이인 두 딸을 남기고 눈을 감았다. 태인 동곡리에 살던 과부 이 씨는 고부 조소리 전봉준의 집으로 건너와 아들 둘을 낳았다. 그녀는 전처소생인 두 딸과 어린 두 아들을 키우고 시부(媤父)를 모시며 아침저녁 죽으로 끼니를 때우는 어려운 살림을 꾸려왔다.

지난해 6월, 시부가 돌아가시고, 올해 정월 고부에서 민란이 일어난 뒤 그녀는 열일곱 살인 전처의 둘째 딸과 일곱 살, 다섯 살인 두 아들을 데리고 동곡리로 옮겨왔다. 동곡리는 제가 살던 마을이자 지난해 3월 시집간 전처 큰딸의 시가가 있는 곳이었다.

　안핵사 이용태가 이끌던 역졸들이 고부 조소리 옛집을 잿더미로 만들었다는 소식을 들은 것은 동곡리로 이사하고 얼마 지나지 않아서였다. 그녀는 두려웠다. 고부의 집이 불에 탔는데 태인 땅이라고 안전할 리 있겠는가? 그러나 남편이 이끄는 농민군이 고부로 짓쳐 올라와 이용태의 역졸을 몰아내고 관군과 경군을 잇달아 무찌른 데 이어 전주성마저 점령하니, 호남 땅은 농민군 천지가 되었다고 하였다. 그러던 농민군이 전주성에서 물러났다는 소식이 들렸고, 소식을 들은 지 사흘째 되던 날 오후 남편이 동곡리 집으로 찾아온 것이다.

　같은 태인현 주산리에 큰 약방을 갖고 있어, 남편에게 약재를 대주고 틈틈이 조소리로 양식도 보내주었던 최경선 씨와 전처 송 씨의 먼 조카뻘이라는 송희옥 씨가 수십 명 호위군사와 마을로 들어서자 용규와 용현 어린 형제가 주인을 맞는 강아지마냥 고샅길을 달음질했다. 남편이 동생 용현을 오른팔에 안고, 형 용규의 손을 잡고 초가 안마당으로 들어섰을 때 그녀는 그저 고개 숙여 목례를 하였을 뿐이었다. 곧 다시 떠날 것이기에 돌아온 이를 맞는 것 또한 심상하여야 한다는 걸 그녀는 알고 있었다.

　최경선 씨와 송희옥 씨가 군사들을 데리고 떠나자 남편은 고작 한마디 하였다.

　"옥례는 어디 갔소?"

　둘째 딸을 이르는 말이다.

"점심 먹고 제 언니 보러간다고 했는데 그만 올 참이 되았습니다. 오면 다시 보내 강 서방 내외를 오라 헐까요?"

강 서방은 큰딸 성녀의 남편인 강만복이다.

"아니오. 내가 일간 사돈에게 인사도 할 겸 가볼 것이니 아무 말 마시오. 그러면 나는 작은 애가 올 때까지 눈을 좀 붙여야 하겠소이다."

잠깐 눈을 붙이겠다던 남편은 곤한 잠에 빠져든 것 같았다. 두어 식경이 지나 딸아이가 돌아왔을 때에도 깊은 잠에서 깨어나지 못했다. 그녀와 딸아이가 분주하게 마련한 저녁상도 윗목에 밀어둘 수밖에 없었다.

최경선 씨는 남편이 전주성에서 왼쪽 허벅지에 총상을 입었었다고 일러주었다. 중상은 아니어서 상처가 거의 아물긴 하였지만 그간 몸이 많이 상하였을 터이니 혹시 약재가 있으면 십전대보탕을 달여 드리라고 하였다. 마을 입구와 상두산 아래에 군사들을 배치하여 경계할 터이니 마음 놓으시고 요양하시도록 부탁드린다는 말도 덧붙였다.

밤이 이슥하여 옥례가 말했다.

"용규와 용현이는 제가 데불고 잘게요."

계모에게 속정까지 깊은 것은 아니겠지만 딸아이들은 그녀에게 살가웠다. 시부 또한 과부 며느리에게 따뜻하였다. 남편의 눈은 늘 밖으로 향하고 있었으나 그녀에게 조소리 초가삼간은 부리를 박고 지켜야 할 둥지였다. 그렇게 살아온 세월이었다. 그런데 조소리의 옛집은 불에 타 재가 되었다고 하니 이제 이곳 동곡리 초가가 지켜야 할 새 둥지인가.

등잔불 아래서 한동안 턱을 왼 무릎 위에 괴고 동그마니 앉아 있던 그녀는 가만히 일어나 등잔불을 끄고 남편의 베개 모서리에 머리를 누였다. 남편의 숨소리와 몸 냄새가 아득하게 그녀의 몸을 휩싸 안았다. 그러나 그녀는 남편을 안지는 못하였다. 그저 한손을 가만히 남편의 몸에 대었을 뿐이었다. 그런 남편이 아침이 되어 부뚜막 아궁이 앞에 쭈그려 앉아 있다니! 물독에서 냉수 한 그릇을 떠 마시고도 남편의 모습이 눈에 설어 잠시 망연하던 그녀가 깜박 정신을 차린 듯 채근하였다.

"그만 하시고 들어가셔요. 저녁도 한술 뜨지 않고 내처 잠만 주무셨으니 속이 얼매나 허할까. 곧 아침밥을 지을 테니 방에 들어가 좀 더 누워계셔요. 성녀가 아버지 아침상은 제가 차리겠다고 하더만요. 인자 곧 일어나 나올 것이니 그만 방으로 들어가셔요."

남편이 손바닥을 털며 일어섰다.

"그럼, 내 요 앞에 바람 좀 쐬고 오리다."

"새벽바람은 여직 차가우니 잠깐 계셔요. 겉옷을 내어올게요."

"허어, 울타리 밖을 잠시 둘러볼 것이니 겉옷은 내두시오."

남편이 부엌을 나가며 손사래를 쳤다. 어느새 훤해진 아침이 남편의 등을 사립문 밖으로 밀어내는 것 같아 그녀는 휑하니 고개를 돌렸다. 최경선 씨는 요양이라고 했지만 남편이 그리 오래 쉬지는 못할 거였다. 시부의 소상(小祥)이 내달 스무 이튿날이니 그때까지라도 머물 수 있으면 좋으련만, 생각하다가 그녀는 제풀에 고개를 저었다. 군사들과 함께한 길이니 길어야 삼사일일 거였다. 그녀는 그동안만이라도 남편을 위해 흰 쌀밥을 지었으면 싶었다. 인삼과 암탉을 구해 삼계탕을 끓여내고 싶었다. 약탕관의 약재를 삼탕까지 우려내 남편의 기와 혈을 보하고 싶었다. 떠나기 전에.

다음날 아침, 최경선 씨와 송희옥 씨가 사립문을 열고 들어섰다.

최경선의 손에는 그녀가 원하던 암탉과 인삼 뿌리가 들려 있었고, 그 뒤로 따라 들어온 키 큰 젊은이는 쌀가마를 등에 지고 있었다. 젊은 이는 농민군 비서였던 정백현이었다. 그러나 그녀는 그들이 너무 일 찍 찾아온 것에 가슴이 내려앉아 삼계탕을 끓일 일도, 흰쌀밥을 지을 일도 반갑지 않았다.

전봉준이 방문을 열고 그들을 맞았다.

"어서들 오시게. 어제 밤은 어디서들 묵으셨는가?"

"인근 민가에 신세를 져서 끼어들 잤습니다만 그 또한 민폐인지라 초막을 치기로 했습니다."

"군사는 몇 명이나 남았소?"

"별동대원 스무 명만 남기고 나머지 군사 500은 대를 나누어 귀향 토록 하였습니다."

"잘 하시었소. 어차피 우리야 순행을 해야 하니 많은 군사들과 함 께 움직일 수는 없을 터이니."

전봉준과 최경선의 문답이 그치기를 기다려 송희옥이 입을 열었다.

"홍계훈이 물침표를 내어주며 약속했던 무사귀가 약속이 제대로 지켜지지 않고 있는 모양입니다. 특히 나주목사 민종렬은 관병을 풀 어 귀향하는 농민군들을 잡아들이고 참수하는 만행을 저지르고 있다 고 합니다. 금구에서도 그런 일이 있었다고 하고요. 이곳 태인 읍내 에서도 귀가한 농민군의 집에 관속배들이 몰려와 가옥을 부수고 가 재도구를 빼앗아 갔다고 합니다. 김제, 부안, 무장, 장성 등 곳곳에 서 유사한 일들이 벌어지고 있다 보니 귀가하지 못한 농민군들이 대 여섯, 또는 10여 명씩 무리를 지어 요호(饒戶)에 들어가 토색을 하는 일도 있다고 합니다. 이래저래 곳곳이 소란스럽고 민심도 흉흉한 모양입니다."

최경선이 이마에 핏대를 세웠다.

"나주를 쳐 민종렬이의 목을 베어야 합니다. 그자는 초토사와 전라 감사의 명에도 아랑곳하지 않고 날뛰고 있습니다. 일전에도 말씀 드렸듯이 저대로 두었다가는 두고두고 화근이 될 것입니다. 고부와 원평의 농민군과 무장의 손화중 부대를 합하면 좋이 2천은 될 것입니다. 나주의 오권선 접주도 민종렬에게 이를 갈고 있다고 합니다."

그러나 전봉준은 가만히 고개를 저었다.

"농사는 나라의 근본이거늘 농사일에 가장 중요한 시기인 오뉴월에 군사를 움직이는 것은 제민(濟民)의 뜻에 크게 어긋나는 일이니 재기를 하더라도 추수 후에 군량을 얻어 해야 할 것이네. 우선은 농민군이 무사히 귀향해 안업(安業)할 수 있도록 살펴야 할 것이야. 그 일을 누가 하겠는가? 우리 두령들과 접장들이 중심이 되어서 해야지. 고부의 김도삼, 정익서 씨처럼 말이네."

송희옥이 갈라진 소리를 냈다.

"조정에서 우리가 제출한 폐정개혁안을 받아들이겠습니까? 아니, 초토사와 전라 감사가 약속한 대로 폐정개혁안을 임금에게 주청하겠습니까? 나주목사 민종렬의 짓을 보면 우리가 또 속은 것 같습니다."

"저들이 약속을 지키지 않으면 우리가 스스로 나서 폐정을 개혁해야겠지. 그러기 위해 각 고을 단위로 집강소를 세우자는 것이네."

"그게 어디 말처럼 쉽겠습니까? 고을마다 형편이 다르고 농민군 해산으로 두령들도 뿔뿔이 흩어진 터에 집강소가 일사불란하게 운영되겠습니까? 대접주들이 뜻을 함께하겠습니까?"

누구라고 꼭 집어 말하지는 않았지만 송희옥이 김개남과 그 수하 접주들을 지목한다는 것은 최경선도, 정백현도 빤히 알 만한 것이었다.

전봉준이 송희옥을 쏘아보았다.

"이보게. 송 접장, 분란을 일으킬 말은 삼가게나. 비록 생각이 조금 다르다고 뜻마저 달리하겠나. 내가 곧 만나볼 것이야."

전봉준도 굳이 김개남의 이름 석 자를 입에 올리지 않았다.

송희옥이 무르춤한 얼굴을 하자 고개를 숙이고 있던 정백현이 입을 열었다. 정백현은 원래 손화중 포에 속하였으나 농민군 비서가 된 이래 줄곧 전봉준을 배행하고 있었다.

"우리가 전주성에서 나와 금구와 김제를 거쳐 이곳 태인에 도착한 것이 그제입니다. 고작 나흘밖에 안 되지요. 그 짧은 기간에 무슨 일인들 순조롭게 풀리겠습니까? 하니 너무 서두를 이유는 없다고 봅니다. 우선은 대장님께서 건강을 회복하시는 게 급선무입니다. 모처럼 집에 오셨으니 며칠 푹 쉬시지요. 귀향해서 집강소를 설치하기로 한 것은 이미 전주성에서 나오기 전에 결정한 일입니다. 고을마다 사정에 따라 일찍 되는 곳도 있고, 늦춰지는 곳도 있겠지만 여러 접주들도 집강소를 세워야 살길이 열리는 만큼 세우기는 세울 것입니다. 한 열흘 두고 보면서 일을 추진해도 크게 차질은 없을 것입니다."

전봉준이 빙그레, 웃었다.

"허어, 백현 군이 판을 보는 눈이 한결 커진 모양이네그려. 그렇다고 열흘씩 쉴 여유야 있겠는가? 사나흘 쉬고 움직이세."

남평 이 씨, 이 소사(召史: 이두로 발음은 조이)의 바람대로 전봉준은 삼계탕을 먹었고 3번 우린 보약을 들었다. 그녀는 흰쌀만으로 밥을 짓는 것은 죄를 짓는 것 같아 서속(黍粟·기장과 조)을 두어 지은 밥을 상에 올렸다.

큰딸 성녀는 아버지를 보자 눈물부터 흘렸고, 사위 강만복은 장인이 어렵고 두려운지 머리를 조아렸다.

"죄, 죄송시럽구먼유. 지, 지도 농민군을 거시기 했어야 했는디, 아, 아부님이 편치 않으시구요. 농, 농사일도 이짝저짝 지천이어서… ."

"내 들어 알고 있네. 처갓집 식량까지 대느라 자네가 수고가 컸다는 걸. 병든 부친을 봉양하고 식솔을 먹이는 일은 농민군 일 못지않게 중한 일일세. 그러니 죄송하단 말은 말게. 딸자식은 출가외인이라 이제 강 씨 집안사람이네. 혹여 험한 일이 있더라도 잘 보살펴주게. 내 부탁하네."

"아이고, 듣잡기 송구시럽구먼요. 그런 말씀 더는 마십시오. 지가 열심을 다하여 장모님과 처제, 처남들을 다 살필 것이니 너무 염려 마십시오.

"자네 말을 들으니 크게 안심이 되는구먼. 고맙네."

이 소사는 남편과 사위가 주고받는 말을 들으며 남편이 곧 떠날 것을 알았다. 나흘째 되는 날 밤 남편이 그녀에게 말했다.

"내일 아침 일찍 떠났다가 아버님 소상 전에 돌아올 것이오."

그날 밤 그녀는 남편의 몸으로 파고들어 소리 죽여 흐느꼈다.

태인 동곡리의 집을 떠난 전봉준이 부안을 거쳐 정읍으로 간 것은 5월 17일이었다. 다음날 순변사 이원회가 전주를 출발해 정읍에 도착한다는 정읍 접주 손여옥의 연락을 받고서였다.

전주화약으로 농민군이 전주성에서 철수하자 조정에서는 호남에 내려 보낸 경군의 귀경을 서둘렀다. 토벌군을 물림으로써 청국과 일본에 농민군 진압이 끝났음을 알리고 저들의 군대가 주둔할 빌미를 없애려 한 것이지만, 당장은 일본군의 입경으로 불안해진 도성을 방위하기 위해 한시가 급한 일이었다. 조선정부는 전주성을 수복하자 청군과 일본군의 철병을 거듭 요청하였으나, 일본은 오히려 청군의 주둔을 빌미로 전주성을 수복한 다음날인 5월 9일에 1,050명, 그 나흘 뒤인 13일에 3,300명의 증원병을 인천에 상륙시켰다. 하여 조정에서는 순변사 이원회와 초토사 홍계훈에게 철병을 명하였고, 이원회는 군산에서 배편으로, 홍계훈은 공주를 거쳐 육로로 상경하기로 하였다.

5월 18일, 전봉준은 순변사 이원회에게 등장(等狀)을 올려 농민군의 무사귀가와 폐정개혁 약속을 지킬 것을 촉구하였다.

"… 집으로 돌아가 평안하게 생업에 종사하라는 이야기는 모두 백성을 속인 것입니다. 소원을 조목조목 나열한 대로 일이 되지 않으면 오늘 해산하더라도 내일 다시 모이는 것은 기약하지 않아도 올 일입니다. 이러한 형편을 양해하시어 특별히 국왕께 아뢰어 지극히 원통한 마음을 풀어주셔서 저절로 편안하게 생업에 종사하게 하여 주십시오. 엎드려 살펴주시길 바랍니다."

엎드려 살펴주길 바란다 하였으나, 기실 약속이 지켜지지 않으면 다시 거병하겠다는 협박이나 진배없었다.

군관

웃비 개인 저녁 하늘은 구름 한 점 없이 맑았다. 발그레한 노을이 전주성 밖 멀리 완산칠봉에 걸려 있었다. 어둠은 멀리에서보다 가까운 곳에서부터 내려앉는가. 전라 감사 김학진은 선화당 대청마루에 스멀거리는 어스름을 망연히 바라보고 있었다. 순변사와 초토사가 군사를 데리고 철수한 성안은 텅 빈 듯 조용했다. 이제 성안에 있는 군사는 강화병 200명. 남은 무기도 대포와 회선포 각 1좌뿐이다.

초토사 홍계훈은 동도와의 화약이 끝내 못마땅한 듯하였다. 홍계훈이 떠나기 전 남긴 인사말이 그랬다.

"순상께서 소장을 만류하지 않았더라면 내 기어코 놈들을 초멸하였을 것입니다."

어이없는 소리였다. 내내 동도 뒤꽁무니만 쫓아다니면서 조정에 청병 차병을 주청하였던 자가 아닌가. 그로 인해 청하지도 않았던 왜병까지 불러들인 꼴이 되었고, 다시 그들을 철수시키기 위해 왕명에 의해 서둘러 화약을 맺은 것이거늘 초멸이라니, 뒤늦게 무슨 흰소리란 말인가.

전주성을 수복하고 동도들이 해산하였는데도 청병과 왜병은 철수할 기미를 보이지 않고 있다. 특히 일본은 철병 거부의 이유로 호남

215

의 민요가 그치지 않았다는 구실을 내세운다 하였다. 저들이 군대 주
둔의 빌미로 삼기 위해 부러 과장하는 소리일 수도 있겠으나, 민요가
근절되었다고 할 수도 없는 일이었다. 대다수 동도들은 무기를 반납
하고 귀향하였다지만, 각 고을에서 보내온 전문에 따르면 여전히 수
십에서 수백 명에 이르는 무리들이 떼 지어 산간이나 외진 곳에 둔취
한다고 하였다. 동도들이 해산하면서 오히려 천인들과 무뢰배들이
동도를 가장하여 약탈과 방화, 굴총 등 작란을 일삼고 있다는 보고도
뒤따랐다. 그러다 보니 관과 동도들 간에 크고 작은 충돌도 이어질
수밖에 없을 것이다.

그렇다고 귀향자들을 체포하고 목을 베다니. 어렵게 이뤄낸 무국
(撫局)을 종내 깨려 함인가. 서둘러 각 고을에 관문(關文)을 보내 귀
화하는 동도들을 공격하지 말 것을 지시하였으나, 초토사의 군대가
철수했으니 이제는 오히려 관이 저들의 무력에 약세를 면치 못할 거
였다.

어찌할 것인가. 이원회와 홍계훈이 상경하였으니 호남의 무국, 즉
휴전화약의 국면을 유지해나가는 일은 오로지 자신에게 달려 있었
다. 한숨을 길게 내쉰 김학진이 종사관 김성규를 선화당으로 들라 하
였다.

김성규가 도포자락에 어스름을 묻히고 선화당으로 들어섰다.

"찾으셨습니까?"

"앉으시게. 동도에 보낼 효유문은 잘 되었더구먼. 종사관마저 없
었으면 내 무슨 일을 할 수 있을지 모르겠네."

"어인 말씀이신지요. 달리 하명하실 일이라도⋯."

"전봉준이 지금 어디에 있다 하던가?"

216

"정읍에서 순변사에게 등장을 올리고 장성으로 갔다고 합니다."

"장성이라, 사람을 보내면 만날 수 있겠는가?"

"암행(暗行)을 하는 것은 아니니 수소문하면 거소를 찾을 수 있을 것입니다만, 사람을 보내실 생각이십니까?"

"효유문에 군관 이용인을 보내겠다고 하지 않았는가? 이참에 이용인을 보내 직접 효유문을 전하고 전봉준, 그자의 답을 들어오라 하면 어떨까 해서. 종사관의 생각은 어떠하신가?"

"순상 각하의 뜻이 그러하시다면 그리 하시지요."

"허어, 내 종사관을 아랫사람으로 여기지 않거늘 어찌 그리 냉정히 말하시는가?"

김성규가 자세를 고쳐 앉더니 머리를 깊이 숙였다.

"송구하옵니다. 소인의 좁은 소견으로는 자칫 긁어 부스럼이 되지 않을까 염려되옵니다."

"긁어 부스럼이라니?"

"전봉준은 답하기 전에 반드시 폐정개혁을 요구할 것입니다. 하오나 폐정의 개혁은 거개가 조가(朝家)의 결정에 달린 일이옵니다. 과연 순상께서 감당하실 수 있을는지요."

"주상께서 화약을 독촉하신 만큼 조가에서도 무언가 움직임이 있지 않겠는가?"

"그럴 경황이 있겠습니까? 청병과 왜병을 철수시키는 일이 발등의 불인 지경에."

"그래서 더욱 전봉준, 그자의 답을 들어야 하네. 그자의 요구에 앞서 내가 묻고자 함이 급하네. 더 말하지 않아도 내 말이 무슨 뜻인지 종사관은 아시지 않는가?"

김성규가 머리를 조아렸다.

"각하의 고심을 깊이 헤아리지 못한 소인의 죄가 크옵니다."

"어허, 쓸데없는 소리. 내 뜻을 헤아렸으면 그만이지 죄는 무슨 죄. 나 또한 종사관의 염려를 모르는 바 아니나 우선은 저들을 안돈 (安頓)시켜야 하겠기에."

"이용인에게 내일 일찍 떠날 차비를 하라고 이르겠습니다."

"수하 대여섯만 데리고 은밀히 움직였으면 좋겠는데. 그리고 출발하기 전에 잠시 나를 보고 가라고 이르시게."

"그리하겠습니다."

이튿날 밤, 전봉준은 장성군 북이면 상곡 접주 공치선 가의 사랑채에 머물고 있었다. 전봉준이 잠자리에 들려고 막 등잔불을 끄려 하는데 사랑 툇마루 쪽에서 인기척이 났다.

"저, 공치선입니다. 완영에서 군관이 찾아왔습니다. 완백의 명을 받아 대장님을 뵈러왔다고 합니다. 민간의 복장을 했습니다만 말하는 것으로 보아 군관은 틀림없는 것 같습니다."

전봉준이 장지문을 열자 공치선의 뒤로 어둑한 몸체가 멀찍이 서 있었다.

"아니, 이 밤중에 완영의 군관이 오셨단 말이오?"

전봉준이 어리둥절해 툇마루로 나서자 어둑한 몸체가 성큼성큼 다가왔다.

"완영 군관 이용인이라고 합니다. 순상 각하의 명으로 선비님께 문서를 전하고자 왔습니다. 주위의 눈을 피하고자 야심한 시각을 택하였으니 양해하여주시기 바랍니다."

전봉준의 눈이 날카롭게 사내의 위아래를 훑었다. 도포에 갓을 쓴 선비 차림이었으나 키고 크고 어깨가 실팍한 품이 어둑한 속에서도 무관의 태를 비치고 있었다.

"내 영문을 모르겠소만, 아무튼 들어오시오. 행여 날 의심케 하지는 않는 것이 좋을 것이오."

"다른 생각이 있다면 이렇듯 평복에 단신으로 선비님을 뵈러왔겠습니까? 수행한 수하들은 이 댁에 들이지도 않았습니다. 그러하니 선비님께서도 주위를 물리어주시지요."

"허허, 객지의 잠자리에 누가 있다고 주위를 물린단 말이오."

저녁 내 함께 있던 송희옥과 최경선, 정백현은 방금 전 수행대원들이 묵고 있는 저막으로 가겠다며 일어섰던 터였다.

사랑으로 들어온 이용인이 품에서 두루마리 갱지에 쓰인 문서를 꺼내 전봉준에게 건네었다. 전봉준이 등잔의 심지를 키웠다. 전봉준은 등잔불에 비친 한 자 한 자를 꼼꼼히 읽어 내렸다. 읽기에 집중한 나머지 군관 이용인이 마주 앉아 있는 것도 잊은 듯했다. 이용인은 그런 전봉준의 무심함에서 오히려 위압감을 느끼고 있었다. 이용인은 숨소리조차 내지 못하고 전봉준이 갱지에서 눈을 들기를 기다려야 했다. 마침내 전봉준이 눈을 들었다.

"내 몇 가지 물어도 되겠소이까?"

전봉준의 쏘는 듯한 안광에 이용인은 목덜미가 서늘했다.

"문자 하셔도 본관이 과연 답할 수 있는 것이 있을지 모르겠습니다."

"아니, 그러하다면 단지 이 글을 전하고자 군관께서 전주 감영에서 이곳 장성까지 내려오셨단 말이오. 답할 것도 없이 그런 수고를 감당하였다 하면 순상의 뜻은 과연 무엇이오?"

"선비님의 답을 들어오라 하시었습니다."

이용인은 아랫배에 힘을 주었다.

"나의 물음에는 답할 것이 없고 다만 나의 답을 들어오라? 좋소이다. 먼저 나의 물음에 대해 답을 주시라 순상께 전하시오. 그런 다음 내가 순상의 하문에 답할 터이니 그 또한 전하시오. 그리하면 되겠소이까?"

"예, 예. 그리하지요."

전봉준의 오금을 박는 말에 이용인은 금세 기가 죽었다.

"순상께서는 우리에게 의심하지 말고 향리로 돌아가 생업에 종사하라고 하십니다. 그러나 나주목사와 금구현감은 귀향하던 농민들을 체포하고 참수하는 만행을 저질렀소이다. 순상의 말씀을 농민들이 믿고 따르려면 나주목사와 금구현감의 죄부터 물어야 하지 않겠소이까? 그리하여야 이 몸이 귀가하지 못하고 산야에 둔취하고 있는 군사들에게 해산하여 안업하라 종용할 수 있지 않겠소이까? 순상께서는 면리(面里)에 집강을 두어 억울한 일을 순영에 호소하라 하시었으나, 쌓이고 쌓인 폐정을 개혁하려면 관민 간에 협력이 이루어져야 할 것이외다. 그러자면 면리가 아닌 군현(郡縣)에 집강을 두어 우리 도인들이 폐정개혁에 참여해야 한다고 보는데 순상께서 그것을 허락할 용의가 있겠습니까? 이 두 가지 물음에 대한 답을 주시라 전해주시오.

다음, 순상 각하의 하문에 대한 나의 답은 이렇소이다.

위 물음에 대한 답을 주신다면 우리는 마땅히 농민들이 소지한 병기를 수거하여 각 군현에 반납하게 할 것이외다. 확약하건대 이 몸은 화약을 깨뜨릴 생각이 결코 없소이다."

전주성에서 퇴각한 농민군이 곧장 무장을 해제하고 모두 뿔뿔이 흩어져 귀향한 것은 아니었다. 농민군은 전주성을 비워주면서 초토사 홍계훈에게 병기를 모두 거두어 올리겠다고 하였으나 일부만 반납하고 다수는 소지하거나 지나는 길의 각 점(店)에 맡겨두었다.

농민군 1천여 명은 김제에 진을 쳤다가 그중 반은 전봉준을 따라 태인으로 이동하였고, 나머지 반은 손화중을 따라 무장으로 향했다. 또 김개남을 따르는 2천여 명은 태인을 거쳐 순창, 옥과, 담양 쪽으로 갔으며, 고부와 금구, 정읍, 장성 등지에도 무기를 반납하지 않은 농민군들이 수십, 수백 명씩 둔취해 있었다.

농민군의 무력은 전주성을 내어주되 호남의 열읍을 장악하여 스스로 폐정을 개혁하려는 전봉준의 의도를 담보하는 것이었다. 그러나 한편으로는 청병과 왜병이 계속 조선에 주둔하는 빌미가 될 수 있으니 무기를 숨기고 잠복하여 은인자중 때를 기다려야 했다. 하여 전봉준은 전주성을 나와 해산하는 농민군에게 이르기를,

"우선 잠시 행선지에서 안신(安身)하고 결코 망동(妄動)하지 말라. 경군과 청군이 비록 쫓아와 추격하더라도 상전(相戰)하지 말고 기일을 기다리라" 하였다.

그러나 김개남의 말처럼, 초토사가 내어준 물침표가 종이쪼가리에 지나지 않는다면 총칼을 쥔 손들을 어떻게 붙들어 맬 수가 있겠는가. 더구나 이제는 농민군을 통제할 지휘부가 존재하지 않았다. 엄격하던 농민군의 기율도 한번 고삐가 풀리면 다시 잡기 어려울 터였다. 하여 전봉준은 정읍에서 순변사에게 농민군의 무사귀가 약속을 지킬 것을 요구하고, 장성으로 옮겨와서는 전라 감사에게 폐정개혁의 실시를 촉구하는 등장을 올렸다. 그런데 뜻밖에도 김학진이 군관에 직접 효유문을 들려 보내 답을 요구한 것이다.

전주성으로 잠행하였던 전라 감사 종사관 김성규는 전봉준에게 폐정개혁안이 제대로 실행될 수 있도록 각 면 리 집강 자리를 농민군에 내어줄 수 있다는, 관찰사의 말씀을 전하여 올린다고 했었다. 김학진은 그 약속을 상기시키고 있다. 그러나 그것은 농민군의 활동을 면 리 단위로 묶어두려는 김학진의 의도였다. 전주성을 내어준 대신 호남을 장악하여 농민군의 손으로 폐정을 개혁한다는 전봉준의 의도와는 상충하는 것이었으니 군현을 줄 수 있는가?, 전봉준은 답에 앞서 그렇게 물은 것이다.

"군관이 보시기에 순상께서 이 사람의 물음에 답을 주실 것 같소이까?"

전봉준이 말소리를 눅였는데도 이용인은 긴장한 기색이 역력했다. 이용인은 가늘고 길게 찢어진 두 눈을 내리깔고 잠시 할 말을 생각하는 듯하더니 답하였다.

"그걸 본관이 어찌 알겠습니까만, 순상께서도 현시의 화평이 깨어지는 것을 원하지 않으실 것입니다. 그러하지 않다면 순상께서 본관을 이리 내려 보내셨겠습니까? 선비님의 답을 들어오라 하셨겠습니까? 이번 사또는 전관들과는 사뭇 다른 분이오니 믿으셔도 될 것입니다."

순간 이용인은 제 참월의 언설에 흠칫했으나, 전봉준은 얼굴을 활짝 폈다.

"그렇습니까? 그러시다면 이 사람은 군관의 말씀을 믿겠소이다."

천우협(天佑俠)

"다케다 한시라 하오이다."

"요시쿠라 오세라 합니다."

"다나카 지로입니다.

"소생은 니시와키 에스케입니다. 부산의 오자키 법률사무소에서 일하고 있는데 조선어를 익혀 말하고 읽을 수는 있으나 쓰기는 어렵스무니다. 의장(義將)께서 답답하시면 필담도 가능하시라 이렇게 지필묵을 준비해 왔스무니다."

다케다는 승려이고, 요시쿠라는 신문기자 출신이며, 다나카는 전직 교원이라고 소개한 니시와키가 작은 눈을 반짝이며 덧붙였다.

"하오나 현재는 의장을 도와 조선을 청나라로부터 독립시키는 데 작은 힘이나 보태고자 하는 천우협의 회원들이옵지요."

요시쿠라가 한지에 붓으로 天佑俠(천우협)이라 썼다.

"하늘이 도우는 협객이란 뜻이오?"

"에에, 그렇지요. 하늘이 도우는 협객 맞스무니이다. 맞아요."

니시와키가 염소수염을 흔들며 헤헤헤, 웃었다.

"협객이라 하면 귀국에서는 무사를 이르는 말로 아오만, 그렇지 않습니까?"

"에에, 사무라이. 도쿠가와 막부 시절에는 사무라이였지요. 허나 지금은 의기에 찬 호걸이란 뜻이지요. 그러니까 일본의 호걸들이 조선의 호걸이신 의장과 흉금을 털어놓고 이야기를 나누어보자 하여 이렇게 찾아온 것이무니이다."

"호걸이라? 나는 호걸이 아니오. 무장도 아니지요. 그저 선비로서 이 나라의 폐정을 개혁하기 위해 힘쓸 뿐입니다. 하여튼 어제 보내주신 금시계 선물은 잘 받았습니다. 모처럼 이렇게 만났으니 기탄없이 이야기를 나눠보십시다."

니시와키가 전봉준의 말을 통역하자 셋이 동시에 고개를 숙였다. 전봉준도 목례로 답하였다. 승려라는 다케다가 서필로 물었다. 잿빛 승복 차림의 다케다는 통통한 몸피에 얼굴색이 붉었다. 머리를 깎아 나이를 어림하기는 어려워도 마흔 줄은 되어보였다.

"의장께서는 농민군대를 이끌고 전주성을 점령하였으나 청군의 출병으로 부득이 퇴각하신 걸로 압니다. 그렇다면 이제라도 청군을 축출하고 청군을 끌어들인 민 씨 정권을 타도하실 생각이 없으십니까?"

전봉준이 잠시 다케다의 붉은 얼굴을 쳐다보다가 붓을 들었다.

"나는 오로지 이 나라의 폐정개혁을 위해 부득이 군사를 일으켰을 뿐이오. 청군이 출병하여 퇴각한 것이 아니라 이 나라 조정에서 폐정개혁을 약속하였기에 귀화한 것이외다."

"민 씨 정권이 폐정개혁 약속을 지키리라고 생각하십니까?"

신문기자 출신이라는 요시쿠라가 그렇게 썼다. 요시쿠라는 남색 도포에 갓을 쓴 조선 선비 차림이었다. 서른 중반쯤 되어보였는데 눈매가 날카로웠다. 전봉준이 입 끝에 웃음을 매달며 답을 썼다.

"선생은 겉보기에 조선 사람과 같습니다만 속은 일본인이지요. 겉과 속이 같을지는 두고 보아야겠지요"

"우리가 보기에는 약속을 지키기 어려울 것이무니다. 왜냐하면 농민군이 요구한 개혁안을 받아들이는 것은 민 씨 정권이 스스로 제 기반을 허물어뜨리는 것이니까요. 민 씨 정권은 자신들을 지키기 위해 청군을 불러들인 것이 아니무니까?"

니시와키가 득의에 찬 표정으로 잘라 말했다. 전봉준이 니시와키의 작은 눈을 쏘아보다가 짧게 물었다.

"그렇다면 귀국의 군대는 누가 불러들인 것이오?"

니시와키가 움찔하며 전봉준의 말을 통역하자 셋이 약속이나 한 듯 얼굴을 마주보더니 잠시 후 요시쿠라가 붓을 들었다. 요시쿠라는 꽤 오랫동안 서장을 채웠다. 일본군의 파병은 10년 전의 톈진조약에 의한 것으로 국제법에 따른 것이며, 조선에 나와 있는 공사관원과 상인들을 보호하려는 목적 외에 다른 의도는 없다는 것, 일본은 자주독립국 조선을 속국으로 여기는 청나라의 군대를 철수시켜 이웃인 조선의 평화를 유지하려는 선한 의지를 가지고 있다는 것, 우리 천우협은 불의에 맞서 싸우는 의장을 도우려는 순수한 마음으로 내방한 것이라는 내용이었다.

전봉준이 서장에서 눈을 떼고 세 사람을 둘러보았다.

"선생들의 마음을 믿소이다. 귀국의 뜻 또한 그러하리라 믿고 싶소이다. 다만 그 뜻이 진정 평화를 위한 선한 의지라면 청군과 함께 일본군도 한시 빨리 이 나라에서 철수해야 할 것입니다. 우리 농민군대는 이미 해산하였고, 앞으로도 청군은 물론 일본군과도 싸울 의사가 없소이다. 나는 단지 귀향한 농민군을 안착시키고, 폐정개혁을 독려하기 위해 열읍을 순행하고 있을 뿐 다른 생각을 할 여력이 없으니 공들의 고마운 뜻도 사양할 도리밖에 없습니다. 나는 선비이자 동학도로서 보국안민을 위해 일어섰을 뿐 권력을 탐하지는 않습니다."

셋 중 가장 젊어 뵈는 다나카는 군인처럼 다부진 몸을 하고 있었는데 니시와키가 통역을 하는 동안 귀를 세우고 있던 그는 통역이 끝나자 재빨리 붓을 들어 썼다.

"의장의 고매한 정신에 감복하였습니다. 하오나 무력이 없는 정신만으로는 그 뜻을 이루기 어려울 것입니다. 의장께서 원하시면 저희가 신식 무기와 화약을 지원해드리겠습니다."

전봉준이 부드럽지만 단호하게 말했다.

"거듭 말하지만 나는 누구와도 전쟁을 할 생각이 없소이다. 그러니 공들의 지원 또한 필요치 않습니다. 더는 할 이야기가 없을 것 같소이다."

니시카와가 다케다에게 전봉준의 말을 전하자 다케다의 붉은 얼굴이 좀더 벌게졌다.

"의장의 뜻이 정 그러하시다면 물러갈 밖에요. 허나 언제든 도움이 필요하면 연락을 주시오. 우리 천우협이 큰 힘이 될 것이오이다."

셋이 자리에서 일어서자 전봉준이 따라 일어서며 말했다.

"우리가 동학의 책자와 약간의 노잣돈, 그리고 짚신과 옷가지 등을 마련하였으니 작은 성의로 받아 가시기 바라오."

"예, 의장의 성의를 감사히 받겠습니다."

니시오카가 고개를 숙여 예를 표하였지만 다케다의 붉은 얼굴은 검게 변해 있었다.

전봉준이 장성에서 담양을 거쳐 순창에 도착한 것은 어제, 6월 5일 미시경이었다. 순창 접주 이사문이 옛 향교 자리에 제중의소(濟衆義

所)를 차리고 집강을 맡고 있었는데, 늦은 점심을 먹고 일어서려던 차에 왜인들이 면담을 청한다는 전갈이 온 것이었다. 남원에서 왔다는 심부름꾼은 왜인들이 보낸 선물이라며 금색 테를 두른 시계를 전하였는데 시계 뒷면에는 '天佑俠'이라는 글자가 새겨져 있었다. 그렇게 해서 이루어진 왜인들과의 면담이었다.

왜인들이 돌아가자 송대화와 정백현이 이사문을 앞세워 방으로 들어왔다.

"저자들이 뭐라 합니까?"

자리에 앉으며 송대화가 물었다.

"자기들과 힘을 합쳐 청군을 축출하고 민 씨 정권을 무너뜨리자고 하는구먼."

전봉준이 남의 말 하듯 심상하게 답하자 이사문이 빠르게 끼어들었다.

"그래, 뭐라 답하셨습니까?"

전봉준이 빙그레, 웃어보였다.

"뭐라 답하긴, 그럴 생각이 없다고 하였소."

그러나 송대화와 이사문은 여전히 어안이 벙벙한 모습이었다. 정백현이 그런 두 사람을 곁눈으로 훔쳐보고는 전봉준에게 눈을 주며 말했다.

"저자들은 일본의 첩자들이 분명합니다. 대장님의 속을 떠보고 충동질을 하려온 것 아니겠습니까?"

"충동질이라니? 그게 먼 소리여?"

송대화가 묻는데, 전봉준이 대신 답했다.

"맞네. 저들은 우리를 부추겨 청나라와 전쟁을 벌이려는 속셈일 것이야."

"청과 일본이 전쟁을 하는데 농민군을 부추기다니요?"

이사문이 고개를 갸웃거렸다.

"저들은 내게 청군을 축출하고 민 씨 정권을 무너뜨리자고 했소이다. 우리와 함께 청군을 몰아내자고 하는 소리가 무엇이겠소? 청과 전쟁을 벌이자는 게 아니겠소이까?"

"아무렴, 왜놈들이 청국의 적수가 되겠습니까? 그러니 우리 힘을 쪼깨라도 빌리자는 게 아닐까요?"

송대화가 제 말이 그럴듯한지 제풀에 고개를 끄덕였다. 전봉준이 눈썹을 찡겼다.

"우리 힘을 빌리다니? 아무렴 우리가 왜인들과 손을 잡겠나? 그런 소리는 입에 올리지 마시게. 하기야 한낱 낭인들에 불과한 자들의 말에 일일이 신경을 쓸 필요는 없을 것이야. 다만 일본의 움직임을 소상히 알 수 없으니 그것이 답답해. 전주에서라도 소식을 자주 알려주면 좋겠네만. 허어, 참."

짧게 쓴 입맛을 다신 전봉준이 말문을 돌렸다.

"그건 그렇고 이곳 순창 수령은 어떤 인물이오?"

이사문이 제꺽 답했다.

"이곳 사또는 여느 고을 수령에 비한다문 청리(淸吏)라 헐 만허지요. 군민들도 사또 칭송이 여간합니다. 지난달에 사또가 그만 두겠다고 혔는데 이서들과 군민들이 나서서 붙잡았을 정도면 호남 고을에서 드문 일이지요. 이 사람도 처음에는 동도를 비적으로 지목하고 수성군으로 하여금 토벌하려 혔는데 전라관찰사가 관민상화를 말하자 맘을 돌려먹었다고 헙니다. 아무튼 간에 이곳 순창은 관과의 협조가 무난한 편이지요. 일전에도 요호에 난입한 무뢰배들을 여그 동몽들이 붙잡아 관아에 넘겼습니다."

둥근 얼굴에 눈매가 서글서글한 이사문이 전봉준에게 말하고는 어깨를 으쓱했다. 그동안 전봉준이 누차 이른 대로 집강소를 반듯하게 운영하고 있지 않느냐는 몸짓이었다.

"이 접장께서 노고가 많았소이다. 다들 이 접장처럼만 한다면야 무슨 걱정이 있겠소이까?"

"하이고. 저야 대장님 말씀을 따를 뿐이지요."

"그나저나 이곳 군수 함자가 어찌 되오?"

"이(李) 자 성(聖) 자 렬(烈) 자이지요."

"이성렬 씨라. 모든 고을의 수령들이 이곳 이성렬 씨 같으면 오죽이나 좋겠소. 내 한 번 인사를 드려도 되겠소이까?"

전봉준이 빈말이 아니라는 듯 진득한 눈빛을 하자 이사문이 두 눈을 크게 뜨며 고개를 저었다.

"다른 고을 수령들보다 낫다고는 허지만 접주님을 반기기까지야 하겠습니까? 시방은 제 처지가 궁박하여 협조를 한다고는 허지만 그 속이 편치는 않아 보였습니다."

"그렇소이까? 뭐 그렇다면 굳이 인사까지 드릴 필요는 없겠구려. 허나 이만큼 협조를 하는 것도 어려운 일이니 관계를 좋게 갖도록 하시오."

"여부가 있겠습니까. 무난할 터이니 염려 마십시오."

담양에서 순창으로 오는 길에 최경선은 나주로 내려가고, 송희옥은 전주로 올라갔다. 최경선은 나주로 갔다가 광주의 손화중을 만나 이쪽 소식을 전하고, 그쪽의 사정을 살피기로 하였다. 송희옥은 근거가 있는 전주 구미리에 자리를 잡고 조정의 소식과 청일군의 동향 등 정보를 모으기로 하였다. 대신 고부 죽산리 송두호의 장남으로 농민군 훈련대장을 맡았던 송대화가 수하 스무 명을 이끌고 전봉준을 호위하였다.

전봉준은 순창으로 오기 전 담양에서 의소(義所) 명의로 포고문을 내었다.

" … 도인이라 칭하면서 본업인 농업에 힘쓰지 아니하고 민심을 선동하면 이가 곧 난도(亂徒)이다. 지금 이후부터는 화해하고 근신하여 다시는 죄를 범하지 말아야 한다. 만일 이같이 포고한 뒤에도 준행하지 않으면 법에 따라 조처할 것이다. 후회하는 일이 없기 바란다. "

이는 장성으로 군관 이용인을 내려 보낸 전라 감사 김학진의 성의에 상응하는 것이기도 하였지만, 실제 호남 곳곳에서 벌어지고 있는 작난(作亂)은 결코 전봉준이 바라는 바가 아니었다.

전주성에 주둔하던 순변사와 초토사의 군대가 귀경하자 농민군들은 각 읍으로 흩어져 제각각 도소를 차리고 세를 불려나갔다. 5월 말에 이르자 농민군은 면(面) 리(里) 단위가 아닌 군(郡) 현(縣) 단위의 집강소를 설치해 실질적인 행정권을 장악해나가고 있었다. 고을의 수령들은 거개가 숨거나 달아나버렸고, 있다고 해도 실권은 집강소 수장인 집강에게 넘어갔다. 눈치 빠른 이서들은 재빠르게 농민군에 동헌을 내어주었다.

동학 접주인 집강은 농민들이 임명한 수령(守令)이었다. 그러나 일률적인 지휘나 체계가 없다보니 집강소는 고을 사정에 따라, 또는 접주 개인의 성향에 따라 그 운영이 제각각이었다.

집강소를 설치한 농민군은 탐관오리를 색출해 징계하는 일부터 시작했다. 탐학한 이속에서부터 수령에 이르기까지 곤장을 치고 주리를 틀었다. 그것은 농민군이 천명한 폐정개혁의 대의에 비추어 마땅한 일이었다. 농민들의 고혈을 짠 악질 토호와 불량한 양반을 치도곤하고 재산을 빼앗았다. 그 또한 일정 정도 피할 수 없는 일이었거니와 농민군이 몰수하거나 헌납토록 한 재산의 대부분을 빈민 구휼에 썼으니 안민(安民)의 대의에 부끄러움이 없을 거였다.

집강소는 3정의 문란을 바로잡고 본래 제도대로 시행하는 데 힘을 기울였다. 무명잡세를 철폐하고, 장리(長利)로 원금의 몇 배를 물리는 악질 양반, 토호들의 고리채를 탕감토록 하였다. 전운영의 폐단을 금하게 하고 군산, 강경, 줄포 등지에서는 왜상(倭商)을 금압해 미곡의 대외 유출을 막기도 하였다. 노비문서를 불태워 종량(從良·노비를 양인으로 만드는 것)케 하고, 누백 년간 씌워졌던 천민의 굴레를 벗겨 평민과 같은 대우를 하도록 하였다.

이러한 움직임이 조직적, 통일적으로 이루어진 것은 아니었고, 고을 사정과 접주의 성향에 따라 그 방법에 편차가 작지 않았다고는 하여도, 그 내용은 대체로 농민군이 전주성에서 물러나며 요구했던 폐정개혁안을 스스로 실행에 옮긴 것으로 반(反)봉건 개혁의 대의에 따른 것이었다.

문제는 농민군이 실제 각 읍을 장악하고 관리와 부자, 양반을 징치하자 그 기세에 가탁한 자들이 부리는 횡포였다. 물 한 그릇 떠놓고 한자리에서 수백 명씩 동학에 입도한 그들은 거의가 소농과 빈농, 노비와 천민들로서 길에서 양반의 갓을 찢고 조롱하거나, 부잣집으로 몰려가 재물을 빼앗고, 지주가의 무덤을 파헤치는 악행을 서슴지 않았다. 심지어는 악질 양반의 대를 끊어야 한다며 양반가 자식의 불알을 깐 일도 있었다고 했다. 저들은 그렇게 자신들의 묵고, 쌓이고, 원통하고 분한 기운을 풀어버리는 일에 열심이었다. 거기에 일부 농민군과 합세한 무뢰배들이 관아와 요호를 습격하는 일까지 마다하지 않으니 그야말로 난도(亂徒)가 아니고 무엇이랴.

그 통에 고을의 양반, 유생들은 집을 떠나 피난하였고, 지주와 부호들의 농민군에 대한 반감은 적대감으로 치닫고 있었다. 그것이 비록 저들의 뼛속 깊은 계급의식의 한계일지언정 언젠가는 보국(輔國)과 척사(斥邪)의 대의로 함께할 대상이었으니 난도들의 작란은 그 실낱같은 연대의 끈마저 잘라버리는 것이었다. 김개남은 원평에서 임금의 선전관 목을 벰으로써 연대의 가능성조차 부정했으나, 전봉준은 전에 옹택규가 지적했듯이 양반이나 유림 모두를 적으로 돌려세우는 어리석음은 피해야 한다고 생각하고 있었다.

난도들의 작란이 전주화약 이후 불안정한 정세를 악화시킬 것 또한 불을 보듯 훤한 노릇이었다. 그 경위가 어떠했든 청국과 일본에 출병의 구실을 주지 않기 위해 맺은 화약이었다. 그리고 이제는 이미 조선 땅에 들어온 청군과 일본군을 내보내기 위해 요구되는 호남의 화평이었다. 그러자면 청·일군이 주둔할 빌미를 없애기 위해서라도 농민군의 사적(私的) 설분(雪憤) 행위와 그에 편승한 무뢰배들의 약탈을 금단하는 일이 시급하였다.

하지만 전봉준의 힘만으로는 저들을 금단할 수 없었다. 농민군 총대장이었다고는 해도 농민군이 해산한 후에는 일개 접주에 지나지 않았다. 장성 접주 공치선의 말대로 접이 다르고, 포가 다르고, 연원이 다른 접주들이 전봉준의 영에 따르리라는 것도 기대난망이었다.

잠시 담양에서 내었던 포고문을 떠올리던 전봉준이 이사문에게 말했다.

"내일 아침 전라관찰사에게 등장(等狀)을 올려야겠소이다. 이곳 선비들의 이름을 빌려야 할 터인데, 그럴 만한 사람이 있겠습니까? 날랜 말도 준비됐으면 하오만."

"몇 사람이면 되겠습니까?"

"글쎄요. 세 사람 정도면 되겠지요."

"그 정도면 염려 마십시오. 지가 당장 알아보지요. 또 역마까지야 어렵습니다만 말 한 필 마련하는 것은 어렵지 않습니다."

이사문이 선선히 답하고 일어서자, 전봉준이 송대화에게 일렀다.

"내 등장과 함께 서찰을 써줄 터이니 전주 구미리 송희옥 씨에게 전하면, 그 뒤는 그쪽에서 알아서 할 것이네."

그날 저녁 늦게 전봉준의 구술에 따라 정백현이 쓴 등장의 내용은 관의 협조를 받아 무뢰배들의 약탈과 설분행위를 금단하겠다는 것이었다. 아울러 귀향하는 농민군을 형살(刑殺)한 나주와 금구 수령의 파직을 요청하였다.

"무뢰한이라 한들 옥석을 쉬이 가릴 수 있겠습니까? 또 관에서 나선다면 공연한 분란만 일으키지 않을지 걱정입니다."

전봉준과 자신, 그리고 순창지역 도인 셋의 이름이 연명된 등장을 읽은 송대화가 낯빛을 흐렸다.

"감영에서 무리야 하겠는가? 원평의 김덕명 선생과 광주의 손화중, 정읍의 손여옥, 고부의 김도삼, 그리고 전주로 올라간 송희옥도 애써 움직일 것이니 차츰 조용해지겠지. 나는 도리어 나주목사 민종렬과 금구현감 김명수의 파직을 전라관찰사에게 재차 요구한 것이야. 일단 관찰사에게서 어떤 답이 올지 기다려보세."

송대화는 고개를 끄덕였지만 여전히 미진한 기색이었다.

"김개남 접주와 협조가 되어야 하지 않겠습니까?"

전봉준이 쩝, 혀를 찼다.

"또 그 소리인가? 협조할 게야. 너무 염려 말게. 그나저나 김 접주는 지금 어디에 있다고 하던가?"

"여기 순창을 거쳐 낙안, 순천으로 해서 보성 쪽으로 가셨다고 하더이다."

"이달 하순쯤 남원으로 들어갈 것이야. 내가 아버님 소상을 치르고 남원으로 가 만나볼 생각이네."

"어르신 소상 날이 얼추 되었지요? 저는 그만 깜박했습니다. 죄송하구먼요."

"죄송하다니? 송 두령 춘당(椿堂)께서 내 부친을 거두어주시지 않았다면 어디 묘라도 제대로 쓸 수 있었겠는가? 춘당께 큰 은혜를 입은 데 이어 그 자제분에게도 이리 의탁하고 있으니 내 부자(父子) 분에게 송구할 따름일세."

거구의 송대화가 펄쩍 뛸 듯 엉덩이를 들었다 내렸다.

"하이고. 의탁이라니요? 참으로 듣기 면구하구먼요. 지가 대장님 모시는 것이 영광이지요. 다시는 그런 말씀 허지 마십시오. 그나저나 언제 태인으로 올라가시렵니까?"

"소상일이 이달 스무하루이니 그에 맞추어 가면 되겠지. 광주에 가서 손화중 씨를 만나보고 올라갈 생각이네."

이틀 후 전라관찰사 김학진이 전봉준이 순창에서 올린 등장에 답하기를, 농민군 스스로 집강을 선발하고, 그들로 하여금 무뢰배를 단속하게 하는 일을 허락한다 하였다. 이는 농민군의 자치적 활동을 인정한다는 뜻이 아닌가. 김학진은 또한 나주와 금구 수령에 대해서는 추후 적절하게 처리할 것이라고 하였으니, 전봉준의 요구를 가벼이 듣지 않는 것은 분명했다.

그래, 이제 집강소를 통해 폐정개혁을 차근차근 실행해나가야 한다. 절차에 따라 합법적으로. 관찰사의 제안대로 읍폐 중 작은 것은 해당 지방의 수령에게 알려 고치고, 큰 것은 감영에 알려 고치는 방법으로. 그렇게 하면서 조금씩이나마 농민군 자치의 토대를 마련할 수 있다면 전주성에서의 물러남을 그 누가 귀화라 할 것인가.

전봉준은 한결 가벼워진 발걸음으로 순창을 떠나 옥과로 향하였다.

허나 전봉준의 생각은 누년에 걸쳐 억압과 수탈에 시달려왔던 농민군의 정서와는 괴리가 클 수밖에 없었다. 대부분 상민과 천민, 소농과 빈농 출신으로 이루어진 농민군의 바닥 민심은 지주와 양반, 관리에 대한 원한과 반감, 복수란 원초적 감정이 지배하고 있었다. 하여 차근차근 법과 절차에 따르는 개혁이란 기실 혁명보다 어려운 일이었으니, 그 무렵 호남좌도를 거쳐 가며 서릿발 같은 기세로 부패한 관리와 포악한 토호, 양반을 징치한 김개남은 그런 이치를 체득하고 있었던 것일까.

조선왕궁을 점령하라

일본공사 오오토리가 5개 항의 내정개혁안을 들이밀고 일주일 내 답을 달라고 닦달한 것이 열흘 전이었다. 어찌해야 할지 결정을 내리지 못하고 우왕좌왕(右往左往), 좌고우면(左顧右眄) 하는 새 나흘이 지나갔고, 다시 오오토리의 성화같은 독촉을 받고서야 조정은 내무독판 신정희, 협판 김종한, 조인승을 내정개혁 교섭위원으로 임명하였다.

그러나 6월 8일, 남산 기슭의 노인정(老人亭)에서 개최된 첫 회합에서 오오토리가 내놓은 개혁방안은 그 첫째 조항부터 신정희 등으로서는 섣불리 입에 올리기조차 난감한 것이었으니, 즉 중앙정부의 제도를 뜯어고쳐 세도집권을 폐지하라는 것이었다. 민 씨 세도의 폐해를 근절하라는 것은 중전을 정점으로 하는 척족세력을 몰아내라는 것이 아닌가.

오오토리는 이와 함께 내외정무와 궁중사무를 구별하여 궁중 일을 하는 관리는 일절 정무에 간섭하지 못하도록 할 것, 국가에 대신하여 그 직무를 다할 수 있는 대신이 나서 외교를 주재할 것, 종전의 격식을 타파하여 널리 인재를 등용하도록 문호를 개방할 것, 매관매직을 근절할 것, 관리의 수뢰(受賂)와 색전(索錢) 등 부정부패의 악습을 엄금할 것, 서울과 중요한 항구 사이에 철도를 부설하고 전국 중요한 성시(城市)로 통하는 전신을 가설할 것 등 7개 항을 긴급을 요하는 항목으로 정하고, 조선정부가 3일 이내에 의결하고 10일 이내에 결행할 것을 요구하였다.

비록 중앙정부와 지방의 제도 개정 및 인재 채용, 재정 정리와 부원(富源) 개발, 법률 정돈과 재판법 개정, 군대 정비와 경찰 설치, 교육제도 확정 등 전체 5개 조 27개 항의 내정개혁안은 판중추부사 김홍집의 말대로 '당행지사'(當行之事)였다 하더라도 그중 7개 항을 따로 떼어내 사흘 내 결의하고 열흘 내 실행하라는 것은 내정간섭을 위한 강압이요, 억지가 분명하지 않은가. 하여 다음날 회합에서 신정희는 단호하게 거절하였다.

"귀국 측이 아국의 내정개혁을 두고 기한부로 실행을 촉구하는 것은 내정간섭이 명백합니다. 설사 어떠한 사태가 발생한다고 하여도 이는 수락할 수 없소이다."

신정희의 강경한 자세에 오오토리는 한 발 물러서는 듯했다.

"기일을 정해 실행을 요구한다고 해도 이는 어디까지나 권고일 뿐 듣고, 듣지 않고는 귀정부의 권한에 속하는 일입니다."

그러나 오오토리는 덧붙여 강박하였다.

"귀 정부가 만일 실행불가능이라고 한다면 이는 우리의 요구를 거절하는 것으로 간주할 것이오."

그날 밤 긴급히 열린 어전회의에서 신정희가 오오토리에게서 받은 내정개혁안을 설명하자 임금이 중신을 둘러보았다.

"경들은 어찌 생각하시오? 사흘 내에 결정하고 열흘 내에 실행하라니? 대체 일본 공사가 얼마나 우리 조정을 가볍게 보았으면 이런 망발을 할 수 있단 말이오?"

편전을 밝힌 전깃불은 밝았지만 중신들의 얼굴은 어두웠다. 영의정 심순택이 더듬거리며 입을 떼었다.

"신, 개혁안 책자를 잠시 보았습니다만 …."

우의정 정범조도 같은 말을 우물거렸다.

"신도 받은 책자를 잠시 보았습니다."

임금의 입시울이 경련했다.

"보았다, 보았다. 그것이 답이란 말이오? 고작 그것이 … ?"

판부사(判府事) 김홍집이 고개를 들었다.

"전하, 대개 당연히 행하여야 할 일인 듯하옵니다."

좌의정 조병세가 김홍집의 말을 받았다.

"모든 일은 성심(聖心)의 굳건한 결정에 달려 있습니다."

임금이 고개를 젖혔다 세우며 짧은 숨을 뱉어냈다.

"으음, 어쩔 수 없구려. 개혁을 서두를 수밖에."

이때에 영돈령(領敦寧) 김병시가 임금의 결심에 제동을 걸었다.

일찍이 갑신년 정변 때 사대당원(事大黨員)으로서 김옥균, 박영효 등의 개화파 인사를 몰아내고 우의정, 좌의정을 역임한 노(老) 대신은 이제 환갑을 넘긴 나이로 홀쭉한 양 볼에 드문드문 검버섯이 피고 몸피가 줄어 관복이 헐렁하게 내려앉았으나 목소리만은 아직 카랑카랑하였다.

"저들이(일본이) 천하에서 가장 강한 나라가 아니면서도 무엇을 믿고 남의 나라 도성에 들어온 것입니까? 정세와 형편을 갈수록 헤아리기 어려우니, 이것이 어찌 까닭 없이 그러하겠습니까? 외무총리대신에게 물어봐도 모르겠다고 말하니 그걸 아는 사람은 누구란 말입니까? 근래 각국 공관에 통섭(通涉·널리 통함)하는 사람이 많고 매번 불러 접대하는 자가 있다고 합니다. 그런데도 유독 이 일에 대해서만 정황을 모른다고 하니 더욱 놀랍습니다. 금일 전하께는 신하도 없고 백성도 없는 것입니다. 조정에 만일 사람이 있다면 저들이 어찌 감히 이렇게까지 제멋대로 할 수 있단 말입니까? 만약 우리나라가 무단으로 군대를 거느리고 일본의 도성에 갑자기 들어가면 저들도 한마디 말이 없겠습니까? 그러므로 신하가 없다고 말하는 것입니다. 호남의 백성을 살육한 것 때문에 그 지방 백성뿐 아니라 팔도 백성의 마음이 모두 떠났습니다. 그러므로 백성이 없다고 말한 것입니다. 신하가 없고 백성이 없는데 전하가 홀로 어떻게 나라를 운영하겠습니까?"

김병시는 감히 임금에게 신하도 없고 백성도 없다고 힐난(詰難)하였다. 그러나 임금은 안색을 붉혔을 뿐 노대신의 불같은 직언을 제어하지 못했다.

이틀 후 열린 제3차 노인정 회의에서 오오토리가 내정개혁 시행기한에 대한 조선 측 태도를 명시할 것을 요구하자 신정희가 답하였다.

"기실 조선정부도 지난 10년 이래로 내정개혁의 필요성을 느껴 착수를 하기도 하였으나, 그 실효를 보기 전에 남도의 난이 생기고 모든 일이 어수선하여 여의치 못하였습니다. 그러나 차제에 개혁을 단행하지 않을 수 없다는 쪽으로 조정의 뜻이 모였고, 국왕의 엄중한 칙령도 내렸으며 마침내 교정청이 설치되어 위원까지 임명하였으니 불원간 정치의 일신(一新)을 볼 수 있을 것입니다. 그런데 이제 귀 공사가 대군을 주둔시켜놓고 기한을 작정해서 개혁의 실행을 독촉하는 것은 내치에 간여하는 혐의가 있으며, 따라서 수호조규(守護條規) 제1조의 취지에도 부적합합니다. 뿐만 아니라 우리 정부가 귀

공사의 청구에 응할 때에는 우리나라와 조약을 맺은 여러 나라가 균점의 예에 따라 제각각 별의별 주문을 다 하게 될 터이니, 조선국은 자주의 체면을 손상할 우려가 있습니다. 귀 공사는 우선 군대를 철수시키고 우리에게 준 을호안(乙號案・기한을 정해 실행을 촉구한 문서)을 거두어주기 바랍니다."

다음날 외무독판 조병직은 오오토리에게 공한(公翰)을 보내 거듭 선(先)철병을 요구하였다. 조선의 개혁은 교정청이 중심이 되어 확실하게 행할 것이니 일본군부터 철수시키라는 것이었다.

"이런 무지한 자들 같으니라고. 정세가 어떻게 급변하는지도 모르고 여전히 이홍장만 바라보고 있는 꼴이라니 …. "

조병직의 공한을 내팽개친 오오토리가 서늘하게 웃었다. 어차피 조선정부의 내정개혁 실행은 무츠나 자신이나 별 관심이 없는 사안이기는 마찬가지였다. 다르다면 무츠가 오로지 철도 부설권과 전신 가설권 같은 이권에 흥미를 보였다면, 오오토리 자신은 그래도 조선의 개화를 위해 도움을 주고 싶다는 일말의 동정심은 있었다. 하기야 결코 받아들일 수 없는 기한을 못 박아서 강요하였으니 결과야 마찬가지겠지만. 오오토리는 웃음을 지우고 생각을 정리했다.

정세의 흐름은 일본 편에 있었다. 6월 8일, 영국이 주선한 청일회담은 간단히 결렬되었다. 영국은 조선의 내정개혁에 일본과 청국이 공동으로 간여하는 조정안을 내놓았으나 청은 일본군의 철수를 그 선결조건으로 내놓았다. 이미 일본이 완강히 거절했던 안을 선결조건으로 내민 이상 회담을 지속할 필요는 없었다. 일본은 청에 제 2차 절교서를 수교(手交)하였다. 6월 10일 무츠는 오오토리에게 다음과 같은 내용의 영문(英文) 훈령을 타전했다.

"북경에서의 영국 측 중재가 실패한 만큼 이제는 단호한 조치를 행할 필요가 있습니다. 그러니 각하는 충분히 주의하여 세계 이목의 비난을 초래하지 않을 정도의 구실을 택하여 실제 행동을 개시하기 바랍니다."

호재(好材)는 이어졌다. 6월 12일, 신(新) 일·영 조약이 체결된 것이다. 이는 해묵은 과제였던 조약개정 노력의 성과이자 조선 문제 해결책에 있어 영국이 일본 편으로 돌아선다는 것을 의미했다. 5월 하순 이래 일본의 대한(對韓) 정책에 강하게 간섭하던 러시아도 웬일인지 한풀 기세가 꺾여 있었다.

이틀 후 무츠가 외무성 참사관을 직접 경성으로 파견하여 오오토리에 밀서를 전달했다.

"청·일의 충돌을 재촉하는 것이 오늘의 급무인즉 이를 단행하기 위하여 어떠한 수단이라도 취해야 할 것입니다. 일체의 책임은 나 무츠가 질 터인즉 각하는 추호도 속으로 염려할 필요가 없습니다."

불과 일주일 사이에 전개된 급속한 변화였다. 그런데 조선정부는 아무것도 모르고 일본군의 선(先) 철병만 되뇌고 있다. 그렇다면 이제는 러시아의 간섭으로 일시 유보했던 개전책(開戰策)을 속전속결로 시행하는 일만 남았을 뿐이다.

6월 16일, 오오토리는 외무독판 조병직에게 공한을 전달해 일본군 철수를 거절했다. 내정을 개혁하지 않으면 민란이 근절되지 않을 것이고, 민란이 근절되지 않는 한 일본군 주둔은 불가피하다는 이유였다.

6월 18일, 오오토리는 조선정부에 청군 퇴거와 조청상민수륙무역

장전(朝淸商民水陸貿易章典) 등 과거 조선과 청국 간에 맺은 통상조약의 폐기를 요구하였다. 회답 기한은 이틀. 시한부 최후통첩이었다.

청국이 파병하면서 조선을 보호 속방(屬邦)이라 하였으니 이는 조선과 일본이 평등한 자주국임을 천명한 강화도조약의 정신에 위배되는 것으로 조선정부는 마땅히 청군을 국경 밖으로 내쫓아 자주국의 위신을 세워야 할 것이요, 청국이 보호국으로서 조선과 맺은 통상조약은 원천무효이니 당연히 폐기되어야 한다는 억지논리였다. 오오토리는 또 자신이 권고한 전신 문제에 대해 조선정부로부터 답이 없다며, 일본군이 직접 경부(京釜) 군용전선을 가설한다고 일방 통고했다.

이날 새벽, 일본의 심상치 않은 움직임에 두려움을 느낀 주한 청국 총리 원세개가 인천으로 달아나 선편으로 귀국하였다. 조선의 조정을 10년 넘게 쥐락펴락하던 '감국 대신' 원세개의 초라한 도피였다.

6월 20일, 조선정부가 오오토리의 청군 퇴거 요구에 회답을 보냈다.

"조선은 자주적이며, 강화도조약을 위반한 적도 없으며, 청병의 출병은 조선의 요청에 의한 것이나 반란 진정 후 철병을 요구하고 있는데도 귀국처럼 철병하지 않기 때문에 고심하고 있습니다."

회답을 본 오오토리가 하하하, 웃었다.

조선정부가 어떠한 회답을 하건, 기한을 넘기고 회답을 하지 않건 간에 '조선왕궁에 대한 위협적 운동계획'은 이미 확정되지 않았던가.

조선 왕궁을 점령하라!

입궐

비가 내렸다. 삼각산 봉우리에는 먹장구름이 어둠보다 짙게 내려와 있었다. 빗줄기가 운현궁 전각들의 검은 기와를 타고 흘러내렸다. 대원군은 노안당(老安堂)에 있었다. 노년을 편히 보내라는 뜻으로 지은 별채의 이름이다. 편한 노년이라! 대원군은 후원에 떨어지는 빗줄기를 망연히 바라보며 허허롭게 웃었다. 임오년의 변란 직후 톈진으로 끌려가 난(蘭)을 치며 보내야 했던 4년 세월이었다. 갑신년의 정변으로 친일 개화파가 쫓겨난 뒤 돌아왔다지만 그의 발길을 맞은 것은 운현궁의 나지막한 전각이었다. 그는 주로 별채인 노안당 서행각(西行閣)에서 낮을 보내고 안채인 노락당(老樂堂) 남행각(南行閣)에서 밤을 보냈다. 그렇게 유폐(幽閉)된 10년 세월이었다.

"대원위 대감마님, 이건영 나리께서 오셨습니다."

수직사(守直舍) 수교가 대청마루 아래 댓돌에서 아뢰었다. 한손에 지우산을 든 수교의 허리가 빗물 번진 어스름 속에 접혀 있었다. 대원군은 반쯤 돌렸던 어깨를 바로 하며 혀를 찼다.

"왔으면 바로 들 것이지 우중에 자네 발걸음 시킬 필요가 있나."

"하오나 그것이 수직사에 있는 저희의 소임인지라….."

"들라 하게."

대원군이 섭정을 하던 시절 도승지였던 이건영은 1873년 고종의 친정(親政)으로 당상관에서 밀려난 후 대원군의 심복이 된 인물이었다. 잠시 후 이건영이 우의를 벗고 노안당으로 들어섰다.

"그래, 정황은 살펴보았는가? 왜병의 움직임은?"

대원군은 방금 전 허허롭게 웃던 일흔넷 노인이 아니었다. 얼굴의 주름은 팽팽하게 펴졌고, 짙은 눈썹 아래 가늘게 찢어진 두 눈은 은촛대에 꽂힌 촛불을 받아 번들거렸다. 지난해 운현궁에 전깃불을 들였으나 대원군은 좀처럼 전등을 켜지 않았다. 불빛이 차가워 싫다고 하였다.

"우려하신 대로 심상치가 않습니다. 요 며칠 왜병들이 종로거리는 물론 궁성 앞까지 행군을 했다고 합니다. 사대문의 보초도 모두 왜병이 서고 있다고 하고요. 일전에 남산 봉화대와 북악 중턱에 대포를 설치한 것은 모두 궁성을 겨냥한 것이 아니겠습니까? 왜병 군영이 차려진 용산 만리창에는 신병기로 무장한 수천의 왜병이 집결해 있습니다. 왜병을 물리치겠다고 큰소리치던 원세개마저 도망치듯 제 나라로 돌아갔으니 도성 안이 온통 왜병 천지인 셈입니다."

"대궐의 움직임은?"

"평양에서 불러 내린 기영병(箕營兵) 500명이 궁궐 안을 지키고 있고 광화문 옆 장위영 군사가 200∼300명 된다지만 그 수와 화력에서 왜병에 크게 미치지 못할 것입니다."

"당장 왜병이 궁궐을 칠 낌새라도 있다는 말인가?"

"낌새야 모르겠습니다만 아무래도 분위기가 심상치 않으니…."

말꼬리를 흐리는 이건영에게서 눈길을 돌리며 대원군이 낮은 신음을 토해냈다.

"으음 … . 분위기가 심상치 않다? 저들이 그예 사달을 벌이려는 게 아닌가? 그나저나 저녁은 들었는가? 저녁상을 준비하라 이를까?"

"아니옵니다. 소인이 어찌 감히 대감마님과 겸상을 하겠습니까? 약조된 일이 있어 바로 일어서야 합니다. 당장 무슨 변고야 있겠습니까? 너무 심려 마시지요. 내일 날이 밝는 대로 다시 오겠습니다."

"그러시겠는가? 그럼 일어나보시게."

이건영이 돌아가고 두어 식경이나 지나 흰 쌀죽에 절인 오이 한 쪽으로 늦은 저녁을 든 대원군은 노안당에 이부자리를 펴라 하였다. 별채 사랑에서 자는 일은 좀체 없던 일이었다. 대원군은 비오는 날에 번거롭게 몸을 움직이기가 성가시다고 하였다. 노락당 북행각(北行閣)에 거처한 장남 재면 부부와 손자 준용에게는 예서 쉬다가 잘 것이니 굳이 건너오지 말라 이르라 하였다.

사경(四更·새벽 2시경)이었다. 비는 그쳤으나 어둠은 검은 장막처럼 무겁게 드리워져 있었다. 요란한 발걸음 소리가 어둠의 장막을 찢었다. 후두두, 인기척에 놀란 후박나무가 잎을 떨며 빗방울을 털어냈다. 기왓골을 타고 흘러내리는 낙숫물 소리에 전전불매(輾轉不寐) 뒤척이던 대원군이 깜빡 깊은 잠에 들었던가. 발걸음에 떼밀려온 등불이 노안당 작은 사랑 창호에 어룽댈 때까지 대원군은 잠결에 취해 있었다.

"합하."

누구인고? 그저 대원위라 부르라 하였거늘, 누가 합하라 하는고?

"합하. 일본공사관에서 손님들이 오셨습니다. 불을 좀 켜겠습니다."

시종 정익환의 귀에 익은 목소리다. 어디서 누가 와? 어느새 시각이 그리 됐는고? 하는데 대청의 전깃불이 켜지며 환한 빛이 장지문으로 쏟아져 들어왔다. 들어온 것은 전깃불만이 아니었다. 정익환이 전깃불과 함께 굴러들어와 엎드렸다.

"합하. 일본공사관에서 사람들이 왔습니다. 날이 밝아 오라 하였으나 막무가내입니다. 아무래도 궁궐에 변고가 있는 듯하옵니다."

"무엇이야? 변고?"

대원군이 엷은 명주 이불을 걷어내었다.

"큰사랑으로 들게 하라. 내 곧 건너갈 것이니."

대원군의 카랑카랑한 목소리가 대청마루를 울렸다. 물기 먹은 어둠은 어느 틈에 후원으로 물러나 웅크린 채 숨을 죽이고 있었다.

청옥색 명주 바지저고리에 관을 써 의관을 정제한 대원군이 사랑으로 들어서자 윗목에 앉아 있던 사내들이 우르르 일어나 고개를 숙였다.

"그대는 오카모토 씨가 아니오?"

대원군이 아랫목 보료에 앉아 사내들이 앉기를 기다렸다가 맞은편 사내에게 눈길을 주었다. 양복 차림의 사내가 긴 목을 빼내어 예를 갖추었다.

"예, 오카모토 류우노스케입니다. 일전에 찾아뵈었습지요. 오늘은 워낙 다급하고 중요한 말씀을 드려야 하기에 조선어에 능통한 스즈키 군을 대동하였습니다. 먼저 소개 인사를 올리도록 하겠습니다. 제 오른쪽은 일본공사관의 코쿠부 서기관입니다."

"코쿠부 쇼오지로오라 합니다."

"그 옆은 신죠오 서기관입니다."

"신죠오 요시사다입니다."

"제 왼쪽은 저와 같은 한성 거류민인 호즈미 씨입니다."

246

"호즈미 토라쿠로오입니다. "

"그리고, 그 옆은 영사관 소속 오기와라 경부(警部)입니다. "

"오기와라 히테지로오, 국태공께 인사 올립니다. "

오카모토가 말하고, 스즈키가 통역하고, 돌아가며 인사하는 동안에도 대원군의 온 신경은 궁궐로 쏠리고 있었다.

이달 초, 일본공사 오오토리의 소개장을 들고 운현궁을 찾았던 오카모토는 민 씨들을 축출하고 청병을 철수시켜 자주국 조선의 개화와 독립을 이룩하실 분은 국태공뿐이라며 언죽번죽하였다. 오카모토에 앞서, 일본군과 청군이 충돌하면 조선에 큰 해가 될 터이니 입궐하시어 조치를 취하심이 어떠하시냐며 주제넘은 사설을 펴던 영사관 순사 와타나베나, 뻔질나게 운현궁을 드나들며 시종 정익환과 가까이하던 거류민 키타가와 등이 모두 왜의 첩자임은 두말할 나위가 없을 터였다.

허튼 소리! 대원군은 그런 일에는 관심조차 없다 하였다. 찾아오는 왜인들을 굳이 피하지는 않았으나 저들의 가벼운 입술에서 새어나오는 말들을 귀에 담지 않았다.

그런데 사경 한밤중에 떼 지어 들이닥쳐 다급하고 중요한 일이라니 미상불 보통일은 아닐 거였다. 대원군이 어금니를 물었다가 풀며 물었다.

"야심한 시각에 이렇듯 여러분이 나를 찾아온 까닭이 결코 심상치 않을 것이거늘. 우리 국왕은 안전하시오?"

대원군이 국왕의 안전을 묻자 움칠했던 오카모토가 내친김이라는 듯 빠르게 입을 놀렸다.

"어찌 국왕전하의 안전을 염려하십니까? 저희 일본국은 실로 조선

왕실과 조선국의 안전을 위하여 청군을 몰아내려 하는 것임을 국태공께서는 진정 모르십니까? 오늘 새벽 우리 일본국은 결단을 내리어 국태공을 모시고 궁으로 들어가 내정을 개혁하고 청군을 축출하는 정의를 구현하고자 합니다. 하여 저희들이 이렇듯 국태공을 모시러 야심한 시각에 결례를 무릅쓰고 달려온 것입니다. 지체할 시간이 없습니다. 저희와 함께 입궐하시지요."

공사관 서기관이라는 고쿠보가 반주그레한 낯을 들어 나긋하게 덧붙였다.

"국태공을 호위할 일본군대가 곧 운현궁 앞에 도착할 것입니다."

스즈키가 통역을 하는 동안 대원군은 미동도 하지 않았다. 눈빛도 흔들리지 않았다. 다만 입시울이 가늘게 떨렸을 뿐이다. 잠시 후 대원군이 무겁게 입을 열었다.

"외국인인 그대들은 조선왕실에 대해 이러쿵저러쿵 얘기할 바가 못 되오. 내정을 개혁하든 청군을 돌려보내든 조선의 국왕과 조정이 알아서 할 일이오. 더구나 나는 정사에서 손을 뗀 지 벌써 10년이거늘 내 어찌 그대들과 난데없이 입궐을 한단 말이오? 내 자다 깨어 몸이 곤하니 그만 돌아가시오."

영사관 경부인 오기와라가 낯빛을 붉히더니 불퉁스레 말했다.

"국태공께서 정히 이러하시면 저희가 억지로 모실 수밖에 없습니다. 조선을 살리는 일에 주저하실 일이 무엇입니까?"

스즈키가 고쿠보와 눈을 맞추더니 억지로 모신다는 말을 빼고 저희로서는 억지로 다른 방도를 찾을 수밖에 없다는 식으로 눙쳤다.

"조선을 살린다? 그 또한 의당 조선의 국왕과 신료, 백성들이 해야 할 일이거늘. 내가 주저하고 말고의 문제가 아니오. 그만들 물러가시오."

대원군이 말을 마치고는 두 눈을 꾹 감아버렸다. 결코 호락호락하지 않은 위엄과 결기가 노안(老顏)에 차갑게 굳어 있었다.

오카모토가 고쿠보와 신죠오에게 눈짓을 했다. 호즈미가 두 사람을 따라 살그머니 일어나 대청으로 나갔다.

"아무래도 스기무라 상에게 연락을 해야 하지 않겠소? 저 늙은이가 저리 완강하게 버티니 강제로 끌고 갈 수도 없는 일이고."

호즈미가 혀를 차자, 신죠오가 댓돌에 놓인 가죽구두에 발을 꿰었다.

"제가 가서 말씀을 전하지요. 지금쯤 궁궐 근처에 계실 겁니다."

신죠오는 이미 스기무라로부터 지시를 받고 있었던가 싶었다. 신죠오가 호즈미가 붙인 낭인배 둘과 운현궁을 빠져나갔다.

스기무라는 경복궁 동쪽 맞은편 나지막한 언덕에서 왕궁을 노려보고 있었다. 왕궁은 어둠 속에 가무스름한 형체로 누워 있었다. 스기무라의 눈에 그것은 늙고 병든 거대한 짐승 같아 보였다. 더는 제 발로 일어서지 못하고 가쁜 숨을 몰아쉬고 있는.

오오토리 공사가 혼성여단에 작전 개시를 요청한 것이 새벽 0시 30분이고 왕궁 점령은 새벽 4시이니, 지금쯤 타케다 중좌가 이끄는 보병 제21연대 병력이 궁궐을 향해 진군하고 있을 것이다. 또 하시모토 소좌의 제11연대 병력도 용산 만리창을 출발해 광화문으로 다가오고 있을 것이다. 이미 저녁 무렵에 사대문을 일본군이 장악해놓았으니 거칠 것은 없다. 이제 오카모토와 고쿠보가 대원군을 설득해 운현궁을 출발하면 총알 한 방 쏘지 않고 궁궐을 점령할 거였다. 아무리 실권(失權)을 하였다 하더라도 임금의 아버지를 앞세우고 들어가는데 감히 어느 누가 막아설 것인가. 만에 하나 저항한다면 무력점령의 명분을 얻을 수 있으니 그것대로 나쁘지는 않다. 그러나 가능한한 무혈점령을 해야 한다. 그래야 도성에 주재한 열강들의 반응에 신경 쓸 필요가 없다. 그러려면 대원군을 반드시 운현궁에서 끌어내야한다. 그를 마차에 태워 광화문 앞으로 데려와야 한다. 작전이 개시되기 전에.

"지금 시각이 얼마나 되었나?"

스기무라가 자신을 호위하던 순사에게 물었다.

"조선 시간으로 4경이 한참 지났으니 새벽 3시가 넘었을 겁니다."

"새벽 3시가 넘어? 이보게. 성냥불을 좀 켜게. 내 시계를 좀 봐야겠네."

순사가 손 등잔을 만들어 성냥불을 켰다. 회중시계의 바늘이 3시20분을 가리키고 있었다.

끄응, 스기무라가 얕게 신음했다. 기어이 늙은이를 끌어내지 못한단 말인가. 순사가 성냥불을 끄는데 짙은 어둠 속에서 신죠오가 나타났다.

"어떻게 되었나? 출발했는가?"

스기무라가 다급하게 물었다.

"그것이 …, 곤란합니다."

"곤란해? 다섯 명이 몰려가 늙은이 한 사람을 끌어내오지 못한단말인가? … 가지."

"예? 어디로?"

"어디긴 어디야. 늙은이가 있는 곳이지."

스기무라가 뱉듯이 말했다. 순사가 앞서 달려 내려가 마차를 대령

250

했다.

스기무라가 운현궁에 도착했을 때, 노안당으로 통하는 중문 밖 안뜰에는 이미 일본 군사들이 총검을 한 채 검은 무더기로 줄지어 있었다. 타가미 대위가 인솔한 보병 11연대 1중대 병력이었다. 타가미가 스기무라에게 다가왔다.

"곧 작전이 개시될 시간입니다. 저 늙은이를 앞세워 궁으로 들어가는 계획은 틀린 것 아닙니까?"

호리호리한 몸매에 키가 훌쩍 큰 타가미의 표정은 어둑한 그늘에 가려 잘 보이지 않았으나 볼멘소리로 보아 못내 못마땅한 기색이었다. 스기무라가 눈썹을 찡기며 내뱉었다.

"그것은 귀관이 염려할 문제가 아니오. 여하튼 작전은 차질 없이 진행될 테니까. 내가 들어가 어떡하든 늙은이를 끌어낼 테니까 귀관은 다소 시간이 걸리더라도 기다리시오. 귀관의 임무는 저 늙은이를 호위하는 것이니. 그렇게 명령을 받았지요?"

스기무라의 기세에 다카미가 얼결에 부동자세를 취했다.

"하."

스기무라는 흘낏 젊은 장교를 노려보고 등을 돌렸다. 스기무라는 젊은 장교들이 물색없이 뻗대는 것이 늘 못마땅했다. 오오토리의 청·일 공동철병안에는 스기무라 자신도 반대했었다. 그렇다고 혼성여단 장교들까지 정부를 대표하는 재외공사를 노골적으로 비웃고 무시하려는 태도에는 눈살이 찌푸려질 수밖에 없었다.

건방진 자들 같으니라구. 뭐, 공동철병은 본영(本營)의 기본방침을 모르는 우습기 짝이 없는 처사라고! 달포 전의 일이었다.

왕궁을 점령한 뒤에는 즉각 공사관이 상황을 주도해야 할 것이었다. 허나 그야 나중 일이고 당장은 저 늙은이부터 끌어내야 해! 중문을 거쳐 노안당에 이르는 짧은 거리에서도 스기무라의 머릿속은 몇 가지 생각들로 뒤섞여 있었다.

스기무라가 노안당에 이르자 오카모토와 오기와라가 댓돌로 내려섰다.

"요지부동이시오?"

스기무라가 묻자 오카모토가 고개를 끄덕였다.

"움쩍도 안 합니다."

오기와라가 목소리를 낮춰 빠르게 말했다.

"군인들을 동원해 강제로 끌어내는 방법 외에는 없을 것 같습니다."

스기무라는 가볍게 고개를 젓고 노안당 큰사랑으로 들어갔다. 서기관 고쿠보와 통역 스즈키가 스기무라를 보고 일어서 물러섰다. 대원군의 왼편 뒤에 앉아 있던 장남 재면과 종손 준용이 엉거주춤 허리를 들어 올리는데, 대원군이 눈짓으로 가만있으라 하였다. 재면과 준용은 소란을 듣고 노안당으로 건너온 터였다.

스기무라가 대원군에게 엎드려 절하였다. 재면, 준용은 맞절을 했으나 대원군은 허리를 꼿꼿이 한 채 엎드린 스기무라의 정수리를 쏘아보았다.

"합하, 일본국 공사관 이등서기관 스기무라 후카시입니다."

"스기무라 씨의 고명(高名)은 내 일찍이 들어 알고 있소만, 어쩐 일이시오? 이 야심한 시각에."

어쩐 일이냐고? 스기무라가 두 눈을 가늘게 좁혔다.

"합하, 지금 사태가 위중합니다. 합하께서 저희와 함께 가시지 않으면 불미한 일이 발생할지도 모릅니다."

"불미한 일이라? 그대들이 야밤에 내 집에 몰려온 것부터 불미한 일이거늘, 또 무슨 불미한 일이 있소?"

"합하, 일본정부는 조선의 조정에 몇 가지 질의를 하고 그 답을 달라 하였습니다. 그러나 조선 조정은 성의 있는 답을 보내오지 않았습니다. 하여 국왕전하를 직접 뵙고 그 답을 듣고자 합니다. 그러자면 부득이 궁으로 들어가야 하는데 그 과정에서 만에 하나 충돌이 있을까 우려하고 있습니다. 때문에 합하께서 저희와 함께 입궐하신다면 그런 불미스러운 일을 미연에 방지할 수 있을 것 같기에 이렇듯 결례를 저지른 것이옵니다. 그 점 양해하시고 너그럽게 용서하시기 바랍니다. 일본정부는 구약에 따라 조선의 자주 독립을 보호하고자 특단의 조치를 취하기로 하였는바 이는 정의와 평화를 위한 결단입니다. 시간이 촉박합니다. 일어나시지요. 저희가 정중히 모시겠습니다."

스즈키의 통역이 있고 한참을 침묵하던 대원군이 무겁게 답하였다.

"아무리 천언만어(千言萬語)를 들이대도 그대들의 권설(勸說)에 따라 행동할 수는 없소이다. 그러니 그만 모두 물러들 가시오."

그 시각, 타케다 중좌가 지휘하는 일본군 보병 제21연대의 일단이 경복궁 서쪽 문인 영추문에 도착했다. 문은 굳게 닫혀 있었다. 공병 소대가 폭약을 설치하고 불을 붙였으나 대문은 부서지지 않았다. 병사 몇 명이 사다리를 타고 담을 넘어가 톱으로 빗장을 자르고 도끼로 대문을 부수었다. 영추문으로 진입한 일본군은 광화문을 수비하던 조선병사를 쫓아버리고 성벽을 점령했다. 그리고 궁궐을 수색해 함화당(咸化堂)에 있던 조선국왕을 찾아내었다. 그들은 조선국왕을 보호한다고 하였지만 사실상 나포(拿捕)였다.

보병 제11연대 2대대 병력은 궁의 후문인 창화문(彰化門)으로 진입하다가 궁궐 시위대인 기영병의 반격을 받았다. 21연대 병력이 영추문을 부수고 진입하는 사이 전열을 갖춘 기영병은 일본군에 맹렬한 총격을 가했다. 총포 터지는 소리가 어둠 속에 잠들어 있던 궁궐을 들깨우고, 도성의 캄캄한 하늘로 퍼져나갔다. 광화문 왼편의 장위영 병사들은 일본군의 기습을 받고 북악 쪽으로 흩어져 달아나 궁궐을 지키는 조선군사는 기영병 500명이 다였다. 기영병의 반격이 맹렬하자 조선국왕을 사로잡고 있던 21연대 대대장 야마구치가 당장 발포를 중지시킬 것을 요구하였다. 칼까지 빼들었으니 노골적인 협박이었다. 임금은 협박을 이기지 못했다. 우포장(右捕將) 안경수를 기영병에 보내 전투중지 명령을 내렸다.

안경수는 일찍이 주일공사 통역관으로 일했을 만큼 일본어에 능통한 친일 개화파 인사로 일본 공사관과도 긴밀한 관계를 갖고 있었다. 그렇다고 안경수가 일본의 왕궁 점령계획을 미리 알고 있었던 것은 아니었다. 궁궐 인근인 장동 자택에서 자다가 콩 볶듯 터지는 총탄소리를 듣고 놀라 궁 안으로 달려 들어왔던 것이다.

"발포를 중지하라. 불복하면 참(斬)할 것이다."

안경수가 전달한 어명을 들은 기영병 병사들은 통곡하며 총통을 부수고 군복을 벗어 찢고는 궁궐을 빠져나갔다. 어느새 북악 너머로 희번하니 동이 트고 있었다.

총탄소리는 운현궁에도 들려왔다. 소리는 우박이 기와에 떨어지는 것 같기도 하였고, 모래알이 유리창에 부딪치는 것 같기도 하였다. 소리는 급격하고도 명료하게 노안당 큰사랑을 메운 침묵 위로 쏟아져 내렸다. 총탄소리가 잦아들었을 때 스기무라가 오랜 침묵을 깼다.

"저 소리가 무슨 소리인 줄은 아시겠지요. 이제 귀국 종사의 안위가 어찌 될지 모르겠습니다. 합하께서 우리의 권고를 끝내 거부하신다면 우리나라도 달리 생각할 것입니다. 왕실의 존립이 위태로워진다 하여도 합하께서 누구를 탓하시겠습니까?"

스기무라의 태도는 일변해 있었다. 가느다랗게 모은 실눈은 뱀의 눈처럼 차가워보였고, 실룩이는 입시울은 원숭이의 그것처럼 버릇 없고 오만하게 실룩이고 있었다.

마침내 대원군이 입을 열었다. 힘겹게 기를 모은 듯 가래 끓는 소리 같았다.

"귀하의 말처럼 귀국의 이번 행동이 진정 정의에서 비롯된 것이라면 귀하는 귀국의 황제폐하를 대신하여, 일이 성사된 후 우리 조선 땅을 한 치도 할양(割壤)하지 않는다는 것을 약속할 수 있겠소?"

스기무라가 눈을 번쩍 뜨고 답하였다.

"일개 서기관에게 어찌 그런 권한이 있겠습니까만, 본인이 일본국 공사의 사자(使者)로 온 것인 만큼 공사를 대신하여 가능한 한 약속을 드릴 수는 있을 것입니다. 합하."

스기무라의 태도는 다시 나붓해졌다.

"지필묵을 가져오라."

대원군이 손자 준용에 일렀다. 준용이 서안에 놓인 붓과 벼루, 한지를 조부 앞에 대령하였다.

"쓰고 서명하시오."

대원군이 스기무라에게 말했다. 명(命)이었다. 스기무라가 붓을 들어 쓰고 서명하였다.

'일본정부의 이번 행동은 실로 조선국의 독립을 위한 정의에서 비롯되었다.

그런고로 일이 성사된 후 결코 조선국의 촌지(寸地)도 분할하지 않겠다.'

주조선 일본국 공사 오오토리 게이스케를 대신하여

이등서기관 스기무라 후카시가 서명함.

"이제 입궐 하시지요. 뜰에 마차를 준비해놓았습니다. 일본국 군대가 합하를 호위할 것입니다."

스기무라가 먼저 일어서려는 듯 엉덩이를 들썩했으나 대원군은 미동도 하지 않은 채 나직하게 말했다.

"나와 임금이 사사로이는 부자지간이나 공적으로는 엄연히 국왕과 신하일진대 어찌 외처에 머물던 신하가 왕명도 없이 멋대로 입궐할 수 있겠소? 국왕께서 부르심이 있기 전에는 입궐할 수 없소이다."

이 늙은이가 끝까지 애를 먹이겠다는 수작이로구만. 어디, 언제까지 유세를 부릴 수 있을지 두고 보기로 하지. 스기무라가 입안에 고인 쓴맛을 다시며 답하였다.

"그리 하시지요. 어차피 이제는 시각을 다툴 일은 아니니까요."

스기무라는 호즈미를 조희연에 보내 궁중의 형편을 선처하도록 하였다. 국왕으로 하여금 대원군의 입궐을 명하게 하라는 주문이었다.

고종 11년(1874년) 열여덟 약관의 나이로 무과에 급제한 이후 주로 군기(軍器) 관련 업무를 맡아온 조희연은 반청(反淸) 친일(親日)의 개화파로서 그동안 일본공사관 측이 주요 관리대상으로 삼아온 인물이었다. 죽동의 조희연 집에는 일본 유학파인 유길준, 김학우, 안경수 등이 자주 드나들며 친청(親淸) 세력인 민족(閔族) 축출과 친일 개혁을 논의했으니, 같은 계획을 추진하던 스기무라에게는 주요한 지원세력이었다. 조희연은 안경수와 유길준으로 하여금 대원군의 입궐을 임금에게 주청하도록 하였고, 궁궐을 점령한 일본군의 압박을 못이긴 임금은 안경수와 유길준의 주청을 받아들이는 형식으로 운현궁에 칙사를 파견하였다.

6월 21일 오전 11시, 대원군은 부서진 영추문을 통해 입궐하였다. 임오년의 난 직후 청나라에 납치되었던 이래 실로 12년 만의 입궐이었다. 타카미 대위의 보병 제11연대 1중대 병력과 일본인 순사 20명이 대원군을 호위하였다.

소상(小祥)

顯考學生府君神位(현고학생부군신위)

　밤나무를 깎아 만든 위패(位牌)에 흰 칠을 하고 그 위에 먹으로 써 내린 여덟 자가 죽은 이의 혼을 불러 모신 것인가.

　봉준은 신주를 모신 영좌(靈座) 앞에 시접(匙楪)과 잔반(盞盤)을 조심스럽게 내려놓았다. 시접은 수저를 받치는 작은 접시이고, 잔반은 술잔을 받치는 조그만 제기이다. 번듯한 양반집 소상(小祥)이라면 축관(祝官)이 나서 집사자들을 지휘할 터이지만 까마득히 먼 윗대에서 벼슬길이 끊긴 잔반(殘班)의 후예로 평생을 허기지고 쓰린 속으로 살아온 고인(故人)에게는 가당치 않은 호사일 것이니. 오히려 자식의 손으로 제상을 차리느니만 못할 터였다.

　어동육서(魚東肉西)에 좌포우혜(左脯右醯)라. 민어 전과 소고기 전에, 북어포와 식혜를 차례로 진설(陳設)하고, 그 아래 줄에 두부와 계란을 넣은 북어탕과 소고기 우린 물에 무와 대파, 다시마를 넣어 끓인 육탕, 그리고 무, 도라지, 시금치 삼색 나물을 차렸다.

　홍동백서(紅東白西)이니 사과는 동쪽이요, 배는 서쪽이다. 곶감은 사과 옆이고, 대추는 배 곁이다.

제상 좌우에 촛불을 켜고, 제상 앞에는 향상(香床)에 향로를 올려 향을 피웠다.

베옷을 입은 봉준은 진설을 마친 후 가만히 일어서 두 손을 맞잡고 신주를 바라보았다. 곡(哭)을 하지는 않으리라. 읍(泣)도 하지 않으리라. 봉준은 두 눈을 부릅떴다.

아비는 세상에 뿌리 내리지 못한 유랑자였다. 고창 당촌, 전주 구미리, 태인 황새마을과 지금실, 고부 양교리와 조소리…. 호남 땅 여기저기를 전전하였어도 아비는 식솔의 입에 넣어줄 변변한 양식을 마련하지 못하였다. 조반석죽(朝飯夕粥), 끼니를 때울 수만 있어도 다행이었다.

아비는 무력한 식자(識者)였다. 일찍이 학문을 깨우치고 익혔으나 이미 세도권력의 전유물이 된 과거(科擧), 돈으로 팔고 사는 급제(及第)의 과장(科場)에서 줄도 없고 돈도 없는 시골 선비에게 출사(出仕)란 애초 이루어질 수 없는 꿈이었다. 할 수 있는 일이란 설경(舌耕), 즉 학식을 혀로 풀어먹고 사는 서당 훈장이 제격이었으리라.

자식은 아비로부터 글을 깨우쳤다. 유학을 배웠다. 그러나 학문을 익힌들 묵은 땅 한 뙈기가 주어지는 것은 아니었다. 그저 아비의 뒤를 이어 설경이나 할 수밖에. 그러나 세상은 거듭되는 민란으로 흉흉하였고, 가뭄과 큰물이 번갈아 찾아들면 쌀 한 되나 보리쌀 두 되가 고작인 설경 또한 흉작을 피할 수 없었다. 학동이 들지 않는 서당에 거미줄이 처지면 달구지에 남루한 세간을 싣고 다시 거처를 옮겨야 하였으니, 세상에 뿌리 내리지 못한 가장을 둔 가족은 그렇게 그와 함께 유랑할 수밖에 없었다.

자식은 처(여산 송 씨)와 일찍이 사별하였다. 열일곱 해 전(1877년)

4월, 자식의 나이 스물셋, 며느리의 나이 스물일곱. 혼인한 지 겨우 4년 만이었다. 한 해 전 어머니(인동 장 씨)를 보내고 며느리마저 잃은 아비는 젖먹이 두 손녀딸을 안고 비읍(悲泣)하였다. 어린 자식을 남기고 훌쩍 떠났던 아내(언양 김 씨)의 박복함이 며느리에까지 이어진 것 같아 가슴을 찢었다.

천태산(天台山) 아래 새둥지마냥 움푹하게 들어앉은 고부 조소리로 옮겨왔을 때는 자식이 가장이었다. 첫 아내와 사별한 뒤 7년 만에 과부 남평(南平) 이 씨가 재취로 들어와 사내아이 둘을 낳았으니 2남 2녀의 가장으로서 자식은 식솔을 거느려야 했다.

자식은 조소리에서 5리 정도 떨어진 두지리(말목장터)에 서당을 차렸다. 태인 사는 최경선의 도움으로 약방을 겸업했다. 아비는 뒷전에서 자식을 거들었다. 하지만 자식이 종종 자리를 비워 아비가 대신해 학동을 가르치거나 처방을 하는 일도 흔했다.

식자우환(識字憂患)이라던가. 아비는 자식이 염려스러웠다. 자신을 훌쩍 뛰어넘은 자식의 학식과 기상이 내심 대견하고 자랑스러우면서도 자식의 형형한 눈빛에 어린 분노의 기운은 늘 아비의 마음을 조마조마하게 하였다. 자식의 가슴 깊숙이 똬리를 튼 세상에 대한 분노를 아비는 알고 있었다. 제 가슴속에서는 어쩌지 못하여 제풀에 사위어버린 불씨가 자식의 가슴 속에서는 파란 불꽃으로 살아 있음을 아비는 직감하였다. 아비는 자식이 외지에서 찾아든 사내들과 밤새워 무언가를 논의하는 것을, 틈틈이 밖으로 나가 사람들을 규합하는 것을 알고 있었다. 3칸 초가에 둥지를 틀었으나 자식의 마음까지 정착한 것은 아니었다. 그러나 어찌하랴. 아비가 자식의 가슴 속 불꽃을 지울 수는 없는 노릇이니.

조소리에 정착한 지 수년이 지나 아비는 마을 이장격인 주비(注比) 일을 맡았다.

　서당 훈장을 했다 하여 맡겨진 역할이었으니 미상불 식자우환은 자식에게만 해당되는 말은 아니었던 셈이다.

　넓고 기름진 평야와 포구를 끼고 있는 고부는 예로부터 전라도의 반으로 일컬어질 만큼 수륙(水陸)의 물산이 풍부한 고을이었다. 1889년 4월, 영동현감으로 있던 조병갑이 고부군수로 부임하였다. 조병갑은 탐학의 입맛을 다시었으나 그해 7월 모상(母喪)을 당하여 사직분상(辭職奔喪)을 할 수밖에 없었다. 고을수령이 모친상을 당해 사직하고 집으로 돌아가자 몇몇 유가(儒家)와 이속들이 주동이 되어 부의(賻儀)를 해야 한다며 2천 냥을 각 면에 할당하였다. 수금 책임은 향교 장의(掌儀) 김성천과 주비 전창혁에게 떨어졌다. 그러나 김성천은 고작 석 달을 부임한 조병갑이 고부를 위해 한 일이 없을 뿐 아니라 기생의 죽음에 부의를 걸을 수는 없다며 발을 뺐다. 장의 김성천이 못하겠다고 뻗대는 판에 주비 전창혁이 중뿔나게 나설 수도 없는 노릇이었다. 그렇게 부의금 모금은 유야무야되었다. 소식을 전해들은 조병갑은 이를 갈았다. 내 비록 서자(庶子)라 하나 내 어머니를 기생이라 하다니! 내 이 두 놈을 기필코 그냥 두지 않으리라.

　3년이 지난 1892년 4월, 고부군수로 재부임한 조병갑은 1년가량 수탈에 열을 올린 뒤 김성천과 전창혁에 눈길을 돌렸다. 그런데 김성천은 이미 죽고 없었다. 조병갑의 분풀이는 애오라지 전창혁에게 돌아가게 되었다. 1893년 5월 하순 고부 관아로 끌려온 전창혁에게 조병갑은 장(杖) 열 대를 치라 하였다. 그러나 전창혁은 다섯 대를 넘기지 못하고 혼절하였다. 그는 예순 일곱의 고령이었다.

자식은 아비가 곤장을 맞아 사경을 헤매고 있다는 소식을 태인에
서 들었다. 동학도의 교주신원과 척·왜양 운동 이후 관의 지목을 받
은 자식은 조소리 집을 떠나 원평과 태인, 정읍, 김제, 무장 등지를
옮겨 다니며 보국안민의 길을 모색하고 있었다. 공주와 삼례, 보은
에 모였던 동학도들, 원평에 모였던 1만여 명의 힘을 어떻게 다시 결
집시킬 것인가? 해월 교주는 포교에 의한 개벽이라는 종교적 신념에
집착하였고, 남접의 접주들 또한 하나로 묶어내기에는 한계가 있었
다. 손화중은 아직 때가 이르지 않았다고 하였다. 언제 때에 이를 것
인가? 무장을 떠나 정읍을 거쳐 태인에 이르렀을 때 최경선이 아비의
소식을 전하였다.

어둠을 타고 조소리 집으로 간 자식은 장독으로 온 몸뚱이가 푸릇
푸릇한 아비를 등에 업고 죽산마을 송두호 댁을 찾았다.

내게 맡기게.

아비의 연배인 송 선생은 그렇게 말씀하였다. 동학도인 송 선생은
온갖 처방으로 아비를 치료하고 정성으로 보살폈다. 그러나 아비는
한 달도 채 넘기지 못하고 숨을 거두었다. 아비의 명(命)은 거기까지
였다. 죽산마을 야산 언저리에 아비의 묘를 쓴 자식은 깊게 울었다.
송 선생의 장남 대화가 솥뚜껑 같은 주먹을 움켜쥐고, 내 반드시 조
병갑이를 이 주먹으로 때려 죽이겠소, 하였지만 자식은 아무 말도 하
지 않았다.

아비의 복수를 생각하지 않은 것은 아니지만 자식이 고부의 민요
(民擾)를 기획한 것은 아니었다. 한 고을의 민란(民亂)을 원한 것도
아니었다. 그가 원한 것은 전라도를 넘어 충청도와 경상도, 경기도,
강원도, 평안도, 함경도의 경계를 허무는 일이었다. 그렇게 조선 팔

도의 경계를 허물어 개벽 세상을 이루는 것이었다.

고부는 하나의 불씨였다. 산야를 모두 태우는 큰 불도 작은 불씨에서 비롯된다면 고부의 불씨가 전 고을로, 조선 팔도로 옮겨 붙을 수도 있지 않겠는가. 하여 자식은 장두(將頭)로 나서 고부의 민란을 지휘하였다.

경계를 넘지 못한 고부의 불씨는 잠시 꺼지는 듯했으나 잉걸불로 피어나 마침내 경계를 넘어 호남의 수부 전주성을 점령하고 폐정개혁의 화약을 이루어냈으니 어찌 고부의 불씨가 하찮다 하리오. 조병갑에 대한 사원(私怨)이 불씨를 키워낸 또 하나의 풀무였다면 아비의 죽음이 어찌 헛되다 하리오.

허나 호남이 동학농민들의 세상이 되었다한들 고작 묵은 원한을 푸는 설분(雪憤)에 매달린대서야 봉기의 대의를 어디서 찾을 것인가. 오히려 청·일의 군대를 불러들여 국가의 명운이 백척간두에 이르렀다면 그 원통함을 어이할 것인가.

"아이들을 들일까요?"

제상의 촛불이 흔들렸다. 상념에 잠겨 있던 봉준이 등을 돌려 상복 차림의 여인에게 고개를 끄덕였다.

"그러시구려. 자시(子時·밤 11시~새벽 1시)가 되었으니 절들 올리고 그만들 자야지."

여인은 그림자처럼 소리 없이 돌아선다.

첫 아내와 산 세월보다 두 배를 넘게 같이 한 사람이건만 제대로 부인이라 불러주지 못한 여인이다. 그네 또한 아들 둘을 낳고도 안주인 행세는커녕 늘 흠 많은 첩실마냥 조용조용 뒷전을 맴돌았다. 어쩌다 남편을 부를 때에도 깍듯하게 '선비님'이었다. 수운 대선생께서는 제

집 종을 며느리로 삼았다 하거늘 내 옹졸하여 여태 마음을 열어 보이지 못함인가. 봉준은 짧게 탄식하였다.

전봉준이 광주에서 손화중과 최경선을 만나 집강소의 통일된 조직과 위계를 논의하고, 아버지 전창혁의 소상을 치르기 위해 태인 동곡마을로 돌아온 것은 어제 오시 무렵이었다. 탱자나무 울바자 너머 손바닥만 한 마당에는 볏섬이 장정 키 높이로 쌓여 있고, 툇마루와 댓돌 위에는 보자기 꾸러미가 가득하였다. 측간 옆 백일홍 나무에는 돼지 두 마리가 새끼줄에 묶여 있고, 그 앞으로 암탉 네 마리도 보였다.

"이게 다 무어요?"

봉준이 두 눈을 휘둥그레 뜨며 묻자 정주간에서 반색을 하며 뛰어나온 아내가 활짝 웃으며 답하였다.

"아버님 소상에 쓰라고 보내온 제수들이지요."

"보내오다니? 누가?"

"고부 죽산마을 송두호 어른 댁에서 쌀 두 섬과 잡곡 두 섬을 보내주셨구요. 원평의 김덕명 어른께서 쌀 두 섬과 돼지 두 마리를 보내셨어요. 전주 구미리에서 송희옥 씨가 쌀 한 섬과 삼베 닷 필을 보내셨네요. 또 고부의 김도삼 씨와 정익서 씨가 각각 명주 두 필과 암탉 두 마리씩 보내셨구요. 손화중 씨와 최경선 씨는 쌀 두 섬과 엽전 백 냥을 보내주셨고, 김개남 씨도 인편에 엽전 백 냥과 무명 다섯 필을 보내셨어요. 그리고 저어기 지금실 분들과 여기 동곡마을 이웃에서 계란과 애호박, 가지, 채소 그리고 강 서방 댁에서 떡시루와 술을 빚어왔어요. 아참, 정읍의 손여옥 씨와 차치구라는 분도 찹쌀과 멥쌀 한 가마씩을 보내오셨구먼요. 민어도 큰 놈으로 두 마리를 보내셨구요. … 그래서 어제 낮에 옥례와 같이 원평장에 가서 제기와 제수용품 몇 가지를 사왔어요. 선비님이 언제 오실지 몰라서 저대로 ⋯ ."

그네는 세 칸 오두막을 가득 채운 곡식이며 옷감, 음식, 돼지, 닭, 엽전 꾸러미를 숨도 안 쉬고 주르르 입에 올리더니, 봉준이 허어, 마른 웃음을 짓자 살짝 말꼬리를 감았었다.

제상에 메(밥)와 갱(국)을 올리고 고인이 드시기를 기다렸다가 재배하고 음복하였다. 일곱 살과 다섯 살짜리인 용규와 용현, 열여덟인 둘째딸 옥례에 이어 큰딸 성녀와 사위 강만복이 절하였다. 그리고 끝으로 아내 이 씨가 재배하고 오래 엎드려 있었다. 끝내 맨 뒤에 절하겠다고 고집을 피우던 그네를 내려다보던 봉준이 민망한 눈을 들어 사위에게 말했다.

"내일 아침 일찍 마당에 차일을 쳐야겠네. 멍석도 깔고. 마을 사람들에게 전하게. 낮에들 오셔서 식사들 하시라고. 사돈어른도 모시고 오고."

한여름 밤이 깊었다.

개전(開戰)

　일본공사 오오토리는 대원군의 입궐에 뒤이어 궁궐로 들어갔다. 이날 새벽, 일본군의 침입에 놀란 고종이 외무대신 조병직을 일본공사관에 보내 공사의 입궐을 요구하였지만, 오오토리는 부러 시간을 끌며 일본군의 왕궁 점령과 조선군에 대한 무장해제 조치가 종료된 시각에 맞춰 입궐한 것이다. 오오토리는 조선국왕에 알현을 청하였지만 새벽의 경동(驚動)으로 잠을 설친 국왕이 건청궁(乾淸宮)의 침소에 들어 불가하다는 답이었다. 하기야 알현한다한들 피차 대면하기가 거북할 노릇이었다.

　급할 이유는 없지.

　오오토리가 코끝을 쭝긋하였다. 안도의 숨이 가만가만 콧구멍으로 빠져나왔다. 조선국왕을 포로로 삼았으니 왕궁 점령의 첫째 목적은 이루어진 것이다. 조선국왕이 행여 미리 궁을 빠져나가기라도 했다면 생각도 하고 싶지 않은 골치 아픈 일들이 하나둘이 아니었을 것이다. 청군으로부터 조선국왕과 왕실을 보호하고 조선의 자주를 기한다는 명분을 세울 수 없을 것이고, 그리되었다면 러시아, 독일, 프랑스 등의 간섭을 초래하는 것은 물론 호혜적 관계인 영국과 미국의 지지조차 얻지 못할 것이었다. 더구나 달아난 조선국왕을 중심으로 조선백성이 들고 일어서고 거기에 청군이 합세한다면, 조선에서 청을 몰아내고 조선반도의 지배권을 쥐는 제국의 목표는 물거품이 되었을 것이다.

오오토리가 다시 코끝을 쭝긋거렸다. 이제 조선국왕을 압박하여 청군구축 의뢰를 받아내어 개전의 구실을 삼고, 대원군을 앞세워 친청파인 민 씨 세력을 몰아내어 친일 개화정부를 수립하면 왕궁 점령작전은 완벽히 마무리될 터였다.

오오토리는 국왕을 알현하는 대신 입궐한 대원군을 찾았다. 대원군은 함화당과 회랑으로 이어진 집경당(輯慶堂)에 머물고 있었다.

"합하, 일본국 공사 오오토리 게이스케입니다. 인사가 늦었습니다."

대원군을 모시고 있던 외무대신 조병직이 통역했다. 대원군의 노안에 가벼운 경련이 일었다.

"귀 공사는 일본국을 대표하는 외교관이거늘 정사에서 물러난 지 오래인 나 같은 늙은이를 볼 일이 있었겠소이까?"

조병직이 말을 옮기자 오오토리가 두 눈을 가늘게 하며 미소를 지었다.

"송구하신 말씀입니다만 그래서 우리가 국태공을 오늘 이렇듯 궐로 모신 것이지요."

"일본국 군사들이 나를 호위하였다고는 하나 나는 우리 국왕전하의 명을 받아 입궐한 것일 뿐 귀국 사람들이 모신 것은 아니지요."

호오, 듣던 대로 만만한 늙은이가 아니로군. 오오토리가 정색을 했다.

"국태공께서도 저간의 사정은 이미 짐작하고 계실 것입니다. 이제 청나라 군대를 조선에서 몰아내어 정의를 세우고자 하니 조선정부에서 우리에게 청군구축 의뢰를 해주어야겠습니다. 아울러 내정개혁을 통하여 조선의 부국강병을 기할 수 있다면 우리 일본국은 어떠한 지원도 아끼지 않을 것입니다. 이 또한 호혜의 정신에서 비롯된 것임은 천하가 알 것입니다. 그동안 우리의 권고와 조언에도 불구하고 조선 조정에서는 무성의한 반응으로 일관하였습니다. 마침내 우리 일본국의 황제폐하께서는 황공하옵게도 본 공사로 하여금 조선국을 형제애로서 도우라 명하시었습니다. 하여 오늘 아침 우리 일본군대가 조선국의 국왕과 왕실을 보호하기 위하여 궁궐에 주둔한 것입니다. 청군을 조선에서 내쫓고 내정을 개혁하는 일은 이제 한시도 미룰 수 없는 일입니다. 공이 아니면 이 중차대한 일을 결단할 사람이 없습니다. 그래서 우리가 공을 모신 것입니다. 속히 단안을 내리십시오. 만에 하나 거절하신다면 우리 일본국으로서는 부득이 다른 방도를 찾을 수밖에 없습니다. 단도직입적으로 말하자면 조선의 사직을 더는 보존할 수 없을 것입니다. 그리된다면 공의 안전도 보장할 수 없겠지요."

대원군의 눈썹이 치켜 올라갔다. 카랑카랑한 목소리가 방 안을 울렸다.

"고금 천하에 망하지 않은 나라가 없고 또한 죽지 않은 사람도 없소이다. 내 나이 이미 일흔다섯이니 지금 죽는다 한들 아까울 게 없소. 죽인다면 죽을 뿐이지 공사는 어찌 나를 협박하시오?"

오오토리가 어깨를 흠칫하고는 자세를 고쳤다.

"우리가 어찌 협박을 좋아서 하겠습니까. 다만 조선이 오늘날 세계 정세의 흐름을 파악하지 못하고 옛것만을 고집하기 때문에 이를 안타깝게 여긴 나머지 그리된 것이니 너무 노여워하지 마시지요."

대원군도 애써 심기를 누그러뜨렸다.

"공사께서는 귀국에 청군구축을 의뢰하라 하시는데, 우리나라는 신하의 예로 중국을 섬긴 지 이미 누백 년이 되었거늘 하루아침에 이를 배반한다는 것은 상서롭지 못한 일이오. 또 서로 국경을 맞대고 있는 처지에서 군사력은 비교할 수조차 없이 차이가 나는바, 저들은 틀림없이 죄를 물어올 것인데 우리나라가 어떻게 막아낼 수 있겠소이까?"

오오토리가 호오, 짧은 숨을 뱉어내고 답하였다.

"청나라는 지금 제 나라 일도 돌아볼 겨를이 없는데 조선을 문책할 여유가 있겠습니까? 이제 조선이 자주국으로서 동서양의 여러 나라들과 조약을 체결한다면 그 형세는 마치 여러 마리의 호랑이가 서로 지켜주는 것과 같아서 아무도 먼저 이빨을 드러내지 못할 것입니다. 만에 하나 국제법을 위반하는 일이 발생하면 우방국들이 함께 조선을 도와줄 터인데 무엇을 두려워하십니까? 우리나라는 청나라와 오래전부터 적대관계에 놓여 있습니다. 조선은 청과 군신관계이지만 우리나라와는 형제관계입니다. 이처럼 우리나라와 대등한 관계에 있는 나라가 청나라의 신하라는 사실은 당당한 우리 대일본으로서는 매우 수치스러운 일이 아니고 무엇이겠습니까? 만약 조선이 청나라에 대하여 하찮은 소인배들이나 지키는 의리를 계속 유지하고자 한다면 우리는 굳이 청군구축 의뢰를 강요하지 않겠습니다. 그러나 조선이 청을 섬기듯이 우리 일본도 섬겨야 우리가 얼굴을 들고 청나라 사람들을 쳐다볼 수 있을 것입니다. 또 조선은 겉으로는 청나라의 신하라고 하지만 지금 조선의 지식인들은 청나라를 오랑캐 나라라고 배척하면서 공문서를 제외한 문적에는 명나라 의종(毅宗) 연호인 숭정(崇禎) 몇 년이라고 적고 있지요. 이처럼 명분과 실제가 다릅니다.

이제 국경의 관문을 닫고 조약을 폐기하여 국왕전하께서 떳떳이 조선황제로 군림하시어 선대 임금들의 수치를 씻어버리고 후손들에게 자주국가의 기반을 물려주신다면 세상에서 영원토록 칭송받을 수 있을 것입니다.”

“우리나라 지식인들 사이의 이런저런 논의에 국가가 관여할 바는 아니지요. 그리고 지난 갑신년에 우리나라의 못된 자들이 역모를 꾸몄을 때 원세개의 군대가 아니었으면 조선의 왕실은 이미 없어져 버렸을 것이오. 그에 비추어보면 국제법이라는 것도 별로 믿을 바가 못 됩니다.”

대원군은 10년 전 갑신정변 얘기를 꺼냈다. 그것은 청나라의 위세에 밀려났던 일본의 과거를 들추어냄으로써 오오토리의 의표(意表)를 찌르고자 한 것이었다. 오오토리의 낯빛이 차가워졌다.

“그건 그렇지가 않습니다. 갑신년의 일은 본 공사도 잘 알고 있습니다. 그때는 외교임무를 맡았던 관리가 경솔하게 저지른 일일 뿐이지 우리 일본정부의 뜻은 아니었습니다. 설사 우리 외교관이 간여하였다 하더라도 귀국에서 개화를 단행하지 않고 이리저리 머뭇거리다가 일이 터진 것입니다. 아무튼 지금 큰일을 눈앞에 두고 공과 입씨름만 하고 있을 수는 없습니다. 따를 것인지 아닌지만 말씀하십시오. 원세개는 도망쳐버렸으니 장차 누구를 믿겠습니까? 세개가 도망쳤다는 것은 공께서도 알고 계실 터이니 오늘의 일이 갑신년과는 사뭇 다르다는 것 또한 아실 수 있겠지요.”

대원군이 손끝조차 대지 않았던 탁자 위의 찻잔을 들어 한 모금 마시고 말하였다.

“이는 국가의 대사로서 나 같은 늙은이의 말 한마디로 결정할 일이 아니오. 조정의 백관이 있거늘 다수의 의견을 모아 절충하여야 할 것이오."

대원군의 말을 통역한 조병직이 조심스레 덧붙였다.

"일단 사흘간의 말미를 주시지요."

6월 22일, 임금이 전교하여, 좌찬성(左贊成) 민영준과 전(前) 통제사(統制使) 민형식, 전 총제사(摠制使) 민응식, 경주부윤(慶州府尹) 민치헌, 전전(前前) 개성유수(開城留守) 김세기를 각각 원악도와 원지에 유배하라 하였다.

이날, 임금은 다시 전교하여, 중요한 국사는 모두 대원군에게 보고하여 '꾸지람을 받들어 시행'(질정·叱正)하라 하였다. 사실상 흥선대원군의 섭정을 허락한 것이었다.

오오토리는 일본군이 경복궁을 점령한 직후부터 민 씨파와 친청 수구파의 입궐을 허락하지 않았다. 사흘 전까지 영의정이던 심순택마저 입궐을 저지당해야 했다. 거기에 임금이 민족(閔族) 세도의 거두인 민영준을 필두로 형식, 응식, 치헌 등 민 씨 일파를 제거하니, 불감청(不敢請)이언정 고소원(固所願)이라. 대원군도 내심 원하던 바였다.

문제는 청군구축(驅逐) 의뢰였다. 청나라에 원병을 요청한 것은 조선정부였다. 그래놓고 이제 와서 불청객인 일본군에 그들을 내쫓아 달라는 꼴이었으니 명분도 체면도 말이 아니었다. 더구나 대원군은 일본이 청과 개전을 하더라도 최후의 승리는 청나라에 돌아갈 것을 믿어 의심치 않고 있었다. 드러내놓고 말들은 하지 않아도 몇몇 친일 개화파 관료들을 제외하고는 거개가 같은 생각이었다. 섣불리 청군구축 의뢰를 명문화하였다가 청일전쟁이 예상대로 청군의 승리로 끝난다면 그 후환을 어찌할 것인가.

그러나 오오토리에게 청군구축 의뢰는 시간을 다투는 문제였다. 일본이 조선왕궁을 점령한 이상 청나라가 구경만 하고 있을 리는 없었다. 아산의 청군에 증원군이 오기 전에 선제공격을 해야 했다. 혼성여단장 오오시마는 오오토리에게 빨리 구축 의뢰를 받아내라고 성화였다. 조선정부의 청군구축 의뢰 없이는 개전의 명분도 그렇지만 당장 병력 수송에 필요한 조선인부와 식량, 우마(牛馬)의 징발이 어렵다고 아우성이었다.

다음날 오전, 오오토리는 대원군 앞에 외무대신 조병직을 불러 닦아세웠다.

"사흘간 말미를 달라 하여 주었으면 무슨 답이 있어야 하지 않겠소?"

"아직 사흘이 안 되었지 않습니까?"

"뭣이라? 지금 말장난을 하자는 거요?"

오오토리가 꽥, 소리를 지르자 수행했던 일본 장교 둘이 칼집에서 장도(長刀)를 빼들었다.

"당장 우리 군대의 징발에 협력하도록 지방관청에 훈령을 내려 보내지 않으면 나는 결코 저들 장교의 행동을 멈추게 할 수 없소. 지금 우리 군인들은 조선을 위해 이역만리에 와서 정의의 전쟁을 수행하려는데 조선은 최소한의 협조도 안 한다며 매우 분개하고 있습니다. 오늘 새벽 용산을 출발한 군대가 아산이 아닌 이곳 도성으로 진격해 온다 하여도 나로서는 말릴 수가 없는 처지요."

대원군의 낯빛이 백지장으로 변하였다. 두려움이라기보다는 참을 수 없는 노기였다. 이때 외무협판 김가진이 달려왔다. 김가진은 병

자호란 때 강화도에서 순절한 김상용의 후손으로 일찍이 주일본공사
관참찬관(駐日本公使館參贊官)으로 수년간 일본 도쿄에 주재했던 개
화파의 핵심 인물이었다. 김가진이 푸들푸들 손을 떠는 대원군을 훔
쳐보고는 다급하게 말했다.

"공사 각하. 장교들에게 칼을 거두라 하세요. 연노하신 국태공 앞
에서 이게 무슨 참담한 행패란 말씀입니까? 곧 관련 지방관청에 징발
협조 훈령을 내려 보내겠습니다. 또 청국 공사관에 구(舊) 조약 파기
에 대한 조회를 보내겠습니다. 그것이 곧 청군구축 의뢰의 뜻도 될
터이니 제발 … ."

구축 의뢰의 뜻이 된다? 오오토리의 눈빛이 반짝했다. 당장 오오
시마가 필요한 것은 징발 협조가 아닌가. 오오토리가 장교들에게 칼
을 거두라, 눈짓하였다.

대원군은 두 눈을 꾹 감았다.

내 죽지 않아 오늘 이런 치욕을 당하는구나. 두고 보아라. 너희가
나를 필요로 하여 섭정에 앉혔다한들 섭정인 내가 협조하지 않으면
너희 놈들의 뜻대로 되지는 않을 터이니.

6월 25일, 임금이 판중추부사 김홍집을 영의정에 임명하였다. 스
물다섯이던 1867년(고종 4년) 문과에 급제한 이후 호조, 공조, 병조,
예조 참의를 두루 거치고, 임오군란과 갑신정변의 뒷수습으로 청 및
일본과의 외교실무를 맡아온 김홍집은 중후한 인품의 온건 개화파였
다. 1880년 일본수신사로 다녀오면서 황준헌의 《조선책략》을 가져
와 조정에 소개하는 등 실사구시(實事求是)의 중도 개혁을 주창했던
김홍집은 조정에서 사심 없이 난국을 수습할 수 있는 몇 안 되는 인사
중 한 사람이었다.

같은 날 김홍집은 군국기무처(軍國機務處) 총재에 임명되었다. 군국기무처는 스기무라의 발의로 설립된 초정부적(超政府的)인 입법 정책 결정기구로서, 10인 이상의 위원으로 구성하여 모든 국정을 심의하고 그 결정은 다수결에 따르도록 하였다. 근대적 운영이라는 그럴듯한 명분을 내세웠지만 기실 다수결을 내세워 섭정인 대원군을 무력화하기 위한 방편이었다.

민 씨 세력을 몰아내기 위해 대원군을 앞세웠다고는 하지만 대원군을 견제하지 못한다면 친일 정부가 들어선다 해도 일본이 원하는 대로 굴러가지는 못할 거였다. 운현궁에서 대원군을 입궐시키느라 애를 먹었던 스기무라는 이미 대원군의 심중을 간파하고 있었다. 그래서 서둘러 내놓은 묘안이 군국기무처 설립이었다. 모두 열여섯 명의 의원 중 김홍집, 김윤식, 김가진, 조희연, 안경수, 김학우, 권형진, 유길준 등 절대 다수가 친일 개화파였으니, '스기무라의 인사'라고 해도 과언이 아니었다. 보고를 받은 일본 외상 무츠가 "조선정부는 이제 완전히 우리 제국의 수중지물(手中之物)이 되었다"고 찬탄하였다고 하니 그럴 만도 하였다.

6월 26일, 풍도(豊島) 해전 소식이 조정에 전해졌다.

청국 함대가 일본 해군에 격파되었다! 청나라 군함이 일본 순양함의 공격을 받아 침몰하였고, 아산에 증원되던 청병 1천여 명이 수장되었다! 믿기 어려운 소식이었다. 천하무적이라던 청나라 북양함대가 일본 해군에 참패하다니! 제 나라 영해에서 벌어진 사변이었지만, 그 어떤 사전 정보나 사후 보고도 없어 깜깜했던 조선의 조정은 다만 경악, 또 경악하였을 뿐이었다.

사흘 전 아침. 용산에 주둔하던 일본군 혼성여단이 아산 진격에 나서고, 일본공사 오오토리가 일본군의 징발에 협조하라며 대원군과 외무대신 조병직을 강박하던 날 이른 아침, 아산만 풍도 앞바다는 난데없는 포성에 휩싸였다. 일본 해군의 호시노호(號), 아키츠시마호, 나니와호 등 쾌속순양함 세 척이 청나라 군함 제원호, 광을호에 기습적인 포격을 가한 것이었다.

풍도 앞바다에서 청나라 군함과 일본 군함이 조우한 것은 하루 전이었다. 그러나 일본 군함이 아무런 움직임을 보이지 않자 청나라 군함도 별다른 대응을 하지 않았다. 청나라 함대에서는 전날 일본군이 조선왕궁을 점령한 사실을 알지 못하고 있었다. 따라서 일본 함대가 공격시점을 기다리고 있다는 것도 눈치 챌 수 없었다. 일본 함대에는 영국이 조정한 청·일 간 최후협상의 결과가 나올 때까지는 공격을 하지 말라는 명령이 내려져 있었다. 그 기한은 6월 22일이었다. 청·일 간 최후 협상은 결렬되었다. 6월 23일, 마침내 일본함대에 전투행위가 허락되었고, 쾌속 순양함들은 빠른 속도로 청나라 군함에 접근해 포격했다. 기습 공격을 당한 제원호는 선체가 격파된 채 달아나고, 광을호는 화약고가 폭발하면서 좌초했다.

청의 참사는 이에 그치지 않았다. 해전의 와중에 병력운송선 고승호가 1,200명의 청병을 태우고 풍도 앞바다로 들어왔다. 고승호에는 영국기가 게양되어 있었다. 청나라가 영국 국적의 상선을 빌려 아산에 병력을 수송하던 참이었다. 일본함대가 고승호를 나포하려 하자 배에 타고 있던 청나라 군사들이 불응하였다. 일본 순양함이 포격을 가했고, 고승호는 침몰했다. 일본 해군은 바다에 빠진 영국인 선장과 선원들만 구조하였다. 청병 200명은 이튿날 근처를 지나던 프랑스 군함에 구출되어 목숨을 건졌으나 1천 명은 수장(水葬) 되었다.

말이 해전이지 일본 함대의 일방적인 승리였다. 그렇게 청일전쟁은 선전포고도 없이 풍도 앞바다에서 시작되었으니, 오오토리가 이 날 아침 개전의 명분을 위해 청군구축 의뢰를 하라며 대원군과 조병직을 겁박한 것은 기실 별 의미도 없는 짓거리였던 셈이다.

전주를 떠날 순 없습니다

　김학진은 알 수 없었다. 임금이 자신을 전라관찰사에 임명한 것이 4월 18일이었다. 임금에게 부임인사를 올릴 때 편의종사의 직까지 허락받지 않았던가. 그런데 두 달여 만에 병조판서라니! 병조판서는 군권을 총괄하는 정2품 당상관이다. 종2품인 관찰사에 비해 한 단계 높은 품계이다. 그러나 이 느닷없는 승진인사는 무엇 때문인가? 의정부에서 내려 보낸 전문은 아무것도 설명하지 않았다. 그저 전라관찰사 김학진을 병조판서에, 장흥부사 박제순을 전라관찰사에 임명한다는 것뿐이었다.

　김학진은 간밤에 궁궐에서 일어난 일을 알 수 없었다. 조선의 정궁이 일본군의 총칼에 유린당한 것을 알지 못했다. 하룻밤 새 정권이 바뀌어 대원군이 섭정에 오르고 민 씨 척족들이 몰락한 것을 미처 알지 못했다.

　김학진이 알 수 있는 것은 병조판서의 직을 받을 수 없다는 것이었다. 전주성을 떠날 수 없다는 것이었다. 이제 겨우 동학의 무리를 달래어 화국(和局)을 이루었거늘 자신이 떠나면 모든 일이 수포로 돌아갈 것이었다. 김학진은 의정부에 전문을 보냈다.

　"전주성에서 동비를 퇴거시킬 시에 본관은 저들에게 각자 고향으로 돌아가 안업(安業) 할 수 있게 할 것을 약속하였습니다. 이는 백성을 어여삐 여기는 전하의 자애로운 뜻이기도 합니다. 이제 그 책무를 이행하여 전라도 열읍이 안정을 찾아가고 있으나 아직 화평의 단계에는 이르지 못하였습니다. 만약 본관이 하루아침에 자리를 비운다고 하면 저들이 어떻게 생각하겠습니까? 만에 하나 전하의 뜻이 바뀌었다고 생각한다면 그 후환을 후임 관찰사가 능히 감당할 수 있겠습니까? 임금의 명을 거역하는 신하는 마땅히 죽음의 벌을 받아야 할 것입니다. 본관은 호남의 안정을 기한 후 스스로 포박하여 대죄(待罪) 할 것입니다. 본관이 전주에 머무르고자 하는 충정을 헤아려 주시기 바랍니다."

놀라운 소식은 사흘이 지나서야 전해졌다. 일본군이 왕궁을 점령하였고, 일본 해군이 아산만 풍도 앞바다에서 청국함대를 공격해 마침내 청일전쟁이 터졌다는 것이었다. 이제 저들 동도의 무리와 손을 잡아야 하는가. 저들과 함께 전주성을 지켜내야 하는가. 무력은 이미 저들 동도의 수중으로 넘어갔고, 전주성을 지키는 것은 고작 200명의 강화병뿐이다. 청병이든 왜병이든 전쟁에서 승리한 쪽은 동도의 토벌을 내세워 남쪽으로 내려올 것이다. 그런 명분을 주지 않기 위해서는 동도의 귀화를 마무리 지어야 하고, 그러려면 저들과 손을 잡을 수밖에 없다. 누년간 쌓인 폐정에 대한 저들의 원망(怨望)은 또한 백성의 원망이 아니던가. 조정에 누가 있어 저들의 원망을 풀어줄 것인가. 내 손으로 풀어줄 수 없다면 저들 손으로 풀게 해야 할 터. 결국 역적의 무리와 손잡는 역적이 되고 마는가.

전주 감영 선화당에 저녁 빛이 스며들었다. 김학진이 군사마(軍司馬) 송인회를 불렀다.

"찾아계시오니까? 순상 각하."

"자네가 속히 해야 할 일이 있네."

"하명하십시오."

"전봉준이 어디 있는지 수소문하여 이 서찰을 전하게."

"전봉준이라면 동비의 거괴 아닙니까? 그런 자에게 각하께서 무슨 서찰을? …"

"지금 자네가 그 이유를 알고자 함인가?"

김학진이 군관을 노려보았다.

"아, 아니옵니다. 본관은 단지 각하의 체통이 염려돼온지라 …."

"체통이라, 이곳 선화당에 앉아 아무 일도 못하는 게 관찰사의 체통이라던가?"

"송구하옵니다. 본관의 무례를 용서하십시오."

군관이 머리를 조아렸다.

"허어, 그럴 시간이 없어. 그만 일어나 명을 따르게. 하루빨리 전봉준의 소재를 알아내 자네가 직접 전해야 하네. 그리고 억지로야 안 되겠지만 가능하면 자네가 그를 배행해 함께 전주성으로 왔으면 하네."

"⋯⋯?"

"전봉준이 내 서찰을 보면 답을 줄 것이네."

송인회는 여전히 어리둥절하였지만 토를 달수는 없는 일이었다.

"예. 순상 각하. 분부 받잡겠습니다."

그 시각 전봉준은 원평의 김덕명 가에 있었다. 안채와 사랑채가 중문(中門)을 끼고 널찍하게 떨어져 얼핏 두 채의 집이 따로 놓인 것 같은 와가였는데, 사랑채 맞은편에는 열두 칸이나 되는 목조 객사(客舍)가 한일자(一字)로 길게 늘어져 있어 얼핏 공장(工匠)의 작업장

같아 보였다. 1년 전 봄 원평취회 때 접주들이 묵었던 객사는 그 후로도 호서와 호남을 오가는 도인들의 숙소이자 집결지이기도 하였다.

"그래, 춘장(椿丈) 어른은 그냥 그대로 거기에 모셔두실 생각이시오?"

곰방대에 불을 붙여 한 모금 맛있게 빨아들인 김덕명이 후우, 연기를 뱉어낸 후 물었다. 저녁상을 물린 뒤였다. 사랑채 뒤 키 높은 미루나무에서 매미들이 요란스레 울었다.

"세상이 모질어서 그러한지 매미들도 점점 그악스러워지나보네."

김덕명이 웅얼웅얼 입안에서 혼잣말을 했다. 전봉준이 과분한 부조 덕에 소상을 성대히 치를 수 있었다고 사례한 끝에, 오던 길에 죽산마을에 있는 아비의 산소에 들러 그 감사함을 고하였노라 하여 물었던 것이었는데, 묻자마자 아니 물음만 못하다는 걸 직감한 김덕명이 어물어물 말머리를 돌린 것이었다.

화약으로 전주성에서 평화롭게 물러나왔다고는 하지만 언제 역적의 죄를 받아야 할지 모르는 처지에 내 아비의 무덤이 여기 있소, 광고하여 부관참시(剖棺斬屍)의 위험에 노출시킬 것인가. 야산의 비석 하나 없는 무덤으로 버려두는 것이 외려 고인의 유해나마 온전히 모시는 길이 아니겠는가. 짧은 생각에 가벼운 입이라니! 김덕명은 가만히 혀를 찼다.

전봉준은 그런 김덕명을 슬쩍 쳐다보았다. 앉은 자세만으로도 장한(壯漢)임을 한눈에 알 수 있다. 떡 벌어진 어깨 아래 곧추세운 허리는 미루나무 둥지처럼 우람하고 꼿꼿하다. 쉰 나이가 무색할 몸이다. 그러나 서글서글한 눈매와 부드러운 콧날 아래 두툼한 입술은 온화한 덕장(德將)의 풍모였으니, 언젠가 고부의 문장가 옹택규가 이르기를 김덕명 선생은 장비의 몸에 관우의 상을 가진 분이라 하였다. 그 선생의 집을 열여덟 살 무렵부터 오고가며 들며나며 하였으니 어느새 이십여 년의 교류였다. 열 살이나 연상이면서도 김덕명은 전봉준을 늘 연하의 벗으로 대하였다. 첫 만남에서부터 그랬다.

"돌아가신 자네 모친께서 언양(彦陽) 김 씨이시니 외갓집이라고 생각하고 자주 들르게. 열 살 차이면 친구지간이니 우리는 벗이 될 수 있을 것이야."

어느 날 아버지를 따라 원평장에 갔던 전봉준이 용계마을 김덕명 집에 들러 인사를 하였을 때 김덕명은 그렇게 말하며 껄껄, 웃었다. 용계마을은 전봉준 일가가 살던 황새마을에서 지척 간이었다. 그렇게 맺어진 인연은 전봉준 가족이 지금실로 이사를 한 뒤로도 이어졌다. 지금실에서 만난 김개남과 원평, 전주로 나다닐 때도 다리 쉼 삼아 함께 들른 곳이 김덕명 가였으며, 최경선, 손화중, 손여옥, 김낙철-김낙봉 형제, 김인배 등과 첫 만남이 이루어진 곳도 김덕명의 사랑채였다. 김덕명은 전봉준의 든든한 후원자이자 변함없는 동지였다. 태인에 인연이 없었더라면, 김덕명을 만나지 못했더라면 그 어떤 시작도 없었을 것이었다.

시작이라? 끝이 아니면 시작일 뿐이던가.

"지금 어디쯤 와 있을까요? 여전히 시작이겠지요?"

전봉준도 혼잣말을 한 것 같았다. 창호에 등잔불빛이 어룽거렸다.

"최경선이와 김인배가 얼추 올 시간이 되었지, 아마. 아니 뭘 다시 시작한다고 하셨소?"

전봉준이 희미하게 웃었다.

"다시 시작을 하긴요. 벌여놓은 일을 마무리하기도 버거운 판에…."

"으, 으음. 어차피 법헌께서 결단을 해야 할 것이거늘."

김덕명은 전봉준의 올올한 광대뼈에 부딪힌 가느다란 불빛의 줄기를 좇다가 눈길을 돌렸다. 교주의 도움 없이 동학교도들을 하나로 묶어내는 일은 사실상 불가능할지도 모른다. 비록 전주성까지는 함께 했다 하더라도 뿔뿔이 흩어져버린 지금에야 농민군 총대장의 명이 각기 연원이 다르고 포가 다른 접주들에게 속속들이 먹힐 리 있겠는가. 집강소를 차린다고는 해도 어디는 고을 수령이 건재하고, 어디든 양반 유생의 입김이 여전하고, 그렇게 제각각인 사정에 전봉준이 바라는 통일된 집강소 질서는 요원할 터이다. 이 와중에 어중이떠중이 무뢰배들이 동도에 의탁하여 분탕질을 하고 있다니, 원.

"그래, 어쩔 생각이시오?"

가슴이 답답해진 김덕명이 침묵을 깨며 불쑥 물었다. 김덕명은 지난봄 전봉준이 농민군 총대장이 된 이래 둘만의 사석에서도 말을 놓지 않았다.

"최경선 접주를 나주로 내려 보내려 합니다. 군사를 데리고 가서 그곳 접주 오권선과 나주목사 민종렬이를 압박하도록 해야 합니다. 민종렬은 전라관찰사의 명도 거부한 채 여전히 농민군을 핍박하고 있습니다. 집강소 설치를 허용하기는커녕 수성군을 모집해 토벌을 벼르고 있다 합니다. 나주가 흔들리면 호남의 서남부가 동요할 것입니다. 당장 나주성을 치지는 않더라도 민종렬의 발목은 잡아놓아야지요."

"김인배는 왜 오라 하셨소?"

"김인배에게는 순천에서 하동으로 이어지는 남해안 일대를 맡기면 어떨까 합니다."

"그쪽은 개남이 있지 않소?"

"김개남 접주는 남원에서 전라좌도를 운영할 겁니다. 남원 북쪽에 운봉이 있는데 거기 박봉양이라는 자가 만만치 않은 모양입니다. 개남이 순천에서 하동으로 이어지는 남해안 일대까지 장악하기에는 힘에 부칠 것이에요."

"그렇다고는 해도 김인배는 아직 약관의 나이인데, 영호 대접주는 과하지 않겠소?"

"스물다섯이 어찌 약관이라 하겠습니까? 더구나 김인배가 문무를 갖춘 빼어난 젊은이라는 것은 선생님께서 누구보다 잘 아시지 않습니까?"

"그야 그렇지만 김인배가 언제부터인가 김개남을 따르던 터라 …."
김개남과 먼저 의논해야 하지 않겠느냐는 얘기였다.

전봉준이 허허, 짧게 웃었다.

"개남이 어디 남입니까? 어릴 적부터 선생님 댁에 같이 드나들던 동무입니다. 그 사람 성정이 불같아 그렇지 본심이 어긋날 사람은 아닙니다. 제가 여기 일을 끝내는 대로 남원으로 가서 개남을 만날 것입니다. 그런 문제라면 하등 염려하실 필요가 없습니다. 김인배 또한 작은 의리에 매달릴 졸장부는 아닐 터이니, 이심전심으로 다 통하겠지요. 순천 접주 유하덕에게는 이미 광주에서 사람을 보내 준비를 하도록 일러놓았습니다."

"광주라면? 태인으로 올라오기 전 아니오?"

"그렇습니다. 광주에서 손화중 접주를 만나 최경선과 김인배에 대한 계획을 논의했었지요."

"허어, 일이 그렇게 된 것을 내가 모르고 공연한 지청구를 한 꼴이 되었소이다."

"지청구라니요? 그렇지 않아도 말씀을 놓지 않으셔 듣기 불편하던 터에 지청구라니요? 참으로 송구합니다."

"나이가 무슨 벼슬이오? 이제 전 접주는 엄연히 농민군 총대장이거늘 어찌 내가 나이를 내세워 해라를 한단 말이오? 자식뻘인 김인배에게도 함부로 말을 놓지 않소이다. 허허허 …."

김덕명이 만면에 사람 좋은 웃음을 짓는데 사랑채 밖에서 인기척이 들렸다. 전봉준이 일어나 장지문을 열자 최경선과 김인배가 청색 어둠을 등 뒤로 하고 있었다.

원평을 떠난 전봉준이 남원으로 들어간 것은 7월 초이틀이었다. 최경선은 먼저 광주로 가서 손화중의 협조를 받아 농민군 3천 명을 데리고 나주 접주 오권선의 농민군과 합세하기로 했고, 김인배는 순천의 유하덕을 수접주(首接主)로 하여 영호대도소를 관할하기로 하였다.

신시(오후 3시~5시)에 전봉준이 남원 관아에 차려진 대도소를 찾자 김개남이 장청(將廳) 앞마당으로 나와 맞았다.

"어서 오시오. 전 대장."

김개남이 걸쭉하게 웃으며 전봉준의 두 손을 잡았다.

"대장이라니요. 듣기 민망합니다."

전봉준도 환하게 웃었다.

"비록 전주성에서 일시 귀화하였다고는 하나 후일을 기약한 터. 그러니 전 접주께서 동학군 대장이라는 사실이 변할 일이 있겠소? 더위에 순행하시느라 고생이 자심하셨을 테니 우선 좀 쉬시고 천천히 얘기를 나누십시다. 참, 점심은 드셨소이까?"

"오는 길에 점막에서 먹었습니다."

"그러시면 객사에 가서 좀 쉬시오. 내 곧 가리다. 이보게들, 전 대장을 객사로 모시게. 수행군사들은 동관에 묵게 하고."

전주성에서 나와 전봉준과 함께 농민군을 이끌고 본거지인 태인에 보름가량 머물렀던 김개남은 전봉준 부대와 갈라져 순창, 옥과, 담양, 창평, 동복, 무안, 순천, 보성, 곡성을 거쳐 남원에 들어왔다. 일본군이 경복궁을 점령한 나흘 후인 6월 25일이었다.

남원부사 윤병관은 이미 달아나고 없어 김개남은 쉽게 남원성을 점령하였다. 김개남은 곧바로 대도소를 차리고 부패 탐학한 이속들을 형틀에 묶어 볼기를 치고 주리를 틀었으며, 관내 및 인근 고을의 토호들을 잡아들여 재물을 헌납케 했다. 김개남은 협조하지 않는 구실아치나 양반, 토호들을 망설임 없이 징치하였다. 남원, 임실, 장수, 무주 등 김개남의 관할권하에 있는 전라좌도에서 농민군이나 노비, 천민 등의 설분행위가 유독 심하였지만 김개남은 대체로 묵인하였다.

김개남 부대의 핵심세력은 태인의 도강 김 씨 혈족으로 접주만도 스물네 명이었다. 김개남은 혈연으로 맺어진 이들을 중심으로, 일찍이 처가가 있는 임실을 왕래하며 두터운 교분을 맺어온 남원의 토착 동학세력과 연합하였다. 또 부자와 양반, 벼슬아치들에 대한 김개남의 거칠 것 없는 응징은 영세 소작농이나 노비, 천민 출신 농민군들의 열광적인 호응을 이끌어냈다. 설분행위를 금하고 집강소 질서를 통해 폐정개혁을 추구하는 전봉준보다는 단숨에 기존 질서를 부수어버리는 김개남의 기질이 그들의 정서에는 딱 맞았다.

한 식경이나 지났을까. 전봉준이 객사 별채에서 냉수 한 사발을 들이켜고 막 땀을 식혔을 때 김개남이 장지문을 열고 들어섰다.

"이곳이 서향입니다. 오후엔 빛이 많이 들어서 문을 열어놓을 수가 없어요. 그렇다고 발을 치기도 그렇고요."

김개남은 엉뚱하게 서향이 못마땅하다는 말부터 했다. 3월 기포 이후 의식적으로 하는 듯한 존대도 여전히 어색한 느낌이다. 전봉준이 스물세 살에 첫 아내와 사별하였을 때 두 살 위의 김개남은 동병상련(同病相憐)의 아픔을 함께 나누던 동무였다. 김개남도 결혼 1년 만에 첫 아내를 떠나보내야 했으니 같은 처지의 위로가 오히려 깊이 아팠던 느낌을 전봉준은 또렷하게 기억하고 있었다. 지금실 골짜기에 번져가던 노을의 붉은 빛살도. 그랬던 김개남이 지금은 조금 낯설기도 하고 데면데면하게 느껴지기도 한다. 전봉준의 그런 속을 눈치 챘는지 김개남이 허허, 웃었다.

"모처럼 오셨으니 천천히 하십시다. 냉수 한 사발로 대장을 모셔서야 내 체면이 뭐가 되겠소이까?"

전봉준도 따라 웃었다.

"하하, 제게 체면치레할게 무에 있겠습니까? 새삼스럽게. 아니 그렇습니까?"

"그렇구먼. 우리끼리 새삼스럽게."

김개남은 그러면서도 굳이 전봉준이 상석에 앉기를 고집하였다. 잠시의 실랑이 뒤에 자리에 앉은 전봉준이 입을 열었다.

"먼저 말씀드릴 게 있소이다. 남원에 오기 전에 김덕명 선생과 의논하여 최경선 접주는 나주로 보내고 김인배 접주는 순천 이남을 관할하도록 했습니다. 미리 대접주와 상의를 했어야 했는데 사정이 그리 됐습니다."

286

김개남이 껄껄, 웃었다.

"상의는 무슨, 농민군 대장과 참모께서 결정하셨으면 그걸로 됐지요. 닷새 전에 김인배가 순천으로 가는 길이라면서 내게 인사를 와서 이미 알고 있소이다. 김인배가 나이는 젊어도 용력과 지략이 모두 뛰어나니 잘 해낼 것이오."

전봉준이 고개를 끄덕였다.

"그건 그렇고 한성의 일은 알고 계시오? 왜병이 왕궁을 점령하였고, 청·일 간에 전쟁이 벌어진 모양입니다."

김개남이 쩝, 쓴 입맛을 다시는 시늉을 했다.

"그것 참. 전 대장도 숭늉 얻어먹기는 그른 것 같소. 이리 급해서야 원."

"저는 어제서야 자세한 소식을 들어 경황이 없습니다."

"전 대장이 경황이 없다 해서야 되겠소이까? 어차피 썩은 조정, 누구 손에 결딴이 난다 하여도 필연이 아니겠소. 하여 나는 그리 놀랍지 않소이다. 국태공께서 섭정을 하신다고 하니 어찌 돌아가는지 지켜볼 수밖에."

"그렇다 해도 왜병이 왕궁을 점령했다 하니 … ."

전봉준이 말끝을 흐리자 김개남이 눈썹을 꿈틀거리며 말소리에 힘을 주었다.

"나는 이곳 남원을 접수했소이다. 그동안 호남좌도를 순행하면서 썩은 이서들과 양반, 토호들을 치도곤 했지요. 전 대장은 일전에 포고문을 통해 설분행위를 금한다 하였지만 내 생각은 좀 다릅니다. 백성들도 얼마간은 분을 풀어야지요. 평생 빼앗기고 매 맞고 쫓기며 살아온 사람들입니다. 그들의 기가 살아야 왜놈이든 되놈이든 맞서 싸울 게 아니겠소. 이제 그만하면 되었다 싶을 때 엄격한 율로 다스리면 됩니다."

김개남은 전봉준과 결이 달랐다. 전봉준은 그것을 알고 있었고, 그래서 늘 조심하고 유의하였다. 김개남이 장성에서 왕사의 목을 베었을 때 그들을 굳이 원평장에 효수한 것도, 그것이 김개남 개인의 돌출된 과격행위가 아니라 농민군 전체의 결단이라는 점을 내외에 부각시키기 위해서였다. 허나 다른 것은 다른 것이다. 백성의 기를 살린다? 양반과 유림 전체를 적으로 만들지 않기 위해 노심초사하였거늘, 그간 곳곳에서 벌어진 분별없는 설분행위가 대체 무슨 득이 된다는 말인가? 집강소 성찰(省察)과 동몽(童蒙)들이 양반가 처녀들에게 늑혼(勒婚·강제 혼인)을 자행한다는 해괴한 소문까지 들려서야 어찌 얼굴을 들어 대의를 말할 것인가.

그러나 지금 김개남과 그런 논쟁을 할 때는 아니다. 우선은 함께 집강소 체제를 굳건하게 하면서 청·일 간 전쟁의 추이를 살펴야 할 것이었다. 대원군이 섭정을 한다고 하니 그 추이도 지켜보아야 할 것이다. 전봉준은 가만히 고개를 끄덕이다가 조심스럽게 입을 열었다.

"전라관찰사가 전주성에서 만나자고 합니다. 실은 그 일이 아주 급하게 되었습니다. 대접주와 동행하였으면 하는데 어떠십니까?"

"허허, 늘 신중한 전 대장께서 오늘은 어째 경황도 없고 급하기만 합니다그려. 그러니 나도 급히 답하리다. 나는 관찰사, 그자를 만날 생각이 없소. 김학진, 그자가 비록 품성이나 경우에서 남다른 바가 있다고는 하지만 그 역시 썩은 조정에서 내려 보낸 벼슬아치요. 급할 때는 이 말 하다가 형편이 나아지면 저 말 하는 게 벼슬아치들의 한결같은 속성이 아니겠소. 멀리 갈 것도 없이 고부에서 무슨 일이 벌어졌소이까? 박원명이 회유하고 돌아서니 이용태가 와서 분탕질을 치지 않았소이까? 또 전주성에서 물러날 때 우리에게 약속한 폐정개혁안은 지금은 개가 물어갔소이까, 쥐가 물어갔소이까? 지금은 저들의 눈치 보고 말고 할 것 없이 우리 힘을 키우는 게 급선무요."

"왜병이 왕궁을 점령하고 청·일 간에 전쟁이 벌어진 지금은 상황이 전과는 다릅니다. 관찰사가 무슨 말을 할지 들어볼 필요가 있어요."

"전 대장께서 그리 생각하신다면 굳이 내게 물을 건 아니겠지요. 허나 천천히 다시 생각해보기로 합시다."

천천히 다시 생각해볼 여유는 없지 않은가. 전라관찰사가 보낸 군관에게 기다리라고 하였으니.

이날 오전, 남원으로 들어가는 길목에서 만난 군관은 정중했다.

"완영 군사마 송인회라고 하옵니다. 순상 각하께서 이 서찰을 선비님께 전하라고 하여 예서 기다리고 있었습니다. 임실에서 남원으로 들어오는 지름길의 길목이 여기라고 해서요."

군관은 평복에 삿갓을 쓰고 있었고, 멀찍이 수행한 군사들로 보이는 장정들은 맨 상투에 두건으로 변장하고 있었다.

"사람들의 이목도 있고 공연히 번다한 일이 생길까 싶어 변복을 하였습니다."

전봉준이 길가 점막 옆에 웅기중기 모여 있는 장정들에 눈길을 주자 송인회가 머쓱한 얼굴을 하였다.

"순상께서 무슨 일로 내게 서찰을 보내신 것이오?"

"그야 제가 어찌 알겠습니까? 다만 시각을 다투는 일인 듯 각하의 재촉이 다급하셨습니다."

"답을 받아오라 하시더이까?"

"답을 받아오라 하시지는 않았습니다. 다만 모시고 오라는 명이 있었습니다."

"모시고 오라? 그것이 무슨 소리요? 완영으로 말이오?"

"선비님께서 서찰을 보시면 하회가 있을 거라 하셨습니다."

"허어, 무슨 소리인지 모르겠소만 어디 서찰을 봅시다."

송인회가 누런빛의 긴 봉투를 전봉준에게 건네며 말했다.

"본관은 점막에서 기다리겠습니다."

전봉준이 주위를 물린 뒤 길가의 상수리나무 그늘을 찾아 봉투에서 서찰을 꺼냈다.

전봉준 동도대장(東徒大將) 귀하
근일에 일본군이 왕궁을 점령하는 괴변이 발생하였습니다. 마침내 이리와 승냥이가 먹이를 차지하려고 할퀴고 깨무는 싸움을 시작하였습니다. 이런 사태에 이르러 귀하도 지금 나라의 운세가 지극히 위태롭다는 것을 직감할 것입니다. 하여 같이 국난(國難)을 짊어지기로 약속하고 도인을 거느리고 함께 전주를 지킴이 어떠하겠습니까. 급하고 급한 일이니 지체하지 말고 내방하기 바랍니다.

김학진은 전봉준의 호칭을 동도대장이라 하고, 내방을 바란다고 하였다. 당상관인 관찰사가 토벌의 대상이던 동도 수괴에게 사용할 수 없는 어휘이고 어법이었다. 더 놀라운 것은 서찰의 내용이었다. 왜병이 왕궁을 점령하다니! 이리와 승냥이의 싸움이라면 청·일 간의 전쟁이 아닌가!

전봉준은 김학진의 서찰을 소각했다. 그리고 송인회에게 남원에 일이 있어 하루 이틀은 걸릴 것인데 점막에서 기다리겠느냐 물었고,

송인회는 그리하겠다, 짧게 답하였던 것이다.

그날 저녁, 김개남은 끝내 전주로 동행하기를 거절하였다.

"내 전 대장 말씀도 있고, 김학진의 인물 됨됨이도 살펴볼 겸 전주행을 생각해보았지만 아무래도 안 되겠소이다. 실은 이달 보름에 이곳에서 농민군 대회를 열 작정이외다. 호남좌우도를 통틀어 전주성에서 물러난 이후 흩어졌던 농민군들을 한데 모아 기세를 올릴 필요가 있어요. 또 그 대회를 통해 전 대장이 염려하는 농민군의 기강을 바로 잡고, 아울러 집강소 운영에 대한 틀도 확실하게 할 수 있을 것이외다. 그러니 전 대장은 전주에 가서 관찰사가 뭐라 하는지 듣고 오시구려."

전봉준도 더는 청하지 않았다.

"알겠습니다. 내 전주에 올라가 관찰사를 만나보고 다시 내려오지요."

다음날 아침, 전봉준은 남원 대도소를 떠났다. 대도소의 군사들이 전봉준 일행을 남원 경계에까지 호위하고는 샛길로 돌아갔다. 대도소 군사들이 사라지자 말을 탄 송인회가 수하들을 데리고 나타났다.

"선비님, 이제부터는 본관이 모시겠습니다."

송인회가 말을 몰아 행렬의 앞으로 나섰다. 마른 흙에서 먼지가 일었다. 날은 뜨거워지고 있었다.

관민상화

　전봉준은 남원 어귀에서부터 동행해온 군관 송인회를 전주 초입인 삼천에서 돌려보냈다.

　"내 몸이 곤하여 좀 쉬려고 그럽니다. 내일 진시(오전 7시~9시)에 전주성 남문으로 가리다. 순상 각하께 그리 전해주시오."

　송인회는 군말 없이 수하들을 데리고 갔다.

　객방의 동창 문살 틈으로 멀리 전주성 풍남문의 용마루가 보였다. 남원을 떠나기 전 김개남이 일러준 전주성 인근 객점이었는데 주인은 개남의 도강 김 씨 인척으로 한 시절 전주부에서 종6품 찰방을 지냈으나 풍질(風疾)로 몸의 왼편을 못 쓰게 되면서 물러나 객점을 열었다고 했다. 한때는 한양에서 내려온 벼슬아치들이 묵어가는 등 성업을 이뤘다고 했으나 지금은 마당 한가운데 있는 우물 벽에 푸른 이끼가 낄 정도로 한산했다.

　전봉준은 큰 갓에 삼베옷을 입은 선비 차림이었고, 장꾼으로 변장한 수하들은 서넛씩 나뉘어 객방에 들었다. 비록 순변사와 초토사의 군사들이 서울로 돌아갔고, 전라관찰사와 농민군 간에 화약이 맺어졌다고는 하나 전주는 호남의 수부이자 양반의 도시였다. 전라도 열읍에 도소가 들어서고 집강소 활동이 활발하다고는 하나, 관에서 군

·현 단위의 집강소를 공인하지 않는 한 감영이 있는 전주에 대놓고 도소를 차릴 수도 없는 일이었다.

아침상은 푸짐했다. 조를 드문드문 놓은 쌀밥에 칼집 좋게 저민 녀비아니와 곰삭은 황태기 젓과 시원한 열무김치가 사각 소반에 그들 먹했다. 칭병(稱病)하며 얼굴은 드러내지 않았지만 객점 주인이 각별히 신경 쓴 조반상에 분명했다.

그러나 전봉준의 입맛은 썼다. 어젯밤 해시(亥時·밤 9시~11시) 원평 도소에서 온 통지 때문이었다. 최경선과 오권선이 나주성을 쳤다가 패했다며 원병을 요청하는 내용이었다. 나주목사 민종렬을 묶어두되 공격은 삼가라고 누누이 말했건만 최경선과 오권선이 그예 일을 저지른 모양이었다. 전봉준은 통지문을 가져온 동몽에게 짧은 답신을 적어 최경선에 전하도록 하였다.

"저들은 저들의 직분을 다할 뿐이거늘 왜 공격하였는가. 접장은 내 말을 듣지 않았으니 나의 도움을 바라지 마시오."

나주는 등에 박힌 가시였다. 나주목사 민종렬은 전주성에서 물러나 귀향하던 농민군들을 붙잡아 처형하고 도인들을 계속 금압하고 있었다. 집강소 설치도 완강하게 거부했다. 민종렬은 만만한 인물이 아니었다. 양반과 유생을 중심으로 군민이 똘똘 뭉쳐 민종렬을 따르고 있었다. 민의 지지를 받아 수성(守城)하는 상대를 섣불리 공격해서는 승산이 없다. 더구나 지금은 작은 싸움에 매달리기보다는 집강소를 중심으로 실질적인 폐정개혁에 힘쓸 때가 아닌가. 그러자면 제각각인 집강소 체제부터 일원화해야 한다. 그러려면 전라관찰사 김학진으로부터 군·현 단위 집강소에 대한 공인을 받아내야 한다. 김개남은 전봉준이 김학진으로부터 공인 약속을 받아낸다면 협조하겠다고 하였다. 남원에서 대대적인 농민군 대회를 열어 질서를 잡자고 했다. 이러한 때에 섣불리 군사를 일으키다니!

하지만 최경선이 누구인가. 사발통문에 이름을 올리고, 고부 봉기를 선도하였으며, 무장 기포 이후에는 농민군 영솔장으로 황토재와 황룡촌 전투를 승리로 이끌고 전주 입성의 선봉에 나서지 않았던가. 그런 최경선을 매몰차게 질책한 것이 못내 가슴에 걸려 전봉준은 잠을 설쳐야 했다. 흰 쌀밥에 잘 구운 너비아니도 입안에 깔깔할 수밖에 없었다.

삼천에서 군관 송인회에게 일렀던 대로 전주성 남문 앞으로 가자 길 양편으로 군사들이 도열해 있었다. 7월 6일, 진시였다.

"대장님, 저들이 혹여 다른 생각이 있는 건 아니겠습니까?"

양해일이 굳은 얼굴로 귀엣말을 했다. 원평 도소에서 성찰(省察) 일을 하던 양해일은 송대화가 고부로 돌아간 뒤부터 전봉준을 수행 호위하였는데, 자못 긴장한 모양이었다.

"다른 생각이라니? 허허, 걱정할 것 없네."

양해일이 더 뭐라 하려는데 군관 송인회가 성큼성큼 다가왔다.

"선비님, 일단 읍양정(揖讓亭)에 여장을 푸시지오. 곧 본관이 선화당으로 모실 것입니다."

전라 감영 선화당의 반지르르하게 닦인 마루에 아침 햇살이 내리꽂히며 번쩍 빛을 냈다. 전라관찰사 김학진이 다반 위의 찻잔을 내려 맞은편 자리에 앉은 전봉준 무릎 앞에 놓았다. 그리고 백자 주전자를 기울여 차를 따랐다. 뜨거운 김이 솟는 인삼차였다.

"송구하옵니다. 순상께서 이리 친히 차를 따라주시니 … ."

전봉준이 두 손을 내밀어 찻잔을 받치자 김학진이 미소를 지으며 말했다.

"나는 지금 조정을 대신하여 접주와 회담을 하려는 것이오. 구원 (舊怨)이 있다한들 어찌 허투루 대하겠소이까."

김학진은 맑은 눈빛을 하고 있었다. 드레진 풍채에 콧날이 우뚝하고 인중이 길었으며 입술은 붉었다. 가지런히 다듬은 턱수염은 흑갈색을 띠고 있었다. 전봉준은 이런 인상이라면 일구이언(一口二言)하는 벼슬아치는 아니려니 싶었다.

"일전에 군관을 통해 내려주신 서찰에는 관민상화의 책을 논의하자 하셨는데, 그 또한 조정의 뜻이옵니까?"

"임금의 명을 받고 부임한 관찰사의 뜻이 곧 조정의 뜻이 아니겠소이까?"

김학진의 눈빛이 가늘게 떨렸으나 전봉준은 눈치 채지 못하였다.

"그러시면 먼저 말씀하시지요."

"서두를 게 뭐 있겠소. 차부터 드십시다."

김학진이 찻잔을 들어 후후, 바람을 불며 천천히 인삼차를 마셨다. 전봉준은 한 모금을 마시고 서까래가 말쑥이 드러난 천장에 눈길을 주었다. 지난봄 며칠간 농민군 총대장으로 머문 곳이었다. 그때 천장을 올려다본 적이 있던가. 아득하고 낯설었다. 목뒤가 뻐근했다. 전봉준이 눈길을 내리자 김학진이 입을 열었다.

"지금 궁궐은 일본군 손아귀에 들어갔습니다. 실로 참람한 일이지요. 대원위 대감께서 섭정의 지위에 오르고, 군국기무처에서 경장을 한다고 하지만 청나라가 전쟁에서 일본을 패퇴시키지 못한다면 조선은 일본의 노리개가 될 것이오. 일본의 기세가 만만치 않습니다. 풍도 해전에 이어 경기도 성환에서 벌어진 육전(陸戰)에서도 청이 패하였다고 합니다. 나는 접주와 도인들이 천명한 보국안민의 대의를 믿습니다. 접주와 도인들의 뜻이 정녕 그러하다면 나와 손잡고 전주성을 지키고 나아가 나라를 보위하는 것이 대의에 그릇됨은 아닐 터인즉 접주의 생각은 어떠시오?"

전봉준이 김학진의 두 눈을 마주보며 말했다.

"저희는 그동안 포고문이나 소지(所志)를 통해 탐관오리를 제거하고 폐정을 개혁하여 나라를 돕고 백성을 편하게 하는 것이 거사의 대의임을 누누이 밝혀왔습니다. 전주화약에서 초토사는 저희의 뜻을 조정에 아뢰어 폐정을 개혁할 것을 약속하였습니다. 그러나 조정은 차일피일 미루며 약속을 외면하여 왔습니다. 새 정부가 한다는 경장역시 형식에 치우친다면 기대하기 어렵습니다. 폐정의 근원인 3정의 개혁 없이 무슨 경장입니까? 탐학한 관리들을 발본색원하지 아니하고 어떤 개혁이 이루어지겠습니까? 저희가 집강소를 설치한 이유도 거기에 있습니다. 각하께서는 면·리 단위의 집강소를 허락하셨습니다만 지금 호남의 실정에 비추어 보면 군·현의 수령들은 거개가 이미 제구실을 하지 못하고 있습니다. 그간의 폐정으로 백성들의 신망을 잃은 지 오래입니다. 공해(公廨)는 부패한 이서들이 내뿜는 악취로 가득하고, 관아의 곳간에는 백성들에게서 수탈한 곡식들이 쌓여 있습니다. 이러한 지경에 면·리의 집강들이 폐정개혁의 노력을 한들 군·현의 관리들이 제대로 움직이려 하겠습니까? 하여 군·현 단위 집강소에 대한 각하의 허락이 필요합니다. 그런 연후에야 관민이 함께 폐정을 개혁해나갈 수 있을 것입니다. 몇몇 수령들은 한사코 저희들과의 협력을 거부하고 있습니다. 특히 나주목사 민종렬은 화약의 뜻을 저버리고 농민군을 참살하고 도인들을 금압하는 만행을 거듭하고 있습니다. 이로 말미암아 각하께서 말씀하시는 관민상화의 높은 뜻이 저해될까 두렵습니다. 일본이 하고자 하는 바를 지켜보고 전주성을 지키는 일 또한 관민이 협조하여 폐정을 올바로 개혁할 때 비로소 가능할 것입니다."

김학진이 잠시 눈을 감았다가 떴다.

"접주의 말씀은 잘 알겠소. 내 이곳 선화당을 접주에게 내어 주리다. 그러면 군·현의 수령들이 관민상화의 뜻을 잘 알지 않겠소이까? 이에 거역하는 수령들은 조정에 파직 청원을 할 것이오. 군·현의 집강소도 허락하겠소. 다만 관의 권위와 역할은 존중되어야 합니다. 아울러 내가 여러 차례 효유했듯이 난동을 일삼는 해악자들은 엄단하여 그 기강을 바로잡아야 할 것이오."

전봉준이 깊게 고개를 숙여 예를 표한 다음 말하였다.

"순상 각하의 뜻에 혼신의 노력으로 답할 것입니다."

이틀 뒤, 전주성에서 나온 전봉준은 구미리로 가서 송희옥을 만났다.

"아니 관찰사가 선화당을 내어주다니. 그게 참말입니까?"

전봉준이 김학진과의 회담내용을 들려주자 송희옥은 놀란 입을 다물지 못했다.

"그러하이. 그러니 이제 송 접장이 전주성으로 들어와 대도소를 맡아줘야겠네. 좌도는 개남에 맡기더라도 우도는 접장이 통할해야 해. 또한 시급한 일은 가능한 모든 선망을 동원해 중앙의 정세와 청일군의 동향을 탐지하는 것일세. 왜병이 왕궁을 점령하고 청·일 간에 전쟁이 터졌는데도 깜깜히 모르고 있었으니 참으로 기막힌 일이 아닌가. 호남을 우리가 장악하고 있다한들 중앙의 정세에 어두우면 내일

일에 대비할 수가 없으니, 이는 실로 중요한 일이지. 나는 곧 남원으로 내려가야 하네. 또 늘 전주에 발이 묶여 있을 수도 없으니 대도소는 접장에게 맡길 수밖에 없으이."

새로 전라관찰사에 임명된 장흥부사 박제순이, 후백제 견훤이 고려 왕건을 맞아 싸웠던 전주 남고산성(南固山城)에 머물며 조정에 장계를 올렸다.

"전임 관찰사 김학진이 도적들을 끼고 명을 받지 않으니 이는 실로 임금을 협박하는 것이 아니겠습니까?"

김개남의 땅

남원 대도소에 호남좌우도에서 온 동학 접주들이 모여 있었다. 김개남이 옆자리의 전봉준에 눈을 주며 입을 열었다.

"유림과 양반가에서는 김학진을 도인 감사(道人監事)라 한다고 합니다. 실제 전라 감사는 전 대장이라며. 핫하하⋯."

김학진이 감사 집무실인 선화당을 전봉준에 내어주고 자신은 청징각(淸澄閣)에 물러앉았다는 소문이 전해진 모양이었다. 전봉준이 빙그레, 웃으며 답했다.

"관찰사가 그리하라 하니 따를 수밖에요. 그곳에 전주 대도소를 차리고 도집강으로 송희옥 씨가 수고하기로 했습니다. 하지만 도인 감사니 뭐니 하며 떠들어대는 소리는 몇몇 사족(士族)들이 관민상화를 이간하려는 수작입니다. 그러니 우리까지 저들의 소리에 귀 기울일 필요는 없겠지요."

"허허, 나야 뭐 그런 소문이 있다는 얘기를 한 것뿐이니 괘념치 마시오. 우리야 임도 보고 뽕도 따면 되었지 저들이 뭐라 하던 상관이 있겠나. 아니 그렇소이까. 핫하하⋯."

김개남이 연방 웃음을 터뜨리자 개남의 수하인 담양 접주 남응삼이 엉너리를 쳤다.

"그렇고말고요. 전 장군께서 호남수부의 선화당을 차지했으니 고을 수령들이야 이제 헛기침인들 제대로 할 수 있겠습니까? 하하하 …."

최경선이 전봉준을 흘깃 쳐다보고 입을 떼었다.

"그렇게 쉽게 볼 일은 아닙니다. 나주와 운봉은 여전히 성문을 닫아걸고 있고, 경상도에서는 사족과 유림이 관아를 끼고 결속하는 움직임을 보이고 있다고 합니다. 관찰사가 지금은 사세가 부득이하여 우리와 손을 잡는다고 할지라도 그 또한 조정의 녹을 먹는 벼슬아치이니 상황이 바뀌면 언제 표변할지 모를 노릇입니다."

최경선은 열흘 전 나주 접주 오권선과 나주성을 공격하였다가 패퇴한 뒤 전봉준에게 질책을 당한 터라 한결 조심스러운 기색이었다.

고부에서 내려온 김도삼이 한마디 했다.

"최 두령 말씀에도 일리가 있습니다만 미리 내일을 염려한다고 무슨 도움이 되겠습니까? 당장은 관찰사로부터 공인받은 집강소를 중심으로 우리의 힘을 키워나가야지요."

김도삼은 전봉준의 말을 대신하고 있는 셈이었다.

김개남이 짝짝, 손뼉을 쳤다.

"자아 자, 남은 얘기는 저녁을 드시면서 천천히 하십시다. 복더위에는 개고기가 제격이라 해서 내 황구 두 마리를 잡았습니다. 자아, 그만 일어들 나시오. 안채에 저녁상이 준비되어 있으니. 핫하하 …."

안채 교자상 위에 구육(狗肉)이 푸짐하였다. 7월 14일, 유시(酉時·오후 5시~7시)였다.

그날 아침부터 다음날 아침까지 남원에 이르는 길목은 호남좌우도 각 고을에서 모여든 농민군들로 메워졌다. 홑겹 바지저고리에 옆구리에는 짚신을 줄레줄레 꿰어 차고 이마에 황토색 물들인 수건을 동여맨 농민군들은 대개가 한손에 죽창을 들고 있었다. 병장기를 소지하지 말라는 남원 대도소의 통문이 각 읍 도소에 전해졌기 때문이었다. 그것은 전봉준이 김개남에게 미리 당부한 사항이었다. 전라관찰사와 관민상화에 합의하고 전라우도 집강 이름으로 병장기를 공납하라는 통문을 띄운 터에 총칼로 무장한 무리가 집결해서야 되겠느냐는 전봉준의 당부를 김개남은 선선히 받아들였다.

남원의 진산(鎭山)인 교룡산 중턱을 빙 둘러 감싸 안은 교룡산성(蛟龍山城). 백제가 신라의 침공을 막기 위해 축성했다는 이 산성은 돌로 쌓아올린 성벽의 높이가 열두 자(약 4m)요, 그 둘레가 근 10리(4km)에 이르는 데다 산성 안에 99개의 우물이 있어 군사 요새지이자 유사시 읍민의 피난지로 제격이었다. 임진왜란 때에 승병(僧兵)들이 왜적에 맞서 싸운 이 산성에 수만 명의 농민군들이 모여들었다.

햇살이 정수리께로 올라설 즈음, 농민군 대회가 열린 산성에는 죽창이 숲을 이루었다. 김개남이 단 위에 올라 목청을 돋웠다.

"우리는 오늘 관의 탐학과 부정한 양반 토호들의 토색에서 벗어나 사람답게 사는 세상을 만들어가기 위하여 한자리에 모였소이다. 일찍이 법헌께서는 사람이 곧 하늘이라 말씀하셨습니다. 사람이 곧 하늘인즉 반상의 구별이 어디 있으며 주인과 노비가 어디 있겠습니까. 이제는 우리 모두가 함께 세상의 주인이 되어야 합니다."

쩌렁쩌렁 울리는 김개남의 걸걸한 목소리가 주위를 들었다 놓자 지축을 울리는 함성이 산성 전체를 뒤집는 듯하였다. 키 높은 미루나무 가지가 흔들렸고 산새들이 푸드득, 날아올랐다. 함성이 잦아들기를 기다려 김개남이 다시 입을 열었다.

"우리는 지난봄 전라도 수부인 전주성을 점령했습니다. 비록 뜻하지 않은 정세의 변화로 성을 내주었습니다만 지금 호남좌우도 각 고을은 우리의 손에 있습니다."

다시 함성이 하늘을 찔렀다.

"그러나 우리는 이제 장도(壯途)의 첫발을 떼었을 뿐입니다. 청나라와 일본의 군대가 출병하는 사변을 맞아 우리의 앞길이 결코 순탄치 않을 것이외다. 허나 보국안민의 대의로 일치단결한다면 그 어떤 장애와 난관도 극복할 것입니다."

전봉준이 나섰다. 함성과 함께 수천 개의 죽창이 솟구치며 하늘을 찔렀다. 여름 한낮의 열기도 그 서슬에 소스라치는 장관이었다.

"일전에 전라관찰사께서 우리가 군·현에 집강소를 설치, 운영하는 것을 허락하였습니다. 김개남 장군의 말씀대로 이제 호남 땅은 우리 손에 있습니다. 우리 힘으로 폐정을 개혁하여 새로운 세상을 만들어나갈 수 있습니다. 그러나 권력은 손에 쥐는 것보다 바르게 행사하는 것이 어려운 법입니다. 그동안 분하고 억울했던 일들이 많았다는 것 잘 압니다. 그 구구절절한 사연들을 어찌 모르겠습니까. 하여 원한을 풀고 싶은 심정도 이해합니다. 허나 포악한 토호와 불량한 양반, 탐학한 관리들의 불법과 부정, 무도한 패악에 고통받아왔던 우리가 저들이 저지른 악행을 그대로 되갚아주려 한대서야 저들과 무엇이 다르겠소이까? 그래서야 어찌 보국안민의 대의를 이루겠소이까? 이제 오늘 대회가 끝나면 여러분들은 각각 제 고장으로 돌아가서 집강소를 중심으로 질서를 잡고 폐정개혁에 매진하여야 할 것입니다. 차후 정세 변화에 따른 대응책은 대도소에서 각 집강소에 통지할 것이니, 행동을 통일해 매사에 만전을 기하기를 바랄 뿐입니다."

함성은 일지 않았다. 앞쪽의 농민군들은 서로의 눈치를 살폈고,

302

뒤쪽 대열에서는 여기저기서 구시렁대는 소리가 들렸다.

"젠장, 관찰사와 손을 잡았다고 하등만 보알써 그짝 편이 되어부렀
능가보네."

"이참에 못된 양반이며 구실아치며 버르장머리를 고쳐야제. 언제
고쳐. 설 건드렸다간 앙심만 품을 거시 빤하잖여."

"그러게 말이시. 보알써 경상도 어디에서는 지주와 유생들이 짝
짜꿍이 되어가지고 수성군인가 먼가 농민군 칠 부대를 맹글고 있다
든디."

두셋이 낮은 소리로 구시렁거리는데, 그 뒤의 왕방울 눈이 눈알을
부라리며 퉁을 주었다.

"아따. 이 사람들이 시방 먼 야그를 그리 싸가지 없이 하고 있능가.
우리 대장님 말씸은 지멋대로들 나서들 말고 집강소 법대로 하자는
거잖아. 그거시 뭐가 틀린 말이라고 입방정들이여 시방."

그러자 성깔깨나 있어 뵈는 족제비상이 깡마른 얼굴을 획 돌리며
핏대를 세운다.

"음마. 여기 참으로 잘난 인물 계셔부리네. 법이라고라, 고것이
뭣이랑가? 개 씹에 말 좆 박는 거시 법이여? 그 존 법 당신이나 실컷
갖소."

그런데 왕방울 눈은 피식 웃으며, 족제비상의 성깔을 무질러버린다.

"아따 그 양반 생긴 것은 씻어논 무꼬랑지맹이로 말끔해가지고서
말솜씨는 과수댁 고쟁이 냄새 뺨치게 고약하네. 어디서 온 누구인지
통성명이나 하십시다."

왕방울 눈이 웃는 얼굴로 손을 내밀자 눈을 외로 꼬고 있던 족제비
상도 마지못한 채 손을 내밀었다.

"순창에서 온 서 가요."

"나는 전주에서 온 오 가요."

"오매, 어째 점잖은 말만 골라 하네 했등만 양반물을 자셨구만그래."

족제비상이 그예 말을 꼬고, 주위에서 큭큭, 킥킥 웃음이 이는데 김개남이 다시 나섰다.

"자, 이리 많이들 오실 줄 알았으면 조정에 임금님 내탕금이라도 내려 보내라고 할 것이었는데 내 미처 그 생각을 못했소이다. 예서 밥과 술을 못 드신 분들은 부근 아무 데고 점막에 가서 이 김개남이 이름으로 외상을 달고 맘껏 드시오. 악질 양반 토호들의 주리를 틀어서라도 그 값은 이 김개남이가 치를 터이니. 핫하하 … ."

앞에서부터 폭소가 뒤로 전달되는가 싶더니 중간쯤에서 누군가 소리쳤다.

"김개남 장군 만세!"

그 소리는 곧 함성이 되었다.

"김개남 장군 만세!"

"김개남 장군 만세!"

남원은 김개남의 땅이었다.

운현궁

운현궁 안채인 노락당(老樂堂) 북행각(北行閣)에 등잔불이 환했다. 7월 15일, 늦은 술시(오후 7시~9시)였다. 주황색 불빛이 격자무늬 문살에 비쳐 어른거렸다. 아랫목, 매화를 수놓아 시침한 안석(安席)에 대원군이 비스듬히 기대어 앉았고, 그 아래 오른편으로 이준용과 이건영, 왼편으로 박준양과 이태용, 그리고 그 뒤편에 정인덕이 자리하였다. 전 승지 이건영과 내무참의 박준양, 의정부 도헌(都憲) 이태용은 대원군의 오랜 측근이고, 배재학당 교사 출신인 내무주사 정인덕은 이준용의 심복이었다.

대원군이 입을 열었다.

"내, 그동안 있었던 얘기들은 알고 있네. 오늘밤 내가 그대들을 부른 것은 이제 구체적으로 실행에 옮겨야 할 때에 이르렀으니 … ."

대원군이 말을 끊고 쿨럭쿨럭, 잔기침을 하였다.

"대원위 대감, 근자에 업무가 과중한 것 아니옵니까? 요즘 고뿔이 유행이라 하던데 탕약이라도 준비하라 이를까요?"

이건영이 조심스레 여쭈었다.

"탕약은 무슨, 괜찮네. 잠시 사래가 들은 것뿐이야. 흐음, 하여간에 시국이 고약하게 돌아가고 있어. 군국기무처의 일이야 내가 조정을 한다고 하여도 그와는 별도로 대처해야 일들이 한둘이 아닐세."

"대처해야 할 일이라시면 … ?"

이태용이 마른 입술을 달싹였다.

"이 대감이 말씀 드리시게."

대원군이 장손(長孫) 준용에 눈길을 돌렸다.

"예. 저간에 여러분과 논의를 해왔으니 새로운 문제라고 할 것은 없습니다. 다만 이제는 정리를 하고 순위를 정해서 실행에 옮겨야 할 때가 되었다는 것이 국태공 대감의 생각이십니다. 지금 군국기무처의 개화당 인사들은 전하와 중궁전의 비호 아래 대감께 노골적으로 반기를 들고 있습니다. 그 뒤에는 일본공사 오오토리와 일등 서기관 스기무라가 있지요. 이대로 가다가는 조만간에 조선의 조정은 일본의 꼭두각시가 될 것이 불을 보듯 빤합니다. 그런 사태는 어떡하든 막아야 한다는 것이 국태공 대감의 지엄하신 분부입니다. 대감의 분부를 이행하기 위한 구체적인 실행방안은 다음과 같습니다.

하나. 밀사를 평양에 파견하여 청나라 군대가 남하하도록 종용한다.

하나. 동학당을 경성으로 끌어올려 남하하는 청군과 합세하여 일본군을 조선에서 몰아낸다.

하나. 개화당의 중심인물인 김홍집, 김학우, 김가진, 안경수, 조희연, 유길준, 김종한, 이윤용을 없앤다."

이준용은 다음은 말하지 않았다. 차마 제 입으로 국왕과 중궁, 세자를 폐하고 자신이 왕위에 오른다는 말을 어찌하랴. 고종을 상왕(上王)에 올리고 왕비와 세자를 폐한 다음 제가 보위에 오르는 것, 뼈골이 송연한 역모(逆謀)가 아닌가.

잠시 무거운 침묵이 흐른 뒤 대원군이 안석에서 등을 세웠다.

"내일 당장 평양으로 밀사를 보내게. 내가 이미 이용호 등에게 채비를 하라 일러두었고, 평양 감사 민병석에게는 직접 서신을 보낼 것이야. 동학당에 보낼 인사도 내가 생각해놓은 바가 있으니 그대로 하면 될 것이고, 개화당 인사들의 처리는 그 뒤 수순이 되겠지. 조선의 장래가 그대들의 어깨에 달렸네. 추호의 흔들림도 없어야 할 것이야. 알겠는가."

대원군의 카랑카랑한 목소리가 방안을 흔들었다. 모두가 엎드렸다.

"신명을 다하여 대원위 대감의 명을 받들겠나이다."

대원군은 작년 3월, 충청도 보은에 동학도들이 모였을 때부터 저들에 관심을 두고 있었다. 하여 전부터 운현궁에 드나들던 동학도를 보은에 내려 보내 살펴보도록 하였는데, 그 수가 수만에 이른다고 하였다. 30년 전 처형된 동학 창시자 최제우의 신원(伸寃)을 위한 집회라고 하였지만, 저들이 내세운 척왜양의 구호는 일찍이 대원군 자신이 주도했던 위정척사(衛正斥邪)의 정신과 기맥이 통하는 게 아니던가.

지난봄 호남에서 봉기한 동학군은 대원군의 감국을 요구하였다. 대원군이 나서 민 씨 척족을 축출하고 나라를 바로 세우라는 것이었다. 동학군이 전주성을 점령하였다는 소식을 접하였을 때 대원군은 저절로 아하, 긴 숨을 몰아쉬었다. 탄식은 아니었다. 가슴 밑바닥에서 치밀어 오른 뜨거운 불덩이가 입 밖으로 터져 나온 것이었다.

대원군이 섭정에 오른 직후 수감되어 있던 동학도들을 석방한 데는 자신을 지지했던 동학군에 대한 보답의 의미도 숨겨져 있었다. 서장옥, 장두재, 박동진, 박세강 등이 그들로, 박동진은 지난해 동학도의 보은취회를 살펴보고 대원군에 보고했던 바로 그 인물이었다.

감옥에서 풀려나온 장두재가 7월 9일, 김덕명, 김개남, 손화중에

게 편지를 보냈는데 그중에,

"일해(一海) 형께서는 지난달 22일 석방되었는데도 이날 신시(오후 3시~5시)쯤 좌변(左邊)으로 이감되어 거의 사경(死境)에 이르렀으나 뜻밖에도 천은이 망극하여 지난달 28일 신시에 방면되어 돌아오니 감사하여 축복하지 않을 수 없습니다. … 우리들이 내려갈 때 청국병과 합세하여 왜적을 모두 물리치겠다고 운현궁에 말씀드렸더니 흔쾌히 받아들였습니다. 염려하지 말고 조처하시어 함께 봉기하여 속히 큰 공을 이루도록 엎드려 빕니다. 비록 법소의 분부가 없더라도 상종하는 동료들이 며칠 있으면 몇만 명이 호중(湖中) 도회에 상응상합(相應相合)하여 큰 공을 이룰 수 있도록 의논할 것을 기약했습니다."

하였다.

경성감옥에 갇혀 있던 장두재는 6월 26일 석방되었다. 편지 내용으로 미루어 장두재는 이틀 후 풀려난 일해 서장옥과 함께 운현궁을 찾아 대원군에게 농민군이 청군과 힘을 합쳐 일본군을 물리치겠다고 하였고, 대원군이 이를 흔쾌히 받아들였다는 것이었다. 서장옥과 장두재가 말씀을 드렸고 대원군이 받아들였다고 했지만, 이는 기실 대원군의 뜻이었다. 동학군을 경성에 끌어올리는 계획은 이미 대원군의 심중에 굳혀 있었던 것이다.

통문

남원에서 전주 대도소로 돌아온 전봉준은 7월 17일, 각 집강소에 통문을 내렸다.

"방금 왜구(倭寇)가 대궐을 침범하여 군부(君父)가 욕을 당하고 있으니 우리들은 마땅히 일제히 나아가서 의(義)에 죽어야 한다. 그러나 저 도적들은 바야흐로 청병과 적대하여 그 기세가 심히 날카로워 지금 우리가 급하게 항쟁하면 그 화가 종사(宗社)에 미치는지도 모른다. 물러나 몸을 감추고 시세를 관망하면서 우리의 기세를 돋우고 계책을 이루기를 힘써 만전의 책으로 삼는 것이 타당하다. 바라건대 모름지기 경내 각 접주에게 통문을 발하여 각 접주들과 직접 대면해 상의하여 접주들은 민이 각 생업에 안전하도록 하고, 경내의 무뢰배들을 금제하여 그들이 마을을 횡행하면서 소동을 일으키는 일이 없도록 할 것을 간절히 바란다. 이와 같이 거듭 훈계한 후에도 이런 폐해를 고치지 않는 무뢰배는 집강이 감영에 보고하여 엄히 처단하고 용서하지 말며 접인(接人)이 금제를 어기면 마땅히 용서할 수 없는 죄로 시행해야 할 것이다. 해이해지지 말라."

전라관찰사 김학진의 공인으로 군·현 단위의 집강소가 들어서면서 농민군의 폐정개혁 활동도 틀이 잡혀갔다. 집강소를 통해 동학농민군이 내세운 폐정개혁 12개 조는 다음과 같았다.

一. 도인과 정부와 사이의 숙혐(宿嫌·오래된 혐오)을 탕척(蕩滌·깨끗이 씻음)하고 서정(庶政)에 협력할 것.

一. 탐관오리는 그 죄목을 조사하여 일일이 엄하게 징계할 것.

一. 횡포한 부호배는 엄하게 징계할 것.

一. 불량한 유림과 양반배의 못된 습성을 징계할 것.

一. 노비문서는 태워 없앨 것.

一. 칠반천인(七般賤人)의 대우를 개선하고 백정(白丁)의 머리에서 평양립(平凉笠)을 탈거할 것.

一. 청춘과부는 개가를 허용할 것.

一. 무명잡세는 모두 없앨 것.

一. 관리채용은 지벌(地閥)을 타파하고 인재를 등용할 것.

一. 외적과 간통(奸通)하는 자는 엄하게 징계할 것.

一. 공사채를 물론하고 기왕의 것은 모두 물시(勿施·하려던 일을 그만 둠)할 것.

一. 토지는 평균으로 분작(分作)케 할 것.

관민상화로 봉건적 정치형태와 신분제도를 개량 또는 철폐하고, 경제부문의 봉건적 폐단을 개혁하며, 횡포한 부민을 응징하는 반(反) 봉건 제도개혁의 원칙과 일본과 간교하게 밀통하는 자는 응징한다는 민족적 원칙을 세운 것이었다. 토지 분작의 경우, 정약용(丁若鏞)의 《경세유표》(經世遺表)에 담긴 정전제(井田制) 구상을 원용한 경작평균의 원칙에 따르는 것이었다.

일원화되지 못한 농민군의 지휘체계, 토호 및 양반·유림 세력의

310

적대와 외면 등 안팎의 어려움으로 쌓인 폐정을 짧은 시일 내에 바로 잡는다는 것은 사실상 불가능하였다. 특히 지주제의 해체를 꾀하는 토지 분작의 경우, 그것을 추진할 만한 현실적 여건이나 농민군의 주체적 역량이 미흡했다는 점에서 개혁의 목표라기보다는 농민군의 희망에 지나지 않았다. 허나 꿈꾸고 희망하는 것 자체가 세상을 바꾸어내는 원동력이 아니던가.

그동안 관의 탐학으로 고통 받은 것은 농민층만이 아니었다. 관과 유착된 일부 문벌사족(門閥士族)을 제외한 지방 부호와 양반 지주들도 온갖 명목의 수탈에 시달렸다. 고부군수 조병갑이 음행을 저질렀다는 등의 강상죄(綱常罪)를 걸어 양반 지주의 재산을 빼앗은 것은 단지 고부에서만의 일은 아니었다. 따라서 그들 모두가 농민군에 적대적인 것은 아니었다. 극소수이긴 하지만 호응하고 지원하며 참여하는 유림, 양반 지주들도 나타나기 시작했다. 전봉준은 그들과의 연대를 소중하게 생각하였다. 그들의 지지가 뒷받침되지 않으면 폐정개혁도 결국은 이루어내기 어려울 것이었다. 하여 농민군들의 분별없는 설분행위에 노심초사하였고, 관민상화의 집강소 질서를 통해 이를 규제하고, 농민군의 힘을 키우고, 청·일 전쟁의 추이를 살펴보며 대응책을 마련해나간다는 복안이었다.

그러나 김개남은 달랐다.

"이보시오. 전 대장. 유림과 양반 지주들이 얼마나 우리와 함께하겠소이까? 설령 있다 하여도 대개는 저들의 목숨과 재산을 지키기 위하여 일시 변신하는 게 아니겠소? 관의 약삭빠른 구실아치들이나 매한가지지요. 저들은 정세가 변하면 우리의 등에 칼을 꽂으려 들 것이요. 나 역시 무뢰배의 난동이나 농민군의 설분행위에 찬동하는 건 아니지만, 그로 인해 유림 양반들이 우리와 함께하지 않는다고는 생각하지 않소이다. 나는 오히려 썩은 관리와 그에 달라붙어 일신의 부귀를 영달해온 유림 양반에 대한 농민, 백성의 분노가 우리 힘의 원천이라고 생각하는 편이오."

농민군 대회가 끝나고 남원을 떠나기 전 김개남이 전봉준에게 털어놓은 속내였다.

호남 각 집강소에 통문을 보냈지만 전봉준의 심사는 씁쓸했다. 전봉준의 뇌리에 이틀 전 남원대회의 풍경이 떠올랐다. 전봉준이 설분 행위를 금할 것과 질서 유지를 호소하였을 때 군중은 실망한 기색이 역연했다. 오히려 김개남이 양반 토호들의 주리를 틀어서라도 밥값을 대겠다고 하자 그들은 환호하였다.

무엇이 옳은 길인가? 나의 길인가? 개남의 길인가? 내가 이루고자 하는 세상은 어떤 세상이며, 개남이 이루고자 하는 세상은 어떤 세상인가? 같은 세상인가? 다른 세상인가? 같은 세상일진대 가고자 하는 길은 다른 것인가?

보은 교단에서는 길을 열지 않고 있었다. 법헌은 오히려 전봉준이 아비의 원수를 갚으려 혈안이 되어 길(道)을 잃었다 꾸짖지 않았던가. 황토재와 황룡촌 싸움에 이어 원평장에 왕사들을 효수하였을 때 보내온 경고문이 그러했다.

"아비의 원수를 갚고자 할진대 마땅히 효하여야 할지요, 인민의 곤궁을 구하고자 할진대 마땅히 어질지라. 효도를 보이는 바에 인륜이 밝아지는 것이요, 어짊을 베푸는 바에 민권이 회복되느니라."

법헌의 생각은 무엇인가? 끝내 북접을 끌어안고 교단의 보존을 도모할 것인가? 척왜(斥倭)의 교리(敎理)를 외면할 것인가?

대원군의 뜻은 과연 무엇인가? 배일(排日)의 무력으로 동학군을 원하는 것인가? 오로지 자신의 집권(執權)을 위해 농민군의 무력을 필요로 하는 것인가?

청과 왜의 전쟁에서는 어느 쪽이 승자가 될 것인가? 혹여 왜가 승리한다면 그들과 대적할 수 있을까? 오합지졸의 농민군으로 신병기로 무장한 왜병을 물리칠 수 있을까?

전봉준은 엇갈리는 상념으로 오래 잠들지 못하였다. 선화당의 불빛이 깊어졌다.

3경(三更)이었다.

친서(親書)

흥선대원군이 가느스름한 두 눈을 치떴다.

"합동조관(合同條款)에다 공수맹약(攻守盟約)까지 저들의 요구를 다 들어준 대가로 일본군이 궐내에서 철수하였거늘 왜 또 순사를 파견하겠다는 것인가?"

외무대신 김윤식이 답하였다.

"당분간 일본인의 궐내 출입을 단속하기 위해서라고 합니다."

"무어라? 일본인의 출입을 단속한다고? 그래, 운양(雲養)은 그 말을 믿소이까?"

대원군이 외람스럽게도 자신의 호를 입에 올리자 김윤식의 얼굴에 미세한 경련이 일었다. 실로 질긴 인연이 아닌가. 악연이랄 수도 있었다.

고종 11년(1874년) 나이 마흔에 문과에 급제한 김윤식은 1879년 영선사(領選使)로 청나라 톈진에 파견되었다. 학도(學徒)와 공장(工匠), 38명을 인솔한 김윤식은 그들을 기기국(機器局)에 배치하여 새로운 무기 기술을 습득케 하였다. 청나라의 양무운동(洋務運動)에 감명 받고 부국강병의 필요성을 절감한 김윤식은 신무기를 개발하여 군사력을 키워야 외적을 막을 수 있다는 신념을 갖고 있었다. 이른바

자강론(自强論)이었다.

1882년 군란이 터지자 김윤식은 본국의 어윤중과 상의하여 청국에 파병을 요청하는 동시에 대원군을 제거할 방략을 제의하였다. 완고한 쇄국을 고집하는 대원군을 제거해야만 조선의 발전을 기할 수 있다는 생각에서였다. 결국 청군은 군란을 진압한 직후 대원군을 납치, 톈진으로 압송하였으니 김윤식은 대원군 축출의 모사(謀士) 역을 담당한 셈이었다.

2년 후 갑신정변 때 원세개와 손잡고 김옥균을 위시한 친일 개화파를 제거한 김윤식은 병조판서에 이어 외무대신으로 승승장구하였다. 그러나 1887년 중궁전의 친(親) 러시아 정책에 반대해 대원군의 집권을 모의하다가 중전의 노여움을 사 면천(沔川·현 당진군)에 유배되었으니, 대원군과의 악연이 반전을 이룬 격이었다. 그리고 이제 다시 대원군의 집권과 함께 긴 세월 귀양에서 풀려나 개화정부의 외무대신이 되었으니, 인간사 새옹지마(塞翁之馬)라, 그 인연의 선악(善惡)을 어찌 가리리오.

"송구스럽습니다."

김윤식이 가늘고 긴 얼굴을 숙였다. 좁은 이마에는 엷은 땀이 번져 있었다. 어제의 친청(親淸)에서 오늘은 개화정부 외무대신으로 일본이 요구하는 두 개의 조약에 서명하였으니 운양, 그대의 느낌은 어떠한가? 대원군은 가늘게 뜬 눈으로 그렇게 힐난하는 것 같았다.

대원군은 그런 김윤식을 내려다보다 눈길을 돌렸다. 어찌 김윤식의 탓이리오. 모든 일이 일본의 계략인 것을. 교활하고 야비한 자 같으니라고. 대원군의 뇌리에 일본공사 오오토리의 차가운 눈이 떠올랐다.

오오토리는 제 나라 이권을 보장하는 조관의 전문(前文)에 저들의 명백한 범궐(犯闕)을 양국병(兩國兵)의 우연한 충돌에서 빚어진 사건으로 타협조정 한다고 버젓이 써놓았다. 그래놓고 하는 말이 더욱 가관이었으니, 장래 조선국의 자주독립을 공고히 하며 피차의 무역을 장려하여 더욱 양국 교의(交誼)의 친밀을 도모하고자 합동 조관을 잠정(暫定) 한다는 것이었다. 거기에 조·일 공수(攻守) 맹약까지 강요하고는 그 대가인 양 왕궁 내의 일본군을 철수시키기로 한 것인데, 고작 엎어지면 코 닿을 거리인 광화문 옆 장위영 병사(兵舍)로 옮겨갔으니 철수라기보다는 궁궐 담장 밖으로 이동한 것에 지나지 않았다. 그러고도 다시 일본순사 30명을 궁궐 안에 남겨두겠다는 억지였으니, 필시 왕궁 안의 동정을 살피고 감시하려는 수작이거늘 조정을 대신한다는 군국기무처의 개화파란 자들은 입도 뻥긋하지 않았다.

청병이 평양에서 남하하고 동학군이 남쪽에서 북상하여 왜병을 협공, 구축한다면 내 저자들을 용서하지 않으리라. 설령 그 일이 여의치 못하더라도 일본의 하수인들인 저들은 자객을 보내서라도 기필코 처단할 것이었다.

"그만 가보시게. 다만 순사 파견에 반대한다는 나의 뜻은 오오토리에게 분명히 전하여야 할 것이야."

대원군이 차갑게 가라앉은 목소리로 말하자, 김윤식이 어깨를 떨며 머리를 조아렸다.

"두 개의 조약을 마땅치 않아하신 국태공 합하의 심려를 소신이 어찌 모르겠습니까? 하오나 지금은 청·일 간에 평양 회전이 임박한지라 사태의 추이를 좀더 지켜보심이 옳을 듯하옵니다."

"사태의 추이를 좀더 지켜보라…. 흐음, 알겠소이다. 내 운양의 말씀대로 좀더 지켜보겠소이다.”

대원군이 실눈을 뜨고 고개를 끄덕였다. 사람을 소름끼치게 하는 차가운 미소. 김윤식은 흠칫 진저릴 치며 돌아섰다. 김윤식은 문득 대원군의 캄캄한 흉중(胸中)을 들여다본 것 같았다.

대원군은 섭정의 지위에 오른 직후 애손(愛孫) 이준용을 비롯해 박준양, 이태용, 이원긍 등 심복들을 권력의 중심부에 앉혔다. 특히 이준용은 6월 24일에 중궁전 별입시(別入侍), 7월 15일에 내무아문 협판 겸 통위사(統衛使), 7월 20일에 내무대신 서리에 임명되었다. 이로써 스물다섯 살의 젊은 이준용은 왕실과 군권, 내무치안권을 장악하게 되었다.

그러나 군국기무처는 이준용의 군국기무처 의원 임명 건을 부결시킨 데 이어, 내무대신의 관료임용 권한을 박탈함으로써 대원군의 권력 장악을 견제하고 축소시켰다. 대원군은 섭정에 오르자마자 민비를 폐위시키려 하였으나, 일본 공사관 측의 극력 반대에 부딪혀 좌절되었다. 오오토리와 스기무라로서는 일본군의 왕궁 점령에 대한 조선인들의 반감을 희석시키고, 민 씨 척족 축출과 내정개혁의 명분을 위하여 대원군이 필요하였던 것이지, 애초 그에게 권력을 주자는 것은 아니었다. 정치적 이용물에 지나지 않는 대원군에게 너무 강한 힘이 주어지면 자칫 통제 불능의 위험에 빠질지도 모를 일이었다. 하여 스기무라가 고안한 군국기무처의 설립도 애초 대원군을 대체할 정권을 목표로 한 것이었다.

대원군이 민비를 폐위시키려 했던 일은 스기무라를 통해 김가진, 안경수, 조희연 등 소장 개화파 의원들 귀에 들어갔고 그들은 즉각 그 사실을 국왕과 왕비에게 전함으로써 대원군과 이준용은 집권 초기부터 친일 개화파와 척을 지게 되었다. 따라서 그들 친일 개화파 의원들이 한사코 이준용의 군국기무처 의원 임명에 반대하고 그의 권한을 축소한 것은, 오오토리와 스기무라는 물론 국왕과 왕비의 뜻에도 부합하는 것이었다.

대원군이 생각하는 개혁은 동도서기(東道西器), 즉 동양의 전통과 정신문화의 바탕 위에 서양의 기술과 물질문화를 점진적, 부분적으로 받아들이는 것이었다. 그러나 일본의 힘을 빌려서라도 하루빨리 조선을 근대화하는 급진적 개혁이 필요하다고 믿는 젊은 개화파들의 눈에 대원군은 여전히 완고한 수구(守舊)였을 뿐이었다. 더욱이 개화파인사들은 문명개화의 본보기로서 일본을 보았을 뿐 결국 조선을 병합하려는 제국주의의 속셈을 읽지 못하고 있었다. 이렇듯 세계관의 근본적인 차이와 개혁의 방법론에서부터 일본을 보는 시각, 거기에 임금과 중전을 둘러싼 정치적 이해까지 얽히고설키면서 두 세력 간의 알력과 반목은 필연적인 것이었다.

대원군이 호서선무사(湖西宣撫使) 정경원에 박세강과 박동진을 딸려 내려 보낸 것이 7월 9일이었다. 박세강과 박동진은 대원군이 지난달 사면령을 통해 풀어준 동학도로, 대원군은 그들에게 각각 내무아문 주사(主事)와 의정부 주사의 관직을 주어 선무사를 도와 동학도를 설유(說諭)하도록 하였다. 그러나 그 둘은 기실 동학도 설유가 아닌 선동을 위해 대원군 측이 파견한 인물이었다.

7월 3일, 공주 인근 이인역(驛)에 수천 명의 농민군들이 모여들었고, 이때부터 공주를 비롯한 전의·연기·회덕·진잠·노성·부여·석성 등지에 농민군이 출몰하여 고을의 행정과 치안이 마비될 지경이었다.

호서지역의 분위기가 심상치 않자 신정부는 학무협판 겸 군국기무처 의원인 정경원을 선무사로 공주에 파견하였는데 대원군은 거기에 동학도 두 사람을 딸려 내려 보낸 것이었다.

대원군은 7월 16일에는 이용호, 임인수, 김형목 등을 평양에 밀사로 파견했다. 용산에서 배를 빌려 타고 평양으로 간 이들은 7월 21일, 평양 감사 민병석에게 한글로 된 대원군의 밀서를 전달하였다. 밀서의 요지는 일본군의 중압에 의해 종사가 위험에 처해 있는바 청군의 지원을 얻어 일본군을 격퇴하고 부일(附日) 매국노들을 숙청하여야 한다는 것이었다. 전 규장각 교리 이용호는 직접 청장(淸將) 위루구를 면담해 이러한 대원군의 뜻을 전했다.

대원군은 7월 28일, 다시 민병석에게 친서를 보냈다.

"지금 종사(宗社)의 안위(安危)가 일시에 위급해져 천사(天師)의 구원만 기다리고 있습니다. 요즘 듣건대 대부대가 연이어 출정하였다고 하니 이는 참으로 다시 소생할 수 있는 기회라고 생각됩니다. 상국(上國)은 많은 구원병을 보내시어 우리의 종사와 궁궐을 보호해주시고, 일인에 아부하여 매국하는 간당(奸黨)의 무리를 하루빨리 일소하시어 이 위기에서 구제해주시기를 피눈물로 기원하고 또 기원합니다."

평양에 주둔한 청국군은 2만 명의 대병(大兵)이라고 하였다. 비록 풍도와 성환 전투에서는 일본군에 기습을 당해 연패를 하였다고는 하나 평양에서 벌어질 본격적인 전투에서는 일본군을 패퇴시킬 것이 자명하지 않은가. 그 기세로 청군이 남하하고, 박세강과 박동진이 때맞춰 동학군을 북상시켜 후퇴하는 일본군을 전후에서 협공한다면 머지않아 왜병을 토멸하는 날을 맞을 수 있을 것이다. 그리만 된다면 지금의 혼군(昏君)을 밀어내고 중전과 왕세자를 폐한 다음 준용을 보위에 올려 종사를 반듯하게 다시 세울 수 있으련만. 친일 간당을 척결하고 조정을 일신하여 새로운 나라를 만들 수 있으련만.

대원군은 가만히 두 눈을 감았다. 그리만 된다면 지난 10년 세월의 치욕을 씻어내고 편안히 눈감을 수 있으련만. 대원군의 주름진 입가에 미소가 매달렸다. 육신은 늙었어도 가슴은 여전히 뜨거웠다.

담판

　나주성 객사(客舍) 금성관(錦城館) 앞뜰 감나무에 여린 감들이 자잘하게 매달려 있었다. 잠자리 두 마리가 주황색 감 주위를 맴돌다가 안채 쪽으로 날아갔다. 기와 추녀 밑 들어열개 창호 밖으로 말소리가 새어나왔다.

　"태수께서 지키는 나주성은 높고 견고하고 군민 또한 수령의 뜻을 따르니 이는 실로 태수께서 선정을 베풀기 때문일 것입니다. 우리가 봉기한 것은 무엇보다 탐관오리의 학정으로부터 백성을 구하기 위한 것이었지요. 하여 군민의 추앙을 받고 있는 태수께서 이끄는 나주는 우리가 바라는 바에 어긋나지 않습니다. 그간 일부 군사들이 나주성 앞까지 도달했던 것은 단지 나주성에 무고하게 구금되어 있는 동학도들의 석방을 탄원하기 위함이었다고 들었습니다. 나는 그들을 나무랐습니다. 오늘 내가 이렇게 비밀히 태수 영감을 찾아 뵌 것은 그와 같은 불상사가 다시 일어나지 않도록 하기 위해서입니다."

　"내가 동도들을 구금토록 한 것은 오로지 동학이 나라에서 금하는 사도(邪道)이기 때문이오. 어찌 사사로운 원한으로 무고한 인명을 해하겠소이까?"

　"이 자리에서 동학에 대하여 논하는 것은 적당하지 않을 듯합니다.

321

다만 전라관찰사 각하께서는 관민상화의 높은 뜻으로 도인에 대한 탄압을 금하라 하셨습니다. 간혹 도인을 사칭하는 무리들이 난행을 저지르고 있습니다만 이는 우리도 스스로 엄금하고 있는 바입니다. 어찌 태수께서는 옥석을 가리지 않으십니까? 지금 이 나라가 외세의 침탈로 존망의 위기에 처해 있다는 것은 태수께서도 잘 아실 것입니다. 관찰사 각하께서는 요즘 그 걱정으로 밤잠을 못 이루고 계시다고 합니다. 나와 도인들은 관찰사 각하를 도와 호남의 수부 전주를 지키고 나아가 이 나라를 보위하기 위해 힘을 합한 것일 뿐입니다. 태수께서는 어찌 우리를 한낱 도적의 무리로 여겨 총칼로 무찌르려 하십니까? 우리는 태수께서 무고한 도인을 석방하는 용단을 내리시고 민보군을 해체하여 헛되이 수성(守城)하는 노고를 피하신다면 결코 나주성 안으로 한 발짝도 들여놓지 않을 것입니다."

나주목사 민종렬이 코끝을 쫑긋했다.

"관찰사께서는 월전에 관민상화를 깨뜨렸다 하여 나와 내 수하인 영장을 파직시킨 분이오. 군민이 붙잡아 머물고 있는 처지에 내 어찌 관찰사의 심려를 헤아리겠소이까? 나는 관찰사와 공이 약속했다는 관민상화에 대하여 알지 못하오. 하니 공의 언설을 들을 까닭 또한 없소이다. 다만 한마디 하자면 큰 뜻은 그 근본이 바로서야 비로소 이루어진다는 것이오. 나라의 근본인 윤리와 도리를 무너뜨리고서 어찌 큰 뜻을 운운한단 말이오?"

"윤리와 도리라 함은 대체 무엇을 위함입니까? 조정의 부패한 고관대작과 백성의 고혈을 빠는 탐관오리를 위한 윤리와 도리가 나라의 근본을 지키는 것입니까?"

"나 또한 부패와 탐학을 용허하자는 것은 아니외다. 허나 불법을

322

불법으로 고치려 해서야 바로 고쳐질 수 없는 법. 근자에 전하와 조정에서도 묵은 폐해를 씻어내고 경장하고자 노력하고 있다고 하니 공께서도 시급히 불법한 무리를 해산해 전하와 조정의 근심을 더는 것이 백성 된 도리가 아니겠소이까? 나는 나주를 지키는 목사로서 소임을 다할 뿐이오. 그러니 더는 아무 말도 하지 마시오."

말소리가 뚝 끊겼다. 반쯤 열린 들어열개 창호 밖으로 무거운 기운이 새어나왔다. 민종렬이 자리를 박차고 일어섰다.

"허나 어찌 되었든 나를 찾아온 손님이니 박대를 하지는 않을 것이오. 그대 수하들의 안전도 보장할 터이니 편히 묵었다 가시오."

장지문을 열고 나가는 민종렬의 등허리가 육순 노인의 그것이라고는 믿기 어려울 만큼 꼿꼿해보였다.

나주목사의 소임이라? 한 고을을 다스리고 지키는 수령의 소임은 알면서 어찌 보국안민의 대의는 이해하지 못하는가?

문득 박봉양의 거무튀튀한 얼굴이 떠올랐다. 남원에서 열렸던 농민군대회에 참가했던 전봉준이 남원 동북쪽의 영호(嶺湖) 경계지인 운봉을 찾은 것은 그곳의 박봉양을 만나기 위해서였다.

박봉양은 운봉의 토호로 재산이 수천금이라 하였다. 또한 그는 오래 전 요로에 뇌물을 써 주서(注書) 벼슬을 하기도 하였으나 원래는 아전 출신이라고 하였다. 소문으로는 박봉양은 김개남 부대가 남원에 들어오자 서둘러 동학에 입도하여 제 재산을 지키려 하였으나 여의치 않자 사재를 털어 민보군을 결성하고 농민군에 적대한다고 하였다. 남원 농민군에게는 눈의 티 같은 존재였으나 박봉양이 이끄는 민보군의 기세가 사나워 섣불리 손을 쓰지 못하였으니, 전라도에서 나주와 운봉, 두 곳에는 여직 농민군이 들어서지 못하고 있었다.

전봉준이 단신으로 찾아가자 박봉양은 적이 당황한 듯하였다. 넓적하고 거무튀튀한 얼굴에는 연신 땀이 흘렀고 목소리도 쉰 듯 갈라져 나왔다. 전봉준이 설득하였다.

"우리가 탐관오리의 탐학을 제거하기 위하여 일어선 것은 공께서도 아실 것입니다. 저간에 다소 불미한 일이 있었다 하여도 그것은 나의 뜻도, 김개남 접주의 본심도 아닐 것이오. 전라관찰사 각하께서는 폐정을 개혁하는 데 관민이 협심하라 하셨소이다. 공께서 운봉의 집강을 맡아 폐정개혁에 힘써주시면 그 뜻이 후세에 길이 남지 않겠습니까? 그렇게 남원과 사이좋게 지내면서 도인들의 왕래를 막지 않는다면 김 접주도 장차 귀화할 것이고, 그리되면 운봉의 백성들도 불필요한 군역이나 전쟁의 해독을 면하지 않겠습니까? 내 한 명의 군사도 없이 단신으로 공을 뵈러온 뜻이 진실로 그에 있음을 헤아려주시오."

전봉준이 뜨거운 눈빛으로 간곡히 말하는 동안 박봉양은 고개를 외로 꼰 채 입을 꾹 다물고 있었다. 한참을 묵묵하게 있던 박봉양이 얼굴의 땀을 훔치며 뱉듯이 말하였다.

"접주의 성명(聲名)은 나도 익히 알고 있습니다. 허나 개남은 믿을 수 없소이다. 접주께서는 탐관오리의 탐학을 제거한다 하였으나 개남은 그보다 더한 수탈을 서슴지 않고 있어요. 개남이라는 작자가 진실로 내일 귀화한다고 하여도 오늘은 나의 적일 뿐이니 여러 말 하지 말고 돌아가시오."

박봉양이 아랫배에 힘을 주어 꾹꾹 눌러 말하느라 안색은 한층 붉어져 있었는데 전봉준의 기억에는 거무튀튀하게 남았을 뿐이었다.

운봉을 떠나 태인 동곡리 집에서 휴식을 취하던 전봉준이 주위의 만류를 뿌리치고 나주를 찾은 것은 최경선과 오권선이 재차 나주성을 공략하다가 패퇴하였다는 소식을 접하고서였다. 그렇지 않아도 취약한 집강소 체제에 대항의 거점이 뚜렷하다면 여전히 등을 돌리고 있는 유림 및 양반층과의 연대는 요원할 것이었다. 더구나 8월 들어 농민군의 항일 움직임이 곳곳에서 분출하면서 집강소 질서 자체가 흔들리고 있었다. 하여 나주목사 민종렬을 설득하여 어떡하든 집강소 체제를 유지하려 한 것이었다.

운봉과 나주는 포기해야 할 것인가. 운봉이야 개남에게 맡겨둔다 하더라도 나주를 어찌하랴. 최경선이 말하였듯이 나주가 두고두고 후환이 될 등에 박힌 가시라면 그것을 어찌 뽑아낼 것인가. 객사에 홀로 남은 전봉준이 긴 한숨을 내쉬었다.

다음날 아침, 나주 수성장령(守城將領)들이 영장 이원우에게 갔다.

"나리, 비적 괴수 전봉준을 없앨 천재일우(千載一遇)의 기회입니다. 저들이 성 밖으로 나갈 때 뒤에서 총을 쏜다면 어렵잖게 해치울 수 있습니다."

"그렇습니다요. 괴수 전봉준을 없애부리면 최경선과 오권선이 감히 나주성을 다시 도모하려 하지는 못할 거구먼요. 지발로 호랭이굴에 기어든 자를 기양 돌려보낸대서야 훗날 웃음거리가 되지 않겠습니까?"

"그런 일이라면 아무래도 목사 영감께 먼저 여쭈어봐야 할 것인데….."

"아따, 여쭤보긴 뭘 여쭤봅니까요. 일을 치른 후 보고헌다고 어디 치죄(治罪)야 허시겠습니까?"

"글쎄다. 영감께서 어제 저들에게 갈아입을 옷까지 내어주라 하시었는데, 뒤에서 총질을 한다면 잘하였다 허시겠는가?"

"뭘 그리 염려하십니까요. 소관들이 알아서 처리할 것인즉 영장나리께서는 두 눈 질끈 감으시고 모른 척하십시오."

깡마른 수교가 결기를 보였으나 이원우는 선뜻 고개를 끄덕이지 못하였다. 목사의 심기도 그렇지만 비무장으로 찾아온 농민군 대장과 그 수하들을 처리한다면 격분한 적들이 가만있을 리 없었다. 하물며 전봉준은 어제 전라 감영의 공문을 가지고 왔다고 하였다. 그것이 흰소리라고 한들 만에 하나 사실이라면 관찰사의 사자(使者)를 모살하는 격이 아닌가?

영장 이원우로부터 하라 말라, 똑 부러진 답을 듣지 못한 장령들이 전봉준 일행의 동정을 살피려 금성관 쪽으로 갔을 때 마침 객사를 나서던 전봉준이 그들을 불렀다. 전봉준 수하들의 손에는 꾀죄죄한 옷가지들이 들려 있었다.

"태수께서 어제 새 옷을 보내주셔서 이렇게 갈아입었소이다. 나와 수하들이 입었던 옷들은 그간 더위와 장마에 돌아다니느라 땀과 때로 더러워졌으니 빨래를 부탁하오. 내 이 길로 영암에 갔다가 삼사일 후에 이곳에 들를 것이니 그때 다시 새 옷으로 갈아입을 수 있도록 수고를 해주시면 고맙겠소이다."

결기를 보였던 수교와 장령들이 얼결에 더러워진 옷가지를 건네받았다. 삼사일 후에 다시 들르겠다고? 그렇다면 그때 가서 결행하여도 늦지는 않을 거였다. 장령들은 눈빛으로 의견을 모았다.

전봉준과 수하들은 어느새 서문 밖으로 나서고 있었다. 나주성을 나온 전봉준 일행은 곧바로 태인 쪽으로 길을 잡았다. 영암과는 반대 방향이었다. 가을 기운이 내려앉은 8월 14일 늦은 아침이었다.

그 시각, 임실 성수산 자락의 상여암에 김개남의 심복들이 모여들고 있었다.

도강 김 씨 인척으로 김개남을 따라 태인에서 남원으로 온 김삼묵·문환 부자(父子)와 홍양 접주 유복만, 담양 접주 남응삼, 보성 접주 안규복, 남원 접주 김홍기, 이문경이 그들이었다.

"남원은 비워놓고 다들 오면 어쩌시는가?"

김개남이 암자로 들어서는 두령들을 맞으며 껄껄 웃었다.

"남원은 김 두령 혼자서도 넉넉하니 염려 마시지요."

김홍기가 빙긋 웃으며 답하였다. 김홍기가 말한 김 두령은 관노 출신 접주 김원석으로 노비와 재인, 백정, 승려 출신 등으로 이루어진 천민부대를 이끌고 있었다.

"아, 그렇지요. 김원석이야 일당백이니 무슨 염려를 하겠소이까. 핫하하 ….."

김개남이 특유의 너털웃음을 터뜨리고는 고개를 돌렸다.

"날도 선선하고 볕도 좋으니 저쪽 모정으로 갑시다."

구름 한 점 없이 맑은 하늘이 성수산 능선 위로 푸르게 펼쳐져 있었다. 암자 뒤에 짚을 얹은 나무 정자가 아담하였다. 여덟 명이 올라앉자 정자 안이 빼곡했다.

"암자도 절집이니 아침부터 술을 할 수는 없고 약수나 한 모금씩 하십시다."

김개남이 말하자 동몽들이 부지런히 약수동이와 물그릇을 날라 왔다. 산길을 걸어 올라오느라 목이 말랐던 차여서 모두들 시원하게 약수를 들이켰다.

"거, 물맛이 그만입니다."

남응삼이 손등으로 입술을 닦는데, 김개남이 불쑥 말하였다.

"이제 기포를 할 때가 됐소이다. 열흘 뒤 남원 관아로 갈 것이외다. 우리 관할의 모든 접에 통문을 보내 군사를 집결시키라 하시오. 유두령은 그 전에 교룡산성을 점거하여 병기고의 무기를 남원부로 옮겨놓고 군사들이 주둔할 수 있도록 준비를 하시오. 남 두령은 다른 두령들과 의논해 군제를 새로이 편성하시오. 그리고 안 두령과 이 두령은 군사들의 기강을 바로잡아 촌치의 흐트러짐도 보이면 안 될 것이오. 다들 차질이 없도록 해야 할 것입니다."

남원에서 농민군대회를 마친 김개남이 임실의 처가에서 며칠을 묵은 뒤 상여암에 몸을 부린 지 보름이었다. 본래는 장수로 들어가려 하였으나 장수 민포군의 기세가 만만치 않자 호위군사 백여 명만 거느리고 휴식을 취할 겸 상여암으로 발길을 돌렸던 것이었다.

그사이 복더위가 가시고 아침저녁으로는 가을바람이 제법 소슬했다. 상여암으로 오라는 통지를 받은 두령들은 김개남이 남원도소로 내려올 때가 되었음을 알고 있었다. 그러나 느닷없이 기포라니! 두령들이 멀뚱한 눈을 껌벅이는데 김개남이 오금을 박았다.

"아시겠소이까?"

"예. 만전을 기하겠습니다."

유복만이 답하자 모두가 얼결에 고개를 꾸벅하는데,

"전봉준, 손화중 씨와는 논의를 하시었소?"

김개남의 종형(從兄)인 김삼묵이 조심스럽게 운을 떼었다.

"그 사람들과 미리 논의를 할 필요가 뭐 있습니까? 다만 사전에 알려는 주어야겠지요. 자아, 자세한 얘기는 점심 먹고 합시다. 술은 없지만 곡차는 몇 항아리 준비하라 하였소이다. 핫하하 … ."

김개남은 대수롭지 않다는 표정이고 말투였다.

8월 25일, 김개남이 임실에서 남원으로 들어왔다. 임실에서 남원으로 오는 도중 오수역에 이르렀을 때 농민군 한 명이 찰방(察訪) 사무실에 들어가 은가락지를 빼앗았다. 김개남이 작자의 목을 베어 작대기에 매달아 행렬의 앞에 세우라 하였다. 이제 다시 기포를 하는 터에 군율을 바로 세워야 할 것이었다. 징과 북의 장단에 맞춘 농민군의 행렬은 끝이 보이지 않을 정도로 길게 이어졌다. 행렬의 선두가 남원에 이르자 군복을 갖춰 입은 농민군들이 김개남을 맞았다.

남원부사 윤병관은 이미 한 달 전에 달아나 관아는 비어있다시피 하였다. 부민들도 거의 달아나 남원읍내는 농민군들로 가득 찼다. 김개남의 기포령을 듣고 사오일 전부터 남원으로 몰려든 농민군은 그 수가 수만 명에 이르렀다. 대부분 호남좌도에서 몰려온 농민군들은 부중과 교룡산성에 나누어 주둔했다.

손쉽게 남원 관아를 점령한 김개남은 전라좌도 도회소(都會所)인 정청(政廳)을 설치하고 군제를 오영(五營)으로 편제했다. 본격적인 무장봉기를 위한 체제였다.

전갈을 받은 전봉준이 남원으로 달려왔다. 김개남이 정청에서 전봉준을 맞았다.

"전 대장, 어서 오시오."

김개남이 활짝 웃으며 전봉준을 반겼으나 전과 다른 위의(威儀)를 감추지는 않았다. 동몽이 내온 차를 한 모금 마셨을 때 김개남이 빙긋거렸다.

"그래, 도인 감사께서는 안녕하시오?"

전봉준은 김개남이 무엇을 말하려는지를 직감하였다. 김개남은 전라관찰사 김학진과 관민상화로 이루어낸 집강소 체제가 안녕하냐고, 이젠 그만 끝낼 때가 되지 않았느냐고 묻고 있었다. 김개남은 애초부터 관민상화의 폐정개혁을 내켜하지 않았다. 김학진과 전봉준이 요구하는 집강소의 질서에도 시큰둥하였다. 전봉준이 전라우도를 장악했다면 김개남은 전라좌도를 지배했다. 그런데 김개남이 이제 독단으로 봉기를 선언하였다. 전봉준도 그것을 막기 어려우리라는 것을 안다. 일본군의 경복궁 점령 이후 7, 8월이 지나면서 대중에 팽배한 항일의식은 무력행사의 욕구와 맞물려 봉기의 흐름으로 치닫고 있었고, 무력을 쥐고 있는 것은 농민군이었다. 김개남은 그런 농민군의 욕구를 대변하고 있었다. 그러나 아직은 때가 이르다. 분출하는 욕구만으로 봉기를 할 수는 없지 않은가.

보름 전, 전주 감영에서 마주한 다케다와 다나카는 농민군을 다시 일으켜 썩은 조선왕조를 타도하고 권력을 잡을 생각이 있다면 일본이 적극 도울 것이라고 하였다. 6월 초 순창에서 만났던 일본 낭인 천우협 패였다. 순창에서는 일본과 손잡고 청국군을 축출하자던 자들이었다.

전봉준은 고개를 저었다.

"우리는 민 씨 일족이 요로를 차지하고 앉아 권력을 농단하고 사복(私腹)을 채우는 것에 비분강개하여 그들을 쫓아내고자 기병한 것이지 권력을 잡으려 일어난 것이 아닙니다. 오히려 우리들의 기병이 매개되어 금일 청·일 간에 전쟁이 일어나기에 이른 것은 천추의 유감이올시다. 다행이 일본이 민 씨들을 쫓아내고 대원군을 세웠으며 폐정을 개혁하고 정법(政法)을 바로잡아 우리의 소망이 많이 이루어졌으나, 일본이 하고자 하는 바와 대원군이 하고자 하는 바를 아직 상세히 알 수 없어 마음을 놓을 수 없습니다. 하여 나는 힘써 동지들의 분격을 가라앉히며, 우리 조정의 동태를 알려고 할 뿐이외다."

김개남의 분격을 가라앉힐 수 있을 것인가? 전봉준은 에두르지 않고 말하였다.

"지금 시세를 보건대 일본과 청이 전쟁 중인데 어느 쪽이 이기든 반드시 군사를 우리들에게 돌릴 것이오. 우리들은 비록 무리는 많지만 오합지졸이어서 쉽게 무너질 것이외다. 이 무리로서는 끝내 뜻을 이룰 수가 없으니 귀화에 의탁하여 열읍에 농민군의 역량을 보존하면서 시세의 추이를 지켜보는 것이 옳을 것입니다."

김개남이 입을 굳게 다물고 있는데 밖에서 기척이 났다.

"손화중 장군께서 오셨습니다."

김개남이 눈을 찡기며 전봉준에 물었다.

"전 대장이 불렀소이까?"

"전주에서 떠나기 전에 통지를 보냈는데 바로 달려온 모양입니다."

"잘하셨소이다. 같은 이야기를 따로 듣는 것보다는 나을 것이니 말이오."

김개남이 허허, 짧게 웃고는 밖에 일렀다.

"어서 모시게."

손화중도 마음이 급한 모양이었다. 자리를 하자마자 입을 열었다.

"우리들이 봉기한 지 반년이 되었습니다. 전라도가 모두 호응하고 있지만 성망 있는 사족(士族)이 지지하지 않고 부민(富民)이 지지하지 않으며, 지식인이 지지하지 않습니다. 더불어 접장이라고 부르는 자들은 대개 어리석고 천해서 화(禍)를 즐기며 절취를 일삼을 뿐입니다. 이로써 인심의 향배를 알 수 있습니다. 반드시 일이 뜻대로 되지 않을 것입니다. 사방에 우리 역량을 보존하여 후일을 도모하는 것이 좋을 것입니다."

김개남이 말한 대로 전봉준과 같은 얘기였다.

김개남이 전봉준과 손화중을 차례로 바라보며 빙그레, 웃었다. 그러나 웃음기는 이내 지워졌다. 김개남이 메마른 목소리로 말하였다.

"두 분의 말씀은 잘 알겠소이다. 허나 큰 무리가 한번 흩어지면 다시 합하기가 어려운 법. 이 김개남은 단지 저들과 함께할 것이오. 내게는 사족도, 부민도, 지식인도 필요치 않소이다. 언제 그들이 우리와 온전히 함께한 적이 있소이까?"

정청에 내걸린 오방기(五方旗)가 펄럭였다.

효유

"흥선대원군이 아주 간절히 타이르노라.

오늘날 동학도라고 하면 모두들 국가의 기강을 어지럽히는 자들로 마땅히 잡아 죽여야 한다고 하지만 나는 차마 너희들을 난민으로 지목하지 못하겠다. 너희들은 모두 역대 임금들께서 길러주신 선량한 백성인데 내가 그 성품을 다독거리고 삶을 보호해주지 못하여 난에 이르게 되었을 뿐이다. 어찌 차마 병기를 서로 겨냥할 수 있겠느냐. 조정에서는 이미 곳곳에 관리를 파견하여 너그러운 뜻을 선포하였는데도 너희들이 끝까지 말을 듣지 않는다면 이는 조정에 대항하는 것이 된다. 이렇게 되면 국가의 기강을 어지럽히는 존재들이라는 지목을 피할 수 없게 되고 나라에서는 항상 특별한 용서를 베풀 수 있는 것이 아니므로, 아마도 점점 깊이 빠져들게 될 것이다. 이 또한 애처롭고 안타까운 일이 아닐 수 없다.

아! 지금은 너희들의 화복을 결정하는 중요한 시점으로 사느냐 죽느냐 하는 문제가 걸려 있어 내가 이와 같은 것까지 말하게 되었으니 각자 자세히 듣고 후회하지 않도록 특별히 타이르노라."

8월 17일, 당연히 승리할 것으로 여겼던 청군이 평양전투에서 일본군에 참패하였다는 소식이 전해지자 대원군은 적이 당황하였다. 남하한 청군과 북상한 동학군의 협공으로 일본군과 친일 개화당을 몰아낸 뒤 임금을 상왕(上王)으로 추대하고 중전과 세자를 폐한 다음 손자 준용을 보위에 앉혀 자주(自主) 정권을 수립한다는 계획이 첫 단추부터 틀어진 격이었다.

허나 정변 계획을 포기할 수 없다면 농민군의 무력은 유지되어야 했다. 선무사 정경원에 딸려 내려 보낸 박동진도 조만간 거병할 것이라 하지 않던가.

이준용이 선무사 정경원을 따라 호서지역으로 내려간 박동진에게 친필 서한을 보낸 것은 7월 하순이었다.

"동학당 수십만을 인솔하여 속히 경성으로 올라오라."

박동진의 움직임이 없자 이준용의 심복인 정인덕은 8월 13일, 관성장(管城長) 이병휘를 시켜 공주에 있던 박동진에게 다시 편지를 보냈다. 빨리 상경하라는 독촉이었다. 이에 박동진이 답신하였다.

"전날 하명하신 일은 30만 명을 인솔하여 25일이나 26일에 올라갈 것입니다. 그러나 사전에 일본군이 움직이는 일이 있어서는 용이하게 되지 않을 형편이니 상세한 사정을 통지하여주시기 바랍니다."

그렇다면 일본군이 움직이는 일을 막아야 하고, 그러려면 군국기무처의 농민군 무력진압 기도부터 무력화시켜야 한다. 대원군이 서둘러 장문의 효유문을 반포한 까닭이었다.

정부가 선무사를 파견하여 효유하였는데도 불구하고 농민군의 기세는 수그러들지 않았다. 7월 초, 이인역에서 대규모 농민군 집회를 주도했던 공주 대접주 임기준은 한 달 후인 8월 2일, 1만 명의 농민군을 이끌고 공주 감영에 난입하여 항일(抗日) 창의(倡義)를 선언하였다. 연산, 서천, 노성 등지에서도 7월 이후 농민군의 무장봉기 움직임이 끊이지 않았다. 호남은 이미 농민군의 손에 넘어가 있었고, 영남에서도 7월 이후 김산의 편보언, 예천의 최맹순 등 대접주를 중심으로 농민군 활동이 부쩍 활발해졌다. 남녘의 하동에서도 농민군이 봉기하였으며, 그들은 순천·광양의 김인배 군과 기맥을 통하고 있었다. 당혹한 군국기무처는 농민군에 대한 무력진압책을 조정에 건의하였다. 호서 농민군이 공주 감영에 난입한 지 이틀 만인 8월 4일이었다.

"삼남의 몹쓸 백성이 곳곳에서 거칠어지고 소란하기가 날로 심하여 사람들의 마음이 불안하니 진압하여 위무하는 방책이 급하다. 전직 대신 중에 도 선무사의 직을 내리고 지체 없이 파견하여 지방수령으로 하여금 인민을 효유하여 귀화하게 명을 하달하고, 이어 무장한 진압부대를 파견하여 열읍을 순행하여 제압하여야 한다."

선(先)효유, 후(後)진압이라고는 해도 무력 진압에 방점이 찍히는 정책 전환이었다.

그러나 봉기의 원인이 농민군이 아닌 민 씨 정권에 있다고 보는 대원군은 농민군에 대한 무력진압을 극력 반대하였다. 더구나 일본군의 경복궁 점령 이후 조선군대는 거의가 무장해제된 상태인데 무장한 진압부대라면 필경 일본군을 보내 농민군을 토벌하겠다는 얘기였다. 동학도라 할지라도 근본은 모두 다 같이 이 나라 창생(蒼生)이거늘. 앞서는 청병에 의탁해 토벌을 꾀하더니, 이제는 다시 왜병이라니!

대원군은 군국기무처의 무력진압 건의를 서슬 퍼런 노여움으로 내

쳤다. 하물며 농민군은 이제 자신의 남은 꿈을 실현하는 데 없어서는 안 될 중요한 무력이 아닌가.

그러나 평양전투에서 일본이 승리하면서 힘의 균형은 일본의 후원을 받는 군국기무처로 넘어갔고, 농민군 중 가장 강력하다는 김개남 군의 재봉기 움직임이 포착되면서 대원군에 의해 유예되었던 무력진압은 선(先)진압 후(後)효유의 초강경책으로 부활하였다. 이에 대원군은 본의와는 다른 효유문을 반포함으로써 무력진압을 저지하려 한 것이었다. 군국기무처에서 강경진압책을 결정한 다음날인 8월 25일이었다.

이준용은 여전히 농민군 30만 명을 이끌고 상경할 수 있다는 박동진의 말에 기대를 걸고 있었다. 8월 그믐까지만 농민군이 북상할 수 있다면 개화당과 일본공사 오오토리의 허를 찌를 수 있다고 이준용은 생각했다.

그러나 박동진의 장담은 허황된 것이었다. 북접의 근거지인 호서지역에서 교주 최시형의 허락 없이 수십만의 동학군을 움직인다는 것은 애초부터 불가능한 일이었다. 오히려 8월 하순에 이르면서는 그간 거듭된 선무사 정경원의 선무공작과 이에 협조적인 태도를 취한 동학교단으로 인해 농민군은 점차 흔들리고 있었다. 더구나 대원군의 효유문은 농민군 내부의 항일 봉기 움직임을 약화시키는 역효과를 냈다. 대원군의 속뜻을 알 수 없는 농민군들은 손에 쥐었던 총과 창을 내려놓았다. 대중의 신망이 높던 대원군의 효유문은 그렇게 스스로 발목을 잡는 자충수가 되었다. 이준용이 주도했던 8월 그믐의 거병 계획은 수포로 돌아갔다.

9월 4일, 대원군의 밀명(密命)을 받은 전 승지 이건영이 남원 도회소를 찾았다. 김개남의 위세가 대단하다는 세간의 소문은 과장이 아니었다. 남원 관아 안팎으로 총을 든 군사들이 줄지어 섰고, 뒤뜰에는 군량으로 보이는 볏섬이 산처럼 쌓여 있었다. 복건을 쓴 젊은 군사 둘이 이건영을 도회소 집무실로 안내하였다.

"어서 오십시오. 원로(遠路)에 노고가 많으십니다."

김개남이 집무실로 들어서는 이건영을 정중히 맞았다. 성정이 포악하다는 풍문과는 달리 웃음 진 얼굴은 오히려 순박해보였다.

"대접주께서 환대해주시니 천만다행입니다."

이건영이 눈웃음을 지으며 인사를 하자 김개남이 놀란 얼굴을 했다.

"어인 말씀이신지요? 저희 동몽들이 영감께 결례라도 저질렀습니까? 아직 어린 아이들이라서 미처 예를 잘 알지 못합니다."

목소리는 우렁우렁했지만 말투는 선비마냥 반듯하였다. 입이 거칠고 말투가 조악하다는 풍문도 헛소문이었다. 이건영은 내심 안도하였지만 조금은 당황스럽기도 했다.

"아, 아닙니다. 제 말은 대접주께서 이 늙은이를 문전박대라도 하면 어쩌나 했다는 거지요."

"당치 않으신 말씀이십니다. 국태공께서 보내신 영감을 제가 어찌 문전박대할 수 있겠습니까? 자아, 좌정하시지요."

김개남이 이건영을 상석으로 모셨다. 곧이어 이건영을 안내했던 동몽 중 한 명이 다과상을 들여왔다. 사각 소반 위에 알맞게 자른 감과 배가 놓인 접시와 모과차가 올라 있었다.

"대접할 것이 변변치 못합니다. 저녁 식사는 제대로 준비하도록 하겠습니다."

김개남이 두 눈을 가늘게 좁히며 웃어보였다.

"저녁 준비라니요? 이 늙은이가 대접주께 도움이 되지는 못할망정 폐를 끼치겠습니까?"

이건영이 짐짓 두 손을 젓는데, 김개남이 도탑게 말하였다.

"폐라니요? 별 말씀을 다 하십니다. 저녁 식사에 농주라도 한 잔 하시고 하룻밤 예서 묵으며 여독을 푸셔야지요. 우선 차부터 드시지요."

"대접주의 마음 쓰심이 이리 웅숭깊은 줄은 미처 몰랐습니다."

그 말은 이건영의 진심이었다. 세상에서는 동비 중에서도 김개남 포에 속한 자들이 가장 사납고 잔인하다고 하였다. 이건영은 향긋한 모과차를 목구멍으로 넘기며 그 또한 모과의 겉모습만을 본 자들의 말뿐이 아닐까 하는 생각을 문득 하였다. 서로 다른 세상에 사는 자들은 상대의 본 모습을 제대로 볼 수 없지 않을까 하는 생각이었다.

이건영이 목소리를 낮춰 말했다.

"대접주께서도 일전에 국태공께서 효유문을 내리셨다는 소식을 들으셨겠지요. 허나 그것은 국태공의 진의가 아닙니다. 국태공의 진의는 대접주와 손을 잡고 일본군을 조선에서 몰아내는 데에 있습니다. 국태공께서 대접주의 거병 소식을 듣고 기뻐하며 밀지를 보내신 연유가 거기에 있지요."

이건영이 저고리 안섶에서 밀지를 꺼내 김개남에게 건네었다. 김개남이 자세를 고쳐 앉아 두 손으로 밀지를 받았다.

"흥선대원군이 진정으로 이르노라.

일전에 내가 내린 효유문은 실제 일본의 협박에 따른 것이니 조금도 믿지 말 것이다. 동학군을 이끌고 북상하여 같이 국난을 극복하자는 것이 오로지 나의 진심이니 혼동치 말고 즉시 이행한다면 나라와 백성에 홍복(洪福)

이 될 것이다."

대원군의 밀지를 읽는 김개남의 두 눈이 붉어졌다.

비계(秘計)

"어제 운변(雲邊)으로부터 효유문을 가지고 내려온 두 사람이 있는데, 의심스럽지 않은 것은 아니나 이것이 중요한 일에 관계되기 때문에 우선 그 대책을 의논하고자 도회소를 철폐하고 구촌으로 옮겨왔습니다. 어제 저녁 또두 사람이 비밀리에 내려왔기에 상세히 그 전말을 알아본즉, 과연 이는 개화변(開化邊)에 눌려 먼저 효유문을 발하고 뒤이어 비계(秘計)가 있었던 것입니다. 그래서 내려온 두 사람을 곧 가두어두고 이 둘을 엄중히 지키도록 하여 서로 말을 통하지 못하도록 조치하고 밤도 아랑곳없이 올라왔습니다. 어떻게 하고 또 어떻게 하겠습니까."

9월 6일, 태인 동곡리 집에 머물고 있는 전봉준에게 전주대도소 도집강 송희옥이 보내온 전갈이었다.

남원에서 봉기를 서두르는 김개남을 만류하는 데 실패한 전봉준은 동곡리 집으로 돌아와 쉬고 있던 차였다. 심신이 지쳐 있었다. 지병인 기관지염도 도지는 것 같았다.

평양전투에서 청군이 일본군에 참패를 당해 압록강 너머로 후퇴하였다고 했다. 청일전쟁이 일본의 승리로 끝난다면 일본군이 남하하여 총부리를 농민군에 돌릴 것은 정한 수순일 터이다. 농민군이 집강소를 설치하고 군·현을 실질적으로 다스린다한들 일본군과 경군이 합세하여 농민군을 괴멸시킨다면 폐정개혁은 한낱 휴지조각에 지나지 않을 거였다. 하물며 일본의 속셈이 조선을 집어삼키는 데 있다면, 나라가 망하는데 민생인들 있을 것인가. 그런데 대원군이 비밀리에 송희옥에게 수하를 보냈다. 그리고 공식적인 효유문 뒤에 비계가 숨어 있었다고 한다. 대원군의 속내는 과연 무엇이란 말인가.

전봉준이 서둘러 행장을 꾸리자 남평 이 씨가 걱정스러운 낯으로 우물거렸다.

"사나흘 더 쉬며 몸조리를 하셔야 하는데 … ."

기관지에 좋다는 무즙을 내고, 도라지와 더덕을 밥솥에 쪄내고, 생강과 오미자 끓인 물을 조석으로 대었다지만 이 씨는 탕약을 올리지 못한 것이 못내 마음에 걸렸다. 저고리에 두루마기를 걸친 전봉준이 아내의 손을 끌어 쥐었다.

"나도 그러고 싶소만 급한 일이 생겨 더는 쉴 수가 없구려. 너무 염려 마시오. 많이 좋아졌으니. 그나저나 당신 잘 때 보니 식은땀을 흘리던데 몸이 많이 쇠약해진 탓이오. 내 약재를 구해 보낼 것이니 거르지 말고 끓여 드시구려."

이 씨가 전봉준의 손에서 제 손을 빼어내며 얼굴을 붉혔다.

"식은땀이라니요? 날이 차져 아궁이 불을 괄게 했등만 방이 뜨끈해 땀이 났던 게비지요. 약재는 무신, 선비님 번잡한 일일랑은 아예 마시어요."

전봉준은 빙긋, 웃고는 제 할 말을 마저 한다.

"옥례는 자주 제 언니에게 건너가는 모양이던데 처가 식구의 왕래가 잦은 것도 좋지 않으니 삼가도록 타이르시오. 용규는 글공부에 빠지지 않도록 하고, 용현이는 아비를 닮아 기관지가 좋지 않은 것 같은데 고뿔 앓지 않도록 하고. 그리고 …."

전봉준은 이번에는 해 지나기 전에 돌아오기 어려울지도 모르겠다는 말을 하려다가 입안으로 삼킨다.

"내 다녀오리다. 아이들을 부탁하오."

아이들을 부탁하오, 그 말에 아내의 가슴이 철렁 내려앉는 것을 전봉준은 알지 못했다.

아내는 사립문에 기대어 해거름의 산모롱이로 사라지는 남편의 뒷모습을 오래도록 지켜보았다. 말을 탄 전봉준의 전후로 기병이 각각 두 명, 그 뒤로 한 무리의 군사들이 배행하고 있었다. 송희옥이 전주에서 내려 보낸 군사들이었다.

전봉준은 곧바로 금구로 나와 하룻밤을 묵은 뒤 삼례로 갔다.

전봉준이 번듯한 와가의 사랑채로 들어서자 송희옥이 자리에서 일어나 맞았다.

"아니, 웬 양반가 사랑채인가?"

전봉준이 벽지가 말끔한 방안을 둘러보며 물었다.

"워낙에 사람 눈을 피해야 할 일이어서 지인의 집을 잠시 빌렸습니다."

"지인이라면 도인이신가?"

"예. 한량이어서 드러내지는 않고 있지만 입도한 지는 여러 해 되었습니다."

"그렇더라도 집주인에게 인사는 해야 하지 않겠나?"

"아닙니다. 경성에서 내려온 이들을 만나는 일이라 집주인에게는 미리 자리를 피하라 했지요."

"경성에서 내려온 이들이라니? 그들이 지금 여기에 와 있단 말인가?"

342

"예. 저기 별채에서 기다리고 있습니다."

"가두어두었다더니?"

"예. 그랬었지요. 허나 아무래도 직접 만나보시는 게 좋을 듯해서. 저들도 꼭 인사를 드리겠다고 해서 … ."

"허어, 무슨 말인지 모르겠네만 아무튼 기다리고 있다니 만나는 봐야지. 그런데 이렇게 훤한 대낮에 만나도 되겠나?"

"그래서 부러 민가를 택한 것입니다. 도소에서 공공연히 만나는 것보다는 사람들 눈을 피할 수 있지 않겠습니까?"

송희옥은 연신 사람 눈을 피한다는 소리였다.

"예서 잠시 기다리시지요. 제가 데리고 오겠습니다."

잠시 후 방문이 열리고 송희옥 뒤로 두 사내가 따라 들어왔다. 흰색 두루마기 차림에 갓을 쓴 선비풍의 중년 사내는 마른 몸피에 키가 훌쩍 컸고, 그 옆에 검정색 배자에 복건을 쓴 젊은 축은 키는 작았으나 몸은 제법 옹골차 보였다. 젊은 축이 먼저 고개를 숙였다.

"접주님. 박동진이라고 합니다. 일해 선생님으로부터 접주님 말씀을 듣고 진즉에 찾아뵙고 싶었습니다만 연전에 경성 옥에 구금되는 바람에 이제야 인사를 드립니다."

"일해 선생이라 하셨소? 그래 선생은 요즘 어디 계시오? 별일은 없으시오?"

"선생님도 두 달여 전 경성 옥에서 석방되셨지요. 그 후 운현궁에 인사차 들르셨다는 말은 들었습니다만 지금 어디 계신지는 모르겠습니다. 감옥에서 몸을 크게 상하셔서 기동이 불편할 지경이라고 하던데, 근황은 알지 못합니다."

지난봄 무장에서 기포했을 때, 서장옥은 충청도 금산에서 군사를 일으켰다가 청주 영병에 패해 피신한 것으로 전봉준은 알고 있었다. 금산에서의 일로 지목을 받았다면 공주 감영의 소관일 터인데 경성 감옥에 구금되었다가 풀려난 뒤 운현궁에 인사를 하러 갔다니? 그 경위는 알지 못할 일이나 운현궁을 찾았다면 필시 대원군과 기맥이 통하고 있었을 터였다. 일해는 언제부터 운현궁에 접촉하였던 말인가? 전봉준이 미간을 좁히고 고개를 갸웃하는데 송희옥이 큼큼, 헛기침을 했다. 송희옥의 곁에 선비 차림이 껑충하게 서 있었다.

"이런, 결례를 했습니다. 일해 선생 소식에 그만…. 자아, 앉으시지요."

자리에 앉자 선비 차림이 자기소개를 하였다.

"저는 정인덕이라 합니다. 배재학당에서 훈장을 하던 중 운현궁의 부름을 받아 내무주사의 직을 맡고 있습니다."

"저를 보자 하심은?"

전봉준이 단도직입적으로 물었다.

"저희는 오로지 국태공의 말씀을 전하려 왔을 뿐입니다. 국태공께서 접주를 보자 하심은…."

정인덕이 말을 끊으며 짧은 숨을 토했다. 흰 얼굴에 하관이 길고 턱이 가늘어 영락없는 백면서생이었지만 서늘한 이마 아래 깊숙한 눈은 녹록지 않은 기품을 풍기고 있었다.

"접주와 손을 잡고 왜병과 개화당을 몰아내고 나라를 바로 세우고자 하심입니다."

"그러하다면 앞서 내려온 두 사람은 거짓 효유문을 들고 온 것입니까? 국태공의 효유문이라면 관을 통해 고지하면 될 것을 부러 관리를 내려 보낸 까닭이 무엇입니까? 그리고 다시 두 분을 보내어 이렇듯 하교하심은 또 무슨 연유인지요."

전봉준이 짐짓 혼돈스럽다는 눈빛을 하자 정인덕이 고개를 한 뼘쯤 내밀며 목소리를 낮추었다.

"전주로 국태공의 효유문을 들고 간 사람은 김태정과 고영근으로, 두 사람은 전라 감사에게도 국태공의 효유문을 전하였습니다. 그것은 그 두 사람이 국태공의 명을 공식적으로 이행하고 있다는 것을 개화당 쪽과 일본공사관 측에 보여주기 위함이지요. 저들은 국태공께서 군국기무처가 경군과 일본군을 동원해 동학도를 토벌하는 것을 막으려 거짓 효유를 하는 것이 아닌가, 의심하고 있으니까요. 또 다른 인사들이 남원의 김개남 접주에게도 국태공의 효유문을 전달할 것입니다. 이 모두가 저들의 의심을 피하고 시간을 벌기 위함이지요. 국태공께서는 그렇게 시간을 버는 사이에 동학군이 상경하기를 바라고 계십니다. 일본군이 남하하기 전에 동학군이 북상해 기선을 제압해야 일본군과 개화당을 구축할 수 있고, 그래야 오늘의 국난을 극복할 수 있기 때문입니다. 국태공께서 접주를 속히 보자 하심은 바로 그런 연유이지요."

정인덕의 눈빛에는 절실함이 배어 있었다. 전봉준은 그러나 굳은 표정이었다.

지난봄 무장 기포 이래 대원군의 감국(監國)을 성명하였다. 그것은 동학군의 봉기가 임금과 조정에 대한 반역이 아니라 보국안민의 대의를 위함이라는 명분을 얻기 위함이었다. 유림과 양반의 동의를 이끌어내는데도 대원군의 권위가 요긴하였다. 그러나 대원군의 진의는 무엇인가? 일본과 개화당의 압박으로 궁지에 몰린 상황을 타개하기 위해 동학군의 무력을 절실히 원한다 한들 그것이 개벽 세상을 약속하는 것은 아닐 거였다.

하지만 대원군이 내민 손을 뿌리칠 수도 없지 않은가. 친일 개화당과 일본군을 물리치기 위해 손을 잡자는 대원군의 요구는 기실 농민군이 요청할 일이었다. 김개남이 봉기를 서두른 데에도 대원군의 뜻이 작용한 것일까.

팽팽한 침묵 끝에 전봉준이 입을 열었다.

"국태공 대감의 뜻은 잘 알겠습니다. 일단 그리 아시고 돌아들 가십시오. 지금 내가 할 수 있는 말은 이뿐입니다. 일의 가닥이 잡히면 어떡하든 기별이 되겠지요."

정인덕과 박동진이 떠난 후 송희옥이 전봉준에 물었다.

"이제 어찌하시렵니까? 남원에서 재봉기를 천명한 이상 우리도 손 싸매고 앉아 있을 수는 없는 노릇 아닙니까?"

"손 싸매고 있지 않으면 어찌하겠나?"

전봉준이 송희옥의 말을 받으며 빙그레, 웃었다.

"예? …"

"북접은 꿈적도 하지 않는 판에 우리만 나서서 될 일인가 싶어서 하는 말이네."

"그렇지만 … ."

"알고 있네. 개남이 저렇듯 나서고 있으니 우리도 준비를 해야겠지."

김개남이 재봉기를 천명했으니 집강소 체제가 더 이상 존속할 수는 없었다. 남접 농민군의 분열을 막기 위해서라도 재봉기 외에는 길이 없었다.

"이곳 삼례에 대도소를 차리세. 우선 전라 감영의 대도소를 철폐하고 집강들에게도 철수하라 이르시게. 하기로 한 이상 서둘러야지.

346

전주와 남원이 따로 논다는 이야기가 나오기 전에."

"개남장이 우리와 손을 잡겠습니까?"

"손을 잡고 말고는 나중 문제이고 우선은 봉기의 보조를 맞추는 것이 중요하지. 그래야 북접도 움직이지 않겠는가."

이날 저녁, 어스름이 깔릴 무렵 전봉준에게 뜻밖의 손님이 찾아들었다. 대원군의 심복인 전 승지 이건영이었다. 이건영은 남원에서 김개남을 만난 뒤 공주로 가던 차에 전봉준을 찾아왔다고 했다.

"제가 예 있다는 걸 어찌 아시고…?"

전봉준이 떠름한 눈빛을 하자 이건영이 희끗한 턱수염을 쓸며 나직하게 말했다.

"실은 정인덕 주사가 전주에 있던 내게 통지를 해왔지요. 이곳에 전 접주께서 계시니 은밀히 찾아뵈라고 말이오. 정 주사는 이런 말도 하지 말라고 했습니다만, 늙은이가 불쑥 찾아왔다고 하면 접주께서 의아해하실 것 같아 자초지종을 말씀드리는 것이외다. 결례가 되었다면 부디 양해하시오"

눈 밑에 잔주름이 자글자글한 이건영이 고개를 숙이자 잠시 떠름한 낯빛이던 전봉준이 외려 무색해졌다.

"양해라니요? 영감께서 그리 말씀하시니 듣기 송구합니다. 저는 그저 온종일 운변(운현궁 쪽)의 분들을 접하다 보니 오히려 당혹스러워…."

이건영이 전봉준의 말을 끊었다.

"당혹스럽다니요? 우리가 비록 초면이라고는 하는 그 뜻은 상통할진대 당혹할 일이 무에 있겠소이까?"

이건영이 얼핏 전 승지의 풍모를 내비쳤다. 전봉준이 잘라 물었다.

"영감께서 이렇듯 어려운 발걸음을 하신 특별한 연유라도 있으신지요. 오늘 낮에 운변의 두 사람에게서 국태공의 뜻은 이미 전해 들었습니다."

이건영이 두루마기 안섶에서 봉황 무늬가 새겨진 흰 봉투를 꺼내들었다.

"이 봉투 속에 든 서찰은 국왕 전하의 밀지올시다. 어제 정, 박 두 사람이 전한 국태공의 뜻은 바로 임금의 뜻이기도 하지요."

전봉준이 무릎을 꿇고 앉아 두 손으로 봉투를 받아 밀지를 꺼냈다.

"삼남(三南) 진신장보(縉紳章甫 · 모든 벼슬아치와 유생들), 임진년(1592년)에 순절(殉節)하여 공신록에 기록되어 있는 훈신(勳臣)의 자손 및 동도인(東道人), 보부상 우두머리 등에게 비밀리에 교유(敎諭)한다. 오호라, 내가 과매(寡昧 · 모자라고 어두움)하여 왕위에 오른 지 삼십 년에 여러 차례 변고를 겪었으나 덕이 가히 새로워지지 않고 하늘이 화(禍)를 깨닫지 않아, 간신이 명령을 사사로이 하고 왜(倭) 오랑캐가 궁월을 침범하여 종묘사직의 위험하고 절박함이 바야흐로 조석(朝夕)에 있으니, 그 죄가 모두 나로 말미암은 것인데 화가 죄 없는 사람에게 미치니 내 실로 무어라 말하리오. 비록 그렇지만 국가 500년 동안 백성을 아름답게 기른 덕이 두텁지 않다 말할 수 없으며 나라의 안위를 의지하는 것이 삼남(三南)보다 앞서는 것이 없는지라. 이에 비밀리에 근신(近臣)을 보내어 본경(本境 · 삼남지방)을 달려가서 의용군을 소집하게 하노라.

오호라, 너희들은 내가 부덕(不德)하다 말하지 말고 오직 선왕(先王)들의 깊은 어짊과 후한 덕이 너희들의 조상에게 미쳤으니 충량(忠亮 · 충성스러운 백성)들은 온 힘을 다하여 일본을 이기기 위한 창의(倡義)에 다 같이 참여하여 우리의 망해가는 나라를 붙들어 일으키고 나의 위태로운 목숨을 구

348

할지어다. 나라가 망하는 것도 너희들에게 달려 있고, 나라가 다시 일어나는 것도 너희들에게 달려 있노라. 내 말은 여기에서 그치니 여러 말 하지 말지어다."

전봉준이 밀지에서 눈을 떼기를 기다려 이건영이 덧붙여 말하였다.
"지금 친일 개화당에는 간악한 자들이 있어 정치가 제대로 되질 않습니다. 그러므로 하루라도 빨리 이들을 제거해야 합니다. 국태공께서는 접주께서 이끄는 의병을 학수고대하고 있습니다. 속히 기병하여 북상하기를 바랄 뿐입니다. 남원의 김개남 접주에게도 대감의 뜻을 전하였던바 쾌히 승낙하였지요."

전봉준은 가타부타 말하지 않았다. 삼례에 대도소를 차릴 계획도 밝히지 않았다. 말미에 김개남의 기병을 끌어다 붙이는 이건영의 마른 입술만 쳐다보고 있었다.

가시버시

"시천주조화정 영세불망만사지(侍天主造化定 永世不忘萬事知)
지기금지 원위대강(至氣至今 願爲大降).
시천주조화정 영세불망만사지
지기금지 원위대강."

공주 달동, 동학 접주 장준환의 집 헛간에 모인 도인들이 소리 내
어 주문을 외고 있었다. 행랑채 뒤편 흙벽에 초가를 올린 헛간이었지
만 멍석과 자리를 깐 바닥은 십수 명이 둘러앉기에 넉넉하였다.

헛간 밖 달빛은 찼다. 차가운 달빛 아래로 주문 소리가 흘러나왔
다. 십여 차례 주문을 왼 뒤 무리 가운데 앉아 있던 한 젊은이가 손짓
으로 주문 읊기를 멈추게 하며 입을 열었다.

"어떠십니까? 열석 자에 여덟 자를 보태면 스물한 자, 맞지요? 이
스물한 자를 외워 익히면 만권 책을 읽은 것에 모자람이 없다고 하였
습니다."

"허어, 자네도 이제 어엿한 접주이네그려."

젊은이 맞은편에 앉아 고개를 주억거리며 주문을 외고 있던 중늙
은이가 실눈에 웃음을 가득 싣고 말했다.

"아이고, 접주라니요? 당치 않습니다요. 저도 그냥 들은 깜냥이지요."

어깨가 실팍한 젊은이가 두 손을 저으며 따라 웃은 뒤 정색을 하고 목소리에 힘을 주었다.

"접주님께서 이르시기를 한울님을 모시고 자연의 조화를 따르며 영원토록 잊지 않으면 세상의 이치를 알 수 있다 하셨지요. 그 한울님은 바로 우리 안에 모셔져 있다 하셨습니다. 우리 사람이 곧 한울이요, 한울이 곧 사람이라고 합니다. 하여 사람 섬기기를 하늘같이 하여야 한다고 합니다. 그 이치를 깨달으려면 마음을 바르게 하고 정신을 모아 주문을 외워야 합니다."

젊은이의 눈빛이 등잔불처럼 반짝였다.

"글씨, 외우기는 외우겠지만 어쩌케 우리가 한울님이며, 한울님을 뫼신 사람은 다 같은 사람이라는 건지 나는 당최 모르겠네. 양반 따로 있고 우리 거튼 상민 따로 있는디 안그라요?"

중늙은이 옆에 앉은 농투성이가 아리송한 눈빛으로 주위를 둘러보았다. 서넛이 고개를 끄덕였다. 다른 사람들은 대놓고 고개를 끄덕이지는 않았지만 대체로 그럼직한 낯빛들이다. 젊은이가 벌겋게 달아오른 얼굴로 목청을 높였다.

"원래 양반 따로 상놈 따로 있었던 게 아니지요. 시상이 잘못되어서 그런 게지요. 어디 양반은 눈이 세 개고 코가 둘입니까? 우리맹이로 눈 두 개에 코 하나 매한가지지요."

"그건 그려. 하지만 … ."

"하지만은 무슨 하지만이에요? 같은 사람인 게 분명하다면 양반 상놈 가르는 거시 잘못이지요."

"아따, 일구 말 한번 옳케 허네. 자, 주문이나 더 외세."

중늙은이가 "시천주 조화정 …"하자 모두 따라 외우기 시작했다.

여인네 눈썹 같은 그믐달이 하늘에 걸린 깊은 밤이 되어서야 사람들은 헛간에서 나와 제 잘잘 곳으로 찾아들었다. 조금 전 일구라고 불린 막치가 삽짝을 열고 토방으로 들어섰다. 접주 장준환의 사가에서 한 마장쯤 떨어진 산비탈 아래 지은 토담집으로 혼인 후 장 접주가 따로 내준 거처였다. 새색시 분이가 등잔불을 키우려는데 막치가 뒤에서 분이의 허리를 끌어안았다.

"아이고, 왜 이러요. 불도 못 쓰게."

"불은 뭣 땀시 써. 기양 자면 되지."

막치가 지게작대기처럼 치켜세워진 양물을 분이의 엉덩이에 쿡쿡 쑤셔대며 거친 숨을 토했다.

"아이고, 공부할 때는 선비맹이로 말도 또박또박 점잖게 한다드만 징허게 왜 이런다요?"

"징혀? 참말로 징혀?"

막치가 분이의 몽당치마를 들쳐 올리고 속곳을 댓바람에 끌어내렸다.

"아이고머니."

분이가 제풀에 부들자리 위로 쓰러지자 막치가 와락 바지춤을 내리고 분이의 가랑이 사이로 파고들었다.

"흐윽 … ."

분이가 터져 나오는 신음을 막으려 제 오른손 바닥으로 입을 막았다. 막치가 그 손을 떼어내고 분이의 도톰한 입을 제 입으로 삼켰다. 분이가 양팔로 막치의 두툼한 목을 끌어안았다. 희미한 달빛을 받은 지게문 창호에 방아질을 하는 막치의 허연 엉덩이 그림자가 오르락 내리락했다. 토방 안은 금세 교접의 소리와 냄새로 가득했다.

"아유유유 … ."

막치가 자그마한 분이의 맨몸뚱이를 답삭 들어 제 무르팍 위에 올려놓고 깍지 낀 두 팔로 허리를 바짝 당기자 분이가 비명과 함께 자지러졌다.

"아이고머니. 나 죽소."

막치는 축 처져 가쁜 숨을 내쉬는 분이를 눕히고 이불을 덮어준 다음 자리끼를 벌컥벌컥 들이마셨다. 모로 누워 숨을 고르고 있는 분이의 동그만 어깨가 이불 귀 밖으로 살짝 드러나 있었다.

막치는 꿈을 꾸고 있는 듯했다. 지난봄 고부 황토재에서 분이를 들쳐 업고 달아난 지 어느새 반년이 홀쩍 지났다. 관군과 보부상 패가 동학군에 참패를 당한 그날 새벽, 관군의 군막에서 울고 있는 계집아이를 발견했을 때 막치는 우물에 빠져죽은 어미가 환생한 듯했다. 막치는 왜 죽창을 꼬나들고 동학군에 끼어들었는지조차 잊어버렸다. 최 참봉 집에서 도망한 일도 아득했다. 생각나는 것은 단지 계집아이를 업고 달아나야 한다는 것뿐이었다. 저 옛날, 얼굴도 모르는 아비가 어미를 업고 달아났듯이.

막치는 황토재 북쪽 소나무 숲에 반나절 넘게 몸을 숨겼다가 겨우 기력을 찾은 계집아이를 다독여 밤길을 걸었다. 다행이 동학군이 남도를 휘젓는 통에 자취를 감추었는지 산 아래 큰길에도 기찰하는 병거지들은 눈에 띄지 않았다. 그렇다고 도망 노비와 관가의 계집종이 버젓이 훤한 길을 활보할 수는 없는 노릇이었다. 어떡하든 전라도 땅은 벗어나야 했다. 더덕과 달래, 냉이를 캐먹고 개울물로 허기를 달래면서 북쪽으로 길을 잡았다. 심마니의 산막에서 한 되 남짓한 겉보리 망태기를 건진 것은 요행이었다.

막치와 분이가 탈진한 거지꼴로 논산 관촉사 앞에 이른 것은 고부 황토재에서 달아난 지 닷새가 지나서였다. 막치와 분이를 구해준 이는 영우 스님이었다. 막치는 불목하니로, 분이는 공양 짓고 빨래하며 절 일을 보았다. 달포쯤 지났을 때 막치와 분이의 사정을 알게 된 영우 스님이 둘을 불렀다. 스님은 둘에게 절을 떠나라 하였다. 두 사람이 가시버시가 될 연(緣)일진대 속세로 돌아가야 한다고 했다.

"너희 두 사람은 전생의 인연을 타고 났느니라. 전생에 헤어졌던 가시버시가 다시 만난 게야. 막치 네가 분이를 보았을 때 죽은 어미가 환생한 것 같다고 한 것은 그냥 헛것을 본 것이 아니다. 분이가 본 것은 아마 젊은 날의 네 아비였을 게다."

막치와 분이로서는 알 수 없는 말이었다. 다만 가시버시가 될 인연이라는 소리에 둘은 잔뜩 귓불만 붉히고 있었는데, 스님은 허허허, 웃고는 혼잣말을 하였다.

"허기야 인간의 생이 한순간이라 하나 사람의 인연은 억겁의 세월을 건너온 것일지니, 순간은 억겁이요, 억겁은 또한 순간이 아니겠느냐. 가거라. 가서 네 아비 어미의 못다 한 생을 살아라."

영우 스님은 막치에게 새 이름을 지어주었다. 노비의 이름을 버리고 새 사람으로 태어나라고 했다. 一九. 하나 일은 근원이요, 아홉 구는 영원을 뜻한다 하였다.

스님은 둘을 공주 달동의 동학 접주 장준환 가에 보내주었다. 막치는 곧 동학에 입도했다. 막치를 비롯한 열두 사람이 장 접주가 사랑채 앞뜰에서 입도의식을 가졌다. 제상에는 맑은 술과 물고기, 과일세 접시가 놓여 있었다. 막치와 함께 입도한 사람들은 유생에서부터 농민, 노비에 이르기까지 다양했는데 장 접주는 입도식이 끝난 후 서로 맞절을 하라고 했다. 귀한 사람 천한 사람은 물론이요, 남자사람 여자사람도 모두 같은 사람이요, 사람 섬기기를 한울 섬기는 것처럼 하는 것이 도인의 본분이거늘 이날 이후로는 서로 절하고 공대하여야 한다고 하였다.

막치는 새벽부터 저녁까지 논일을 하였고, 분이는 도소 살림을 거들었다. 부엌일부터 온갖 허드렛일까지, 하는 일은 예전 종년일 때나 크게 다르지 않았지만 아무도 분이를 종년이라 하지는 않았다. 밤에는 거의 매일 밤 헛간에 모여 주문을 외고 도학을 공부하였다. 전 유생 김유환이 강학(講學) 하였다. 분이는 까막눈이었지만 막치는 젖어미 순덕에게서 배워 언문은 그럭저럭 깨치고 있었다. 무엇보다 막치의 기억력은 비상하여 한번 들은 내용은 빠짐없이 머리에 넣고 있었다. 그런 막치를 유환은 막냇동생처럼 살갑게 대해주었다.

막치와 분이의 혼례를 주선한 이도 유환이었다. 두어 달 전 강학이 끝나고 유환이 막치를 불렀다.

"이보게. 언제까지 제 색시를 따로 자러 보내려나?"

유환의 뜬금없는 말에 막치가 불에 덴 듯 화들짝 놀라자 유환이 두 눈에 웃음을 실었다.

"내 영우 스님에게서 자네 얘기를 들어 다 알고 있어. 일전에 영우 스님을 만났더니 나보고 나서서 자네 장가보내라고 하더구먼."

"예? 선비님이 스님을 아십니까?"

"알다마다. 옛날에 동문수학한 벗이지. 영우 스님의 본명은 이종규라고, 종규 그 친구는 불가에 의탁해 이 더러운 세상을 떠났고, 나는 우주의 근본이라 믿던 주자학을 버리고 동학에 입도해 세상을 바꾸려 함인가."

허허롭게 웃는 유환의 옆얼굴이 쓸쓸해보였지만 막치는 장가라는 말에 경황이 없어 유환의 말은 제대로 들리지도 않았다.

"이제, 자네는 이전의 종놈이 아니야. 분이 처자도 그러하고. 그렇다면 거짓 오누이 행세를 할 게 무언가. 머잖아 추수 때가 되면 더 짬을 내기 어려울 테니 그 전에 날을 잡기로 하세. 내 접주님께 허락을 받아줌세."

스무 살 막치와 열여덟 살 분이의 혼례는 그렇게 치러졌다. 늦더위가 기승을 부리던 한 달여 전이었다. 종놈 신세 면하였다고 사모(紗帽) 단령(團領)에 목화(木靴) 신은 신랑이랴. 종년 신세 면하였다고 다홍 활옷에 비단댕기 물린 신부랴. 영우 스님이 주례가 되어 정수 한 그릇에 맞절로 끝낸 혼례였다. 그러나 접주 장준환이 스무 냥을 내어놓고, 이웃들이 십시일반으로 부조해 신랑에게는 남색 명주 바지저고리를 입히고 신부에게는 연분홍 저고리에 청색 치마를 갖춰준데다 잔치까지 벌여주었으니 종놈과 종년의 처지에서는 실로 꿈도 꾸지 못할 일이었다. 초례를 치른 후 분이는 막치의 품에 안겨 오래오래 숨죽여 울었다. 아홉에 부모를 잃고 열다섯에 관비가 되었다니 그 슬픔이 우물 속보다 깊었을 터였다.

박일구. 막치는 속으로 제 새 이름을 다시 새겼다. 갖바치 아비의 성이 박가였다는 것도 젖어미 순덕이 들려주었을 뿐이었다. 그러나 성씨가 박가든 김가든 이가든 그것이 중요한 것은 아니리라. 막치라는 종의 이름을 버리고 일구라는 새 이름으로 거듭 태어난 것이 중요했다. 내 다시는 막치란 이름을 쓰지 않으리라. 어느새 분이는 고른

숨을 쉬며 잠에 빠져 있었다. 막치는 그런 분이를 내려다보다가 한숨을 쉬었다. 추수가 끝나면 다시 죽창을 들어야 할 거였다. 한 달 전에는 공주 감영에까지 동학군이 몰려들었다고 했다. 사흘 전 유환은 삼례로 떠났다. 전봉준 장군이 그곳에 농민군 대도소를 차렸다고 하였다. 농민군이 다시 일어설 것이라고 하였다.

"이곳 공주로 올라올 것이야. 그때 만나세."

유환이 떠나면서 한 말이 막치의 귓전을 떠나지 않았다. 분이를 구출하기는 했지만 고부 황토재에서 자신은 농민군에게서 달아났던 것이 아니던가. 다시 달아나는 일은 없을 것이야. 막치는 다짐했다. 하지만 분이는 어찌해야 하나. 막치가 손을 뻗어 분이의 이마를 가볍게 쓸었다. 멀리서 밤새가 꾸루룩, 울었다.

역적

9월 10일 의정부에서 아뢰기를,

"죽산부사로는 장위영영관(壯衛營領官) 이두황을 차하하고, 안성군수로는 경리청영관(經理廳領官) 성하영을 임명하여 각각 거느리고 있는 군사를 데리고 즉시 내려 보내어 기회를 보아 토벌하게 하는 것이 어떻겠습니까?"

하니, 임금이 윤허하였다.

9월 들어 도성의 분위기는 뒤숭숭했다. 동학비적들이 경성으로 쳐들어온다는 소문이 나돌았고, 소문을 뒷받침하듯 경기도 죽산과 안성에서 농민군의 소요가 극심하였다. 죽산과 안성은 도성에서 지척이었으니 남도에서 번진 불길이 마침내 경성의 턱밑에까지 이른 격이었다.

친일 개화당에게 있어 소문은 그저 소문일 수 없었다.

대원군이 효유문을 반포한 다음날인 8월 26일, 관성장 이병휘가 경무청에 고변(告變)하기를 이준용이 정변을 모의한다 하였다. 이병휘는 정인덕이 공주의 박동진에게 전하라고 건넨 비밀 서한 두 통을 그 증거로 제출하였다. 경무사 이윤용은 정인덕의 수하인 유생 허엽을 체포하였고, 허엽은 이준용-이태용, 박준양-정인덕-허엽, 이병

358

휘-박동진으로 이어진 연결고리를 선선히 털어놓았다. 이병휘와 허엽의 배신으로 이준용 일파의 정변 모의가 마각의 일단을 드러낸 것이다.

이윤용은 고리의 맨 위에 대원군이 있음을 직감하였다. 두려운 일이었다. 허나 대원군을 견제하려면 무엇보다 임금과 중전의 비호가 필요한 터에 다시없을 호재였다. 이윤용은 김가진, 조희연, 안경수와 함께 편전과 중궁전에 고변의 사실을 아뢰었다. 임금의 안색은 하얘졌고, 중전의 낯빛은 새파랗게 질렸다. 역모가 아닌가!

대원군은 펄쩍 뛰었다. 자신과 이준용을 모략하는 자들의 무고(誣告)라 항변하였다. 일본공사 오오토리에게 직접 찾아가 이번 고변 사건은 자신과 일본의 사이를 이간하려는 반대파의 음모라 강변하였다. 그리고 한 달 전, 일본정부가 '경성사변'(일본군의 경복궁 점령)으로 놀란 조선국왕과 백성들을 위로한다며 후작(侯爵) 사이온지 긴모치를 위문대사로 파견한 데 대한 답례로 이준용을 보빙대사(報聘大使)로 보내겠다고 하였다.

오오토리로서도 친일 개화파를 지원한다는 입장에는 변함이 없었으나 제 손으로 추대한 대원군을 당장 거세할 수도 없는 난처한 지경이었다. 게다가 서슬이 퍼렇던 늙은이가 애손(愛孫)을 일본에 인사사절로 보내겠다며 고개를 숙이지 않는가. 어차피 대원군파와 국왕과 왕비에 줄을 댄 개화파 간의 알력이니, 좀더 지켜보고 처리해도 늦지는 않을 터. 그렇게 오오토리가 관망하는 사이 대원군은 이병휘를 체포하고, 경무청 순포(巡捕)가 무엄하게도 자신에게 거수경례를 했다는 이유로 경무사 이윤용을 파직하는 위엄을 과시함으로 사건을 봉합하였다.

9월 1일, 때에 맞추기라도 한 듯 전(前) 궁문장(宮門將) 김기홍이 상소하였다.

"군주가 치욕을 당하면 신하는 죽어야 하는 법이옵니다. 이러한 때에 대소신료들이 침묵만 지키고 있으니 어쩐 일입니까? 총리대신 김홍집 등 팔간(八奸)은 갑신 원흉인 박영효와 부동(符同)하여 개화를 이야기하는 왜(倭)를 궁궐에 불러들여 성상을 볼모로 사로잡아 궁중의 재화를 취하고 강압적으로 각 궁의 군기(軍器)를 빼앗았습니다. 이를 어찌 매국이 아니고 개화라고 하겠습니까? 저들 매국노들의 죄를 엄히 물어 모두 주륙(誅戮)하여야 마땅합니다."

10년 전 갑신정변의 주역으로 일본에 망명 중이던 박영효가 귀국한 것은 7월 6일. 박영효의 이용가치를 높게 본 일본정부가 조선 조정에 압력을 가한 덕분이었다. 한 달 가까이 숨죽이고 있던 박영효는 8월 1일, 조정에 사면을 호소하였고 임금은 승정원과 시원임 대신들의 반대에도 불구하고 박영효의 형적을 말소하라 명하였다.

임금의 사면 결정에는 일본을 등에 업은 박영효를 이용하여 대원군 세력을 견제하려는 중궁전의 뜻이 숨어있었거늘, 그 내막을 알 리 없는 김기홍은 대담무쌍하게도 박영효와 친일 개화파를 모두 죽이라 한 것이었다.

김기홍이 지목한 여덟 간신은 총리대신 김홍집을 비롯해 외무대신 김윤식, 학무대신 박정양, 군무대신서리 조희연, 외무협판 김가진, 공무협판 안경수, 궁내부협판 김종한, 내무참의 권형진 등 노소(老小) 개화파를 망라하였다. 이들 중 다수가 대원군이 제거하려 한 인사들이었으니, 김기홍은 대원군의 의중을 꿰뚫고 있는 셈이었다.

임금은 탄핵 상소를 당한 개화파 인사들의 사직청원을 반려하고,

김기홍을 장(杖) 100대에 폐서인(廢庶人)하여 내쫓으라 하였다. 김기홍의 상소를 무지몽매한 자의 황당무계한 소리로 치부하여 사건이 확대되는 것을 막으려 함이었으나, 결과적으로 친일 개화파에 대한 신임을 재확인함으로써 대원군 세력의 입지는 더욱 좁아졌다. 일련의 소란이 진정되었다고는 하나 대원군 일파의 정변 모의에 대한 의구심이 해소된 것은 아니었다. 그러니 친일 개화당에 있어 동학비적들이 경성으로 쳐들어온다는 소문은 그저 소문일 수 없었다. 결국 군국기무처가 농민군 토벌에 대한 의안을 올려, 의정부로 하여금 대원군의 반대로 유예되었던 무력진압을 시행토록 한 것은 두 세력 간 힘의 균형이 개화당 쪽으로 기운 것을 뜻하였다.

국태공의 위엄은 더 이상 힘을 쓰지 못하였다.

삼례는 100여 호도 안 되는 작은 고을이었지만 길이 사방으로 트인 역촌(驛村)인데다 주변이 너른 평야여서 농민군이 집결하기에 적합한 곳이었다. 전주에서는 불과 30리 길이었다. 더구나 삼례는 2년 전 11월, 교조신원을 위한 취회(聚會)가 열렸던 곳으로 동학의 교세 기반이 탄탄해 대도소를 차리기에 안성맞춤이었다.

역참(驛站) 인근 저막에 대도소를 차린 전봉준은 전주대도소를 철폐하고 올라온 송희옥과 진안 접주 문계팔, 금구 접주 조준구, 전주 접주 최대봉, 부안 접주 김석윤, 정읍 접주 손여옥 등을 불러 재기포를 논의하였다. 나주에 내려가 있던 최경선도 통지를 받고 올라왔다.

아궁이에 군불을 지펴 훗훗한 봉놋방에 들어선 최경선이 둘러 인사를 하고는 한마디 했다.

"아이고, 두더지 굴도 아니고 봉창이라고 딱 쇠불알만 해가지고 원 ….”

무슨 대도소를 저막에 차렸느냐는, 송희옥이 들으라는 핀잔이었다.

“그라도 아우님 거시기보다야 크니 됐지. 안 그려요?”

송희옥이 이죽거리자 와그르르, 웃음이 터졌다.

활달한 성품의 최경선에게 무거운 분위기를 일거에 가볍게 하는 재주가 있다면, 말수가 적은 송희옥에게는 어물어물하면서도 상대를 눙치는 재간이 있었다. 그런 두 사람이 전봉준에게는 다리와 팔, 즉 고굉(股肱)이나 마찬가지였다.

전봉준이 입가에 웃음을 달고 말하였다.

“자아, 최 두령도 오셨으니 소주나 한잔씩 더 하십시다.”

돼지머리 고기에다 소주를 내놓은 저막 주인 내외는 해 떨어지기가 무섭게 옷가지를 싼 보퉁이를 들고 이고 고산(高山)의 딸네 집으로 간다 하였고, 장국을 끓여내던 아낙과 심부름하던 중노미도 가만가만 빠져나가 저막에는 두령들을 배행한 동몽들뿐이었다.

상을 물리고 난 뒤 전봉준이 목소리를 눌러 말했다.

“군사를 모으는 일도 중요하지만 그 전에 무기와 군수품을 확보하는 것이 시급하오이다. 각 군·현의 무기고를 헐어 병장기를 확보하고 열읍의 공형들에게 통문을 보내 군수품을 이곳 대도소로 보내도록 해야 할 것이오. 또 토호들에게 협조를 구하거나, 정 어려우면 어음을 돌려서라도 군수자금을 마련하도록 하시오.”

손여옥이 전봉준의 말을 받았다.

“양반 토호들의 반발이 만만치 않다고 합니다. 나주, 광주, 순천, 강진 등지에서는 그들이 지원하는 민보군 세력이 강력해 협조를 구하기는커녕 배후에 적을 둔 형세입니다.”

모두의 낯빛이 흐릿해졌다. 전봉준의 얼굴도 어두워졌다.

"압니다. 해서 더욱 기포를 늦출 수 없소이다. 손화중 접주는 광주에서 별도로 기포를 하기로 하였고, 남원의 김개남 접주에게는 내가 직접 연락을 취할 것이오."

나주성을 공격했다가 연이어 패배했던 최경선이 잠시 머리를 숙였다가 들었다.

"민종렬은 기필코 제가 요절을 낼 것입니다."

전봉준이 최경선에게 뭐라 말을 하려다가 눈길을 돌렸다. 금구 접주 조준구가 막 입을 열었기 때문이었다.

"순천으로 내려간 김인배는 이미 월초에 기포를 하였다고 하던데, 대도소에서 영을 내린 것인지요? 듣기로 김인배는 남원 쪽과 기맥을 통하고 있다고 하더이다."

조준구가 눈살을 찌푸렸다.

"그 사람은 연원이 금구에 있는데 어째서 남원의 말을 듣는단 말입니까? 어른께서도 별말씀은 없으시지만 속으론 내켜하시지 않을 것입니다."

조준구가 말하는 어른이 김덕명이고, 그의 속내를 짐작하지 못할 바 아니지만 전봉준은 짐짓 크게 웃어보였다.

"허허허 …. 김인배가 우리와 뜻을 함께하는 한 어디와 기맥을 통하고 있든 그것이 무슨 문제겠습니까? 김 접주는 남해안 일대를 장악하여 우리가 북상하는 동안 후방을 지켜낼 것이오. 내 월전에 순천에 들러 김 접주와 이야기를 한 게 있으니 그리 아시면 될 것입니다."

7월 이후 남도의 순천·광양 지역은 농민군들의 해방구였다. 순천부사 김갑규와 광양현감 조중엽은 농민군이 일어서자 일찍이 관아를 비우고 달아나버렸다. 순천 관아에 영호대도소를 차린 김인배는 수(首)접주 유하덕, 도집강 정우형과 함께 순천·광양 지역을 지배했다.

7월 하순, 광양 농민군 600여 명이 섬진강을 건너 경상도 하동으로 진출했다. 하동부사 이채연은 이들을 환대하고, 관아에 농민군 집강소를 설치하는 것을 허용하였다. 그렇게 농민군을 속인 이채연은 지리산 화적(火賊)에 대비해 화개동에 조직해뒀던 민포군(民砲軍)을 동원해 농민군을 역습하였다. 광양으로 쫓겨 온 농민군은 김인배에게 지원을 청하였다. 그러나 김인배는 허락하지 않았다. 전봉준의 관민상화책을 거스를 수 없었기 때문이었다. 그러나 김개남이 남원에서 재봉기를 선언하자 김인배는 9월 1일, 직접 순천과 광양의 농민군 1만 명을 이끌고 하동을 공격해 관아를 점령했다. 이채연은 대구로 달아났고, 광양 농민군은 민포군에 대한 보복으로 화개동에 불을 질러 가옥 수백 채를 전소시켰다. 하동을 차지한 김인배의 눈은 어느덧 경상도 병영이 있는 진주로 향하고 있었다.

조준구는 김인배의 하동 점령이 김개남의 지시에 따른 것이냐고 물은 것이었다.

그런들 어쩌랴, 김인배 세력이 경상도 남부로 확대되면 그만큼 북상하는 농민군의 후방이 든든해지는 게 아닌가.

전봉준이 아퀴를 지었다.

"자아, 날이 밝는 대로 각 도소에 재기포를 알려 군사를 모으고 무기를 거두어 이곳으로 보내라 하시오. 각 관아에는 통문을 보내어 군수품 조달에 협조하도록 이르고."

9월 10일 이후 열흘 사이에 김제, 능주, 광주, 군산, 전주 등지의 관아에 화약, 탄환 등 무기와 쌀, 백목 등 군수물자를 농민군 도소로 보내라는 통문이 날아들었다.

삼례의 전봉준과 남원의 김개남이 발한 명령이었다.

농민군이 직접 관아를 공격해 무기를 탈취하기도 하였다. 9월 9일, 금구 농민군이 고산 관아를 습격해 무기를 빼앗았고, 10일에는 삼례에 모여든 농민군이 여산 관아를 공격했다. 14일에는 전봉준이 직접 삼례의 농민군을 이끌고 전주성으로 들어가 군기고에 보관 중이던 총과 탄환, 창과 칼을 거두었다.

무기를 실은 수레가 동문을 빠져나가는 것을 지켜본 전봉준이 선화당으로 갔다. 김학진이 기다리고 있었다는 듯 전봉준을 맞았다.

"어서 오시오. 삼례에 대도소를 차렸다는 소식은 들었습니다. 며칠 전 송희옥 씨가 전주성을 떠나 짐작은 했습니다만 달리 방도가 없는 게지요?"

김학진은 자신이 나서 전봉준과 맺은 관민상화책이 깨질 수밖에 없는 사정을 어림하고 있다는 것을 에둘러 말한 것이었다.

"그간 순상 각하의 은혜가 실로 컸습니다."

전봉준이 깊숙이 머리 숙여 감사함을 표했다.

"은혜라니 당치않은 말씀이오. 내 고작 뒷전에서 접주 하시는 일을 지켜보았을 뿐인 것을. 백성이 등 돌린 조정의 관리가 할 수 있는 일이 무엇이겠소."

"각하, 무슨 말씀을 그리 하십니까? 각하의 용단과 배려가 없었다면 관민상화는 당초 이루어질 수 없었을 것입니다. 병조판서로 승진하시어 귀경하실 수 있었는데도 안팎으로 험한 꼴을 당하며 전라 감영을 지켜주신 뜻 또한 깊이 헤아리고 있습니다. 하오나 이제 왜의 발호로 국가가 멸망할 터에 이대로 주저앉아 있을 수는 없습니다. 나라가 망한다면 생민이 어찌 하루라도 편히 살 수 있겠습니까? 읍폐를 시정한들 무슨 소용이겠습니까? 재기병을 할 수밖에 없는 사정이 이에 이르렀습니다."

"알고 있소이다. 청군이 평양에서 참패하였다니 이제 일본군이 남하하는 것은 시간문제일 것이오. 경상도에서 일본군의 전신주 설치를 방해하는 일이 비일비재하고, 경기도 천안에서는 일본인 여럿이 농민군에 참살을 당했다고 하더이다. 일본군이 움직일 빌미를 얻은 셈이지요. 죽산과 안성에서 민요가 드세게 일면서 조정에서도 그간의 효유 우선에서 토벌로 방침이 바뀌는 분위기라 합니다. 국태공께서 효유문을 공표하며 안간힘을 쓰시고 계시지만 그 어른의 힘도 이제 다 한 것 같으니 ···."

김학진이 말끝을 흐렸다. 전봉준은 대원군의 밀사들에 이어 임금의 밀지까지 접한 사실을 김학진에게 말하지 않았다. 임금은 밀지를 보낸 사실이 누설될 경우 사직에 화가 미칠 것이므로 철저히 비밀에 부칠 것을 당부하지 않았던가. 임금의 밀지가 운현궁에서 조작한 것이라 할지라도 섣불리 발설할 일은 아니었다.

서로 다른 생각으로 엇갈린 눈길이 오간 뒤에 전봉준이 본론을 꺼냈다.

"각하. 실은 어려운 부탁 말씀을 하나 더 드려야 하겠습니다."

"어려운 부탁이라니요? 달리 더 들어줄 부탁이 남았소이까?"

김학진은 미소를 지었으나 전봉준이 전주성의 군기고를 헐은 것이 못내 유감인 듯했다.

"일의 순서가 잘못되었음을 압니다. 허나 사정이 급박한데다 군기

366

고를 허는 일에 각하의 재가를 청하기도 마땅치 않은 고로 ….

"허허. 이미 내 앞뒤 사정을 헤아리고 계신 터에 순서를 따지겠소이까? 어서 말씀해보시오."

"위봉산성의 무기고를 비워야겠습니다."

전주 외곽 방어성인 위봉산성의 무기와 화약은 김학진과 전봉준이 그동안 비밀리에 보관해왔던 것이었다. 그러나 김학진은 방금 전의 기색과는 달리 선선히 답했다.

"그러시구려. 이제 와서 전주를 지킨다한들 무슨 소용이겠소이까."

전봉준이 내친 김에 뜸들이지 않고 덧붙였다.

"그리고 순상께서 운량관의 직을 맡아주셨으면 합니다."

김학진의 낯빛이 뜨악해졌다.

"운량관이라면 군령미의 운반을 책임지라는 것인데 …."

"그렇습니다. 순상께서 그 일을 맡아주셔야 척왜보국(斥倭報國)의 명분이 설 것입니다."

척왜보국이라? 김학진이 스스로 명분을 구한 듯 천천히 고개를 끄덕였다.

"그러지요. 단 내가 도울 수 있는 역할은 거기까지인 듯싶소. 내 비록 그동안 접주와 뜻을 같이했다고는 하나 엄연히 조정의 녹을 먹는 관리로서 총칼을 들 수는 없는 노릇이니 …."

"어찌 그것을 모르겠습니까? 순상 각하의 넓으신 도량에 그저 감사, 감사할 뿐이옵니다."

전봉준은 고개 숙여 절하고 선화당을 나왔다. 어쩌면 이것이 김학진과의 마지막 대면이 될지도 모른다는 생각이 어깨를 당겼으나 달리 더 어찌하랴. 초저녁 어스름이 성곽에 내려앉고 있었다.

김학진이 운량관이 되었다는 소문이 돌자 유림과 양반가에서는 '도인 감사' 김학진이 마침내 동비와 한패거리가 됐다며 한탄하였다. 그 한탄이 되돌아 김학진의 귀에 들어갔다. 김학진도 한탄하였다.

내가 끝내 역적이 되었는가!

만경평야의 끝자락에 위치한 삼례의 너른 길은 각 군·현 집강소에서 보내는 양곡과 무기, 화약을 실은 수레와 사방에서 모여든 농민군들로 북적였다. 역참과 마방에는 군수품이 쌓였고, 들판에는 천막이 쳐졌다. 작은 고을은 금세 장터마냥 활기를 띠었다.

그러나 전봉준은 섣불리 움직일 수 없었다. 농민군과 군수품을 더 모으려면 추수가 끝날 때까지는 기다려야 했다. 그보다 중요한 것은 북접과의 연합이었다. 유림과 양반세력이 등을 돌린 터에 북접과의 연합마저 성사되지 못한다면 재봉기는 하지 않느니만 못할 거였다. 당장이라도 군사를 움직일 기세이던 김개남도 남원에 웅크리고 있었다.

최시형

최시형(崔時亨). 초명(初名)은 경상(慶翔), 호는 해월(海月), 자는 경오(敬悟)로 경주 최 씨이다. 1827년 경주 동촌 황오리에서 출생했다. 시형은 1875년 10월에 개명한 이름이고, 해월이라는 호는 1887년 이후에 사용했다.

최시형은 다섯 살 때 어머니를, 열두 살 때 아버지를 잃고 계모 밑에서 누이동생과 함께 자랐다. 먹고살기 위해 머슴 노릇도 하고 조지소(造紙所)에서 일해야 했다. '머슴놈' 소리를 들으며 천대받고 살아온 최시형이 동학에 입교한 것은 1861년 6월, 교조(敎祖) 최제우가 막 포교를 시작한 무렵이었다. 최시형은 2년여 후인 1863년 8월 선사(先師)의 도통을 이어받았다. 최제우는 그해 12월 관에 체포되었고, 이듬해인 1864년 3월 10일, 대구 관덕정에서 참수(斬首)되었다. 죄명은 좌도혹민(左道惑民·좌도에서 백성들을 미혹시킴)이었다.

밤이 이슥했다. 등잔불이 가물가물했다. 창호 밖은 먹장 어둠이었다. 해월은 두어 식경 넘게 가부좌를 한 채 생각에 잠겨 있었다. 벗어진 이마 아래로 눈썹이 희었고 작은 두 눈 위의 눈까풀은 엷었다. 오뚝한 콧날 양 옆으로 흘러내린 볼은 홀쭉했다. 선사가 순도(殉道)한 지 어언 30년 세월이었다. 아득한 날들, 그러나 손에 잡힐 듯 가까운 날들이기도 했다.

검곡(劍谷)의 화전(火田)에서 100리 길을 걸어 경주 용담(龍潭)을 찾아가 스승께 백지(白紙) 세 뭇을 속수(束脩·스승께 올리는 예물)로 올리던 늦은 봄날, 스승의 말씀은 꽃향기보다 짙고 계곡물보다도 맑았다.

"사람은 제각각 제 안에 한울을 모시니 사람이 곧 한울(人乃天)이라 어찌 귀천이 있고 상하가 있으리오."

생업을 돌보지 않고, 일체의 문 밖 출입을 삼간 채 지성으로 주문을 외우며 수련에 정진한 지 1년 만에 스승은 말씀하셨다.

"세상에 나아가 포덕(布德)에 힘쓰라."

그리고 다시 1년여가 지나 스승은,

"이제 그대에게 도통을 넘길 것이다. 이는 천명(天命)이니 그리 알라."

하셨으니, 곧 닥쳐올 당신의 죽음을 예감했던 까닭이었으리라.

천명은 곧 동학을 지켜냄이었으나 그 길은 멀고 험하였다. 나라에서 사도(邪道)로 배척한 동학에 대한 관의 탄압과 재야 유림의 감시는 가혹하고 집요했다. 동굴에서 밤을 지내고 새벽이슬에 몸을 적시며 냇물로 허기를 채웠던 날들. 영남에서 영동으로, 영동에서 충청으로, 충청에서 호남으로, 걷고 걸어야 했던 나날들. 관헌의 기찰을 피해 보따리를 손에 들고 어깨에 메고 동가숙 서가식(東家宿 西家食)으로 쫓기어온 세월이었다. 하여 사람들은 그를 '최 보따리'라고 부르기도 하였다.

포덕의 짐은 힘에 겨웠으나 양반지주의 횡포와 관의 탐학으로 매 맞고 빼앗기고 굶주려 고통 받는 백성들은 다시 개벽의 새 세상이 온다는 그의 말에 목마른 자 샘물 찾는 듯했고, 사람과 사람 사이에 부귀빈천(富貴貧賤), 남녀노소(男女老少), 적서노주(嫡庶奴主)의 구별을 하지 말라는 그의 가르침에 교세는 마른 풀에 불길 번지듯 삼남에 퍼져나갔다. 그는 또 '만사지는 식일완'(萬事知 食一碗), 즉 밥 한 그릇에 우주의 모든 이치가 들어있으니 형편이 넉넉한 교도들은 가난한 교도들을 도우라 하여 빈자들을 구휼하였다. 사인여천(事人如天)의 평등사상은 신분차별에 고통받던 서얼과 상민·천민·노비들의 열광적인 환호를 받았으며, 유무상자(有無相資)의 공동체 정신은 굶주리는 백성들의 전폭적인 지지를 받았으니, 관에서 금하고 양반 유림에서 감시한다 한들 동학의 확장을 막을 수는 없었다.

무능하고 부패한 왕조는 백성을 구원할 수 없었다. 썩은 세상은 망하고 새 세상이 찾아오는 후천개벽은 필연이 아니던가. 어둠이 짙으면 새벽이 멀지 않은 법이니 은인자중하며 포교에 매진하면 머지않아 새로운 세상을 맞을 거였다. 폭력에 의존함 없이 동학의 힘으로 혼란의 시대를 수습하고 새 세상을 열 수 있을 거였다.

해월이 길게 한숨을 토해냈다.

하기에 전봉준, 김개남, 손화중의 봉기에 동조할 수 없었다. 자칫 봉기에 실패하면 동학은 회복불능의 타격을 입을 터였다. 23년 전인 1871년 3월, 이필제와 손잡고 일으켰던 영해 봉기로 어렵게 살려냈던 교세가 거의 괴멸되는 타격을 입지 않았던가.

이필제는 교조의 신원(伸冤)을 앞세웠으나 기실은 경상도 일대의 동학조직을 이용해 대규모 민란을 도모한 것이었다. 당시 새로운 신분상승 세력인 신향(新鄉)은 기존의 보수양반세력인 구향(舊鄉)의 탄압을 받고 있었다. 신향이란 상업경제의 발달과 더불어 재력을 쌓은 향촌세력으로 이들은 돈으로 벼슬을 사거나 토호의 지위를 누림으로써 기존의 문중양반 세력에 맞서고 있었다. 신향 중에는 특히 신분의 제약으로 설움을 받은 서얼 출신들이 많았는데, 이들 중 동학에 입교한 이들이 적지 않았다. 구향은 바로 그 점을 신향에 대한 탄압의 빌미로 삼고 있었다.

하여 최시형은 변혁을 꿈꾸던 이필제의 봉기 제의를 뿌리칠 수 없었다. 그러나 영해 봉기는 닷새 만에 수포로 돌아갔고, 교조의 죽음 이후 경상도 북부지방을 중심으로 복원되고 있던 동학조직은 된서리를 맞아야 했다.

해월이 다시 한숨을 토했다.

하기에 2년 전 공주에서 시작돼 삼례, 보은으로 계속된 대선생(大先生) 신원운동이 작란(作亂)으로 이어지지 않을까 노심초사 하였다. 아직 운이 열리지 않았고 때가 열리지 않았다고 거듭 말하였다. 수도자로서 정업(正業)에 힘쓰며 천시(天時)를 기다리라. 만약 가르침을 따르지 아니하면 동학의 교안(敎案)에서 이름을 빼겠노라, 그렇게 병란(兵亂)을 경계하지 않았던가.

해월의 주름진 얼굴에 경련이 스치듯 지나갔다.

청주사람 서인주가 소백산 줄기 단양에 피신해 있던 해월을 찾아온 것은 10여 년 전이었다. 광대뼈가 불거지고 눈매가 가늘어 차갑고 사나워 보이는 인상과는 달리 서인주는 인정에 두텁고 매사에 열정적인 성품이었다. 평민 출신인 서인주는 이재(理財)에 밝은 듯 재산도 어지간하였다. 입교한 서인주는 강학에도, 포교에도 열심이었다. 서인주는 특히 관의 지목을 피해 거처를 옮겨 다녀야 하는 해월의 뒷바라지에 지극정성이었다. 첫째 부인인 밀양 손 씨의 거처와 해월의 피신처를 마련하는가 하면 생활비를 대는 데도 소홀하지 않았다.

7년 전인 1887년 1월, 해월의 장남 솔봉이 청주 사는 음선장의 둘째 딸과 혼인을 하였는데, 음선장은 서인주가 입교시킨 도인으로 서인주의 장인이기도 하였다. 이로써 음선장의 큰 사위인 서인주는 해월과 사돈지간이 되었다. 그런 서인주가 1889년 관에 체포되어 감옥에 있을 때 해월은 매 식후마다 기도하기를 거르지 않았고, 잘 때도 감방의 추위에 고생할 서인주를 생각해 이불을 덮지 않았다.

2년 전 10월, 서인주는 서병학과 함께 해월에 교조신원운동을 요청하였다. 해월은 취회가 난으로 비화할까 우려했으나 서인주의 요청을 거절할 수는 없었다. 공주, 삼례, 보은으로 이어진 신원운동은 그렇게 서인주의 발의로 시작된 것이었다. 그러나 서인주는 보은취회에 참가하지 않았다. 서인주는 그때 전봉준, 손화중, 김개남 등과 원평에 모여 있었으니, 일해 서장옥이 바로 그였다.

이른바 남접은 서장옥이 주도한 무리였으니 오늘의 병란 또한 서장옥과 무관하다 하겠는가. 보은취회 후 자취를 감춘 유생 출신 서병학은 관에 귀화하여 남부도사(南部都事·종5품)가 되었다는 소문이었다. 장옥은 도(道)보다 난(亂)에 기울고, 병학은 배도(背道)하여 출세를 꾀하니 양서(兩徐)의 가는 길이 어찌 그리 다른가.

상념에 빠진 해월의 눈꺼풀이 가늘게 떨렸다.

올 정초 고부에서 발단된 민란은 마침내 호남의 수부인 전주가 농민군의 수중에 떨어지는 데에까지 이르렀다. 전주화약으로 전주성을 관군에 내주었다고는 하나 그 후 호남은 전봉준과 손화중, 김개남이 이끄는 남접의 무리가 접수했다. 저들은 집강소를 세우고 폐정을 개혁해 보국안민 한다는 반(反)봉건의 대의를 내세웠으나, 해월은 도인으로서 경전을 익히고 주문을 외우며 수행하기에 힘쓰기보다는 양반과 향리들에 대한 분풀이에 열을 올리는 농민군의 행태를 우려하였다. 비록 전봉준이 경계하고 효유한다고 한들 쌀보다 겨가 많은 격인 저들의 설분행위를 어찌 다 통제할 수 있으리오. 무지하고 용렬한 오합지졸이 한때 기세를 올린다 한들 그들의 작폐는 또 다른 원한을 낳을 것이고, 그 화(禍)는 결국 동학에 미칠 것이었다. 해월은 작폐를 금하라 하였다.

그러나 해월의 영(令)은 서지 않았다. 오히려 8월 들어 일찍이 무장을 강화해온 남접의 교도들이 해월의 지시에 따라 봉기에 소극적인 북접 계통의 교도들을 살상(殺傷)하는 사태까지 벌어졌다. 해월은 마침내 남접을 벌하라 하였다.

"무릇 우리 도는 남북 아무개접은 물론하고 모두 용담(龍潭)의 연원이나 도를 지키고 스승을 높이는 자는 오직 북접이다. 지금 들은즉 호남의 전봉준과 호서의 서인주가 문호를 별도로 세워서 남접이라 이름하고 창의함을 핑계대서 평민을 침해하고 도인을 해침에 그 끝이 없다 하니 이를 일찍이 끊지 아니한즉 향내 나는 풀과 구린내 나는 풀을 구별할 수 없고 옥과 풀을 모두 불태울지니. 원컨대 각 포 중에 우리 북접을 신앙하는 자는 이 글이 이르는 때와 함께 따르는 정성스런 마음으로 분발하여 각 포 두령이 알아 단속하매 한결같이 따라서 터럭만큼이라도 어긋남이 없이 하고, 사문난적(斯文亂賊)을 소리를 같이하여 징토함이 옳겠다."

그러나 남원에서 김개남이 재봉기를 선언하고, 전봉준은 삼례에 대도소를 차려 군사를 모았다. 전봉준은 통문을 돌려 각지의 충의지사(忠義之士)가 함께 일어날 것을 촉구하고 이번 거사에 호응하지 않는 자는 불충무도(不忠無道) 한 자라 하였다. 통문은 보은 대도소에 도 날아들었다.

불충무도라, 해월은 쓴웃음을 지었다. 전봉준은 북접이 기포에 동참할 것을 공개적으로 요구한 것이었고, 자신은 결국 전봉준의 요구를 거절할 수 없으리라는 것을 직감하였다. 23년 전 이필제의 손을 뿌리칠 수 없었던 것처럼.

농민군은 이미 해월의 통제 밖에 있었다. 김개남, 전봉준이 재봉기를 선언한 호남은 말할 것도 없고, 대원군의 효유문과 교단의 경계로 격앙됐던 분위기가 일시 누그러졌던 호서의 무력봉기 움직임도 날로 격화되었다. 영남의 소요도 그치지 않았으며 강원도와 황해도, 평안도에까지 농민군의 무장봉기가 이어진다고 하였다. 예전 같으면 유림과 양반의 무력으로 기능했을 농민군은 이제 창의(倡義)의 주도세력이었고 의병(義兵)의 명분을 쥐고 있었다. 더 이상 그들에게 포덕으로 개벽세상을 이루자 할 수는 없는 노릇이었다.

조정은 본격적으로 농민군 토벌에 나서고 있었고, 유림과 양반세력의 지원을 받는 민보군들이 곳곳에서 교도들을 참살하고 있었다. 유림과 양반들은 거개가 외세의 침탈보다 내부의 계급질서 붕괴에 직접적인 위협을 느끼고 있었다. 저들의 이해를 사직의 존망보다 앞세우고 있었다.

머잖아 청을 패퇴시킨 왜병이 남하할진대 관군과 왜병에게 북접과 남접의 구분이 무엇이며, 옥석의 구분이 무슨 의미가 있겠는가. 하물며 나라를 왜에 빼앗긴다면 교단을 보존한들 무슨 소용이겠는가.

"내가 또한 신선(神仙) 되어 비상천(飛上天) 한다 해도 개 같은 왜적

놈을 하느님께 조화(造化) 받아 일야(一夜)에 멸(滅)하고서 ….”

　선사는 일찍이 ‘안심가’(安心歌)에서 일본을 왜적 놈으로 칭하며
멸하리라 하였다. 그것이 비록 임진왜란 때 종군하여 공을 세우고 병
자호란 때 순국한 7대조 최진립을 숭모(崇慕)하는 노래의 한 구절이
라 할지라도 척왜보국은 동학의 길일지니 더 이상 항일(抗日)을 회피
할 수는 없을 터이다.

　해월은 가부좌를 풀었다. 3경이었다.

“어서들 오십시오.”

　서른셋의 나이라고는 믿기지 않을 정도로 의젓한 품인 손병희가
웃는 얼굴로 오지영 일행을 맞았다. 오지영 일행은 김방서와 유한필
로, 호남 함열의 동학농민군 두령들이었다. 오지영은 전봉준의 부탁
으로 남접과 북접의 연합을 꾀하기 위해 보은교단의 실력자인 손병
희를 찾아온 길이었다. 오지영은 스물여섯의 젊은 나이였지만 머리
가 영특한데다 사교성이 좋아 남접에 속하면서도 북접 인사들과 친
분이 두터웠다.

　“대접주님, 절 받으십시오.”

　오지영이 좌우의 김방서와 유한필에게 눈짓을 했다. 셋은 함께 넙
죽 엎드려 손병희에게 큰 절을 올렸다. 손병희가 엉거주춤 맞절을 하
고는 계면쩍게 웃었다.

　“그것 참, 두령들께서 절은 무슨 …. 오 두령은 이 시국에도 여전
하시네그려.”

　“시국이 하 수상한들 도리마저 흔들려서야 되겠습니까? 대접주님
께서는 교단의 2인자이시거늘 저희들이 예를 갖추는 것은 마땅한 도

리이지요. 아니 그렇습니까? 하하하 … ."

젊은 오지영이 맑은 소리로 웃자, 잔뜩 긴장한 낯빛이었던 김방서와 유한필도 낮게 소리 내 웃었다.

"허어, 2인자라니요? 별소리를 다하시네. 누가 들으면 내가 큰 욕을 듣겠소이다."

손병희가 빙그레, 웃으며 두 손을 저었다. 우람한 풍채에 걸맞게 손도 크고 두툼하였다. 너른 이마와 길게 찢어진 두 눈하며 우뚝하니 내리뻗은 콧날이 한눈에 범상치 않아 뵈는 인상이었다.

당사자가 펄쩍 뛰었다고는 하나 손병희의 교단 내 위상은 최시형 다음이라고 해도 과언이 아니었다. 서열상으로는 손천민과 김연국이 위라고 해도 최시형의 가장 높은 신임을 받는 인물은 손병희였다.

1882년 스물두 살이던 손병희를 동학에 입교시킨 사람은 큰 조카인 손천민이었다. 스물여섯 나이에 청주목에서 이방을 하던 손천민은 서자 출신으로 좌절하고 있던 네 살 연하의 서삼촌 손병희를 동학으로 이끌었다. 푸대접 받던 중인(中人) 신분이었던 손천민은 사람이 곧 한울인 동학의 평등사상이야말로 손병희의 좌절을 치유할 수 있으리라 생각했을 터였다.

손천민은 교주 최시형을 지극정성으로 보필하면서 포교에 열중했다. 학식과 문장이 뛰어난 손천민은 교단에서 각지에 띄우는 거의 모든 문건을 작성했다. 손천민은 그렇게 최시형의 '오른팔'이 되었다. 김연국은 최시형이 영해 민란 직후 강원도에 피신해 있을 때인 1870년, 열세 살 어린 나이로 입도한 이래 줄곧 교주를 측근에서 보필한 최시형의 '왼팔'이었다. 굳이 그 두 사람에 빗대 말한다면 손병희는 최시형의 '수제자'였다.

1887년 2월, 최시형의 둘째 부인 안동(安東) 김 씨가 병사(病死) 하였다. 안동 김 씨가 죽자 최시형의 집안일을 꾸려갈 사람이 없었다. 첫째 부인인 손 씨가 살아있었으나 고령으로 살림을 꾸릴 형편이 못되었다. 하여 주위 제자들의 권유로 최시형은 이듬해 3월, 밀양(密陽) 손 씨를 세 번째 부인으로 맞았으니, 손병희의 누이동생이었다. 그러니 최시형과 손병희는 세속의 관계로는 처남·매부지간이었다. 오지영이 말하는 '교단의 2인자'도 과장된 것만은 아니었다.

　"큰 조카님 이야기는 들으셨지요?"

　수인사가 끝나고 오지영이 조심스레 운을 떼었다. 사흘 전 손천민은 삼례 대도소로 전봉준을 찾아와 봉기를 중지할 것을 강권했다. 손천민은 지난봄 이래 줄곧 농민군의 무장봉기를 반대해왔다. 운이 열리지 않고 시기 또한 이르지 않았으니 망동(妄動)하지 말고 진리를 더욱 찾아 천명(天命)을 어기지 않아야 한다는 법헌의 말씀에 따른 것이었다. 전봉준과 김개남, 손화중의 남접 지도부가 그에 응하지 않자 손천민은 그예 각지 동학 도소에 고절문(告絶文)을 띄우고 남접 농민군을 토벌하라고 지시하기에 이르렀다. 달포 전의 일이었다.

　비록 종교로서의 동학을 지키려는 교주 최시형의 뜻을 대변한 것이라고 해도 손천민이 남접과 북접 간 연대를 가로막는 걸림돌인 것은 분명한 사실이었다. 그런 손천민을 전봉준과 남접의 두령들이 곱게 볼 리 없었다. 말이 오간 지 오래잖아 언성이 높아졌고 급기야 남접 두령 몇이 칼을 뽑아들면서 손천민은 황망히 보은으로 되돌아가야 했다.

　오지영은 그 얘기를 꺼낸 것이다. 오지영은 운을 떼면서 손병희의 낯빛이 어떻게 변하는지를 유심히 살폈다. 손병희가 노하거나 불쾌

378

한 낯빛을 하면 일은 거의 어긋난 것이나 다름없었다. 요지부동인 손천민에다 손병희마저 봉기에 반대한다면 교주 최시형의 마음을 돌리는 것은 난망한 노릇이지 않은가. 다행히 손병희의 낯빛은 변하지 않았다. 오히려 혼잣말 하듯, "청의(淸義) 대접주께서야 원체 변함이 없으신 분이니 …"하였다.

청의 대접주는 청주지역을 관할하는 손천민을 가리키는 말인데, 그야 원체 변함이 없다지만 자신은 변할 여지가 있다는 투였다. 오지영의 낯빛이 밝아졌다.

"바로 말씀드리지요. 이제 교단이 나서야 할 때가 되었습니다. 법헌을 설득하실 분은 대접주님밖에 없습니다. 조정에서는 이미 본격적으로 농민군 토벌에 나서고 있습니다. 며칠 전 장위영영관 이두황과 경리청영관 성하영을 죽산부사와 안성군수에 임명하여 토벌군을 내려 보냈다고 합니다. 왜병이 조만간 남하할 거라고도 합니다. 이에 힘입어 경상도에서는 유림과 사족들이 손잡고 민보군을 만들어 도인들을 참살하고 있습니다. 저들이 남접, 북접을 가리겠습니까? 오히려 우리가 반목하는 것을 기뻐하며 등 뒤에서 총을 쏘아댈 것입니다. 이미 남원의 김개남 장군과 하동의 김인배 장군은 봉기하였고, 전봉준 장군도 일간 삼례를 출발해 공주로 진격할 것입니다. 설령 북접이 방관한다 해도 남접의 무력봉기는 되돌릴 수 없는 지경이지요. 아니 이는 단지 남접의 봉기가 아닙니다. 호남, 호서는 말할 것도 없고 영남, 경기, 강원, 황해, 평안 전국 각지에서 무장봉기가 잇따르고 있다는 소식은 대접주님께서도 이미 들으셨겠지요. 척왜의 대의명분을 외면하다면 비록 법소를 보전한다 한들 교인들이 따르겠습니까?"

오지영이 이마에 핏줄을 세우며 열변을 토하지 않더라도 손병희는 이미 짐작하고 있었다. 어제 아침 해월은 그에게 각 포 접주들을 청산에 불러 모으라고 명하지 않았던가. 교주가 대회소집을 명한 의도는 묻지 않아도 알 만한 일이었다.

"자자, 이야기는 천천히 하기로 하고 술이라도 한잔해야 하지 않겠소이까?"

오지영의 말이 끝나자 손병희가 고개를 돌려 일행을 쳐다보며 말했다. 보은 대도소 앞뜰에 땅거미가 내려앉고 있었다. 풀숲에서 귀뚜라미가 울었다.

이틀 후 사시, 청산에서 대회가 열렸다. 호남과 호서, 영남, 경기, 강원 등지에서 모여든 접주들이 대회장을 빼곡히 채웠다. 오지영이 호남의 상황을 설명하고, 손병희가 조정 및 일본군의 동향과 각지에서 살해당하고 있는 교도의 실상을 보고하였다. 격앙된 목소리가 터져 나왔다.

"벌레 같은 왜적들이 경성을 범하여 군부(君父)와 종사가 위태로우니 왜적을 칩시다."

손천민은 입을 굳게 다물고 있었다. 손천민 또한 교주의 뜻을 헤아리고 있었다. 교주의 명이라면 그것이 무엇이든 따라야 한다는 게 손천민의 변함없는 생각이었다. 종교로서의 동학을 따르기보다는 그 조직을 이용해 민란을 꾀하려는 전봉준, 김개남 등의 행태에는 찬성할 수 없지만 척왜와 보국안민의 대의마저 부정하는 것은 아니었다.

마침내 교주 최시형이 선언하였다.

"교도들을 동원하여 전봉준 등과 협력하여 선사(先師)의 숙원(宿怨)을 쾌신(快伸)하고 종국(宗國)의 급난(急難)에 동부(同符)하시오."

선사 최제우의 신원을 앞세웠으나 전국의 동학조직이 무장봉기하여 일본을 축출하기 위한 군사활동을 하라는 기포령(起包令)이었다. 9월 18일이었다.

이노우에 가오루

    평양전투에서 승리해 청군을 압록강 너머로 밀어낸 일본은 본격적으로 조선의 보호국화에 착수하였다. 그러자면 항일 무력집단인 동학농민군의 토벌을 언제까지 무능하고 무력한 조선 조정에 맡겨둘 수는 없는 노릇이었다.

    9월 9일, 일본공사 오오토리가 외무대신 무츠에게 일본군을 동원하여 동학농민군을 진압할 태세를 취하는 것이 좋겠다는 의견을 상신하였다.

    9월 16일, 일본정부는 조선 조정에 서한을 보내 삼남지방의 농민군이 일본군에 대한 공격을 감행하고 있으므로 이런 국해(國害)를 제거하기 위해 파병할 것이라 하였다.

    9월 18일, 오오토리가 갑오정권은 일본군이 동학농민군을 진압하는 데 협조해야 한다는 내용의 최후통첩을 보냈다. 오오토리는 조·일 양국의 합동작전으로 일국의 화근을 영원히 제거해야 한다면서, 합동작전은 공수 맹약에 근거하고 있다고 강변하였다. 일본이 조선 조정을 압박해 체결한 공수 맹약은 일본이 청일전쟁에 필요한 물자와 인력을 조선으로부터 원활하게 제공받는다는 것이 주요 내용으로 농민군 진압과는 전혀 무관한 것이다. 그러나 일본은 이제 그것을 앞세워 내전(內戰)을 벌이겠다는 것이니 조·일 군사동맹의 공적(公敵)이 졸지에 청나라에서 농민군으로 둔갑한 꼴이었다.

9월 20일, 일본 육군대신 사이고 쓰구미치는 독립후비보병 제18대대를 경성수비대로 조선에 파견할 것을 승인하였다. 다음날 일본 공사관의 스기무라는 대원군이 농민군 무력진압에 반대하고 있으나 이미 여러 대신들과 '내적으로 타협을 본 후' 일본이 출병한다는 조회를 먼저 보내고, 이를 받아 외무대신 김윤식이 일본공사관에 출병요청을 했다고 본국 정부에 보고하였다.

9월 22일, 의정부에서 아뢰기를.

"호서와 호남에 비적들이 날뛰고 있어 걱정이 그치지 않고 있으니 호위부장 신정희를 양호도순무사(兩湖道巡撫使)로 차하하여 군영을 설치하고 군사들을 지휘하게 하여 형편에 따라 토벌하거나 무마할 수 있게 하는 것이 어떻겠습니까?" 하였다.

다시 아뢰기를,

"방금 전라 감사 김학진의 장계(狀啓)에 계하한 것을 보니, '남원부에 모인 비적이 5~6만 명이나 되는데 각각 무기를 가지고서 날뛰고 있고, 전주와 금구에 모인 도당들은 일단 귀순하였다가 이에 다시 배반하였습니다' 하면서도 적을 토벌할 방책에 대해서는 한마디도 언급하지 않았으니 감사의 책임이 원래 이렇단 말입니까? 사체로 헤아려볼 때 매우 놀랍고 개탄스러운 일이니 도신(道臣)에게 우선 견파(譴罷)하는 법을 시행하는 것이 어떻겠습니까?"

하니, 모두 윤허하였다.

전라 감사 김학진은 이 날짜로 파직되었다.

9월 26일, 임금이 전교하였다.

"이제 장수에게 출사(出師)를 명하여 삼남의 요사스러운 기운을 깨끗이 없애버리려 한다."

이로써 대원군이 극구 반대해 저지시켰던 동학농민군에 대한 무력 진압방침은 확고해졌다. 동학군을 끌어들여 정변을 꾀하려던 대원군의 모의가 한 겹 두 겹 그 정체를 드러내면서 임금과 중전의 동학도에 대한 적의는 더 이상 효유와 선무의 여지를 남겨두지 않았다. 저들은 초멸(剿滅)해야 할 역적의 무리였을 뿐이다.

임금이 노여움이 가득한 전교를 내리기 일주일 전인 9월 19일, 대원군의 밀명에 따라 호서와 영남 지역에서 활동하던 박동진과 박세강이 공주 금강 모래사장에서 효수되었다. 엇갈린 장목에 상투를 풀어 묶은 두 개의 목이 내걸렸다.

충청감찰사 박제순에게 박동진과 박세강은 위험하기 짝이 없는 인물이었다. 이병휘의 고변으로 대원군 세력의 정변음모 의혹이 불거졌다고 하지만 대원군은 여전히 서슬 퍼런 위엄으로 섭정의 지위를 지키고 있었다. 고변 사건도 전광석화처럼 움직여 무고로 눌러버리지 않았던가. 저들의 주리를 틀고 맨살을 인두로 지져 대원군의 이름을 토설케 한들 도리어 감당 못할 화(禍)가 미치기 십상이었다. 그렇다고 경무청에서 용모파기(容貌疤記)하여 수배한 동학죄인들을 어물쩍 방면할 수도 없는 노릇이라면, 차라리 일찍 입을 다물게 하여 화근을 없애는 편이 현명하리라. 하여 박제순은 박동진과 박세강을 체포한 지 사흘 만에 혹세무민(惑世誣民)의 죄를 물어 목을 베라 명하였던 것이다.

이준용의 수족인 박동진과 박세강의 목이 잘림으로써 호서 농민군과 영남 의병을 일으켜 북상시키려던 대원군파의 계획은 끝내 실패하였다. 이건영을 내려 보내 밀지를 전한 남원의 김개남과 삼례의 전봉준은 봉기를 선언했으나 대원군의 영에 따른 것은 아니었다. 전봉준은 북접의 기병을 기다리고 있었고, 김개남은 전봉준의 움직임을 주시하고 있었다. 대원군에게는 더 이상 동학군에 대한 무력 토벌을 반대할 명분도, 힘도 없었다.

9월 27일, 일본의 신임 공사 이노우에 가오루가 경성에 부임하였다.

일본정부가 오오토리 공사를 경질하기로 한 데에는 오오토리가 반일친청(反日親淸) 성향이 강한 대원군에 휘둘려 효과적인 대한정책을 수행하지 못하고 있다는 비판여론이 작용하고 있었다. 특히 군부의 오오토리에 대한 반대론은 강경했다. 군부는 오오토리가 파병 초기에 일본정부의 방침과는 달리 청·일 공동 철군을 추진하여 혼선을 초래한 점에서부터 조선정부에 대한 청군구축 의뢰가 제때에 이뤄지지 못해 군사작전에 심대한 차질을 빚은 점, 평양전투에서 조선 관리와 군민이 절대적으로 청군을 지원하도록 방임했다는 이유 등을 조목조목 들어가며 오오토리의 경질을 주장하였다.

이에 총리대신 이토오가 직접 인선에 나섰다. 이토오의 복안은 내무대신 이노우에였다. 이토오가 이노우에에게 서간을 보내어 그 뜻을 타진하였다.

"오오토리 공사의 후임으로는 내외의 사정에도 통달하고 작은 일에 급급해하지 않는 과감한 인물을 얻었으면 합니다만, 혹 이노우에 백작께서 천거할 인물이 있는지 궁금할 따름입니다."

이노우에가 화답하였다.

"후임인물의 채택은 매우 어려워, 위력도 있고 내외의 사정에도 대체로 통달하고 정부조직상에도 도리와 실제 경험이 다소 있는 사람이 아니면 그 공을 이룰 수 없을 것입니다. 하여 소관이 그 일을 맡아 노후의 부족한 능력이나마 발휘해보고자 합니다."

쉰여덟 살의 이노우에는 메이지 유신의 원훈(元勳)인 거물인데다, 조선 문제에 있어서는 자타가 공인하는 일인자였다. 그는 강화도조약 때는 부전권(副全權)이었고, 임오군란과 제물포조약, 갑신정변 당시에는 외무대신이었으며, 갑신정변 뒤처리를 위한 한성조약 때는 전권(全權)으로 활약하는 등 개항 이후 조·일 간 주요사건을 지휘하였다. 그런 만큼 그는 대단한 자부심과 포부로 조선 공사를 자원한 것이었다. 자신감으로 가득 찬 이노우에의 계획은 이러하였다.

대원군과 이준용을 제거한다. 그런 다음 군국기무처를 폐기하고 김홍집, 박영효의 친일 연립정권을 수립한다. 동시에 왕비를 정무에서 배제시키고 일본인 고문관을 요소에 앉혀 조선의 보호국화를 추진하며, 일본군으로 하여금 관군을 지원하여 재기 북상하려는 동학군을 토벌한다.

부임 다음날 조선국왕에게 국서(國書·신임장)를 봉정하는 자리에서 이노우에는 득의만면한 얼굴로 말했다.

"전하께서는 이 가오루를 일반적인 공사로만 간주하지 마시기 바랍니다. 이노우에 가오루는 우리 황제폐하께서 특별하신 친임(親任)에 따라 선발 파견되었사오니 전하께서는 한 사람의 고문관으로서 하시(何時)라도 부르시어 하문하시기 바랍니다."

나는 일개 공사가 아닌 귀국의 고문관이라는 오만한 언사였으니, 이노우에는 내정간섭의 속내를 공공연히 드러낸 셈이었다.

다음날 대원군을 알현한 이노우에는 더욱 기고만장이었다.

"우리 일본제국은 귀국의 독립을 공고히 하기 위하여 수만의 군병을 내어 피를 흘리고 수천만 원의 재산을 소비하며 청국과 전쟁을 치르고 있습니다. 허나 조선인들은 정의를 위한 아국의 희생을 제대로 인식하지 못하고 있는 듯합니다."

대원군이 고개를 저었다.

"그럴 리가 있겠소이까? 요즈음에 이르러 귀국이 아국을 위하여 진력함에 감사할 따름입니다. 다만 … ."

잠시 말을 끊은 대원군이 두 눈을 가늘게 떠 이노우에를 쳐다보았다.

"다만, 평화적인 수단으로 진력해주는 것이 좀더 좋았겠는데 그렇지 못하고 병력을 사용했기 때문에 민심을 비등케 한 점은 있겠지요. 또한 군국기무처의 졸속한 개혁 조치에 불안하고 있으니, 막강하신 공사께서는 그 점에 유의하심이 좋을 듯하오이다."

이노우에가 차갑게 웃었다.

"무력을 사용해 민심을 비등케 하였다 함은 공께서도 아국의 호의를 의심하고 있다는 것으로 들립니다. 또 군국기무처의 졸속 개혁이라 하시나, 본 공사는 공께서 졸속을 매번 방지하는 노고를 마다하시지 않으신 걸로 알고 있습니다만, 이 이노우에 가오루가 잘못 알고 있는 것입니까?"

대원군이 빙그레, 웃었다.

"내 어찌 존경하는 이노우에 경의 잘못이라 하겠소이까? 다만 세상만사에는 음양(陰陽)이 있는 법이니 두루 살펴보심이 어떨까 하여 드리는 말씀이오이다."

이노우에의 입꼬리가 씰룩거렸다.

"본 공사는 일찍이 강화도사건이 벌어졌을 때 귀국이 아국에 가한 모욕을 참고, 두 나라 간 평화를 위하여 수호조약을 체결하는 데 일익을 담당한 사람입니다. 조선 문제에 대한 본관의 판단이 음양을 가리지 못할 만큼 어둡다는 뜻입니까?"

대원군이 멈칫하였다. 이자가 지금 나에게 위세를 보이고자 함이려니.

"나는 그저 일반의 이치를 이야기했을 뿐이나 오해의 소지가 있었다면 유감입니다."

이노우에가 짧게 코웃음을 쳤다.

"유감이라? 아무래도 공께서는 이 이노우에와 협의하는 것을 좋아하지 않는 것 같습니다. 그렇다면 다시 공과 협의할 필요가 없겠지요. 다만 공과 내가 합심협동 하느냐의 여부는 귀국과 귀국 왕실의 운명에 관계될 수 있기에 실로 유감입니다."

노골적인 공갈협박 아닌가. 이자가 이제 나를 제거하려 함이려니.

대원군의 노안이 어두워졌다.

10월 3일, 법무협판 김학우가 피살되었다. 김학우는 이날 술시에 궁궐 인근 전동(磚洞) 자택에서 손님들과 술을 마시던 중 이준용 쪽에서 보낸 자객의 칼을 맞고 절명하였다. 농민군 북상계획에 실패한 대원군파가 개화당 요인 암살계획을 실행에 옮긴 것이었는데, 김학우가 그 첫 희생자였다. 김홍집, 김가진, 이윤용, 안경수, 조희연 등에 대한 추가 암살 시도는 이루어지지 못했으니 김학우는 마지막 희생자이기도 하였다.

이노우에는 사건의 배후로 대원군을 의심하였다. 이준용 정변음모에도 대원군이 연관되었을 개연성이 높았다. 허나 확증도 없이 섣불리 대원군을 건드렸다가는 조선인들의 배일(排日) 감정에 불을 붙이는 격이고, 자칫 열강의 간섭을 초래할 빌미가 될 수도 있었다.

며칠 후 대원군을 제거할 구실을 찾으려 혈안이던 이노우에에게 비장의 무기가 쥐어졌다. 그것은 대원군이 평양전투 이전 평양 감사 민병석에게 보냈던 비밀서찰이었다. 평양성을 점령한 일본군이 입수하여 본국 대본영으로 보낸 비밀서찰에는 대원군의 것뿐 아니라 조선국왕과 총리대신 김홍집의 것도 있었다. 이 서찰들은 표현의 강약은 있을지언정 조선이 일본과 군사동맹을 맺은 것은 일본의 강압에 의한 것이지 결코 자의로 상국을 배반한 것은 아니라며 청국의 양해를 구하고 있었다. 외무대신 무츠는 청일전쟁에서 어느 쪽이 이기리라 확신할 수 없었던, 아니 청군이 이길 것으로 확신하던 상황에서 조선의 국왕이나 대신들이 청나라의 사후 보복을 두려워해 궁색한 보호막을 치려했을 터이니, 소국(小國)의 비애쯤으로 양해하는 눈치였다.

　그러나 이노우에로서는 놓칠 수 없는 꽃놀이 패였다.

　조선국왕과 조정을 겁박하고, 대원군을 제거할 수 있으니 실로 일석삼조(一石三鳥)가 아닌가.

　이노우에는 회심의 미소를 지었다.

출정

10월 11일, 북접군이 청산에서 출정식을 갖고 전열을 정비했다. 최시형이 손병희에게 통령기(統領旗)를 하사하였다. 안성 접주 정경수 포(包)와 이천 접주 김규석 포를 선봉군과 후군으로, 경기도 편의장(便義長) 이종훈 포와 충주 접주 이용구 포를 좌우익으로 삼았다.

북접으로부터 출정소식을 통보받은 전봉준은 즉각 지휘부를 소집해 출정을 결정하였다.

"출정준비는 끝났습니까?"

전봉준이 두령들을 둘러보았다. 총참모 김덕명을 위시해 도집강 송희옥, 정읍 접주 손여옥, 전주 접주 최대봉·송일두, 금구 접주 조준구, 진안 접주 문계팔 등이 굳은 얼굴을 하고 있었다.

"예."

두령들이 짧게 합창했다.

"이제 척왜보국을 위해 우리가 다시 일어섰으니 그 대의를 누가 꺾을 수 있겠소이까? 법헌께서도 마침내 창의의 큰 뜻을 선포하셨으니 전국의 모든 도인들이 우후죽순처럼 일어설 것이고, 만백성도 우리를 지원할 것이외다. 왜구로부터 나라를 보전하고 백성을 살리는 일에 감히 누가 외면할 수 있겠습니까? 오로지 승전(勝戰)과 광영(光

榮)이 있을 뿐이오. 승전과 광영!"

전봉준이 탁자 위에 놓인 술잔을 들며 외치자 모두들 잔을 들어 복창하였다.

"승전과 광영!"

총동원령은 이미 삼례에 대도소를 차리면서 내려진 터였다. 추수가 끝나가면서 전주, 금구, 태인, 고부, 김제, 정읍, 함열, 고창, 무장, 영광의 농민군들이 제각각 형형색색의 깃발을 휘날리고 요란스레 풍물을 치며 삼례로 몰려왔다. 무장과 영광 지역의 농민군들은 광주의 손화중에게로 갔다가 지시에 따라 나이 먹은 이들은 광주에 남고 젊은이들은 삼례로 올라왔다. 일본군이 바다를 통해 남쪽으로 들어온다는 정보가 있는 데다 농민군의 등 뒤를 칠 위험이 있는 민보군 세력을 경계하여야 했기 때문이다. 특히 나주의 민종렬은 여전히 위협적인 존재였다. 광주, 나주의 손화중, 최경선 외에 장흥의 이방언도 후방에 남기로 하였다. 장흥, 강진 등 남단지역 민보군의 움직임이 심상치 않아서였다.

두령들이 돌아간 뒤 전봉준은 촛불을 끄고 자리에 누웠다. 김덕명과 송희옥이 돼지라도 몇 마리 잡아 출정식을 하자고 하였지만 전봉준은 군사들을 배불리 먹이고 일찍 재운 뒤 두령들만 안채에 모이도록 하였다. 화주(火酒) 한 잔으로 대신한 출정식이었다. 그 단출함이 일렁이는 촛불에 비치어 비장하였다.

승전과 광영!

그렇게 건배하였으나 청군을 패퇴시킨 일본군에 맞서 승전한다는 어떤 보장도 없었다. 그간 전라 각지 읍진(邑鎭)의 무기고를 헐어 병기를 모으고, 벼슬아치와 토호, 양반들을 겁박해 군수품을 조달하였다고는 하나 거개가 화승총이나 조총, 죽창으로 무장할 수밖에 없는 농민군이 일본군과 경군의 신무기에 대응해 승전한다는 것은 기적일 터였다. 전봉준이 재기포를 하려는 김개남을 만류한 실제 이유도 그 때문이었다. 전주성 싸움에서 경군의 화력을 감당하는 것만도 힘에 겨웠다. 그런데 이제 일본군이 본격적으로 나선다면 수만의 농민군이 맞선다 해도 승리를 장담하기 어려울 거였다. 하여 집강소를 통한 개혁과 자강(自彊)은 전주화약 이후 농민군이 선택할 수 있는 최선의 방책이었다. 그것이 전봉준의 변함없는 생각이었다.

그러나 급변하는 상황은 더 이상 여유를 주지 않았다. 왕궁을 점령하고 청군과의 전쟁에서 승기를 잡은 일본군이 조선을 병탄하려고 함은 불을 보듯 빤한 노릇이었다. 김개남은 재봉기를 선언하였고, 대원군의 사람들이 임금의 밀지를 가지고 내려와 농민군의 북상을 재촉하였다.

"왜(倭)가 마침내 이를 것이다. 일이 급하게 되었다."

각지에서 봉기한 항일 농민군들은 그렇게 외치고 있었다. 집강소는 더 이상 기능할 수 없었다.

하여 삼례에 대도소를 차리고 재기포를 선언한 것이 한 달 전이었다. 마침내 해월이 기포령을 내리고, 북접군이 오늘 출정식을 가졌다고 했다. 이제 척왜(斥倭)의 시간이다. 논산으로 가서 손병희가 이끄는 북접 농민군과 합류하여야 한다.

전봉준은 잠을 청하려 눈을 감았다. 얼마나 지났을까. 전봉준의 감긴 눈 속으로 추수를 끝낸 들판과 얼어붙은 산야가 펼쳐졌다. 그리고 그 위로 농민군의 시체가 쌓여갔다. 피가 흘러 도랑을 이루고, 도랑은 이내 얼어붙었다. 전봉준의 이마와 목덜미에 식은땀이 배었고,

목에서는 막힌 비명이 터져 나오려 용을 썼다.

"어, 어, 억 … ."

전봉준의 목에서 비명이 터져 나왔을 때 눈앞이 환해졌다.

"가위 눌리셨나봅니다. 우선 땀부터 닦으셔야겠습니다."

송희옥이 걱정스러운 얼굴로 등불을 들고 있었다.

"으으음. 내가 헛소리라도 했는가?"

전봉준이 상체를 일으킨 뒤 송희옥이 내민 수건으로 이마의 땀을
닦았다.

"헛소리를 하지는 않았습니다만 꽤 오래 힘들어하시는 기척이었습
니다. 저도 잠이 안 와 뒤척이다가 아무래도 와 뵈어야 할 것 같아서
… . 사람을 부를까요?"

"사람을 부르긴. 공연히 소란피우지 말고 그 자리끼나 주시게. 냉
수 한 모금 마시면 괜찮아질 게야."

대접의 물을 마신 전봉준이 손등으로 입술을 문지르고는 씁쓰레한
웃음을 지어보였다.

"출정을 앞둔 장수가 이리 허약해서야 … ."

"그간 전라도 온 고을을 돌아다니셨으니 항우장사라고 배겨나겠습
니까? 정말 견디실 수 있겠습니까?"

송희옥의 어둔 낯에 등잔불빛이 어룽거렸다.

"견딜 수 있다마다. 지난 한 달 동안 이곳 삼례에서 오래 쉬지 않았
나. 삼례로 오기 전에는 동곡리 집에서 몸보신도 하였고. 하니 염려
말고 그만 건너가서 주무시게."

엉거주춤 일어서던 송희옥이 다시 앉으며 물었다.

"남원에서는 모레 출정한다고 하더이까?"

"그러네. 그러고 보면 개남은 우리가 출정하는 날짜까지 어림하고 있었나보네."

"예? 그게 무슨 말씀이십니까? 우리가 진작 함께 출정하자고 할 때는 49일을 채워야 한다는 참위설을 내세워 움쩍도 하지 않더니 뒤늦게 따라나서는 게 아닙니까? 그런데 무슨 날짜를 어림한다는 것인지 … ."

"그렇지가 않네. 개남은 미리 기포부터 출정까지 49일을 못박아놓았는데 그 날짜가 모레야. 결국 우리가 움직일 시기에 맞춘 셈이 아닌가?"

"그 말씀은 아무래도 듣기에 거북합니다. 우리가 이곳에서 시일을 허비한 데에는 남원 탓도 적지 않거늘, 그쪽에서 우리가 움직일 시기를 어림했다니 그게 말이 됩니까?"

송희옥이 볼멘소리를 했다.

"자아, 내 애길 들어보시게. 우리가 지난달에 재봉기를 선언했지만 어차피 농민들이 농사일에서 손이 빠지려면 한 달은 더 기다려야 하지 않았나. 추수가 한창인 판에 농민들이 져 나르던 나락을 팽개치고 달려오겠는가? 추수가 끝나지 않고서야 어떻게 군량을 보충하겠나? 북접 교단에서 기병을 한다고 했지만 그쪽도 군사와 병기 모으고 군수품 준비하는 데 한 달이 빠듯한 시간이었을 것이야. 그러니 교단의 생각이 바뀔 것까지야 예상하지 못했을 거라 하더라도, 결과를 놓고 보면 개남의 계산이 절묘하게 맞아들지 않았느냐는 말이지. 안 그런가?"

"듣고 보니 사개가 들어맞는 것도 같습니다만 저는 개남이 영 마땅치 않습니다."

"개남이라니? 내가 개남이라고 불렀다고 자네까지 그래서야 되겠는가. 개남은 젊은 시절 나의 둘도 없는 동무였네. 지금은 전라좌도를 관할하는 대장군이고. 어쨌든 개남이 전주를 거쳐 청주로 진격한다면 우리와 북접군이 공주를 치는 데 큰 도움이 될 것이야. 그만큼 관군과 일본군의 힘을 분산시킬 테니까. 그러니 개남에 대해 안 좋은 소리는 하지 마시게. 길은 달라도 향하는 곳은 한곳일 터이니."

"아니, 총력을 기울여도 어려울 판에 힘이 갈려서야 되겠습니까? 김 장군이 임금이 되려 한다는 소문도 있다던데 혹시 그런 욕심 때문이 아닙니까?"

"허어, 세상에 떠도는 헛소문에 귀를 밝혀서야 되겠는가? 개남이 비록 독불장군이라고는 하나 삿된 욕심에 매달릴 위인은 아니거늘. 머잖아 우리는 만나게 될 것이야. 살아도 같이 살고 죽어도 같이 죽을 것이네. 이런, 잠 속이 어지럽더니 말 속도 어지럽네그려. 그만 가서 눈을 붙이시게. 아침 일찍 서둘러야 할 터이니."

송희옥은 전봉준의 첫 아내, 즉 여산 송 씨 재종제(再從弟 · 6촌 아우)의 아들로 젊은 시절부터 김개남, 전봉준, 최경선과 함께 어울렸으나 전주성에 물러난 이후 독자노선을 밟고 있는 김개남이 영 마뜩잖은 듯했다.

전봉준의 감은 눈 안으로 김개남의 쭉 찢어진 눈매가 떠올랐다. 개남은 봉준이 출정소식을 전하자 자신도 모레 전주를 거쳐 청주로 진격하겠다고 통보했고, 봉준은 보발을 띄워 공주와 청주에 대한 공격이 동시에 이뤄질 수 있도록 북상시점을 조율하였으면 좋겠다는 의견을 전했다. 하면 개남은 내가 출정할 때까지, 북접이 함께 출병할 때까지 기다리고 있었던 것인지도 모른다. 시간을 벌기 위해 사십구

일을 남원에 머물러야 한다는 참위설을 내세웠을지도.

결국 한날에 일어서는가? 길은 달라도 향하는 곳은 같을지이니, 살아도 같이 살고 죽어도 같이 죽는가?

다음날 아침, 전봉준이 이끄는 농민군 부대가 삼례를 출발해 강경으로 향했다. 병력은 약 4천 명으로 주로 전라우도의 동학농민군이었다. 아침안개가 자욱했다. 농민군은 꽹과리를 치고 나팔을 불며 안개 속을 진군했다.

안개가 걷히면서 수백 개의 깃발들이 아침햇살 아래 빼곡히 모습을 드러냈다. 삼례에서 강경은 100리 길이었다. 전봉준은 흰색 두루마기에 갓을 쓴 차림으로 말을 타고 있었고, 양총을 든 호위군사들이 두령들 앞뒤로 대열을 지었다. 황토물 들인 수건을 이마에 질끈 동여맨 농민군들은 등짝에 바랑을 당겨 메고 어깨에 화승총이나 대창을 기대어 든 채 잰걸음으로 행군하였다. 대포를 실은 우마차와 볏섬과 화약 등 군수품을 실은 수레와 짐바리도 길게 이어졌다. 마을을 지날 때마다 동네 사람들이 나와 만세를 부르며 농민군을 환영했다. 강경으로 가는 동안 곳곳에서 대여섯 명, 또는 십여 명의 농민들이 떼 지어 달려와 제 고을 깃발을 든 농민군 대열에 끼어들었다. 함열과 익산 등 강경 가는 길처의 농민군들은 제 고을에서 무리지어 기다리고 있다가 농민군에 합류했다.

여산과 은진을 거친 농민군의 행렬이 강경으로 들어설 즈음 강경 쪽에서 누군가 급하게 말을 달려왔다. 공주 아래 고을 이인 접주 이지택이었다. 이지택이 말에서 내려 전봉준 앞으로 달려와 가쁜 숨을 몰아쉬며 말했다.

"노성 유생 이유상이 장군님 휘하에 들어오겠다며 유회군(儒會軍)

100여 명을 거느리고 지금 이리로 오고 있습니다."

"이유상이라면 공주에서 민보군 모은다던 사람 아니오?"

전봉준이 어리둥절한 눈으로 물었다. 얼마 전 공주 접주 장준환이 삼례 대도소를 찾았을 때 유생 이유상이 민보군을 일으켜 동도를 치겠다고 한다고 하지 않았던가.

"그 사람이 웬일로 우리에게 온단 말입니까?"

"제게 자세한 얘기는 하지 않았습니다만 그간에 마음을 돌린 듯합니다. 자세한 이야기는 장군님을 뵙고 하겠다고 합니다. 어쩌시겠습니까? 받아들이시겠습니까?"

"여부가 있겠소. 당장 모셔 오시구려."

이지택이 말을 돌려 달려간 지 얼마 지나지 않아 '공주의장 이유상'(公州義將 李裕尙)이라는 깃발을 앞세운 부대가 '진멸왜이 보국안민'(盡滅倭夷 輔國安民)의 창의기를 휘날리며 나타났다. 청색 도포에 유건(儒巾)을 쓴 사내가 대장기 쪽으로 다가와 말에서 내렸다. 전봉준도 말에서 내렸다.

"노성 유생 이유상, 전봉준 대장군께 인사드립니다."

이유상이 깍듯이 군례를 올렸다.

"어서 오십시오. 백성들 간에 유사(儒士)님의 신망이 높다는 이야기는 이미 듣고 있었습니다. 그렇잖아도 한번 뵙고 싶었던 터에 이리 찾아주시니 감사합니다."

"소생이 대장군 휘하에 들고자 합니다. 받아주신다면 왜구를 토멸하는 데 신명을 다하겠습니다."

전봉준이 이유상의 두 손을 끌어 잡았다.

"잘 오셨습니다. 함께 힘을 합쳐 싸웁시다."

말에서 내려 둘러서 있던 두령들이 박수를 쳤다. 전봉준이 웃으며 말했다.

"자, 인사는 강경에 가서 다시 나누기로 하고 어서들 말에 오르십시다."

해거름에 강경에 도착했다. 하룻밤만 머물 것이어서 군사들은 미리 정해놓은 마을에 나뉘어 들었다. 가져간 식량을 마을 주민들에게 주어 밥을 짓도록 했고, 잠은 주민이 비워준 행랑채나 헛간에서 가리지 않고 끼어 자기로 했다. 마당에 차일을 치고 짚을 깔아 잠자리를 삼기도 했다. 선발대가 도소로 잡아놓은 저막에 두령들이 둘러앉았다. 좌장인 김덕명이 미소를 지으며 입을 열었다.

"그동안 우리에게 도움을 준 양반과 관리들은 여럿이었지만 이렇게 직접 싸우겠다고 나선 선비는 이유상 씨가 처음입니다."

송희옥이 거들었다.

"그렇습니다. 이제 다른 유생이나 관리들이 합세하는 데에도 큰 도움이 될 것입니다."

이유상이 얼굴을 붉히며 고개를 숙였다. 이마가 반듯했다.

"여러 두령들께서 이리 환대하여 주시니 소생 몸 둘 바를 모르겠습니다. 소생은 그저 척왜의 대의에 작은 도움이라도 된다면 더 바랄 바가 없습니다."

전봉준이 목소리에 힘을 주어 말하였다.

"존망의 위기에 처한 나라와 백성을 구하는 데 반상의 구별이 무엇이며, 도인과 속인의 차이가 무엇이겠습니까. 본래 나라가 외적에 핍박을 당하고 임금이 굴욕을 당하면 창의의 선봉에 나서는 것이 이 나라 양반과 유림의 오랜 전통이었습니다. 이치가 그러함에도 저간에 몇몇 지역에서 양반과 유림이 합세하여 동학도를 탄압한다 하여 통탄을 금할 수 없던 차에 이렇듯 솔병(率兵)하여 찾아주시니 실로 천군만마를 얻은 듯싶소이다."

이유상이 거듭 고개를 숙였다가 입을 열었다.

"일부 사족과 유림이 관과 결탁하여 반발한다고 하지만 그들은 백성의 신망을 잃은 지 오래입니다. 소생 또한 한때 백성의 뜻을 읽지 못한 미욱함으로 동학군을 쳐 나라의 기강을 바로잡는다는 허세를 부렸으나 오래지 않아 백성의 지지를 받지 못하는 어떤 군사도 승리할 수 없다는 것을 깨달았습니다. 백성의 신망을 잃은 양반과 유림은 우리의 적이 되지 못합니다. 탐관오리와 그들이 부리는 관군도 오합지졸일 뿐입니다. 문제는 왜병입니다."

자그마한 체구에 얼굴빛이 하얘 얼핏 보면 꼼짝없는 백면서생 같았지만 이유상의 기개는 여느 장수 못지않았다. 내심 호기심 정도로 이유상을 지켜보던 두령들의 눈빛이 달라졌다.

일본의 조선 병탄 야욕을 꺾으려면 농민군만으로는 역부족이었다. 힘을 모아야 했다. 특히 재야 유림의 도움이 절실하였다. 그들이 척사위정의 의기로 함께한다면 봉기의 명분과 백성의 지지가 극대화될 것이었다. 양반과 지방관의 협력을 구하는 일도 한결 손쉬울 거였다.

그러나 유림은 등을 돌렸다. 그들은 계급질서를 붕괴시킨 동비에 분노했다. 영세 소작농과 천인, 무뢰배들이 강상의 도리를 허물고 난을 짓는 데 경악한 그들은 양반 지주와 손잡고 농민군에 맞섰다. 특히 영남 지역에서는 동학도를 탄압하는 민보군의 기세가 드세었다. 전봉준은 동족 간에 골육상쟁(骨肉相爭)을 피하고 외세에 공동 대응할 것을 호소하였지만 그들은 외면하였다.

일본군의 경복궁 점령 소식이 알려지면서 경상도 안동에서 유학(幼學) 서상철이 항일 격문을 선포하는 등 유림의 창의(倡義) 움직임이 있기도 했으나 기층민의 무력이 농민군에 흡수되어 수족(手足)을 잃은 그들은 제대로 기병할 수 없었다.

"정확히 보셨습니다. 장준환 접주도 왜병이 속속 공주로 들어올 낌새라고 했소이다. 벌써 들어와 있는지도 모르지요. 관군에 비해 그 수는 적다고 해도 저들은 군사훈련을 받은 최정예 군대이고 무엇보다 우리와는 성능이 비교조차 할 수 없는 신식무기를 소지하고 있습니다. 얼마 전 경상도 예천에서 농민군이 당한 것도 그 때문입니다."

전봉준이 말하자 조금은 들떠 있던 분위기가 일시에 가라앉았다. 8월 하순 경상도 예천의 민보군이 농민군 열한 명을 생매장한 데 대한 보복으로 농민군 4~5천 명이 예천 읍내를 공격했는데, 왜병의 지원을 받은 민보군에 풍비박산을 당하고 말았다. 숫자만 믿고 우르르 쳐들어갔던 농민군은 왜병의 신식무기에 속수무책이었다고 하였다.

"이래저래 삼례에서 너무 오래 지체하느라 저들이 공주로 집결할 시간을 준 꼴이 아닙니까? 북접에서 기병할 때까지 기다리느라 어쩔 수 없었다고 하지만 김개남 장군만 우리와 함께 일찍 움직였더라도 벌써 공주를 점령했을 수 있었을 겁니다. 남원에서 49일을 채워야 한다고 시일을 끌더니 막상 출병을 하면서는 청주로 간다고 하다니 원…."

송희옥이 그예 투덜거렸다. 다른 두령들의 얼굴에도 못마땅해 하는 기색이 역력했다. 전봉준이 좌우로 고개를 흔들다가 언성을 높였다.

"우리에게 그만한 사정이 있어 출정이 늦은 것이오. 또 북접의 결정 없이 우리가 과연 출병할 수 있었겠소이까? 김 장군도 다 생각이

있어 그리 결정한 것일 터이니 그에 대해서는 더 이상 말하지 맙시
다. 출병을 하는 마당에 우리끼리 불화하는 꼴을 보여서야 되겠소이
까?"

청야(清野) 작전

10월 12일, 일본군 인천 병참사령관 이토 히로유시는 사흘 전 인천에 도착한 동학군 토벌대인 독립후비보병 제19대대 대대장 미나미 고시로에게 동학군 진압의 원칙을 다음과 같이 훈령하였다.

"첫째, 동학당은 현재 충청도 충주 괴산 및 청주 지방에 군집해 있으며, 그 밖의 나머지 동학당은 전라도 충청도 각지에 출몰한다는 보고가 있으니 그 근거지를 찾아내어 이를 초멸(剿滅)하라.

둘째, 조선정부의 요청에 따라 후비보병 제19대대는 다음 항에서 지적하는 세 개의 길로 분진(分進)하여 조선군과 협력, 연도에 있는 동학당을 격파하고 그 화근을 초멸함으로써 동학당이 재흥(再興)하는 후환을 남기지 않도록 해야 한다. 그리고 그 우두머리로 인정되는 자는 체포하여 경성공사관으로 보내고 동학당 거물급 사이의 왕복문서, 혹은 정부 안의 관리나 지방관 또는 유력한 측과 동학당 사이에 왕복한 문서는 힘을 다해 수집하여 함께 공사관으로 보내라. 이번 동학당을 진압하기 위해 파견된 조선군 각 부대의 진퇴와 조달은 모두 우리 사관의 명령에 따르고 우리 군법을 지키게 하며, 만일 군법을 위배하는 자가 있으면 군율에 따라 처리하기로 조선정부에서 조선군 각 부대장에게 이미 하달하였다.

셋째, 보병 1개 중대는 서로(西路), 즉 수원, 천안 및 공주를 경유, 전주부 가도(街道)를 전진하여 그 진로 좌우의 역읍(驛邑)을 정찰하라. 보병 1개 중대는 중로(中路), 즉 용인, 죽산, 청주를 경유, 성주 가도를 전진하여 그 진로 좌우의 역읍을 정찰하라. 보병 1개 중대는 동로(東路), 즉 가흥, 충주, 문경 및 낙동을 경유, 대구부 가도로 전진하여 그 진로 좌우의 역읍을 정찰하라. 본부 중대는 중로 분진대(分進隊)와 함께 행진하라.

넷째, 동로 분진중대를 조금 먼저 가게 하여 비도를 동북쪽에서 서남쪽으로, 즉 전라도 방면으로 내몰도록 힘써야 한다. 만일 비도들을 강원도와 함경도 쪽, 즉 러시아 국경에 가까운 곳으로 도피하게 하면 적지 않은 후환이 남을 것이므로 이를 예방해야 한다."

일본군 작전의 최종목표는 동학군을 동북쪽에서 서남쪽으로 내몰아 전라도의 남해안 지방으로 밀어붙인 뒤 그곳에서 초멸해 조선을 보호국화하는 데 걸림돌이 되는 항일세력을 뿌리 뽑는다는 것이었다. 일본정부는 특히 동학군의 봉기가 함경도 지방으로까지 파급되고, 동학군이 러시아 국경지방으로 후퇴하거나 달아나는 경우를 우려하였다. 그렇게 된다면 청일전쟁에 중대한 차질이 빚어지는 데다 러시아에 군사개입의 빌미를 줄 수도 있기 때문이었다.

동학군을 전라도의 남쪽 끝 바다에 수장(水葬)시키는 것, 그것이 곧 일본군의 청야(淸野) 작전이었다. 이에 동원된 일본군 병력은 동학군토벌대로 파견된 독립후비보병 제19대대에 기존 병참부 수비대 병력인 후비보병 제18대대, 제10연대 등을 합한 5,800여 명이었다. 일본정부는 또 여수와 순천 앞바다에 군함 츠쿠바(筑波)와 조지앙(操江·아산만 해전에서 포획한 청국함)을 띄우고, 육전대(해병대) 2개

중대를 파견하여 동학군이 다도해의 섬이나 제주도로 들어가는 것을 방지토록 하였다. 일본군의 동학농민군 대학살은 그렇게 준비되어 있었다.

10월 13일 미시(오후 1시~3시), 강경에 머물고 있던 전봉준에게 뜻밖의 인물이 찾아왔다. 말끔한 두루마기에 옻칠한 검정 갓을 쓴 중 썰한 사내의 풍신이 헌칠하였다.

"여산부사를 지낸 김원식이라고 하옵니다. 오래전부터 대장군을 멀리서 우러러보다가 이번에 왜병을 치기 위해 군사를 일으켰다는 방문을 보고 조정의 녹을 먹었던 사람으로서 미력이나마 힘을 보태고자 이렇게 찾아왔습니다. 받아주신다면 척왜보국에 온힘을 다하겠습니다."

전봉준이 놀란 눈으로 김원식을 쳐다보다가 되물었다.

"여산부사를 지내셨다고요?"

"그렇사옵니다. 한때 한 고을을 호령했다 하나 임금이 왜적의 핍박을 당하는 참담함에도 꼼짝없이 구경만 할 수밖에 없는 처지에 옛 벼슬을 들먹이는 것은 부끄러운 일이지요. 댓돌에 머리를 부딪고 죽는 것만 못할 따름입니다. 그렇듯 한탄하고 있던 차에 장군께서 강경에 임하셨다는 소식을 듣고 하늘의 뜻이라 여겨 지체 없이 달려왔습니다."

김원식은 먹물 먹은 벼슬아치답게 말솜씨도 뜨르르했다. 전봉준이 다가가 김원식의 두 손을 잡았다.

"부사께서 이렇듯 찾아주시니 놀랍고 감사할 따름이오. 함께 힘을 합해 싸웁시다."

어제 이유상에게도 한 말이었으나 어감은 달랐다. 이유상이 양반

404

출신의 유사였다면 김원식은 고을 수령을 지낸 인물이 아닌가. 그런 인물이 농민군에 제 발로 합류한 것은 관과 유림, 양반에게 적잖은 충격을 줄 것이고, 농민군의 사기에도 힘이 될 터였다. 그러나 전봉준이 벙글거리는 데 비해 두령들은 뭔가 미심쩍어하는 낯빛이었다. 이유상은 굳은 얼굴로 입을 다물고 있었다.

이유상에 이어 김원식이 왔다는 소식에 농민군들도 놀란 기색이었다.

"이제 고을 원님까정 지발로 찾아왔으니 이번 전쟁은 하나마날세."

누군가 운을 떼자,

"아따, 내 말이 바로 그 말이여."

다른 누군가 받으며 와그르르, 웃음이 터지는데 옆에서 엉뚱한 소리를 했다.

"근디 암만 혀도 이상하지 아녀? 이유상 씨는 그렇다 쳐도 김원식 씨가 온 거는. 그러니까 내 말이 먼 말인가 하면 혹시 첩자가 아닐까, 말하자면 그런 의심이 솔찮이 든다 이 말이여."

좌중에서 웃음기가 싹 사라졌다.

"멋이여? 첩자? 고것이 먼 싸가지 읎는 소리여 시방. 거게는 평상 속고만 살어왔능가? 남을 그리 무단히 의심하믄 죄받는 거여."

처음 운을 떼었던 쪽에서 퉁을 주었다.

"아따, 그 양반 성질 한번 급해 부리네. 무단히 의심하는 거시 아니믄 어쩌겠소? 나도 다 들은 야그가 있어서 해본 소리요."

"먼 야글 뉘한테서 들었는디?"

"뉘라고 할 꺼 까장은 없고요. 김원식 씨가 여산서 부사헐 때 행악이 여느 탐관에 모자라지 않았다고 합디다. 그런 사람이 농민군 허겠다고 왔으니 암만 혀도 이상치 않느냐, 내 말씸은 바로 고런 말이요."

좌중의 분위기가 뜨악해졌다.

나이든 축이 헛기침을 하고는 점잖게 말했다.

"탐관 아닌 고을 수령이 어디 있었는가? 다 엇비슷했응게 대소로
원한 지은 일도 만만치 않았겠지. 허지만 사람은 짐생과 달라 변하는
뱁이여. 도적이 군자 된다는 말도 있잖여. 그러니 공연한 소릴랑 하
지 마세. 흑인지 백인지, 옥인지 돌맹인지는 대장님과 두령님들이
알아서 가리지 않겠는가."

10월 14일 이른 아침, 강경에서 이틀을 머문 농민군이 논산으로 출
발했다. 김개남 부대는 이날 남원을 출발해 임실을 거쳐 전주로 향한
다는 기별이었다.

이날 오후, 전봉준 부대가 논산에 도착하고 얼마 지나지 않아 북접
농민군이 연산을 지나오고 있다는 파수병의 전갈이 왔다. 전봉준과
두령들이 마중을 나가려 말에 오르자 풍물패가 앞서 나아갔고, 후미
에 호위기병 수십 명이 따라붙었다. 논산과 연산 경계에 이르자 손병
희 부대가 나타났다. 통령기를 앞세운 검은 말에 허우대가 우람한 대
장 손병희가 타고 있었고 두령들 뒤로 3천여 명의 군사가 따르고 있
었다. 남접의 풍물패가 꽹과리를 쳐대자 북접의 풍물패는 북과 피리
로 호응했다. 양쪽 두령들이 말에서 내려 인사했다. 회색 두루마기
에 검은 갓을 쓴 손병희는 전봉준보다 두 척은 족히 커 보였다. 손병
희가 허리를 깊게 구부려 전봉준에게 인사했다.

"대장군님. 저희가 너무 늦었습니다."

"아니오. 우리도 방금 왔소이다. 반갑습니다."

전봉준이 두 손을 내밀어 손병희의 두툼한 손을 그러잡았다.

"손 장군의 고명은 익히 들어 알고 있습니다. 오지영 씨가 어찌나 손 장군 말씀을 해대던지 내 귀에 더께가 내려앉을 지경이었소이다. 하하하 … ."

"별 말씀을요. 저야말로 장군님의 높으신 뜻을 늘 우러러 마지않았습니다. 부디 지도편달을 바랄 뿐이옵니다."

"통령이신 손 장군께 지도편달이라니요? 당치도 않소이다. 함께 힘을 합해 싸울 밖에요. 자, 가시면서 얘기합시다."

두 사람은 말 머리를 나란히 했다.

"영동과 옥천 군사들 3천 명은 공주 동북쪽 대교로 갔습니다. 그곳에 진을 치고 있다가 우리와 합세하여 공주로 진격할 겁니다. 천안 근처 세성산에는 이희인 접주와 김복용 두령이 3천여 명 군사와 웅거해 있고요. 당진, 덕산, 해미, 홍주 등 서해안 내포(內浦)지역 농민군 4천 명은 최한규 두령이 이끌고 공주 서북쪽 유구로 올 것입니다. 공주를 남북에서 협공하는 것이지요."

"아, 거 참 잘되었습니다. 이 모두가 손 장군께서 법헌을 설득하신 덕분입니다그려."

"아, 아닙니다. 그 전에 법헌께서 결단하신 겁니다."

"법헌께서 미리 남·북접 연합을 결단하셨다고요?"

"그렇습니다. 지난달에 오지영 씨가 김방서, 유한필 두 두령을 모시고 보은에 왔을 때는 이미 법헌께서 마음의 결정을 내리신 후였지요. 세 사람을 접견하시기 전날 저녁에 저를 부르시더니 청산 대회를 소집하라 하셨습니다."

"허어, 그러셨습니까? 그러셨군요."

전봉준이 고개를 크게 끄덕였다.

오지영은 법헌을 설득한 제 공을 내세우고 싶어 하는 기색을 감추지 않았다. 전봉준은 물론 오지영의 노고를 치하했지만 마음 한구석에는 법헌에 대한 안타까움이 남아 있었다. 젊은 오지영의 말을 들을 것이라면 진작 당신의 판단에 따른 결정이 있어야 하지 않았나 하는 아쉬움이었다. 그런데 손병희는 법헌이 오지영을 만나기 전에 이미 남·북접 연합의 결단을 내렸다는 게 아닌가. 남접을 벌하라, 노여워하던 대선생께서 말이다. 그것 참, 전봉준은 제풀에 면구스러워 쓴웃음을 지었다.

　"김개남 장군은 남원에서 출정하셨습니까?"

　손병희가 말 머리를 가까이하며 물었다.

　"그렇소이다. 오늘내일 새 전주에 도착한다고 하더이다."

　"김 장군은 달리 생각이 있으신 모양입니다."

　손병희는 김개남이 합류하지 않은 것이 석연치 않은 기색이었다.

　"김 장군은 병영이 있는 청주를 칠 것입니다. 그리되면 관군과 일본군 병력도 분산될 테니 우리가 공주를 치는 데도 큰 도움이 되지 않겠습니까?"

　"아, 그렇군요. 장군님 말씀을 듣고 보니 그럴 것도 같습니다."

　손병희는 고개를 끄덕이면서도 흔쾌한 모습은 아니었다.

　"법헌께서는 신묘년(1891년)에 호남을 순방하실 때 개남이 옷을 다섯 벌이나 지어 올렸노라, 그런 말씀을 여러 차례 하셨습니다만 ···."

　손병희가 말꼬리를 접었다.

　"나도 들었습니다. 김 장군이 내게 그 얘기를 하면서 자랑을 하더이다. 지금실 집으로 오신 법헌께 여름옷 다섯 벌을 지어 올렸다고, 하하하 ···."

전봉준이 짐짓 소리 내어 웃었다. 손병희가 말꼬리를 접은 것은 그랬던 김개남이 이제는 난을 짓는 데 가장 극성스럽다고 법헌이 한탄하였다는 소리를 목구멍 너머로 삼킨 것이리라. 김개남이 장악한 전라좌도 농민군의 반관(反官) 반부민(反富民) 행태가 격렬했던 만큼 개남에 대한 법헌의 진노도 그만했을 터였다.

논산 풋개 들판으로 들어서자 기다리고 있던 남접 농민군이 환호성으로 맞았다. 양쪽 풍물패들이 어우러져 꽹과리와 북을 깨져라 두들겼다. 풋개 들판이 온통 뒤집힌 것 같았다. 두령들은 미리 쳐놓은 장막 안으로 들어가 자리를 잡았다. 북접 농민군은 통령인 손병희를 위시해 정경수, 김규식, 이종훈, 이용구였다. 남접 농민군은 총대장 전봉준, 김덕명, 송희옥, 손여옥, 유한필, 최대봉, 조준구와 새로 합류한 김원식, 이유상이었다. 서로 인사를 나누는 중에 전봉준이 손병희에게 김원식과 이유상을 소개했다.

"여산부사를 지내신 김원식 두령과 유생 의장인 이유상 두령입니다. 두 분이 우리에게 오신 것은 특별한 의미가 있습니다."

"그러게 말씀입니다. 두 분의 결단은 우리 군사의 사기에 아주 좋은 영향을 줄 것이 틀림없습니다. 전조가 밝습니다. 하하하⋯."

손병희가 어깨를 좌우로 흔들며 파안대소하자 모두들 함께 웃었다.

그러나 장막 밖 남접 농민군의 분위기는 방금 전 환호로 북접군을 맞을 때와는 달리 다소 맥이 빠진 듯했다.

"저 사람들은 거지반 죽창이네. 천보총과 화승총은 석 달 가뭄에 쌀알 보기요, 양총은 눈 씻고 찾아보려 혀도 보이딜 않네."

"대포는 우리 꺼 빌려 쓸 요량인가 보네."

"우리 꺼 남이 꺼가 따로 있는 감. 가튼 펜끼리."

"아무리 그렇다 혀도 충청도 감영에는 총 한 자루 남아 있지 않았다는 건지 한심해서 안 그려요."

"고것이 다 그간 교단에서 싸움질 말고 손 처매고 있으라고 한 때문이 아니겠소."

"오매, 손 처매고 주문만 외면 왜놈들이 절로 물러난다요?"

"열세 자 주문을 외면 총알을 맞아도 죽지 않는다고 하던디, 고 말이 참말이오?"

"이런 제기. 총 맞고 안 죽을 사람이 워딨어? 총알을 정통으로 맞아뿌리면 아무리 주문 외고 부적을 등짝에 붙여도 골로 가는 거여. 정통으로 맞잖게 해달라고 주문도 외고 부적도 부치는 거지. 내 완산 싸움에서 이 두 눈으로 똑똑히 보았지. 경군 회선포에 정통으로 맞으니께 그냥 골로 가더라고. 더구나 왜병이 쏘는 양총은 탄알이 아예 가슴패기 앞뒤로 맞창을 내버린다고 하데. 왜놈들이 그 총에 박살이 났다고 하잖여."

"잔칫상에 재 뿌린다고 무슨 고런 싸가지 없는 얘기를 주렁주렁 입에 매다는가? 조선 팔도 농민군이 다 일어선다는디 왜놈 양총이 대체 몇 자루라고그려. 단박에 확 쓸어버리면 그만이여."

"아따, 고 말씀은 참말로 싸가지 있소."

그제야 한바탕 웃음이 터졌다.

바깥에서는 웃음이 돌았지만 장막 안은 심각한 분위기였다.

"경상도는 아무래도 힘들겠지요?"

전봉준이 손병희에게 물었다. 물었다기보다 경상도 사정은 알고 있느냐는 거였다.

"8월 말 예천에서 당한 후 기가 꺾였다고 하더군요. 경상도는 부산

410

에서 경성으로 이어지는 왜병의 병참로여서 저들의 경계가 날카롭고 일본의 압박을 받는 조정의 단속도 이만저만이 아니어서 크게 일어나기는 어려울 듯합니다. 더구나 그곳에는 유림과 양반들의 세가 워낙 강하고요. 임금이 7월 말에 경상도에 윤음을 내린 것도 경상도 유림과 양반들에게 힘을 실어줬다고 하더이다. 김천의 편보언 접주가 기회를 노리고 있지만 여의치 않은 모양이고, 예천에서 민보군에 패한 최맹순 접주는 강원도로 몸을 피했다고 합니다."

김덕명이 물었다.

"임금께서 경상도에 뭐라 하였소이까?"

"제가 직접 보지는 못했습니다만, 경상도의 선비와 백성들은 선현(先賢)의 후예이고 고가(古家)의 대족(大族)이니 충군하여 민란을 금하라 하였다지요."

"어허, 전라도와 충청도의 백성은 선현의 후예가 아니란 말인고."

김덕명이 혀를 차는데, 이유상이 불쑥 나섰다.

"대체 무엇이 충군이란 말입니까? 장군님, 소생이 충청 감사에 대의를 밝히는 글을 보내고 싶은데 어떻겠습니까?"

이유상의 뜬금없는 말에 두령들은 두 눈을 둥그렇게 떴는데, 전봉준은 미소를 지으며 고개를 끄덕였다.

"그러시지요. 유생이신 이 두령께서 대의를 묻는다면 명분이 높겠습니다."

다음날 아침, 이유상이 공주창의소 의장(義將) 명의로 충청 감사 박제순에게 글을 올려 힐난하였다.

공주성을 지킴은 청나라를 막자는 것인가? 일본을 막자는 것인가? 의병을 막자는 것인가?

"이 두령의 결기가 대단합니다."

손병희가 벌쭉 웃었다.

"그러게 말입니다. 유사들이 이 두령처럼 우리와 보국의 대의를 함께한다면 얼마나 좋겠소이까만 …."

전봉준도 웃는 얼굴이었으나 말끝은 흐렸다.

"여산부사였다는 김원식 씨는 어떻습니까?"

"글쎄요. 좀더 지켜봐야지요."

"지켜보다니요?"

"고을 수령까지 지낸 인사가 불쑥 함께하겠다고 찾아왔으니 아무래도 미심쩍지 않느냐는 거지요. 여산부사할 때 평판도 좋지 않았다고 하고요. 나는 공연한 의심은 옳지 않다고 했습니다만 두령들이 지켜보겠다고 하니 그러려니 할 수밖에요. 그건 그렇고 내가 손 장군과 긴히 논의할 일이 있소이다."

"말씀하십시오."

"이유상 씨가 충청 감사에게 글을 보냈습니다만, 우리 농민군 전체의 명의로 출병의 대의를 표명해야 하지 않겠소이까?"

"아, 그게 좋겠습니다. 장군님께서 양호창의 영수(兩湖倡義 領袖)의 명의로 우리의 대의를 밝히시면 어떻겠습니까?"

"영호창의 영수라? 손 장군께서 북접군의 통령이신데 …."

"아이고, 무슨 말씀이십니까? 저보다 연배도 높으시고 농민군 총대장은 마땅히 장군님이시거늘 공연한 데 마음을 쓰셨습니다. 기왕에 말이 나온 김에 제 청도 들어주시겠습니까?"

"청이라니요? 말씀하시지요. 내 무엇이든 들어드리리다."

"소생을 아우로 받아주십시오. 성심껏 형님으로 모시겠습니다."

412

"의형제의 연을 말씀하시는 것이오?"

"그렇습니다. 부디 거절치 말아주십시오."

"거절하다니요? 내 어찌 손 장군의 청을 마다하겠소이까. 감사할 따름이지요."

전봉준이 만면에 웃음을 띠자 손병희가 큰 몸을 일으켜 너부죽이 엎드렸다.

"형님, 절 받으시지요."

"아우님도 절 받으시오."

전봉준도 엎드려 맞절을 했다.

충청 감사에게 골육상쟁을 피하고 관민합일을 촉구하는 것은 삼례를 출발하기 전부터 생각한 일이었다. 다만 남·북접 연합의 정신을 살리기 위해 북접대장 손병희와 공동명의로 하려 했던 것인데 채 그 의사를 묻기도 전에 손병희가 선뜻 '영호창의 영수'를 입에 올린 것이었다. 이유상이 앞서 충청 감사에게 상서(上書) 하겠다고 한 것은 뜻밖이었으나 유생의 결기를 만류할 일은 아니었다. 전봉준은 붓을 들었다.

"영호창의 영수 전봉준이 호서순상 각하께 글을 올린다.

일본 오랑캐가 분란을 일으키고 군사를 움직여 우리 임금을 핍박하고 우리 백성을 뒤흔들어 놓았으니 어찌 차마 말할 수 있겠는가? 옛날 임진년 때에 능침(陵寢)을 더럽히고 궁궐과 종묘를 불태우며 군주와 부모를 욕되게 하고 백성을 살육한 것은 신민이 함께 분노하여 천고(千古)에 잊지 못할 원망일진대, 초야의 몽매한 필부도 매우 담담하고 울적하여 겨를이 없는데, 하물며 각하처럼 나라의 녹을 먹고 충심이 평민보다 갑절 높은 사람에 있어서야 더할 나위가 있겠는가. 지금 조정의 대신들은 망령되이 자신의 몸만 보전하고자 위로는 국왕을 협박하고 아래로는 백성을 속이며 동이(東夷)와 내통하여 남쪽 백성들의 원망을 사자, 친병(親兵)을 망동(妄動)하여 선왕 (先王)의 적자(赤子)들을 해치고자 하니 실로 무슨 뜻이며, 마침내 무슨 일을 저지르려는 것인가.

금일 우리가 하고자 하는 바는 실로 지극히 어렵다는 것을 알고 있으나 일편단심 죽음을 무릅쓰고 천하의 신하된 자로 두 마음을 품은 자를 없애서, 선왕조 500년 동안 길러주신 은혜에 보답하고자 할 뿐이다. 바라건대 각하께서도 깊이 반성하여 죽음으로서 의를 함께한다면 천만다행이겠노라."

허장성세

이날 오후 김개남 부대가 전주에 도착하였다. 남원을 출발한 지 이틀 만이었다.

김개남은 재봉기를 선언하고도 달포 넘게 남원성에 머물러 있었다. 김개남은 그 이유로 남원에서 49일을 머물러야 한다는 참언(讖言)을 내세웠다. 한 달 전 삼례에 대도소를 차린 전봉준이 몇 차례 서찰을 보내 함께 북상하자고 했으나 김개남은 참언을 지켜야 한다며 거절했다. 마침내 49일이 지났다. 10월 14일, 김개남은 출정을 명했다. 전봉준 부대가 강경에서 논산으로 출발한 날이었다.

8월 25일, 전봉준과 손화중이 남원으로 달려와 재봉기를 만류했을 때 김개남은 한번 모인 무리를 흩어지게 하면 다시 모을 수 없다고 하였다. 그랬던 김개남이 전봉준이 출병하는데도 참언을 구실로 남원성에서 움쩍하지 않자 세상 사람들은 두 사람이 불화(不和)한다고 하였다. 산중에 어찌 호랑이가 둘일 수 있겠느냐며, 두 사람이 함께할 수 없을 거라고 했다. 더 심하게는 김개남이 왕이 되려고 부러 전봉준을 멀리한다는 소문까지 나돌았다. 그런 소문에도 김개남은 가타부타 없이 그저 빙그레, 웃어 보일 뿐이었다.

"북접이 움직이지 않는데 봉준이 쉽사리 출병할 수 있겠는가. 시간이 더 필요할 게야."

전봉준이 삼례에 대도소를 차리고 재봉기를 선언했을 때 김개남은 수하 두령들에게 지나가는 말로 한마디 했을 뿐이었다. 시간이 더 필요한 것은 김개남 부대라고 다르지 않았다. 추수가 끝나야 군수미를 거두고, 전라좌도의 관아 무기고를 몽땅 헐어 무력을 강화하는 데도 한 달은 족히 걸릴 터였다. 49일 간 남원에 머물러야 한다는 참언은 시간을 버는 데 좋은 구실이었다.

김개남은 전봉준과 전라 감사 김학진이 주도한 관민상화가 내키지 않았다. 집강소를 통한 폐정개혁 또한 그 한계가 분명해보였다. 갑오정부의 경장과 맞물려 일부 폐정개혁의 성과가 있다손 치더라도 그것은 언 발에 오줌 누기에 지나지 않을 거였다. 오히려 농민군의 무력으로 탐관과 토호를 징치하고 3정의 폐해를 근절하는 편이 옳았다. 그렇게 세상을 뒤집어엎어야 했다.

그러나 이제 외적(外敵)이 그 길을 가로막고 있다. 무력한 임금과 조정의 썩은 관리들이 제 나라 백성을 치겠다고 끌어들인 외세가 그예 이 나라를 집어삼키려 하고 있다. 하물며 그 적은 임진년 이래 조선백성의 원수인 일본이었고, 농민 대중은 항일 봉기를 요구하고 있었다.

무장봉기가 승리를 담보하는 것은 아니었다. 김개남은 지난봄 전주성 싸움에서 농민군의 한계를 절감할 수 있었다. 관군이 며칠만 더 공격했더라면 농민군은 참담한 패배를 면치 못했을 거였다. 수만의 농민군이라 할지라도 한번 허물어지면 삽시간에 무너지는 오합지졸에 불과했다. 하기에 전봉준과 손화중은 봉기를 만류하였을 거였다. 그러나 전봉준의 말대로 집강소 질서 아래 농민군 역량을 보존하며 사세를 살핀다고 될 일이던가. 청군을 패퇴시킨 일본군의 총부리가 결국 농민군에 향할 것이라면 전쟁은 피할 수 없는 수순이었다. 하여 남원에 수만의 농민군을 모아 봉기를 선언한 것이었다. 그리고 참언을 빌미로 시간을 벌고 있었다.

그것은 어쩌면 허장성세(虛張聲勢)였다. 그러나 그 허장성세가 아니었다면 봉준이 재기병을 하고, 완고한 법헌의 기포령을 이끌어낼 수 있었겠는가. 김개남은 남원을 출발하면서 자신이 해야 할 일의 절반은 했다고 생각했다. 전봉준은 그런 자신의 속내를 읽고 있을지도 몰랐다. 제 속을 읽는 상대는 거북하다. 하지만 그 무게는 무겁다. 개남에게 봉준은 그런 인물이었다.

남원을 출발할 때 김개남 부대의 위용은 대단하였다. 총을 등에 진 군사가 8천 명에 이르렀고, 군수품을 실은 수레의 행렬이 100리까지 이어졌다. 강사원, 안귀복, 이수희를 선봉장으로 한 농민군은 저고리 위에 배자를 입고 머리에는 황토색 물을 들인 수건을 동여매고 있었다. 총대장 김개남은 회색 두루마기에 황색 두건을 두르고 검은 말을 타고 있었고, 그 전후좌우를 포수들이 호위했다.

보국안민(輔國安民), 축멸왜이(逐滅倭夷)가 적힌 큰 깃발과 각 고을의 이름을 써넣은 작은 깃발들이 대나무 숲처럼 빼곡하였고, 사이사이에 꽹과리와 북을 치고 피리를 부는 소리가 요란했다.

그날 오후 김개남 부대가 임실에 들어서자 현감 민충식이 가도에 나와 환영하였다. 좌수와 공형 등 구실아치들도 모조리 나와 김개남 부대를 맞았다.

"어서 오십시오. 장군."

민충식이 깍듯이 군례를 올렸다.

"임실은 처가가 있는 곳으로 내게는 두 번째 고향이나 다름없지요. 사또께서 이리 환대를 해주시니 정말 처가에 온 것 같은 기분이외다. 핫하하 ….."

열아홉 살 되던 해 봄, 연안(延安) 이 씨와 혼인했던 김개남은 그해 가을 이 씨와 사별한 뒤 임실에 살던 전주 이 씨와 재혼했다. 지난봄 전주성에서 철수한 김개남이 도소를 고향인 태인에서 남원으로 옮긴 것도 젊은 시절 처가가 있던 임실을 들락거리면서 이웃한 남원을 눈여겨보아 두어서였다.

"환대라니요? 당치 않습니다. 형님께서 오셨는데 아우 된 도리일 뿐이지요."

민 씨 세도의 중심이었던 민영준의 먼 조카뻘인 민충식은 김개남이 지난여름 상여암에서 더위를 피하고 있을 때 찾아가 결의형제를 맺었다. 민충식이 동학에 입도한 것은 아니었다. 농민군의 대의에 함께한 것도 아니었다. 단지 일본군의 경복궁 점령 이후 개화당에 의해 민 씨들이 축출된 것에 대한 반감으로 김개남의 손을 잡은 것이었으나, 어쨌거나 결의형제까지 맺었으니 형님아우가 틀린 말은 아니었다.

"아우 된 도리라? 듣고 보니 맞는 말일세그려. 그러면 이제부터 아우님께서 행군을 인도해주시겠는가."

"여부가 있겠습니까?"

더그레에 전립(戰笠)을 쓴 민충식이 냉큼 말에 올라 행렬의 선두로 나섰다.

이날 저녁 전라 감사 김학진이 김개남을 찾아왔다. 지난봄 농민군

도소가 들었던 전주성 남문 쪽 관사였다.

"원로에 노고가 많았겠습니다."

김학진이 인사하자 김개남이 눈으로 웃으며 답했다.

"순상께서 몸소 오시니 황감할 따름입니다."

"순상이라니요? 이미 파직되어 후임을 기다리고 있는 중이니 당치 않은 말씀이오."

"허, 그렇습니까? 전봉준 씨는 순상을 어진 사또라 칭송하였거늘 조정에서 또 인사를 잘못 하였나봅니다."

이자가 이죽거리는 것이 분명하구나. 김학진은 모멸감을 억누르며 담담하게 말했다.

"어질음은 곧 어리석음이니, 상찬 받을 일은 아니지요."

김개남의 입꼬리가 비쭉했다.

"어리석음이라 하시었습니까? 하하⋯. 지금 이 나라에 어리석음을 아는 관리가 있습니까? 스스로 어리석다 하시니 순상께서는 어진 사또라 할 만합니다."

김개남이 이어 말했다.

"그나저나 순상께서 애써 관민상화를 이루었습니다만, 이제 다 소용이 없게 되었소이다."

"글쎄올시다. 씨를 뿌렸으니 언젠가 결실이 있지 않겠습니까? 나는 그리 믿습니다."

"결실이라? 과연 그렇겠소이까? 지금 이 나라 임금과 조정 신료들이 왜병으로 하여금 제 백성을 토멸하려 하거늘 어느 세월에 결실이 있겠습니까? 다 허튼 소리이외다."

김개남의 낯빛이 붉어졌다. 허튼소리라는 소리에 김학진의 낯빛도 별수 없이 붉어졌다.

"아니 그렇습니까? 내 말이 틀렸소이까?"

김개남이 다그쳤다. 김학진은 내심 말이 길어졌음을 탓하였다. 일순, 어색하고 짧은 침묵이 흐른 뒤 김개남이 생각난 듯 물었다.

"그건 그렇고 내가 남원에서 겨울옷 천 벌을 준비해 주십사고 이곳 완부에 청하였거늘 그 마련이 되었는지 모르겠습니다."

이자가 이제 트집을 잡으려는가. 김학진이 짧은 숨을 쉬듯 답하였다.

"내 그 청을 듣지 못하였소이다."

김개남이 눈살을 꼿꼿이 세웠다.

"청을 듣지 못하였다? 감영의 공형들이 감히 이 김개남의 명을 무시하여 순상께 보고도 하지 않았단 말입니까?"

김학진의 얼굴이 일그러졌다.

"진정하시고 나의 말을 마저 들어주시오. 내 이런 말까지 하기가 부끄럽소만 내 부모님 제삿날이 내일모레입니다. 그런데 명색이 감사인 내가 부모 제사 지낼 곡식과 비용을 마련치 못하고 있는 형편입니다. 그러니 명을 들었다한들 무슨 재주로 겨울옷 천 벌을 마련했겠소이까?"

김개남이 눈매를 가늘게 하여 김학진의 얼굴을 쳐다보고는 입꼬리에 웃음을 달았다.

"허허, 순상의 말씀에 거짓이야 없겠지요. 그래서야 누가 감사 벼슬을 부러워하겠소이까. 그만 돌아가시지요."

다음날 아침, 김개남은 엽전 백 꾸러미와 쌀 두 섬을 김학진이 머물고 있는 청징각에 보내주었는데 제수용품을 전달하고 온 김문환이

보고하기를,

"신임 남원부사가 여기 감영 안에 머물고 있다 합니다. 마침 눈에 익은 남원 관아 통인 놈이 얼씬거리기에 붙잡아 족쳤더니 대엿새 전부터 예서 죽치고 있다고 합니다. 아마 우리 때문에 옴짝 못하고 숨어 있는 모양입니다" 하였다.

문환은 태인 도강 김 씨 혈족으로 개남에게는 조카뻘인 젊은이였다.

"그려? 김학진이 제수 값은 하는구먼. 놈을 당장 잡아들이게."

신임 남원부사 이용헌은 지난 6월, 김개남 부대가 남원으로 들어갔을 때 부중을 비우고 달아난 죄로 파출된 전임부사 윤병관의 후임이었다. 부임지인 남원으로 내려가다가 전주에서 발이 묶인 이용헌은 남원에 은밀히 사람을 보내 백성들에게 성을 빼앗고 김개남을 죽이라고 부추기는 한편 운봉의 박봉양에게 밀서를 보내 동서에서 협공하자는 밀계를 꾸미고 있었다.

농민군 진중(陣中)에 끌려온 이용헌은 하얗게 질린 얼굴에 수염을 부들부들 떨고 있었다. 명주 두루마기에 덩실한 갓양이 멍석만 했다. 군사들이 달려들어 이용헌을 무릎 꿇렸다. 김개남이 눈꼬리를 치켜 올리며 으름장을 놓았다.

"너는 왜놈이 임명한 관원으로 남쪽으로 내려와 나를 죽이고자 하였다는데 그것이 사실이야?"

"천부당만부당한 말씀이오. 본관은 임금의 명을 받고 남원에 부임하러 가던 차에 길이 막혔다고 하여 잠시 전주성에 의탁하고 있었을 뿐이외다. 내게 무슨 힘이 있어 접장을 해하려 한단 말이오?"

이용헌은 창졸간에도 고을 수령의 위엄을 보이려 아랫배에 한껏 힘을 주고 있었으나 안색은 이미 흙빛이었다.

"어허, 이미 너의 수하들이 모두 토설한 것이거늘 어찌 모르쇠로 뻗히려 하는 것이냐. 네가 정녕 고을 수령의 체면을 지키고 싶다면 사실을 고하라. 그리하면 목숨 또한 부지할 수 있을 것이다."

"없는 일을 어찌 만들어 고한단 말이오. 공연한 닦달로 사람을 곤하게 하지 마시오."

"뭣이라? 사람을 곤하게 하지 말라? 안 되겠다. 저자를 묶어라."

김개남이 쇳소리로 명하자 군사 두 명이 달려들어 이용헌의 양팔을 뒤로 꺾었다. 서슬에 저고리 솔기가 터지면서 전대 한 뭉치가 땅에 떨어졌다. 소모사(召募使) 이용헌에게 내린 임금의 임명장과 동비를 속히 토벌하라는 명령서였다.

"이것이 무엇이냐? 이러고도 네놈이 나를 기만하려 하느냐?"

김개남이 소리를 지르자, 이용헌도 악을 썼다.

"남원부사로서 소모사의 명을 받은 것을 네가 감히 탓하는가."

"무엇이? 네가 감히? …"

불같이 화가 난 김개남이 칼을 뽑아 이용헌의 목을 베었다. 이용헌의 목에서 선지피가 꾸역꾸역 흘러나와 마른 땅을 적셨다.

김개남이 피에 젖은 칼을 내던지고 다시 명하였다.

"저자를 치우고 순천부사와 고부군수를 데려오라."

순천부사 이수홍과 고부군수 양성환은 순천과 고부에서 전주로 오던 중 김개남 부대와 맞닥뜨려 진중에 끌려와 있었다. 이수홍과 양성환을 태운 가마가 하필 김개남 부대의 행로와 겹쳤던 것인데, 고을 사또 체면에 가마에서 내리기를 거부하다가 아예 통째로 들려오는 봉변을 당하고 말았던 것이다.

이수홍과 양성환이 끌려오자 김개남은 다짜고짜 둘을 형틀에 묶어

곤장을 치도록 했다. 체구가 큰 이수홍은 중곤(中棍) 열 대를 견뎌냈으나 마른 몸피의 양성환은 다섯 대를 넘기지 못하고 축 늘어졌다. 김개남이 핏발 선 눈을 부라리며 소리쳤다.

"너희들 또한 이용헌과 같은 탐관으로 마땅히 목을 베어야 할 것이나 군수전 10만 냥과 백목(白木·무명) 백 동을 마련하여 가져오면 목숨을 보존할 수 있을 것이다. 행여 내말을 허투루 듣지 말아야 할 것이다."

순천 감영에서는 좌수(座首)가 나서 돈 3천 냥을 가져다 바쳤다. 풀려난 이수홍은 미투리에 지팡이를 짚고 순천으로 내려갔다. 그러나 양성환은 뻗대다가 난장(亂杖)을 당하고 풀려났으나 이내 장독(杖毒)으로 죽었다.

신임 남원부사 이용헌의 목을 베어버린 김개남의 결기가 부대 전체의 사기를 올린 것은 아니었다. 다음날 아침, 선봉장 강사원이 어두운 얼굴로 김개남에게 보고했다.

"산포수와 사당패들 중 여럿이 어젯밤에 진을 빠져나갔습니다."

"빠져나가다니. 그게 무슨 소리인가?"

막 아침상을 물린 김개남의 얼굴이 일그러졌다.

"남아있는 자들의 말을 들으니 장군께서 임금의 명을 받고 부임하는 부사의 목을 베었으니 이는 역절(逆節)이 분명하다며 밤을 틈타 달아났답니다."

김개남의 입에서 끄응, 신음이 터져 나왔다. 사당패란 남원에서 창우와 광대 등을 끌어들여 편성한 천인부대 소속이었다. 천민접은 남원관노 출신 접주 김원석이 관장하였는데, 양반과 지주를 겁박해 재물을 빼앗는 행패가 그치지 않았으나 김개남은 워낙에 사람대접을 받지 못하고 살아왔을 터이니 그만한 설분은 그러려니 우정 눈감아 주었다. 오히려 각별히 대해 주었다. 그랬는데 정작 출진을 앞두고 달아나다니. 산포수들의 이탈은 더욱 뼈아픈 일이었다. 사냥을 하며 익힌 총질 솜씨도 그렇지만, 그렇잖아도 부족한 화력에 손상이 적잖을 터였다.

"산포수나 사당패나 본래 매인 데 없이 자유롭게 떠돌던 자들입니다. 그동안은 유세하는 맛에 따랐으나 막상 장군께서 조정 관리를 목 베는 것을 보고는 겁이 났을 테지요. 그들에게 역적의 소릴 들으면서까지 싸울 대의는 애당초 없었을 테니까 말입니다."

쓸개 씹은 얼굴로 강사원의 말을 듣고 있던 김개남이 얼굴을 폈다.

"듣고 보니 그런 것 같구먼. 허허허 …. 지난 일이니 곱씹을 필요는 없겠지. 어차피 오합지졸이면 그 수가 많은들 소용이 없는 법. 그러나 다른 군사들에게 동요가 있으면 안 되니 두령들을 곧 소집하시게. 내가 곧 갈 테니."

본래 전주에서는 하루 이틀만 묵고 떠날 요량이었지만 이용헌을 처단하고, 이수홍과 양성환을 물고 내고 몸값을 받아내느라 지체하면서 나흘이 훌쩍 지나갔다. 그 새에 산포수와 사당패들이 야반도주를 한 것이었다. 한 식경이 지나 김개남이 관사 앞뜰로 나갔다. 두령들이 집합해 있었다. 김개남이 명했다.

"삼례를 거쳐 금산으로 직행할 것이오."

버선 세 짝

  김유환이 삼례로 내려간 지 달포가 지났다. 유환은 떠나기 전 전봉준 장군이 이끄는 농민군이 공주로 올라올 것이니 그때 만나자고 하였다. 일구는 추수에 매여 있느라 날짜 가는 것을 깜빡하고 있었지만 유환의 말까지 잊은 것은 아니었다. 지난봄 황토재에서 죽창 한 번 제대로 찔러보지 못한 채 분이를 업고 달아났던 기억이 희미해진 것도 아니었다.

  유환은 사람이 곧 한울이라 함은 누구나 스스로 주인이 된 삶을 살아야 한다는 것이며, 그러기 위해서는 자존(自尊)하여야 한다고 말했다. 일구가 무슨 말인지 모르겠다며 얼굴을 붉히면 유환은 빙그레, 웃으며 쓸데없는 것을 알지 못하는 것이 부끄러운 것은 아니라고 했다. 그러면서 너는 다시 막치로 돌아갈 수 있겠느냐고 물었다. 일구는 단호하게 고개를 저었다. 유환은 다시 물었다. 이제 네 색시가 된 분이를 다시 관비로 끌고 가려 한다면 어쩌겠느냐? 일구가 상처 입은 짐승처럼 신음하며 내뱉었다. 그런 놈들이 있다면 맹세코 모두 죽일 것이오. 유환은 그것이 바로 스스로를 귀하게 여기는 자존이며, 사람이 곧 한울이란 말씀의 뜻도 거기에 있다고 하였다. 유환은 또 물었다. 이 나라가 양반의 나라이냐, 백성의 나라이냐? 일구는 주

425

저 없이 답하였다. 백성의 나라요. 유환은 그것이 바로 백성의 자존이라고 하였다. 탐학한 벼슬아치와 재물에 눈이 먼 부자들은 오로지 제 한 몸 구하려 하지만 동학군은 백성의 나라를 위해 싸우는 것이고, 그것은 곧 너와 나, 우리의 자존을 지키는 것이라고 하였다.

자존을 지키는 것? 일구가 여전히 알듯 모를 듯한 얼굴을 하자 유환이 껄껄, 웃고는 말하였다.

"내 아직 되잖은 유식자(有識者)에서 벗어나질 못하였구나. 자존 같은 어려운 소리는 그만두고 쉽게 얘기해보지. 일구 자네는 방금 전 다시 종으로 돌아갈 수는 없다고 했네. 또 분이를 다시 관비로 끌어가려는 놈이 있으면 모두 죽일 것이라 했어. 그런데 그놈이 누구냐? 바로 관군이고 일본군이야. 그러니 어쩌겠나? 놈들과 싸워야겠지.

일구 자네뿐이 아닐세. 농민들은 그동안 죽어라 농사짓고도 추수하고 나면 지주에게 칠팔 할을 빼앗기고, 나머지는 온갖 세금으로 관에 빼앗겨 손에 남는 건 쭉정이 뿐이었지. 먹고 살자고 빚을 내면 부자들은 배보다 배꼽이 더 큰 이자를 받아내고, 관에서는 온갖 부세를 내라고 들들 볶다가 견디다 못한 백성들이 고을 원님을 찾아가 청원을 하면 들어주기는커녕 매타작을 하여 내쫓기 일쑤였지. 결국 지난봄 전봉준 장군이 이끄는 농민군이 들고 일어나 관군을 물리치고, 헐벗고 굶주리고 매 맞고 살아온 농민들의 억울한 사정을 들어주었지. 탐관오리를 내쫓아 가렴주구를 막고, 부자들을 혼내 고리채를 없앴지. 그런데 조정군과 일본군이 농민군을 치려 내려온다고 하네. 농민군이 놈들에게 지면 어떤 일이 벌어지겠나. 부자는 그동안 못 받은 고리채를 받으려 할 것이고, 관에서는 온갖 명목의 세금을 다시 거두어들이겠지. 못 내겠소, 하면 매질에 온갖 고초를 당할 것이고. 그러

426

니 어쩌겠나? 힘없는 농민들은 살기 위해서라도 놈들과 싸워야겠지. 일구 자네나 농민군이나 마찬가지야. 저와 제 가족이 살기 위해 싸울 수밖에 없는 거야. 그렇지 않고서야 저렇게 많은 사람들이 저 죽을 줄도 모를 전쟁에 나서겠다고 하겠는가?"

일구는 보국안민이라는 거창한 소리보다는 저와 제 가족이 살기 위해 싸울 수밖에 없다는 유환의 말이 가슴에 닿았다. 막혀 있던 마음 속 길이 훤히 뚫리는 듯하였다. 황토재의 새벽안개 속에서는 보이지 않던 길이었다. 다시 죽창을 손에 쥔다면 그 길을 좇아 내달릴 수 있을 것 같았다.

논산에서 남접과 북접의 농민군이 합류해 북상한다는 풍문이 돌면서 공주는 초겨울 살얼음이 깔린 듯 스산하고 음침한 분위기였다. 감영에는 진남영군이 들어왔고, 곧 경군과 왜군이 금강을 건너올 거라는 소문도 들렸다.

감영에서 동도(東徒)에 대한 예비검색을 할 거라는 소식이 전해지면서 공주부내의 도인들은 하나둘 몸을 피했다. 장준환 접주도 자취를 감추었다. 논산으로 갔다고도 했고, 청주로 갔다고도 했다. 일구 내외야 별 탈은 없을 거라고 했다. 달동 장준환 가라면 감영의 공형에서부터 벙거지에 이르기까지 덕을 보지 않은 자들이 드물다고 했다. 그러니 그 집 가속들을 닦달하지는 않을 거라는 게 집사 영감의 말이었다.

하기야 탈이 있기로 했으면 진즉에 있었을 터였다. 도망한 노비라면 매타작으로 끝날 일이 아니었다. 게다가 신분을 속이고 동학교인까지 되었으니 목숨을 부지하기 어려울 터였다. 분이 또한 살아난다 하여도 다시 관비로 끌려갈 것은 묻지 않아도 알 일이었다. 그러나 동학군이 호남지방을 휩쓸고 그 기운이 호서 이북으로까지 이어지면서 일개 도망간 노비에 신경 쓸 관아는 없었다. 예전 같았으면 정읍의 최 참봉이 추노꾼을 풀었을 수도 있었겠지만 그 또한 세상 돌아가는 물정을 모르지 않을 터에 그토록 무리한 짓을 하지는 못할 거였다. 호남은 동학군 천지라 하였다. 동학군의 기세에 토호와 양반들은 때아닌 피난살이를 해야 할 판이라고 하였다. 양반들은 스스로 노비문서를 불태우고 제 집 종들을 풀어준다고 하였다. 그런 경황에 기왕에 달아난 노비를 힘써 추포할 까닭이 있겠느냐, 전에 토방을 찾아왔던 영우 스님이 걱정을 덜라 하며 차근차근 설명해준 말씀이었다.

그런데 유환은 너는 이제 노비 막치가 아니라고 하였다. 분이도 더는 관비가 아니라고 하였다. 마음속에 한울을 모시는 것은 자존하는 것이며 스스로를 지키는 것이라고 하였다.

그려, 나는 노비 막치가 아녀. 동학도 박일구여. 분이도 더는 관의 계집종이 아녀. 내 색시여.

일구는 마음이 움츠려들거나 불안할 때는 그렇게 다짐했다.

그러나 들리는 소문은 점점 흉흉해졌다. 논산의 동학군이 공주로 진격하면 감영에서 부내 백성들을 쌍수산성에 잡아넣고 방패막이로 쓸 거라고 하였다. 이미 공주부 외곽으로 빠지는 길목마다 벙거지들이 번을 서고 있다는 얘기도 들렸다. 마냥 유환을 기다리고 있다가는 졸지에 감영군의 방패막이로 끌려갈지도 모를 형국이었다.

접주 어른도 안 계신데 어쩌나? 선비님을 기다릴 게 아니라 내가 가야하는 것이 아닌가? 분이는 어쩌고?

"뭘 그리 골똘히 생각하고 있어요?"

기름등잔 옆에서 버선을 짓고 있던 분이가 버들자리 위에 누워 턱을 괴고 있는 일구에게 눈을 돌렸다. 늙은 호박을 썰어 넣어 단 맛이 나는 된장국에 고봉 그득한 햅쌀밥이 오른 개다리소반을 물린 지 한시진쯤 지난 시간이었다. 햅쌀밥에 호박된장국이면 양반 부럽지 않은 호강이요, 추수 뒤끝에 잠깐 맛보는 호사이겠지만 일구는 입안이 꿀맛만은 아니었다.

"생각은 무신? 그만 불 끄고 자자. 먼 버선짝을 매일 밤 짓고 있어?"

"아이고, 거기 신길 버선 아니니께 눈독일랑 들이지 마씨오."

"뭐여? 내가 신을 버선이 아니믄 언놈을 신길 거여?"

일구가 부러 도끼눈을 뜨며 자리에서 윗몸을 일으켰다.

"참, 먼말을 이쁘게 좀 못혀요? 언놈이 뭐예요? 언놈이?"

분이의 얼굴이 산초기름 등잔불빛을 받아 발갛게 달아올랐다. 제법 골이 난 낯빛이었다.

"내가 신을 버선이 아니라니께 그라지."

"영우 스님 드릴라고요. 그라도 언놈이에요? 내 원 참."

"영우 스님?"

"그라요. 인자 추수일도 어지간히 끝냈으니 영우 스님 한번 찾아봬야 하지 않겠어요? 곧 겨울이니 버선이라도 지어드리려고요."

일구의 눈이 반짝 빛났다.

"그라면 진즉 그렇다고 말하제. 무단히 스님께 욕한 꼴 맹글지 말고. 그래 언제면 다 지어?"

"낼 저녁이면 끝나요. 겨우 세 짝인데요 뭐. 당신 꺼는 두 짝이고."

"당신? 내 버선 짝이 스님 것보다 적은 것이야 쪼깨 섭하지만 당신 소릴 들으니 그걸로 됐네. 하하하…."

일구가 무릎걸음으로 다가가 분이의 허리를 끌어안았다.

"아이고머니. 왜 또 이런대요. 다 지은 버선 망가지게."

분이의 목덜미에서 분내가 났다. 일구가 지난 장날에 집사영감께 부탁해 구해준 분이었다. 일구는 분이의 목에 입술을 대며 생각했다.

분이를 영우 스님께 부탁하고 떠나자. 이인이나 경천 쪽으로 가면 논산에서 올라오는 동학군을 만날 수 있을 거야. 그러면 선비님도 만날 수 있겠지.

세성산

"남쪽 동학비적으로 인한 우환이 급하나 방비할 대책이 없습니다. 순무영(巡撫營) 선봉진(先鋒陣)을 빨리 내려 보내고, 청주 등지에 있는 장위(壯衛), 경리(經理) 두 군영의 영관도 즉시 와서 지원하여주기 바랍니다."

충청 감사 박제순은 이유상과 전봉준이 글을 보내 압박하자 조정과 순무영에 잇따라 군사 지원을 요청하였다.

동학농민군에 대한 무력진압을 결정한 조정이 양호순무영을 설치한 것은 동학교주 최시형이 기포령을 내린 지 사흘 만인 9월 21일이었다. 도순무사(都巡撫使) 신정희를 총사령관으로, 허진을 중군(中軍)으로 삼고, 좌선봉은 통위영(統衛營) 정령관(正領官) 이규태, 우선봉은 장위영영관 이두황이 맡도록 했다. 허진과 이규태는 각각 교도중대와 경리청병을 이끌도록 했으며, 경리청 영관 구상조와 부영관 홍운섭, 교도중대장 이진호 등 지휘관으로 전열을 갖추었다. 이에 앞선 9월 10일, 이두황과 경리청 부영관 성하영은 죽산부사와 안성군수로 임명되어 동학군 토벌에 나서고 있었다.

장위영과 통위영은 도성을 지키는 친군(親軍)이고, 경리청은 북한산성을 관리하던 관서로 산하에 군사를 두고 있었다. 교도중대(敎導

431

中隊)는 일본군이 경복궁을 점령한 뒤 창설한 중대로 장위영, 통위영, 경리영에서 25~35세까지의 중대병력(221명)을 선발하여 시라키 중위와 미야모토 소위 등 일본군 교관이 훈련을 맡은 직할부대였다. 여기에 순무영 군사와 강화도 심영 및 청주 진남영 등 지방 군사를 합하면 동학농민군 토벌에 나선 관군은 줄잡아 3,400명이었다.

10월 18일, 장위영영관 겸 죽산부사 이두황이 이끄는 장위영 병대가 공주 북쪽 연기 봉암에 머무를 때 죽산 포교가 순무영의 전령을 가지고 왔다.

"장위영 병대는 왜 지체하고 있는가. 군율을 엄히 시행할 것이니 시급히 나아가 동비를 초멸하라."

순무사 신정희의 질책이었다. 얼굴이 붉어진 이두황이 입시울을 실룩거렸다.

9월 20일, 장위영 병정 1중대를 이끌고 남하한 이두황은 용인에서 일본군(용산수비대 병력) 30명과 합류하여 22일 죽산으로 진출했다. 관아를 점령하고 있던 농민군은 그 수가 1천여 명에 달했으나 오합지졸에 지나지 않아 일본군이 양총 수십 방을 쏘자 제풀에 무너져 달아나 버렸다. 관아로 들어간 이두황은 군사들을 풀어 인근 고을의 동비들을 잡아들여 처형했다.

이두황은 처음에는 엄정한 군기를 내세워 병사들이 민가를 약탈하는 것을 금했으나 조정에서 군수미조차 자체 조달하라는 터여서 민가에 대한 침탈은 피할 수 없는 노릇이었다. 한번 약탈에 맛을 들인 병사들은 동비를 색출한다는 구실로 각 고을을 휘저으며 분탕질을 쳤다. 살인과 방화, 부녀자 강간을 저질렀다. 지난봄 고부에서 안핵사 이용태의 역졸들이 부린 행패와 크게 다르지 않았다.

관아에 들어박혀 있던 이두황에게 뜻밖의 서한이 날아든 것은 죽산에 들어온 지 일주일이 지나서였다.

"허(許)·황(黃) 양적(兩敵)이 괴산 공청을 점거해 무기를 탈취하고 백성들을 강제로 무리로 끌어들이고 있으니 참으로 두고 볼 수 없습니다. 순무영 선봉장께서 군사를 출동시켜 적들을 벌하신다면, 저희는 기꺼이 힘을 더하여 우환을 없앨 것입니다."

서한을 보낸 자는 충주의 동학 접주 신재련이었다. 신재련은 양호선무사 정경원이 동학교주 최시형과 상의하여 오읍(五邑) 집강으로 임명한 인물로 진천 광혜원에서 수만의 군사를 이끌고 허문숙, 황하일이 이끄는 남접파 농민군과 대치하고 있다고 했다.

"허·황 무리는 어디에 있는고?"

이두황이 묻자 진천과 충주 등지에서 탐문을 하고 온 죽산 관아 수교가 답했다.

"충주 용수포에 있다가 무극장터로 옮겼다고 합니다만, 그게 분명치가 않습니다요. 사또."

"분명치가 않다니 그건 또 무슨 소린가?"

"충주 무극장터에 있는 무리는 신재련과 다투는 허·황의 무리가 아닌 듯하여 드리는 말씀입지요."

"허·황의 무리가 아니라면, 어느 놈들이란 말인가?"

"경기도에서 넘어온 동비들이라고 합니다."

"경기도에서 넘어온 동비라? 그 수가 얼마나 되는가?"

"족히 수만에 이르는 모양입니다."

"뭣이? 수만에 이르는 모양이라? 네 이놈. 관아 수교라는 자가 일껏 탐문을 하여 오랬더니 점막에 들러 귀동냥이나 하고 온 것이 아닌가?"

이두황이 눈꼬리를 세우며 버럭 소리를 지르자 수교가 머리를 조아렸다.

"그럴 리가 있겠습니까요. 허나 저들의 기세가 워낙 사나워서 그만 ···."

"듣기 싫다 이놈아. 당장 수하들을 풀어서 자세한 정보를 구해 오거라. 또다시 어물어물 전언이나 한다면 용서치 않을 것이야."

호통을 쳐 수교를 내쫓았지만 이두황의 속은 편치 않았다. 신재련의 서한을 받고 적을 이용해 적을 친다면 일거양득 아닌가, 무릎을 쳤었건만 경기도에서 넘어온 수만의 동비는 또 무엇인고? 수만이 아닌 수천이라 해도 섣불리 나설 일은 아니었다. 이두황은 날마다 이서들을 닦달해 정보를 가져오라고 할 뿐 움쩍도 하지 않았다. 보름 넘게 관아에 머무른 이두황은 10월 9일, 죽산을 출발하여 충주 무극장터로 향했다. 하지만 이두황의 장위영 병대가 무극장터에 도착하였을 때 그곳에 모여 있던 경기도 농민군은 이미 충주의 일본군 수비대와 접전한 뒤 괴산으로 떠난 뒤였다. 이두황은 음성을 거쳐 진천으로 갔다. 신재련이 수만 명을 이끌고 있다던 진천 광혜원도 텅 비어 있었다.

"이 도적놈들이 다 어디로 갔단 말인고!"

이두황은 혀를 찼으나, 동학교주 최시형의 기포령에 따라 더 이상 대치할 이유가 없어진 신재련 부대와 허문숙·황하일 부대는 진작 해산한 터였으니, 이두황으로서는 그 사정을 알지 못하였으되 마다 할 노릇은 아니었다. 제아무리 신식 무기로 무장했다고는 하나 일본군은 고작 서른 명에 지나지 않았고, 향병을 보충했어도 장위영 병대는 천 명이 안 되었다. 그런 터에 수만 명에 이른다는 동학군과 접전

434

을 한대서야 승산이 있겠는가? 되도록 피하는 게 상책이라는 것이 이두황의 속내였다. 경리청 부영관으로 안성군수에 임명됐던 성하영은 그 태만한 행태가 더욱 심해 9월 말 농민군에 다시 관아를 점령당하는 지경에 이르렀다. 이에 조정은 성하영의 관직을 삭탈하고 홍운섭으로 대체하였다. 그러나 10월 들어 서산군수 박정기가 관아를 습격한 내포지역 농민군에 살해당하자 조정은 성하영을 서산군수로 차하하여 다시 경리청 병대를 이끌게 하였다.

10월 12일, 이두황의 장위영 병대가 청주에 도착하였다. 성하영의 경리청 병대가 청주에 들어온 다음날이었다. 이튿날 이두황은 진남영 군사를 앞세우고 경리청 병대를 후군으로 삼아 보은으로 출발했다. 그러나 이두황 부대가 보은 장내리에 들이닥쳤을 때 마을은 텅 비어있었다. 이곳에 집결해 있던 북접 농민군은 사흘 전에 두 대로 나뉘어 영동과 황간, 논산 등지로 빠져나가고 없었다. 장위영 군사들은 분풀이라도 하듯 농민군이 묵었던 400여 개의 초막과 비어 있는 민가에 불을 질렀다. 그렇게 보은에서 허탕을 친 장위영 병대가 회덕을 거쳐 연기 봉암으로 진을 옮겼을 때 순무영으로부터 전령이 온 것이었다.

언제는 일본군 사관의 지휘를 받으라, 모욕을 주더니 이제는 만만한 나를 핍박하는구나.

이두황은 입안으로 구두덜거렸지만, 순무사가 직접 전령까지 보냈으니 더 꾸물댈 수는 없는 노릇이었다.

논산에서 남접의 전봉준 부대와 북접의 손병희 부대가 연합해 공주로 올라온다고 하였다. 순무사 신정희의 닦달이 아니더라도 양호순무영 우선봉으로서 언제까지 농민군 주력부대와 접전을 피할 수는 없을 터였다. 이두황이 땡감 씹은 얼굴로 장졸들에 명하였다.

"공주로 갈 것이다. 즉시 출발하라."

이두황 부대가 연기를 떠나 남하하는데 청주 병영으로부터 전령이 왔다. 목천 세성산에 수천 명의 동비들이 둔취하고 있으니 저들을 먼저 토벌하라는 충청병사(兵使·병마절도사) 이장회의 감결이었다. 이장회는 일본군의 뜻도 그러하니 순무영에는 고지(告知)만 하면 될 것이라고 했다. 이두황은 바로 순무영에 파발을 띄워 공주성에는 우선 성하영의 경리청 병대가 내려가 방수(防守)하기로 하고, 장위영 병대는 세성산의 적도를 토벌할 것이라고 하였다.

세성산에 둔취하고 있다는 동비들 역시 기껏 화승총이나 조총, 죽창으로 무장했을 터이니 그 수가 얼마이든 대포와 양총으로 몰아치면 한나절을 견디지 못하고 무너질 거였다. 저들을 토벌하고 공주에 입성할 때쯤이면 순무영의 토벌군과 일본군이 공주에 집결해 있을 것이고, 그때쯤이면 전봉준과 손병희가 연합한 동학군 주력과 토벌군의 전세도 가닥이 잡혀 있을 터였다.

"목천으로 북진한다. 세성산의 적도들을 먼저 토벌한다."

서른여섯, 혈기 방장한 이두황의 목소리에 한층 힘이 실렸다.

목천은 이웃한 천안과 함께 오래전부터 동학세가 탄탄하게 뿌리를 내린 곳이었다. 천안의 김화성과 목천의 김용희·김성지는 일찍이 신사년(辛巳年·1881년)에 입도한 이들로, 계미년(癸未年·1883년)에 목천판《동경대전》천여 부를 간행하여 포교에 열중하였다. 세 사람은 천안과 목천 일대 동학교도들에게 '3로'(三老)로 일컬어지는 원로였다.

특히 목천의 세성산성은 공주 감영과 청주 병영 사이에 있으면서 삼남과 연결되는 지점이자 서울로 통하는 길을 압박할 수 있는 군사적 요충지였다. 달포 전 천안과 전의, 목천에서 기포한 농민군은 고을 관아를 습격하여 무기를 탈취하고 농민군 두령 김복용과 접주 이희인을 중심으로 세성산성에 주둔하고 있었다. 3천여 명의 세성산성 농민군은 남하하는 경군과 일본군의 발목을 잡아 공주로 집결하는 토벌군의 무력을 분산시키고, 논산에서 합류한 남·북접 연합부대가 공주성을 함락하고 금강을 넘으면 함께 경사(京師)로 진격할 계획이었다.

10월 21일 어둑새벽에 장위영 병대가 세성산 아래 도착했다. 산성에 꽂힌 무수한 깃발이 초겨울 바람에 펄럭이고 있었다. 세성산은 서쪽 방면만 평평했고, 다른 삼면은 험준한 비탈이어서 산성의 농민군은 주로 서쪽에 배치되어 있었다. 장위영 병대는 그 허점을 노려 1개 소대가 동남쪽 기슭에서 산 위로 오르고, 2개 소대는 북쪽 기슭에 매복하였다. 다른 1개 소대는 동북쪽에서 공격했으며, 소대 병력의 일본군은 요소요소에 회선포를 배치하고 관군을 지원했다.

새벽부터 들이닥친 토벌군을 맞아 아침밥도 거른 채 오후 늦게까지 용맹하게 저항하던 농민군은 끝내 신무기로 무장한 일본군의 지원을 받은 관군의 화력을 감당하지 못하고 뿔뿔이 흩어져 달아났다. 동남쪽 기슭에서 올라간 소대가 산성을 점령하였고, 북쪽 기슭에 매복해 있던 군사들이 달아나는 농민군을 뒤쫓아 300여 명을 사살했다.

묘시(오전 5시~7시)에 시작된 치열한 전투는 신시(오후 3시~5시)에 이르러 농민군의 참패로 끝났다.

접주 이희인은 달아났으나 어깨에 총상을 입은 농민군 두령 김복용은 사로잡혔다. 군사들이 김복용을 끌어다 이두황 앞에 무릎 꿇렸다. 공작미(孔雀尾) 달린 전립(戰笠)에 검은색 융복(戎服 ·군복)으로 위엄을 갖춘 이두황이 허리에 찬 환도를 빼어들고 꾸짖었다.

"네놈은 나라에서 금하는 사도(邪道)를 추종하는 것도 모자라 사악한 무리를 모아 임금의 군대에 총을 쏘며 저항한 역적 괴수이다. 감히 살기를 바라느냐?"

상투가 풀린 난발(亂髮)의 김복용이 핏발 선 눈을 치켜떴다.

"조선의 장수로써 왜놈의 앞잡이 노릇을 하는 네놈이야말로 역적이 아닌가? 내 네놈과 왜구를 몰살하지 못한 것이 끝내 한스러울 뿐이다. 군말을 듣고 싶지 않으니 당장 내 목을 치거라."

"뭣이? 이런 고연 놈이 있나? 여봐라. 당장 저놈의 목을 베어 창대에 높이 매달아라."

이두황이 턱수염을 부르르 떨며 악을 썼다. 서슬에 전립 끈에 꿰인 자잘한 호박(琥珀) 구슬이 후드득, 흔들렸다. 세성산성 농민군의 꿈은 그렇게 짧은 가을볕처럼 스러졌다. 남은 것은 동학 거두(巨頭) 김복용의 잘린 목이었다.

다음날 경기 소모관(召募官) 정기봉은 목천 일대를 수색해 동학 접주 이희인 등 12명을 붙잡아 곧바로 총살했다.

"세성산이 무너졌다고?"

전봉준의 목소리가 갈라졌다.

"김복용 두령은 어찌 되었나?"

"참수되었다고 합니다."

"참수라고? 으음…."

전봉준이 신음했다. 한껏 치켜 올라간 눈썹이 꿈틀거렸다. 분노가 그의 얼굴을 벌겋게 달구었다.

"이희인 접주는 무사하신가?"

손병희가 물었다. 목천에서 쉬지 않고 달려왔다는 젊은이가 고개를 떨어뜨렸다.

"민보군에 붙잡혀 시장판에서 총살 … 당하셨습니다."

"뭣이? 총살을 당해? 어느 자가 이끄는 민보군이라던가?"

"이름은 모르고 경기 소모관이라고만 들었습니다."

"경기 소모관이라면 전에 주사 벼슬을 했던 정기봉이 아닌가? 더러운 놈, 뇌물로 양반을 사더니만 이제는 관군의 꽁무니에 붙어서 벼슬을 탐하는구나. 내 이놈의 목을 … ."

손병희가 솥뚜껑만 한 두 주먹을 움켜쥐며 으르렁거렸다.

"세성산이 무너졌다면 이두황의 장위영 병대는 곧 공주로 올 겁니다. 이미 일본군도 속속 남하하고 있다는데 저들이 모두 공주에 집결하면 큰일 아닙니까? 한시가 급합니다."

송희옥이 새된 소리를 냈다.

"그렇습니다. 당장 공주를 쳐야 합니다."

이유상이었다.

"경군에 일본군까지 공주에 집결한다면 우리도 군사력을 한데로 모아야 하지 않겠소이까? 저들의 화력을 감당하려면 그 수밖에 없을 것 같은데 … ."

김덕명이 쓴 입맛을 다셨다. 딱히 누구라고 짚어 말한 것은 아니었지만 장막 안의 두령들은 김덕명이 누구를 두고 말하는 것인지 모두 알고 있었다.

"저쪽의 선봉대가 고산을 거쳐 오늘 새벽 진잠을 점령했다고 합니다만, 우리에게 오겠습니까? 저쪽을 기다리다가는 시간만 더 허비할 뿐입니다. 그 사람 얘기는 더 하지 마시지요."

송희옥의 말에 날이 서 있었다. 거북한 침묵이 장막 바닥에 깐 멍석 위에 무겁게 내려앉았다.

"김개남 장군은 병영이 있는 청주로 향할 것입니다. 우리가 공주 감영을 칠 때 그쪽에서 청주 병영을 치면 그만큼 관군이나 일본군의 병력도 분산될 수밖에 없을 테니 반드시 우리와 함께하는 것만이 능사는 아닙니다. 그러니 청주 쪽은 김 장군에게 맡겨두기로 하고 우리는 공주 쪽에 집중하면 됩니다. 우선 군사를 크게 둘로 나누겠습니다. 손 장군은 북접 농민군을 이끌고 이인으로 가시오. 전투 경험이 많은 남접의 두령과 군사들을 딸려 보내도록 하겠습니다. 남접 농민군은 송희옥 씨와 이유상 씨를 선봉으로 경천으로 갑니다. 지금 공주 동북쪽 대교에는 옥천포와 영동포 농민군이 주둔하고 있어요. 경천에서 공주, 대교에서 공주, 이인과 경천 간은 모두 30리 길이니 남쪽과 동쪽에서 공주를 삼각으로 협공하는 거지요."

전봉준이 말을 끊고 무명 천 위에 먹으로 그려 넣은 지도를 펼쳤다. 두령들이 지도를 중심으로 빙 둘러 앉았다.

"이인에서는 취병산에 기대어 우금치 쪽을 노립니다. 그쪽이 여의치 않으면 우금치 왼편에 있는 견준산을 타고 새재를 뚫거나 금강 쪽으로 크게 돌아 감영 북쪽의 봉황산으로 붙을 수도 있을 겁니다. 경천에서는 일단 판치를 지나 효포를 점령하고 능치를 넘어 공주 감영을 공격합니다."

전봉준이 하나하나 손가락으로 공격로를 짚는데, 김덕명이 말했다.

"우리의 공격로는 곧 저들의 방어요소일 터인데 지금 그곳에 배치된 관군과 일본군이 얼마나 되는지, 또 지금 남하하고 있다는 관군과 일본군이 언제쯤 공주에 들어올 것인지 아무 정보가 없으니 걱정이외다. 우선 공주의 장준환 씨에게 사람을 보내 그곳 소식을 가져와야 할 것입니다. 또 유구의 최한규 씨에게도 이쪽의 계획을 알려야 하겠지요."

전봉준이 고개를 끄덕이는데, 송희옥이 대신 말을 받았다.

"지금 곳곳에서 우리 망원들과 스님들이 첩보를 모아 가져오고 있습니다만, 관군과 일본군의 움직임을 세세하게 파악하는 것은 불가능합니다. 그래서 하는 말인데 효포 쪽이든 우금치 쪽이든 미리 날랜 군사들을 보내 그곳의 정황을 살피게 하고, 가능하면 관군을 한둘이라도 잡아들여, 그자들로부터 공주 감영의 정보를 캐내는 게 어떻겠습니까?"

손병희의 두 눈이 휘둥그레졌다.

"관군을 포로로 잡는다? 허어, 그것 참 좋은 생각이긴 한데 잘 되겠습니까? 목숨을 내놓고 해야 될 일이거늘."

송희옥이 빙긋, 웃었다.

"어차피 전쟁은 목숨을 내놓고 하는 거지요. 이런 일은 아무래도 전투 경험이 많은 우리 쪽에서 맡아야 할 것 같습니다."

송희옥은 웃는 얼굴로 한 말이었으나 듣는 북접 두령들의 얼굴은 머쓱했다.

전봉준이 큼큼, 헛기침을 했다.

"그 문제는 나중에 따로 이야기하기로 하고, 그 전에 두령들에게 한 가지 꼭 드려야 할 말씀이 있습니다. 그것은 전투는 가능한 산에서 해야 한다는 것입니다. 들판에서 싸우면 저들의 양총을 견딜 수 없습니다. 화승총의 사거리는 기껏해야 100보인 데 반해 양총은 그 배가 넘습니다. 또 화승총은 장약을 넣고 심지에 불을 붙여야 하는데 양총은 저절로 탄알을 물고 들어가 연발이 됩니다. 평지에서 맞싸워서는 도저히 견딜 수 없습니다. 그러니 산이나 골짜기에서 나무나 바위 등을 엄폐물로 삼아야 합니다. 군사들에게 이 점을 주지시키기 바랍니다. 우리에게는 각 부대가 가지고 있는 양총이 많아야 수십 자루에 지나지 않을 것이오. 봄에 경군과 싸우면서 노획한 회선포에 전주성에서 끌어온 대포도 있다고 하지만 일본군의 무기에는 견줄 수 없습니다. 또 총도 총이지만 탄환이 절대적으로 부족합니다. 탄환이 떨어지면 전쟁은 그것으로 끝이오. 그러니 되도록 탄환을 아꼈다가 최후의 일전에 쏟아 부어야 합니다. 자, 그러면 출동합시다. 손 장군 부대가 이인에 진을 치면, 우리가 경천에서 연락을 취할 것입니다."

정계 은퇴

　홍선대원군이 힘겹게 입을 열었다. 노안은 한결 늙어 보였고, 목소리는 가늘게 떨려나왔다.

　"나는 오늘부로 정계에서 은퇴할 것이오. 여러 대신들은 모든 일을 이노우에 공사와 잘 상의하여 처리하기 바랍니다. 내 이 말을 하기 위해 그대들을 이곳으로 부른 것이니 그리 알기 바라오."

　운현궁 노안당에 맥없는 오후 햇살이 비스듬히 기어들고 있었다. 총리대신 김홍집이 고개를 떨어뜨렸다. 김윤식(외무), 어윤중(탁지), 조희연(군무), 박정양(학무), 엄세영(농상무) 등 대신들도 약속이라도 한 듯 고개를 들지 못하였다. 대원군의 장자이자 궁내대신(宮內大臣)인 이재면만이 고개를 세운 채 격자창호에 망연한 눈길을 주고 있었다.

　"국태공 합하께서 이리 참람한 말씀을 하시니 신은 그저 두 귀를 막고 싶을 따름이옵니다."

　잠시 후 고개를 든 김홍집이 상기된 얼굴로 대원군을 바라보며 아뢰었다. 반듯한 이마 아래 선량한 그의 두 눈에는 물기가 엷게 배어 있었다. 대원군이 그런 김홍집의 두 눈을 쳐다보고는 허허롭게 웃었다.

　"허허허 … . 그간 총리께서 이 늙은이의 완고함으로 고생이 많았을 것이오. 나 또한 나라를 걱정하여 그리하였던 것인즉 마음에 담아 두지 마시오."

"듣잡기 송구하옵니다."

김홍집이 다시 고개를 숙였다.

대원군이 외무대신 김윤식에게 눈길을 주었다.

"이보시오, 운양(雲養). 그대는 오랫동안 나와는 동병상련(同病相憐)의 처지였소이다. 아니 그렇소이까?"

대원군은 임오군란 직후 자신이 청에 납치되어 4년의 유배생활을 한 것과 김윤식이 민 씨 세력의 미움을 받아 5년여 동안 면천에 유배되었던 것을 빗대어 말한 것이었다. 그러나 청을 끌어들여 대원군을 제거하는 일에는 김윤식 자신이 앞장서지 않았던가. 김윤식이 엎드려 울먹였다.

"소신의 죄를 용서하여주십시오."

대원군이 빙긋 웃었다. 어느새 노안에는 혈색이 돌아와 있었다. 체념이라기보다는 집착을 털어버린 노인의 온화한 빛이 대원군의 두 눈에 떠올랐다.

"어허, 당치 않은 소리. 운양은 나의 오랜 벗이 아닌가? 친우지간에 용서하고 말고가 무에 있겠소?"

김윤식의 여윈 어깨가 크게 흔들렸다. 통곡을 참는 기색이 역력했다. 임오년에 김윤식과 함께 대원군 제거에 나섰던 어윤중도 방바닥에 엎드린 채 고개를 들지 못하였다.

"자아, 그만들 고개를 드시오. 내 나이 어언 팔순, 너무 오래 살았다는 회한이 있을지언정 그대들과의 인연은 소중하게 간직하고픈 마음이오. 부디 전하를 잘 보필하여 이 나라와 백성이 다시 일어설 수 있도록 힘써주시오."

대신들이 일제히 고개를 숙이자 뒤쪽에 앉아 있던 오카모토도 따라 고개를 숙였다.

"오카모토 씨. 그대는 나의 뜻을 가감 없이 공사께 전해주기 바라오."

"예. 합하. 여부가 있겠습니까."

오카모토가 납신 엎드려 답하였다. 오카모토는 지난봄부터 운현궁에 출입하며 대원군과 낯을 익혀온 인물로, 제 입으로는 재경 거류민일 뿐이라 하였으나 실상은 일본영사관 측이 대원군의 동정을 살피기 위해 파견한 첩자였다. 넉 달 전 일본군의 경복궁 점령 때에도 운현궁을 찾아와 대원군의 입궐을 종용했던 오카모토는 근자에는 거듭 퇴진을 권유하였으니, 그 또한 이노우에의 뜻일 터였다. 하여 대원군은 대신들과 함께 그를 운현궁으로 불러들여 자신의 정계 은퇴를 일본영사관 측에 통보하라 한 것이었다.

남·북접 연합 농민군이 논산에서 진격하기 하루 전인 10월 21일이었다.

"알았소이다. 오카모토 상의 수고가 많았습니다."

오카모토로부터 보고를 받은 이노우에는 당연하다는 듯 두어 번 고개를 끄덕였을 뿐이었다. 그러나 오카모토가 물러가자마자 참고 있기나 했던 것처럼 웃음을 터뜨렸다. 대원군을 제거한 것은 그에게 그만큼 기쁜 일이었다.

하하하…. 교활한 늙은이 같으니라고. 오오토리는 몰라도 이 이노우에 가오루에게는 어림없지. 암. 그렇고말고.

대원군이 평양전투 이전에 청군 측에 보낸 서찰은 그를 제거하려는 이노우에의 손에 칼을 들려준 격이었다. 그러나 노련한 이노우에는 손에 쥔 칼을 섣불리 휘두르지 않았다. 조선국왕과 총리대신의 서찰도 있는 판에 곧바로 대원군을 겨눌 필요는 없었다. 이노우에는 우선 김홍집, 김윤식, 어윤중 등 온건 개화파 대신 세 사람을 공사관으로 불러 대본영에서 보내온 문제의 서찰들을 들이대었다.

　"이 서찰들이 무엇인지는 귀 대신들도 잘 아시겠지요?"

　김홍집의 낯빛이 하얘졌다. 김윤식, 어윤중의 안색도 납빛이었다.

　"귀 정부가 어떻게 하느냐에 따라 나는 구태여 이 서간들을 문제 삼을 작정은 아닙니다. 허나 ⋯ ."

　이노우에가 말을 끊고 세 대신을 노려보았다.

　"이 이노우에의 뜻을 정히 따르지 않는다면, 완고당인 대원군과 군주, 왕비, 이준용 등 방해물로 인하여 조선의 개량은 심히 어려운 일인즉 나는 차라리 모든 것을 포기하고 귀국하여 유해한 것은 모조리 병력으로 제거하여 일본제국의 국익을 꾀할 수밖에 없소이다. 내 말이 무엇을 뜻하는지는 현명하신 세 분 대신들께서 잘 아시리라 믿습니다."

　김홍집의 하얘졌던 안색이 붉게 변색되었다.

　"서찰 건은 전임 공사 때에 있었던 것으로 이미 지난 일이 아닙니까? 이제 막강한 각하께서 신임 공사로 부임하시어 우리 국왕폐하께서도 안심하시고, 또한 조ㆍ일 군사동맹으로 청을 조선에서 구축하였으니, 지난 사정을 살피시어 없던 일로 덮어두는 것이 조ㆍ일, 두 정부의 우의에 힘이 되지 않겠습니까?"

　이노우에는 김홍집의 간절한 눈빛을 차갑게 튕겨냈다.

"흥, 말씀 한번 잘하였습니다. 귀 정부가 겉에서는 우리와 대청(對淸) 전쟁의 맹약을 맺고 뒤에서는 은밀히 청군과 내통하였으니 이는 배신행위가 아니고 무엇이오? 개인 간의 배신도 용서하지 못할 일이거늘 하물며 나라 간의 배신은 전쟁을 초래할 수 있는 일입니다. 아니 그렇소이까?"

"내통하였다기보다 당시의 우리 사정이 그러하였으니 공사께서 너그럽게 …."

김윤식이 말을 잊지 못한 채 진저릴 쳤다. 굴욕감이 그의 마른 등줄기를 훑고 내려갔다.

"국왕의 친서 건에 대해서는 폐하께서도 깊이 후회하고 계십니다. 그러니 부디 양해를 하시지요."

김홍집이 마른 목소리로 되뇌었다.

"양해라? 흥, 하기야 내가 양해를 할 생각이 조금도 없었다면 세 분 대신을 이리 부르지도 않았을 겁니다. 허나 아무 일도 없었던 것처럼 지나칠 수는 없는 일. 내 스기무라 서기관에게 일간 총리대신과 외무대신을 찾아뵈라 할 것이니, 귀 정부의 뜻을 분명히 하여주시오."

스기무라는 한술 더 떠 김홍집과 김윤식을 핍박했다.

"우리가 입수한 서찰에는 대군주 폐하의 친필도 있으니 이를 우연으로 보고 불문에 부치기는 어렵습니다. 귀 대신들께서는 이 문제를 어찌 처분할 작정이신지요?"

김홍집이 앙연히 답하였다.

"그것이 무엇이든 국왕폐하의 손에서 나온 것이라면 우리로서는 처분할 방법이 없습니다. 귀 정부가 만약 이 수함(手函)을 쥐고서 엄히 문책하고자 한다면 우리들은 국사(國事)로 쓰러져 죽을 수밖에 없소이다."

스기무라가 실눈을 뜨며 코웃음을 쳤다.

"죽다니요? 군주의 행위에 과실이 있으면 이를 미봉하여 국가에 손
상이 가지 않게 하는 것이 귀 대신들께서 진력할 일이 아닙니까? 그
런데 쓰러져 죽는다고 하시니 듣기에 답답할 따름입니다. 그러니까
제 말은 두 분께서 대원군 합하의 수함만이라도 어떻게든 처분할 방
안을 고안하시라는 거지요. 그 일조차 등한히 처리한다면 오히려 후
환이 클 것입니다. 아시겠습니까?"

알고 말고 할 것도 없는 수작이었다. 대원군을 처분해라, 그러면
국왕의 책임은 불문에 부치겠다. 스기무라는 그렇게 이노우에의 뜻
을 조선 조정에 통보한 것이다. 조선 조정이 달리 선택할 여지는 없
었다. 비록 임금의 아버지라 한들 군주를 보호하기 위해서라면 신하
인 대원군이 물러나야 하지 않겠는가. 대원군이 달리 선택할 여지도
없었다.

마침내 대원군은 일본공사관으로 이노우에를 찾아갔다. 만신창이
가 된 호랑이가 날카로운 발톱을 드러낸 여우에게 굴복하는 치욕이
었으나 어찌하랴. 대원군을 맞은 이노우에는 굳이 발톱을 감추려들
지 않았다.

"일본이 조선을 빼앗을 야심이 있다면, 국왕을 보좌하는 합하마저
청군과 내통하는 소행을 하고, 한편에서는 손자인 이준용을 앞세워
동학당과 여차여차한 일을 도모하였으니 그것만으로도 우리가 이 조
선을 적국과 마찬가지로 취급할 수 있는 명분이 되지 않겠습니까, 아
니 그렇습니까?"

대원군의 노안이 처절하게 일그러졌다.

"평양에 보낸 나의 서간과 나의 손자가 불미스러운 소문에 결부된 것은 어찌됐든 나빴소이다. 이제 내가 더 무슨 말을 공사께 하겠소이까? 이 늙은이에게서 더 듣고픈 말이 남아있소이까?"

이노우에가 빙그레, 웃었다.

"심정이 격하면 건강에 좋지 않습니다. 이 이노우에가 어찌 공의 결단을 모르겠습니까. 됐습니다. 그만 돌아가시어 쉬시지요."

그렇게 운현궁으로 돌아온 대원군이 끝내 정계 은퇴를 선언하였으니, 일본에 의해 섭정에 오른 지 불과 4개월 만이었다.

오카모토를 내보내고 한동안 흐뭇한 휴식을 취하던 이노우에가 스기무라를 찾았다.

"늙은이 문제가 일단락되었으니 내 바람도 쐴 겸 일간 공주에 좀 다녀와야겠네."

스기무라가 놀란 눈으로 반문했다.

"공주는 동학 비도들이 몰려오고 있는 곳 아닙니까? 각하께서 그 위험한 곳에 친히 내려가실 필요가 있겠습니까?"

"이보게 스기무라. 내가 누구인가. 이 이노우에는 사무라이로서 젊은 날을 전장에서 보낸 사람일세. 까짓 조선의 무지렁이 농민군을 두려워하겠는가? 허나 공주는 매우 중요해. 저 바보 같은 조선 놈들에게 맡겨 놓았다가는 공주가 동비의 손에 떨어질지도 몰라. 그리되면 저들을 토벌하는 데 애를 먹게 될 게야. 승승장구하고 있다고는 하지만 아직 청과의 전쟁이 끝나지 않은 터에 후방인 조선 땅이 동비의 소요로 시끄럽다고 해서야 나나 자네의 체면이 뭐가 되겠나? 내가 직접 내려가서 단속을 하고 와야겠네. 미나미 소좌에게 바로 연락해서 내가 갈 때까지 기다리라고 하게. 그리고 이토 중좌에게 연락해 나를 호위할 소대병력을 급히 차출토록 하고. 참, 내가 없는 동안 자네가 대원군과 이준용의 움직임을 놓치지 말고 지켜보게. 음흉한 늙은이와 그의 손자 놈에게 또 무슨 꿍꿍이속이 있을지 모르니 말이야. 아시겠나?"

이노우에는 경성에 부임한 다음날인 9월 28일, 히로시마 대본영에 동학군 진압을 위한 1개 대대 병력의 파견을 요청하였다. 이에 앞서 인천의 남부병참감 이토도 9월 20일, 대본영에 수비병 2개 중대의 파병을 상신하였다.

이토와 이노우에의 요청이 아니더라도 동학농민군 토벌을 위한 병력 파견은 정해진 수순이었다. 중국 본토로 옮겨진 청일전쟁의 주력부대를 조선 농민군 때문에 빼낼 수는 없는 일이라면 별도의 토벌 전담부대 파견은 불가피했다.

대본영에서는 이노우에의 요청을 기다리기라도 한 듯 야마구치 현 히로시마 수비대인 독립후비(後備) 보병 제 19대대를 '동학당정토군'(東學黨征討軍)으로 조선에 파견하기로 결정하였다. 후비보병 제 19대대는 본부와 3중대(1중대는 각 221명)로 편성되어 총인원 719명이었는데, 이미 7년 이상의 군역을 통해 풍부한 전투경험을 쌓은 예비군이었다.

9월 29일, 대본영 병참총감 카와카미 소오로쿠가 이토에게 전보를 보냈다.

"동학당에 대한 조치는 엄열(嚴烈)함을 요한다. 향후 모조리 살육하라."

대대장 미나미 코시로 소좌가 인솔하는 후비보병 제 19대대는 10월 9일 인천에 도착하였다. 그리고 일주일 후인 15일, 주둔지 용산을 출발해 남하했다. 그들은 부대를 셋으로 나누어 서로, 중로, 동로의 세 갈래 길로 남하하였다. 이노우에는 특히 동로 분진대에 용산수비대 1개 중대를 합류시켜 서로 및 중로 분진대보다 앞서 진군하도록 하였다. 충청도와 경상도 접경지역의 농민군을 전라도 쪽으로 몰아 소탕하는 '청야작전'에 따른 것이었다.

"청야(清野)라! 근사한 작전명이 아닌가?"

이노우에가 입속말로 웅얼거렸다. 동학당을 모조리 전라도 한구석으로 몰아붙여 쓸어버린다면 그것이 바로 청야일 터. 대원군 제거란 우선의 목표를 달성한 이노우에는 이제 충청 감영이 있는 공주로 내려가 동학군과의 전쟁을 총지휘하여 조선을 제 손안에서 쥐락펴락할 작정이었다.

"이노우에 가오루라면 그만은 해야 하지 않겠는가."

이노우에가 다시 웅얼거리며 가슴을 폈다.

효포

　칠흑 같던 어둠이 벗겨지며 새벽이 오고 있었다. 한기가 구부린 무
릎에 내려앉았다. 김유환은 양 손바닥으로 무릎을 문질렀다. 댓 걸
음 떨어진 둔덕에 농민군들이 엎드려 있었다. 서리가 내려앉았는지
그들의 머리가 희끗해보였다. 희끄무레한 몸뚱이들은 둔덕 끝까지
이어졌다. 짚뭇으로 바닥을 깔았다지만 언 땅에서 올라오는 냉기를
막을 수는 없는 일이었다. 솜을 둔 바지저고리에 배자를 받쳐 입고
머리에는 수건을 뒤집어썼어도 새벽 추위를 견디기는 어려웠다. 그
러나 모두들 견뎌내고 있었다. 부릅뜬 눈으로 졸음을 쫓아내며 한밤
을 새워냈다. 주먹밥에 기름소금과 김치 한 조각으로 저녁을 때우고
긴 밤을 이겨냈다.
　"밥이 왔다!"
　누군가 외치자 서리를 털어낸 머리들이 우르르, 한곳으로 모여들
었다.
　"아이고, 이제사 얼었던 불알이 녹는가보네."
　"쓰지도 못할 불알 녹여서 무얼 허게."
　"무얼 하다니? 잘 녹여놨다가 내종에 마누라한테 주어야지."
　큭큭, 맥없는 웃음이 이는 가운데 주먹밥이 돌아갔다. 김치조각

한 가닥에 기름소금도 나누어졌다. 효포의 야트막한 산등성이였다.

10월 22일, 노성에서 이인으로 진출한 북접 농민군은 서산군수 성하영이 이끄는 경리청 1개 소대 병력과 구완희의 감영병력 4개 분대, 스즈키 소위가 인솔하는 일본군 50명의 공격을 받았다. 농민군은 인근 취병산에 진을 치고 포격을 가했다. 관군과 일본군은 산자락에 달라붙어 포를 쏘았다. 포탄 터지는 소리에 하늘이 깨지고 빈 들판이 뒤집혔다. 해거름이 될 때까지 공방이 계속되었다. 그럴 즈음 충청관찰사 박제순은 일단의 농민군 대오가 금강 곰나루 아래쪽을 건너와 봉황산을 넘으려 한다는 급보를 받았다. 봉황산은 감영의 머리꼭지였다. 혼비백산한 박제순은 급히 파발을 띄워 이인의 군대를 감영으로 불러들였다. 관군이 수백 명의 사상자를 내고 후퇴하자 농민군은 환호했다. 공주 싸움의 첫 전투는 그렇게 농민군의 승리로 끝났다. 그러나 싸움은 이제 시작일 뿐이었다.

10월 23일 밤, 경천점을 점령한 전봉준 부대는 다음날 아침 판치를 지나 효포로 진격하였다. 공주로 향하는 동쪽로였다. 효포는 공주 감영에서 10리 거리로, 그곳에서 능치를 넘어서면 감영이 코앞이었다.

"적병이 수만 명에 이른다고 하니 아무래도 이곳을 지켜내기는 힘들 것 같소이다"

농민군이 판치를 통과했다는 척후병의 보고를 받은 홍운섭이 고개를 절레절레 흔들었다. 당황한 기색이 역력했다. 경리청병에 일본군을 합쳐도 300여 명에 지나지 않는 군사로 수만 명의 적을 어떻게 막는단 말인가. 미간을 잔뜩 찌푸렸던 홍운섭이 묘안을 찾아낸 듯 얼굴을 폈다.

"지금 공주 동북쪽 대교에 적도 수천 명이 둔취하고 있소이다. 감영에서 대교는 불과 20리입니다. 내가 군사를 이끌고 가서 먼저 대교의 적도를 치겠소. 항차 남쪽과 북쪽에서 협공을 당하게 된다면 큰일이 아니오. 일단 효포는 내어주기로 합시다. 놈들은 효포에서 능치를 노릴 것이 분명하니, 내가 대교를 치는 동안 귀관은 성하영, 백낙완의 경리청 군사를 도와 능치를 지키면 될 것이오. 그때쯤이면 순무영 좌선봉인 이규태 부대와 일본군 증원병도 도착할 게 아니겠소."

홍운섭은 이인에서 효포로 넘어온 일본군 소위 스즈키를 설득하느라 애를 먹고 있었다.

"이곳을 내주었다가 능치가 뚫리면 감영의 안전을 보장할 수 없소."

스즈키가 고개를 곧추 세웠다. 역관의 말을 들은 홍운섭의 낯빛이 붉어졌다.

"아주 내주자는 게 아니라 작전상 일시 물러나자는 것이오. 놈들은 우리가 선선히 효포를 내주면 오히려 우리 쪽에 다른 계책이 있다고 보고 섣불리 나서지 못할 거외다. 또 대교의 적들은 효포를 비워놓고 저들을 치리라고는 꿈에도 생각하지 못할 것이오. 그 틈을 노려 기습을 하면 틀림없이 놈들을 격퇴시킬 수 있을 겁니다. 그렇게 하루 이틀만 시간을 벌면 됩니다. 만약 실패한다면 모든 책임을 내가 지겠소이다."

아무리 일본군 사관의 지휘를 받으라 한다지만 뻔히 패할 싸움을 앉아서 맞을 수는 없는 일. 더구나 애송이 일본군 소위에게 작전권을 통째로 내어주라니 조선 장수의 자존심이 있지. 홍운섭은 자리를 박차고 일어섰다. 서슬에 허리에 찬 환도가 절그럭거렸다.

다음날 새벽, 효포에서 진영을 물린 홍운섭은 후원참령관(後援參領官) 구상조와 함께 군사를 이끌고 금강을 건넜다. 대교 뒷길로 20

454

리를 진군한 경리청 병대는 동리 뒷산에 진을 치고 있던 북접의 영동, 옥천 포 농민군을 기습했다. 농민군은 반나절 넘게 관군에 맞서 전투를 벌였으나 끝내 관군의 화력을 견디지 못하고 40~50리 밖으로 후퇴했다. 군사의 수는 3천에 이르렀으나 빈약한 무기에 전투 경험조차 없는 북접 농민군은 300여 명의 관군을 이겨내지 못하였다. 이로써 남쪽에서 치고 올라오는 전봉준, 손병희 군에 호응해 북쪽에서 맞받아치려던 협공 계획이 무산되고 말았으니, 농민군 전체에 적잖은 타격이었다.

대교의 북접 농민군이 홍운섭 부대에 밀려날 즈음 정탐을 나갔던 젊은이 둘이 효포 건너편 야산의 농민군 진에 헐레벌떡 뛰어들어 보고하였다.

"효포의 관군이 철수했습니다."

모여 있던 두령들의 눈이 커졌다.

"무엇이야? 관군이 모두 철수해? 어디로?"

송희옥이 다그쳐 물었다.

"어디로 갔는지는 모르겠지만 효포를 비운 것은 우리 두 눈으로 똑똑히 보았습지요."

전봉준의 눈빛이 번쩍했다.

"지금 당장 효포를 점령합시다. 이유상 씨가 군사들을 데리고 앞장서시오. 일단 유인책이 아닌지 정찰을 하고 효포가 비어 있는 것이 틀림없다면 짚을 태워 연기를 올리시오. 연기가 오르면 곧바로 뒤따르겠소."

이유상이 돌아서자 전봉준이 송희옥에게 지시했다.

"이인 쪽으로 파발을 띄워 그쪽 군사들도 경천으로 와 대기하라고 하시오. 저 사람들이 효포를 비웠으면 능치 쪽으로 우리 화력을 집중하는 편이 낫습니다. 효포를 점령하면 곧바로 능치를 뚫어야 합니다. 두령들은 각기 부대를 나누어 준비하시오."

한 시진도 지나지 않아 효포 산상에서 흰 연기가 피어올랐다. 농민군이 바람같이 내달아 효포를 점령하였다.

전봉준과 송희옥은 효포에서 총지휘를 하기로 하고 손여옥, 김도삼, 송일두, 최대봉, 조준구, 이유상 등 다른 두령들은 각기 500~600명씩 부대를 나누어 능치에 가까운 월성산 남동쪽 기슭과 주미산 북동쪽 등성이에 진을 쳤다. 마치 병풍을 친 듯한 진영이 10리에 이르렀으니 농민군의 위세는 가히 하늘을 찌를 듯하였다.

송희옥 부대에 속한 김유환은 그렇게 효포의 서쪽 등성이에 배치되어 하룻밤을 보낸 것이었다.

"쿠웅."

주먹밥 한 덩이를 채 다 먹기도 전에 산등성이 밑으로 포탄이 날아와 터졌다. 날이 밝자 관군이 다시 포격을 시작했다.

"엎드려라."

유환은 소리치며 둔덕에 달라붙었다.

10월 25일, 능치 전투는 그렇게 시작되었다. 전날 맞은편 고개에서 농민군 쪽으로 간간이 포격을 하던 조·일 연합군은 세 갈래로 나뉘어 농민군을 공격하였다. 경리청 대관 조병완 부대는 북쪽에서 농민군의 오른쪽을, 구상조 부대는 일본군 30명과 함께 남쪽에서 농민군의 왼쪽을, 이인에서 손병희 부대에 밀려났던 성하영, 백낙완 부대는 농민군 전면을 공격하였다. 전날 저녁 공주에 도착한 순무영 좌선봉 이규태의 통위영 군사 2개 소대와 모리오 대위가 인솔한 일본군

100여 명도 전투에 가세하였다.

　농민군 대장 전봉준은 붉은 덮개를 씌운 가마에 앉아 일산(日傘)을 펴들고 깃발을 흔들며 농민군을 지휘하였다. 가마 주위에서는 풍악패가 부서져라 꽹과리를 두드리고, 목이 터져라 피리를 불었다. 일진일퇴의 전투가 반나절이 넘도록 계속되었다. 포성이 천지를 흔들고 포연이 하늘을 가렸다. 총소리와 함성이 뒤범벅이 되어 산야를 덮었다. 농민군은 악착같이 능치로 달라붙으려 했으나 고개가 좁고 가팔라 관군의 방어를 좀처럼 뚫지 못하였다. 해질 무렵 일본군의 회선포에 농민군 70여 명이 한꺼번에 쓰러지자, 전투 경험도 없이 논산으로 달려와 합류했던 농민군들은 완연히 겁에 질려 도망하기 시작했다.

　후퇴를 할망정 군사들이 도망해서는 안 된다!

　전봉준은 급히 후퇴명령을 내려 효포 아래 시야산으로 진을 물리었다. 그러나 성하영과 백낙완의 경리청 군이 계속 공격해오자 다음날 새벽, 어둠을 타고 30리 밖 경천점으로 물러났다. 그리고 다음날 이인에서 돌아온 북접 농민군과 함께 논산으로 후퇴하였다.

"모두 수고들 했소이다."

　이노우에가 만면에 웃음을 띠고 좌우를 둘러보았다. 이노우에가 용산수비대 병력의 특별 경호를 받으며 공주 감영에 들어선 것은 농민군이 효포에서 경천점으로 물러난 어제 오후였다. 모리오 대위와 스즈키 소위를 불러 공주 전투의 경과를 보고받은 이노우에는 관찰사 박제순은 안중에 없다는 듯 찾지도 않더니, 대뜸 승전을 축하하겠다며 저녁 자리를 마련하라 하였던 것이다.

　관찰사 박제순은 실뚱머룩한 낯으로 이노우에의 오른편 아래에 섰고, 그 옆으로 순무영 우선봉장 이규태와 순무영 대관 신창희·오창성, 서산군수 성하영, 안성군수 홍운섭, 경리청 대관 윤영성·백낙완 등 조선 장수들이 줄을 이었다. 그 맞은편에는 모리오 대위와 스즈키 소위가 턱을 바짝 당긴 부동자세로 서 있었다.

"공사 각하께서 이렇듯 몸소 찾아주셨으니 무한한 영광일 따름입니다."

모리오 대위가 목에 힘을 주어 또박또박 말하였다.

"하하하…. 그러한가? 관찰사께서도 그리 생각하십니까?"

이노우에가 박제순에게 고개를 돌렸다. 일본말을 몰라 모리오가 무슨 말을 했는지 알 리 없는 박제순이 역관을 훔쳐보았다. 역관이 고개를 끄덕거렸다. 박제순이 얼른 따라 했다.

"그렇지요. 그렇다마다요. 공사 각하."

이노우에가 굽실거리는 박제순에게서 눈을 돌렸다.

"자, 자들 앉아요. 승전을 하였으니 내 축하주를 올리리다."

공주 감영 동헌마루에 놓인 교자상 다리가 뻐근하였다. 구운 쇠고기와 여러 생선전에 맛깔스럽게 깎아낸 생밤까지 어지간한 잔칫상에 버금하였다. 이노우에가 상석에 자리하자 그 좌우로 일본군 장교가, 그 맞은편에 박제순과 조선군 영관들이 둘러앉았다.

이노우에가 주전자를 들어 박제순의 잔에 정종을 따랐다. 박제순은 마치 어주(御酒)라도 받듯 두 손을 공손히 내밀고 고개를 숙였다.

"모리오 대위. 조선 장수들에게는 귀관이 드리게."

이노우에가 주전자를 모리오에게 넘겼다. 이노우에는 그렇게 술자리에서도 일본 장교가 조선 장수의 상급자라는 것을 확인시키려는 것이었다. 모리오의 술을 받는 이규태, 성하영 등의 낯빛이 붉으락푸르락했다. 박제순이 반 무릎으로 이노우에의 잔에 술을 따랐고, 이규태와 성하영이 어정쩡한 자세로 모리오와 스즈키의 잔을 채웠다.

"자. 승전을 자축하며 한 잔씩 드십시다."

이노우에가 잔을 들었다. 모두가 따라 했다. 그러나 술잔에 입술을 적시고 내려놓은 이노우에의 눈빛은 차갑게 돌변해 있었다.

"승전이라고는 하나, 내가 보기에는 가까스로 적도를 막아낸 것에 지나지 않소이다. 그렇지 않소이까?"

이노우에가 박제순을 쏘아보았다. 역관이 빠르게 입을 놀렸다. 박제순의 낯빛이 노래졌다.

"천여 명의 병력으로 수만의 적을 막아냈으니 그것만으로도 대단하다 할지 모르나 다음번에는 막아내는 것에 그쳐서는 안 될 것이오. 반드시 적도를 괴멸시켜 재흥하지 못하도록 해야 합니다. 저들이 논산으로 후퇴하였으나 조만간 다시 기병하여 올라올 것이오. 그때에 대비하여 만전을 기해야 합니다. 내가 귀경하는 대로 이토오 사령관과 협의해 현재 남하하고 있는 토벌군을 이곳 공주로 집결하도록 할 것이나 그에 앞서 우리 일본인 사관을 중심으로 지휘체계를 분명히 해야 합니다. 이번에는 경황 중에 다소 혼란이 있었다 해도 불문에 부치겠으나 차후에는 엄정한 군율로 다스릴 것이오. 이는 조선 조정에서도 이미 그리하도록 합의한 것이니 그리 알아야 할 것이오. 다음에는 제19대대 사령관 미나미 소좌가 이곳 공주에서 동학군 토벌을 총지휘할 것입니다. 다들 아시겠지요?"

역관이 말을 옮기자 관찰사 이하 조선 영관들이 고개 숙여 합창했다.

"예. 공사 각하."

이노우에가 일본 장교들에게 눈웃음을 보내고 잔을 들었다.

"됐습니다. 이제 술이나 마십시다. 음식들이 다 식겠소이다. 하하하 ⋯.

이노우에의 웃음소리가 제법 호탕하였다.

그자를 베었습니다

10월 25일, 임금이 전교하였다.

"태공(太公, 흥선대원군)의 뜻을 받들었으니 금년 6월 22일에 내린 '모든 사무와 군사 업무를 태공께 나가 아뢰도록 하라'고 한 전교를 다시 거두어들이라."

일본공사 이노우에는 운현궁 자리에 참석했던 오카모토로부터 대원군의 정계 은퇴 선언을 보고받은 후 조선국왕에 제2차 내정개혁안을 제출하였다. 조정의 직제와 군제, 형률과 경찰권, 조세제도 등 각종 개혁안에서부터 조선유학생의 일본 파견까지 망라한 20개 항에는 이노우에가 부임 당시부터 작심하고 있었던 3개 항이 포함되어 있었다. 즉, '왕실사무를 국정으로부터 분리할 것'(제3항), '군국기무처의 조직권한을 개정할 것(제17항)', '대원군에게 부여했던 권한을 삭제하고 국왕이 친재(親裁)할 것(제20항)'이었으니, 중전으로 하여금 정치에서 손을 떼게 하고, 군국기무처 대신 김홍집, 박영효 친일 연립정권을 수립하며, 대원군을 제거하는 것이었다.

각부 대신이 참석한 어전회의에서 이노우에는 직접 장황한 설명을 늘어놓았고, 평양에 보냈던 서한 문제로 약점을 잡힌 조선국왕은 군말 없이 일본공사의 뜻을 받아들이겠노라 언명하였다.

이노우에가 그렇게 쐐기를 박고 위세 만만하여 공주로 내려간 다음날, 임금이 전교하여 대원군의 섭정 박탈을 공표한 것이었다.

10월 27일, 목천 세성산에서 승전하고 공주에 입성한 이두황을 치하하고 귀경한 이노우에는 일본군의 본격적인 동학농민군 토벌에 맞춰 전 조선관민이 일본군에 협조할 것을 국왕의 이름으로 포고할 것을 조선 조정에 요구하였다. 이는 조선 백성에 팽배한 항일의식을 반감시키고, 군수품 조달에 편의를 구하는 한편 동학농민군 토벌의 명분을 열강에 과시하는 일석삼조의 효과를 노린 것이었다. 마침내 의정부에서 임금의 말씀을 받들어 중앙과 지방, 각 도의 관리와 백성들에게 포고문을 내었으니, 논산으로 물러났던 농민군이 재차 공주를 공격하기 위해 전열을 가다듬고 있던 11월 4일이었다.

" … 지난번에 우리 정부에서 일본 군사의 원조를 요청하여 세 방면으로 진격하였는데, 그 군사들은 분발하여 자신을 돌아보지 아니하고 적은 수로 많은 적을 친 결과, 평정될 날이 그리 멀지 않았다. 일본으로서는 절대로 다른 생각이 없고 순전히 우리를 도와 난리를 평정하고 정치를 개혁하며 백성들을 안정시켜 이웃 국가와의 우호관계를 돈독하게 하려는 호의라는 것을 명백히 알 수 있다.

너희들 지방 관리들과 높고 낮은 백성들은 이런 뜻을 확실히 알고 무릇 일본군사가 가는 곳에서 혹시라도 놀라서 소요를 일으키지 말고 군사행동에 필요한 물자를 힘껏 공급함으로써 전날 의심하던 소견을 없애고 백성을 위하여 한데서 고생하는 수고에 감사하도록 하라. 너희들 모든 사람들이 아직도 깨닫지 못하는 것을 걱정하여 간절한 마음으로 특별히 포고하니 엄격히 지키고 어기지 말도록 하라."

청의 군사를 끌어들여 제 나라 백성인 농민군을 치려했던 임금이, 그 사달로 왕궁을 점령하고 조선 땅을 전장(戰場)의 폐허로 만든 왜병에 다시 농민군 토벌을 위탁하고 조선의 관민은 그 수고에 감사하라 하였으니, 그 이치의 어긋남을 어찌 필설로 논할 수 있으랴.

"그자를 베었습니다."
이유상이 무겁게 입을 열었다. 전봉준은 입을 열지 않았다.
"후환은 미리 제거해야 하였기에 … ."
이유상은 말끝을 맺지 못하였다.
"으음, 이미 베었으면 더 무슨 말이 필요하겠소이까?"
"송구합니다."
"아, 아닙니다. 이 두령이 내게 송구해야 할 까닭은 없지요. 다만 우리에게 찾아온 사람을 우리 손으로 죽인 결과가 되어서, 그것이 안타까울 뿐이지요. 다른 두령들에게는 아무 말 마시오. 내가 얘기할 것이니."
이유상이 김원식을 없애야겠다고 전봉준에게 말한 것은 경천에서 논산 초포(풋개)로 진을 물린 지 사흘이 지나서였다. 이유상은 김원식이 지난 날 강경에서 쌀을 매집하여 일본인 잠상(潛商)에 넘겨 수만금의 재산을 취한 자로서 뇌물을 써 여산부사가 되었는데, 그 가렴주구가 여느 탐관에 못지않았으며 부사에서 물러난 뒤에도 패악을 일삼아 강경 인근에서는 악질 토호로 호가 난 인물이었다고 하였다. 하여 농민군이 일어나자 자연 원한 맺힌 집으로 지목되었는데, 김원식은 보복을 당할까 두려워 거짓으로 입도하고 농민군에 제 발로 찾아왔지만 그 본색에 비추어 언제든 사정이 역전되면 농민군 등에 칼을 꽂을 자라고 하였다.

그러나 전봉준은 과거 행적이나 의심만으로 사람을 처단할 수는 없는 일이니 좀더 지켜보자고 하였던 것인데, 기어이 사달이 벌어지고 만 것이었다.

이유상이 강경에서 가져온 화주 한 병을 들고 김원식의 장막을 찾은 것은 어젯밤 자시가 다 되어서였다.

"이 유사(儒士)께서 어쩐 일이시오? 술병을 다 들고."

"강경에 갔던 제 수하들이 화주 한 병을 구해온지라 추위도 녹일 겸 한잔 드시라 가져왔습니다. 일전에 부사 나리께서 하신 말씀도 있고 해서 ···."

"일전에 한 말이라? 대세가 넘어갔다고 한 말 말이오? 허허, 그거야 뭐 별 뜻이 있어서 한 말이겠소이까? 그저 전황이 염려된지라···."

눙치는 기색이 역력하였다. 이유상은 내친김에 한걸음 더 나갔다.

"앞으로 어찌해야 할 것인지 참으로 답답할 따름입니다. 자, 한잔하시면서 후학이 살길을 일러주시지요."

"살길이라? 진정이시오?"

"살길을 찾자는데 거짓이 있겠습니까?"

독한 화주가 두어 순배 돌자 김원식이 속내를 드러내기 시작하였다.

"이 전쟁이 어찌 될 것 같소이까? 다시 공주를 친다 하여 승산이 있겠소이까? 지난 접전에서도 확연히 드러났듯이 일본군의 신식 무기를 당해낼 재간이 없어요. 수만 명이 몰려간들 희생만 커질 뿐이오. 애꿎은 농민들만 개죽음을 당할 겁니다. 전 장군을 말려야 하오. 그

464

런데 나 혼자로는 말도 꺼낼 수 없을 듯하여 답답하던 차에 이 유사께서 이리 마음을 열어주시니 큰 힘이 됩니다그려. 이게 나 혼자 살자는 게 아닙니다. 무지하고 불쌍한 농민들 살리자는 것이오."

"전 장군을 말린다 한들 말을 듣겠습니까? 그러다가 도리어 군율에 의해 목이 달아나지나 않겠습니까?"

이유상이 짐짓 목소리를 낮추자, 김원식의 목젖이 소리 나게 꿈틀거렸다. 등잔불에 비친 불콰한 낯빛에 돌연 살기가 돋았다.

"정 안되겠다 싶으면 … ."

"정 안되겠다 싶으면?"

"달리 방도를 찾아야겠지요."

"다른 방도라면? 전 장군을 암살이라도 할 작정이시오?"

이유상이 숨이 턱에 차 되묻자, 김원식이 눈을 크게 떴다. 문득 심상찮은 기색을 느낀 모양이었다. 이유상의 손에 어느새 예리한 단도가 들려 있었다. 김원식의 낯빛이 하얘져 그르렁거렸다.

"이, 이런. 네놈이 나를 기망하였구나."

김원식이 술상을 발로 차는 순간 이유상이 달려들어 김원식을 덮쳤다. 이유상은 왼팔로 김원식의 목을 휘감고 오른손에 쥔 단도로 머리를 후려쳤다. 완력이 어지간한 김원식이었지만 술에 취한 데다 워낙에 창졸간이어서 힘을 쓰지 못하였다.

"기망한 것은 내가 아니라 부사 나리니 조용히 가시오."

이유상의 단도가 김원식의 목을 깊이 찔렀다.

그렇게 김원식을 살해한 이유상은 날이 밝기를 기다려 거두절미(去頭截尾) 김원식을 베었다 고하였던 것이다. 전봉준은 자초지종을 묻지 않았으며, 두령들이 모인 자리에서도 짧게 언급하였을 뿐이었다.

"김원식 씨가 간밤에 급변을 당하였습니다. 그럴 만한 이유가 있었으니 그리들 아시고 함구하시기 바랍니다."

전봉준의 짧은 말과 무심한 눈빛은 작은 수런거림도 허락지 않았다. 두령들은 전봉준이 김원식을 제거한 것으로 받아들이고 있었다. 그리고 그 이유를 대개들 짐작하는 듯했다. 그들도 김원식에 대한 평판을 듣고 있던 차였다. 김덕명은 가만히 고개를 끄덕였고, 손병희는 손바닥으로 턱을 쓸 뿐 입을 굳게 다물고 있었다.

전봉준이 화제를 돌렸다.

"이제, 다시 공주를 도모해야겠습니다. 군사를 더 모으면 좋겠지만 사정이 그렇질 못합니다. 손화중, 최경선 부대는 여전히 광주, 나주에 발목이 잡혀 있고, 호서 해안지방의 농민군이나 강원 농민군이 합류하기도 어려울 듯합니다. 경상도 쪽도 그렇고요. 자세한 정보가 없어 답답합니다만 사세가 대충 그렇습니다."

그랬다. 조정은 10월 초, 홍주목사 이승우를 호연(湖沿) 초토사에 차하한 데 이어, 하순에는 나주목사 민종렬을 호남초토사로 임명하여 호남우도 연안 각 고을의 동비를 토벌하도록 하였다. 박인호 접주가 이끌며 태안, 서산, 해미, 덕산 등 내포(內浦) 지역을 휩쓸던 농민군은 홍주성 싸움에서 이승우의 수성군에 패퇴하여 흩어졌고, 강원도 홍천의 차기석 부대는 경기도 소모사 맹영재의 민보군에 길목이 막혀있었다. 장흥의 이방언은 강진 병영을 묶어두느라 공주 전투에는 아예 참여하지 못하고 있었다. 경상도 상주에서는 영남소모사 정의묵이 동비 토벌에 앞장섰고, 대구판관 지석영은 일본군의 힘을 빌려 하동과 진주로 진출했던 김인배의 순천, 광양 농민군을 타격했다. 전세는 그렇게 토벌군 쪽으로 기울고 있었으니, 더 이상 농민군이 논산과 공주로 집결하는 것은 기대할 수 없는 일이었다.

함열 접주 유한필이 떠름한 낯으로 입을 열었다.

"그나저나 김개남 장군은 지금 어디에 있습니까? 이제는 우리와 합세해 공주를 쳐야 하지 않겠습니까?"

오지영이 혀를 찼다.

"도대체 금산에 들어온 지가 언젠데 여직 거기서 무얼 하고 있단 말이오?"

전주를 떠난 김개남 부대가 삼례를 거쳐 금산을 점령한 것이 10월 22일의 일이었으니 보름이 다 되어가고 있었다.

미간을 바싹 좁히고 있던 전봉준이 입을 열었다.

"김개남 장군은 청주 병영을 칠 것이오. 그리하면 경군과 일본군도 그리로 분산될 터이니 그만큼 우리에 후원이 되는 게지요."

이미 여러 차례 했던 말이었다. 전주 접주 최대봉이 불퉁거렸다.

"우리를 후원할 것이면 진즉에 나서야 하지 않았겠습니까? 우리가 지난달 공주에서 전쟁을 벌일 때 김개남 부대는 금산에서 움쩍도 하지 않았습니다. 이번에도 그런 식이라면 우리에게 과연 후원이 되겠습니까? 이제라도 다시 한 번 김 장군에게 사람을 보내 함께하자고 함이 어떻겠습니까?"

송희옥이 퉁을 놓았다.

"사람을 보낸다고 달라지겠소이까? 김 장군은 당초 우리와 함께할 생각이 없는 모양이오."

사람을 보내지 않은 것은 아니었다. 전봉준은 경천에서 논산으로 물러난 다음날 김덕명에게 은밀히 부탁하였다.

"금산에 한 번 다녀와 주시지요. 김개남 부대의 화력이 대단하다고 합니다. 일본군의 성능 좋은 무기를 꺾으려면 우리도 화력을 한꺼번에 쏟아 부어야 합니다. 개남의 부대와 합하여 총공격을 하면 공주를 떨어뜨릴 수 있을 겁니다. 합치는 것만이 능사는 아니겠지만 아무래도 이번에는 합치는 것이 좋을 듯합니다. 어르신께서 직접 개남을 만나 설득을 해주시지요. 어르신 말씀이라면 개남이 섣불리 거절하지는 못하지 않겠습니까? 다만 이 일은 어르신과 저만 아는 걸로 하면 좋겠습니다. 제 뜻을 아시겠지요?"

"알다마다요. 내 어찌 전 대장의 깊은 속을 모르겠소이까? 개남이 선선히 따라주면 좋겠지만 그러지 않는다면 애초 없었던 일로 하는 편이 낫지요."

"역시 어르신이십니다."

전봉준은 웃으며 김덕명을 보냈지만 돌아온 김덕명의 얼굴을 어두웠다.

"틀렸소이다. 개남은 우리와 합세할 생각이 전혀 없어요. 개남이 말하기를, 금산에서 오래 지체한 이유는 운봉의 박봉양 때문이었다고 하더이다. 박봉양이 비어있던 남원부를 공격해 점령하는 바람에, 이를 되찾기 위해 주력부대를 남원에 돌려보냈고 다시 그들이 돌아오기를 기다리느라 늦어졌다는 거예요. 그러면서 이제 곧 청주 병영을 공격할 것이라고 하더이다. 워낙에 단호한 데다 청주의 서장옥과 기맥을 통하고 있는 것 같아 우리에게 합류하라는 말은 꺼내지도 못하였소이다."

"알겠습니다. 없었던 일로 하지요."

그랬던 만큼 전봉준은 손병희에게도, 송희옥에게도 김덕명이 금산에 다녀온 일을 말하지 않았다. 그러니 이제 와서 새삼스레 자초지종을 털어놓을 수도 없는 노릇이었다. 전봉준이 두령들을 둘러보았다.

"김개남 장군에게 사람을 보내는 일은 어렵지 않습니다만, 더는 시간을 지체할 여유가 없소이다. 시간을 끌면 끌수록 우리에게 불리합니다. 우리 군사의 수가 다시 2만 명에 이르렀으니 일본군 주력부대가 내려오기 전에 하루라도 빨리 총공격으로 공주를 점령해야 합니다."

전봉준이 탁자 위에 지도를 펼쳤다.

"그간 노성과 경천 쪽으로 군사를 이동시켰고, 판치와 이인 인근의 산봉우리에 포대를 설치하고 군량미를 옮겨놓았으니 공격 준비는 그럭저럭 마무리가 되었습니다. 이번에는 우금치를 주 공격로로 합니다. 효포와 이인 쪽에서 동서로 공주를 포위하는 형세를 보여 관군과 일본군의 화력을 흩트린 다음, 주력이 우금치를 넘어 감영을 점령하는 것이지요. 넓게 포진해 적을 분산시킨 다음 우금치에 전력을 집중합니다. 두령들은 각기 부대를 이끌고 공수의 요처에 진을 쳐 관군과 일본군이 우리의 주 공격로가 어딘지 혼란스럽게 해야 합니다. 다만 불필요한 접전은 피해 탄환을 아껴야 해요. 거듭하는 말이지만 탄환 하나가 농민군 한 명의 목숨입니다. 우리 제조소에서 만든 탄환을 모두 끌어 모았다고는 하지만 턱없이 부족합니다. 저들은 비록 군사의 수는 우리의 십 분의 일에도 미치지 못한다고는 하나 화력은 우리의 10배, 100배입니다. 그러니 총알 하나라도 아꼈다가 마지막에 쏟아부어야 합니다. 본진은 내일 일찍 아침밥을 먹고 출발할 것이오."

두령들이 대장소를 빠져나가는데, 파수병이 달려와 고하였다.

"포수부대를 이끌고 온 이가 장군님을 뵙겠다고 허는디요."

"포수부대? 그 사람 이름이 무어라 하던가?"

전봉준 곁에 있던 김덕명이 대신 물었다.

"윤덕술이라고 하던디요."

"윤덕술?"

김덕명이 고개를 갸웃하는데, 전봉준이 반색을 하며 일어섰다.

"윤덕술 씨라고? 어서 모시고 오게."

김덕명이 따라 일어서며 다시 고개를 갸웃거렸다.

"전 대장이 아는 사람이시오?"

"예. 지난봄에 완산 전투에서 김순명을 후원했던 지리산 포수이지요. 고창에서 손여옥 부대에 들어 전주성까지 올라왔다고 했는데 ···."

"아, 텁석부리 포수 말이오?"

김덕명도 그제야 기억이 나는 모양이었다. 두 사람이 장막 밖으로 나오자 서른 명은 되어 보이는 부대를 이끈 텁석부리 사내가 어깨에 걸었던 화승총을 내려놓고 고개를 숙였다.

"장군님. 소생을 기억하시는지요. 윤덕술입니다."

전봉준이 댓 걸음을 달려가 윤상오의 두 손을 잡았다.

"기억하다마다요. 윤 두령을 내가 어찌 잊었겠소이까? 자아, 막사 안으로 들어가서 얘기합시다."

막사 안에 자리를 잡은 전봉준이 물었다.

"어디서 오시는 길이오? 지리산에서 오시는 길이오?"

윤덕술은 고개를 숙였다. 흑갈색 구레나룻이 성성했다.

"금산에서 오는 길입니다."

"금산이라면, 김개남 장군 부대에서 오는 길이오?"

"그리되었습니다."

"그리되다니요?"

"지난달 하순에 삼례에 왔다가 김개남 장군 부대에 들어갔습지요.

원래는 장군님 부대에 들라고 오던 차였는데 마침 삼례에 김 장군 부대가 머물고 있어…. 두 분 장군님 부대에 먼 차이가 있을까도 싶고, 곧 합치기도 할 것 같고 하여 김 장군님 부대에 들었지요."

윤덕술은 잠시 말문이 막힌 듯 입술을 다물었다가 작심한 듯 다시 말했다. "하오나, 그렇지가 않았습니다. 소생의 짧은 소견으로 어찌 이렇다 저렇다 하겠습니까마는 김 장군은 민심을 얻지 못하였습니다. 그 기세가 범처럼 사나운들 농민군이 백성의 마음을 얻지 못혀서야 어찌 싸움에 이길 수 있겠습니까? 으음…, 얼마 전 김덕명 장군님께서 금산에 오셨다 돌아가셨단 얘기를 듣고 이리로 오기로 작정하였습지요. 소생과 생각이 같은 이들이 함께하였습니다."

윤덕술이 도중에 한숨을 쉴 만큼 힘겹게 말을 마치자, 김덕명이 전봉준을 보고 싱긋 웃었다.

"내가 금산에 아주 헛걸음을 한 건 아닌가보오."

그러나 전봉준의 눈자위는 팽팽하게 굳어 있었다.

"어허, 이거 참."

전봉준이 짧게 혀를 차고 말을 이었다.

"내가 어찌 윤 두령을 마다할 수 있겠소이까? 허나 김개남 장군도 어려운 전투를 앞두고 있는 터에 내가 윤 두령을 받아들인다면 동지의 군사를 빼앗은 격이 아니겠소. 내가 한 사람의 군사, 그것도 윤 두령같이 뛰어난 사람의 도움이 아무리 아쉽다 하더라도 그렇게 할 수는 없는 노릇이지요. 그러니 오늘 밤은 여기서 쉬시고 내일 금산으로 돌아가시오. 함께 식사라도 하고 배웅을 해야겠지만 내 사정이 그렇지 못하니 예서 작별합시다."

말을 마친 전봉준이 휑하니 일어서 장막을 나갔다.

"아니, 전 대장 … ."

놀란 김덕명이 만류할 틈도 없었다. 윤덕술은 아예 넋이 나간 얼굴
이었다.

횃불

횃불이 올랐다. 횃불은 차가운 어둠을 태울 듯 하늘로 치솟았다. 높고 낮은 산봉우리에 피어오른 횃불은 끝없이 이어졌다. 북쪽은 강이요, 다른 삼면은 산세로 둘러싸인 천험(天險)의 땅, 공주는 그렇게 농민군이 피어올린 횃불로 포위되어 있었다. 동쪽 판치 뒷산으로부터 서쪽 봉황산 기슭까지, 30~40리에 이르는 횃불의 행렬은 장엄하고도 비장한 빛으로 타올랐다.

일구는 아득하게 이어진 횃불의 장관에 혼을 빼앗긴 듯하였다. 추위도, 두려움도 저 횃불이 꺼지지 않는 한 이겨낼 것 같았다. 먹빛 어둠 속에서 일렁이는 횃불에 분이의 동그란 얼굴이 떠올랐다.

"여그, 여기요. 거기 애기가 여그 들어 있구먼요. 그러니 꼭 살아서 돌아와야 허요. 흐흐흑….."

분이는 일구의 손을 자꾸 제 배 위로 끌어다 올리며 숨죽여 울었다. 일구는 배 속에 아기가 들어 있다는 분이의 말이 실감되지 않았다. 오히려 포졸의 창에 찔려 죽었다는 아비와 우물에 빠져 죽었다는 어미의 모습이 흐릿한 형체로 떠올랐다. 갖바치 아비와 관비 어미가 낳은 자식이 다시 관비와 연을 맺어 손(孫)을 이으면, 그 혈육 또한 종놈이거나 종년을 면치 못하는 것이 세상의 법도요, 정한 이치일 거였다. 그러나 사람이 곧 한울인 새 세상에서는 그까짓 법도나 부정한 이치 따위는 그것을 지껄이는 양반의 아가리에 처넣어버리면 그만일 터. 내 새끼를 종놈이나 종년으로 만드는 일은 결코 없을 것이야. 일구는 그렇게 다짐하고, 또 다짐하였다.

영우 스님에게 드릴 버선 세 켤레를 다 지은 분이는 날이 더 차지기 전에 절에 다녀오자고 했지만 일구는 차일피일 미루고 있었다. 추수 뒤끝의 일들이 남아 있어서였기도 했지만, 벙거지들이 길목마다 깔려 동학도들을 기찰한다는 소리에 옴짝하기가 어려웠다. 이제는 개명을 하고 어엿한 평민이 되었다고는 하나 유명 동학 접주 집에 더부살이를 하는 데다 입도까지 하였으니 어떤 봉변을 당할지 모를 노릇이었다. 하물며 만에 하나 도망 노비인 정체가 발각된다면 그 화가 관비였던 분이에게까지 미칠 것은 불을 보듯 빤한 일이었다.

벼 타작을 끝내고, 낡은 초가지붕에 새 이엉을 올릴 즈음에 농민군이 논산에서 공주로 올라오고 있다는 소문이 들렸다. 달포 전 삼례로 떠났던 김유환이 당장에라도 고샅을 가로질러 달려올 것만 같았다. 그러나 유환보다 먼저 달려온 것은 감영 군사들이 공주부내 백성들을 모조리 감영 뒤편 쌍수산성으로 몰아넣으려 한다는 흉문(凶聞)이었다. 접주 어른이 계시면 소문의 진위를 가리고 대책을 마련하였겠지만 어른은 얼마 전부터 자취를 감추고 있었다. 유환이 삼례로 떠난 뒤 집사 일을 맡은 홍 씨 영감은 큰 눈을 뒤룩거릴 뿐 종내 갈피를 잡지 못하고 있었다. 그러던 홍 씨 영감이 일구네 삽짝을 넘어선 것은 일가붙이와 식솔들 모두 몸을 피하라는 접주 어른의 급박한 기별을 받고서였다.

"이참에 영우 스님께 새로 지은 버선을 갖다드리믄 되겄네."

일구는 겁에 질려 낯빛이 노래진 분이를 달래려 부러 흰소리를 했으나 마음이 급하기는 기별을 전하기가 무섭게 고샅을 달려가는 홍씨에 못지않았다.

일구는 햇곡식 두 말과 당장 써야 할 세간 몇 가지를 이불에 둘둘 말아 지게에 얹었다. 분이는 버선과 옷가지를 보따리에 싸서 머리에 이었다. 희미한 달빛에 의지해 산길을 돌고 돌아 논산 관촉사에 도착한 것은 다음날 오후, 겨울 햇살이 일주문(一柱門) 허리에 걸린 때였다.

영우 스님은 분이가 솜을 두어 두툼하게 지은 버선을 드리자 환하게 웃었다.

"새색시의 고운 손으로 지은 버선이니 부처님도 부러워하시겠네. 새 세상이 오면 내 이 버선을 신고 춤을 출 것이야. 하하하 ….."

영우 스님의 웃음소리는 맑았으나 일구는 오히려 몸이 움츠러들었다. 일구는 요사(寮舍)에 거처를 잡아주고 돌아서는 스님을 뒤따라가 물었다.

"스님, 이놈은 어찌해야 허는지요?"

"무얼 어찌해?"

"이놈도 동학군에 ….."

"싸우러가겠다? 동학군이 벌써 공주 턱밑에 이르렀어. 그러니 기다리게. 단번에 끝날 전쟁이 아니야. 내 며칠 다녀올 데가 있으니 그 동안 꼼짝 말고 예 있어. 동학군에 가는 일은 내가 돌아온 다음에 다시 얘기하세. 그건 그렇고 도인이 되었다면서 스스로 이놈이라고 해서야 되겠나? 제 자신을 존중해야 한울님이지. 다시는 그런 말을 쓰지 말게."

자존(自尊)하여라. 언젠가 김유한이 한 말이었다. 그때는 멀게만

느껴지던 그 말이 가슴을 찌르듯 파고들어 일구는 그만 그 자리에 주
저앉고 말았다.

아이고, 스님.

일구는 대웅전 돌계단을 오르는 스님의 먹빛 장삼을 바라보며 목
이 메었다.

사나나달이면 될 거라던 영우 스님이 돌아온 것은 열흘이나 지나
서였다.

"동학군은 논산으로 물러났네. 관군과 일본군에 밀려났다고는 하
지만 전쟁에 아주 패한 것은 아니야. 유환의 말로는 며칠 내에 다시
공주로 진격할 거라고 하더군."

"선비님을 만나셨습니까? 동학군에 다녀오신 것입니까? 스님."

일구가 두 눈을 화등잔만 하게 뜨고 바투 묻자 영우 스님이 빙그레
웃었다.

"총칼을 들고 싸워야만 동학군인가, 발품을 팔아주는 것도 동학군
이지."

그는 부여로 해서 공주 동북쪽 유구 지역을 둘러보고 강경으로 되
짚어 내려와 논산 풋개의 동학군 진영까지 들러오는 길이었다. 그는
때때로 호서지방 일원을 정탐하여 농민군에게 알려주는 망원 일을
하고 있었는데, 일구에게는 그저 발품을 팔아준다고 한 것이었다.

"선비님은 무탈하신가요?"

일구가 재우쳐 묻자 영우 스님의 낯빛이 어두워졌다.

"유환은 별고 없는데 장준환 어른께 변고가 생긴 모양이네."

"예? 접주 어른께 변고라니요?"

"엊그제. 관군에 붙잡히셨다고 하데. 나도 올라오는 길에 점막에

476

서 들은 얘기라서 자세히는 모르네만 … ."

일구는 순간 두 주먹을 불끈 쥐었다. 접주 어른은 그에게 새 삶을 주신 은인이었다. 김유환 선비가 형님이라면 장준환 접주는 어버이였다. 근본 없는 천것들을 두말없이 거두어주고 혼인시켜 살림집까지 내어주었으니, 그 은덕을 살아서는 차마 다 갚지 못할 터였다.

"스님. 지도 인제 동학군에 가봐야겠구먼요. 지가 돌아올 때까지 분이를 … ."

분이를 영우 스님에게 부탁하고 농민군에 갈 생각은 한참 전부터 해온 것이었다.

그러나 전에는 그저 그래야 할 것 같았다면 지금은 반드시 그래야 했다. 그러지 않고서는 살아도 산 것이 아닐 거였다.

한참을 묵연히 서 있던 영우 스님이 천천히 고개를 끄덕였다.

"정 그렇다면 가야겠지. 자네 색시는 절집에서 보살필 터이니 염려 말게. 노성 쪽으로 길을 잡으면 동학군을 따라잡을 수 있을 게야. 어쩌면 경천점까지 가야 할지도 모르겠구먼."

그렇게 관촉사를 떠나오던 날 밤, 분이는 일구의 손을 끌어다 자꾸 제 배 위에 올려놓으며 흐느꼈던 것이다.

밤늦게까지 지짐거리던 비는 멎었으나 꾸덕꾸덕해진 볏짚 등거리는 추위를 막아주기는커녕 무게만 한 짐이었다.

"이보게. 그만 교대하고 이리 와서 몸을 좀 말리게. 그러다가 고뿔이라도 들면 싸우기도 전에 앓아눕지 않겠나."

산등성이 우묵한 곳에서 김유환이 일구를 불렀다. 화톳불 가에 있던 농민군 한 명이 일구에게 다가와 횃불을 건네받았다. 일구가 화톳불 쪽으로 가자 유환이 일구에게 말했다.

"인사드리게."

유환은 송희옥 부대에서 50명의 농민군을 통솔하는 소대장이었다.

"정읍 살던 박일구라고 합니다."

일구가 고개를 꾸벅하자 화톳불 빛에 어른거리는 얼굴들이 번들번들 웃는 듯했다.

"농민군은 처음이유?"

건너편의 누군가 물었다. 일구는 문득 황토재 싸움을 떠올렸으나 그냥 고개를 끄덕였다.

"그라믄 총질도 못해보았겠구먼?"

일구가 머쓱해서 고개를 숙이는데 유환이 대신 답했다.

"총질이야 누군들 제대로 해보았겠소. 짬짬이 송 씨가 가르쳐주면 되지요."

"전쟁 통에 총질을 갈쳐주라고라? 아따, 겁나게 바쁘것네."

화톳불 위로 키득키득 웃음이 날아올랐다.

"젊어 보이는데 총각이슈?"

다른 축이 물었고, 이번에도 유환이 답했다.

"지난여름에 장가를 갔다오."

"지난여름이면 아직 새신랑인데 색시는 어짜고 이 전쟁 통에 오셨나?"

"그러는 거개는 마누래 어따 두고 오셨는가?"

"언놈과 보쟁일까봐 농 안에 넣고 자물쇠 채워두고 왔지."

크흐흐흐…. 낮게 눌린 웃음이 불씨를 건드렸는가, 화톳불에서 연기가 피어올랐다.

일구가 유환을 만난 것은 노성에서 이인으로 빠지는 길목에서였다. 어림잡아 1~2만은 되어 보이는 농민군 대열에서 유환을 찾는 것은 강가 모래밭에서 바늘 찾기였겠으나, 영우 스님이 일러준 대로 공주 장준환 접주 댁에서 송회옥 두령께 심부름을 왔다고 하니 어렵지 않게 따라붙을 수 있었다.

일구를 본 유환은,

"왔는가. 내가 가기로 했는데 자네가 먼저 왔구먼그래."

한마디 했을 뿐이었다.

일구는 숨이 밭아, "선비님, 접주 어른께서 …" 말을 채 잇지 못하였는데, 유환은 이미 알고 있는 듯 고개를 끄덕였을 뿐이었다.

해거름에 이인에 다다른 농민군은 여러 부대로 나뉘어 산등성과 들판을 오르고 가로질렀다. 일구는 그저 김유환 부대의 꽁무니에 붙어 산비탈을 기어오르고 평지를 달리다 엎드리고, 엎드렸다 다시 일어나 달렸다. 고막을 찢는 듯 포성이 울리고 콩 볶는 듯 총소리가 귓전에 달라붙었으나 황토재의 싸움과는 달리 너무 어마어마해 일구는 정작 전쟁인지조차를 실감할 수 없었다.

전봉준은 첫 공주전투 때와는 반대로 남접농민군에게 이인 쪽을 맡기고, 손병희의 북접농민군은 판치를 넘어 효포 쪽으로 진격하도록 했다. 우금치를 주 공격로로 삼은 이상 전투 경험이 많은 남접농민군을 이인 쪽으로 돌린 것이었다.

경리청병 2개 소대를 인솔하여 이인에 나와 있던 성하영은 노성 쪽에서 농민군이 몰려오자 적의 수가 수만 명에 이르러 도저히 막을 수 없다고 감영에 급히 보고하였다. 감영에서 후퇴 지시가 내려왔다. 그러나 성하영 부대는 미처 후퇴하기도 전에 농민군에 포위되었다. 농민군은 삼면의 산 위에 올라 경리청 군사를 협공하였다. 저녁 늦게 빗발이 들면서 농민군의 공격이 뜸해지자 성하영 부대는 죽자 사자 퇴로를 찾아 우금치 쪽으로 달아났다.

일구로서는 그런 전투 현장에 얼결에 뛰어든 꼴이었다. 유환이 일구를 화톳불 앞에서 빼내었다.

"오늘 종일 정신이 없었겠네. 오는 날이 장날이라더니 허허 … ."

"진즉에 왔어야 할 것인데 우물쭈물하다가 늦어부렸습니다. 선비님."

"선비는 무슨. 그냥 형님이라고 하게. 그나저나 접주 어른 소식은 뭐 들은 게 있나?"

"아니오. 영우 스님으로부터 접주 어른께서 감영에 붙잡히셨다는 야그를 듣고 그 길로 달려왔지라우. 선비님께 급히 알려 디려야 할 것 같아서 … ."

"내게 알린다고 무슨 수가 있겠나? 접주 어른을 구하는 길은 이번 전쟁에 이기는 것밖에 없네."

"그란디. 지는 아무짝에도 쓸모가 없는 것 같아 다른 사람들 보기가 민망허구먼요."

"쓸모가 없기는? 이제 날이 밝으면 진짜 전쟁이 벌어질 거야. 일구, 자네가 할 일은 많아. 밥을 나르거나 부상자를 수송할 수도 있고, 또 직접 총을 쏘며 전투를 할 수도 있고."

"제게는 총도 없고, 쏴본 적도 없는디요?"

"일단은 송 씨 곁에 붙어 있게. 내가 일러둘 터이니. 그러면 총 쏘는 법도 알게 될 것이야. 그건 그렇고 자네 색시는 잘 있나? 영우 스님에게서 관촉사에 와 있다는 말은 들었네만."

"예. 지가 돌아갈 때까정 스님께서 보살펴주신다고 하셨습니다.

480

분이가 … ."

분이가 아기를 가졌다는 말을 하려다가 일구는 제풀에 얼굴을 붉히며 마른 침을 꿀걱 삼켰다.

"그럼, 그래야지. 돌아가야지. 반드시 살아서 돌아가야 해."

유환의 망연한 눈길이 어두운 밤하늘로 향했다.

그 시각, 윤덕술은 능치 건너편 주미산 기슭에 포수들과 함께 몸을 숨기고 있었다. 날이 밝아 손병희 부대가 효포를 공격하면 윤덕술 패는 주미산을 돌아 능치에 달라붙기로 하였다. 맞은편 산등성이에서는 농민군이 피어올린 횃불이 주황빛으로 타오르고 있었으나 관군의 눈을 피해야 하는 포수들은 불기 하나 없는 어둠 속에 웅크리고 있어야 했다.

비가 그친 밤하늘은 진청색이었고, 동북쪽 먼 하늘에는 별들이 하나둘 솟아나고 있었다. 별을 쫓는 덕술의 눈에 지리산 산골마을에 쏟아지던 별무리가 떠올랐다. 아내 박 씨와 아들 녀석 기웅의 얼굴이 그 위로 어른거렸다.

김수택이 지리산 화전마을에 다시 발걸음을 한 것은 시월 초였다. 수택은 그간에 일본군이 경복궁을 점령해 임금을 볼모로 삼았으며, 청·일 간에 전쟁이 벌어졌는데 일본군이 아산과 평양에서 청군을 대파하여 조선은 이제 왜놈들에게 먹히게 되었다고 하였다. 이에 남·북접의 동학군이 손을 잡고 거병하여 일본군을 몰아내는 전쟁에 나섰다며, 수택은 저와 함께 전봉준 장군이 있는 삼례로 가자고 하였다.

윤덕술은 고개를 저었다. 지난봄 농민군에 합류하여 전주까지 올라갔다가 완산 싸움에서 더벅머리 장쇠를 잃었다. 고창 일이 끝났으면 곧장 돌려보내야 했거늘 미적거리다가 관군 총에 맞아 죽게 했으니 내 탓이 아니랴, 덕술은 깊게 자책하였었다.

"나는 기양 조용히 살고 싶으이."

덕술이 무겁게 입을 떼자 수택이 받았다.

"하이고, 형님. 세상이 뒤집히는 판에 형님 혼자 조용히 사시겠소? 첩첩산중 산골에 묻혀 참말로 세상과 담쌓고 사시겠소? 형님이야 그렇게 사신다고 헙시다. 형님 자식 기웅이는 먼 죄가 있어 오소리 굴 같은 산막에서 평생을 살아야 한단 말씀이오? 새 세상 만나 사람답게 살아봐야 할 것이 아니오? 이번 일은 은대정이 죽이는 일과는 비교도 안 될 만큼 큰일이오. 새 세상을 맹그는 일이란 말이오. 형님이 정 싫다 하믄 전들 어쩌겠소. 허나 잘 생각해보시오. 기웅이 새 세상 만나서 사람답게 사는 일에 아버지인 형님이 모른 척해서 되겠는지, 안 되겠는지. 저는 삼례로 갑니다. 마음이 바뀌면 그리로 오시오."

고창에서 농민군에 들었던 것도 기웅이 새 세상을 맞게 하기 위함이 아니었던가. 수택이 돌아간 후 덕술은 산토끼와 노루를 잡아 가죽을 벗기고 고기를 소금에 절였다. 화전에서 알 굵은 감자를 털어내 정지 수렁에 올리고, 장작을 패 헛간에 쌓았다. 단풍나무에서 조청을 구하고, 무 잎을 잘라내 새끼줄에 끼어 처마 밑에 매달았다. 산간의 긴 겨울을 나려면 무엇이든 양식이 될 만한 것을 쟁여놓아야 했다.

꼭 가시어야 허요? 아내는 그 한마디만 했다. 윤상오도, 동짓달이 되기 전에 돌아올 것이구먼. 그 한마디만 했다. 어둑새벽에 윤상오는 잠든 아들의 이마를 쓸어주고 집을 나섰다. 토끼털 배자를 입고 감발을 쳤다. 바랑을 메었다. 아내가 수수가루와 삶은 감자를 바랑에 넣어주었다. 다녀오리다. 윤상오는 화승총을 어깨에 메고 돌아섰다. 몸조심 허시오, 제발. 아내가 등 뒤에서 말했다. 고샅을 돌아 나와 언덕에서 돌아보니 아내가 수숫대처럼 미명 속에 박혀 있었다.

윤덕술이 삼례에 이르렀을 때 전봉준 부대는 이미 논산으로 올라 간 뒤였다. 삼례로 들어서는 길목에서 덕술을 기찰한 것은 김개남 부대의 동몽들이었다. 김개남은 덕술을 환대하였다. 당장에 포수부대를 이끌도록 했다. 전주에서 김개남이 신임 남원부사 이용헌을 처단하자 절반 넘게 달아나고 남은 산포수 부대였다. 덕술은 전봉준 군이든 김개남 군이든 같은 농민군이니, 머잖아 합세할 것이라고 생각했다. 김수택은 천천히 만나도 될 거였다.

김개남 부대는 기강을 잃고 있었다. 고산을 거쳐 금산으로 들어가면서 김개남 군은 공청이고, 점막이고 닥치는 대로 부수고 불 지르고 약탈하였다. 갓 쓴 이들은 보이는 대로 잡아 족쳤으며, 관속들은 물고를 냈다. 김개남과 두령들이 모른 척하는데 윤덕술이 중뿔나게 나서 말릴 수도 없는 일이었다. 백성들은 양반, 상민 할 것 없이 두려워 몸을 피했다. 논산의 농민군이 공주를 치러 북상하였다는 소식이 들렸다. 그러나 김개남은 금산 관아에 들어앉아 꿈쩍하지 않았다. 도리어 운봉의 박봉양이 남원성을 치고 들어왔다며, 주력 부대를 남원으로 되돌려 보냈다. 전봉준 군의 참모장인 김덕명이 김개남을 찾아와 논산으로 합류할 것을 권하고 돌아간 직후였다. 윤덕술은 김개남 부대를 떠나기로 작정했다. 수택을 만나야 한다는 이유도 있었지만 백성이 등을 돌린 김개남 군에 더는 남아 있고 싶지 않았다. 30명의 포수가 덕술을 따랐다.

그렇게 힘겹게 찾아온 터였는데 전봉준은 매몰차게 돌아가라고 하였다. 어디로 돌아가란 말인가? 자신을 따라왔던 포수들과 떼 지어 화적질이라도 하라는 겐가?

"윤 두령, 전 장군 말에 너무 서운해 하지 마시오. 전 장군도 차마 하기 힘든 말을 한 것일 게요. 허나 전 장군 입장에서는 어쩌겠소이까? 김개남 부대를 떠나온 윤 두령에게 잘 오셨소, 하겠소이까? 내 손병희 장군에게 말할 터이니 그쪽 부대를 도와주시구려. 그렇잖아도 북접 쪽은 전투 경험이 없어 윤 두령 같은 분이 가면 크게 힘이 될 것이오."

김덕명이 두 손을 뻗어 윤덕술의 두 손을 그러쥐었다. 얼빠진 낯으로 망연히 앉아 있던 덕술이 김덕명의 손에서 제 손을 빼내었다.

"아니지요. 전 장군 입장을 헤아리지 못한 소생의 생각이 짧았습니다. 장군님 말씀에 따르겠습니다."

손병희는 반색하였다.

"이 몸은 전봉준 장군의 의제되는 사람이니, 나를 도와주시면 곧 전 장군을 돕는 것이지요. 아니 그렇습니까? 윤 두령께서 나와 함께 하심을 형님이 아신다 해도 내심 좋아하실 것이오. 내 장담할 수 있습니다. 하하하 …."

우람한 허우대에 막힌 데 없이 호방한 손병희였다.

손병희의 북접 농민군은 효포와 능치, 그리고 공주 감영의 뒷산인 봉황산 쪽으로 진출하여 관군과 일본군의 이목을 우금치에서 떼어놓는 전략이었는데, 윤덕술의 포수부대는 별동대로 능치 쪽을 맡기로 한 것이었다.

"횃불이 사그라드는 걸 보니 새벽이 차가운 것 같소. 아이고, 담배라도 한 대통 빨면 좋겠구만 여게서는 부시도 칠 수 없으니 원. 추위에 얼었능가 온 몸뚱이가 마른 북어맹이로 뿌덕뿌덕허요. 그나저나 저 짝에도 버얼써 왜병이 와 있을랑가요?"

대둔산에서 산포수를 했다던 장 가였다.

동북쪽 밤하늘의 별을 쫓고 있던 윤덕술이 눈동자를 좁혀 능치의 산마루를 노려보았다.

"있겄지. 동이 트기 전에 저 아래로 달라붙어야 할 것이여. 그런 다음 잽싸게 산등성이로 기어올라 왜병의 회선포를 잡아야 혀. 그걸 못 잡으면 끝장이여."

우금치

"모리오. 군사의 배치는 끝났는가?"

일본군 후비보병 제 19대대장 미나미 소좌가 가죽장갑을 벗으며 물었다. 낮고 굵은 음성이었다. 대위 모리오가 군화 뒤꿈치를 붙이며 기립하였다.

"하, 완료하였습니다."

"적도(賊徒)의 수는 얼마나 되는가?"

"2만이 넘는 것 같습니다."

"2만이라? 그중에서 총을 든 자들은 얼마쯤 되는가?"

"정확히는 모르겠습니다만 5천쯤 되지 않을까 합니다."

"5천, 나머지는?"

"거의 죽창입니다. 간혹 칼을 들거나 활을 쏘는 자들도 있습니다."

"총을 든 자들 중 양총을 가진 자는 얼마쯤 되는가?"

"많아야 100~200명을 넘지 않을 것입니다."

"100~200명을 넘지 않을 것이다? 그 말은 넘을 수도 있다는 것인가?"

미나미의 목소리가 조금 높아졌다. 모리오의 낯빛이 붉어졌다.

"송구합니다. 저들이 워낙에 이합집산하는 무리여서 정확히 파악하는 데는 한계가 있습니다. 하오나 일전의 전투에서 파악하기로 거의가 화승총이나 조총 등이고 양총은 몇 자루 되지 않았습니다. 그러니 적의 수가 2만을 넘는다 해도 양총의 수는 100~200명에 미치지 못할 것입니다."

"좋아. 귀관의 말대로라면 동도의 수가 2만이 넘는다 해도 크게 두려울 것은 없네. 그렇지 않은가?"

모리오가 다시 뒤꿈치를 붙였다.

"하, 우리 병사 한 명이 무라타 소총으로 200~300명의 적을 해치울 수 있습니다. 무라타 소총의 사거리는 능히 200보가 넘는 데다 연발입니다. 심지에 불을 붙여야 격발되는 저들의 화승총은 무라타 소총에 비한다면 작대기만도 못하지요. 이는 지난 전투에서 이미 증명되었습니다."

"좋아, 좋아. 허나 문제는 조선놈들이야. 비적들이 갖고 있는 양총 (스나이더 소총)은 모두 조선 관군 놈들이 그간 전투 중에 빼앗기거나 버리고 도망가는 통에 저들의 손에 넘어간 게 아니겠나. 우리가 내어준 총을 적들에게 넘겨준 꼴이니. 바보 머저리 같은 놈들."

미나미가 손에 쥐고 있던 가죽장갑으로 탁자를 후려쳤다.

"그래서 하는 말인데 앞으로 전투에서 총기를 적에게 빼앗기거나 망실한 경우 병사는 물론 그 부대 지휘관들에게도 엄중히 책임을 물을 것이야. 이를 조선군 장수들에게 단단히 이르고, 또다시 그런 일이 발생하면 시범적으로 조선군사 몇 놈을 즉결처분하여 군율의 엄정함을 보여야 할 것이야. 조선군사 열 놈을 잃더라도 총 한 자루가 적에 넘어가는 것은 막아야 해. 무슨 말인지 알겠나?"

"하."

"그리고 말이야. 이번에 전봉준의 주력부대가 서쪽으로 왔다면 놈들은 우금치를 넘으려 할 것이야. 저번에 동쪽의 능치를 넘으려다 실패했으니 이번에는 서쪽의 우금치가 아니겠나?"

"그렇습니다. 그 점은 소관이 미리 보고를 드렸습니다만 … ."

"오, 그랬지. 맞아. 모리오 자네의 판단이 정확해."

"감사합니다."

"좋아. 그러니까 우금치는 모리오 대위 자네가 직접 맡게. 능선에 포대와 기관총을 설치해 놈들을 쓸어버리게."

"하."

"그리고 조선군 장수들에게 다시 한 번 전하게. 적의 화력이 소진될 때까지 시간을 끌라고 말이야. 놈들이 총을 쏘도록 유도해서 탄환이 떨어지게 해야 해. 양총이 수백 자루라고 해도 탄환이 없으면 무용지물이지. 그깟 화승총이나 조총 따위는 귀관의 말마따나 작대기에 지나지 않을 것이고. 안 그런가? 모리오. 하하하 … ."

"그렇습니다. 전방에 조선군을 내세워 적들의 화력을 소모시킨 뒤 우리 병사들이 기관총으로 비질하듯 쓸어버리면 수만 명도 능히 해치울 수 있습니다."

"좋아, 좋아. 이곳 공주를 기점으로 하여 놈들을 저 남쪽 전라도 구석으로 몰아 깡그리 없애는 거야. 향후 대일본제국이 조선을 경영하는 데 있어 화근을 미리 뽑아버리는 것이지. 내 말이 무슨 뜻인지 알겠나?"

"하, 잘 알고 있습니다."

"좋아. 그럼 어서 가보게."

모리오가 쪽지게 경례를 붙이고 돌아섰다.

시월 보름, 용산을 출발한 동학당 전담토벌군인 후비보병 제19대대 병력은 서로, 중로, 동로의 세 갈래 길로 나뉘어 남하하면서 경기도와 호서 중서부, 강원도의 농민군들이 공주로 향하는 것을 차단하였다. 서로 분진대 병력 중 100명은 10월 24일 순무영 좌선봉 이규태와 함께, 중로 분진대 병력 중 100명은 10월 29일 사령관 미나미 소좌와 함께 공주에 입성하였다.

　공주에는 이규태의 순무영 병력과 성하영·구상조의 경리청 병대, 오창성·장용진의 통위영 병대, 향병인 민보군을 합해 2,500명의 조선 관군이 모여 있었다. 10월 27일 공주에 입성했던 이두황의 장위영 병대는 순무영의 지시로 예산, 해미, 서산, 덕산 등 서해안 내포지역으로 출진했다고 하였다. 미나미는 조·일 연합군을 셋으로 나누어 판치, 이인, 감영 주변에 교대로 배치하여 농민군의 공격에 대비하였다. 순무영의 지휘에 따른다고는 하나 실제는 모두 미나미의 명령을 받았다. 충청관찰사 박제순은 감사 집무실인 선화당을 미나미에 내어주고 뒷전으로 밀려나 있었다. 미나미는 논산으로 물러났던 농민군이 다시 움직이기 시작하자 남하하는 서로군과 중로군을 공주에 집결하도록 명하고, 이두황의 장위영 병대도 빨리 귀환하라고 독촉하였다.

　농민군이 결전을 앞두고 밤을 새우고 있는 동안 조·일 연합군도 신속하게 진영을 재배치하였다. 모리오 대위가 지휘하는 일본군은 우금치의 오른쪽 봉우리에 배치되었고, 그 맞은편 견준봉 옆에는 백낙완 부대, 고개 아래에는 성하영 부대가 진을 쳤다. 능치와 우금치 사이 금학동에는 통위영 대관 오창성, 능치에는 경리청 영관 홍운섭·구상조, 대관 조병완, 효포 봉화대에는 통위영 영관 장용진, 감영

뒤편 봉황산에는 영장 이기동, 금강나루와 산성 쪽에는 공주목 비장 최규덕이 군사를 이끌고 있었다.

날이 밝자 횃불이 올랐던 산등성이에는 오색 깃발이 병풍처럼 둘러쳐 있었다. 싸움은 손병희 부대가 진을 친 효포 능치 쪽에서 먼저 벌어졌다. 윤덕술 패는 어둑새벽에 능치 맞은편 골짜기까지 나아가 있었다.

"깨앵 깽깽, 깽깽깽 … "

요란한 꽹과리 소리가 차가운 아침 공기를 깨뜨리는 것과 동시에 능치 산허리 쪽으로 대포 한 방이 날아갔다.

"뻐엉."

소리는 요란하였으나 포탄은 산허리 아래쪽에서 터졌다.

"이런 제기럴. 워따 대고 쏘는 거여. 잘못하다가 우리가 맞는 거 아녀?"

장 가가 마른 침을 퉤, 뱉어내고 구두덜거렸다.

관군 쪽에서도 농민군 쪽에 대포를 쏘아댔다.

"뼁, 뻐엉."

"자. 저쪽 봉우리 옆 비탈에 가서 붙더라고. 우리는 관군을 고갯마루에서 끌어내어 효포 쪽으로 유인하면 되는 것이여. 그러면 손 장군 부대가 기다리고 있다가 치도록 되어 있어. 자, 움직이자고."

"이짝이든 저짝이든 오줌 좀 눗고 갑시다. 추우면 오줌보도 얼어붙을 것인디 어찌 자꾸 마렵다요?"

"쪼루 좆잉게 그렇지. 자개는 마누라 배 위에서도 엔간히 분주했겠구먼. 아무 데나 싸게 눗고 와."

혜식은 웃음이 피식피식 삐져나오던 바로 그때 드드드득, 요란한

490

총소리가 콩을 볶았다. 총알은 이덕술이 붙자던 봉우리 옆 산허리 쪽에서 날아왔다.

"오매, 이게 먼 일이여. 관군 놈들이 우리를 보고 있었던 모양이네."

장 가가 기겁을 하며 엎드렸다. 다른 포수들도 납작 엎드렸다. 윤덕술이 소리쳤다.

"자아, 두 줄로 나누게. 앞에서 엄호하는 동안 뒷줄은 오십 보를 물러나고, 거기서 엄호하는 사이 앞줄이 후퇴하는 거여. 일단 사정거리를 벗어나면 산비탈에 붙어 놈들을 유인하세. 알겠는가들."

"빵, 빠앙, 빵, 빵, 빵, 빠앙 …"

앞줄의 화승총이 불을 뿜었다. 뒷줄의 포수들이 날랜 짐승처럼 오십 보를 기어갔다. 그리고 장전해 총을 쏘았다. 앞줄의 포수들이 뒤돌아 기었다. 그러나 관군 쪽에서는 더는 총을 쏘지 않았다. 추격하는 기색도 없었다.

"오매, 저놈들이 지금 먼 짓거리를 하고 있어야. 꼼작도 않고 있잖여?"

"그러게 말이여. 암만 혀도 놈들이 우리 쪽 작전을 눈치 챈 것이 아니겠어라? 쫓아오는 거시 아니라 이리 오라 하는 것 같으니 말이오."

관군의 사정거리로부터 멀찍이 떨어진 골짜기까지 물러나 숨을 고른 윤덕술이 포수들을 불러 모았다.

"나는 우금치 쪽으로 가려네. 전봉준 장군은 우금치를 넘으려 하는데 일본군도 그것을 알고 있는 것 같으이. 일본군은 지금 우금치에 모여 있는 게 분명해. 나는 그놈들과 싸우러 왔네. 나와 함께 갈 사람은 가고, 아닌 사람은 손 장군에게 돌아가게. 가서 관군과 일본군이 동학군의 계책을 알고 있는 것 같으니 달리 방책을 찾으라 하시게."

"음마. 이건 또 무슨 말씀이라요? 여기까지 와서 헤어지자고요. 금산에서 예까지 두령을 쫓아왔는디 갈 사람은 가라니요? 우금치로 간다고 죽을 것도 아니고 효포로 간다고 살 것도 아니니 나는 두령을 따라가겠소."

장 가가 화승총을 고쳐 메고 일어서자 모두들 따라나설 기세였다. 윤덕술이 고개를 저었다.

"손 장군에게 아무 말 없이 갈 수는 없으이. 몇 사람은 그리로 가서 내 말을 전하소. 그런 다음 나중에 만나면 되지 않겠나. 어차피 다시 한데 모일 테니까."

장 가가 다섯 명을 빼내었다. 그들은 온 길을 되짚어갔다.

오시에 가까워지면서 눈발이 들기 시작했다. 우금치 건너편 산등성이에서 전봉준이 총공격을 명하였다. 깃발이 오르고 북소리가 산하를 뒤흔들었다. 꽹과리 소리가 숨차게 터져 나왔다.

"간다. 갈지자로 뛰어라."

김유환이 낮게 소리치며 달려 나갔다. 둔덕에 엎드려 있던 농민군들이 뒤따라 달렸다. 일구도 죽창을 들고 부대의 뒤쪽을 쫓아갔다. 여기저기서 포탄 터지는 굉음이 고막을 찢는 듯했다.

"포탄 구멍으로 뛰어들어라."

곁에서 송 씨가 소리쳤다. 일구가 포탄이 떨어졌던 구덩이로 뛰어들었다. 송 씨가 따라 뛰어들었다.

"총질을 못 혀도 달음박질은 꽤 하는구먼. 달음박질만 엔간히 혀도 사는 수가 생기는 벱이여. 하이고, 달릴 때는 이노무 화승총이 한 짐이여. 총알은 100보도 못 나가는 거시 무겁기는 쌀 한 말이라니께."

송 씨는 숨을 몰아쉬면서도 빙긋 웃어보였다.

"자아, 포가 그치면 저어기 바위 밑까지 달린다. 한숨에 달려야 혀. 곧장 달리면 안 되어. 갈지자로 뛰어. 알겄지?"

"예."

"쩌어기 멀리 보이는 고개가 우금치여. 오늘 저길 너머야 허는디 어쩔능가 모르겄네. 하여간 바위고 나무 둥치고 간에 총알을 막을 수 있는 데로 달려가 붙어야 혀. 아니면 지금처럼 포탄 구덩이에라도 머리통을 처박아야 허고. 알겄지?"

일구가 다시 고개를 끄덕였다. 흙먼지가 달라붙은 이마에서 땀방울이 떨어졌다.

농민군들이 맹렬하게 우금치로 달라붙었다. 그들은 거개가 옷섶에 부적을 간직하고 있었다.

'궁궁을을'(弓弓乙乙)

총알을 맞아도 죽지 않는다는 부적의 힘을 그들은 반신반의하였지만, 절반이라도 믿을 수 있다면 그 넉자를 품에 안지 못할 까닭이 없었다.

'시천주조화정 영세불망만사지 지기지금 원위대강'

그들은 입안으로 스물한 자를 웅얼거렸다. 그것은 자신들을 지켜주는 한울님을 향한 기원이자 두려움을 씻어내는 주문이었다. 포탄이 날아와 터졌다. 농민군의 몸뚱이가 날아갔다. 첫 대오가 무너졌다. 두 번째 대오가 다시 고개로 달라붙었다. 포탄과 총성이 천지를 진동했다. 점심도 거른 채 농민군 대오는 끝없이 우금치로 몰려들었다. 열 번째, 스무 번째, 서른 번째 …. 농민군의 대오는 동료의 시신을 넘고 넘어 돌진했다. 그러나 산마루에 이르면 능선에 어김없이 일본군이 나타났다. 검은 군복의 일본군들은 일제히 무라타 연발총과 기관총을 쏘아대고 능선 뒤로 사라졌다. 눈발이 점점 굵어졌다. 농민군의 대오는 연이어 우금치 고개 마루로 올라붙었다. 지축을 흔드는 함성이 총소리마저 집어삼키는 듯했다. 그러나 함성은 곧 기관총소리로 뒤바뀌었다.

"드드드드 ··· . 드드드드 ··· ."

"어이쿠."

앞에서 기어오르던 김유환이 허리를 접으며 고꾸라졌다. 일구가 쓰러지는 유환의 몸을 받으며 옆으로 굴렀다. 키 작은 적송 둥치에 걸렸다.

"선비님, 선비님."

일구가 유환의 어깨를 흔들었다. 가슴에서 배 쪽으로 피가 흥건했다.

"이보게. 자네는 살아야 해. 그만 가게. 달아나게."

일구가 거칠게 머리를 흔들었다. 눈물이 쏟아지면서 유환의 형체가 흐릿했다.

"자네 아기를 생각해야지. 영우한테서 들었네. 자네 색시가 아기를 가졌다고. 아기라도 새 세상에 살게 하려면 자네가 죽어서는 안 돼. 살아서 아기를 지켜야 해 ··· 나는 틀렸어 ··· 그만 가라구, 어서."

"그리는 할 수 없지요. 제가 선비님을 업고 내려가면 살 수 있어라. 어서 지 등에 업히시오."

일구가 유환의 왼쪽 팔을 돌려 등에 업는데 오른팔이 툭 떨어졌다.

"아이고, 선비님."

다시 일본군의 기총소사가 시작되었다. 일구는 유환을 업은 채 쓰러졌다.

그 시각 주미산 서쪽 기슭을 타고 우금치 쪽으로 향하던 윤덕술 부대는 저들을 앞서 가는 관군을 발견했다. 얼핏 보아 100명이 넘어 보이는 숫자였다. 능치에서 우금치의 농민군을 협공하러 가는 경리청 군사들이었다.

"저놈들을 앞질러 가서 기습하면 어떻겠나?"

산허리 소나무 뒤에 몸을 숨긴 윤덕술이 장 가에게 물었다

"수가 너무 많소. 저놈들과 싸우느니 앞질러 가서 우금치 농민군에 알려주는 게 낫지 않겠습니까?"

"수가 많으니 저놈들을 치면 그만큼 양총과 탄환도 많이 얻을 수 있지 않겠나? 이놈의 화승총으로 산돼지를 잡는다면 모를까, 왜병을 잡을 수 있겠는가?"

"그건 그렇소. 이참에 우리도 양총을 한번 쥐어봅시다."

윤덕술과 장 가가 포수들을 두 패로 나누어 산허리를 가로질렀다. 경리청 군사들은 양총을 어깨에 메고 4열 종대로 발을 맞춰 걷고 있었다. 공주 감영에서 일본군 사관 스즈키로부터 받은 제식훈련을 따라 하는 것이었다. 윤덕술이 포수 12명과 함께 전방 우측을 맡았고, 장 가가 나머지 포수들을 데리고 후미를 공격하기로 했다. 경리청 군사들이 넓은 들판에서 소로로 접어드는 순간 건너편 밭두렁 밑에 엎드려 있던 포수들의 화승총이 불을 뿜었다. 단번에 5~6명이 쓰러졌다. 후미에서 장 가 패의 총탄이 날아들었다. 또 5~6명이 꼬꾸라졌다. 장교인 듯한 자가 고래고래 소리를 질렀다.

"매복이다. 모두 엎드려라. 그리고 총기를 수습햐. 총기를 빼앗기면 죽은 목숨이여."

윤덕술이 소리를 지르는 장교를 조준해 총을 쏘았다. 장교가 쓰러

졌다. 군사들이 후닥닥 흩어져 달아나기 시작했다. 장 가 쪽 포수들이 총질을 했으나 거리가 멀어 맞출 수 없었다. 포수들이 달려 나가 쓰러진 군사들의 양총을 빼앗았다. 날렵하고 가벼운 양총이 열 자루였다.

"쓰러진 놈은 14명인데 총은 10자루여. 아까 장교 놈이 총기를 수습하라고 소리를 지르더만 그새 4자루는 갖고 도망친 모양이네."

양총을 손에 넣지 못한 포수들이 주둥이를 내미는데 건너편 밭두둑으로 관군들이 몰려오고 있었다.

"아따, 그놈들 정신없이 내뺄 때는 언제고 왜 돌아오는 거여. 잽싸게 산 쪽으로 뛰어."

포수들은 쏜살같이 산 속으로 달아났다. 관군이 쏘는 총소리에 산새들이 놀라 하늘로 날아올랐다.

윤덕술의 포수 부대가 우금치 오른편 산등성이에 도착했을 때 우금치 고개에는 이미 농민군의 시체가 켜켜이 쌓여 있었다. 성성한 눈발이 고갯마루에 흩날려 멀리서 바라보는 정경은 더욱 참혹하였다.

"오메, 다 틀린 것 같소. 돌아갑시다. 이 판에 끼어들어 봤자 개죽음 당할 게 뻔허요."

장 가가 윤덕술에게 말했다.

"어디로 돌아가? 관군의 양총을 빼앗아 왔으면 왜병과 싸워야제."

"아따, 저걸 보고도 싸우잔 말씀이요. 끝났어요, 끝났어. 나는 갈 테요."

윤덕술의 낯이 험하게 일그러졌다.

"가겠다면 할 수 없제. 허나 갈 사람은 남을 사람에게 양총을 주고 가야 할 것이여."

장 가가 윤상오의 서슬에 움찔하며 들고 있던 양총을 냉큼 건네주었다.

"내게 양총을 주면 남겠소."

"나도요."

결국 양총을 가진 열 명만 남기로 했다.

얼마나 시간이 흘렀을까. 일구는 가만가만 제 몸뚱이 위에 겹쳐진 유환의 시신을 밀어냈다. 눈발은 그쳐 있었다. 일구는 유환의 팔에서 피에 젖은 토시를 벗겨 내 그것을 제 품에 넣었다. 유환의 시신을 등에 업고 달아날 수는 없었다. 대신 유품으로 토시라도 챙겨야 할 것 같았다. 땅거미가 내려앉은 우금치에 농민군 시신이 더께를 이루고 있었다. 일구는 이를 악물고 기었다. 시신에서 흘러나온 피가 무릎과 팔꿈치를 적시었지만 일구는 살쾡이처럼 조심스럽고 날렵하게 몸뚱이를 움직였다.

"살아야 한다. 살아서 내 아기를 지켜야 한다. 내 아기만큼은 새 세상에서 살 수 있도록 해야 한다. 살아야 한다 ⋯ ."

일구는 주문처럼 중얼거리며 고개를 기어 내려왔다.

그리고 유환의 시신이 있는 쪽에 대고 고개를 숙였다.

"선비님 ⋯ , 형님 ⋯ , 죄송허요. 저 갑니다."

일구는 목안 깊숙이 비명처럼 터져 나오려는 소리를 삼키고 돌아섰다. 짧은 겨울 해가 설핏했다. 큰 눈이 오려는가, 시커먼 구름장이 우금치 너머로 몰려오고 있었다. 11월 9일, 지옥 같던 우금치의 하루가 그렇게 저물었다.

골짜기는 핏물로 얼어붙고

함박눈이 쏟아졌다. 눈은 우금치 고개에 즐비한 농민군의 시신들을 묻으려는 듯 밤새 내렸다. 포탄으로 파인 웅덩이와 총탄에 찢긴 나뭇가지에도 내려 쌓였다. 새벽녘이 되어서야 눈이 그치면서 찬바람이 일었다. 산야가 꽁꽁 얼어붙었다. 우금치에 버려진 농민군의 시신들은 눈 속에 파묻혀 얼어붙고 있었다. 날이 밝자 까마귀 떼가 우금치의 산마루 위를 낮게 날았다.

깍, 까악, 까악 ….

까마귀 울음소리가 쨍하게 얼어붙은 창공에 음산하게 맴돌았다.

"남은 군사가 몇이오?"

우금치에서 10여 리 떨어진 마을 뒷산에 진을 친 농민군 지휘소에서 김덕명이 무겁게 입을 떼었다.

"500 남짓입니다."

송희옥이 오리털 귀마개를 벗으며 답하였다.

"500이라. 어허, 1만에서 500이라 … 으음."

김덕명이 신음을 뱉어내고 다시 물었다.

"전사자는 얼마나 되오?"

"수천에 이를 것입니다."

"다른 사람들은?"

"나머지는 모르겠습니다."

"달아난 것이오?"

김덕명이 고개를 젓는데, 전봉준이 낮게 말했다.

"죽지 않았으면 되었지요. 달아났다고 탓할 건 아닙니다. 탓해야 할 사람은 바로 저올시다."

"아니, 전 대장. 무슨 그런 말씀을…"

김덕명이 황망한 눈빛을 하는데, 전봉준이 말을 이었다.

"공주성에 왜병이 그리 많이 들어와 있는 것을 몰랐습니다. 게다가 저들은 우리가 우금치를 주 공격로로 삼은 것을 정확히 짚고 있었습니다. 효포와 봉황산, 새재, 곰나루 쪽으로 저들을 분산시키려 했지만 왜병은 우금치에 화력을 집중하고 있었어요. 그만큼 우리의 전략을 훤히 읽고 있었다는 거지요. 그런데도 나는 우금치로 군사를 내몰았습니다. 손병희 부대가 효포에서 움직이고, 새재와 곰나루 쪽 군사들이 관군을 잡아매는 사이 우금치에 주력을 투입하면 능히 돌파하리라 생각했지요. 오판이었습니다."

"오판이라니요? 다른 방도가 있었어야지 오판이고 말고 하지요."

김덕명이 손사래를 치자, 이유상이 말을 받았다.

"어르신 말씀이 맞습니다. 장군 탓이 아니에요. 굳이 탓을 한다면 우리에게 저들에 맞설 양총과 기관총이 없었다는 것이지요."

둘러앉은 두령들이 진저릴 치듯 고개를 끄덕였다. 우금치 능선에 불쑥 솟아나 비질하듯 총질을 하고 능선 뒤로 모습을 감추었다가, 다시 불쑥 솟아나 총알을 쏟아 붓고 사라지던 일본군의 검은 군복이 두령들의 뇌리에 선명했다.

드드드득, 드드드득 ….

그들이 쏘던 기관총 소리가 두령들의 귀청을 먹먹하게 채웠다. 얼어붙은 침묵이 차가운 장막 안에 내려앉았다. 전봉준이 무겁게 입을 열었다.

"남은 군사들이 언 밥으로 아침을 때워야 합니다. 부상자들도 한둘이 아니고 도망자들이 많아 사기가 말이 아닐 것이요. 눈이 쌓이고 날이 추워 관군과 일본군도 움직이기가 쉽지 않을 것이요. 그래도 저들이 추격해올지 모르니 이유상, 손여옥 두령께서 군사를 수습해주시오. 탄환이 거의 떨어졌을 터이니 관군이 오더라도 사정거리 안에 들어오기 전에는 절대 발사하지 말라 하시오. 일단은 오늘 하루 그렇게 버티면서 효포 쪽과 발을 맞추어 후퇴합시다. 그 다음 문제는 노성에 가서 다시 논의하기로 하지요."

눈과 추위가 궁지에 몰린 농민군에게 시간을 벌어준 격이었다. 가죽장화에 연발총으로 무장한 일본군이 관군을 앞세워 끝내 추격을 해온다면 농민군은 몰살을 면치 못할 거였다. 총기가 있다 한들 추위에 손이 곱아 방아쇠를 당기기도 어려웠다. 곱은 손가락을 녹여 방아쇠를 당긴다 한들 남은 총알이 간당간당할 거였다. 언 밥으로나마 속을 채웠다지만 추위에 지친 몸뚱이로는 산비탈을 기어오르고 눈밭을 달릴 수도 없을 터였다.

오, 한울님. 저들을 모두 죽게 할 수는 없습니다. 저 눈구덩이에 1천의 군사를 묻었거늘 저들마저 죽음으로 내몰 수는 없습니다.

날카로운 통증이 명치를 치받고 올라왔다. 전봉준은 이를 악물었다.

그 시각 일본군 대위 모리오는 어제 낮 윤덕술 패에게 기습을 당해 양총 열 자루를 빼앗긴 경리청 부대의 책임자를 처벌하라며 충청 감사 박제순을 닦달하고 있었다.

"총을 빼앗긴 병사들은 모두 죽었다는데 누구를 또 처벌한다는 말이오. 병사들을 인솔한 군관도 즉사했어요."

"적도에게 양총을 열 자루나 빼앗겨놓고 책임을 질 사람이 아무도 없다? 그것이 말이 된다고 생각합니까?"

"글쎄, 매복한 적의 기습을 받아 열둘이 죽고 셋이 부상을 당한 상황에서 병기를 어찌 온전히 간수하겠소이까? 그 경황에서도 회선포와 탄환 자루는 지켜냈고 부상자들은 총을 빼앗기지 않으려 혼신을 다했다고 하더이다."

"양총 한 자루면 우리 병사 열 명이 당하고, 열 자루면 100명이 죽을 수 있소. 적도들이 가지고 있는 양총은 모두 당신네 조선군들이 그동안 그들에 빼앗긴 게 아닌가, 아니면 빼돌렸든가?"

역관이 옮기는 말을 들은 충청 감사 박제순의 낯빛이 하얘졌다.

"이보시오. 모리오 사관. 말씀이 너무 심하지 않소이까? 전쟁 중에 상대의 병기와 군수를 노획하는 일은 항용 따르는 것이거늘 귀 군대가 취한 적의 병기 또한 저들이 빼돌린 것이오?"

"지금 누가 누구를 힐책하는 것이오? 나는 오로지 대일본제국 미나미 사령관의 명령만 따를 뿐이오."

모리오가 눈꼬리를 치켜세우며 박제순을 노려보았다.

"힐책하는 게 아니라 사정이 그렇다는 것이지요. 내가 어찌 사령관의 명을 따르는 귀관의 입장을 모르겠소이까?"

관찰사는 종2품 당상관으로 지역을 관장하는 수령이자 감영의 최고 지휘관이거늘 박제순은 일개 일본군 대위로부터 능멸을 당하고 있었다.

"내 능치에 나가 있는 경리청 영관 홍운섭에게 명하여 양총 열 자루 잃은 죄 값을 하라고 할 터이니, 그 결과를 본 연후에 책임을 묻도록 하면 어떻겠소이까? 모리오 사관이 곤란하면 내가 직접 미나미 사령관께 말씀드리겠소. 그래도 아니 되겠소이까?"

박제순은 완연히 통사정을 하는 꼬락서니였다.

"죄 값이라? 어떻게 양총 열 자루 값을 하겠단 겁니까?"

모리오가 실눈을 하며 빈정거렸다.

"기습을 당했으니 기습을 하여 적도를 섬멸하라. 그러지 못하면 엄한 처벌을 면치 못할 것이다. 그리하면 되지 않겠소이까?"

"좋습니다. 그렇게 미나미 사령관께 보고 드리겠습니다. 확실한 전과를 거두지 못하면 책임을 면치 못할 것입니다."

다음날, 멀건 해가 중천에 떠오를 무렵 밥솥을 지게에 인 일단의 무리가 능치 건너편 산등성이로 올라갔다. 농민군으로 변장한 경리청 군사들이었다. 추위와 굶주림에 떨고 있던 농민군들이 때 이른 점심에 환성을 지르는 순간 무명으로 둘둘 말아 숨겨온 양총들이 불을 뿜었다. 놀란 농민군들이 자빠지고 넘어지고 구르며 달아났다.

우금치의 참패 소식이 전해진 능치 주위의 농민군들은 이미 전의를 잃고 있었다. 관군의 기습으로 한 곳이 무너지자 연쇄적으로 무너져 내렸다. 능치의 농민군들은 계룡산 일대로 흩어져 달아났다. 이로써 20일 동안, 자잘한 전투는 빼고 크게 두 차례로 나뉘어 치러진 공주대회전은 농민군의 참패로 막을 내렸다. 공주의 산야는 농민군의 시체로 뒤덮였으며, 시신에서 흘러내린 핏물은 골짜기에 얼어붙었다.

노성으로 후퇴한 전봉준은 11월 12일, 경군과 영병, 이교와 시민 (상인)들에게 고시(告示)의 글을 띄웠다.

"… 두 번에 걸친 싸움은 후회막급이라. 당초 거의(擧義)는 사악함과 아첨을 버리고 멀리하자는 것이다. 경군이 사(邪)를 돕고 영병이 그릇됨을 부추기는 것이 어찌 본심이겠는가. 필경은 천리(天理)로 돌아갈 뿐이니 이제부터 서로 투쟁하지 말고 인명을 죽이거나 인가를 불태우지 말고 대의를 따라 위로는 나라를 바로잡고 아래로는 백성을 편하게 할 것이로다. 우리가 만약 이를 기만하면 하늘의 죄가 있을 것이요, 임금이 마음을 속이면 반드시 자멸할 것이니 원컨대 하늘을 가리켜 해에 맹세하여 다시는 상해가 없으면 참으로 다행이겠노라. 어제의 쟁진(爭進)은 길을 빌리자는 것이었노라."

전봉준은 봉기의 실패를 예감하고 있었다. 아직 전쟁이 완전히 끝난 것은 아니었고, 흩어졌던 농민군들도 다시 모여들고 있었으나 두 차례에 걸친 공주 전투에서의 패배는 치명적이었다. 그러나 척왜와 보국안민의 대의를 저버릴 수는 없는 일. 하여 스스로 기만하면 하늘의 죄가 있을 것이요, 임금이 마음을 속이면 자멸할 것이라 하였다.

임금이 들어 모골이 송연해야 할 간언(諫言)이었다. 조선의 군사들이 들어 총구를 돌려야 할 정명(正命)이었다. 조선의 관리, 양반, 유림, 시민(상인)이 들어 헤아려 따라야 할 정언(正言)이었다. 그러나 어찌하랴. 임금은 제 마음을 모르니 속고 속이는 것을 가늠하지 못하고, 친일 개화정권은 문명개화의 덫에 빠져 길을 잃었으며, 조선의 군사들은 왜병의 하수가 되었고, 조선의 관리, 양반, 유림은 거개가 부패와 무능, 탐욕과 이기, 반상의 계급의식과 헛된 명분에 눈이 멀어 있었으니.

그날 저녁밥을 먹고 난 후에 김덕명이 전봉준에게 말했다.

"참, 윤덕술 씨가 왔다고 하더이다. 손여옥 두령 말로는 사흘 전엔 가 관군에게서 양총 열 자루를 빼앗아 왔다고 합디다. 내가 저번에 손병희 장군 쪽에 보냈었는데, 우금치가 더 급할 것 같아 이곳으로 왔다고 하더랍니다. 혹 보더라도 더는 아무 말씀 마시오."

전봉준이 뭔가 생각하는 듯하더니

"그 사람 잠시 볼 수 있을까요?"

하자, 김덕명이 웃는 얼굴을 했다.

"왜요? 또 개남에게 가라 하시려고?"

"아닙니다. 저번 일도 있고 해서 … ."

"그래요? 그러면 사람을 보내 이리로 잠깐 오라 하지요."

한 식경이 채 지나지 않아 손여옥이 윤덕술을 데리고 대장소로 왔다. 텁석나룻이 부수수한 윤덕술은 긴장한 듯 눈빛을 꼿꼿이 했다. 전봉준이 윤덕술에게 다가가 손을 잡았다. 나무 등걸처럼 굵고 딱딱한 손이었다.

"일전에는 내가 미안했습니다. 그 말을 꼭 해야 할 것 같아서요. 참, 이곳에 의제가 있다는 말을 들었습니다만 만났습니까?"

"아, 김수택이라고 그 사람은 강경에서 군수품을 조달하는 일을 하고 있습니다."

손여옥이 윤덕술 대신 답하였다.

"관군에게서 양총을 열 자루나 빼앗아 왔다고 하더이다?"

전봉준이 부드러운 눈빛을 하자 윤덕술이 계면쩍은 듯 우물우물했다.

"총알이 몇 발 안 돼 빛 좋은 개살구입지요."

504

"그래도 관군을 기습하여 총기를 빼앗은 담력은 참으로 대단합니다."

"그렇고 말구요. 그래서인지 차 두령께서 윤 포수를 굉장히 좋아하십니다."

손여옥이 말하는 차 두령은 정읍 접주 차치구를 이르는 말이었다.

"그렇소이까? 하기야 무장이 무장을 알아보는 법."

김덕명이 덕담을 보태는데, 전봉준이 넌지시 물었다.

"식구는 없소이까?"

"지리산 덕골에 … 처자를 남겨두었습니다만 …"

뜻밖의 물음에 윤덕술이 벙벙해하는데, 전봉준이 말했다.

"그렇다면 그만 식구에게 돌아가시오. 예까지 함께 해준 것만으로 됐습니다. 살아남아 처자식을 지키는 일도 나라를 지키는 일 못지않게 중요한 것입니다."

윤덕술의 성성한 턱수염이 푸르르, 떨렸다.

죽비 소리

질화로 속 불잉걸이 주황색 빛을 띠고 있었다. 보성 접주 안규복과 남원 화순당 접주 이춘경이 이끄는 선봉대는 지금쯤 청주의 코밑인 문의에 잠복하고 있을 터였다. 신탄진에서 새벽 어름에 짓쳐 올라가면 아침 해가 뜨기 전 청주에 당도할 거였다. 김개남은 화로 안 불씨에 붙여 곰방대를 피워 물었다. 연기에 번진 연초 냄새가 천정 낮은 장막 안에 얕게 퍼졌다.

11월 10일, 진잠을 점령한 김개남 부대는 회덕과 유성을 휩쓸고 이틀 후 저녁 신탄진에 도착했다. 김개남은 유성에서 안규복과 이춘경에게 군사 1천을 주어 문의로 앞서 가도록 하고, 자신이 이끄는 본대는 신탄진 야산 아래 진을 치도록 했다. 남응삼과 김홍기, 김원석 부대가 운봉 박봉양의 민보군에 대응하느라 남원에 남아있는 것이 아쉽기는 하였지만 5천의 군사면 청주성을 깨뜨리는 데 족할 거였다. 더구나 진남영 군사들은 거의가 공주 감영의 차출을 받았다고 하고, 일본군도 공주에 몰려있다고 하였으니 청주성은 비어 있는 것이나 마찬가지일 거였다.

봉준은 우금치를 넘지 못했다고 하였다. 저번에는 능치에서 막혔다고 하더니 이번에는 우금치에서 막혔다고 하였다. 봉준이 뚫지 못한 길을 내가 뚫어야 한다. 청주성을 점령하여 봉준의 퇴로를 열어주고, 저들이 전열을 정비하여 다시 북상할 때까지 시간을 벌어줘야 한다.

봉준이 삼례를 떠나 북상하였을 때 나는 전주에 입성하여 그 후방을 지켰다. 봉준이 손병희와 논산에서 공주로 향하였을 때 나는 금산을 취하여 우측을 방비하였다. 봉준과 손병희가 공주를 쳤을 때 나 또한 청주를 도모하려 하였으나 운봉의 박봉양이 발목을 잡았거늘, 제 둥지에 침입한 적을 어찌 두고 볼 수 있었으랴. 실패하면 돌아갈 곳이 있어야 한다. 돌아가 훗날을 기약해야 한다. 남원은 나의 둥지이다.

김덕명 선생은 논산에서 봉준이 기다린다 하였다. 함께해야 공주를 취할 수 있을 것이라 하였다. 그러했을까? 내가 봉준과 함께했으면 우금치를 넘어 공주 감영을 점령했을까? 왜병을 깨고 지금쯤 경성으로 진격하고 있을까? 대원군의 밀지대로 왜병을 몰아내고 개화당을 무너뜨리게 되었을까? 그리하여 머지않아 개벽세상을 맞을 것이었나?

김개남은 곰방대를 깊이 빨았다가 길게 연기를 내뿜었다.

후우⋯.

함께하는 것이 반드시 힘이 되는 것은 아니다. 떨어져 있어 힘이 되는 사이도 있다. 지난봄 고부 백산에서 함께한 이후 전주성에서 물러날 때까지 자신과 봉준은 그런 사이였고, 봉준도 그걸 알고 있을 터이다. 봉준이 끝내 우금치를 넘지 못하였다면 이 개남이 청주성을 점령해야 한다.

김개남은 사위어가는 질화로의 불잉걸을 노려보았다.

찬바람이 장막을 흔들고 지나갔다.

"적도가 몰려오고 있습니다. 신탄 쪽 적과 문의 쪽 적이 합세해 청주로 오고 있습니다. 족히 5천은 될 것 같습니다."

척후병이 가쁜 숨을 몰아쉬었다. 날이 희번하게 밝아오고 있었다. 일본군 소위 구와하라가 새된 소리를 냈다.

"뭐야? 5천이라? 그렇다면 적들을 정면에서 맞을 수는 없지 않은가? 중대를 나눈다. 절반은 남문 앞 고지에 잠복하고, 절반은 저 아래 개천 제방에 붙는다. 적들이 성문 앞으로 들어올 때까지 절대 발사하지 마라. 놈들이 깊숙이 들어오면 그 등과 옆구리를 친다. 고지에는 내가 오를 것이고 제방에는 와다나베 상등병이 인솔한다. 와다나베, 먼저 가라."

100여 명의 일본군이 대오를 지어 무심천 제방 쪽으로 달려갔다. 구와하라가 충청병사 이장회에게 눈길을 돌렸다.

"전방은 조선군사가 맡아주시오. 단 적도가 진격하면 곧 후퇴하여 저들을 깊숙이 유인해야 할 것입니다."

통사가 빠르게 말을 옮기자 이장회가 고개를 끄덕였다.

"알겠소이다. 내 단단히 이르리다."

진남영군을 통솔하는 조선의 병사(兵使)가 새파랗게 젊은 일본군 소위의 명을 받는 꼴이었으나, 전날 저녁 청주성에 들어온 구와하라를 찾아가 동학당 대부대가 몰려오고 있으니 제발 구원해달라고 통사정을 했던 이장회로서는 체면을 돌아볼 처지가 아니었다.

조·일 연합군이 배치를 마치고 한 시진도 지나지 않아 김개남 부대가 몰려들었다. 농민군이 총을 쏘며 달려들자 성문 앞에 진을 치고 있던 진남영 군사들은 대거리 한 번 하지 않고 꽁무니를 뺐다. 기세가 오른 농민군은 함성을 지르며 진격하였다. 그러나 그것이 함정일

줄이야. 농민군이 사정거리 안으로 깊숙이 들어올 때까지 기다리던 구와하라가 발사 명령을 내렸다. 무라타 연발총과 기관총이 농민군의 등과 옆구리를 사격했다.

드드드득, 드드드득….

단번에 수십 명이 고꾸라졌다. 삽시간에 농민군의 대오가 무너졌다. 무너진 대오에 기관총탄이 우박처럼 쏟아졌다. 김개남 부대로서는 처음 맞닥뜨린 일본군의 화력이었다. 그동안 손쉬운 승전(勝戰)에 익숙하던 농민군은 대번에 오합지졸이 되고 말았다. 그간의 위세는 오히려 독(毒)이었다.

"후퇴하라."

김개남은 부대를 신탄진으로 후퇴시켜 전열을 정비하고 추격해오는 조·일 연합군에 맞섰다. 그러나 한번 기세가 꺾인 농민군은 일본군과 관군이 우세한 화력을 앞세워 협공하자 반나절도 버티지 못하고 흩어져 달아났다. 두 달 전 남원을 떠난 이래 전주와 삼례를 거쳐 금산과 진잠을 함락하고 회덕과 유성을 휩쓴 김개남 군의 위용에 비춘다면 실로 어이없는 패전이었다.

진잠으로 되돌아온 김개남 군을 기다리고 있는 것은 향리와 읍민들의 완강한 저항이었다. 불과 나흘 전만 해도 두려움에 떨며 머리를 조아리고 달아나기에 급급하던 저들이 방책(防柵)을 세우고 불화살을 쏘았다. 조총을 쏘고 돌을 던졌다.

허장성세의 실체는 결국 이것이었나? 이렇듯 참담하게 드러날 실체였다면 세상의 변혁을 향한 나의 꿈은 애당초 허상이었던가? 법헌의 말대로 아직 운이 열리지 않았고 때가 이르지 않은 것인가?

아니다. 김개남은 완강하게 고개를 저었다. 부서지고 또 부서지고, 허세의 성이나마 쌓고 또 쌓아야 비로소 길이 열리고 변혁의 꿈이 이루어질 것이거늘.

김개남이 핏발선 눈으로 논산 대촌(大村)에 들어섰을 때 노성에서 물러난 전봉준이 먼저 와 있었다.

"오랜만이오. 전 대장. 결국 이렇게 만나는구려. 까짓 거 크게 한판 논 셈 칩시다. 핫하하…."

김개남은 짐짓 호탕하게 웃어보였으나 빈 웃음의 헛헛함을 감출 수는 없었다.

"어서 오시오. 노고가 참으로 많았소이다."

전봉준이 김개남의 손을 잡는데, 손병희가 옆에서 고개를 접어 인사하였다.

"장군님. 손병희라고 합니다. 인사가 늦었습니다."

"아이고, 손 장군. 아니 통령이라고 하시던데 수인사를 이렇게 나누게 되어 뭣하긴 하오만, 실로 반갑소이다. 반가워요."

"김 장군, 어서 오시게나."

김덕명이었다. 김개남이 허리를 숙였다 폈다.

"일전에 금산에서는 큰 결례를 하였습니다. 선생님."

"허허, 결례는 무슨…, 다 지난 일이외다."

김덕명에 이어 송희옥, 조준구, 최대봉, 유한필, 손여옥, 차치구 등 남접 두령들과 김규석, 정경수, 이종훈, 이용구 등 북접 두령들이 김개남과 인사하였다. 송희옥과 최대봉은 볼멘 표정이 역력했으나 김개남은 개의치 않는 낯빛이었다. 오히려 수하인 안규복, 강사원, 이춘경을 인사시키고는 우정 목소리를 높였다.

"전 대장, 우리가 비록 뒤늦게 함께했다고는 하나 일당백의 장수에

다 군사가 3천이요. 다시 한판 벌입시다."

전봉준이 메마른 목소리로 받았다.

"아무래도 그래야겠지요."

김학진은 감사 집무실인 선화당을 내주었다. 지난여름 관민상화로 전주성에 대도소를 차릴 때처럼 김학진은 자신은 청징각에 있겠다고 하였다. 전봉준은 사양했다.

호남의 집강소 체제가 농민군의 무력 봉기로 해체된 터에, 하물며 패장인 자신이 선화당에 떡 하니 들어가 앉을 수는 없다고 했다. 그러자 김학진이 말하였다.

"이보시오. 전 접주. 전쟁은 아직 끝나지 않았소이다. 설령 접주가 패한다 하여도 이 전쟁은 끝난 것이 아닙니다. 그렇지 않소이까?"

순간 따악, 죽비(竹篦) 치는 소리가 날아와 전봉준의 정수리에 박혔다. 한 바가지의 찬물을 뒤집어쓴 듯하였다.

설령 패한다 하더라도 전쟁은 끝난 것이 아니다?

김학진은 읽고 있는 것을 나는 놓치고 있었단 말인가.

패하여 승리할 수 있다는 것을, 죽어서 영원히 살 수 있다는 것을 김학진은 얘기하고 있지 않은가. 거듭된 패전의 절망감과 육신의 피로감이 정신마저 흐리게 하였구나.

전봉준은 횟횟해진 얼굴을 가만히 숙였다. 그런 전봉준의 속내를 아는지 모르는지 김학진은 거듭 선화당에 들기를 권하였다.

"나는 이미 두 달 전에 파직된 사람이오. 후임인 이도재 씨가 부임하기를 기다리고 있는 처지인 내가 선화당에 들 까닭도 없으니 …."

이도재는 마흔여섯의 나이로 일찍이 경상좌도와 강원도 암행어사를 거치고 이조참의와 성균관대사성을 지냈으며, 갑오정부에서 공무협판으로 군국기무처 의원에 임명된 친일 개화파 인사라 하였다.

"그 사람이 한때 김옥균 일파로 지목되어 고금도에 유배를 당하기도 했소이다만 세상만사 새옹지마(塞翁之馬)라. 나는 또 앞으로 어찌될지 누가 알겠소이까?"

김학진은 허허롭게 웃었다. 전봉준은 그런 김학진에 깊이 고개를 숙였다.

"순상 각하의 뜻이 정 그러하시다면 따르지요. 허나 오래 머물지는 않을 것입니다."

김개남은 일당백의 장수에 군사가 3천이라 하였으나 이미 전세는 기울어져 있었다. 장용진의 통위영군과 모리오의 일본군에, 유구의 최한규 부대를 진압하고 내려온 이두황의 장위영군이 합세한 조·일 연합군은 삼면에서 농민군을 공격해왔다. 농민군은 대촌에서 소토산(小土山)으로 진을 옮겼으나 소토산은 작은 언덕배기에 지나지 않아 토벌군을 맞을 곳이 아니었다.

농민군은 다시 남쪽으로 몇 마장 떨어진 황화대로 후퇴했다. 옛날 봉화가 설치됐던 황화대는 논산의 들판이 한눈에 내려다보이는 고지였다. 때마침 여산 접주 최난선이 1천여 명의 농민군을 이끌고 왔다. 사기가 오른 농민군은 너른 벌판에 우뚝 솟은 황화대에 진을 치고 반나절 넘게 토벌군에 맞섰으나 사정거리가 서너 배나 차이나는 토벌군의 화력을 끝내 견딜 수 없었다. 농민군은 총알이 떨어진 천보총과 후문총, 화승총 등 잡다한 구식 무기를 버리고 남쪽으로 달아났다. 꽁꽁 얼은 산야에 농민군의 시신이 허옇게 널렸다.

농민군은 남은 군사를 수습해 강경으로 향하였다가 곧바로 여산,

삼례를 거쳐 전주로 갔다. 11월 19일이었다.

선화당에 촛불이 일렁였다.

"내 접주와 함께 전주성을 지키려 하였소만 결국 허사가 된 것 같소. 임금이 왜병을 도우라 하였고 여전히 임금의 신하인 나는 이제 파직된 몸으로 저들의 입성을 막을 그 어떤 대책도 없소이다. 접주 또한 이곳에 머물러 성을 지킬 형편이 아니라면, 조선 왕조의 발상지인 이곳 완부가 왜병의 총탄에 섭산적이 되는 일은 없게 해주었으면 하오. 그렇게라도 성을 지키고자 하는 나의 용렬함이 세상의 비웃음을 산다 하여도 그것이 나의 마지막 바람이외다."

불빛이 비낀 김학진의 얼굴은 어두워보였다. 전봉준은 토를 달지 않았다.

"순상의 뜻을 잘 알겠습니다."

조·일 연합군이 전주로 밀려온다는 척후의 보고가 이어졌다. 금산 쪽에서는 일본군 중위 시라키와 대관 이겸제가 이끄는 교도중대가, 익산 쪽에서는 이두황의 장위영군이, 강경 쪽에서는 이규태의 통위영군이 전주로 향하고 있었다. 후비보병 제19대대장 미나미 소좌가 그들을 총지휘하며 일본군을 이끌고 있었다.

"떠나야 할 때가 된 것 같습니다. 전주성에 다시 포탄이 날아들게 할 수는 없지요."

전봉준이 청징각을 찾아 김학진에게 인사하였다.

"어디로 가시려오?"

"일단 원평으로 물러나 저들의 동향을 지켜보려 합니다."

"저들이 어딘들 쫓지 않겠소이까?"

"그러하겠지요. 아무튼 순상 각하께는 그간 큰 신세를 지었습니다. 다시 뵈올 수 없을 것 같아 감사의 절이라도 올리고자 합니다."

전봉준이 자리에서 일어서 절할 차비를 하자, 김학진이 황급히 손사래를 치며 따라 일어서 만류했다.

"절이라니요? 신세는 내가 접주께 지었지요. 아, 아니오. 이 나라 조선이 접주께 큰 신세를 지었습니다. 조선의 사람들이 그것을 알 날이 반드시 올 겝니다. 전 장군."

김학진이 전봉준의 두 손을 그러쥐었다. 김학진이 전봉준을 장군이라 부른 것은 그때가 처음이자 마지막이었다.

김개남은 남원으로 가겠다고 했다. 전봉준은 잡지 않았다. 강사원이 땅바닥에 엎드려 절했다.

"장군. 살아계시우. 지가 반드시 돌아올 것이오."

전봉준이 강사원의 어깨를 잡아 일으켰다.

"김 장군을 잘 모시시오. 나중에 다시 봅시다."

김개남이 말고삐를 돌렸다. 천여 명의 군사들이 그 뒤를 따랐으나, 한 달여 전 출정의 위용에 비춘다면 실로 초라한 행군이었다. 11월 23일이었다.

전봉준에게 원평은 남다른 고장이었다. 전봉준이 성장하고 활동했던 지역의 중심은 늘 원평이었다. 어린 시절 한때를 보냈던 황새마을과 김개남을 만났던 지금실, 그리고 금구 대접주 김덕명이 살던 거야마을, 모두 원평을 중심으로 반경 10리 안팎이었다. 한해 전 봄 동학교단이 교조신원을 위한 보은취회를 열었을 때, 전봉준은 남접을 중심으로 별도의 집회인 금구취회를 주도하였던바 그 장소가 바로 원평이었으며, 전주화약 후 전라우도의 집강소 활동을 지휘했던 곳도 원평이었다.

농민군은 원평천 뒤편 야산에 품자형(品字形) 진을 세웠다. 교도중대와 일본군이 숨 돌릴 틈도 없이 쫓아내려왔다. 조·일 연합군은 농민군이 주둔한 야산에서 천여 보쯤 떨어진 들판에 진을 쳤다. 아침 일찍 시작된 전투가 저녁까지 이어졌다. 포탄이 날고 총알이 쏟아졌다. 함성과 포연이 겨울 산야를 뒤덮었다. 저녁 어스름이 깔릴 무렵 산봉우리에 기어오른 교도대 군사들과 농민군 간에 백병전이 벌어졌다. 칼과 창, 쇠스랑이 부딪히며 살이 튀고 피가 솟았다. 점심도 거른 채 사력을 다하던 농민군은 더는 버티지 못하고 태인으로 후퇴하였다. 11월 25일이었다.

이른 아침 일본군과 장위영군으로 이루어진 조·일 연합군이 태인으로 진격해왔다. 농민군은 태인의 주산인 성황산과 한가산, 도리산 세 곳에 나누어 진을 치고 있었다. 논산 전투 이후 흩어졌던 군사들이 다시 모여들어 농민군의 수는 5천에 이르렀다. 전봉준은 오후에 군사들을 성황산으로 집결시켰다. 분산하여 싸우기에는 화약과 총탄이 부족하였다. 조·일 연합군은 네 길로 나누어 성황산으로 기어올랐다. 농민군은 맹렬하게 맞섰으나 마침내 화약과 총탄이 바닥을 드러냈다. 해가 떨어지고 매서운 추위가 전투에 지친 농민군의 몸뚱이를 휘감았다. 농민군은 어둠을 타고 산 밑으로 달아나 흩어졌다.

"더는 싸우기 어려울 것 같소이다. 다시 장소를 옮겨 싸운다 한들 매양 같은 상황이 반복될 뿐이오. 더구나 화약과 탄환이 떨어졌습니다. 죽창만으로 저들의 무기에 대항하는 것은 무모한 짓이오. 군대를 해산하여 살 사람들은 살게 해줍시다. 흩어져 고향으로 돌아가면 살길을 찾을 수 있을 겝니다. 손 장군 생각은 어떻소이까?"

답을 구하는 물음은 아니었다. 손병희가 침통하게 말했다.

"지금의 사정으로는 해산하는 것이 옳을 듯합니다."

김덕명이 가래 낀 소리를 내었다.

"그리 합시다. 일단 흩어졌다가 후일을 도모합시다."

다른 두령들은 말이 없었다. 더 싸우려 해도 싸울 수 없다는 것을 그들은 침묵으로 받아들이고 있었다.

농민군들이 울부짖었다.

"우리는 대장님을 하늘처럼 믿었구먼요. 기양 죽으라고 하시믄 죽을 뿐이지요. 장차 저희는 어찌 허란 말씀이오?"

"돌아가믄 대체 워디로 돌아가란 말씀이시오? 이놈은 농민군 나올 적에 일을 이루기 전에는 절대 돌아가지 않겄다 마음 모질게 먹고 초가삼간에 불을 싸지르고 왔지라. 긍게 돌아갈 집구석도 없구만이라."

어둠 속에서 눈물을 삼킨 전봉준이 모진 말을 뱉어내었다.

"일의 성패는 운수에 달려 있거늘 어찌 말을 많이 하겠소이까."

그리고 돌아섰다. 지킬 수 없다면 매몰차게 끊어야 하느니. 11월 27일이었다.

입암산성

차치구는 정읍 입암면 대흥리 사람이었다. 힘이 장사인데다 성정이 불같아 인근의 양반끄트머리들도 함부로 하대를 하지 못하였다. 반면에 옳은 일에는 걱실걱실 하니 앞장을 서는 성품으로 근동의 평판이 좋았다.

2년 전 가을, 정읍 접주 손여옥의 소개로 차치구를 알게 된 전봉준은 정읍에 가는 길에는 으레 대흥리에 들러 차치구를 찾았다. 차치구는 전봉준보다 네 살 연상이었지만 선생을 모시듯 늘 깍듯하였다. 가난한 평민인 차치구는 글을 익히지 못해 쓰고 읽을 줄을 몰랐다. 전봉준은 치구의 자식 경석에게 틈틈이 글을 가르쳤다. 영민한 경석은 전봉준이 가져다 준 《소학》을 오래지 않아 읽고 깨쳤다. 차치구는 전봉준을 자식의 스승으로 모셨다.

전봉준은 차치구에게 동학에 입도하라고 하지는 않았다. 다만 세상을 바꾸는 일에 함께하자고 권유했다. 전봉준이 고부에서 봉기했을 때 차치구는 정읍 농민군 200명을 이끌고 백산으로 왔고, 전주 입성 이후 공주 전투와 원평·태인 싸움까지 전봉준과 함께했다. 그리고 이제 마지막으로 전봉준의 피신 길을 호위하고 있었다.

이 잠행의 끝은 어디일까. 천 냥의 현상금과 군수 벼슬에 눈알이 뒤집혔을 고을 아전과 구실아치들, 민보군을 이끄는 유생과 사족(士族)의 사나운 눈을 피해 무사히 경성까지 올라갈 수 있을 것인가. 경성에 올라가 정세를 살피고 후일을 도모할 수 있을 것인가. 김개남은 과연 남원에서 재기할 수 있을까? 나주에서 밀려났다는 손화중과 최경선은 무사한 것인가? 손병희는 무사히 법헌을 찾아갈 수 있을까? 김덕명 선생은? 송희옥은? 김도삼은? 손여옥은? … 태인의 산자락에서 어둠을 타고 흩어졌던 수천의 농민군은? … 그리고 아아, 태인 동곡리 삼간초가에서 두려움에 떨고 있을 가족들, 아내와 딸, 나이 어린 용규와 용현은 어찌 될 것인가?

"아아아, 으으으 … ."

전봉준은 힘껏 비명을 내질렀으나 소리는 입 밖으로 빠져나가지 못하였다. 간신히 이불을 쳐내고 윗몸을 일으켰다. 몸뚱이가 땀에 젖어 있었다. 방안은 어두웠다. 장지문에 멀건 달빛이 걸려있었으나 사방을 가늠할 수 없었다. 예가 어디인가? 봉준이 방안을 더듬거리는데 장지문이 밝아졌다.

"워낙에 혼곤히 주무신다고 하여 기척조차 말라 하였습니다."

전봉준은 호롱불을 들고 들어선 사내를 얼핏 알아보지 못해 눈을 껌벅껌벅했다. 그리고는 화급히 몸을 일으켰다.

"아, 이거 내가 잠에 취해 그만 정신이 깜박했습니다."

"왜 일어나십니까? 그냥 누워계십시오. 추운 날에 잠행을 하시느라 얼마나 힘이 드셨겠습니까? 아이고, 땀을 많이 흘리신 모양입니다. 새 옷을 가져오라 하지요."

사내가 사람을 부르려는지 장지문 쪽으로 고개를 돌렸다.

"아, 아닙니다. 오랜만에 설설 끓는 온돌방에서 땀을 뺐더니 몸이

518

개운합니다. 한밤중에 공연히 수선 떨 일은 아니지요. 방안이 더워 곧 마를 겝니다. 그나저나 차치구 씨와 저희 사람들은 다 어디에 있습니까?"

"장군을 호위해야 한다며 잠자리에 들지 않더군요. 지금도 아마 산성 여기저기에서 눈을 밝히고 있을 겝니다. 차치구, 그 사람이 어디제 말을 들을 사람입니까? 그래도 서넛씩 교대로 추위는 녹이는 모양이니 너무 염려하지 않으셔도 될 것입니다."

사내가 나직하게 말했다. 각진 턱에 삐죽삐죽한 수염이 뻣뻣해 보였으나 검정색 말총 전립 아래 이마는 넓고 반듯했고, 눈매는 부드러웠다.

전봉준은 차치구의 소개로 지난해 여름과 겨울 사이 두어 차례 이 사내를 만났었다. 차치구와 사내는 서로 기가 통하였다고 하였다. 전봉준 또한 사내와 기가 통하였다. 그러나 그때와 지금은 다르다. 나는 쫓기는 대역 죄인이고, 사내는 이곳 입암산성의 별장이다. 나를 하룻밤 묵게 해준 일이 발각되면 불고(不告)의 대죄를 면치 못할 터였다.

대흥리 차치구의 집에서 하룻밤을 보낸 전봉준 일행은 산속 동굴에서 낮을 보내고 어스름이 짙던 어제 저녁 입암산성으로 기어들었다. 노령산맥에 자리 잡은 산성으로 사방이 높고 중간이 넓어 밖에서는 안이 들여다보이지 않는 요새지였다. 둘레만 해도 족히 10리는 되어 보이는 거대한 산성을 관장하는 별장 이종록은 흔연히 전봉준 일행을 맞았다. 깊숙한 별채를 내어주고 아궁이에 장작불을 넣어주었다. 콩나물국밥에 산토끼 구이로 일행의 주린 배를 채워주었다. 온돌이 더운 데다 비었던 속이 채워지자 졸음이 쏟아졌다. 전봉준은 혼곤한 잠 속으로 떨어졌다가 가위에 눌려 눈을 뜬 참이었다.

"아무래도 별장께 못할 짓을 한 것 같소이다. 내 처지가 급하다 하여 상대의 처지를 헤아리지 못하였으니 실로 부끄럽습니다."

전봉준이 참담하여 고개를 숙였다. 수척한 사내의 그림자가 바람벽에 흔들렸다.

이종록이 고개를 저었다.

"무슨 말씀이시오? 장군이 제게 부끄럽다니. 천부당만부당하지요. 이 몸이 비록 종9품(從九品) 말직의 무관이라 하나 이 나라 조선이 잘못되고 있다는 것은 압니다. 개화정부가 들어섰다고 하나 일본의 하수인에 다름이 없습니다. 개혁을 한다고 하나 장군이 이끌던 동학군의 폐정개혁에 미치기는커녕 기껏 모양새나 갖추거나 오히려 혼란을 부추기고 있을 뿐이지요. 민 씨를 축출하였다고는 하나 부정부패의 뿌리가 골수에 맺혀 있으니 그 폐단이 어찌 하루아침에 척결되겠습니까? 이제 이 나라 조선은 왜놈의 세상이 되고 말았습니다. 그것을 알면서도 장군을 따라 함께 싸우지 못하고 산성을 지키는 별장으로 호신(護身)에 급급하고 있으니 장군께 부끄러운 사람은 바로 이 사람이지요. 설령 불고하였다 하여 벌을 받는다 하더라도 장군을 원망할 일은 없을 것입니다.

그나저나 장군, 경군이나 일본군보다 민보군을 더 조심하셔야 할 것입니다. 요즘 호서와 호남, 영남을 가릴 것 없이 고을마다 민보군이 우후죽순처럼 일어나고 있다고 하더이다. 그동안 동학군 위세에 눌려 엎드려 있던 사족과 유생, 관아의 구실아치들이 동학군의 패세에 힘입어 발호를 하는 것이지요. 동학에 입도했던 관아의 이서나 양반끄트머리일수록 더 기승을 부린다고 합니다. 다 저들 살자고 시세

520

에 따라 표변하는 것이지요. 그런 자들일수록 눈에 불을 켜고 장군을 잡으려 할 것이니 옛날 도를 함께했던 사람이라 하여 쉽게 믿어서는 안 될 것입니다. 장군을 따르던 백성이라 하여도 경계해야 할 것입니다. 한 그릇의 밥에도 돌아서는 것이 백성입니다. 장군."

희붐하게 날이 밝았다. 이른 아침상을 물렸을 때 차치구가 왔다.

"장군, 아침밥도 먹었으니 그만 떠나야겠구만요. 사방에 깔린 거시 온통 눈이요, 귀니 여게도 안전치는 못할 것이오."

전봉준이 일어섰다. 산성 입구까지 따라 나온 이종록이 전봉준에게 군례를 갖췄다.

"장군, 부디 무사하시오."

산성에 진눈깨비가 흩날리고 있었다. 11월 30일이었다.

전봉준 일행이 떠나고 서너 시진이 지난 아침, 관군 50여 명이 산성으로 몰려들었다. 선무영 좌선봉 이규태가 보낸 토포대였다.

허탕을 쳤다는 보고를 받은 이규태가 발을 구르며 악을 썼다.

"산성의 별장이란 놈이 적의 수괴임을 알고도 숨겨주었다니, 마땅히 지정불고지율(知情不告之律)로 다스릴 것이다."

피 포(被捕)

날이 눅는지 처마에서 눈 녹은 물이 똑똑, 떨어져 내렸다. 김개남은 토방에 누워 봉창 밖으로 떨어지는 물소리를 듣고 있었다. 멀리 회문산을 넘어온 바람이 대나무 밭을 스치는지 수와와, 댓잎 쓸리는 소리가 가까웠으나 개남은 똑똑, 떨어지는 낙숫물 소리를 귀에 담고 있었다.

매부 서영기는 입으로는 괜찮다, 괜찮다 하면서도 종내 불안한 모양이었다. 하루 반나절을 잠에 빠졌던 개남이 눈을 떴을 때 서영기가 한 첫말이 그랬다.

"형님, 저짝 토방으로 건너가시는 거시 어쩔능가 모르겄소. 뭐 벨 일이야 있겠습니까마는 아무래도 동네 사람들 이목도 있고 허니 조심허시는 거시 ⋯ ."

울바자 뒤로는 대밭으로 이어져, 여차하면 몸을 피하기도 쉬울 거라는 소리였다.

개남은 버선 짝 벗어 털듯이 시원스레 그러자 하였지만 심사가 편한 것은 아니었다. 하기야 처남 숨긴 것이 발각나면 제 목숨 부지하기도 어려울 판이니 야속타 할 일은 아니었다. 허허허 ⋯ , 어쩌다가 내 신세가 저 낙숫물 꼴이 되었는고.

운봉의 박봉양은 김개남 군이 남원을 떠나자 민보군 2천 명을 거느리고 남원성을 공격하여 점령하였다. 김개남 부대가 삼례에서 금산으로 진출한 지 이틀 만인 10월 24일이었다. 김개남은 유복만과 김홍기, 김우칙, 이춘종, 김원석에게 군사 3천을 주어 남원으로 돌려보냈다. 남원성을 탈환하기 위해 주력부대를 급파한 것이었다.

박봉양은 김개남의 수하 부대가 남원으로 돌아온다는 소식을 듣고는 운봉으로 달아났다. 10월 27일이었다. 유복만과 김홍기가 군사 1천 명을 데리고 금산으로 되돌아온 것은 그로부터 열흘이나 지나서였으니, 전봉준과 손병희 부대가 효포 전투에서 패하여 논산 풋개로 진을 물렸을 때였다. 남·북접 연합군의 공주 공격에 맞추어 청주 병영을 공격하려던 김개남의 발목을 운봉의 박봉양이 잡은 격이었다.

김개남 군이 청주성 싸움에서 패하고 후퇴하던 11월 14일, 박봉양은 다시 남원을 공격하였다. 경상 감사 조병호로부터 군사와 탄약을 후원받은 민보군은 남응삼과 김우칙, 김원석이 이끌던 남원 농민군에 큰 타격을 입혔다. 농민군 태반이 흩어져 달아났다.

11월 28일, 박봉양은 4천여 명의 민보군을 이끌고 다시 남원으로 출동하였다. 남원성을 지키는 농민군은 고작 800여 명이었다. 전주에서 돌아온 김홍기와 이춘경, 임실 접주 최승우가 농민군을 이끌고 아침부터 해질 무렵까지 싸웠으나 중과부적이었다. 민보군이 남원성 남과 서, 두 문에 나뭇단을 쌓고 불을 지르자 농민군은 북문으로 빠져 달아났다.

남원은 더 이상 호남좌도를 호령하던 김개남의 땅이 아니었다.

김개남은 남은 농민군을 해산했다. 전봉준이 태인에서 군사를 해산한 다음날이었다. 밤길을 달려 고향땅 태인으로 돌아온 김개남은 너되마을에 사는 매부 서영기의 집에 숨어들었다. 그리고 지금 토방에 누워 낙숫물 소리를 듣고 있는 중이었다.

"임병찬이란 분이 사람을 보내왔는디요. 들라 해도 되겠습니까? 형님이 예 계신 걸 어찌 알고. 지는 영 찜찜하네요."

서영기는 거의 울상이었다.

"이보게, 매부. 염려 마시게. 건넛마을 종송리에 사는 내 오랜 벗일세. 수년 전 낙안군수를 지낸 유생이기는 하나 나와는 그전부터 허물없이 지낸 사이야. 암만해도 예 오래 있기가 뭣해서 옮겨갈 곳을 알아봐달라고 어제 내가 수하를 보내 부탁한 것이니."

"아이고, 그런 심부름이라면 지를 시키지 수하를 시키셨습니까? 낯선 장정이 마을에 들왔다고 무단히 소문만 날 거시구먼요."

"어허, 먼 말이 그리 많은가. 어서 손님이나 들이지 않고."

김개남이 눈꼬리를 치켜 올리자, 서영기가 움찔해 돌아섰다.

작달막한 체수에 패랭이 갓을 쓴 사내는 토방에 들어서자 큰절부터 올렸다.

"종송리 사는 김종섭이라고 하옵니다. 임 군수께서 장군님을 일단 저의 집으로 모시라고 하더이다. 그런데 사나흘 전 이곳 성황산에서 동학군이 관군과 왜병에 패퇴한 뒤끝이라 민보군의 눈이 매섭습니다. 하니 내일 새벽 첫닭이 울기 전에 제가 모시러 오겠습니다."

"내 수하인 젊은이 세 사람도 함께 갔으면 하오만."

"여부가 있겠습니까. 장군님을 모시던 사람들인데 함께 모셔야요."

김종섭의 갓 테가 까닥거렸다.

10여 년 전 옥구에서 태인으로 이사한 임병찬은 태인의 토반인 도강 김 씨의 먼 손(孫)으로 기개와 호방함이 남달랐던 김개남과 친교를 맺었다. 임병찬이 두 살 위였으나 오래잖아 서로 말을 놓을 만큼 가까워졌다. 유학이던 임병찬이 낙안군수로 부임하고, 김개남이 동학 접주로 활동하면서 소원한 사이가 되었지만, 임병찬이 벼슬자리에서 밀려나 낙향하였을 때 누구보다 반가이 맞아준 사람이 김개남이었다. 임병찬은 비록 동학이 나라에서 금하는 사도(邪道)라 하였지만 그 폐해가 김개남과의 우정을 끊을 정도는 아니라고 생각했다. 동도들이 말하는 척왜양과 보국안민의 대의를 부정할 명분도 없었다. 그러나 동학군이 봉기하여 호남을 휩쓸고, 농민군들이 양반과 유림에 패악을 부리는 것을 목도하면서 생각이 바뀌었다. 더구나 김개남 수하의 동도들이 유별나게 그악스럽다는 풍문에 임병찬은 김개남에 대한 미련을 끊었다.

전봉준과 손병희의 동학군이 태인에서 토벌군에 괴멸되었으며, 청주에서 패하여 남원으로 향했던 김개남이 남원에서도 쫓기어 달아났다는 소식이 아침저녁으로 날아들었다. 수괴 전봉준과 김개남의 목에 각각 군수 자리와 천 냥의 현상금이 걸렸다는 솔깃한 풍문과 함께.

임병찬은 김개남이 태인으로 잠입할 것을 확신하고 있었다. 하여 김종섭과 그 수하들에게 김개남이 몸을 부릴 만한 곳을 은밀히 알아보라 하였다. 그러던 차에 김개남이 스스로 은신처를 알아봐달라고 부탁해왔으니! 임병찬은 곧바로 수하들을 막 부임한 전라 감사 이도재에 보냈다.

눈비가 쏟아졌다. 이도재의 명을 받은 심영 병방 황헌주가 강화병 80명을 인솔하여 새벽녘 태인의 경계에 당도하였다. 임병찬이 그들을 맞아 종송리 김종섭의 집으로 안내하였다. 총을 든 군사들이 김종섭의 집을 포위하였다.

황헌주가 칼을 뽑아 들고 마당으로 들어서며 소리쳤다.

"역적 괴수 김개남은 썩 나와 오라를 받으라."

김종섭이 깡충 발로 마당을 가로지르며 손가락으로 측간을 가리켰다. 첫닭이 울던 새벽, 너되마을 매부 집에서 종송리 김종섭의 집으로 옮겨온 김개남은 마침 측간에서 일을 보던 중이었다. 군사들의 총구가 측간을 겨냥하는 순간, 걸걸한 목소리가 거적문을 뚫고 나왔다.

"허허허···. 올 줄 알았네. 잠시 기다리게. 똥이나 다 누고 나가겠네."

김개남의 목소리가 담 밖에 있던 임병찬의 귀에 살(煞)처럼 파고들었다. 올 줄 알았다고? 임병찬의 얼굴이 하얗게 질렸다. 눈비 그친 하늘이 개고 있었다. 12월 1일 아침이었다.

산 꿩이 날았다. 노송나무 가지가 흔들리며 눈가루가 후르르, 날렸다. 석양을 받은 눈가루가 금색으로 반짝거렸다. 갈재로 접어들자 금세 저녁 어스름이 내려앉았다.

백양산 골짜기 후미진 암자에서 한낮을 보낸 전봉준 일행은 밤길을 밟아 담양으로 빠졌고, 비어 있는 농막에서 저녁이 되기를 기다렸다가 순창으로 길을 잡았다. 일행은 입암산성 별장 이종록이 길양식으로 내어준 찐 보리 한 가마와 감자 한 자루, 김치 한 동이로 끼니를 때우며 날이 밝으면 멈추고 해가 떨어지면 밤길을 걸어온 참이었다.

"김경천이를 믿을 수 있겠습니까?"

묵묵히 걷던 차치구가 전봉준 곁으로 다가서며 물었다.

"글쎄올시다. 사람 속을 어찌 알겠습니까? 허나 사람을 믿어야지

526

믿지 않고서야 또 어찌하겠소이까?"

"어찌하다니요. 궐자가 의심스러우면 굳이 피노리(避老里)로 가실 이유가 없지요. 지금이라도 장성으로 빠져서 광주 쪽과 연락을 취해 보심이 낫지 않겠습니까?"

"손화중 씨의 처지도 어렵기는 매한가지일 터, 연락을 한들 무슨 뾰족한 수가 있겠소이까? 김경천이 허랑한 면은 있다 하나 사악한 성품은 아니지요. 너무 염려 마시오."

"아니, 일이 잘못 되믄 자개를 찾아오라 하였다니 그거시 먼 소리요? 지는 영 속이 개언칠 않구먼요."

"그 사람이 본래 점술에 능하다 하더니만 내가 저를 찾아올 점괘라도 나온 가보지요. 허허허 …."

김경천은 고부 출신으로 전봉준이 접주로 활동할 때 집사 일을 하였다. 그러나 고부의 민요가 농민군의 봉기로 이어지자, 자기는 심장이 약하고 기가 허해 병장기를 잡을 위인이 못 된다며, 순창의 깊은 산골에 사람이 늙지 않고 영생을 누릴 만한 선경(仙境)이 있다 하여 그리로 가 요양을 하겠다고 하였다. 본래 약골에 왼쪽 다리까지 저는 경천이어서 전봉준은 선선히 그러라 하였는데, 경천의 하직인사가 괴이쩍었다.

"행여 일이 잘못되어 소생이 필요하시게 되면 언제든 순창 쌍치면 피노리로 오시지요. 제가 머무실 만한 승지(勝地)를 찾아놓겠습니다."

어이없어 허허, 웃었던가? 객쩍은 소리로 흘려들었을 것이었다. 그런데 이제 쫓기는 몸이 되어 늙음조차 범접치 못한다는 피노리로 경천을 찾아가고 있으니, 어쩌면 경천은 이미 앞날을 내다보고 있었는지도 모를 일이었다.

어허, 쓸데없는 생각. 몸이 곤하니 정신마저 혼미해지는구면.

전봉준은 마른 침을 삼켰다. 목구멍이 뜨끔했다. 고뿔이 들려는지 이마에 열이 나고 온몸이 으슬으슬했지만 이를 악물어 정신을 모았다. 며칠간 관군과 일본군의 눈을 떨어뜨려놓은 뒤 태인에 잠거하고 있다는 개남과 선을 대어보고, 여의치 않으면 상경할 방도를 찾아봐야 할 거였다. 그동안만이라도 경천이 말하던 승지에 머물 수 있으면 좋으련만.

전봉준이 발걸음을 멈추었다. 옆에 걷던 차치구가 멈칫했다.

"잠시 쉬었다 가시렵니까? 아니믄 소피라도 … ?"

"내 어림으로는 저기 앞의 등성이만 넘으면 피노리일 겁니다. 차 두령과는 예서 헤어집시다. 수하들도 데리고 가시오."

"예? 그것이 무슨 말씀이시오? 장군."

"내 김경천에 은신을 부탁하는 처지에 몸이라도 가벼워야 하지 않겠습니까? 열 사람이나 몰려다녀서는 사람들 눈을 피하기가 곤란하지 않겠소이까?"

"그렇긴 헙니다만, 그래도 호위할 사람은 있어야 하지 않겠습니까?"

"양해일과 윤정오, 최경선이 셋이면 충분합니다."

양해일은 천주학을 믿던 아비가 전주 감영에서 참수를 당한 뒤 쫓기어 다니던 중 김제에서 원행을 하던 전봉준을 만나 동학에 입도하였고, 윤정오는 원평장에서 왈짜 노릇을 하다 고부 봉기에 참여한 뒤 전주 대도소에서 호위군을 하였으며, 태인 접주 최경선(崔景善)과 한글 이름이 같은 최경선은 전봉준이 고부 말목장터에서 서당을 열었을 때 수학한 동몽이었다. 공주 전투 이후 줄곧 전봉준을 배행한 셋은 모두 몸이 날래고 칼과 총을 다루는 데 능해 호위군으로 제격이었다.

"그리고 저기, 윤덕술 씨를 좀 불러주시오."

전봉준이 고개를 돌려 일행의 후미를 바라보았다.

"윤 포수에게 달리 허실 말씀이라도 … ?"

"아니오. 그저 잠깐 … ."

태인에서 부대를 해산하고 돌아섰을 때 호위를 자임한 차치구의 수하에 윤덕술이 끼어 있었다. 전봉준은 다음날 날이 밝아서 그 사실을 알았지만 아무 말도 하지 않았다. 윤덕술도 우정 그러는지 전봉준의 눈을 피하는 눈치여서 전봉준은 갈재를 넘어 순창으로 들어설 때까지 부러 눈길을 주지 않았던 터였다.

차치구가 윤덕술을 불렀다. 양총을 어깨에 단단히 붙여 멘 윤덕술이 댓 걸음에 달려왔다. 성성한 구레나룻이 회갈색이었다.

"아우님, 장군께서 자네를 잠시 보자 하시어 불렀네."

전봉준이 빙그레, 웃었다.

"두 분이 의형제라도 맺으신 모양입니다그려."

차치구가 눈꼬리에 웃음을 달았다.

"지가 여섯 살이 위라서 형님을 하기로 하였습니다."

"그렇습니까? 잘 하셨습니다만, 그래서 예까지 함께하신 것이오? 내가 일전에 지리산의 처자에게 돌아가시라 하였건만."

전봉준이 윤덕술에게 하는 말에 영문을 모르는 차치구가 금세 웃음을 거두었다.

"차 두령과도 그만 헤어지기로 하였으니 이제는 정말 집으로 돌아가시오. 살아남아 처자를 지키는 일이 나라를 … ."

지키는 일 못잖게 중요하다는 말을 하려는데, 윤덕술이 덜컥 무릎을 꿇었다. 그리고 띄엄띄엄 말을 옮겼다.

"하오나 … 생각혀보니 … 아무려도 장군을 지키는 일이 … 더 중요한 것 같아 … ."

전봉준이 허리를 숙여 윤덕술의 두 팔을 잡았다.

"고맙습니다. 내 고마워서 하는 말이에요. 허나 살아남는 일이 또한 중요한 것이니. 이제는 그만 돌아가시구려."

윤덕술이 머리를 땅바닥에 박았다. 우람한 어깨가 들썩였다. 울음소리가 들리지는 않았지만 울고 있는 게 분명했다.

"이보게. 아우님. 그만 일어나시게. 장군의 명을 따라야 하지 않겠나. 어엉 … ."

차치구가 소 울음을 하였다.

부시 치는 소리가 네 번 들렸다. 소리는 짱하게 얼어붙은 어둠 속에서 짧게 끊기며 이어졌다. 전봉준 일행이 모두 네 명이라는 신호였다.

김경천은 전봉준 일행이 백양산 암자에서 담양으로 빠져 갈재를 넘은 것 같다는 한신현의 얘기를 듣고, 전봉준이 자신을 만나러 피노리로 향하고 있음을 직감하였다. 김경천은 주막의 봉놋방에 군불을 때게 하고, 농민군을 따라나섰다가 슬그머니 마을로 숨어들어온 자들을 겁박하여 며칠째 마을로 통하는 길 주위에 번을 서게 하였다. 읍내 양반가에서 드난살이, 종노릇을 하거나 주막에서 중노미를 하다가 농민군을 따라나섰던 이들은 김경천의 날카로운 눈을 피하지 못했다.

"이번 일만 잘해내면 자네들은 동학군 따라 나갔던 죄가 탕감되는 것이여. 아녀, 동학군 나갔던 일이 아예 물시(勿施)되는 거여. 쉰 말

530

로 해서 없었던 일이 된다는 거시지. 어쩌, 해들 보시겠는가? 어차피 자네들은 내가 민보군에 고발하면 그날로 죽은 목심이여. 어쩌, 해 보겠어 말겠어?"

김경천이 어르고 달래자 그들은 사색이 되어 동학군 나갔던 일만 덮어준다면 시키는 대로 하겠다고 하였다. 바로 그자들이 지금 마을 어귀의 어둠 속에서 부시를 치고 있는 것이었다.

드디어 오셨소이까? 장군.

김경천은 주모에게 청주를 데워놓으라 이르고, 민정(民丁) 둘에게 등불을 들려 주막을 나섰다. 한신현도 지금쯤이면 전봉준이 마을로 들어서고 있다는 보고를 받았을 거였다.

한신현은 전주 감영 퇴교(退校)로, 동학군이 공주에서 패퇴하고 조·일 연합군이 토벌대를 이루어 대거 남하하고 있다는 소식이 들리자 앞장서 민보군을 만들었는데, 무엇보다 전봉준에 걸린 군수 벼슬과 상금 천 냥에 혹해서였다. 김경천은 한신현에게 전봉준을 잡게 해줄 테니, 벼슬은 당신이 하고 상금은 제게 달라 하였다. 군수 자리를 얻으려면 적어도 삼천 냥은 있어야 하는데 까짓 천 냥이 대수이랴. 한신현은 활짝 웃으며 고개를 끄덕였다.

김경천은 전봉준의 운이 다하였다고 생각했다. 일이 잘못되면 자신을 찾아오라 하였지만, 전봉준은 이제 운이 다하여 어차피 죽을 목숨이었다. 그것이 피할 수 없는 운명이라면 그만 멈추는 것이 좋지 않겠소. 장군.

김경천은 어쩌면 전봉준이 그만 멈추고 싶어 저를 찾아오는 것일 지도 모른다고 생각하였다. 머무를 승지를 찾아놓겠다 하였지만 이 승의 예토(穢土)에 승지가 있을 것인가. 저승에서나 찾을 수 있을 것임을.

김경천은 부들부들 떨리는 다리에 힘을 주었지만 그럴수록 저는 왼쪽 다리가 휘청거려 몸을 가누기 힘들었다.

밭 사이로 난 고샅으로 전봉준 일행이 걸어왔다. 호롱불에 전봉준의 왜소한 체구가 가엾이 흔들렸다. 김경천이 깊숙이 허리를 숙였다.

"장군, 어서 오십시오."

호롱불에 얼굴을 드러낸 전봉준은 적이 놀라는 기색이었다.

"아니, 내가 오는 것을 어찌 알고. 마중을 나온 것이오?"

"담양에서 갈재로 길을 잡으셨다 하기에 아무래도 저를 찾아오실 것 같아 며칠 전부터 장군을 맞으려 기다리고 있었습니다."

"그게 무슨 말이오?"

"지금, 장군을 체포하려는 자들이 호남 전역에서 시퍼렇게 눈을 뜨고 있거늘 그만한 탐보를 저인들 얻지 못하겠습니까? 하오나 이곳 피노리까지 저들의 눈이 미치지는 못할 것입니다. 혹 기억하실런지 모르겠습니다만 제가 오래전에 장군께 말씀드렸었지요. 오래 머무실 승지를 찾아놓겠다고요. 이제부터는 제가 장군을 모실 것입니다."

김경천은 제 말이 너무 많다고 생각했다. 다변은 의심을 사는 법. 김경천은 뒤돌아 주막으로 일행을 안내했다.

봉놋방에 들자 주모가 국밥과 데운 청주를 내왔다. 추위와 허기에 지쳤던 일행은 정신없이 국밥을 먹었다.

"장군, 청주도 한잔 하시면 얼은 몸이 풀릴 것입니다."

김경천이 호리병을 기울여 전봉준의 잔에 청주를 따랐다. 겸상이 거북한지 국밥 그릇을 방바닥에 내려놓은 호위군 셋에게도 차례로 청주를 따라주었다.

"저는 됐소. 술은 마시지 않소이다."

윤정오가 김경천의 가느다란 눈을 쏘아보며 불퉁거렸다. 경계하는 투가 역력했다. 앞서 술을 받았던 양해일과 최경선도 잔을 내려놓았다.

"괜찮으이. 한잔들 하게. 여기 김 공은 내 오랜 벗이야. 걱정 말고 들라니까."

전봉준이 희미하게 웃으며 권하자 세 사람은 그제야 잔을 들어 입으로 가져갔다.

오랜 벗이라고? 김경천은 가느다란 눈을 좁혔다가 펴며 헤식은 웃음을 흘렸다.

"아이고, 장군님. 벗이라니요? 송구합니다. 저는 그저 평생의 스승으로 장군을 존경하고 있을 뿐이지요."

김경천은 여전히 저를 미심쩍어하는 장정 셋을 전봉준에게서 떼어놓아야 할 것 같았다. 김경천이 술청의 주모에게 청주와 안주거리를 더 내오라 하였다.

"그만 됐소이다. 얼었던 몸에 더운 술이 들어가니 벌써 취기가 오르는데 뭘."

전봉준은 말은 그리 했으나 크게 만류하는 기색은 아니었다.

"아이고, 호랭이도 때려잡을 장한 셋이 호리병 하나로 되겠습니까? 지도 한잔 할랍니다."

"그래, 속은 많이 다스렸소?"

전봉준은 김경천이 심장이 좋지 않았다고 했던 말을 떠올린 것이었다.

"예? 아, 예. 많이 좋아졌습지요. 하오나 첩첩산중에 산다고 하여 세상에 대한 울화증마저 없겠습니까?"

전봉준은 아무 말 없이 데운 청주를 조금씩 마셨다. 산초기름 등잔
불에 비친 김경천의 혀가 뱀의 그것처럼 교활하게 보였다.

내, 저자를 진정 믿고 찾아온 것인가? 아니면 저자의 덫에 걸려 그
만 고단한 여정을 접으려 왔는가? 취기가 어지러운 정신을 헤젓는 것
같았다. 호리병 두 병이 비워졌을 때 김경천이 셋 중 연장자로 보이
는 양해일에게 넌지시 말했다.

"이보시게. 장군님이 많이 취하신 것 같구먼. 왜 아니겠나. 추운
날씨에 원행을 하시었으니. 그만 내 집으로 모셔야겠네. 장군님을
자네들과 함께 봉놋방에 묵으시게 할 수는 없지 않겠나?"

김경천은 세 사람을 안심시키기 위해 빠르게 입을 놀렸다.

"내 집은 예서 한 마장도 떨어지지 않았네. 자네들이 장군님을 모
시고 나를 따르시게. 내 집을 알아두어야 할 테니까. 그런 다음 여기
로 돌아와 자고 내일 아침 일찍 내 집으로 오시게. 정 염려되면 내 집
앞에서 밤새 번을 서도 좋고."

"뭐 그렇게까지 할 거야 있겠습니까? 선비님 말씀대로 허지요."

낯빛이 불콰해진 셋은 어지간히 긴장이 풀려있었다.

새벽이 오고 있었다. 골방 바라지로 기어든 희붐한 빛이 전봉준의
눈꺼풀 위에 내려앉았다. 죽음 같은 잠이었다. 깨어나지 않아도 좋
았을 깊은 잠이었다. 얼마만이던가. 이렇듯 깊이 잠들었던 날이.

목이 말랐다. 머리맡에 자리끼가 놓여 있었다. 냉수를 담은 대접
은 희끄무레했다.

전봉준은 대접을 들어 냉수를 마셨다. 문득 섬뜩한 기운이 어깨에
내려앉았다. 살갗의 작은 구멍들을 촘촘히 메우는 듯한 살의의 기척

534

이 온몸을 휘감았다. 전봉준은 화승총을 들고 가만히 지게문을 열었다. 5~6보 앞 얕은 담장 아래 허리높이로 장작이 쌓여 있었다. 전봉준이 미투리에 발을 꿰는데 앞마당을 질러오는 발자국 소리가 어지러웠다. 전봉준은 오른 발로 장작더미를 딛고 몸을 솟구쳤다. 전봉준이 담장을 뛰어넘는 순간 몽둥이가 날아들었다. 전봉준은 왼 발목을 맞고 쓰러졌다. 쓰러진 몸뚱이에 몽둥이찜질이 가해졌다.

"멈춰. 그만하라고. 호랑이는 산채로 잡아야 값이 나가는 걸 몰라. 에이, 무지한 놈들 같으니라고."

장작더미에 오른 한신현이 담장 위로 고개를 길게 빼어 고래고래, 소리를 질렀다. 주막 봉놋방에서 잠자던 세 명의 젊은이들은 이미 초죽음이 되어 있었다.

12월 2일, 아침이었다.

천명(天命)

을미년(1895년) 2월 19일, 법무아문 권설재판소. 일본영사 우치다가 피고인 전봉준에 물었다.

"대원군이 동학과 관련이 있는 것은 세상이 다 아는 일이요, 또 지금 대원군이 권세가 없은즉 네 죄의 경중은 여기에서 결정되는 것이지 대원군에 있는 것이 아닌데 너는 끝내 바른대로 말하지 않고 대원군이 두둔해줄 것만을 기다리고 있는 것 같은데 이는 과연 무슨 뜻인가?"

"대원군이 다른 동학과 관련되어 있는 것이 비록 수백 무리라 하더라도 나와는 애당초 관계가 없는 일이오이다."

"대원군이 동학과 관계했다는 것은 세상이 다 아는 일인데 어찌 너만 못 들었다고 하는가?"

"정말로 듣지 못하였소이다."

우치다는 끈질기게 대원군을 물고 늘어졌다. 첫째 날(2월 9일)과 둘째 날(2월 11일) 신문(訊問)에서는 회심(會審)으로 참관했던 우치다가 셋째 날에는 직접 신문에 나섰는데, 그의 목적은 전봉준의 입에서 동학당의 배후가 대원군이라는 진술을 받아내는 것이었다.

대원군은 이미 섭정에서 밀려나 아무런 실권이 없는 늙은이에 지나지 않았지만, 일본공사 이노우에는 좀더 확실하게 대원군을 옭아

매기를 원하였다. 대원군이 비록 허깨비에 지나지 않는다 해도 그는 여전히 조선백성의 구심이 되는 존재였다. 그런 만큼 보다 확실하게 그의 숨통을 끊으려면 동학 괴수의 전봉준의 입에서 대원군이 동학 비도의 난을 배후조정 하였노라, 그 한마디를 끌어내는 것이 긴요하였다.

평양성에 비밀 서한을 보내 청군의 승전과 남하를 기원하고, 남도의 동학 괴수들에게 밀사를 내려 보내 북상을 획책하여 왕과 왕비를 제거하고 손자인 이준용을 보위에 올리려 한 대원군의 복심(腹心)을, 이노우에는 읽고 있었다. 그 복심의 밑바닥에 배일(排日)의 노여움이 깔려 있음도 잘 알고 있었다.

그러나 대원군은 임금의 아버지라는 사실만으로도 신중하고 조심스럽게 다루어야 할 인물이었다. 평양에 보낸 서찰을 꼬투리 삼아 섭정의 자리에서 끌어내렸다고는 하나, 복심의 심증으로 대역(大逆)의 죄를 물을 수는 없는 일이었다. 하물며 아들인 임금이 제 아비를 벌해야 하는 일이었다. 설불리 건드렸다가는 전 조선이 뒤집어지고, 그 불똥이 일본에 쏟아질 것은 명약관화한 일이었다.

하기에 동학군 괴수가 대원군과 한 패임을 이실직고해야 했다. 그러면 동도에 적개심을 보이는 양반과 유림세력이 대원군에게서 떨어져 나갈 것이고, 대원군의 숨통은 저절로 끊어질 터였다. 물 없는 어항에서 물고기가 숨 쉴 수 있으랴. 이실직고를 끌어낼 자는 전봉준과 김개남 둘이었는데, 전라 감사 이도재가 김개남의 목을 베어버렸으니 남은 자는 전봉준 하나였다.

태인 종송리에서 강화병에 붙잡혀 전주 감영으로 압송된 김개남은 이도재가 직접 신문하려 하자 소리쳐 꾸짖었다.

"우리들이 한 일은 모두 대원군의 은밀한 지시에 의한 것이다. 지금 일이 실패한 것은 또한 하늘의 뜻인데 어찌 국문한다고 야단이냐?"

이도재의 안색이 노래졌다. 대원군과 얽혀서는 무슨 화를 당할지 모를 노릇이었다. 지난여름 이병휘 고변 사건으로 경무사 이윤용이 파직되었으며, 가을에는 법무협판 김학우가 괴한에 피살되었다. 세상에 눈 있고 귀 있는 사람치고 사건의 배후에 운현궁이 있으리라는 것을 의심하는 사람은 없었다. 이도재는 당장 김개남의 목을 베라, 명하였다. 김개남은 전주성 풍남문 밖 서교장(西敎場)에서 목이 잘렸다. 지난 날 숱한 천주교도들의 목이 잘린 바로 그곳이었다. 지난해 12월 3일의 일이었다.

"바가야로!"

보고를 받은 이노우에는 펄펄 뛰었다. 동학비도의 우두머리를 함부로 형살(刑殺)하지 말라 하였거늘, 바보 같은 조선관리 놈이 대원군의 숨통을 끊을 수 있는 호재를 날려 보내지 않았나.

같은 날, 전봉준이 순창 피노리에서 붙잡혀 순창 관아로 이송되자 일본군이 득달같이 달려들어 전봉준의 신병을 인수한 것도 이도재와 같은 잘못을 방지하려는 조처였다.

그러나 전봉준은 대원군과의 관계를 완강히, 일관되게 부인하고 하고 있었다.

1월 24일, 경성으로 압송된 전봉준이 남산 아래 진고개의 일본영사관 순사청에 구금되었을 때, 일본공사 이노우에가 와서 물었다.

"어찌하여 이런 폭거를 일으켰는가?"

전봉준은 내뱉듯이 답하였다.

"마침 중앙정부의 간사한 무리를 없애려 하던 차에 작년 6월 왜군이 경성에 들어왔다는 말을 듣고 함께 물리치려고 의병을 일으켰다. 우리 동학당의 군은 훈련이 없고 무기는 완구(玩具)에 불과하다. 사람과 무기가 모두 정예한 왜군에 비길 수 있다고는 본디 믿지 않았다. 그러나 군이 욕을 당하면 신하는 죽는 법이다. 죽음을 당하고 끝낼 결심으로 일어섰다."

공주 전투에서 패한 직후 전봉준은 경군과 영병, 이교와 시민에 보낸 고시문에서 "임금이 마음을 속이면 반드시 자멸할 것"이라 하였다. 임금도 잘못하면 반드시 망해야 하는 존재였다. 그러나 일본공사 이노우에를 대함에 있어서 임금은 곧 조선의 상징이었다. 그러므로 전봉준이 군이 욕을 당하면 신하는 죽는 법이라고 하였을 때 '군'(임금)은 곧 나라였고, '신하'는 백성이었다.

이날, 일본군 후비보병 제19대대 사령관 미나미가 전봉준을 신문했다.

"너희들이 백성을 선동하고 난을 도모한 이유를 상세히 진술하라."

전봉준이 답하였다.

"우리는 시골에서 나고 자란 탓에 세상일에 어두워 우리나라에 대한 일본정부의 정략 방침을 잘 알지 못한다. 작년 6월 이래 일병이 그치지 않고 계속 들어온 것은 반드시 우리나라를 병탄하려는 일로, 임진왜란에 비추어 나라가 망하면 어찌 생민이 하루라도 편할까 하여 인민들이 의구심을 갖고 나를 추대하여 수령으로 삼으니, 국가와 멸망을 함께할 결심으로 거사를 도모했다."

통역의 말을 들은 미나미가 흐응, 짧은 콧소리를 내고 다시 물었다.

"대저 일본이 조선에 출병한 것은 이웃 나라와의 교의(交誼)를 중시하여 조선을 청국의 속박으로부터 구해 독립국이 되도록 하기 위한 것이었거늘, 이를 생각하지 않고 감히 난군을 일으켰다. 달리 깊은 이유가 있지 않느냐?"

전봉준이 다시 답하였다.

"우리들이 난을 도모한 데에는 역시 깊은 이유가 없지 않다. 민 씨들은 권세를 업고 관직을 팔며, 아래로는 가혹한 세금을 징수하고 백성의 고혈을 짜서 청나라에 바쳐 환심을 얻었다. 이러한 간적(奸賊)들을 없애지 않으면 안 된다. 또한 전라 감사가 과도한 세금을 걷고 백성을 학대하기에 참을 수 없어 감사도 제거하려 하였을 뿐이다."

미나미가 코웃음 쳤다.

"흥, 아무리 봐도 너희들의 폭거는 대저 너희들의 생각이 아니다. 너희를 사주한 자가 있음에 틀림없다. 실제로 김개남이 전주에서 죽임을 당할 때 '나는 살해당할 이유가 없다. 나를 시킨 자의 죄'라고 하였다. 그것만 봐도 사주자가 있다는 걸 알 수 있다."

김개남을 끌어들여 대원군과의 관계를 추궁한 것이었다. 전봉준이 미동도 없이 차갑게 답하였다.

"김개남이 그런 말을 하였는지 나는 알지 못한다. 다만 일을 그르치고 적명(賊名)을 뒤집어 쓴 것이 분하여 그런 말을 했을 것이다."

"김개남이 역적이 되어 죽는 것이 억울하여 대원군을 팔았다는 소리냐?"

"나의 생각이 그렇다는 것일 뿐 자세한 내용은 알지 못한다."

미나미가 나무의자에서 목을 뒤로 젖혔다가 바로 세웠다.

"네가 생각하는 대원군은 어떤 사람이냐?"

전봉준이 미간을 좁혔다가 폈다.

"대원군은 오래 정치를 행하고 척권(戚權)이 매우 성했지만 당시는 늙어서 정권을 잡을 기력이 없고, 원래 우리나라의 정치를 그르친 것도 모두 대원군이기 때문에 인민이 그에게 복종하지 않는다."

이틀 후 미나미는 대원군과의 관계를 다시 추궁했으나 전봉준의 답은 전날과 다르지 않았다. 미나미가 마른 손을 부비며 물었다.

"좋다. 그렇다면 네가 경성에 쳐들어온 후 도대체 누구를 추대할 생각이었느냐?"

"일병을 물러나게 한 뒤 부패한 관리를 쫓아내어 임금의 곁을 깨끗이 한 연후에 몇 사람 주석(柱石)의 선비를 내세워 정치를 하게 하고, 우리들은 곧장 시골로 돌아가 상직인 농업에 종사할 생각이었다. 하지만 국사를 들어 한 사람의 세력가에게 맡기는 것은 그 폐해가 크다는 것을 알기에 몇 사람의 명사들이 합의한 법에 의해 정치를 담당하게 할 생각이었다."

신문에 배석했던 법무아문 참의 이재정의 눈이 휘둥그레졌다.

저자가 서양의 입헌군주제를 알고 있었던가? 그렇다면 대원군이 저자를 이용하려 한 것인가, 저자가 대원군을 이용한 것인가?

이제 다 말하였다고, 전봉준은 생각하였다. 남은 것은 언제 죽느냐는 것일 뿐. 법무아문 권설재판소에서 행하여지는 신문은 사형을 선고하기 위한 요식행위에 지나지 않을 거였다.

법무아문에 넘겨지기 전 전봉준이 일본 영사관 순사청에서 치료를 받을 때 의사와 함께 온 한 일본인이 말하였다.

"그대의 죄상은 일본 법률로 논할 것 같으면 국사범이라 사형까지는 이르지 아니할 수도 있으니 마땅히 일본 변호사에게 위탁하여 재판을 받는 것이 좋을 것이오. 또는 일본정부에 양해를 얻어 활로를 구하는 것이 좋지 않겠습니까?"

전봉준은 잘라 말하였다.

"내 구구한 생명을 위하여 활로를 구함은 본의가 아니외다."

며칠 후 또 다른 일본인이 전봉준을 회유했다.

"이노우에 공사께 청을 하면 그대의 목숨을 구할 수 있을 것입니다. 원한다면 내 기꺼이 공사께 말씀을 전해드리겠습니다."

이자들이 내게 목숨을 구걸하라 하는구나. 더럽게 살아남아 치욕을 감당하라 하는구나. 나는 죽어야 한다. 죽어 살아야 한다. 전봉준은 단호하게 거절하였다.

"이때에 와서 어찌 그런 비열한 마음을 가질 수 있겠소. 나는 죽음을 기다린 지 오래이오."

그리고 다시 며칠이 지나 전봉준이 갇혀 있는 감방 안으로 한 죄수가 들어왔다.

서른쯤 되어 보이는 젊은 사내였다. 감방 문이 닫히고 간수가 사라지자 사내가 무릎걸음으로 칼을 쓴 전봉준에게 다가왔다.

"장군, 소생을 기억하시겠스무니까? 다나카 지로입니다. 작년 여름 순창에서 뵈었지요. 저희 천우협 의사들과 함께 말입니다."

"다나카 씨가 여길 어떻게 … ?"

전봉준이 놀라 입을 채 다물지 못하는데, 다나카가 목소리를 낮추었다.

"제가 죄를 지었스무니다. 죄를 지었으면 감옥에 들어오는 것이 당연한 일이 아니무니까?"

"죄라니? 무슨 죄를 지었기에 … ."

"진고개의 일본인 점방에서 시계를 훔쳤스무니다. 도둑질에 점방

주인을 폭행까지 하였으니 강도이지요."

다나카가 싱긋, 웃어보였다.

"강도라니, 나는 당최 무슨 영문이지 모르겠소. 또 작년에 만났을 때는 조선말을 못하는 것 같더니. 아니었소이까?"

"아주 조금 했는데, 그간에 많이 배웠습니다."

"그건 그렇다 하더라도 내가 있는 옥에 들어오다니 우연이라기에는 너무 놀랍지 않소?"

전봉준은 여전히 놀란 얼굴이었는데 다나카가 정색을 했다.

"우연히 아니무니다. 이 다나카, 장군을 만나 중요한 얘기를 하러 순사청에 뇌물을 쓰고 부러 수감된 거지요."

"나를 만나러 고의로 옥에 들어왔다는 말이오?"

"그렇스무니다. 장군을 옥에서 탈출시키러 왔습니다. 순창에서 저와 함께 장군을 뵈었던 다케다 선생은 지금 일본에서 장군을 맞을 준비를 하고 있고요."

"탈옥이라니? 도대체 무슨 말씀을 하는 것인지 종잡을 수가 없구려."

전봉준도 정색을 하여 다나카를 쏘아보았다.

"장군, 내달 초에 신문이 끝나면 장군은 죽습니다. 이 재판은 장군을 죽이려는 조선정부의 형식적인 절차일 뿐이지요. 그러니 재판이 끝나기 전에 소생과 함께 일본으로 가야 합니다. 일본으로 가시어 조선을 살릴 방도를 찾아야 합니다. 지금 조선을 구할 수 있는 사람이 조선 땅에 장군 말고 누가 있습니까? 대원군은 늙고 교활한 데다 이미 실권하여 재기할 수 없습니다. 김홍집과 박영효 등 개화정부의 각료들이 있다 하나 저들은 왜당이라 하여 조선인민의 신망을 잃었습니다. 청일전쟁은 일본의 대승으로 곧 끝날 것입니다. 수백 년간 조선을 지배했던 중국이 물러나면 조선은 자주국으로 일어서야겠지요. 쇠락한 왕조로는 안 됩니다. 일본처럼 유신으로 새 나라를 건설해야 합니다. 그렇게 새 조선을 건설할 사람은 장군입니다. 이는 단지 우리 천우협의 생각이 아닙니다. 천우협의 뒤에는 일본의 최고 실력자인 이토 히로부미 총리각하가 계십니다. 장군께서 소생의 뜻을 받아주신다면 일본에 있는 다케다 선생께서 이토 각하를 뵙고 장군을 일본으로 모셔갈 수 있도록 하는 특명을 받을 것입니다. 그리고 특명이 내려오는 즉시 이노우에 공사는 조선정부 모르게 장군을 인천으로 빼돌릴 것입니다. 그 다음부터는 이 다나카가 장군을 모실 것이고요. 이 말씀을 드리려 거짓 죄수 노릇까지 하는 소생의 충정을 보아서라도 부디 제 뜻을 받아주십시오."

다나카는 열성적으로 말하였다. 그것이 비록 조선 병합에 전봉준을 이용하려는 일본의 정략이라 할지라도, 전봉준을 살리려는 다나카의 진정성만은 의심할 여지가 없어보였다.

전봉준은 지긋한 눈으로 다나카의 각진 얼굴을 쳐다보다가 무겁게 입을 열었다.

"다나카 씨의 말씀은 참으로 고맙습니다. 다케다 선생께도 감사의 말을 전하고 싶습니다. 허나 나의 형편이 여기에 이른 것은 필경 천명(天命)일 터이니 굳이 그것을 거슬러 탈출하려는 마음은 없소이다. 나는 근일 사형을 당할 것이니 농민군의 다른 사람을 구할 수 있거든 그렇게 해주시오."

꽃비, 붉은 피

전봉준은 순창 관아에서 최경선을 보았다. 그리고 나주 초토영에서 손화중과 김덕명을 보았다. 그들은 이제 그와 함께 재판을 받고 처형될 것이었다.

김개남은 죽었다. 전주 서교장에서 목이 잘렸다고 했다. 개남에 죽임을 당한 전 남원부사 이용헌의 아들 계훈이 머리 없는 시신의 배를 가르고 간을 꺼내 짓씹었다고 하였다. 그 참혹함을 어찌 떠올릴 것인가. 허나 개남은 개남답게 죽었다. 부릅뜬 눈으로 세상을 호령하며 죽었다. 나 또한 개남에 부끄럽지 않게 죽어야 한다.

전봉준은 알지 못하였다. 송희옥이 고산에서 민병들에 포살되었다는 소문을 들었을 뿐 차치구가 흥덕에서 태인 수성군에 붙잡혀 불에 타 죽은 것도, 김인배가 광양 민보군에 붙잡혀 목이 잘린 것도, 김도삼이 전주에서 형사(刑死)하고, 손여옥이 나주에서 죽고, 고부 주산리 송두호 어른과 그의 차남 주옥이 처형된 것도 알지 못하였다.

전봉준은 알 수 없었다. 나주, 장흥, 강진, 해남, 광양, 여수…, 조선의 남서쪽 궁벽한 고을마다 일본군과 민보군에 학살된 동학농민군의 시신이 산더미처럼 쌓여 있음을. 악취가 고을을 뒤덮고 시신에서 흘러내린 기름이 맨 땅에 하얗게 얼어붙어 있음을. 총칼에 찔리고,

목이 잘리고, 불태워지고, 수장(水葬) 되는 대학살의 지옥도를.

그러나 전봉준은 알 수 있었다. 호남과 호서, 영남, 강원, 황해, 평안의 수많은 동학 접주와 그들을 따랐던 수십만 생령들의 죽음을 헛되이 하지 않으려면 자신이 당당하게 죽어야 한다는 것을. 자신을 역적이라 부르는 자들을 말과 혼으로 제압해야 한다는 것을. 제 피를 세상에 뿌려 살아남은 자들에게 죽은 자들을 기억하게 해야 한다는 것을.

순창 관아에서 일본군에 인계된 전봉준은 담양을 거쳐 나주로 압송되었다. 전봉준이 수감된 곳은 나주 초토영의 옥이 아니라 일본군이 임시로 설치한 순사청 감옥이었다. 일본군으로서는 동학군 수괴인 전봉준을 특별 감시하고, 피노리에서 부러진 발목을 치료하기 위해 저들의 감옥에 수감한 것이었는데, 같은 수괴급인 최경선에 이어 손화중도 이곳에 수감되었다.

손화중이 압송되어온 날 나주목사 민종렬이 순사청을 찾아왔다.

"그대가 손화중인가?"

민종렬이 포박된 채 무릎을 꿇은 손화중을 내려 보며 물었다. 민종렬은 적장에 대한 예우라도 하듯 부드럽게 물었는데 손화중은 당장 머리를 조아렸다.

"예. 초토사 영감. 소인이 손화중이옵니다."

옆에서 이를 지켜보던 전봉준이 혀를 챘다.

"어허, 민종렬을 보고 스스로 소인이라고 하다니 참으로 축생과 같구나. 내가 사람을 알아보지 못하고 함께 일을 도모했으니 실패하는 것은 당연하였구나."

손화중이 누구인가. 그의 도움이 없었더라면 농민군의 봉기는 그저 한 고을의 민요에 그쳤을 것이었다. 경계를 넘지 못해 숱하게 좌절되었던 민란에 지나지 않았을 거였다. 깊은 열정을 지녔으면서도 좀처럼 겉으로 드러내지 않는 신중함과 상대를 배려하는 넉넉하고 겸손한 성품으로 호남 최대의 동학조직을 유지했던 손화중이었다. 전봉준은 그런 손화중이 민종렬 앞에 보인 비굴함에 분노하였다. 몸은 비록 저들의 오라에 묶였다 하나 기개마저 꺾여야 하겠는가, 질책하였다. 그러나 그것은 또한 스스로를 경계함이었으니, 속 깊은 손화중은 전봉준의 속마음을 헤아렸을 터였다. 허나 전봉준은 오래오래 손화중이 마음에 걸렸다.

일본영사관 순사청에서 법무아문 옛 의금부 감옥에 이송된 전봉준이 짚둥우리에 실려 누운 채 들어오자 형리(刑吏)란 자가 눈을 외로 꼬며 좌우의 포졸들에게 호통 쳤다.

"일개 죄인의 자세가 참으로 방약하구나. 당장 일으켜 앉히지 못할까."

전봉준이 형리를 노려보며 꾸짖었다.

"네 어찌 감히 나를 죄인이라 이르느냐?"

형리는 전봉준의 타는 듯한 눈빛에 어깨를 움칠했으나 짐짓 목청을 높여 맞받았다.

"무엇이? 도당을 모아 나라에 난을 일으킨 대역죄인인 네가 죄인이 아니면 무엇이란 말이냐?"

"탐학한 관리를 없애고 그릇된 정치를 바로 잡는 것이 무엇이 잘못이며, 조상의 뼈다귀를 우려 악행을 하여 백성의 고혈을 빨아먹는 자를 없애는 것이 무엇이 잘못이며, 사람으로서 사람을 매매하는 것과 국토를 농단하여 사복을 채우는 자를 치는 것이 무엇이 잘못이냐? 저들의 죄가 크고 중하거늘 너는 도리어 나를 죄인이라 하느냐?"

그렇게 시작된 말과 혼의 싸움에서 전봉준은 늘 상대를 압도하였다. 형리들은 전봉준을 함부로 형틀에 올리지 못했다. 일본은 저들이 주도한 내정개혁의 일환으로 도입된 새로운 사법제도에 따라 동학당이 처리되는 모습을 내외에 과시하길 원하고 있었다. 더구나 발목이 부러지고 발등이 찍히는 중상을 당한 전봉준의 몸은 이미 쇠약해질 대로 쇠약해져 어떤 고문도 감당할 수 없을 것 같았다. 그를 지탱하는 것은 오로지 돌올한 광대뼈 사이에서 뿜어져 나오는 안광(眼光)이었다.

을미년(1895년) 3월 29일. 아침부터 꽃비가 내렸다. 무르익은 봄날에 내리는 비는 벙글은 꽃망울을 적시고 대지로 스며들었고, 봄비를 빨아들인 대지는 또 다른 생명을 발아(發芽)하고 있었다. 오직 인간만이 생명을 죽이는 사형(死刑)을 준비하고 있었으니, 법무아문 권설재판소에서 내려진 판결이 그랬다.

'동비 수괴' 전봉준에 내린 판결은 군복기마작변관문자 부대시참(軍服騎馬作變官門者 不待時斬·군복을 입고 말을 탄 채 관문에서 변을 일으킨 자는 때를 기다리지 않고 참형에 처한다)는 것이었다.

사형이 선고되자 전봉준은 분연히 몸을 일으켜 탄식했다.

"정의를 위해 죽는 것은 조금도 원통할 바 없으나 오직 역적의 이름을 받고 죽는 것이 원통하다."

선고가 끝난 뒤 참의 장박이 전봉준에게 다가가 물었다.

"나는 법관의 몸으로 죄인과 말하지 않을 수 없다. 한마디 묻겠는데 너는 목숨이 아까우냐?"

전봉준이 가라앉은 목소리로 답하였다.

"국법으로 처하는 이상 어쩔 수 없지 않은가."

장박이 그런 전봉준을 물끄러미 쳐다보다가 입을 열었다.

"그렇다. 우리나라에서는 너희들이 저지른 것과 같은 죄에 대하여 아직 규정한 바가 없다. 문명제국에서는 국사범으로 취급되어 사형을 면할 수도 있을 텐데 어떻게 하겠느냐? 오늘의 죽음은 매우 유감스럽지만 네가 전라도에서 한 번 봉기를 일으켜 청일전쟁의 원인이 되었고 우리나라도 크게 개혁되었다. 너희가 탐관오리로 지목한 민영준 등도 국법에 처해졌고 나머지는 흔적을 감추었다. 너희의 죽음은 오늘의 공명한 정사를 촉진한 것으로 명복을 빈다."

사형선고는 손화중, 김덕명, 최경선 그리고 성두한에도 똑같이 내려졌다. 성두한은 충청도 청풍 대접주로 충주 일대에서 일본군의 군용 전신선을 절단하는 등 항일 투쟁을 펴온 인물이었다. 그는 조·일 토벌군에 밀려 강원도 정선으로 쫓겨 갔다가, 그곳에서 일본군에 체포돼 경성으로 압송되어 이날 전봉준 등과 함께 재판을 받은 것이다.

판결이 끝나자마자 법무대신 서광범은 임금에게 저들을 교형(絞刑)에 처하는 것이 어떻겠습니까?, 아뢰었고 임금은 이를 바로 윤허하였다.

갑오정권은 근대적 사법제도를 외면하였다. 새로운 사법제도는 나흘 전인 3월 25일부로 공포되었고, 4월 1일부로 시행될 예정이었다. 새 사법제도에 의하면 민사·형사 사건 모두 이심(二審) 재판과 소송이 가능했다. 그러나 법무아문 권설재판소는 봉건적 형법인 대전회통형전(大典會通刑典)에 의거해 서둘러 판결을 끝냈다. 새 사법제도 시행을 불과 이틀 남겨둔 시점이었다. 다만 목이 잘리는 참수형은 면하였으니, 장박의 말대로라면 전봉준 등이 받은 근대화 개혁의 혜택은 고작 목을 매는 교수형인 셈이었다.

사형은 그날로 집행되었다. 무악재 아래 형무소 밖에는 봄비가 온종일 추적거렸다.

전봉준이 교수대에 오르자 사형 집행관이 물었다.

"마지막으로 남길 말은 없는가?"

전봉준이 침통한 목소리로 마지막 말을 하였다.

"나는 다른 할 말은 없다. 나를 죽일진대 종로 네거리에서 목을 베어 오가는 사람들에게 피를 뿌려주는 것이 옳거늘 어찌 컴컴한 적굴에서 암연히 죽이느냐?"

핏빛 동백(冬栢)이 졌다.

평지돌출로 일어서 조선의 낡은 질서를 깨뜨리고, 조선의 민중운동을 창작하고 전개하였으며, 제국주의 일본에 맞서 싸운 '녹두장군' 전봉준은 그렇게 이승을 떠났다. 그가 종로 네거리에 뿌리고 싶어 했던 그의 피는 곧 그의 말이려니, 그 말은 여직 우리 귀에 생생하지 않은가.

역사를 쓰고 싶었다.

동학농민혁명은 '실패한 혁명'이다. 그러나 반(反)봉건, 항일(抗日) 전쟁의 역사적 의미는 실로 심중하다. 1년여의 기간에 연인원 30만 명의 농민대중이 참여하였고, 최소한 3만 명 이상이 희생되었다. 특히 당시 일본군의 농민군 집단학살은 20세기 군국주의 일본이 한국과 중국, 동남아 등지에서 저지른 민간인 대량학살의 시초였다.

19세기 후반 조선왕조 말기의 집권세력은 무능하고 부패했다. 개혁보다는 외세를 끌어들여 저들의 기득권을 지키는 데 급급했다. 그들에 맞서 폐정을 개혁하고 외세로부터 나라를 지키려 일어선 이들이 동학농민군이었다. 그들의 항쟁은 일본군의 무력에 좌절되었고, 15년 후 조선은 일제에 병합되었다. 그 후 36년의 식민지배는 남북의 분단과 전쟁을 초래하였고 그 상흔은 오늘의 대한민국에도 선연하다. 우리 사회를 분열시키고 있는 이념 갈등과 정치사회세력 간 적대와 반목의 근원은 남북 분단에 있지 않은가. 그 뿌리를 찾아가면 120년 전으로 거슬러 올라간다. 역사를 바로 읽고 두려워해야 하는 이유다.

역사소설은 역사인가? 소설인가?

소박하게 말하자면 역사적 사실에 바탕을 둔 이야기일 것이다. 역사의 흔적에 뼈를 앉히고 숨을 불어넣어 화석화된 기록에 생기를 불어넣는 소설가의 상상력은 찬탄을 받을 만하다. 대체로 승자(勝者)의 기록인 역사를 뒤집어 패자(敗者)의 시각에서 재해석하는 노력 또한 값지다고 할 것이다.

허나 지나치게 극화한 역사는 오히려 바른 역사를 왜곡시킬 수 있다. 역사가 '어제와 오늘의 대화'(E. H. 카)를 통해 내일을 읽는 것이라면 바른 역사읽기에 장애가 될 수 있다. 하여 나는 역사를 쓰고 싶었다. 가능하면 역사의 사실에 충실하고 싶었다. 소설적 구성은 사실을 이어주는 가교의 역할에만 머물게 하고 싶었다.

하여 이 글은 동학농민혁명과 관련된 기존의 저작 및 1980년대 이후 활발하게 이루어진 연구자들의 성과에 크게 빚지고 있다. 최현식·한우근·신용하·이이화·박종근·김인환 선생 등의 저서와 송기숙·한승원 선생의 소설, 강창일·강효숙·김양식·박맹수·배항섭·서영희·양상현·우윤·이광재·이진영·정창렬·한상일(이상 존칭 생략) 등의 논문 및 평전에서 도움을 받았다. 동학농민혁명기념재단 측이 제공해준 1차 사료도 큰 도움이 되었다.

그러나 전봉준 공초록(供招錄)과 동학농민군의 선언문, 격문, 통문 등 일부 사료 외에 농민군의 기록이 전무한 상황에서 이 글은 소설일 수밖에 없다. 그런 만큼 대부분 실명으로 묘사된 등장인물들의 행적과 역사적 평가 또한 이 글의 내용에 의해 제약되어서는 안 될 것이다. 특히 김홍집, 김가진 등 '친일 개화파'의 경우 섣불리 '친일파'로 재단되지 않기를 바란다. 그들은 대부분 문명개화의 모델로 일본을 따르려 하였을 뿐이다. 허나 조선을 병합하려는 일본 제국주의의 본질을 제대로 읽지 못하였으니 그 또한 '역사의 죄'에서 자유롭지는 못할 것이다.

초고를 꼼꼼히 읽는 노고를 마다하지 않으신 이이화 선생께 감사드린다. 아울러 부담스러운 분량을 한 권의 책으로 엮어준 나남출판의 조상호 발행인과 고승철 사장, 편집자 여러분께도 감사를 전한다.

갑오년(2014년) 정초에 쓰다.

작가정신을 새롭게 담았습니다.

이이화 (역사학자)

소설 《동백》을 읽고 많은 감동을 받아 새삼 독자에게 내 생각을 전달하고 싶은 마음이 떠올랐습니다. 먼저 잠시 돌아볼 얘기가 있습니다.

올해는 동학농민혁명이 일어난 지 120주년이 되는 해입니다. 동양권에서는 60년이 되는 회갑과 다음 60년이 되는 이갑을 중요하게 여겨 기립니다. 1994년 100주년이 되는 해에 동학농민혁명의 의의에 대해 여러 기념사업을 벌이면서 그 정신을 다시 되새겨 보았습니다. 이갑을 맞이해, 부정부패를 척결하고 불평등의 신분제도를 타파하려 했으며 우리나라의 이권을 앗아가는 외세를 배격한 반봉건 반침략을 지향한 동학농민혁명의 현재적 의의에 대해 재조명하고 기리는 여러 사업을 지금 벌이고 있습니다.

이런 시기에 이를 재조명한 소설 《동백》이 독자들 앞에서 선을 보이게 되었습니다. 이 소설의 작가인 전진우 선생은 언론인으로 많은 활동을 하면서도 소설 창작에도 꾸준하게 열성을 기울여 왔습니다.

이번에 《동백》을 펴내면서도 많은 정열을 쏟았습니다. 모든 자료를 검토해 수용하고 이를 작품으로 형상화한 것입니다.

그동안 이를 주제로 한 소설과 시들이 여러 편 나온 적이 있습니다. 신동엽의 시집인 《금강》과 송기숙의 소설 《녹두장군》 등 10여 편이 발표되었습니다. 이들 작품은 나름대로 역사적 사실과 현재적 의미를 담아 작품화했으나 자료 발굴의 한계 등 여러 가지 현실적 제약으로 그 정신을 제대로 담아냈다는 평가를 받지 못했습니다.

《동백》의 주인공과 서술을 말해 봅시다. 이 작품의 주인공은 전봉준입니다. 전봉준은 동학농민전쟁의 주역으로 말할 나위도 없이 중심활동을 벌였습니다. 그는 시골 서당 훈장이었으나 잘못되어 가는 현실을 바로잡으려고 분연하게 일어나서 농민군을 이끌었습니다. 그는 인간을 존중하는 사상을 지닌 동학에 입도했고 동학교도들을 동원하기도 했습니다. 그런 끝에 체포되어 한 점 부끄러움도 없이 사형장으로 끌려갔습니다. 민중은 그를 녹두장군으로 받들었습니다.

작가는 전봉준을 내세워 그를 따라 플롯을 진행시켰습니다. 그러면서도 그를 지나치게 영웅으로 만들지는 않고 가장 인간적인 인물로 그렸습니다. 민중 지도자로서 리더십이 있으면서 부하를 아끼는 인간적 정도 많은 인물로 부각시켰습니다. 신비스런 인간으로 그린 게 아닙니다. 그래서 민중도 전봉준과 함께 살아 움직이고 있습니다.

다음 여러 사실을 소설적 수법으로 전개하면서 사건 전개에 따라 나타나는 지명이나 전투 장면 등 소도구들이 살아 움직이고 있습니다. 사실에 아주 충실했습니다. 보기를 들면 전봉준이 공주전투에서 실패하고 물러가면서 피를 토하며 발표한 고시문에, 모든 군대와 구실아치와 상인들이 일본 군대에 맞서 싸우자고 외친 대목을 읽으면 눈물이

절로 쏟아집니다. 사진을 보는 것처럼 아주 절실하게 그렸지요.

　프랑스혁명과 제정러시아의 농노를 소재로 한《레미제라블》과 《부활》도 작가의 탁월한 형상화에 따라 작가 정신을 감동 있게 접하게 됩니다. 이 작품도 이런 모델을 따라가려는 의지를 보이고 있습니다. 《동백》은 아주 성공한 작품이라 말할 수 있습니다. 이 사람은 평생 이 분야를 공부한 학자로서 이 작품을 독자들에게 흠쾌한 마음으로 추천합니다.

　　　　　　인간 평등을 생각하면서 임진강가에서 씁니다.